李清照集箋注

[宋] 李清照 著
徐培均 箋注

圖書在版編目(CIP)數據

李清照集箋注／（宋）李清照著；徐培均箋注.—
上海：上海古籍出版社，2017.7（2025.5重印）
（中國古典文學叢書：典藏版）
ISBN 978-7-5325-8474-1

Ⅰ.①李… Ⅱ.①李… ②徐… Ⅲ.①中國文學—古
典文學—注釋—南宋 Ⅳ.①I214.42.2

中國版本圖書館CIP數據核字(2017)第125634號

中國古典文學叢書〔典藏版〕
李清照集箋注
［宋］李清照　著
徐培均　箋注
上海古籍出版社出版發行
（上海市閔行區號景路159弄1-5號A座5F　郵政編碼201101）
(1)網址:www.guji.com.cn
(2)E-mail:guji1@guji.com.cn
(3)易文網網址:www.ewen.co
浙江新華數碼印務有限公司印刷
開本890×1240　1/32　印張18.75　插頁9　字數310,000
2017年7月第1版　2025年5月第6次印刷
印數11,301—12,400
ISBN 978-7-5325-8474-1
I·3172　定價:128.00元

1956 十一月一日，古典文學出版社成立

1957 《韓昌黎詩繫年集釋》《人境廬詩草箋注》《稼軒詞編年箋注》（後被列入《中國古典文學叢書》）出版

1958 六月一日，古典文學出版社改組爲中華書局上海編輯所

1977 十二月二十六日，國家出版事業管理局宣佈中華書局上海編輯所獨立爲上海古籍出版社

1978 一月一日，上海古籍出版社宣告成立

1978 《叢書》首批出版《聊齋誌異會校會注會評本》《阮籍集》《李賀詩歌集注》《樊川文集》4 種

2009 《叢書》出版達 100 種

2013 《叢書》入選首屆向全國推薦優秀古籍整理圖書目録

2016 《叢書》出版達 136 種，并推出典藏版

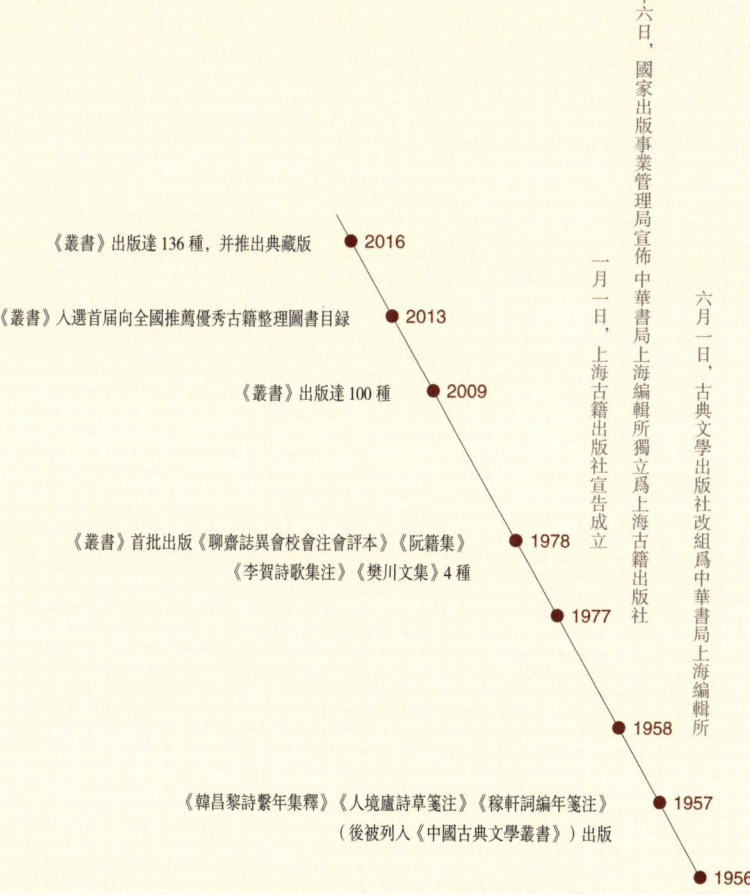

徐培均，一九二八年生，江蘇建湖人。

曾任上海社會科學院研究員。

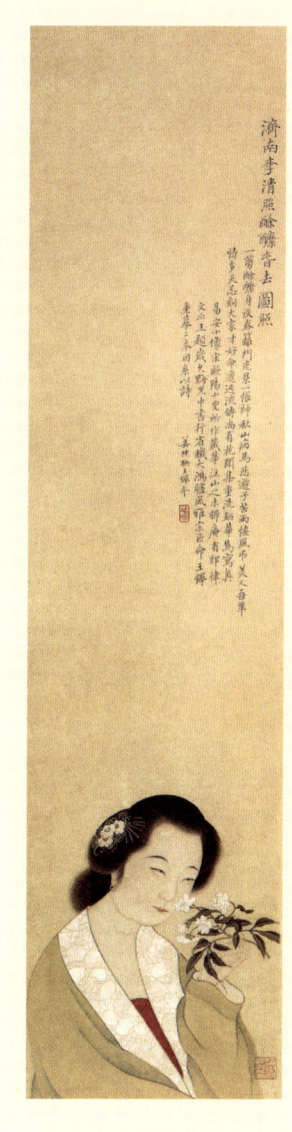

李清照酴醾春去圖照

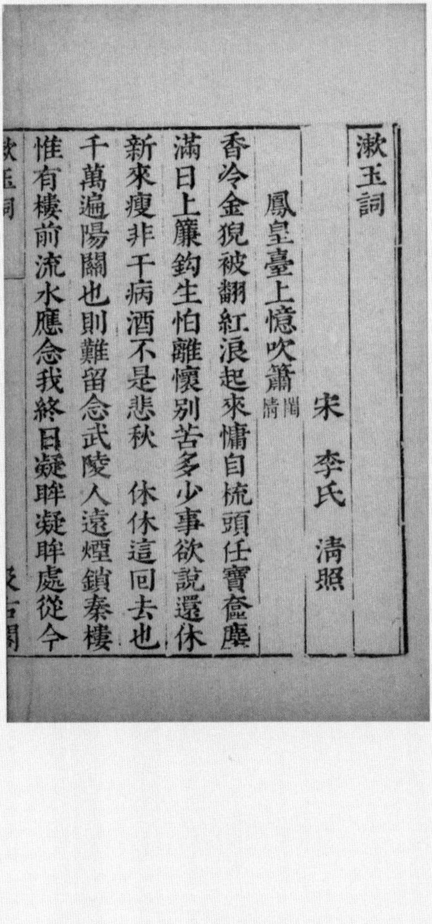
漱玉詞
宋 李氏 清照
鳳皇臺上憶吹簫 閨情
香冷金猊被翻紅浪起來慵自梳頭任寶奩塵
滿日上簾鈎生怕離懷別苦多少事欲說還休
新來瘦非干病酒不是悲秋 休休這回去也
千萬遍陽關也則難留念武陵人遠煙鎖秦樓
惟有樓前流水應念我終日凝眸凝眸處從今
漱玉詞 汲古閣

汲古閣刻《詩詞雜俎》本《漱玉詞》書影

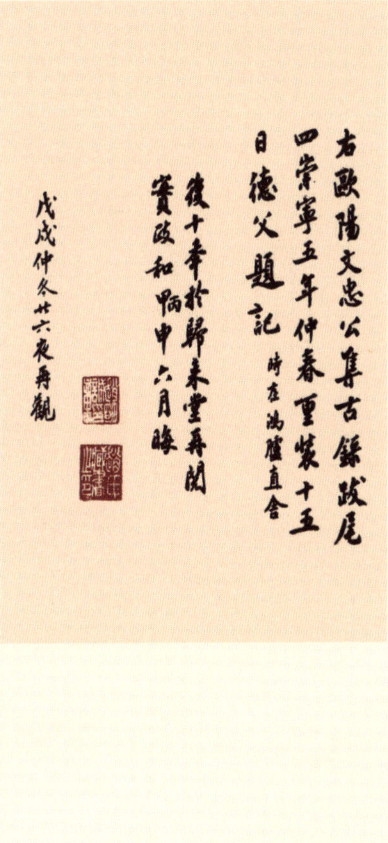

右歐陽文忠公集古錄跋尾四
崇寧五年仲春重裝十五
日德父題記 時在鴻臚直舍
後十年於歸來堂再閱
實政和甲午中六月晦
戊戌仲冬廿六夜再觀

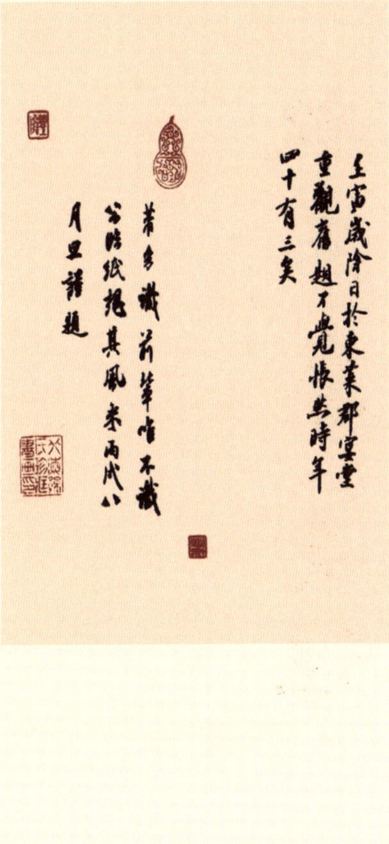

壬寅歲除日於東萊郡宴堂
重觀舊題不覺悵然時年
四十有三矣
菁乡識前筆嘗不識
公跡紙想其風采丙戌八
月旦謹題

趙明誠手迹

漱玉集箋注

九五叟顧廷龍題

廷龍

顧廷龍先生題簽

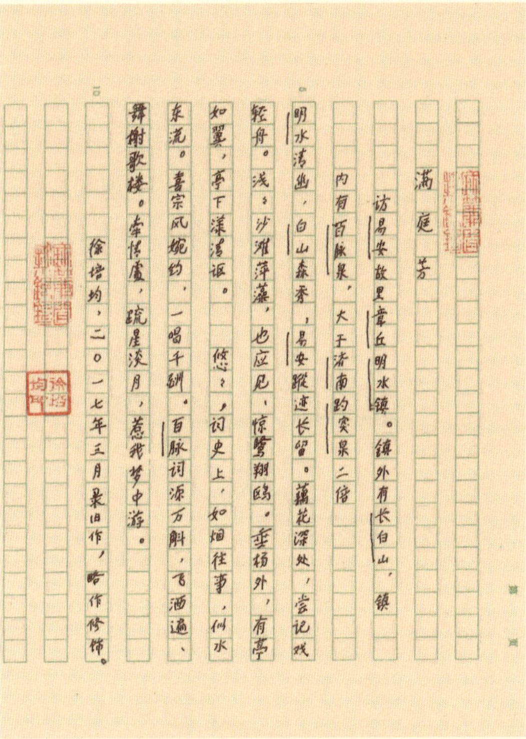
满庭芳

访易安故里章丘明水镇。镇外有长白山，镇内有百脉泉，大于济南趵突泉二倍

明水清幽，白山森秀，易安踪迹长留。藕花深处，尝记戏轻舟。浅浅沙滩萍藻，也应见、惊鹭翔鸥。垂杨外，有亭如翼，亭下漾清讴。 悠悠，词史上，如烟往事，似水东流。喜宗风婉约，一唱千酬。百脉词源万斛，飞洒遍、舞榭歌楼。牵情处，疏星淡月，惹我梦中游。

徐培均，二〇一七年三月录旧作，略作修饰。

徐培均先生游李清照故里所填詞

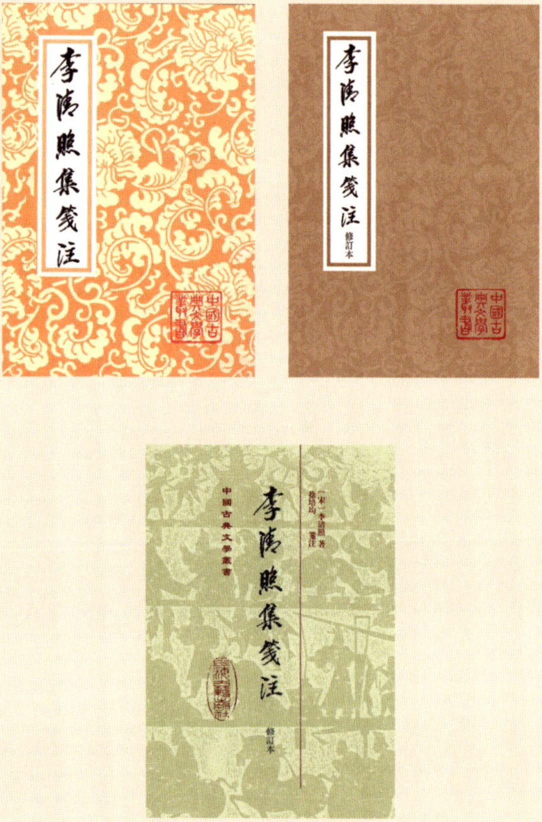

《中國古典文學叢書》版書影

自序

山東博物館研究員于中航先生從考察文物的角度研究李清照，常常有所發現，然猶感「李清照作品傳世無多，研究者頗衆，要深入研究，有更多創獲，的確不易」〔一〕。這是出自一位誠實的學者之口的甘苦之言，我也有同感。

如何深入研究李清照，是擺在詞學界面前一個亟待解決的問題。她的詞談來談去不過五十闋左右，她的詩也僅存十四首，文還不足十篇。在如此之少的文本中，要把李清照研究推向更高的層次，委實存在很大的難度。現在我接受上海古籍出版社的稿約，撰寫此書，不能故步自封，既要吸納歷代學者（包括今人）的研究成果，也應力求百尺竿頭，更進一步。

那麽，應該怎樣從事這項工作呢？龍榆生師在漱玉詞叙論中說：「吾人欲知漱玉詞之全部風格，一面自當於其作品加以極精深之玩味；至其性格與環境，亦不容忽略。」〔二〕龍先生尤重「從後者推論之」。遵循先生的教導，我想從以下兩方面着手。

第一，找更好的版本。有關李清照集的宋刊本，原有多種〔三〕，但歷盡滄桑，早已失傳。現存作品，都是明清以來學者從歷代選本和筆記中纂輯而成。最早的輯本，是崇禎三年（一六三〇）常熟毛晉汲古閣刊詩詞雜俎中的漱玉詞一卷，自云係據洪武三年（一三七〇）鈔本，收詞僅十七闋。後來毛氏另有鈔本漱玉詞一卷，作爲汲古閣未刻詞之一種。此本自如夢令至多麗，共四十九闋，遠遠溢出雜俎本。這是收李清照詞最多的鈔本，可惜罕有人知。除趙萬里校輯宋金元人詞本漱玉詞攤破浣溪沙及品令詞末案云「汲古閣未刻本漱玉詞收之」，他人皆未見。王仲聞（學初）李清照集校注附李清照事跡作品考云：「另有汲古閣未刻本漱玉詞，清末王鵬運、況周頤曾見之，今不知何在。」王璠李清照輯本論略云：「毛氏又從花草粹編等書輯得李清照詞若干首，擬重訂刊行，此即所謂『汲古閣未刻本漱玉詞』也……然其本今亦不知所在。」〔四〕香港中文大學饒宗頤教授詞籍考允稱博洽，然漱玉詞條目之下，也未著録此本。可見它是一個異常罕見因而又非常珍貴的本子。筆者有幸，承日本東北大學村上哲見教授以東京大倉文化財團所藏彭氏知聖道齋鈔汲古閣未刻詞本漱玉詞複印件慨然相贈，同時見贈的還有承他複印的日藏清汪玢輯、勞權手校、道光二十年刊漱玉詞彙鈔（今藏日本東京静嘉堂文庫）〔五〕。其中自鳳凰臺上憶吹簫至浪淘沙，凡四十四闋，前十七闋自毛晉雜俎本迻録，其餘從下列詞選增補：陽春白雪一闋，梅苑六闋，樂府雅詞十六闋，詞林萬選三闋，欽定歷代詩餘一闋，中有簡單的箋注，並有勞權墨校，最後附有勞權補鈔七闋，即全芳備祖二闋、御選歷代詩餘五闋。連上合計五十一闋，比未刻詞本又多二闋。此外，筆者又從上海圖書館借閱善本清沈瑾鈔漱玉詞（附詩文）一卷。瑾，字公周，署「庚寅秋」，蓋道光十年（一八三〇）秋也。自南歌子以下至雨中花，共三十八首。前有小序，後有跋。詞後附詩六首、文六篇，末附軼事四則。迄今爲止，未見有人引用。

王仲聞先生李清照集校注，搜羅不可謂不廣，校證不可謂不精，但對以上三種版本皆未曾寓目。本書許多地方，不能不借鑒王著，但亦力求補苴罅漏，有所突破。即在版本一端，今詞作以知聖道齋鈔汲古閣未刻詞本爲底本（詞序則依創作年月重新編排），輔以汪玢輯勞權手校本、沈瑾手鈔本及他本，相互參校。這也是王著所不曾做過的，可爲讀者提供一個新的視野。

第二，在考證方面下些功夫。時賢研究李清照，在理論探討、藝術鑒賞等方面，寫了不少文章和論著。二十世紀下半葉，李清照曾作爲詞學界一個研究的熱點。在一九五七年至一九六二年這一階段，學者受前蘇聯學術思想的影響，根據唯物主義的反映論及現實主義與批判現實主義文藝理論，用階級分析的方法研究李清照的作品和思想。争論的焦點在於：李清照詞和詩（重點是詞）的思想感情是否健康，是否反映了愛國主義和社會的本質規律。由於討論的雙方對愛國主義的理解不同，有的認爲抒寫故國之思和鄉土之情已體現了愛國主義，有的則堅持要有反抗壓迫、保衛家鄉的行爲纔算愛國主義。在這樣的背景下出現的文學史和論文褒貶不一，褒之者曰：「她這種由個人生活的今昔之感所引起的深愁，也就蘊含着國家興衰之感的沉痛。這是一個具有愛國心的人所應有的沉痛。」〔六〕貶之者則曰：「她性格豪放，才華卓絶，但是貴族階級的地位、封建文化教養，終使她只能做個維護正統倫常觀念的作家。」〔七〕他們往往把文學藝術與社會意識形態等量齊觀，並將詞的藝術特質置之度外。十年動亂結束之後，學術界漸漸出現「百花齊放，百家争鳴」的繁榮景象。僅山東濟南編輯出版的李清照研究論文集，便有四種，從各個角度、各個側面探討李清照的思想和創作，有的考證李清照夫婦的家世與行蹤，有的分析易安詞的藝術特色，宏觀與微觀相結合，有了一定的廣度與深度。這是應該予以充分肯定的。然而後出的文章，令人每感缺少新見和創見，甚至存在套話與空話，似有「理詘辭窮」之感。若是沿着這條路子走下去，個人深覺比較艱難，且易流於一般。因此不得不另闢蹊徑，對李清照的生平和作品作一番考證。

考證，也稱考據，是對古籍的文字音義和有關典章文物進行考覈辯證。清代學者有感於宋明理學的空疏，主張以實事求是的態度，追根溯源，闡明作品的本來意義，所以又稱漢學、樸學，以别於宋學。清代桐城派認爲考據、義理、詞章，都是研究國學的重要方法，三者不可缺一。當代國學大師錢鍾書先生在給吾友黄克的信中對此也作了肯定，他説：「清人治學，以『義理、詞章、考據』鼎足。竊謂文學即『詞章』，而自有其考據：版本、生卒、來歷是也，亦自有其義理，文藝理論是也。文心詩眼，賞新析異，斯則『詞章』之本份。」可惜今人多偏重義理、詞章，而少用考據，致使考據幾成一門絶學。

在詞學研究史上，向來也是注重義理、詞章，而少用考證，今人尤其如此。現在我撰寫本書，試圖以考據之法别開生面，效果如何，須由實踐來檢驗。有關李清照的資料本不甚多，但通過她僅存的作品、她和她的丈夫趙明誠密切相關的活動、趙李兩家的交游和遭遇，也可找到許多旁證，廓清李清照的社會關係，瞭解她的性格與環境。特别是李清照身逢南北宋之交，時代劇變，社會動盪，作爲現實中的人，不能不受到影響。所有這些，都或多或少地散佈在文獻典籍中間。只要我們肯下功夫爬梳剔抉，總會尋出一些蛛絲馬跡，幫助我們理解她的生平和作品。

我從以上兩方面着手，基本上弄清了李清照大部分作品的生活依據和來龍去脈。例如漁家傲（天接雲濤連曉霧）一詞，論者多不詳作於何時何地，或謂宣和間作於萊州。然經我考證，它應作於建炎四年（一一三〇）春。是時金兀朮率部南侵，宋高宗趙構帶領部分臣僚，由明州倉黄入海，前往温州和章安鎮。清照因受「頒金」之誣，攜銅器等物，欲向外廷投進，一路追隨御舟。正因爲親身體驗過海上航行的生活，所以纔能在這首詞中非常真切地表現出水天相接、星河欲轉、千帆飛舞的境界。夏承燾先生認爲李清照的「漁家傲是首豪放詞，她用離騷、遠遊的感情來寫小令，不但五代詞中所沒有，北宋詞中也少見」〔八〕。爲什麼會如此？因爲五代北宋詞人們不曾體驗過航海生活。同樣，李清照在萊州時，也不曾航海，只是在静治堂中與趙明誠共同整理與鑒賞金石書畫，所以那時她也不可能寫出這首詞。又如烏江一詩，又題作夏日絶句，論者只知作者借詠項羽諷刺南渡君臣，而不知何時何地所作。于中航先生經過考證，認爲建炎三年夏，清照夫婦具舟上蕪湖，路過烏江縣霸王祠弔項羽作此詩。其根據一是金石録後序，二是金石録卷七目録所著録的「唐西楚霸王祠堂頌」，很有説服力。我很感謝中航先生，他的廉先生序石刻考釋和趙明誠題名和鄉居青州考等學術論文，幫我解決了很多難題。本書中許多作品的時代背景，不少是從于先生的論文中得到啓發。

確實如此，在文獻不足徵時，我們可以借助於題名與碑刻。對愛好金石書畫的趙明誠夫婦，更宜採用這一方法。宋史李格非傳云：「妻王氏，拱辰孫女，亦能文。」於是後世便一直認爲此即清照生母。然而這却是一個歷史的誤會。這個誤會被近年出土的文物所粉碎了。據鄭雍王拱辰夫人和義郡夫人薛氏墓誌銘載：「孫女三人：長適左奉議郎、校對秘書省黄本書籍李格非。」〔九〕王拱辰凡兩娶薛奎之女，前妻行八，卒贈平樂郡夫人，爲歐陽修夫人之妹。邵氏聞見録卷八云：「王懿恪公拱辰與歐陽文忠公同年進士……後懿恪、文忠同爲薛簡肅公子婿，文忠先娶懿恪夫人之姊，再娶其妹，故文忠有『舊女婿爲新女婿，大姨夫作小姨夫』之戲。」拱辰亦然，其後妻亦爲平樂之妹，後封和義郡夫人。她生有七男：「長一人早夭。次正甫，奉議郎；次端甫，大理評事，並早卒。次三人皆夭。次晋明，今爲右承事郎。」〔一〇〕看來適格非之孫女，或爲晋明所出。

那麼李格非是在何時娶拱辰孫女呢？墓誌作於元祐八年七月，云其孫女「適左奉議郎、校對秘書省黄本書籍李格非」。案：此職宋史李格非傳失載，他人亦從未提及。據宋史職官志四，元祐「五年，置集賢院學士并校對黄本書籍官員」，原注：「紹聖初，罷校對。」與格非先後列於蘇門的秦觀曾於元祐五年六月除秘書省校對黄本書籍，而格非此時官太學博士，其任黄本，應在元祐六年末至元祐八年，而續娶和義夫人之長孫女，恰在任黄本之時。這時李清照已經九歲或十歲了。她的成長，當有賴於繼母的撫養和教育。

清照的生母，應是另一人。莊綽雞肋編卷中云：「岐國公王珪在元豐中爲丞相，父準、祖贄、曾祖景圖，皆登進士第……又漢國公準子四房，孫婿九人：余中、馬玿、李格非、閭丘籲、鄭居中、許光疑、張燾、高旦、鄧洵仁皆登科……曾孫婿秦檜、孟忠厚同時拜相開府。」按之李清臣王文恭公珪神道碑，則格非初娶者爲珪之長女，早卒[一二]。可見清照幼年喪母，在她稚嫩的心靈上留下了深深的烙印，對她的性格，不無影響。

經過一番探索和考證，李清照的生平和作品的時代背景，已基本上理出一個眉目。我把這些一一落實到本書的校記、箋注和所附年譜中。在箋注的第一條中，着重説明作品的創作時間和背景。其餘各條，除箋釋辭語、典實外，力求結合有關史籍加以闡述。年譜一項，前人已出多種，如黄盛璋的趙明誠李清照夫婦年譜附於中華書局李清照集，一九六二年版、王仲聞的李清照事跡編年附於人民文學出版社李清照集校注，一九七九年版、于中航的李清照年譜臺灣商務印書館一九九五年十一月初版。本書的年譜對它們都有所繼承、有所借鑒，但也有所發明和發展。最大的特點是盡可能地將作品繫年，讓讀者瞭解譜主的生活經歷與創作道路。我想這對李清照的進一步研究，當能提供一個較爲堅實的基礎。長江後浪推前浪，一代新人勝舊人。我已進入老境，相信後之來者必將超越前人，把李清照研究推向一個新的高峰。

是爲序。

徐培均　庚辰仲冬於海上歲寒居

【注】

〔一〕一九九九年七月二十二日來信。

〔二〕詞學季刊第三卷第一號，一九三六年三月。

〔三〕見本書附録李清照年譜。

〔四〕見詞學第六輯，華東師範大學出版社一九八八年七月。

〔五〕另有復旦大學圖書館藏漱玉詞彙鈔一册，署「錢塘汪玢孟文箋」、「問蘧廬正本」，並有「王鵬運況周頤同審定」章及「憑霄閣藏書記」印。篇目基本相同，唯多出浪淘沙（簾外五更風）與玉蠋新（溪源新臘後）兩闋，後一闋係周邦彦詞，故不録。

〔六〕中國社會科學院文學研究所編中國文學史二宋代文學第六章第二節，人民文學出版社一九八〇年版。

〔七〕劉憶萱論李清照及其作品，見光明日報一九六一年九月十七日文學遺產。

〔八〕西溪詞話十一李清照的豪放詞，見浙江日報一九六二年四月十一日。

〔九〕〔一〇〕見李獻奇、郭引强編著洛陽新獲墓誌三三八、三三九頁，文物出版社一九九六年版。

〔一一〕宋杜大珪名臣碑傳琬琰之集上卷八，見文淵閣四庫全書史部傳記類。

修訂本自序

李清照被清人王士禛譽爲婉約之宗，近半個世紀以來，更成爲詞學研究的熱點，前有黄盛璋、王仲聞、黄墨谷、陳祖美，繼之者則有鄧紅梅、吴惠娟、諸葛憶兵諸家，名家輩出，佳作如林，構成了當代詞壇上一道靚麗的風景綫。甚至遠播海外，在歐美也有專家從事李清照的研究。鄙人一向偏愛婉約詞，既治秦觀的淮海居士長短句，也治李清照的漱玉詞，然而魚與熊掌，勢難兼得，二者之中，故對後者關注尤多。十幾年前，我撰寫了李清照集箋注，二〇〇二年，由上海古籍出版社納入「中國古典文學叢書」付梓。本書問世，迄今已滿十年。在這十年中，重印八次，深受讀者青睞，還得到許多國内外專家的好評，如復旦大學王運熙教授説：「這是迄今爲止同類著作中材料最齊備、考證最細緻的著作。」〔一〕澳門大學施議對教授也説「一編在手，許多困擾，相信都可得以解除」；並稱「其對於端正學風、改善文風，相信亦將發揮一定的作用」〔二〕。美國加州大學聖巴巴拉校區東亞研究系艾朗諾（Ronald Egan）教授則以「權威性」的著作許之，並參考本書寫了兩篇論文和一本研究李清照的專著〔三〕。國内的研究者也或多或少受本書的影響，如蘇州大學王英志教授近年爲鳳凰出版社編選了李清照集一書，在前言中説，他「得惠於徐培均先生的李清照集箋注最多」。加拿大籍華裔詞學家英國皇家研究院院士葉嘉瑩教授在閲拙作歲寒居吟草（初稿）後，稱：「拜讀先生大作，深感先生詩情雅意觸處生發，欽賞無已。始知先生學術著作淮海居士長短句箋注及李清照集箋注之得有過人研究成果，固原有極深厚之創作實踐功力在也。」〔四〕諸家的評論，既是一種鼓勵，也是一種鞭策。但我不能安於現狀，必須百尺竿頭，更進一步。因此近十年來，不斷檢視全書，尋求缺失；又陸續搜集並積累資料，以備修訂。現在機會終於來了，此書已到了續約期，即將重新出版。爲了對讀者負責，特作以下修訂。

第一是「校記」。我對詞作反覆校對，參照各種版本，發現約有七十多處須加補充修改。復旦所藏經晚清詞學大家王鵬運、況周頤「同審定」的由錢塘汪玢箋的漱玉詞彙鈔，世所罕見，頗富學術價值，此次用以對校，便解決了許多問題，如浪淘沙（簾外五更風）一闋，即載於這本書，曾經王鵬運、況周頤兩位大師的審定，可爲李清照所作的又一權威性的佐證。又如怨王孫（草綠階前），欽定詞譜調作河傳之「又一體」，作者署李清照。此可辟趙萬里、王仲聞列爲「存疑之作」之非。此外，指不勝屈，就不一一説明了。

第二是「箋注」。原版箋注部分，尚屬翔實，然亦有疏漏之處。因爲詞「别是一家」，詞之箋注，不應完全同於詩文，須有其獨特的個性，做到別有會心，除了考證詞之作年、本事以及詮釋典實辭語之外，也應盡量以詞證詞，才能突出詞的意境與韻味。如注訴衷情（枕畔聞梅香）一詞，爲了説明宋人有鬢插梅花的習俗，特加梅苑卷九無名氏西江月（蠟梅）中兩句：「翠鬢斜插一枝香，似插蜂兒頭上。」這樣便讓人感到栩栩如生、韻味盎然了。凡此約補注了三十五條之多。

第三是「輯評」。原版彙輯前人評語分爲兩種：「彙評」與「總評」。今「彙評」增八條，「總評」增十條。如「總評」中增加的適園論詞二則，乃來自日本宋詞研究會所編的風絮雜志二〇〇九年第五號，係經南開大學孫克强教授整理而成，國内尚未曾發表。其中第一條稱「三李並重」，略謂「青蓮筆挾飛仙，飄飄有凌雲之氣」；「後主哀思纏綿，儘是亡國之音」；「清照憂思悽怨，語多蕭瑟」；所評且將各自的特色與詞人命運相聯繫，在歷代詞評中可謂罕見。胡適是現代用新觀點研究詞學的代表人物，此次修訂，在「彙評」與「總評」中各增一條他的評語，以企爲李清照研究打開另一扇窗户。

第四是附録後人的和作。和作有助原唱的研究，因爲原唱寫得好，韻味優美，感情深永，打動了後人，所以才有人依韻酬和。可貴的是後人和漱玉詞的，既不同於結社唱酬，也不同於友朋之間的應答；而是因爲李清照詞别饒風味，引起後人的關注與共鳴。清代是詞學復興時期，這一時期和漱玉詞最多的是王士禛的衍波詞，凡十六首；其次是彭孫遹的延露詞，凡五首。王士禛論詩主神韻説，其所爲詞，也含有神韻。從他的和作來看，未始不受李清照的沾溉，甚至引起吴梅的稱讚，説他那首和李清照的鳳凰臺上憶吹簫，「思深意苦，幾欲駕易安而上之」〔五〕。清謝章鋌則稱其蝶戀花（和漱玉詞）中「郎似桐花，妾似桐花鳳」二句，「最爲擅名」〔六〕。陳廷焯也説：「此詞絶雅麗，一時京師盛傳，呼之爲王桐花。」〔七〕由此可見，附録和詞，既可見原唱在詞史上的深遠影響，也可從比較中瞭解各自的特色，相信對於促進詞史與詞學研究亦將有所裨益。故此次擇要新增附録詞五首，以供研究者參考。

第五是「年譜」。爲了理清譜主與其親屬的關係，首先考覈其父李格非的仕履。李格非究竟何時任京東提點刑獄，史無明文。今據濟南徐北文先生李清照原籍考〔八〕，謂在曲阜孔林思堂之東的北墻南起第一方石刻上，刻着：「提點刑獄歷下李格非，崇寧元年正月二十八日，率遹、迥、迒、迒、□恭拜林冢之下。」而宋史本傳則説他本年七月罷提刑。這樣便證明李格非任京東提刑至少達半年以上，而對李清照何時隨父在歷下（濟南）居住以及她在歷下時的活動，也提供了有力的旁證。至於李格非在黨争中的態度，則從續資治通鑑長編卷四九八中徵引了兩條資料，分别繫於紹聖四年和元符元年，從中可見他對新黨章惇的執政，是心懷不滿、勢不兩立的。其次，對清照的丈夫趙明誠，新增了謝逸的一首送趙德甫侍親淮東詩，繫於元符二年四五月間，就中可見其少年時代瀟灑脱俗的風采，可見他與李清照不愧爲志同道合、才氣相當的賢伉儷。再次，就是李清照與秦檜夫婦的關係。根據莊綽雞肋編與李清臣王文恭珪神道碑，李清照乃神宗時宰相王珪的外孫女，與宋史李格非傳所載「娶王拱辰孫女」有異，而秦檜妻王氏是王珪次子王仲山之女，故清照與檜妻實爲表姊妹。這種關係是我首先發現並著録於本書初版年譜的。這次對秦檜夫婦何時北去金國、何時復歸行在，也作了清理與增益。御醫王繼先南渡後，曾向李清照强行索購古器物，他之所以如此囂張，是因爲身後有高宗與秦檜作靠山。高宗南逃途中在揚州白晝淫樂，金兵突襲時受驚〔九〕，喪失生育能力，要靠他醫治，故而他有恃無恐。就是這麽個酷嗜聚斂的小人，卻與秦檜之妻王氏「敘拜兄弟」〔一〇〕。紹興二年，李清照因控告後夫張汝舟而入獄，唯得趙明誠表兄綦崈禮的援助，九日而罷。此時有權有勢的秦檜夫婦却不聞不問，既未對王繼先的索購加以阻撓或勸止；也未對李清照的入獄一施援手。這就足以證明他們之間在政治立場上是相互對立涇渭分明的。以上三點，是對年譜的重要補充。

第六，對補遺詩詞的編次作了調整。補遺詞六首，都來自永樂大典，有影印件作證，詳見再版後記。但初版把它編在最後，書前又無目録，容易被讀者忽略。因此這次將補遺詩詞調至正文之後，以企形成统一的篇幅；又在目録中一一著録篇名，以便於讀者查找；也便於统計。原先二〇〇二年初版的目録中，詞只有五十三首，現增六首，共得五十九首；原來詩十六首，現增一首，共十七首。這樣，李清照詩詞總數便瞭然在目了。

此外在標點上也按照詞譜做得更規範一些，但也作了相應的變通，如有些詞原規定在押韻處皆作句號，往往會割裂詞意，那就改爲逗號，詞意便連貫了。這種變通乃不得已而爲之，爲數雖不多，却是必要的。

古語云：「書到用時方恨少，事非經過不知難。」經過數十年的摸索，深知詩詞箋注是一項艱巨的工程，而自己的學識還遠遠不夠。在本書原版自序中曾引錢鍾書先生的話説，清人治學重詞章、義理與考據〔一〕。箋注詩詞不但要在義理上加以疏通，在詞章上達到深入淺出，易懂易記，尤其重要的是考據。考據重實證，實證要資料，資料須搜集、須挖掘、須積累、須辨析真僞。它與義理的探求、詞章的表達是相輔相成的，並具有相對的獨立性。但三者相較，考據的生命力似乎更强。因此國學大師錢鍾書先生既肯定了以上三種治學方法，又認爲義理與考據相比，似乎稍遜一籌。他在讀拉奥孔中説：「許多嚴密周全的思想和哲學系統經不起時間的推排銷蝕，在整體上都垮塌了，但是它們的一些個别見解還爲後世所採取而未失去時效。好比龐大的建築物已遭破壞，住不得人、也唬不得人了，而構成它的一些木石磚瓦仍然不失爲可資利用的材料。往往整個理論系統剩下來的有價值東西只是一些片段思想。」〔二〕至於考據的成果，尤其是那些言之成理持之有故的研究成果，却經得起「時間的推排銷蝕」，成爲長久的「可資利用的材料」。這是錢先生的真知灼見，也是我爲之奮鬥的目標，然而藝無止境，經這次修訂之後，此書仍不免存在訛誤，敬希廣大讀者多多指教。是所至盼！徐培均癸巳春於海上歲寒居。

【注】

〔一〕見拙著歲寒居論叢師友賜教選録五〇九頁，黄山出版社二〇一一年版。

〔二〕見拙著歲寒居論叢師友賜教選録五一〇頁、五一二頁。

〔三〕論文爲趙明誠遠遊時爲什麽不給他的妻子李清照寫信，載復旦大學望道演講録〇六三頁，及散失與積累：明清時期漱玉詞篇數增多問題，載中國韻文學刊二〇一二年第一期四〇—四六頁。專著目前尚無中譯本（編者按：該書中譯本才女之累——李清照及其接受史，二〇一七年三月已由上海古籍出版社出版）。

〔四〕嘉瑩教授二〇〇五年十月二十日來函，原件影印載拙著歲寒居吟草卷端。

〔五〕詞學通論第九章。

〔六〕賭棋山莊詞話。

〔七〕詞則閑情集。

〔八〕載齊魯書社石頭上的文獻——曲阜碑文録一六九頁。

〔九〕見建炎以來繫年要録卷二十七。

〔一〇〕見宋史佞幸王繼先傳。

〔一一〕見本書自序第四頁。

〔一二〕見七綴集二十九頁，上海古籍出版社一九八五年版。

目録

卷一 詞

點絳唇〔一〕

蹴罷秋千〔二〕，起來慵整纖纖手〔三〕。露濃花瘦，薄汗沾衣透。　見客入來，襪剗金釵溜〔四〕。和羞走。倚門回首，却把青梅嗅〔五〕。

【校記】

此據日本東京大倉文化財團所藏彭氏知聖道齋鈔汲古閣未刻詞本漱玉詞（以下稱底本），調下原注：「或作無名氏，此從詞林。」詞林，指明楊慎所編詞林萬選，本詞載卷四。又見上海圖書館藏清沈瑾（公周）鈔漱玉詞（以下簡稱沈本）。續草堂詩餘、詞的、古今詞統、古今詩餘醉、花鏡雋聲、詞匯題作「秋千」。詞的又作周邦彥詞。楊金本草堂詩餘題作「佳人」，且誤作蘇軾詞。清道光二十年杭州刊汪玢輯、勞權手校漱玉詞彙鈔（以下簡稱汪本），亦收此詞，今藏日本東京靜嘉堂文庫。

趙萬里校輯宋金元人詞本漱玉詞（以下稱趙本）列入附録一「存疑」，案云：「詞意淺薄，不似他作，未知升庵（楊慎）何據。」均案：此詞寫少女情懷，當爲少年習作，似難與成年後詞風相比。且王灼碧雞漫志卷二稱其「作長短句能曲折盡人意，輕巧尖新，姿態百出」，證之此詞，如合符契，似應爲清照所作無疑。

王仲聞李清照集校注（以下稱王本）卷一亦附於存疑之作，注引趙萬里案語後云：「按一九五九年出版之北京大學學生編寫之中國文學史第五編第四章，斷定此首爲李清照作，評價頗高，恐未詳考。詞林萬選中不可靠之詞甚多，誤題作者姓名之詞，約有二三十首，非審慎不可也。」並對金繩武活字本花草粹編提出質疑云：「點絳唇『蹴罷秋千』一首，明刊本花草粹編原不著撰人姓名，金氏改爲李清照作，亦其一例。」並謂唐圭璋全宋詞「頗受其累」。録此備考。

王璠點絳唇作者爲李清照説認爲「趙、王二氏之説，僅憑臆斷，缺乏堅實依據，難以使人信服」。並云：「點絳唇一詞，既始見於詞林萬選，它比楊金本草堂詩餘早刊十一年，陳耀文花草粹編更在其後，幾達四十年。而萬選之輯，具有『搜求隱僻』的特徵……是故點絳唇的作者，自非李清照莫屬了。」（見李清照研究論文選，上海古籍出版社一九八六年版）

〔沾衣〕他本皆作「輕衣」。「沾」字甚新。

〔見客入來〕歷代詩餘、金繩武本花草粹編作「見有人來」。案：欽定詞譜卷四點絳唇，以馮延巳「蔭緑圍紅」一首爲正體，謂「後段第一句，趙鼎詞『美酒一杯』，『一』字仄聲」，與本詞同。若作「見有人來」，則與蘇軾「不用悲秋」一首後段起句「尚想橫汾」平仄相同，此乃變體也。

【箋注】

〔一〕詞爲少年時作，語本唐韓偓偶見詩：「秋千打困解羅裙，指點醍醐索一尊。見客入來和笑走，手搓梅子映中門。」

〔二〕蹴：踏。宋鄭奎妻孫氏春詞：「秋千蹴罷鬢鬖髿。」

〔三〕慵整：花間集鹿虔扆思越人：「珊瑚枕膩鴉鬟亂，玉纖慵整雲散。」

〔四〕襪剗：僅穿襪子走路，寫惶遽之狀。南唐李煜菩薩蠻：「剗襪步香階，手提金縷鞋。」

〔五〕青梅句：晁沖之玉蝴蝶：「重來一夢，手搓梅子。煮酒初嘗。」陳克浣溪沙：「牡丹花重鬢雲偏，手挼梅子並郎肩。」又沈公述春怨念奴嬌：「恨別王孫，牆陰目斷，手把青梅摘。」（見增修箋注草堂詩餘卷下）以上諸例，或說明此詞其來有自，或謂其影響之大。

【彙評】

明錢允治續選草堂詩餘卷上：曲盡情悰。

明卓人月古今詞統卷四徐士俊評：入若士紫釵記。

案：若士，明湯顯祖之號。其紫釵記寫霍小玉與李益相愛故事，第六齣墮釵燈影園林好曲云：「小立向迴廊下，閑嗅着小梅花。」時梅梢下落一釵，被李益拾起。詞統當指此。

明潘游龍等古今詩餘醉卷十二：（「和羞走」下）如畫。

明沈際飛草堂詩餘續集卷上：片時意態，淫夷萬變。美人則然，紙上何遽能爾！

清賀裳皺水軒詞筌：「無憑諳鵲語，猶得暫心寬。」韓偓語也。馮延巳去偓不多時，用其語曰：「終日望君君不至，舉頭聞鵲喜。」雖竊其意，而語加蘊藉。又賀方回用義山「無端嫁得金龜婿，孤負香衾事早朝」，爲「不待宿酲消，馬嘶催早朝」，亦有翻換。至無名氏「見客入來，襪剗金釵溜。和羞走。倚門回首，却把金釵嗅」，直用「見客入來和笑走，手搓梅子暎中門」二語演之耳。語雖工，終智在人後。

案：韓偓「無憑」二句，見香奩集幽窗。馮延巳詞乃謁金門。義山即李商隱，詩題爲有。賀方回名鑄，詞乃生查子。

清李繼昌左庵詞話：李後主詞：「爛嚼紅茸，笑向檀郎吐。」李易安詞：「倚門回首，却把青梅嗅。」汪肇麟詞：「待他重與畫眉，細數郎輕薄。」皆酷肖小兒女情態。

案：李後主詞乃一斛珠。汪肇麟，蓋清康熙時汪懋麟兄弟輩，餘不詳。

唐圭璋讀李清照詞札記：且清照名門閨秀，少有詩名，亦不致不穿鞋而着襪行走。含羞迎笑，倚門回首，頗似市井婦女之行徑，不類清照之爲人。無名氏演韓偓詩，當有可能。

鷓鴣天　桂〔一〕

暗淡輕黄體性柔〔二〕，情疏迹遠只香留〔三〕。何須淺碧輕紅色，自是花中第一流。

梅定妒，菊應羞。畫闌開處冠中秋。騷人可煞無情思，何事當年不見收〔四〕？

【校記】

此詞底本失載，據汪本勞權補鈔録入，原注：「全芳備祖十三。」趙本題作「桂花」，篇末注：「全芳備祖前集十三桂花門。」王本亦收之，所據亦爲全芳備祖前集卷十三、二如亭群芳譜樂譜卷一、廣群芳譜卷四十巖桂。

〔畫闌開處〕王仲聞注：「二如亭群芳譜、廣群芳譜作『詩書閑處』。按李賀金銅仙人辭漢歌云：『畫欄桂樹懸秋香，三十六宮土花碧。』此詞正用其事，故曰『畫欄開處』。群芳譜不足據。」

【箋注】

〔一〕黄墨谷重輯李清照集漱玉詞（以下稱黄本）卷二列爲「大觀二年屏居鄉里至建炎元年南渡以前之作」。陳祖美中國詩苑英華本李清照卷（以下注文引陳説出此書者不再標明）則云：「此首當係詞人結婚前後不久所作……此詞之旨，一則以桂花的色淡香濃，來比喻人的内在之美更爲可貴……二則詞中尚暗含不易讀出的這樣一種深層寓意，即詞人自知李氏門第並不烜赫，比起朝廷中的諸多名公大臣，她一直認爲其父祖的地位是低下的，就像自然界的巖桂，雖然其名位不能與御園中的『淺碧輕紅色』的牡丹、芍藥相比，但它的清高脱俗、宜人香氣，以及它作爲中秋佳節應時之花又足以使它成爲中秋之冠。」二説不妨並存，然細審詞意，終覺膚淺，當爲少年時所作。

〔二〕暗淡句：全芳備祖桂花門引爾雅：「梫木，桂樹也，一名木犀。花淡白，其淡紅者謂之丹桂。黄花者能子，叢生巖嶺間。」

〔三〕情疏句：謂桂花幽香飄自遠處。宋劉過桂枝香觀木犀有感寄吕郎中詞：「是天公餘香賸馥，怪一樹香風，十里相續。」亦此意。

〔四〕騷人二句：屈原作離騷，此處騷人指屈原。可煞，詩詞曲語辭匯釋卷四：「可煞，猶云可是也，疑問辭。」並引此句爲例。案：離騷遍引辟芷、秋蘭、秋菊、芙蓉、芰荷以喻美德，清照以爲未及桂花，故云「何事當年不見收」。與之同時之陳與義亦持此説，其清平樂咏桂云：「楚人未識孤妍，離騷遺恨千年。」其實並非如此。離騷有云：「雜申椒與菌桂兮，豈惟紉夫蕙茝？」又曰：「矯菌桂以紉蕙兮，索胡繩之纚纚。」一再及桂。案菌桂亦巖桂之一種，見晉嵇含南方草木狀。未審清照、與義何以如此説。

浣溪沙〔一〕

莫許盃深琥珀濃〔二〕，未成沉醉意先融。疏鐘已應晚來風。　瑞腦香消魂夢斷〔三〕，辟寒金小髻鬟鬆〔四〕。醒時空對燭花紅〔五〕。

【校記】

此詞底本失載，據樂府雅詞卷下録入，亦見汪本。

〔疏鐘〕原本及他本俱脱此二字，此據文津閣四庫全書本樂府雅詞補。

〔辟寒〕汪本作「碎寒」，注：「碎，當作辟。」清秦恩復本樂府雅詞下作「碎寒」。非。

【箋注】

〔一〕此詞黄本卷一列入「大觀元年以前之作」。陳祖美云「此首亦當是未婚少女所作閨情詞」，並引吴熊和語曰：「是青春期因深閨寂寞而産生的一種朦朧而難以辨析的情緒……爲這種情緒所困，心兒不寧，甚至醉也不成，夢也不成，不知如何排遣。」據此，姑置於元符年間。

〔二〕莫許句：莫許，陳祖美云：「當爲『莫訴』。『許』、『訴』形近而誤。『訴』有辭酒不飲之義，如韋莊除有離席訴酒詩，其菩薩蠻詞『莫訴金杯滿』句，與清照此句詞意相同。」甚是。琥珀，喻酒色。李白客中作：「蘭陵美酒鬱金香，玉碗盛來琥珀光。」

〔三〕瑞腦：即龍腦，香料名。今稱冰片。段成式酉陽雜俎前集卷十八廣動植之三木篇：「龍腦，香樹，出婆利國，婆利呼爲固不婆律。亦出波斯國。樹高八九丈，大可六七圍，葉圓而背白，無花實。其樹有肥有瘦，瘦者婆律膏香。一曰瘦者出龍腦香，肥者出婆律膏也。在木心中，斷其樹劈取之，膏於樹端流出，斫樹作坎而承之。」又宋葉廷珪香録云：「乃深山窮谷中千年老杉樹，其枝幹不曾損動者則有香，若損動則氣洩無腦。」

〔四〕辟寒金：舊題晉王嘉拾遺記卷七：「昆明國貢嗽金鳥，形如雀而色黄，羽毛柔密，常吐金屑如粟，鑄之可以爲器。此鳥畏霜雪，乃起小屋處之，名曰辟寒臺。宮人争以鳥吐之金用飾釵珮，謂之辟寒金。故宫人相嘲曰：『不服辟寒金，那得帝王心？』」案：舊唐書輿服志載：「五品以上，金玉鈿飾，用犀爲簪，是爲常服。」又嶺南表異録云：「犀角爲簪梳，塵不著髮。」故知此處辟寒金係指塗金的犀角簪梳。

〔五〕醒時句：李煜玉樓春：「歸時休放燭花紅。」此處僅易三字，而情境已殊。

漁家傲〔一〕

雪裏已知春信至，寒梅點綴瓊枝膩〔二〕。香臉半開嬌旖旎〔三〕。當庭際，玉人浴出新粧洗〔四〕。　造化可能偏有意〔五〕，故教明月玲瓏地〔六〕。共賞金樽沉緑蟻〔七〕。莫辭醉，此花不與群花比。

【校記】

此詞録自底本，亦見汪本，原載宋黄大輿梅苑卷九。

【箋注】

〔一〕此詞黄本卷二以爲「大觀二年屏居鄉里至建炎元年南渡以前之作」，似未深考。又陳祖美云：「此首亦當作於詞人出嫁前夕。其時她正豆蔻年華……其自矜自得之意，溢於言表，以梅自況之意甚明。」案：詞係咏臘梅，宋時京洛間多植庭院。黄庭堅山谷内集卷五戲咏臘梅二首，宋任淵注云：「山谷書此詩後云：『京洛間有一種花，香氣似梅花，亦五出而不能晶明，類女功撚蠟所成，京洛人因謂蠟梅。』」周紫芝竹坡詩話：「東南之有臘梅，蓋自近時始。余爲兒童時，猶未之見。元祐間，魯直諸公方有詩。」益可證此詞作於汴京。又此詞風格尚欠老成，當爲少年時作，時清照居汴京。祖美之説可從。

〔二〕瓊枝：形容梅枝如玉。楚辭離騷：「折瓊枝以繼佩。」宋范成大范村梅譜謂臘梅「色酷似蜜脾」，故曰「膩」。

〔三〕嬌旖旎：嫵媚嬌艷。花間集魏承班玉樓春：「艷色韶顔嬌旖旎。」范村梅譜謂臘梅之一種：「經接花疏，雖盛開，花常半含，名磬口梅，言似僧磬之口也，最先開，色深黄如紫檀。花密香穠，此品最佳。」因「花常半含」故云「香臉半開」。

〔四〕玉人浴出：唐白居易長恨歌形容楊貴妃浴罷云：「春寒賜浴華清池，温泉水滑洗凝脂，侍兒扶起嬌無力。」又陳鴻長恨歌傳：「别疏湯泉，詔賜藻瑩，既出水，體弱力微，若不任羅綺，光彩焕發，轉動照人。」此以形容臘梅之嬌弱媚態。

〔五〕造化：指大自然。莊子大宗師：「今一以天地爲大鑪，以造化爲大冶。」唐杜甫望嶽詩：「造化鍾神秀，陰陽割分曉。」

〔六〕玲瓏：晶瑩明亮。李白玉階怨：「却下水晶簾，玲瓏望秋月。」

〔七〕緑蟻：古稱酒面上之碎沫。白居易問劉十九詩：「緑蟻新醅酒，紅泥小火爐。」

減字木蘭花〔一〕

賣花擔上〔二〕，買得一枝春欲放〔三〕。淚染輕勻，猶帶彤霞曉露痕。　怕郎猜道，奴面不如花面好。雲鬢斜簪，徒要教郎比並看〔四〕。

【校記】

此詞録自底本，趙本列入附録一存疑。王仲聞云：「趙萬里輯漱玉詞云：『案汲古閣未刻本漱玉詞收之，染作點，詞意淺顯，亦不似他作。』按以詞意判斷真僞，恐不甚妥，茲仍作清照詞，不列入存疑詞内。」王説可從。

〔淚染〕底本「染」字旁注「點」。

【箋注】

〔一〕詞乃新婚後作。李清照金石録後序：「余建中辛巳，始歸趙氏。時……侯年二十一，在太學作學生。」建中辛巳，即徽宗建中靖國元年（一一〇一）。時清照年十八，故「閭巷荒淫之語，肆意落筆」（王灼碧鷄漫志卷二），盡情表現青春氣息與新婚之樂。

〔二〕賣花擔上：宋孟元老東京夢華録卷七：「是月季春，萬花爛熳，牡丹芍藥，種種上市。賣花者以馬頭竹籃鋪排，歌叫之聲，清奇可聽。」南宋遷都臨安，猶存此風。蔣捷昭君怨賣花人云：「擔子挑春雖小，白白紅紅都好。賣過巷東家，巷西家。　簾外一聲聲叫，簾裏鵶鬟入報。問道買梅花，買杏花？」

〔三〕一枝春：即一枝花。南朝陸凱贈范曄詩：「折梅逢驛使，寄與隴頭人。江南無所有，聊贈一枝春。」黄庭堅劉邦直送早梅水仙詩：「欲問江南近消息，喜君贈我一枝春。」

〔四〕比並：唐宋時俗語，猶相比。敦煌詞蘇幕遮：「莫把潘安，才貌相比並。」又内家嬌：「任從説洛浦陽臺，漫將比並無因。」

浣溪沙　閨情〔一〕

繡面芙蓉一笑開〔二〕。斜飛寶鴨襯香腮〔三〕。眼波纔動被人猜。　一面風情深有韵〔四〕，半牋嬌恨寄幽懷。月移花影約重來〔五〕。

【校記】

原接底本同調詞「髻子傷春慵更梳」一首之後。又見汪本（復旦藏汪本亦有之）。原無題，依林下詞選卷一補。清王鵬運四印齋本注：「此尤不類，明明是淑真『月上柳梢頭，人約黄昏後』詞意。蓋既汙淑真，又汙易安也。」均案：「月上」二句，係歐陽修生查子詞。趙本案云：「金瓶梅第三十回引上闋，不著撰人。詩詞雜俎本漱玉詞收之，『面』作『幕』，詞意儇薄，不類易安他作。王鵬運已疑之，未詳所出。」王本據此列入存疑之作。均案：趙萬里因金瓶梅曾引此詞，故以「詞意儇薄」疑之，似不足據。今查金瓶梅詞話本，無此詞，唯章回本收之，詞末注：「右調山花子。」係承明刊續草堂詩餘之誤。殊不知宋王灼碧鷄漫志卷二云：「易安居士……作長短句能曲折盡人意，輕巧尖新，姿態百出，閭巷荒淫之語，肆意落筆。」可見清照此闋「詞意儇薄」，亦其風格所致，不應存疑。全宋詞作李清照詞，是。

〔繡面〕歷代詩餘作「繡幕」。

〔斜飛〕歷代詩餘作「斜偎」。

【箋注】

〔一〕此詞蓋建中靖國元年（一一〇一）新婚後作，與減字木蘭花（賣花擔上）風格相似，可參看。

〔二〕芙蓉：荷花。此喻少女面龐。白居易長恨歌：「芙蓉如面柳如眉。」又簡簡吟：「芙蓉花顋柳葉眼。」

〔三〕寶鴨：鴨形香爐。潛確類書：「金猊寶鼎鴨金鳧，皆焚香器也。」唐孫魴夜坐詩：「坐久烟銷寶鴨香。」斜飛寶鴨，謂爐中裊裊昇起的香烟。

〔四〕韵：美麗、標致。宋周煇清波雜志六：「宣和間，衣著曰韵纈，果實曰韵梅，詞曲曰韵令……蓋時以婦人有標致者爲韵。」

〔五〕月移花影句：唐元稹鶯鶯傳鶯鶯寄張生明月三五夜詩：「待月西廂下，迎風户半開。拂牆花影動，疑是玉人來。」此用其意。又宋王安石夜直詩：「春色惱人眠不得，月移花影上欄干。」

【彙評】

明趙世傑古今女史卷十二：摹寫嬌態，曲盡如畫。評「眼波」句：更入趣。

明古今詞統卷四徐士俊評：朱淑真云：「嬌癡不怕人猜。」便太縱矣。

案：「嬌癡」句，乃朱淑真清平樂詞。

清沈謙填詞雜説：「唤起兩眸清炯炯」、「閑裏覷人毒」、「眼波纔動被人猜」、「更無言語空相覷」：傳神阿堵，已無剩美。

案：「唤起」句，乃周邦彦蝶戀花詞。「閑裏」句，乃張孝祥醉落魄詞。「更無」句，乃毛滂惜分飛詞。

清賀裳皺水軒詞筌：詞雖以險麗爲工，實不及本色語之妙。如李易安「眼波纔動被人猜」、蕭淑蘭「去也不教知，怕人留戀伊」、魏夫人「爲報歸期須及早，休誤妾，一春閑」、孫光憲「留不得，留得也應無益」、嚴次山「一春不忍上高樓，爲怕見、分攜處」，觀此種句，覺「紅杏枝頭春意鬧」尚書，安排一箇字，費許大氣力。

案：「去也」二句，乃小説人物蕭淑蘭詞。「爲報」三句，乃魏夫人（名玩）江城子詞。「留不得」二句，乃花間集孫光憲謁金門詞。「一春」二句，乃嚴仁（字次山）一落索詞。「紅杏」句，乃宋祁玉樓春詞。

清田同之西圃詞説：詞中本色語，如李易安「眼波纔動被人猜」、蕭淑蘭「去也不教知，怕人留戀伊」、孫光憲「留不得，留得也應無益」、嚴次山「一春不忍上高樓，爲怕見、分攜處」，觀此種句，即可悟詞中之真色生香……蓋詞中雅俗字原可互相勝負，非文理不背，即可通用。此僅可爲解人道也。

清吴衡照蓮子居詞話卷二：易安「眼波纔動被人猜」，矜持得妙；淑真「嬌癡不怕人猜」，放誕得妙：均善於言情。

龍榆生漱玉詞叙論：他如浣溪沙之「眼波纔動被人猜」，吴衡照贊爲「矜持得妙，善於言情」（蓮子居詞話），而王鵬運謂是他人僞托，以汙易安（四印齋本漱玉詞）。要之明誠在日，易安固一風流醖藉之人物，言語文字之間，亦復何所避忌？

【附】

清王士禛浣溪沙春閨和漱玉詞：漸次紅潮趁靨開。木瓜香粉印桃腮。爲郎瞥見被郎猜。

不逐晨風飄陌路，願隨明月入君懷。半床鼾夢待君來。

如夢令〔一〕

昨夜雨疏風驟。濃睡不消殘酒。試問捲簾人〔二〕，却道海棠依舊。知否，知否？

應是緑肥紅瘦。

【校記】

此詞録自底本，又見汪本、沈本。原載樂府雅詞卷下。古今詞統調下題作「春晚」，彤管遺編題作「暮春」，詩餘畫譜題作「春景」，草堂詩餘別録前集題作「春曉」。

【箋注】

〔一〕此詞作於南渡前，寫惜春之情，其中化用韓偓懶起（一作閨意）詩意。韓詩下半云：「昨夜三更雨，臨明一陣寒。海棠花在否？側卧捲簾看。」情景差相似。姑繫於崇寧初。

〔二〕捲簾人：指正在捲簾之侍女。今人吴小如謂指其夫趙明誠（見北京出版社一九八八年詩詞札叢二五八頁）。案：唐盧仝樓上女兒曲云：「誰家女兒樓上頭，指揮婢子掛簾鈎。」辛棄疾生查子有覓詞者爲賦：「不見捲簾人，一陣黄昏雨。」宋張樞瑞鶴仙：「捲簾人睡起，放燕子歸來，商量春事。」可證「捲簾人」爲婢子。釋爲趙明誠，似誤。

【彙評】

宋阮閲詩話總龜後集卷四十八麗人門：近時婦人能文詞如李易安，頗多佳句。小詞云：「昨夜雨疏風驟。濃睡不消殘酒。試問捲簾人，却道海棠依舊。知否，知否？應是緑肥紅瘦。」「緑肥紅瘦」，此言甚新。（又見花庵詞選卷十引）

宋陳郁藏一話腴甲集卷一：李易安工造語，故如夢令「緑肥紅瘦」之句，天下稱之。余愛趙彦若剪綵花詩云：「花隨紅意發，葉就緑情新。」「緑情」、「紅意」，似尤勝於李云。

明張綖草堂詩餘別録前集：韓偓詩云：「昨夜三更雨，今朝一陣寒。海棠花在否？側卧捲簾看。」此詞蓋用其語點綴，結句尤爲委曲精工，含蓄無窮之意焉，可謂女流之藻思者矣。

明楊慎批點本草堂詩餘卷一：此詞較周詞更婉媚。

明李攀龍草堂詩餘雋卷二眉批：語新意雋，更有豐情。評語：寫出婦人聲口，可與朱淑真並擅詞華。

明蔣一揆堯山堂外紀：李易安又有如夢令云（詞略），當時文士，莫不擊節稱賞，未有能道之者。

明沈際飛草堂詩餘正集卷一：「知否」二字，叠得可味。「緑肥紅瘦」，創獲自婦人，大奇！

明茅暎詞的卷一：易安，我之知己也。今世少解人，自當遠與易安作朋。

明古今詞統卷四徐士俊評：花間集云：此詞安頓二叠語最難。「知否，知否」，口氣宛然。若他「人静，人静」、「無寐，無寐」，便不渾成。

案：「人静」乃宋曹組詞句，「無寐」乃秦觀詞句，調名皆爲如夢令。

明潘游龍古今詩餘醉卷七：「知否」字，叠得妙。

清王士禛花草蒙拾：前輩謂史梅谿之句法，吴夢窗之字面，固是確論；尤須雕組而不失天然。如「緑肥紅瘦」、「寵柳嬌花」，人工天巧，可稱絶唱。若「柳腴花瘦」、「蝶淒蜂慘」，即工，亦「巧匠斲山骨」矣。

案：「柳腴花瘦」乃宋湯恢八聲甘州詞句，「蝶淒蜂慘」乃宋楊纘八六子詞句。

清張宗橚詞林紀事卷十九引查初白（慎行）曰：可與唐莊宗（李存勗）如夢令疊字爭勝。

清黃蘇蓼園詞選：按：一問極有情，答以「依舊」，答得極澹，跌出「知否」二句來；而「緑肥紅瘦」，無限淒婉，却又妙在含蓄。短幅中藏無數曲折，自是聖於詞者。

清陳廷焯白雨齋詞話卷六：詞人好作精艷語，如左與言之「滴粉搓酥」，姜白石之「柳怯雲鬆」，李易安之「緑肥紅瘦」、「寵柳嬌花」等句，造句雖工，終非大雅。

案：左與言即左譽，「滴粉搓酥」，全篇不存。「柳怯雲鬆」乃姜夔解連環詞句。

又雲韶集卷十：祇數語中，層次曲折有味，世徒稱其「緑肥紅瘦」一語，猶是皮相。

又詞則別調集卷二：一片傷心，纏綿淒咽，世徒賞其「緑肥紅瘦」一語，猶是皮相。

清李繼昌左庵詞話：作詞須用詞眼，如潘元質之「燕嬌鶯姹」，李易安之「緑肥紅瘦」、「寵柳嬌花」，夢窗之「醉雲醒月」，碧山之「挑雲研雪」，梅谿之「柳昏花暝」，竹屋之「玉嬌香怨」。

案：潘汾，字元質，其倦尋芳詞云：「樹色沉沉，春盡燕嬌鶯姹。」夢窗，吴文英之號，其解蹀躞詞云：「醉雲又兼醒雨。」此處蓋誤記。碧山，王沂孫號，「挑雲研雪」，失調名，見陸輔之詞旨引。梅谿，史達祖號，「柳昏花暝」，見雙雙燕。竹屋，高觀國之號，其齊天樂云：「猶憶玉嬌香軟。」此處蓋誤記。

俞平伯唐宋詞選釋中卷：全篇淡描，結句着色，更覺濃艷顯豁。

唐圭璋詞學論叢讀李清照詞札記：「綠肥紅瘦」與孟浩然詩同妙……此詞與詩所寫，一樣濃睡初醒，一樣回憶夜來風雨，一樣關心小園花朵，二人時代雖不同，詩與詞體格雖不同，樸素與凝練之表現手法雖不同，但二人愛花心靈之美則完全一致，宜乎並垂不朽云。

繆鉞靈谿詞説論李清照詞：這大概都是少時所作，雖無深意，而婉美靈秀之致，非用力者所能及。

【附】

清王士禛如夢令和漱玉詞：簾額落花風驟。春思慵如中酒。久待不歸來，解識相思如舊。堪否，堪否？坐盡寶爐香瘦。（見陳乃乾輯清名家詞第三卷衍波詞，下同）

怨王孫

帝里春晚〔一〕，重門深院。草綠階前，暮天雁斷。樓上遠信誰傳？恨綿綿〔二〕。

多情自是多沾惹〔三〕。難拚捨。又是寒食也。鞦韆巷陌，人靜皎月初斜，浸梨花〔四〕。

【校記】

底本原接同調詞「夢斷漏悄」一首之後。又見汪本、沈本。嘯餘譜卷四題作「春景」。趙本、王本列入附録存疑之作，不妥。欽定詞譜卷十一調名作河傳之又一體，作者李清照。在河傳第一首調下注云：「李清照詞有『人静皎月初斜，浸梨花』句，更名月照梨花。」可證爲李詞。參見「夢斷漏悄」一首校記。

〔誰傳〕古今詩餘醉作「難傳」。

〔難拚捨〕草堂詩餘評林、便讀草堂詩餘作「難棄捨」，誤。

【箋注】

〔一〕帝里：京城。杜甫寄彭州高三十五使君適三十韵：「無錢居帝里，盡室在邊疆。」此指汴京。詞乃寫離情。金石録後序：「（婚）後二年，（明誠）出仕宦，便有飯疏衣綀，窮遐方絶域，盡天下古文奇字之志。」「後二年」，即指本年——崇寧二年（一一〇三）。此時清照獨居帝里，時時憶念明誠，故云「樓上遠信誰傳？恨綿綿。」

〔二〕恨綿綿：白居易長恨歌：「天長地久有時盡，此恨綿綿無絶期。」

〔三〕沾惹：宋時口語，意爲招惹，招引。柳永鬭百花：「剛被風流沾惹，與合垂楊雙髻。」

〔四〕皎月二句：謂月光如水，浸透梨花。宋謝逸南歌子：「簾外一眉新月，浸梨花。」

【彙評】

明李攀龍草堂詩餘雋卷二眉批：以「多情」接「恨綿綿」，何組織之工！　評語：此詞可以「王孫不歸兮，春草萋萋兮」參看。

明楊慎批點草堂詩餘卷二：評「多情」句：至情。

明古今詞統卷七徐士俊評：元詞多以「也」字叶成妙句，殆祖此。

明沈際飛草堂詩餘正集卷一：賀詞「多情多感」獨少此「難拚捨」三字。元人樂府率以「也」字叶成妙句，殆祖此。

案：「多情多感」乃宋蔡伸柳梢青詞，此處誤作賀鑄詞。

清王士禛花草蒙拾：「皎月梨花」，本是平平，得一「浸」字，妙絶千古，與「月明如水浸宫殿」同工。

案：「月明」句乃五代王衍詩句。

清陸昶歷朝名媛詩詞卷十一：易安以詞擅長，揮灑俊逸，亦能琢鍊。最愛其「草緑階前，暮天雁斷」，極似唐人。

【附】

清王士禛怨王孫：碧天雲晚，緑梧小院。簾額花輕，烟眉柳斷。珠淚裏寄誰傳？恨綿綿。愁多自覺春相惹。怕相捨。則索廝守也。紅窗刀尺初罷，銀漢西斜，卜燈花。（和漱玉詞）

清彭孫遹怨王孫春暮和李易安同阮亭：春陰畹晚，薔薇庭院。謝女樓空，秦娥夢斷。倩柳色把情傳。結纏綿。當初小喜將人惹。還拋捨。煞是無賴也。别來又過寒食，幾樹横斜，斷腸花。

一剪梅〔一〕

紅藕香殘玉簟秋，輕解羅裳〔二〕，獨上蘭舟〔三〕。雲中誰寄錦書來〔四〕？雁字回時〔五〕，月滿西樓〔六〕。　花自飄零水自流〔七〕。一種相思，兩處閑愁。此情無計可消除，纔下眉頭，却上心頭〔八〕。

【校記】

此詞見樂府雅詞卷下。録自底本，又見汪本、沈本。汪本調下題作「别愁」，唐宋諸賢絶妙詞選（以下簡稱花庵詞選）同。草堂詩餘雋卷二題作「秋别」，草堂詩餘後集卷下題作「離别」，彤管遺編續集卷十七調名作「一枝花」，清綺軒詞選題作「閨思」。

清張宗橚詞林紀事卷十九曰：「此一剪梅變體也。前段第五句原本無『西』字，後人所增。舊譜謂脱去一字者非。又按汲古閣宋詞，此詞載入惜香樂府，恐誤。」均案：欽定詞譜卷十三趙長卿此調另有一首作「又一體」，注：「雙調，五十九字，前段五句三平韻；後段六句三平韻。」詞云：「霽靄迷空曉未收。羈館殘鐙，永夜悲秋。梧桐葉上三更雨，别是人間一段愁。　睡又不成夢又休。多愁多病，當甚風流？真情一點苦縈人，纔下眉尖，恰上心頭。」末注：「此詞前段結句七字。按李清照詞：『鴈字來時月滿樓。』又樂府雅詞：『明日從教一綫添。』皆作七字句，與此同。蓋一剪梅之變體也。舊譜謂李詞脱去一字者非。」均案：李詞既爲雙調，則上下結句式、字數應一致，故仍應以有「西」字爲是。

又趙本案：「此闋别見趙長卿惜香樂府九。以校雅詞，頗有異文：『玉簟』作『碧樹』，『輕解羅衾〔裳〕』作『羞解羅襦』，『獨』作『偷』，『滿』下有『西』字，『此情無計可消除』作『酒醒夢斷數殘更』，『纔下眉頭』作『舊恨前歡』，『却』作『總』：疑出長卿手訂。編者不察，遂誤入趙集耳。」王本案曰：「惜香樂府誤收之詞頗多，編者劉澤未細考，恐見有手蹟即録，而不知其非長卿自作之故。」均案：全宋詞趙長卿詞所收一剪梅同詞譜，篇末注云：「以上惜香樂府卷九，從陸勑先校汲古閣本録出。」可見所據爲善本，且將「紅藕香殘碧樹秋」一首列入存目詞，知其不可靠也。

〔羅裳〕續草堂詩餘作「羅裙」。

〔誰寄〕古今别腸詞選作「不見」。

〔回時〕詞律作「來時」。

〔西樓〕四庫本樂府雅詞、花庵詞選、古今詞統等俱無「西」字。趙本注：「據詩餘圖譜、花草粹編、古今女史、詞綜補。」參見前引趙長卿詞。清秦恩復本樂府雅詞注：「一本無『西』字。」

〔花自〕便讀草堂詩餘、草堂詩餘評林作「花月」；古今女史作「花落」。

〔兩處〕林下詞選作「兩地」。

〔閑愁〕續草堂詩餘作「離愁」；天籟軒詞選作「凝愁」。樂府雅詞曹元忠校：「明鈔本無『閑』字。」

〔纔〕沈際飛草堂詩餘注：「一作方。」

〔却〕同上沈際飛注：「一作又。」

【箋注】

〔一〕元伊世珍琅嬛記云：「易安結縭未久，明誠即負笈遠遊。易安殊不忍別，覓錦帕書一翦梅詞以送之。」考易安金石録後序云：「後二年，出仕宦，便有飯疏衣練，窮遐方絶域，盡天下古文奇字之志。」「後二年」，即崇寧二年，琅嬛記云「負笈遠遊」，當指明誠外出尋訪碑刻。易安時年二十歲。

〔二〕紅藕二句：紅藕，荷花。花間集顧敻醉公子：「漠漠秋雲淡，紅藕香侵檻。」又虞美人云：「緑荷相倚滿池塘，露清枕簟藕花香，恨悠揚。」蓋爲此詞所本。案：俞平伯唐宋詞選釋：「船上蓋亦有枕簟的鋪設。若釋爲一般的室内光景，則下文『輕解羅裳，獨上蘭舟』，即頗覺突兀。」甚是。輕解，此處有輕挽、輕提義。羅裳，羅裙。晉女子春歌：「春風復多情，吹我羅裳開。」

〔三〕蘭舟：船之美稱。梁任昉述異記卷下：「木蘭川在潯陽江中，多木蘭樹。昔吴王闔閭植木蘭於此，用構宫殿也。七里洲中有魯班刻木蘭爲舟，舟至今在洲中。詩家云木蘭舟，出於此。」花間集孫光憲河傳詞：「木蘭舟上，何處吴娃越艶，藕花紅照臉。」

〔四〕錦書：晉書列女傳竇滔妻蘇氏：「竇滔妻蘇氏，始平人也，名蕙，字若蘭。善屬文。滔，苻堅時爲秦州刺史，被徙流沙。蘇氏思之，織錦爲迴文旋圖詩以贈滔，宛轉循環以讀之，詞甚淒惋，凡八百四十字。」後世多指夫婦、情侣間書信爲「錦書」、「錦字」，如杜甫江月詩：「誰家挑錦字，滅燭翠眉顰。」宋賀鑄夜擣衣詞：「收錦字，下鴛機。」

〔五〕雁字：雁羣常在天空列成「一」字或「人」字隊形，因稱「雁字」。傳説雁能傳書，見漢書蘇武傳。宋晏幾道蝶戀花：「雁字來時，恰向層樓見。」

〔六〕月滿句：喻望遠懷人之情。唐韋應物答李儋詩：「聞道欲來相問訊，西樓望月幾回圓。」李益寫情詩：「從此無心愛良夜，任他明月下西樓。」宋潘汾賀新涼：「月滿西樓憑欄久，依舊歸期未定。」詞意近之。

〔七〕花自句：語本唐崔塗春夕詩：「水流花謝兩無情。」又李煜浪淘沙詞：「流水落花春去也。」俞平伯唐宋詞選釋：「此句即承上『紅藕香殘』『蘭舟』來。」

〔八〕此情三句：語本范仲淹御街行秋日懷舊：「都來此事，眉間心上，無計相迴避。」又賀鑄眼兒媚：「今宵眼底，明朝心上，後日眉頭。」周邦彦訴衷情：「不言不語，一段傷春，都在眉間。」意皆相近，而變化不一。

【彙評】

明楊慎批點草堂詩餘引鍾人傑評：此詞低回宛折，蘭香玉潤，即六朝才子，恐不能擬。

明楊慎批點草堂詩餘卷三：離情欲淚，讀此始知高則誠、關漢卿諸人，又是效顰。

明茅暎詞的卷三：香弱脆溜，自是正宗。

明李攀龍草堂詩餘雋卷五眉批：多情不隨雁字去，空教一種上眉頭。評語：惟錦書、雁字，不得將情傳去，所以一種相思，眉上心頭，在在難消。

明王世貞弇州山人詞評：孫夫人：「閑把繡絲撏，認得金針又倒拈。」可謂看朱成碧矣。李易安：「此情無計可消除，方下眉頭，又上心頭。」可謂憔悴支離矣。秦少游：「安排腸斷到黃昏。甫能炙得燈兒了，雨打梨花深閉門。」則十二時無間矣。此非深於閨恨者不能也。

案：孫夫人詞爲南鄉子，秦少游詞爲鷓鴣天。

又：范希文「都來此事，眉間心上，無計相迴避」，類易安而小遜之。

明張丑清河書畫舫中集：易安詞稿一紙，乃清秘閣故物也。筆勢清真可愛。此詞漱玉集中亦載，所謂離別曲者耶？卷尾略無題識，僅有「點定」兩字耳。録具於左（詞略），右調一剪梅。

王仲聞李清照集校注本篇按：「易安詞稿乃清秘閣故物。此清秘閣殆即元末倪雲林（倪瓚）之清閟閣也（『秘』與『閟』通）。名人收藏，流傳有緒，當非僞蹟。張丑尚見有漱玉集，是明末於世善堂藏本以外，或尚有別本流傳也。」

明古今詞統卷十徐士俊評：「樓」字上不必增「西」字。劉伯温「雁短人遥可奈何」，亦七字句，倣此。

明沈際飛草堂詩餘正集卷二：時本落「西」字作七字句，非調。是元人樂府妙句，關、白、馬、鄭諸君，固效顰耳。

又草堂詩餘後集卷下李易安一剪梅詞注：苕谿漁隱曰：「近時婦女能文詞者，如趙明誠之妻李易安，長於詞，有漱玉集三卷行於世。」此詞頗盡離別之意，當爲拈出。

明李廷機草堂詩餘評林卷二：此詞頗盡離別之情，語意超逸，令人醒目。

清王士禛花草蒙拾：俞仲茅小詞云：「輪到相思没處辭，眉間露一絲。」視易安「纔下眉頭，却上心頭」，可謂此子善盜。然易安亦從范希文「都來此事，眉間心上，無計相迴避」脱胎，李特工耳。

案：俞仲茅（俞彦）詞乃長相思。

清萬樹詞律卷九：「月滿樓」或作「月滿西樓」，不知此調與他詞異，如「裳」、「思」、「來」、「除」等字，皆不用韵，原與四段排比者不同。「雁字」句七字，自是古調，何必强其入俗而添一「西」字，以湊八字乎？人若欲填排偶之句，自有别體在也。

清沈雄古今詞話：周永年云：一剪梅唯易安作爲善。劉後村換頭亦用平字，於調未叶。若「雲中誰寄錦書來」，與「此情無計可消除」，「來」字「除」字，不必用韵，似俱出韵。但「雁字回時月滿樓」，「樓」上失一「西」字。劉青田「雁短人遥可奈何」，「樓」上似不必增「西」字。今南曲只以前段作引子，詞家復就單調，别名剪半，將法曲之被管弦者，漸不可究詰矣。

清徐釚詞苑叢談卷五品藻三：董文友一剪梅云：「慣得相攜花下遊。蘇大風流，蘇小風流。而今别況冷於秋。燕去南樓，人去南樓。　等閑平判十分愁。儂在心頭，卿在心頭。少年心事總悠悠。一曲揚州，一夢蘇州。」商邱宋牧仲謂其酷似李易安。

清梁紹壬兩般秋雨庵隨筆卷三：易安一剪梅詞起句「紅藕香殘玉簟秋」七字，便有吞梅嚼雪不食人間烟火氣象，其實尋常不經意語也。

清陳廷焯雲韶集卷十：起七字秀絶，真不食人間烟火者。梁紹壬謂：只起七字已是他人不能到。結更淒絶。

又白雨齋詞話卷二：易安佳句，如一剪梅起七字云：「紅藕香殘玉簟秋。」精秀特絶，真不食人間烟火者。

又詞則別調集卷二：淒婉。

清況周頤漱玉詞箋：玉梅詞隱云：易安精研宫律，所作何至出韵？周美成倚聲專家，爲南北宋關鍵，其一剪梅第四句均不用韵，詎皆出韵耶？竊謂一剪梅調當以第四句不用韵一體爲最早。晚近作者，好爲靡靡之音，徒事和暢，乃添入此叶耳。

龍榆生漱玉詞叙論：由此以推，易安傷離之作，大抵皆爲明誠而發，所謂「女子善懷」，充分表其濃摯悲酸情感，非如其他詞人之代寫閨情，終有「隔鞾搔癢」之歎。

【附】

清王士禛一剪梅和漱玉詞：雁語金塘水漸秋。遥聽菱歌，不見菱舟。望君何處最銷魂？舊日青山，恰對朱樓。　九曲長江天際流。似寫相思，難寄新愁。夢魂幾夜可曾閑？鶴子山頭，燕子磯頭。

清彭孫遹倚聲初集卷十二一剪梅和漱玉詞：萬叠青山一抹秋。天半歸雲，天外歸舟。何時玉席手重攜？同拂香巾，同上朱樓。　南浦寒潮帶雨流。只送人行，不管人愁。吳天極目路透迤，海湧峰頭，薛瀫湖頭。

玉樓春　紅梅〔一〕

紅酥肯放瓊瑶碎〔二〕，探著南枝開遍未〔三〕？不知蘊藉幾多時〔四〕，但見包藏無限意。　道人憔悴春窗底〔五〕，閑損闌干愁不倚。要來小看便來休〔六〕，未必明朝風不起〔七〕。

【校記】

此詞録自底本，又見汪本。原載梅苑卷八。花草粹編卷六、歷代詩餘卷三十二、四印齋本調下皆題作「紅梅」。

〔瓊瑶〕梅苑、汪本、趙本、王本作「瓊苞」。

〔時〕梅苑、汪本、趙本、王本作「香」。

〔閑損〕梅苑、汪本、趙本、王本作「悶損」。歷代詩餘、四印齋本作「閑拍」，義較勝。

〔小看〕花草粹編作「小著」，汪本、趙本、王本作「小酌」。

【箋注】

〔一〕此詞黃本卷二「大觀二年屏居鄉里至建炎元年南渡以前之作」收之，似未深考。陳祖美云：「此首概（蓋）作於崇寧三年（一一〇四），其旨當是：借對梅未來命運的關注，寄寓了作者本人因受黨爭株連，朝不保夕的身世之歎。」案：據楊仲良通鑑長編紀事本末卷一百二十二，崇寧三年夏六月甲辰，重定黨籍，將元祐、元符黨人及上書邪等者，合爲一籍，共三百零九人，戊午，刻石文德殿門之東壁。秦觀名列「餘官」之首，清照父格非名在「餘官」第二十六人。趙挺之屬新黨，是歲九月乙亥，自右光禄大夫、中書侍郎除門下侍郎。（見宋史徽宗紀）此時乃翁榮升而父遭貶謫，清照不免有所耽心，故祖美之説可信。歇拍二句似有所寓，謂榮華不會長久，蓋諷喻趙挺之也。范成大范村梅譜：「紅梅，粉紅色，標格猶是梅，而繁密則如杏，香亦如杏。詩人有『北人全未識，渾作杏花看』之句與江梅同開，紅白相映，園林初春絶景也。」

〔二〕紅酥句：形容紅梅之顏色質地。紅酥，胭脂類化妝品。唐王建宮詞：「一樣金盤五千面，紅酥點出牡丹花。」宋韓維夫人閤帖子：「不待東風報花信，紅酥綵縷鬬芳妍。」瓊瑶，美玉或美石。詩衛風木瓜：「投我以木桃，報之以瓊瑶。」前人多喻梅花。唐宋璟梅花賦：「若夫瓊英綴雪，絳萼著霜。儼如傅粉，是謂何郎。」

〔三〕南枝：南枝向陽，梅花先開。宋朱翌猗覺寮雜記卷上：「梅用南枝事，共知青瑣紅梅詩云：『南枝向暖北枝寒。』李嶠云：『大庾天寒少，南枝獨早芳。』張方注云：『大庾嶺上梅，南枝落，北枝開。』南唐馮延巳詞云：『北枝梅蕊犯寒開。』則南北枝事，其來遠矣。」

〔四〕蘊藉：猶醖釀。漢書薛廣德傳：「廣德爲人温雅有醖藉。」注引師古曰：「醖，言如醖釀也。藉，有所薦藉也。」此謂梅自含蕊至開花已醖釀多時。

〔五〕道人：知人。詩詞曲語辭匯釋卷四：「道，猶知也；覺也。杜甫嚴中丞枉駕見過詩：『寂寞江天雲霧裏，何人道有少微星？』……楊萬里秋雨歎詩：『居人只道秋霖苦，不道行人泥更深。』只道，猶云只知也，與不道相應。」此處以擬人化手法，謂梅花知人憔悴。

〔六〕要來：邀來。要，通邀。晉陶淵明桃花源記：「便要還家，設酒殺雞作食。」此句謂邀人賞梅。休，句末語助辭，猶「罷」、「了」。

〔七〕王學初本一九九九年第二版補記：此句見白居易花前嘆：「欲散重拈花細看，争知明日无風雨。」宋初孫明復八月十四夜月：「清尊素瑟宜先賞，明日陰晴未可知。」徐案：清照詞蓋本於此。

【彙評】

清朱彝尊静志居詩話卷十八：咏物詩最難工，而梅尤不易……朱希真詞：「横枝清瘦只如無，但空裏疏花數點。」李易安詞：「要來小酌便來休，未必明朝風不起。」皆得此花之神。

案：朱希真，即朱敦儒，詞爲鵲橋仙。

慶清朝〔一〕

禁幄低張，雕欄巧護，就中獨占殘春〔二〕。容華淡竚〔三〕，綽約俱見天真〔四〕。待得羣花過後，一番風露曉粧新〔五〕。妖嬈態〔六〕，妬風笑月〔七〕，長殢東君〔八〕。東城邊，南陌上〔九〕，正日烘池館，競走香輪。綺筵散日，誰人可繼芳塵？更好明光宮裏〔一〇〕，幾枝先向日邊勻〔一一〕。金尊倒，拚了畫燭，不管黄昏。

【校記】

〔一〕録自底本，勞權手校汪本依御選歷代詩餘卷六十四補鈔，調下多一「慢」字。他本調名俱作慶清朝慢。當依欽定詞譜去「慢」字。

〔二〕〔雕欄〕花草粹編、詞譜、三李詞、趙本、王本俱作「彤欄」。

〔三〕〔淡竚〕歷代詩餘、詞譜作「淡濘」。四印齋本作「澹沱」。

〔六〕〔妖嬈態〕花草粹編、三李詞、趙本、王本作「妖嬈艷態」。據詞譜，此爲三字句，諸本「艷」字衍。

〔九〕〔競〕趙本作「竟」，誤。

〔一〇〕〔宮裏〕花草粹編、詞譜、趙本、王本作「宮殿」。

〔畫燭〕花草粹編、詞譜、趙本、王本俱作「盡燭」。趙本云：「案『了盡』當作『盡了』。」似不妥。

【箋注】

〔一〕此詞上闋咏芍藥，下闋寫郊游盛況，一片承平氣象。考清照生平，建中靖國元年（一一〇一）適趙明誠。詞蓋崇寧間作於汴京。據孟元老東京夢華録卷之七清明節：「都城人出郊……節日亦禁中出車馬……莫非金裝紺幰，錦額珠簾，繡扇雙遮，紗籠前導，士庶闐塞諸門。紙馬鋪皆於當街用紙衮疊成樓閣之狀。四野如市，往往就芳樹之下，或園囿之間，羅列杯盤，互相勸酬。都城之歌兒舞女，遍滿園亭，抵暮而歸。」下半闋詞境亦如之。

〔二〕禁幄三句：謂芍藥在帷幄、雕欄遮護下開放。禁幄，禁苑中張設之帷幄。其父李格非洛陽名園記謂花時有張帷幕者，汴京當亦有之。全芳備祖卷三芍藥門云：「東武舊俗，每歲四月大會于南禪、資福兩寺，芍藥供佛，而今歲最盛。」東武即諸城，趙明誠故里，清照愛芍藥，或因明誠家鄉習俗之故。同上又引潁濱（蘇轍）詩曰：「多謝化工憐寂莫，尚留芍藥殿春風。」又引張南軒詩云：「九十風光次第分，天憐猶得殿殘春。」案：宋陶穀清異録云：「唐末文人以芍藥爲婪尾春者，蓋婪尾酒爲最後之杯，芍藥殿春，故名。」即詞中芍藥「獨占殘春」之意也。

〔三〕容華淡竚：宋柳永木蘭花：「天然淡佇好精神，洗盡嚴妝方見媚。」案：宋王觀揚州芍藥譜謂「中之上品」有「素妝殘」一種：「退紅，茅山冠子也，初開粉紅，即漸退，白青心而素淡。」本句似指此。

〔四〕綽約句：綽約，一作淖約。莊子逍遥遊：「藐姑射之山，有神人居焉。肌膚若冰雪，淖約若處子。」郭象注：「淖約，柔弱貌。」漢書司馬相如傳：「便嬛綽約。」注引郭璞曰：「綽約，婉約也。」案本草芍藥云：「時珍曰：芍藥，猶婥約也。婥約，美好貌。此草花容婥約，故以爲名。」天真，自然純真。莊子漁父：「禮者，世俗之所爲也。真者，所以受於天也，自然不可易也。故聖人法天貴真，不拘於俗。」晉書阮籍傳論：「餐和履順，以保天真。」唐王維偶然作：「陶潛任天真。」

〔五〕曉粧新：芍藥之一種。揚州芍藥譜：「曉粧新，白纈子也，如小旋心狀，頂上四向，葉端點小，殷紅色。每一朵上，或三點，或四點，或五點，象衣中之點纈也。」

〔六〕妖嬈態：揚州芍藥譜謂花品有積嬌紅、醉西施、醉嬌紅，此類是也。

〔七〕妬風笑月：指妬嬌紅、怨春紅、妬鵝黄、合歡芳等品種，皆見芍藥譜。

〔八〕長殢句：詩詞曲語辭匯釋卷五：「殢字爲糾纏不清之義，與泥（昵）人之泥字義同……至宋詞則競用尤殢矣。柳永促拍滿路花詞：『最是嬌癡處，尤殢檀郎，未教拆了鞦韆。』」東君，司春之神。

〔九〕東城二句：指汴京郊外游覽之處。孟元老東京夢華録卷之六：「都人争先出城探春：州南則玉津園外學方池亭榭、玉仙觀、轉龍彎西去一丈佛園子、王太尉園、奉聖寺前孟景初園、四里橋望牛岡劍客廟。自轉龍彎東去陳州門外，園館尤多。州東宋門外快活林、勃臍陂、獨樂岡、硯石、蜘蛛樓、麥家園。虹橋王家園，曹、宋門之間東御苑、乾明崇夏尼寺。州北李駙馬園。州西新鄭門大路直過金明池西。」

〔一〇〕明光宮：漢宮名。三輔黄圖卷三：「明光宮，武帝太初四年秋起，在長樂宮後，南與長樂宮相連屬。」此處借指汴京宋宮。

〔一一〕日邊：帝王左右。李白行路難詩其一：「閑來垂釣碧溪上，忽復乘舟到日邊。」王琦注引宋書：「伊摯將應湯命，夢乘船過日月之旁。」案：據楊太真外傳上，唐開元中，禁中重木芍藥，移植於沉香亭前。會花方盛開，玄宗乘照夜白，貴妃以步輦從，欲詔梨園弟子歌舊曲。玄宗不樂，召李白製新詞。遂進清平調三章。此處「更好」二句，即化用清平調中「一枝紅艷露凝香，雲雨巫山枉斷腸。借問漢宮誰得似？可憐飛燕倚新妝」及「名花傾國兩相歡，長得君王帶笑看」詩意。

行香子〔一〕

草際鳴蛩，驚落梧桐，正人間天上愁濃。雲階月色〔二〕，關鎖千重。縱浮槎來，浮槎去，不相逢〔三〕。　星橋鵲駕〔四〕，經年纔見，想離情别恨難窮。牽牛織女，莫是離中〔五〕？甚霎兒晴〔六〕，霎兒雨，霎兒風。

【校記】

此詞亦見汪本、沈本。原載樂府雅詞卷下。

〔月色〕樂府雅詞、歷代詩餘、三李詞、汪本、沈本、四印齋本、趙本、王本作「月地」。鮑校本樂府雅詞作「月色」。

〔千重〕秦恩復本樂府雅詞、花草粹編作「千里」，不合韵，非。

〔鵲駕〕四部叢刊本樂府雅詞、花草粹編作「鶴駕」，非。

〔甚霎兒晴三句〕花草粹編、詞譜作「甚一霎兒晴，一霎兒雨，一霎兒風」。詞譜列爲「又一體」，疑誤，因此詞上半闋乃以「縱」字領三個三字句，下半闋應相同。「一」字疑衍。

【箋注】

〔一〕黄本卷三繫此詞爲「建炎元年南渡以後之作」，恐非是。陳祖美云：「此首或作於崇寧三四年間（一一〇四—一一〇五）。當時廷争之情景，活像被人蕩來蕩去的鞦韆，又酷似兒童玩兒的翹翹板。此詞當是有感於這種政治上的翹翹板運動而作。」可備一説。案：據王仲聞李清照事迹編年，崇寧三年（一一〇四）夏六月重定黨籍，元祐黨人被刻石朝堂，蔡京奉詔書元祐姦黨姓名進呈；九月，趙挺之自光禄大夫、中書侍郎除門下侍郎。崇寧四年春三月，趙挺之除尚書右僕射（右相），夏六月罷相。崇寧五年春正月乙巳，毁元祐黨人碑；丁未，赦天下；庚戌，叙復元祐黨人。可見二三年間政界風雲變幻，陰晴不定。蓋本年七夕作此詞，譏切時政。

〔二〕雲階月色：唐杜牧七夕詩：「雲階月地一相遇，未抵經年别恨多。」

〔三〕縱浮槎來三句：晉張華博物志卷三：「舊説云，天河與海通。近世有人居海渚者，年年八月，有浮槎去來不失期。人有奇志，立飛閣於槎上，多齎糧，乘槎而去。十餘日中，猶觀星月日辰，自後芒芒忽忽，亦不覺晝夜。去十餘日，奄至一處，有城郭狀，屋舍甚嚴。遥望宫中，多織婦。見一丈夫，牽牛渚次飲之。牽牛人乃驚問曰：『何由至此？』此人具説來意，並問此是何處。答曰：『君還至蜀郡，訪嚴君平，則知之。』竟不上岸。因還，如期。後至蜀，問，君平曰：『某年月日，有客星犯牽牛宿。』計年月，正此人到天河時也。」浮槎，木筏。

〔四〕星橋鵲駕：相傳農曆七夕，牛郎織女渡銀河相會，烏鵲爲之架橋。見韓鄂歲華紀麗卷三引風俗通。李商隱七夕詩：「星橋横過鵲飛迴。」

〔五〕牽牛二句：文選曹丕燕歌行：「牽牛織女遥相望。」李善注：「史記曰：『牽牛爲犧牲，其北織女。織女，天女孫也。』曹植九咏注曰：『牽牛爲夫，織女爲婦。織女、牽牛之星，各處一旁，七月七日得一會同矣。』」

〔六〕甚：詩詞曲語辭匯釋卷二：「甚，猶是也；正也；真也。詞中每用以領句，與甚麽之甚作怎字、何字義者異。」此作「正」字解。沈義父樂府指迷謂之「句上虚字」；張炎詞源卷下謂「詞與詩不同……合用虚字呼唤，單字如正、但、甚、任之類」；周濟宋四家詞選序論則稱此類爲「領句單字」。霎兒：即一霎兒。宋時山東方言。辛棄疾醜奴兒博山道中效李易安體：「千峯雲起，驟雨一霎兒價。」清代尚沿用，蒲松齡婦姑曲三段：「誰想九日裏，日頭容易歪，一霎兒就到九天外。」

【彙評】

清況周頤漱玉詞箋：問蘧廬隨筆云：辛稼軒三山作：「放霎時陰，霎時雨，霎時晴。」脱胎李易安語也。

案：稼軒三山作，調名行香子。

南歌子〔一〕

天上星河轉，人間簾幕垂。涼生枕簟淚痕滋。起解羅衣，聊問夜何其〔二〕？

翠貼蓮蓬小，金銷藕葉稀〔三〕。舊時天氣舊時衣，只有情懷不似舊家時〔四〕。

【校記】

此詞原載樂府雅詞卷下，其原刻本作者署李易安，下案：「李清照，字易安，濟南人，李格非之女，趙明誠之室。」底本收之；亦見汪本、沈本。汪本調下注云：「此闋至行香子共十六闋，從樂府雅詞録出。内附臨江仙一闋，另有注。」

〔簾幕〕歷代詩餘作「翠幕」，非。

【箋注】

〔一〕詞蓋屏居青州不久作。案：大觀元年（一一〇七），清照二十四歲。據宋史趙挺之傳及宋宰輔編年録，是歲正月，蔡京復爲左僕射；三月丁酉，趙挺之罷右僕射，癸丑，卒於京師；七月，追奪所贈司徒，落觀文殿大學士。於是全家徙居青州。于中航李清照年譜（臺北商務印書館一九九五年版。以下簡稱于譜）卷三大觀元年：「秋，明誠、清照屏居青州鄉里。」「按中國封建時代官吏，父母喪，例須離職回鄉守制，故明誠、清照相偕回青州，當不遲於是年秋。」詞云「天上星河轉」，寫七月天氣，兼喻時局變化，家道中落。

〔二〕凉生三句：詞境似古詩十九首：「明月何皎皎，照我羅牀幃。憂愁不能寐，攬衣起徘徊……出户獨傍徨，愁思當告誰？引領還入房，淚下沾裳衣。」夜何其，語本詩小雅庭燎：「夜如何其？夜未央。」

〔三〕翠貼二句：指衣上貼繡（繡品之一種）。花間集温庭筠菩薩蠻：「新貼繡羅襦，雙雙金鷓鴣。」亦此類。此則謂家寒而著舊時繡衣。金石録後序謂屏居鄉里時，「始謀食去重肉，衣去重綵，首無明珠翡翠之飾，室無塗金刺繡之具」，蓋因其翁一死，家産抄没，故生活愈加節儉也。

〔四〕舊家：詩詞曲語辭匯釋卷六：「舊家，猶云從前。家爲估量之辭，與作世家解之舊家異……以見於詞中者爲多。」下即舉此詞爲例。周邦彦瑞龍吟：「唯有舊家秋娘，聲價如故。」樂府雅詞卷下趙子發虞美人：「小桃如臉柳如眉，記得那人模樣舊家時。」皆云舊時、從前也。又花庵詞選卷三張東父鷓鴣天怨别：「寬盡香羅金縷衣，心情不似舊家時。」

多麗　咏白菊〔一〕

小樓寒，夜長簾幕低垂。恨蕭蕭、無情風雨，夜來揉損瓊肌〔二〕。也不似、貴妃醉臉〔三〕；也不似、孫壽愁眉〔四〕。韓令偷香〔五〕，徐娘傅粉〔六〕，莫將比擬未新奇。細看取，屈平陶令〔七〕，風韻正相宜。微風起，清芬醞藉，不減荼蘼〔八〕。漸秋闌、雪清玉瘦，向人無限依依。似愁凝、漢皋解佩〔九〕；似淚灑、紈扇題詩〔一〇〕。明月清風〔一一〕，濃烟暗雨，天教憔悴度芳姿。縱愛惜，不知從此，留得幾多時。人情好，何須更憶，澤畔東籬〔一二〕！

【校記】

原無題。汪本題作「咏白菊」，據補。又見沈本。原載樂府雅詞卷下。歷代詩餘卷九十九題作「蘭菊」。

〔蕭蕭〕四印齋本、趙本作「瀟瀟」。

〔揉損瓊肌〕四部叢刊本樂府雅詞作「揉損瑤肌」，揉旁注：「掺。」

〔愁眉〕歷代詩餘作「低眉」。

〔荼蘼〕樂府雅詞作「酴醾」，通。

〔明月〕樂府雅詞、汪本、四印齋本、趙本、王本作「朗月」。

〔度〕歷代詩餘作「瘦」。

【箋注】

〔一〕黄本卷二謂此詞爲「大觀二年屏居鄉里至建炎元年南渡以前之作」。王仲聞李清照事迹編年：「公元一一二七年（建炎元年丁未）」，「冬十二月壬戌，青州兵變。」下云：「趙明誠爲諸城人，故近來考證清照事跡，俱以明誠屏居十年之鄉里爲諸城。考之事實，恐有未然。趙挺之已由密州諸城移居青州（見宋宰輔編年録卷十二），雖在京爲相，其舊居必在青州。崇寧五年，趙挺之且數乞歸青州私第（見通鑒長編紀事本末卷一百三十一引趙挺之行狀）。明誠屏居時，似不至再由青移居諸城……所云鄉里，如爲青州，頗能與事實相合。」案：「于譜」謂大觀元年（一一〇七）秋，李清照偕趙明誠屏居青州鄉里。詞中所咏白菊，似有寄托。風雨揉損瓊肌，蓋喻政治風波對趙家之打擊；不似貴妃、孫壽、韓令、徐娘云云，蓋喻不屑取媚蔡京等權貴。而屈平遭讒去國、陶潛掛冠隱退，正借喻明誠與自己屏居青州也。故可推知，詞乃作於本年九月。

〔二〕瓊肌：肌膚如美玉，喻白菊。

〔三〕貴妃醉臉：唐李濬松窗雜録：「會春暮，内殿賞牡丹花。上（玄宗）頗好詩，因問修己曰：『今京邑傳唱牡丹花詩，誰爲首出？』修己對曰：『臣嘗聞公卿間多吟賞中書舍人李正封詩曰：「天香夜染衣，國色朝酣酒。」』上聞之，嗟賞移時。楊妃方恃恩寵，上笑謂賢妃曰：『妝鏡臺前，宜飲以一紫金盞酒，則正封之詩見矣。』」宋樂史楊太真外傳：「……龜年以歌。妃持玻璃七寶杯，酌西涼州葡萄酒，笑領歌，意甚厚……妃飲罷，斂繡巾再拜。」雖未明言辭，意已在焉。

〔四〕孫壽：東漢梁冀妻。後漢書梁冀傳：「妻孫壽，色美而善爲妖態，作愁眉、啼妝、墮馬髻、折腰步、齲齒笑，以爲媚惑。」李賢注引風俗通：「愁眉者，細而曲折。」

〔五〕韓令句：世説新語惑溺：「韓壽美姿容，賈充辟以爲掾。每聚會，賈女於青瑣中看，見壽，説之，恒懷存想，發於吟咏……壽聞之心動，遂請婢潛修音問，及期往宿。壽蹻捷絶人，踰牆而入，家中莫知。自是充覺女盛自拂拭，説暢有異於常。後會諸吏，聞壽有奇香之氣，是外國所貢，一著人則歷月不歇。充計武帝惟賜己及陳騫，餘家無此香，疑壽與女通……乃托言有盜，令人修牆。使反曰：『其餘無異，唯東北角如有人跡，而牆高非人所踰。』充乃取女左右婢考問，即以狀對。充秘之，以女妻壽。」案韓壽應稱韓掾，此因平仄所限，且避免與前句「孫壽」重複，故易「掾」爲「令」。

〔六〕徐娘傅粉：南史梁元帝徐妃傳：「諱昭佩，東海郯人也……帝左右暨季江有姿容，又與淫通。季江每歎曰：『柏直狗雖老，猶能獵；蕭溧陽馬雖老，猶駿；徐娘雖老，猶尚多情。』」傅粉乃何晏事，移植於徐娘。世説新語容止：「何平叔美姿儀，面至白。魏明帝疑其傅粉，正夏月，與熱湯餅，既噉，大汗出。以朱衣自拭，色轉皎然。」

〔七〕屈平：屈原名平，其離騷云：「朝飲木蘭之墜露兮，夕餐秋菊之落英。」陶令，陶潛，字淵明，曾爲彭澤令，因不肯「爲五斗米折腰向鄉里小兒」，掛冠歸耕。其飲酒詩之五云：「采菊東籬下，悠然見南山。」

〔八〕荼蘼：一作酴醿。初夏開花，色似酴醿酒。宋張邦基墨莊漫録卷九：「酴醿花或作荼蘼，一名木香，有二品：一種花大而棘、長條而紫心者爲酴醿；一品花小而繁、小枝而檀心者爲木香。」

〔九〕漢皋解佩：韓詩外傳：「鄭交甫將南適楚，遵彼漢皋臺下，遇二女，佩兩珠。交甫目而挑之，兩女解佩贈之。」漢皋，山名，在今湖北襄陽西北。

〔一〇〕紈扇題詩：漢班昭，成帝時入宮，後被立爲婕妤。後趙飛燕得寵，頗嬌妒，昭退居東宮，嘗作怨歌行云：「新裂齊紈素，皎潔如霜雪。裁爲合歡扇，團團似明月。出入君懷袖，動摇微風發。常恐秋節至，涼風奪炎熱。棄捐篋笥中，恩情中道絶。」

〔一一〕明月清風：南史謝譓傳：「有時獨醉，曰：『入吾室者，但有清風；對吾飲者，唯當明月。』」李白襄陽歌：「明月清風不用一錢買，玉山自倒非人推。」

〔一二〕澤畔東籬：喻歸隱。澤畔，屈原漁父：「屈原既放，遊於江潭，行吟澤畔，顏色憔悴。」東籬，陶淵明飲酒詩之四：「采菊東籬下，悠然見南山。」

【彙評】

清況周頤珠花簃詞話：李易安多麗咏白菊，前段用貴妃、孫壽、韓掾、徐娘、屈平、陶令若干人物；後段雪清玉瘦、漢皋紈扇、朗月清風、濃烟暗雨許多字面，却不嫌堆垛，賴有清氣流行耳。「縱愛惜，不知從此，留得幾多時」，三句最佳，所謂傳神阿堵，一筆凌空，通篇俱活。歇拍不妨更用「澤畔東籬」字。昔人評花間鏤金錯繡而無痕迹，余於此闋亦云。

如夢令

常記溪亭日暮〔一〕，沉醉不知歸路。興盡晚回舟，誤入藕花深處〔二〕。争渡，争渡〔三〕，驚起一行鷗鷺。

【校記】

此詞原接底本同調詞「昨夜雨疏風驟」一首後。花庵、汪本調下題作「酒興」。又見沈本。原載樂府雅詞及花庵詞選。詞林萬選卷四誤作無名氏詞，注：「或作李易安。」歷代詩餘卷一百十二引古今詞話作呂洞賓詞，非。

〔常記〕全芳備祖花部荷花門、歷代詩餘等作「嘗記」。

〔晚回舟〕全芳備祖、詞林萬選、歷代詩餘等作「欲回舟」。

〔藕花〕楊金本草堂詩餘、花草粹編作「芙蕖」。

〔一行鷗鷺〕全芳備祖作「一行鴛鷺」，樂府雅詞作「一灘鷗鷺」。「灘」字勝。

【箋注】

〔一〕溪亭，山東濟南名泉。嘉慶一統志卷一百六十二濟南府金綫泉下引齊乘：「歷下名泉，有曰金綫、曰趵突、曰皇華、曰柳絮、曰卧牛、曰東亭、曰漱玉、曰無憂、曰石灣、曰湛露、曰滿井、曰北煮糠、曰散水、曰溪亭……總七十二，見名泉碑。」案蘇轍熙寧中爲齊州掌書記時有題徐正權秀才城西溪亭詩，云：「竹林分徑水通渠，真與幽人作隱居。溪上路窮惟畫舫，城中客至有罾魚。」可見溪亭既爲泉名，亦爲地名。在濟南城西，所瀕之湖，亦在歷城之西，時稱西湖。蘇轍同時又有和李誠之待制燕别西湖詩，叙稱：「於是數與其僚燕於湖上。」湖上可燕飲，當有溪亭。此詞「沉醉」云云，可知蕩舟前亦曾在溪亭燕飲故也。據新發現曲阜孔林之石碑載：「提點刑獄歷下李格非，崇寧元年正月二十八日，率遹、迥、逅、迒、□恭拜林冢之下。」自崇寧元年正月至七月，李格非任「提點京東路刑獄，以黨籍罷」（見宋史本傳）。碑文刻着「歷下李格非」，可證在其任提刑約七月多的時期内曾居濟南。此時李格非既居濟南甚久，清照可能歸寧時泛舟西湖。又大觀二年（一一〇八）三月八日，李格非與齊州守梁彦深、濮州守武安國等六人，同遊州之佛慧山（見濟南金石志卷二）。是時曾作歷下水記，「叙述甚詳，文體有法」（見張邦基墨莊漫録）。可見格非仍家居濟南，是時清照屏居青州，相距不遠，可能來濟南省親，其間似亦可能游湖。其他時間清照居濟南，則未見文獻記載。此詞當作於游湖後不久。

〔二〕藕花深處：蘇轍熙寧間任齊州掌書記時，有西湖二咏，其一云：「藕梢菱蔓不容網。」可見湖上藕花甚密，網且不容，舟亦當誤入。

〔三〕争渡：今人多釋爲「怎渡」，誤。案：北周庾信春賦：「開上林而競入，擁河橋而争渡。」唐孟浩然夜歸鹿門山歌：「山寺鐘鳴晝已昏，漁梁渡頭争渡喧。」又岑參巴南舟山夜市詩：「渡口欲黄昏，歸人争渡喧。」劉禹錫大堤行：「日暮行人争渡急，槳聲鴉軋滿中流。」易安詞亦因日暮而思速歸，故用力「争渡」；唯因争渡，故能驚起鷗鷺。

【彙評】

龍榆生漱玉詞叙論：矯拔空靈，極見襟度之開拓。

【附】

清王士禛如夢令和漱玉詞：送別西樓將暮。望斷王孫歸路。昨夜夢郎歸，還是舊時別處。前渡，前渡，記得柳絲春鷺。

青玉案〔一〕

一年春事都來幾〔二〕，早過了，三之二〔三〕。緑暗紅嫣渾可事〔四〕。緑楊庭院，暖風簾幕，有箇人憔悴〔五〕。

買花載酒長安市〔六〕，争似家山見桃李〔七〕？不枉東風吹客淚。相思難表，夢魂無據，唯有歸來是〔八〕。

【校記】

原接底本同調詞「征鞍不見邯鄲路」一首之後。調下原注：「草堂又作歐陽永叔，而歐集不載。」草堂詩餘正集署歐陽修作，注：「一刻易安。」類編草堂詩餘、古今詞統題作「春日懷舊」。楊金本草堂詩餘題作「春情」。草堂詩餘雋亦作歐陽修詞。王本列入存疑之作，云：「此首或爲無名氏詞，類編草堂詩餘誤以爲歐陽修作……各本草堂詩餘而外，誤以此首爲歐陽修作者，尚有詞學筌蹄卷五……等書（凡八種，筆者）。近人周泳先唐宋金元詞鈎沉、唐圭璋全宋詞（初版本），咸承其誤。」案：觀歇拍三句，似爲清照所作，詳箋注〔一〕。

〔可事〕沈際飛草堂詩餘注：事，「一作是，誤。」類編草堂詩餘卷上作「何事」，亦誤。

〔争似〕沈際飛草堂詩餘注：「後段第二句多『一』字。」古今詞統注：「又字襯。」王本作「又争似」。案：依律「一」字、「又」字衍。

〔不枉〕古今詞統、詞潔作「不住」，誤。

【箋注】

〔一〕大觀元年（一一〇七）秋，趙明誠、李清照夫婦屏居青州鄉里。歇拍云：「相思難表，夢魂無據，唯有歸來是。」當已回至青州。詞云「買花載酒長安市，争似家山見桃李」，謂在京做官，不如在青州屏居可賞春光。據此，詞當作於大觀二年二三月初也。

〔二〕都來：詩詞曲語辭匯釋卷三：「都來，統統也；不過也；算來也……范仲淹御街行詞：『都來此事，眉間心上，無計相迴避。』王闓運絶妙好詞注云：『都來，即算來也。』」此謂算來。

〔三〕三之二：三分之二。宋時方言。宋郭應祥卜算子：「春事到清明，過了三之二。」此謂清明節後。山東章丘博物館館長寧蔭棠淺談李清照詞的方言藝術謂今仍沿用。二音膩。

〔四〕可事：小事，宋時方言。詩詞曲語辭匯釋卷一：「可，輕易之辭……又小事則逕曰可事。南宋六十家薛嵎買山范灣自營藏地詩：『十萬買山渾可事，放教身世骨猶香。』歐陽修青玉案詞：『緑暗紅藨〔嫣〕渾可事……』」案：此處將李清照詞誤作歐陽修詞。

〔五〕箇人：詩詞曲語辭匯釋卷三：「箇，指點辭，猶這也、那也。周邦彦瑞龍吟詞：『暗凝佇。因記箇人癡小，乍窺門户。』趙聞禮魚游春水詞：『愁腸斷也，箇人知未？』箇人，那人也。」此處清照自指。

〔六〕買花句：指北宋盛時在汴京的繁華生活。長安，借指汴京。孟元老東京夢華録序稱崇寧年間「太平日久，人物繁阜……燈宵月夕，雪際花時，乞巧登高，教池游苑。舉目則青樓畫閣，繡户珠簾，雕車競駐於天街，寶馬爭馳於御路」。易安慶清朝亦述當時情景云：「更好明光宫裏，幾枝先近日邊匀；金尊倒，拚了畫燭，不管黄昏。」此即回憶舊時生活，時其舅趙挺之正當權。

〔七〕家山：家鄉。唐錢起送李棲桐道舉擢第還鄉省侍詩：「蓮舟同宿浦，柳岸看家山。」此指青州。

〔八〕唯有歸來是：李清照金石録後序：「後屏居鄉里十年……每飯罷，坐歸來堂烹茶，指堆積書史，言某事在某書某卷第幾頁第幾行，以中否角勝負，爲飲茶先後。中即舉茶大笑，至茶傾覆懷中，反不得飲而起。甘心老是鄉矣。」歸來之樂如此，故云「唯有歸來是」。案陶淵明歸去來辭云：「倚南窗以寄傲，審容膝之易安。」清照之歸來堂及易安居士號，皆取義於此。

【彙評】

明楊慎批草堂詩餘卷三：離思黯然。道學人亦作此情語。

案：「道學人」指歐陽修，楊以爲此詞乃歐作。

明李攀龍草堂詩餘雋卷二眉批：暮春易過，思情轉□盡情懷。評語：春深景物繁華，最能動人情思，歐陽公□足之乎？

明沈際飛草堂詩餘正集卷二：「問向前，尚有幾多春，三之一。」「有箇人憔悴」下文，都在此句生出。煞落。

案：「問向前」句，乃蘇軾滿江紅詞。

清黄蘇蓼園詞選：按此詞不過有不得已心事，而托之思婦耳。「一年」二句，言年光已去也。「緑暗」四句言時，芳菲不可玩，而自己心緒憔悴也。所以憔悴，以不見家山桃李，苦欲思歸耳。大意如此。但永叔未必迫於思歸者，亦有所不得已者在耶？當於言外領之。

案：以上評語，皆以爲歐陽修詞。然誠如蓼園所云，「永叔未必迫於思歸」，故非歐詞可知。

新荷葉〔一〕

薄露初零，長宵共、永晝分停〔二〕。遶水樓臺，高聳萬丈蓬瀛〔三〕。芝蘭爲壽〔四〕，相輝映，簪笏盈庭〔五〕。花柔玉淨，捧觴別有娉婷〔六〕。鶴瘦松青，精神與、秋月爭明〔七〕。德行文章，素馳日下聲名〔八〕。東山高蹈，雖卿相、不足爲榮。安石須起，要蘇天下蒼生〔九〕。

【校記】

此詞原載北京圖書館藏明鈔本詩淵第六册第四五一三頁第十二行，作者署「宋李易安」，孔凡禮全宋詞補輯收之，案云：「詩淵『娉婷』字後空一格，有『又』字，再空一格，接『鶴瘦』句，似『鶴瘦』以下爲另一首。今從詞律。」均案：欽定詞譜此調共收黄裳、趙彦端、趙抃、趙長卿四首，並在黄裳詞末注云：「此調以此詞及趙彦端詞爲正體，宋人皆如此填。若趙抃詞之句讀不同，趙長卿詞之句讀參差，皆變格也。」清照此詞格律基本依黄詞，然上下片第一韵，黄詞作四、六兩句，而清照作四、七兩句，中多一「共」字「與」字。此當爲別創一體。

【箋注】

〔一〕此詞蓋爲祝晁補之壽誕而作。侯健新發現的李清照詞（載北京晚報一九八二年五月二十二日百家言欄内)云：「可能是寫給當時的詞人朱敦儒的……李清照與他有過交往，朱敦儒詞集樵歌中，有鵲橋仙和李易安金魚池蓮一首，便是佐證。」案敦儒生日爲正月十四日，其樵歌載如夢令云：「生日近元宵，占早燒燈歡會。」又洞仙歌云：「今年生日慶一百省歲，喜趁燒燈作歡會。」又有鷓鴣天正月十四日夜云：「來宵雖道十分滿，未必勝如此夜明。」皆可證。而此詞起二句則指生日在秋分時刻，顯然不合。又陳祖美云：「大觀二年恰是晁補之閑居金鄉的第六個年頭。是年晁氏重修了他在金鄉隱居的松菊堂。青州、金鄉同屬今山東，二地相隔不遠。晁補之與李格非素有通家之誼，更是清照文學上的忘年交和『説項』者，在晁氏五十六歲生日時，清照或前往祝壽，從而寫了這首詞。」

案：「通家之誼」，指其父李格非早年與晁補之訂交。晁補之、李格非皆爲蘇軾所賞識，晁爲蘇門四學士之一，李爲後四學士之一。元祐四年（一〇八九），格非官太學正，補之任秘書省正字。雞肋集卷十二有與李文叔夜談詩云：「誦詩夜半舌入喉，飲我杯中渌醽美。」又卷七有禮部移竹次韻李員外文叔詩云：「豈如此君疏，猶作此郎玩。」又卷三十有有竹堂記，謂格非爲太學正，命其堂曰「有竹」，而補之「又爲之記于壁」。而大觀二年（一一〇八），李格非罷職居齊州，曾與知州梁彦深等同遊佛慧山，見濟南金石志卷二歷城石題名。因此，補之是年秋分時生日，格非與其女清照有可能爲之祝壽。祖美所謂「忘年交」，殆指朱弁風月堂詩話所云：「（清照）善屬文，于詩尤工。晁无咎多對士大夫稱之。」今查濟北晁先生鷄肋集，皆未言及生日；唯吴昌綬雙照樓影宋金元明本詞晁氏琴趣外編卷三一叢花十二叔節推以无咎生日於此聲中爲辭依韵和答云：「碧山無意解銀魚，花底且攜壺。華顛又喜熊羆旦，笑騏驥、老反爲駒。文史漸抛，功名更懶，隨處見真如。高情敢並漢庭疏，長揖去田廬。囊無上賜金堪散，也未妨、山獵谿漁。廉頗縱强，莫隨年少，白馬向黄榆。」似與此首新荷葉有相似之處。又蘇軾有太夫人以无咎生日置酒留余夜歸書小詩賀上云：「壽樽餘瀝到朋簪，要與郎君語夜深。敢問阿婆開後閣，井中車轄任浮沉。」查慎行注：「太夫人，謂晁无咎之母也。」馮應榴蘇詩合注卷三十五：「无咎母楊氏，陳後山集有楊夫人挽詞。」考蘇詩總案卷三十五，蘇軾於元祐七年三月十六日知揚州，時晁補之爲州倅，軾有次韵晁无咎學士相迎詩。七月七日與晁端彦、補之遊大明寺品泉。八月五日與晁補之、曇秀山光寺送客，不久以兵部尚書召還，至九月初離任。則八月中旬「秋分」之際，蘇軾定能參預晁補之生日家宴。其賀詩「要與郎君語夜深」，即詞「薄露初零」時刻。由是可知，清照此詞雖晚於蘇詩十七年，而所咏内容與時令頗相近，故可定爲大觀二年秋上晁補之壽詞。

〔二〕薄露三句：指生日在秋分，時爲夏曆八月十四日或十五日，公曆九月二十三日或二十四日。春秋繁露卷十二陰陽出入上下：「至於中秋之月，陽在正西，陰在正東，謂之秋分。秋分者，陰陽相半也，故晝夜均而寒暑平。」案：是日日光正射赤道上，南北兩半球晝夜均分，故曰「長宵共、永晝分停」。分停，又稱停分，義爲平分。

〔三〕遶水二句：蓋指晁補之晚年隱居緡城（山東金鄉）之東皋。晁氏歸來子名緡城所居記云：「買田故緡城，自謂歸來子。廬舍登覽游憩之地，一户一牖，皆欲致『歸去來』之意，故頗摭陶詞以名之。爲堂面圃之草木，曰松菊，『松菊猶存』也。爲軒達其屏，使虚以來風，曰舒嘯，『登東皋以舒嘯』也。爲亭廣其趾，使庳以瞰池，曰臨賦，『臨清流而賦詩』也。封土爲臺，架屋其顛若樓，瞰百里，曰遐觀，穿室其腹若洞，深五步，曰流憩，『策扶老以流憩，時矯首而遐觀』也。」又宋陳鵠西塘集耆舊續聞卷三：「晁无咎閑居濟州金鄉，葺東皋歸去來園，樓觀堂亭，位置極瀟灑。」故此詞中之樓臺，似指松菊堂、遐觀樓；而「遶水」云云，似指所瞰之池水也。蓬瀛，本指海上仙山。晁端禮（即十二叔）一叢花賀補之生日詞云：「謫仙海上駕鯨魚，談笑下蓬壺。」所説相同，皆以喻歸去來園之超塵脱俗。

〔四〕芝蘭：喻佳子弟。世説新語言語：「謝太傅（安）問諸子侄：『子弟亦何預人事，而正欲使其佳？』諸人莫有言者，車騎（謝玄）答曰：『譬如芝蘭玉樹，欲使其生於階庭耳。』」案：據張耒晁无咎墓誌銘：「男二人：公爲、公汝。」本句指此。

〔五〕簪笏：古代臣僚上朝，執笏（手版）簪筆，以備書事。因而借喻官宦。梁簡文帝蕭綱馬寶頌序：「羽林中權，分階列校，簪笏成行，貂纓在席。」唐王勃滕王閣詩序：「舍簪笏於百齡，奉晨昏於萬里。」

〔六〕娉婷：姿態美好。漢辛延年羽林郎：「不意金吾子，娉婷過我廬。」此指侍女。

〔七〕秋月争明：晉顧愷之神情詩：「秋月揚明輝，冬嶺秀孤松。」宋黄庭堅濂溪詩序：「周茂叔（敦頤）人品甚高，胸中灑落，如光風霽月。」此喻壽主風神清朗。晁端禮一叢花祝補之生日詞云：「神寒骨重真男子，是我家、千里龍駒。」宋張耒晁无咎墓誌銘亦稱其「英爽不羣」，宋史晁補之傳則謂「其凌麗奇卓，出於天成」。皆指補之風度而言。此句兼切時令。

〔八〕德行二句：稱譽壽主德行文章早負盛名。日下，京師，此指汴京。張耒晁无咎墓誌銘：「今端明蘇公軾通判杭州……公謁見蘇公，出七述，公讀之嘆曰：『吾可以閣筆矣！』……由此，公名藉甚於士大夫間。」又謂神宗稱其文曰：「是深於經，可革浮薄。」「於是名重一時」。補之元祐間供職秘書省，與黄庭堅、秦觀、張耒名列蘇門四學士。黄庭堅卧陶軒爲无咎作稱之曰：「城南晁正字，國器無等雙。」可見「素馳日下聲名」矣。

〔九〕東山四句：用東晉謝安故事。世説新語排調：「謝公在東山，朝命屢降而不動。後出爲桓宣武司馬，將發新亭，朝士咸出瞻送。高靈……戲曰：『卿屢違朝旨，高卧東山，諸人每相與言：安石不肯出，將如蒼生何？今亦蒼生將如卿何？』」東山，在今浙江上虞西南，謝安曾在此隱居。案：晁補之晚年寓居金鄉東皋後有摸魚兒詞云：「青綾被，莫憶金閨故步，儒冠曾把身誤。……功名浪語，便似得班超，封侯萬里，歸計總遲暮。」此即「雖卿相、不足爲榮」之意。又松菊堂讀史五首之一：「不作文饒將相官，野人亦罣黨人間。籌邊措國俱無用，空對平泉草木閑。」以唐時宰相李德裕、裴度爲喻，隱然有卿相之懷、東山之志。又本年大赦，黨人漸次起復，故清照有此語。

憶秦娥〔一〕

臨高閣。亂山平野烟光薄。烟光薄。棲鴉歸後〔二〕，暮天聞角〔三〕。　斷香殘酒情懷惡。西風催襯梧桐落〔四〕。梧桐落。又還秋色，又還寂寞。

【校記】

據全芳備祖後集卷十八梧桐門録入，勞權手校汪本亦據以補録。王本調下注云：「按全芳備祖各詞，收入何門，即咏何物。惟陳景沂常多牽强傅會。此詞因内有『梧桐落』句，故收入梧桐門，實非咏桐詞。」又篇末注云：「此詞又见楊金本草堂詩餘前集卷上、花草粹編卷三，無撰人姓名。」

〔情懷〕花草粹編卷三作「襟懷」。

〔西風〕原缺，據花草粹編補。

〔又還〕草堂詩餘作「天還」。

〔秋色〕花草粹編作「愁也」。

【箋注】

〔一〕此詞黄本列爲「建炎元年南渡以後之作」，並校云：「下片詞筆較弱，姑存之。」陳祖美則以爲作於建炎三年（一一二九）深秋趙明誠病卒後，並稱之爲悼亡詞。皆非是。細玩詞境，迺鄉村景色。據明誠青州仰天山羅漢洞題名：「余以大觀戊子之重陽，與李擢德升同登兹山。」此爲大觀二年（一一〇八）重陽，時值晚秋，北方早寒，正梧桐葉落之際，而南望青州附近，亦有「亂山平野」。故知此時明誠方出游，而清照登高懷遠賦此詞也。

〔二〕棲鴉：蘇軾祈雪霧豬泉出城馬上作贈舒堯文詩：「朝隨白雲去，暮與棲鴉還。」秦觀望海潮（梅英疏淡）詞：「但倚樓極目，時見棲鴉。」

〔三〕暮天聞角：角，畫角。形如竹筒，本細末大，以竹木或皮革製成，外施彩繪，故稱。發聲哀厲高亢，古時軍中多用以警昏曉。南朝梁簡文帝蕭綱和湘東王折楊柳：「城高短簫發，林空畫角悲。」秦觀滿庭芳：「山抹微雲，天連衰草，畫角聲斷譙門。」

〔四〕催襯：通「催趁」，宋時口語，義猶催趕、催促。岳飛池州翠微亭詩：「好水好山看不足，馬蹄催趁月明歸。」周密玲瓏四犯戲調夢窗：「奈翠簾、蝶舞蜂喧，催趁禁烟時候。」孔凡禮宋詩紀事續補卷十三徐安國紅梅未開以湯催趁之詩：「頻將温水泛花枝，催得紅梅片片飛。」以温水澆梅，催花早開，謂之「催趁」；亦猶西風催梧桐，催其葉落，謂之「催襯」也。趁與襯，同音假借。

醉花陰〔一〕

薄霧濃雰愁永晝〔二〕。瑞腦銷金獸〔三〕。時節又重陽〔四〕，寶枕紗廚〔五〕，半夜凉初透。　東籬把酒黄昏後〔六〕。有暗香盈袖〔七〕。莫道不銷魂〔八〕，簾捲西風，人比黄花瘦〔九〕。

【校記】

又見汪本、沈本。汪本調下題作「九日」。樂府雅詞、花庵詞選同。古今詞統題作「重陽」。

〔濃雰〕全芳備祖菊花門作「濃陰」。古今詞統、林下詞選、詞苑叢談、詞律、詞匯、歷代詩餘、古今詞選、天籟軒詞選、歷城縣志、山亭古今詞選皆作「濃雰」。樂府雅詞、汪本、草堂詩餘、四印齋本、趙本、王本作「濃雲」。林下詞選云：「一作雲。」明楊慎詞品卷一云：「李易安九日詞，今俗本改『雰』作『雲』。」而沈際飛草堂詩餘注：「一作『雰』，誤。」案況周頤珠花簃詞話云：「中山王文木賦：『奔電騰雲，薄霧濃雰。』易安醉花陰首句用此。俗本改『雰』作『雲』，陋甚，升庵楊氏嘗辨之。且即付之歌喉，『雲』字殊不入律，不如『雰』字起調，可謂知者道耳。」甚是。

〔銷〕全芳備祖、詩餘圖譜等作「噴」，沈本「銷」旁注作「噴」。草堂詩餘作「銷」，注云：「一作『噴』，誤。」

〔金獸〕全芳備祖作「香獸」。

〔時節〕樂府雅詞、趙本等作「佳節」。草堂詩餘注：「一作『佳』，誤。」

〔寶枕〕汪本、沈本、趙本並作「玉枕」。草堂詩餘注：「一作玉。」自怡軒詞選作「鴛枕」，非。

〔紗廚〕彤管遺編、古今女史作「紗窗」，非。

〔涼初〕全芳備祖作「愁初」，草堂詩餘作「秋初」，詩餘圖譜作「秋先」。草堂詩餘句末注：「一作『秋光透』，又作『秋先透』，俱誤。」

〔把酒〕詞學筌蹄作「把菊」。

〔人比〕花庵詞選、全芳備祖、花草粹編、詩餘圖譜並作「人似」，王本同。四印齋本作「人比」，注云：「別作『似』。」

【箋注】

〔一〕黄本卷二云：「此詞當作於宣和三年，時明誠出守萊州，而清照居青州。」此説不確。案清照感懷詩序云：「宣和辛丑八月十日到萊。」可證是歲重陽節前已隨夫居萊州任所，不在青州。據于譜：「大觀二年（一一〇八，戊子），二十五歲……九月重陽，明誠與妹婿李擢遊仰天山。明誠青州仰天山羅漢洞題名：『余以大觀戊子之重陽，與李擢德升同登兹山。』」仰天山，舊屬臨朐縣，在縣南七十里，在今山東青州市西南境。山麓有羅漢洞，上有竅可通天窺月，故士人有「仰天秋月」之説，見明修臨朐縣志。趙明誠至仰天山羅漢洞觀月，當流連忘返；而清照獨居青州歸來堂，重陽賞菊，無人相伴，故作此詞，以抒寂寞無聊之感。

〔二〕濃雰：陰陽二氣交會所形成的霧氣。素問六元正紀大論：「水鬱之發，陽氣迺辟，陰氣暴舉，大寒迺至，川澤嚴凝，寒雰結爲霜雪。」

〔三〕瑞腦句：瑞腦，即龍腦，見前浣溪沙（莫許盃深琥珀濃）注〔三〕。金獸，金屬獸形香爐。宋洪芻香譜：「香獸以塗金爲狻猊、麒麟、鳧鴨之狀，空其中以燃香，使香自口出，以爲玩好。」唐羅隱寄宣州竇常侍詩：「噴香瑞獸金三尺，舞雪佳人玉一團。」

〔四〕重陽：農曆九月初九日。魏曹丕與鍾繇九日送菊書：「歲往月來，忽復九月九日。九爲陽數，而日月並應，俗嘉其名，以爲宜於長久，故以享宴高會。」

〔五〕紗廚：紗帳。唐司空圖王官詩之二：「盡日無人只高卧，一雙白鳥隔紗廚。」宋周邦彦浣溪沙：「薄薄紗廚望似空，簟紋如水浸芙蓉。」緑色者稱碧紗廚。王建贈王處士詩：「松樹當軒雪滿池，青山掩映碧紗廚。」俞平伯唐宋詞選釋中卷釋此詞云：「近代以木做格扇，形如小屋，用以避蚊，中可置榻，框上糊以輕紗，大抵是緑色的，叫『碧紗廚』。亦名『蚊幮』。薛能吴姬十首之五：『高捲蚊廚獨卧斜。』……是紗廚即紗帳，與後世製作或有不同。」

〔六〕東籬：晉陶淵明飲酒詩之五：「採菊東籬下，悠然見南山。」後因指菊花或菊圃。唐岑參九日使君席奉餞衛中丞赴長水詩：「爲報使君多泛菊，更將弦管醉東籬。」

〔七〕有暗香句：語本古詩十九首：「馨香盈懷袖，路遠莫致之。」唐元稹春月詩：「露梅飄暗香。」此指菊花。

〔八〕銷魂：梁江淹別賦：「黯然銷魂者，唯別而已矣。」詩詞曲語辭匯釋卷五：「銷魂與凝魂，同爲出神之義。」並引李之儀南鄉子詞云：「巢燕引雛渾去盡，銷魂。空向梁間覓宿痕。」

〔九〕「簾捲」二句：似从謝逸醉落魄「簾捲黄昏，一陣西風入」化出，後出轉精。黄花：菊花。禮記月令：「季秋之月……鞠有黄華。」陳澔注：「鞠色不一，而專言黄者，秋令在金，金自有五色而黄爲貴，故鞠色以黄爲正也。」鞠，通菊。此句化用唐司空圖詩品：「落花無言，人淡如菊。」

【彙評】

宋胡仔苕溪漁隱叢話前集卷六十麗人雜記：又九日詞云：「簾捲西風，人似黄花瘦。」此語亦婦人所難到也。

元伊世珍琅嬛記卷中引外傳：易安以重陽醉花陰詞函致明誠。明誠歎賞，自愧弗逮，務欲勝之。一切謝客，忘食忘寢者三日夜，得五十闋，雜易安作，以示友人陸德夫。德夫玩之再三，曰：「只三句絶佳。」明誠詰之，曰：「莫道不銷魂，簾捲西風，人比黄花瘦。」政易安作也。

王仲聞李清照集校注按云：趙明誠喜金石刻，平生專力于此，不以詞章名。琅嬛記所引外傳，不知何書，殆出自捏造。所云「明誠欲勝之」，必非事實。

均案：琅嬛記所云陸德夫，不知爲何人。趙明誠交游中，迄未見其人，益信王仲聞之言爲不謬。

明瞿佑金臺集卷下易安樂府：趙明誠，清獻公之子。妻李氏，能文辭，號易安居士，有樂府詞三卷，名漱玉集。明誠卒，易安再適非類，既而反目……然其詞頗多佳句。如夢令云：「應是緑肥紅瘦。」語甚新。又九日詞：「簾捲西風，人似黄花瘦。」亦婦人所難到也。清獻名家厄運乖，羞將晚景對非才。西風簾捲黄花瘦，誰與賡歌共一杯？

明楊慎批點草堂詩餘卷一評結二句：淒語，怨而不怒。

明茅暎詞的卷二：但知傳誦結語，不知妙處全在「莫道不銷魂」。

明王世貞弇州山人詞評：詞内「人瘦也，比梅花，瘦幾分」、又「天還知道，和天也瘦」、又「莫道不消魂，簾捲西風，人比黄花瘦」，三「瘦」字俱妙。

案：「人瘦也」三句，迺宋程垓江城梅花引詞；「天還」二句，迺秦觀水龍吟詞。

明沈際飛草堂詩餘正集卷一：康詞「比梅花，瘦幾分」，一婉一直，並峙争衡。

案：以上又見卓人月古今詞統卷七，末句作「兩得其宜」。康詞，指誤作康與之的江城梅花引，實爲程垓作，見前案。

明徐士俊古今詞統序：如「簾捲西風，人比黄花瘦」等句，即暗中摸索，亦解人憐。此真能統一代之詞人者矣。

清毛先舒詩辨坻卷四：柴虎臣云：「指取温柔，詞歸蘊藉。暱而閨幃，勿浸而巷曲。浸而巷曲，勿墮而村鄙。」又云：「語境則『咸陽古道』、『汴水長流』；語事則『赤壁周郎』、『江州司馬』；語景則『岸草平沙』、『曉風殘月』；語情則『紅雨飛愁』、『黄花比瘦』：可謂雅暢。」

案：「咸陽」句，迺李白憶秦娥詞；「汴水」句，迺白居易長相思詞；「赤壁」句，迺蘇軾念奴嬌詞；「江州」句，迺金吴激人月圓詞；「岸草」句，迺僧仲殊柳梢青詞；「曉風」句，迺柳永雨霖鈴詞；「紅雨」句，迺僧如晦卜算子詞。

清萬樹詞律卷七：按詞譜收毛澤民一首，注云：「换頭第四字疑韻。如楊无咎詞之『撲人飛絮渾無數』，李清照詞之『東籬把酒黄昏後』，『絮』字『酒』字俱韻，此即樂府指迷所謂『藏短韻於句内』者。」然宋詞如此者亦少。遵此，「酒」字應注「叶」。

清孫致彌詞鵠：「酒」字疑是短韻。蓋後段换頭，各體原多有不同，且第二句又二「有」字領起。作者須味其意，于「酒」字讀斷，「後」字再斷，作折腰體亦無不可。審音者幸留意焉。

清周之琦晚香室詞録：愚按：醉花陰「簾捲西風」爲易安傳作，其實尋常語耳。

清許寶善自怡軒詞譜卷二：幽細淒清，聲情雙絶。

清譚瑩古今詞辨：緑肥紅瘦語嫣然，人比黄花更可憐。若並詩中論位置，易安居士李青蓮。

清許昂霄詞綜偶評：結句亦從「人與緑楊俱瘦」脱出，但語意較工妙耳。

案：「人與」句迺秦觀如夢令詞，或作無名氏詞。

清沈祥龍論詞隨筆：寫景貴淡遠有神，勿墮而奇情；言情貴蘊藉，勿浸而淫褻。「曉風殘月」、「衰草微雲」，寫景之善者也；「紅雨飛愁」、「黄花比瘦」，言情之善者也。同上：詞之用字，務在精擇：腐者、啞者、笨者、弱者、粗俗者、生硬者、詞中所未經見者，皆不可用；而叶字尤宜留意。古人名句，末字必清雋響亮，如「人比黄花瘦」之「瘦」字、「紅杏枝頭春意鬧」之「鬧」字皆是；然有同此字而用之善不善，則存乎其人之意與筆。

案：「曉風」句迺柳永雨霖鈴詞；「衰草」句迺秦觀滿庭芳詞；「紅雨」句迺僧如晦卜算子詞；「紅杏」句迺宋祁玉樓春詞。

清陳廷焯雲韶集卷十：無一字不秀雅。深情苦調，元人詞曲往往宗之。

唐圭璋唐宋詞簡釋：此首情深詞苦，古今共賞。起言永晝無聊之情景，次言重陽佳節之感人。換頭，言向晚把酒。着末，因花瘦而觸及己瘦，傷感之至。尤妙在「莫道」二字喚起，與方回之「試問閑愁知幾許」句，正同妙也。

案：方回即賀鑄，詞迺横塘路（青玉案）。

龍榆生漱玉詞叙論：剛健中含婀娜，結語具見標格，兼能撩撥感情，宜其爲陸德夫所稱也。

夏承燾唐宋詞欣賞：這首詞末了一個「瘦」字，歸結全首詞的情意，上面種種景物描寫，都是爲了表達這點精神，因而它確實稱得上是「詞眼」。李清照另有如夢令「緑肥紅瘦」之句，爲人所傳誦。這裏她説的「人比黄花瘦」一句，也是前人未曾説過的，有它突出的創造性。

【附】

清王士禛醉花陰和漱玉詞：香閨小院閑清晝。屈戍交銅獸。幾日怯輕寒，簾局香濃，不覺春光透。　韶光轉眼梅花後。又催裁羅袖。最怕日初長，生受鶯花，打叠人消瘦。

清彭孫遹醉花陰和漱玉詞同阮亭作：花影枝枝摇午晝。桂炷銷獅獸。愁病怯登高，幾陣西風，吹得羅裳透。　闌干星月三更後。玉露沾香袖。心事寄誰行？約略腰身，轉覺秋來瘦。

鳳凰臺上憶吹簫〔一〕

香冷金猊〔二〕，被翻紅浪〔三〕，起來慵自梳頭。任寶奩塵滿〔四〕，日上簾鈎〔五〕。生怕離懷别苦，多少事、欲説還休。新來瘦〔六〕，非干病酒〔七〕，不是悲秋〔八〕。　休休〔九〕。這回去也，千萬遍陽關〔一〇〕，也則難留〔一一〕。念武陵人遠〔一二〕，烟鎖秦樓〔一三〕。唯有樓前流水〔一四〕，應念我、終日凝眸。凝眸處，從今又添，一段新愁。

【校記】

增修箋注妙選羣英草堂詩餘卷下後集正文同此底本。又見汪本、沈本。汪本題作「閨思」。

原載樂府雅詞卷下、花庵詞選卷十。草堂詩餘後集題作「離別」。古今詞統、花草粹編、詩詞雜俎題作「閨情」。

〔慵自〕樂府雅詞、四印齋本、趙本作「人未」。樂府雅詞原刻本注：「別本作『慵自』。」

〔塵滿〕樂府雅詞、四印齋本、趙本作「閑掩」。

〔離懷別苦〕樂府雅詞、四印齋本、趙本作「閑愁暗恨」。樂府雅詞鮑校鈔本作「見花開花謝」。

〔還休〕嘯餘譜作「難休」。

〔新來〕樂府雅詞、四印齋本、趙本作「今年」。汪本作「朝來」。樂府雅詞鮑校鈔本作「今來」。

〔休休〕樂府雅詞、四印齋本、沈本、趙本並作「明朝」。沈本「明朝」下注：「別本作『休休』。」又云：「『朝』字失韵，當從『休休』，但『休』字韵又複。」

〔則〕樂府雅詞、四印齋本、趙本並作「即」。

〔念武陵人遠〕彙選歷代名賢詞府全集作「空凝竚武陵人遠」。「人遠」，樂府雅詞、四印齋本、趙本並作「春晚」。

〔烟鎖秦樓〕樂府雅詞、四印齋本、趙本並作「雲鎖重樓」。

〔唯有〕樂府雅詞、四印齋本、趙本並作「記取」。

〔流水〕秦恩復本樂府雅詞作「緑水」。

〔凝眸〕沈際飛本草堂詩餘注：「一作『盼望』，誤。」

〔又添一段〕樂府雅詞、四印齋本、趙本並作「更數幾段」。四印齋本注：「更添一段。」

【箋注】

〔一〕黄本卷二云：「此詞當作於宣和三年，時清照居青州。」疑非是。案：趙明誠愛好金石碑刻，屏居青州後常出外尋訪名山勝蹟。有長清靈巖寺題名曰：「東武趙明誠德甫、東魯李擢德升、躍時升，以大觀三年九月十三日同來，凡留兩日逎歸。」考大觀三年九月，明誠出游長清，須經濟南，路程約一百七十公里，跋山涉水，極爲勞苦，故清照苦苦挽留。然明誠「致力於斯，可謂勤且久矣，非特區區爲玩好之具而已」（見金石録序），仍然執意要去。清照終於嘆曰：「休休！這回去也，雖千萬遍陽關，也則難留。」詞中以「武陵人」喻明誠，當亦含遠游之意。詞又云「不是悲秋」，意謂當秋而不悲，時令亦與明誠赴長清相合。因清照苦苦留戀，故明誠在靈巖「凡留兩日而歸」。準此，詞當作於大觀三年（一一〇九）九月。

〔二〕金猊：金屬狻猊型香爐。案陸容菽園雜記卷二：「金猊，其形似獅，性好火烟，故立於香爐蓋上。」宋謝逸燕歸梁：「香燼冷金猊。」又徐伸轉調二郎神：「薰徹金猊燼冷。」似爲此句所本。

〔三〕被翻紅浪：柳永鳳棲梧：「鴛鴦繡被翻紅浪。」此謂錦被亂攤於床上，如起伏之波浪。

〔四〕寶奩句：賀鑄憶仙姿：「銷黯，銷黯。門共寶奩長掩。」詞意相似。

〔五〕日上簾鉤：杜甫落日詩：「落日在簾鉤，溪邊春事幽。」此謂「日上」，反其意而用之。

〔六〕新來：近來。宋時口語。柳永臨江仙：「覺新來、憔悴舊日風標。」鏡裏朱顔瘦。」

〔七〕病酒：因飲酒過量而致病。史記魏公子列傳：「公子（信陵君）自知再以毀廢，迺謝病不朝，與賓客爲長夜飲，飲醇酒……竟病酒而卒。」南唐馮延巳鵲踏枝：「日日花前常病酒，不辭

〔八〕悲秋：對秋景而傷感。宋玉九辯：「悲哉秋之爲氣也，蕭瑟兮草木摇落而變衰。」杜甫登高詩：「萬里悲秋常作客，百年多病獨登臺。」

〔九〕休休：新唐書司空圖傳：「圖本居中條山王官谷，有先人田，遂隱不出。作亭觀素室，悉圖唐興節士文人，名亭曰休休，作文以見志，曰：『休，美也，既休而美具。故量才，一宜休；揣分，二宜休；耄而聵，三宜休；又少也墮，長也率，老也迂，三者非濟時用，則又宜休。』」此處「休休」，猶言「罷了罷了」。

〔一〇〕陽關：古送别曲。以唐王維送元二使安西詩爲歌辭，曰：「渭城朝雨浥輕塵，客舍青青柳色新。勸君更盡一杯酒，西出陽關無故人。」反覆歌之，謂之陽關三疊。此云「千萬遍陽關」，迺誇張之辭，極言離情之深也。

〔一一〕也則：宋時口語。猶也是。宋陳慥無愁可解詞：「你唤做、展却眉頭，便是達者，也則恐未。」五燈會元卷十九白雲端禪師上堂：「德山入門便棒，臨濟入門便喝，白雲萬里。然後恁麼也不得，不恁麼也不得。恁麼不恁麼，總不得，也則白雲萬里。忽有箇漢出來道：『長老你恁麼

道，也則白雲萬里。』」

〔一二〕武陵人：兼用陶淵明桃花源記武陵人入桃源及幽明録所載劉晨阮肇誤入天台山遇二仙女事，以武陵人借指趙明誠。二事合用，蓋始於唐，王之涣惆悵詩十二之十云：「晨肇重來事已迷，碧桃花謝武陵溪。」至宋，則有韓琦點絳唇云：「武陵回睇，人遠波空翠。」北詞廣正譜卷三則云：「有緣千里能相會，劉晨曾入武陵溪。」於是武陵漁人已演變爲對丈夫或所愛者之代稱。

〔一三〕秦樓：即鳳臺、鳳凰臺。此處化用列仙傳弄玉與蕭史仙凡相愛之典故，既寫對明誠之思念、孤棲之寂寞，亦暗合調名，照應題旨。樂府雅詞拾遺袁綯傳言玉女：「鳳凰臺上，有蕭郎共約。」又無名氏五綵結同心：「好作個，秦樓活計，吹簫伴侣。」

〔一四〕樓前流水：喻相思。三國徐幹室思詩：「思君如流水，何有窮已時。」唐杜牧題安州浮雲寺寄湖州張郎中詩：「當時樓下水，今日到何處？」又苕溪漁隱叢話後集卷三十四云引復齋漫録云：「晁元忠西歸詩：『安得龍山潮，駕回安河水。水從樓前來，中有美人淚。』子蒼（韓駒）取其意以代葛亞卿作詩云：『君住江濱起畫樓，妾居海角送潮頭。潮中有妾相思淚，流到樓前更不流。』唐孫叔向有經昭應温泉詩云：『一道泉回繞御溝，先皇曾向此中游。雖然水是無情物，也到宮前咽不流。』子蒼末句又用孫語也。」此處清照以爲流水有情，知人念遠，别開意境，邁越前人。

【彙評】

明楊慎批點草堂詩餘卷四：「欲説還休」與「怕傷郎，又還休道」同意。　評「新來瘦」三句：

端的爲著甚的？

案：「怕傷郎」二句，見類編草堂詩餘卷二孫夫人風中柳詞。

明茅暎詞的卷四：出語自然，無一字不佳。

明李攀龍草堂詩餘雋卷二眉批：非病酒，不悲秋，都爲苦別瘦。水無情於人，人却有情於水。評語：寫出一種臨別心神，而新瘦新愁，真如秦女樓頭，聲聲有和鳴之奏。

明沈際飛草堂詩餘正集卷三：懶説出，妙。瘦爲甚的，尤妙。「千萬遍」，痛甚！轉轉折折，忤合萬狀。清風朗月，陡化爲楚雨巫雲；阿閣洞房，立變成離亭別墅。至文也。

明陸雲龍詞菁卷二：滿楮情至語，豈是口頭禪。

明李廷機草堂詩餘評林卷三：宛轉見離情別意，思致巧成。

明古今詞統卷十二徐士俊評：亦是林下風，亦是閨中秀。

明竹溪主人風韵情詞卷五：雨洗梨花，淚痕有在；風吹柳絮，愁思成團：易安此詞頗似之。

明潘游龍等古今詩餘醉：「千萬遍」，痛甚！

清鄧廷楨雙硯齋詞話：迺或稱其所夫既喪，不能矢柏舟之節。夫以青裙白髮之嫠婦，而猥以讕語相加，洵所謂小人好議論，不樂成人之美者。然其鳳凰臺上憶吹簫諸作，繁香側艷，終以不工豪翰爲佳。昔涪翁（黃庭堅）好作綺語，迺爲法秀所呵。此在男子，猶當戒之，況婦人乎？

清鄒祗謨倚聲前集初編卷十六評王士禛和漱玉詞鳳凰臺上憶吹簫：清照原闋，獨此作有元曲意。阮亭此和，不但與古人合縫無痕，殆戛戛上之。清照而在，當悲暮年頹唐矣。

清王又華古今詞論節録掞天詞序：張祖望曰：「詞雖小道，第一要辨雅俗。結構天成，而中有豔語、雋語、奇語、豪語、苦語、癡語、没要緊語，如巧匠運斤，毫無痕迹，方爲妙手。古詞中如……『海棠開後，望到如今』、『惟有樓前流水，應念我、終日凝眸』……癡語也。」

案：「海棠開後」二句，見宋鄭文妻憶秦娥詞。

清陳廷焯雲韶集卷十：此種筆墨，不減耆卿、叔原，而清雋疏朗過之。「新來瘦」三語，婉轉曲折，煞是妙絶。筆致極佳，餘韵尤勝。

又詞則別調集卷二：淒豔不減耆卿，而騷情雅意過之。（下結）曲折有致。

俞平伯唐宋詞選釋中卷：此調蓋用本意（弄玉憶簫史），別後懷念其夫趙明誠而作。

唐圭璋唐宋詞簡釋：此首述別情，哀傷殊甚。起三句，言朝起之懶。「任寶奩」句，言朝起之遲。「生怕」二句，點明離別之苦，疏通上文；「欲説還休」，含淒無限。「新來瘦」三句，申言別苦，較病酒悲秋爲尤苦。換頭，歎人去難留。「念武陵」四句，歎人去樓空，言水念人，情意極厚。末句，補足上文，餘韵更雋永。

夏承燾盛靜霞唐宋詞選：上片不説離愁，却説生怕離愁，不説因離愁而瘦，却説不關病酒和悲秋；下片不説雲遮視綫，却説烟鎖秦樓，不説想寄情流水，却説流水應念我：却是深一層寫法。

龍榆生漱玉詞叙論：有「豈無膏沐，誰適爲容」之意，而語自幽婉纏綿。

薛礪若宋詞通論：我們試將上詞細心加以尋繹，即知易安一生詞品，全從後主、永叔、少游三家脱胎出來的。後主得其深，永叔得其鬱，少游、易安則得其婉秀。後主遭際亡國，少游屢經貶竄，故其詞境悲婉深沉，均由肺腑中自然流露出來。永叔深於情思，故其詞亦纏綿抑鬱，若不勝其傷春恨月之感也。至於易安，幼年即生長在一個有文學環境的家庭，適人以後，夫妻感情又極和樂美滿，似乎無悲愁的種子蔓生在她的心曲了。但我們一讀她的作品，則亦覺悲苦之辭爲多。因爲女子是最富於情感的……何况她與明誠愛情很重，自不免因别情離緒所縈繞，而致其纏綿想望之思了。

案：所云「上詞」，指李後主浪淘沙（簾外雨潺潺）、歐陽修蝶戀花（庭院深深深幾許）、秦觀如夢令（鶯嘴啄花紅溜）及滿庭芳（山抹微雲）、李清照鳳凰臺上憶吹簫。

【附】

清王士禛鳳凰臺上憶吹簫和漱玉詞：鏡影圓冰，釵痕却月，日光又上樓頭。正羅幃夢覺，紅褪緗鈎。睡眼初瞤未起，夢裏事、尋憶難休。人不見，便須含淚，强對殘秋。悠悠。斷鴻南去，便瀟湘千里，好爲儂留。又斜陽聲遠，過盡西樓。顛倒相思難寫，空望斷、南浦雙眸。傷心處，青山紅樹，萬點新愁。

清彭孫遹倚聲初集卷十六鳳凰臺上憶吹簫和漱玉詞：寶鴨抛烟，寒蛩泣露，蘭橈催發湖頭。正銀河清淺，殘月如鈎。多少情悰欲説，知無奈、則索行休。紗窗静，幾株疏柳，一片清秋。

堪憂。箇人何處？那衣香手粉，髣髴還留。憶舊年此夜，花壓層樓。靜對金波似水，桃笙上、隱隱回眸。傷心處，依然花月，添却離愁。

浣溪沙〔一〕

小院閑窗春色深，重簾未捲影沉沉〔二〕。倚樓無語理瑤琴〔三〕。遠岫出雲催薄暮〔四〕，細風吹雨弄輕陰。梨花欲謝恐難禁〔五〕。

【校記】

此詞原載樂府雅詞卷下。底本調下有注云：「草堂誤作周美成而周詞不載。」勞權手校汪本有批語七行，字跡模糊，不録。又見沈本。

此詞曾誤作歐陽修詞，見草堂詩餘別録前集、類編草堂詩餘，又見詞學筌蹄卷五、文體明辨附録、嘯餘譜卷三、記紅集卷一。李文裿輯漱玉集案：「此闋類編草堂詩餘作歐陽永叔撰，查六一詞中浣溪沙凡九詞，並無此首。」趙本案：「至正本草堂詩餘前集上引與歐陽修詞銜接，不著撰人，類編本因以爲歐作，失之。」王本注云：「按嘉靖間顧汝所刻類編草堂詩餘卷一載此詞，並無撰人姓名，實不作歐陽修。疑李趙二氏所據之類編草堂詩餘，或爲別本。沈際飛草堂詩餘注：『一刻歐陽。』毛本片玉詞補遺注：『或刻歐陽永叔。』殆皆本胡桂芳本或韓俞臣本類編草堂詩餘。」當以樂府雅詞所載爲是，應作李清照詞。

此詞又誤作周邦彥詞，見錢允治本草堂詩餘卷一、沈際飛本草堂詩餘正集卷一、草堂詩餘評林春集卷一、草堂詩餘雋卷一；又見毛晉汲古閣本宋六十名家詞片玉詞補遺及歷代詩餘卷六、四印齋刻陳鍾秀草堂詩餘。王本注云：「嘉靖本類編草堂詩餘卷一載此詞，不著撰人，而其前則爲周美成浣溪沙『水漲魚天拍柳橋』一首……故毛晉誤收入片玉詞補遺。」宋何士信草堂詩餘卷上前集列於歐陽永叔浣溪沙春景（湖上朱橋響畫輪）之後，不著撰人。

此詞又誤入吳文英夢窗甲稿，毛晉跋夢窗甲乙稿已疑之，然又云「周美成『倚樓無語理瑤琴』」云云，則誤爲周邦彥詞也。

〔出雲〕樂府雅詞、花草粹編、汪本、趙本皆作「出山」，誤。樂府雅詞曹元忠校：「朱本作雲。」

〔欲謝〕沈際飛本草堂詩餘注：「謝，一作卸。」

【箋注】

〔一〕陳祖美云：「此首亦當作於李清照待字汴京之時，且屬少女懷春之什。」均案：岫，山洞也，見爾雅釋山。汴京地處平原，無山。據「遠岫」句，似作於屏居青州時期。青州西南有仰天山，據明臨朐縣志：「仰天山在縣南七十里……山麓有洞，深可五七丈許，上有竅通天云。」又明青州府志：「仰天山之阿有寺，名仰天寺……有羅漢洞，洞隙通處，可以望天。」于譜引此二志後云：「明誠大觀戊子題名，即在羅漢洞附近崖壁上。」故可推知清照所見之「遠岫出雲」，乃仰天山羅漢洞，而作詞時間亦在大觀某年之春天。

〔二〕沉沉：深邃貌。史記陳涉世家：「入宮，見殿屋帷帳，客曰：『夥頤！涉之爲王沉沉者。』」集解引應劭曰：「沉沉，宮室深邃之貌也。」亦指幽靜。杜甫醉時歌：「清夜沉沉動春酌，燈前細雨簷花落。」

〔三〕瑶琴：琴之美稱。南朝宋鮑照擬古詩之七：「明鏡塵匣中，瑶琴生網羅。」案李清照多才多藝，亦能彈琴。今發現有銘刻於一古琴上，詳見本書卷三琴銘。

〔四〕遠岫句：南齊謝朓郡内高齋閑望答呂法曹詩：「窗中列遠岫。」陶淵明歸去來辭：「雲無心以出岫，鳥倦飛而知還。」廣韻：「山有穴曰岫。」花間集顧夐更漏子：「簾半捲，屏斜掩，遠岫參差迷眼。」詞境差相似。

〔五〕梨花句：詩詞中常借梨花寫閨怨。唐劉方平春怨詩：「紗窗日落漸黄昏。金屋無人見淚痕。寂寞空庭春欲晚，梨花滿地不開門。」宋晏幾道生查子：「牽繫玉樓人，繡被春寒夜。消息未歸來，寒食梨花謝。」秦觀（或作無名氏）鷓鴣天：「甫能炙得燈兒了，雨打梨花深閉門。」清照詞似更委婉而深沉。

【彙評】

明楊慎批點本草堂詩餘卷一評「遠岫」句：景語，麗語。

明李攀龍草堂詩餘雋卷一眉批：分明是閨中愁、宮中怨情景。　評語：少婦深情，却被周君淺淺勘破。

案：李攀龍誤作周邦彥詞。

明董其昌便讀草堂詩餘卷一：寫出閨婦心情，在此數語。

明沈際飛草堂詩餘正集卷一：雅練。「欲謝」、「難禁」，淡語中致語。

清陳廷焯詞則別調集卷二：中有怨情，意味自永。

浣溪沙〔一〕

髻子傷春慵更梳。晚風庭院落梅初〔二〕。淡雲來往月疎疎。　玉鴨熏爐閑瑞腦〔三〕，朱櫻斗帳掩流蘇〔四〕。遺犀還解辟寒無〔五〕？

【校記】

亦見汪本、沈本。花草粹編卷二題作「閨情」，古今詞統同。趙本案：「詩詞雜俎本漱玉詞收之，與花草粹編同。」全宋詞列爲李清照詞。王本列入存疑之作，按云：「此首別見花草粹編卷二，無撰人姓氏，其前爲李清照『淡蕩春光寒食天』浣溪沙一闋。續草堂詩餘等以爲李清照作，未知何據。」均案：此首宜從趙說，作李清照詞，草堂詩餘等刻本往往前一首署撰人姓名，後一首省略。

〔慵更梳〕花草粹編、續草堂詩餘、古今詞統、林下詞選、歷城縣志作「懶更梳」。依律此三字宜作「仄仄平」，「懶」字勝。

〔瑞腦〕歷城縣志誤作「瑪腦」。

〔遺犀〕詞綜、歷代詩餘、陳廷焯詞則別調集作「通犀」，俞平伯唐宋詞選釋同。

【箋注】

〔一〕此詞疑政和間作於屏居青州之時。據于譜：「政和五年（一一一五，乙未），三十二歲。明誠得漢司空殘碑。」並引金石録卷十九云：「政和乙未歲，得於洛陽（天津）橋之故基。」又云是歲「下邳民得漢祝長嚴訢碑」。蓋此時趙明誠常外出考察，搜求古文碑刻，清照家居，每感寂寞慵怠，故作此詞以抒情。

〔二〕落梅初：指暮春。梅花農曆三月開花，故埤雅云：「江南三月爲迎梅雨。」青州稍晚。開後不久即落。

〔三〕玉鴨句：玉鴨熏爐，爐形似鴨者。李商隱促漏詩：「睡鴨香爐換夕照。」玉鴨，指瓷製。亦稱金鴨，係銅製。花間集顧敻臨江仙：「香爐盡銷金鴨冷。」瑞腦，香料名。見前浣溪沙（莫許盃深琥珀濃）注〔三〕。閑瑞腦，意謂香料閑置未燃。

〔四〕朱櫻句：朱櫻：帳之顏色。唐本草謂櫻桃「熟時深紅色者謂之朱櫻」。斗帳，形如覆斗之小帳。古詩孔雀東南飛：「紅羅覆斗帳，四角垂香囊。」唐温庭筠偶遊詩：「紅珠斗帳櫻桃熟，金尾屏風孔雀閑。」流蘇，用羽毛或絲綫編製的排穗，列於帳子上沿之裝飾品。宋龐元英文昌雜録卷五：「流蘇，五彩毛雜而垂之。摯虞決疑要注曰：『凡下垂爲蘇。』張衡東京賦：『飛流蘇之騷殺。』……蓋流蘇、騷殺，皆下垂也。」清錢大昕恒言録卷五：「凡下垂者爲蘇，吴人讀蘇爲胥。結縷下垂者謂之胥頭，即古之流蘇。」

〔五〕遺犀句：指帳上鎮幃犀。唐杜牧杜秋娘詩：「金盤犀鎮幃。」宋蘇軾四時詞之四：「夜風摇動鎮幃犀。」又春帖子詞：「風暖犀盤尚鎮幃。」幃上懸犀，使不因風而動，且有辟寒意。五代王仁裕開元天寶遺事上：「開元二年冬至，交趾國進犀一株，色黄如金。使者請以金盤置於殿中，温温然有暖氣襲人。上問其故，使者對曰：『此辟寒犀也。頃自隋文帝時，本國曾進一株，直至今日。』上甚悦，厚賜之。」犀，指犀牛角，中有白綫貫通兩端，故稱「通犀」或「通天犀」。

【彙評】

明沈際飛草堂詩餘續集卷上：話頭好。　淵然。

清周濟介存齋論詞雜著：閨秀詞惟清照最優，究苦無骨。存一篇尤清出者。

清譚獻復堂詞話：易安居士獨此篇有唐調，選家爐冶，遂標此奇。

清陳廷焯雲韶集卷十評「淡雲」句：清麗之句。　評下結：婉約。

又詞則別調集卷二：清麗出「朦朧淡月雲來去」之右。　結句沉着。

案：「朦朧」句爲宋初李冠蝶戀花詞。

龍榆生漱玉詞叙論：易安此類作品最著者，又有浣溪沙「髻子傷春懶更梳……」，有「豈無膏沐，誰適爲容」之意，而語自幽婉纏綿。

【附】

清王士禛浣溪沙春閨和漱玉詞：奩畔豪犀閑玉梳。新粧纔罷曉寒初。曲欄花日影扶疏。金鴨暖香消桂蠹，夜蟬輕翅上桃蘇。問郎曾解畫眉無？

點絳脣〔一〕

寂寞深閨，柔腸一寸愁千縷〔二〕。惜春春去。幾點催花雨〔三〕。倚遍闌干〔四〕，只是無情緒。人何處？連天芳樹。望斷歸來路〔五〕。

【校記】

原載底本。汪本題作「閨思」。古今女史題作閨怨。

〔柔腸〕續選草堂詩餘作「愁腸」。

〔芳樹〕詩詞雜俎本、續選草堂詩餘、林下詞選、汪本作「芳草」。花草粹編、趙本皆作「衰草」，非。王本案云：「此闋上半首云『惜春春去，幾點催花雨』，乃暮春景物，下云『連天衰草』，則又爲殘秋氣象，『衰』字必誤。『芳草』字較合，惟『草』字不叶韻。宋人作點絳脣詞，此句末字無有不叶韻者。詞綜作『芳樹』，未知所本。」均案：底本、詞綜與歷代詩餘皆作「芳樹」，蓋同出一源，「樹」

字合韵，是。

【箋注】

〔一〕此詞抒惜春與懷人之情，時趙明誠正出游。案：屏居青州後，明誠常尋訪古蹟，有長清靈巖寺題名曰：「丙申三月四日，復過此。」（見于中航趙明誠題名和鄉居青州考，載于譜附録五）丙申爲徽宗政和六年（一一一六），三月四日正春雨「催花」之際，詞當作於是時。詳注〔三〕。

〔二〕柔腸句：語本晏殊木蘭花：「無情不似多情苦，一寸還成千萬縷。」

〔三〕催花雨：清明時節之雨。宋莊綽鷄肋編卷中：「西北春時，率多大風而少雨，有亦霏微……韓持國亦有『輕雲薄霧，散作催花雨』之句。」宋王庭珪桃源憶故人辰州送客詞云：「催花一霎清明雨，留得春風且住。」陽春白雪卷二王觀高陽臺：「平明幾點催花雨，夢半闌，欹枕初聞。」

〔四〕倚遍闌干：宋詞中凡云「倚闌」、「憑闌」、「倚樓」、「倚遍闌干」，猶云凝望，皆爲念遠懷人之義。如柳永鳳棲梧：「獨倚危樓風細細，無人會得憑闌意。」歐陽修少年游：「闌干十二獨憑春，行色苦愁人。」晏幾道御街行：「闌干倚盡猶慵去。」皆此義。

〔五〕望斷句：花間集韋莊木蘭花：「獨上小樓春欲暮，望斷玉關芳草路。」詞境似之。

【彙評】

明茅暎詞的：易安往矣，不可復得，每作詞時，爲酬一杯酒。

明錢允治續選草堂詩餘：草滿長途，情人不歸，空攬寸腸耳。

明沈際飛草堂詩餘續集卷上：簡當。

明陸雲龍詞菁卷一：淚盡箇中。

明黄河清草堂詩餘續集序：夫詞體纖弱，壯夫不爲。獨惜篇什寂寥，彼歌金縷、唱柳枝者，其聲宛轉易窮耳。所刻續集中如李後主之秋閨、李易安之閨思、晏叔原之春景……以此數闋，授一小青娥，撥銀箏，倚緑窗，作曼聲，則繞梁遏雲，亦足令多情人魂銷也。

清陳廷焯雲韶集卷十：情詞並勝，神韻悠然。

【附】

清王士禛點絳唇春詞和漱玉韻：水滿春塘，柳綿又蘸黄金縷。燕兒來去，陣陣梨花雨。情似黄絲，歷亂難成緒。凝眸處，白蘋青草，不見西洲路。

念奴嬌〔一〕

蕭條庭院，又斜風細雨〔二〕，重門須閉。寵柳嬌花寒食近，種種惱人天氣〔三〕。險韻詩成〔四〕，扶頭酒醒〔五〕，别是閑滋味。征鴻過盡，萬千心事難寄。　樓上幾日春寒，簾垂四面，玉闌干慵倚。被冷香消新夢覺，不許愁人不起。清露晨流，新桐初引〔六〕，多少遊春意。日高烟斂，更看今日晴未？

【校記】

此調樂府雅詞不載，録自底本。汪本調名作壺中天慢，題作「春情」，花庵詞選、陽春白雪同。類編草堂詩餘卷三、花草粹編卷十、古今詞、彤管遺編續集、古今女史題作「春日閨情」。沈本、趙本、王本俱無題。

〔又〕草堂詩餘、花草粹編、古今詞統作「有」。

〔須閉〕歷代詩餘、詞的作「深閉」。

〔嬌花〕陽春白雪、沈本作「嬌鶯」。

〔征鴻〕陽春白雪作「飛鴻」。

〔難寄〕陽春白雪作「誰寄」。

〔春寒〕陽春白雪、沈本作「寒濃」。

〔四面〕陽春白雪、沈本作「三面」。

〔玉闌干慵倚〕陽春白雪作「慵拍闌干倚」，古今別腸詞選作「懶向欄杆倚」，沈本作「閑拍闌干倚」。

〔新夢覺〕陽春白雪作「清夢斷」，沈本作「清夢覺」。彤管遺編誤作「新覺夢」。

〔新桐〕陽春白雪作「疏桐」。

〔日高〕陽春白雪作「雲高」。

〔今日〕陽春白雪作「明日」。

【箋注】

〔一〕黄本卷二云：「此詞當作於宣和三年，時清照在青州。」未知何據。考于譜云：「政和六年（一一一六，丙申），三十三歲。三月四日，明誠再遊靈巖寺。」案：靈巖寺爲唐宋名刹，在今濟南市長清縣東南，距青州約一百七十里。明誠曾四遊此寺，在宋嘉祐六年齊州長清縣靈巖寺重修千佛殿記碑側，有明誠題名，末云：「丙申三月四日復過此，德父記。」三月四日，時近寒食節。故清照此詞云：「寵柳嬌花寒食近，種種惱人天氣。」故知詞當作於此時。

〔二〕斜風細雨：唐張志和漁歌子：「青箬笠，緑蓑衣，斜風細雨不須歸。」

〔三〕惱人天氣：唐羅隱春日葉秀才曲江詩：「春色惱人遮不得，别愁如瘧避還來。」宋王安石夜直詩：「春色惱人眠不得，月移花影上闌干。」皆謂春色之令人煩惱也。

〔四〕險韻：韻部中字少而艱僻之韵。宋王禹偁謫居感事詩：「分題宣險韵，翻勢得仙棋。」宋郭應祥菩薩蠻：「新詞仍險韵，賡續慚非稱。」逞才者多喜作險韵詩。

〔五〕扶頭酒：使人易醉之烈性酒。唐白居易早飲湖州酒寄崔使君詩：「一榼扶頭酒，泓澄瀉玉壺。」姚合答友人招遊詩：「賭棋招敵手，沽酒自扶頭。」杜牧醉題五絶：「醉頭扶不起，三丈日還高。」宋賀鑄醉厭厭：「易醉扶頭酒，難逢敵手棋。」周邦彦華胥引：「醉頭扶起寒怯。」上述皆謂酒性濃烈，易使人醉。然俞平伯唐宋詞選釋中卷釋此句云：「古人於卯時飲酒稱卯酒，亦名『扶頭酒』……扶頭原義當爲醉頭扶起。『扶頭酒』是一複合的名詞。宿酲未解，更飲早酒以投之，所用只是較淡的酒，以此種飲法能發生和解作用，故亦以『扶頭』稱之……易安此句當亦然。又如下録聲聲慢云云，只是三兩杯淡酒而已。」俞氏以爲「薄酒」「淡酒」，可備一説。

〔六〕清露二句：語本世説新語賞譽：「王恭始與王建武（王忱）甚有情，後遇袁悦之間，遂致疑隙，然每至興會，故有相思時。恭嘗行散至京口射堂，于時清露晨流，新桐初引，恭目之，曰：『王大（王忱）故自濯濯。』」引，爾雅釋詁：「引，長也。」初引，即初生、初長。

【彙評】

宋黄昇花庵詞選卷十：前輩嘗稱易安「緑肥紅瘦」爲佳句，余謂此篇「寵柳嬌花」之句，亦甚奇俊，前此未有能道之者。

明楊慎批點草堂詩餘卷四：情景兼至，名媛中自是第一。評「被冷」二句：絶似六朝。

又詞品卷一：歐陽公詞「草薰風暖摇征轡」，乃用江淹別賦「閨中風暖，陌上草薰」之語也。蘇公詞「照野瀰瀰淺浪，横空曖曖微霄」，乃用陶淵明「山滌餘靄，宇曖微霄」之語也。填詞雖於文爲末，而非自選詩、樂府來，亦不能入妙。李易安詞「清露晨流，新桐初引」，乃全用世説語。女流有此，在男子亦秦、周之流也。

明李攀龍草堂詩餘雋卷一眉批：心事有萬千，豈征鴻可寄？新夢，不知夢何事。評語：心事托之新夢，言有寄而情無方，玩之自有意味。　上是心事，難以言傳；下是新夢，可以意會。

明王世貞弇州山人詞評：易安又有「寵柳嬌花寒食近，種種惱人天氣」。「寵柳嬌花」，新麗之甚。

明陸雲龍詞菁卷二評「不許愁人不起」：苦境，亦實境。

明古今詞統卷十三徐士俊評：「寵柳嬌花」，新麗之甚。不效顰漢魏，不學步盛唐，應情而發，自標位置。

案：沈際飛草堂詩餘正集卷四與此略同，唯首句加「真聲也」，末句改爲「能通於人」。

明趙世傑等古今女史卷十二：媚中帶老。

明沈際飛草堂詩餘正集卷四：「寵柳嬌花」，又是易安奇句，後人竊其影，似猶驚目。

清許昂霄詞綜偶評：此詞造語固爲奇俊，然未免有句無章。舊人不加評駁，殆以婦人而恕之耶？

清毛先舒詩辨坻卷四：李易安春情「清露晨流，新桐初引」用世説全句，渾妙。嘗論詞貴開拓，不欲沾滯，忽悲忽喜，乍近乍遠，所爲妙耳。如游樂詞，須微著愁思，方不癡肥。李春情詞本閨怨，結云「多少游春意」、「更看今日晴未」，忽爾開拓，不但不爲題束，並不爲本意所苦。直如行雲，舒捲自如，人不覺耳。

清王士禛花草蒙拾：前輩謂史梅溪之句法，吴夢窗之字面，固是確論，尤須雕繪而不失天然，如「緑肥紅瘦」、「寵柳嬌花」，人工天巧，可稱絶唱。

清鄒祇謨遠志齋詞衷：詞品云：「填詞雖於文爲末，而非自選詩、樂府來，亦不能入妙。李易安詞『清露晨流，新桐初引』，乃全用世説語。」愚按：詞至稼軒，諸子百家，行間筆下，驅斥如意。近則婁東善用南、北史。江左風流，唯有安石，詞家妙境，重見桃源矣。

清彭孫遹金粟詞話：李易安「被冷香消新夢覺，不許愁人不起」、「守著窗兒，獨自怎生得黑」，皆用淺俗之語，發清新之思，詞意並工，閨情絶調。

清沈祥龍論詞隨筆：用成語貴渾成脱化，如出諸己。賀方回「舊遊夢掛碧雲邊，人歸落雁後，思發在花前」，用薛道衡句，歐陽永叔「平山欄檻倚晴空，山色有無中」，用王摩詰句，均妙。李易安「清露晨流，新桐初引」，用世説新語，更覺自然。稼軒能合經、史、子而用之，自有才力絶人處，他人不易輕效。

案：賀方回即賀鑄，詞乃雁後歸（臨江仙）。歐陽修詞乃朝中措。

清孫致彌詞鵠凡例：詞要清空，忌質實。朱竹垞太史云：「字面要生新，須化去陳腐，鍊俗爲雅。」如蔣竹山霜天曉角折花詞、李易安「被冷香銷」之類是也。

清黄蘇蓼園詞選：只寫心緒落寞，遇寒食更難遣耳。陡然而起，便爾深邃。至前段云「重門須閉」，後段云「不許不起」，一開一合，情各戛戛生新。起處雨，結句晴，局法渾成。

清陳廷焯白雨齋詞話卷六：李易安之「緑肥紅瘦」、「寵柳嬌花」等類，造句雖工，終非大雅。

又詞則別調集卷二眉批：宛轉淒涼，情餘言外。

又雲韶集卷十：世稱李易安「緑肥紅瘦」爲佳句。黄叔暘謂「寵柳嬌花」亦甚奇俊，前此未有能道之者。結亦合拍。

清李繼昌左庵詞話：作詞須用詞眼，如潘元質之「燕嬌鶯姹」、李易安之「緑肥紅瘦」、「寵柳嬌花」，夢窗之「醉雲醒月」。

案：潘元質名汾，詞乃倦尋芳。夢窗，吴文英號，「醉雲」句乃「醉雲又兼醒雨」之誤，調名解蹀躞。

清張德瀛詞徵：李易安百字令詞用世説，亭然以奇，別出機杼。若辛稼軒用四書語，氣韵之勝，離貌得神，又非徒以青兕自雄者。

唐圭璋唐宋詞簡釋：此詞寫心緒之落寞，語淺情深……「清露」兩句，用世説，點明外界春色，抒欲圖自遣之意。末兩句宕開，語似興會，意仍傷極。蓋春意雖盛，無如人心悲傷，欲游終懶，天不晴自不能游，實則即晴亦未必果游。

龍榆生師漱玉詞叙論：情緒凄咽，而筆勢開宕，直如行雲舒卷（參用毛先舒説）。易安之善寫離情如此，日常鶼鰈相依，一旦風波失所，遇此環境，釀造千回百折之詞心，此漱玉詞造詣之所以猛進也。

【附】

清王士禛念奴嬌和漱玉詞：疏風嫩雨，正撩人時節，屠蘇深閉。幾日園林春漸老，偏是鶯聲花氣。紅友樽殘，青奴夢醒，寂寞渾無味。關山萬里，飄摇尺素誰寄？　香閣曲曲迴欄，殘朱零落，都爲傷春倚。厭説鴛鴦還待闕，繡被朝朝孤起。額淺鴉黄，眉銷螺碧，彈盡相思意。春來情思，小姑將次知未？

清彭孫遹倚聲初集卷十七念奴嬌和漱玉詞：深閨岑寂，見朱扉曲曲，銅龍雙閉。坐覺春陰寒尚峭，不斷氤氳爐氣。遠岫低雲，濃花著雨，可是伊風味。紅箋小疊，此情何處相寄？　朝暮鎮是無聊，湘娥淚濕，空向花枝倚。病裏腰肢慵似柳，盡日三眠三起。芍藥欄前，清和時候，約訴纏綿意。眼看春盡，那人應是歸未？

木蘭花令〔一〕

沉水香消人悄悄〔二〕，樓上朝來寒料峭。春生南浦水微波〔三〕，雪滿東山風未掃。
金尊莫訴連壺倒〔四〕，捲起重簾留晚照〔五〕。爲君欲去更凭欄，人意不如山色好〔六〕。

【校記】

此詞録自明鈔本天機餘錦卷二。此書今藏臺北「國家圖書館」，彰化師範大學黄文吉教授以複印件寄贈。舊題程敏政編，並有序。經王兆鵬考證，序乃從宋曾慥樂府雅詞序割裂而成。黄文吉在詞學的新發現——明抄本天機餘錦之成書及其價值（載臺灣宋代文學研究叢刊第三期）一文中云：「此書的編成主要是抄録自類編草堂詩餘、精選名儒草堂詩餘、增修箋注妙選群英草堂詩餘等選集，及宋金元明詞人十餘家之別集……因此可斷定書賈或士人爲了逐利倉促編成，並非如書前所題『程敏政編』，只是僞托以自抬身價而已。」案程敏政字克勤，號篁墩，明徽州休寧人，官至禮部右侍郎，著有篁墩稿等一百二十卷，能詩而未見填詞，故黄氏「僞托」之説可信。然並不妨礙此詞爲李清照所作。天機餘錦經明陳耀文花草粹編引用之後，無人直接引用此書。朱彝尊編詞綜、趙萬里校輯宋金元人詞，並從花草粹編轉引而未見原書。清照此詞，朱、趙皆未轉引，蓋粹編有所遺漏耶？依詞情推斷，當爲清照所作。

〔莫訴〕「訴」原誤作「訢」，逕改。

【箋注】

〔一〕此詞蓋作於屏居青州期間。于譜載政和六年丙申（一一一六）三月四日，明誠復過長清縣靈巖寺，有題名一則。當於半月前自青州出發，氣候尚冷，故清照詞云「樓上朝來寒料峭」，「爲君欲去更凭欄」也。

〔二〕沉水句：沉水，香料名。易安浣溪沙：「淡蕩春光寒食天，玉爐沉水裊殘烟。」又菩薩蠻：「沉水卧時燒，香消酒未消。」

〔三〕春生南浦：屈原九歌河伯：「子交手兮東行，送美人兮南浦。」梁江淹别賦：「春草碧色，春水渌波，送君南浦，傷如之何！」此爲下闋作鋪墊。

〔四〕金尊莫訴：勸酒之辭。莫訴，不要推辭飲酒，或云「滿」，或云「醉」，皆所訴之内容。如唐韋莊上行杯二首之歇拍：「珍重意，莫辭滿」；「珍重意，莫辭醉。」又菩薩蠻：「須愁春漏短，莫訴金杯滿。」皆其意。「訴」與「辭」通，視格律之平仄而選用。如花間集毛文錫酒泉子：「金盞不辭須滿酌。」又李珣浣溪沙：「遇花傾酒莫辭頻。」因須平聲，故用「辭」字。宋秦觀金明池：「才子倒、玉山休訴。」因須仄聲，故用「訴」字。此點學者少有論及，特辨析如上。

〔五〕捲起句：易安浣溪沙：「小院閑窗春色深，重簾未捲影沉沉。」此則反其意而用之。留晚照，留住夕陽。宋宋祁玉樓春春景：「爲君持酒勸斜陽，且向花間留晚照。」

〔六〕人意句：易安怨王孫：「水光山色與人親，説不盡、無窮好。」此則以人意之無聊反襯山色之美好。

蝶戀花〔一〕

暖雨和風初破凍。柳眼梅梢〔二〕，已覺春心動〔三〕。酒意詩情誰與共？淚融殘粉花鈿重。　乍試夾衫金縷縫。山枕斜攲〔四〕，枕損釵頭鳳〔五〕。獨抱濃愁無好夢，夜闌猶剪燈花弄〔六〕。

【校記】

此據底本，亦見汪本、沈本，皆題作「離情」。原載樂府雅詞卷下、花庵詞選卷十。

〔暖雨〕四部叢刊本樂府雅詞作「暖日」。此句鮑廷博校鈔本樂府雅詞作「暖日清風」，校作「暖雨和風」。

〔和風〕四部叢刊本樂府雅詞作「晴風」。文津閣四庫全書本作「清風」。草堂詩餘別集注：「一作『清』，誤。」花庵詞選、歷代詩餘、趙本、王本俱作「晴風」。

〔柳眼〕花庵詞選、汪本、詩詞雜俎本作「柳潤」。

〔梅梢〕花庵詞選、汪本、詩詞雜俎本作「梅輕」。樂府雅詞、沈本、歷代詩餘、趙本、王本作「梅腮」，義較長。

〔春心〕鮑本作「春風」。

〔夾衫〕花庵詞選、古今詞統、草堂詩餘別集、歷代詩餘、詩詞雜俎本與底本皆作「夾衣」。

〔山枕〕草堂詩餘別集作「鴛枕」。

〔斜欹〕詩詞雜俎本、歷代詩餘、汪本作「欹斜」。

【箋注】

〔一〕黄本卷二云：「此詞筆力雄健，非清照少作。詞意乃離情，當作在宣和三年春居青州時。」考宋會要輯稿職官四十九引續國朝會要，明誠兄思誠此時已官中書舍人，並上書言添差兵馬都監事。然明誠此時尚未起復。未幾，明誠知萊州。秋，清照經昌樂赴萊，有蝶戀花詞寄姊妹，八月十日到萊，有感懷詩，序云：「宣和辛丑八月十日到萊，獨坐一室。」可見赴萊州任之前，明誠未曾出仕，而係出外漫遊。此詞「獨抱濃愁無好夢」、「酒意詩情誰與共」云云，當指明誠漫遊在外也。其時或在本年春初。

〔二〕柳眼：柳葉初生似眼。唐元稹生春詩：「何處生春早，春生柳眼中。」南唐李煜虞美人詞：「風回小院庭蕪緑，柳眼春相續。」

〔三〕春心：兼指人與物。唐李商隱無題詩：「春心莫共花争發，一寸相思一寸灰。」

〔四〕山枕：兩端隆起、中間低凹之枕。孫蕙楠榴枕賦云：「蜿若蟠虬，翻似交鶴。氤氳雲霧，旁成山岳。」即賦山枕之形。花間集温庭筠菩薩蠻：「山枕隱穠妝，緑檀金鳳凰。」

〔五〕釵頭鳳：即飾有鳳凰之金釵。花間集温庭筠歸國遥：「香玉，翠鳳寶釵垂䍡𦌾。」

〔六〕燈花弄：弄燈花之倒裝語。

【彙評】

明古今詞統卷九徐士俊評：此媛手不愁無香韵。近言遠，小言至。

清賀裳皺水軒詞筌：寫景之工者，如尹鶚「盡日醉尋春，歸來月滿身」；李重光「酒惡時拈花蕊嗅」；李易安「獨抱濃愁無好夢，夜闌猶剪燈花弄」；劉潛夫「貪與蕭郎眉語，不知舞錯伊州」：皆入神之句。

案：尹鶚詞乃醉公子。李重光即李煜，詞乃浣溪沙。劉潛夫即劉克莊，詞乃清平樂。

【附】

清王士禛蝶戀花和漱玉詞：涼夜沉沉花漏凍。欹枕無眠，漸覺荒雞動。此際閑愁郎不共。月移窗罅春寒重。　憶共錦裯無半縫。郎似桐花，妾似桐花鳳。往事迢迢徒入夢，銀箏斷絶連珠弄。

蝶戀花　昌樂館寄姊妹〔一〕

淚揾征衣脂粉暖〔二〕。四疊陽關，唱了千千遍〔三〕。人道山長水又斷，蕭蕭微雨聞孤館。　惜別傷離方寸亂〔四〕。忘了臨行，酒琖深和淺。若有音書憑過雁〔五〕，東萊不似蓬萊遠〔六〕。

【校記】

録自底本。又見汪本、沈本。勞權手校汪本眉批：「御選四十之一。」蓋指御選歷代詩餘也。原載樂府雅詞卷下。王本調下題作「昌樂館寄姊妹」，據補。王本又云：「此首別見元劉應季事文類聚翰墨大全後丙集卷四，無撰人姓氏，題作晚止昌樂館寄姊妹。此首前爲無撰人寄妹踏莎行詞、寄季順妹鵲橋仙詞、寄季玉妹更漏子詞，更前一首爲延安夫人立春寄季順妹臨江仙詞。（通行本翰墨大全無鵲橋仙、更漏子二詞。）田藝蘅詩女史卷十一、田藝蘅留青日札卷三十九、陽關三疊、周銘林下詞選卷三並以爲延安夫人作，題作暫止樂昌館寄姊妹。酈琥彤管遺編後集卷十二、古今名媛彙詩卷十七、名媛璣囊卷三、趙世傑古今女史卷十二亦作延安夫人詞，題作寄姊妹。葉申薌閩詞鈔卷四、林葆恒閩詞徵卷六亦以爲延安夫人作，題作暫止東昌館寄姊妹，注：『此闋或誤題李易安。』（文字與詩女史等同，不另校。）此首既見於宋曾慥樂府雅詞，題李易安作，而曾慥又與易安同時，必無錯誤。詩女史等以爲延安夫人作，皆非。」王説是，從之。

〔淚揾〕樂府雅詞、花草粹編、歷代詩餘、四印齋本、趙本、王本作「淚濕」。

〔征衣〕樂府雅詞、四印齋本、汪本、趙本、王本等作「羅衣」。

〔脂粉暖〕樂府雅詞、汪本、四印齋本、趙本、王本作「脂粉滿」。四印齋本注：「別作『淚揾征衣脂粉暖』。」

〔四疊〕文津閣四庫全書本樂府雅詞作「三疊」。

〔唱了〕歷代詩餘作「聽到」；樂府雅詞、汪本、四印齋本、趙本、王本作「唱到」。

〔人道〕歷代詩餘作「人到」。

〔水又斷〕他本多作「山又斷」。

〔蕭蕭〕他本多作「瀟瀟」。

〔微雨〕留青日札作「風雨」。

〔若有〕樂府雅詞、汪本、四印齋本、趙本、王本作「好把」。翰墨大全、花草粹編、歷代詩餘等作「若有」。四印齋本「把」下注：「別作『有』。」

【箋注】

〔一〕王仲聞云：「此首殆爲宣和三年辛丑八月間清照由青州至萊州途中宿昌樂寄姊妹所作。按地理圖，由青至萊，須經昌樂。建炎以來繫年要録卷十九載建炎三年，趙晟由青赴萊，劉洪道令權知昌樂縣張成伏兵中途邀擊，可以證明。翰墨大全所題暫止昌樂館寄姊妹，恐爲原題。詩女史等誤以『昌樂館』爲『樂昌館』，閨詩鈔至誤作『東昌館』，魯魚亥豕，不可究詰矣。詞中有『蕭蕭微雨聞孤館』句，必清照在旅途中作也。近人多以爲此詞乃清照自諸城或青州寄至趙明誠者，非是。」均案：清照有感懷詩，序稱「宣和辛丑八月十日到萊」，可證止昌樂館乃八月上旬也。

〔二〕征衣：時清照出行，故稱「征衣」。

〔三〕四疊陽關：一般稱陽關三疊，古爲送別曲，以唐王維送元二使安西詩爲歌辭。中華書局排印本蘇軾文集卷六十七題跋記陽關第四聲：「舊傳陽關三疊，然今歌者，每句再疊而已，通一首言之，又是四疊。皆非是。或每句三唱，以應三疊之說，則叢然無復節奏。余在密州，有文勛長官，以事至密，自云得古本陽關，其聲宛轉凄斷，不類向之所聞，每句皆再唱，而第一句不疊。乃知唐本三疊蓋如此。及在黄州，偶讀樂天對酒詩云：『相逢且莫推辭醉，新唱陽關第四聲。』注：『第四聲：勸君更盡一杯酒。』以此驗之，若第一句疊，則此句爲第五聲矣。今爲第四聲，則第一不疊，審矣。」清照云「四疊」，蓋從樂天（白居易）及蘇軾之說。

〔四〕方寸亂：謂心緒煩亂。三國志蜀諸葛亮傳：「亮與徐庶並從，爲曹公所追破，獲庶母。庶辭先主而指其心曰：『本欲與將軍共圖王霸之業者，以此方寸之地也。今已失老母，方寸亂矣，請從此别。』」

〔五〕音書憑過雁：漢書蘇建傳附蘇武：「匈奴與漢和親。漢求武等，匈奴詭言武死。後漢使復至匈奴，常惠請其使者與俱，得夜見漢使，具自陳道。教使者謂單于，言天子射上林中，得雁，足有繫帛書，言武等在某澤中。」後因稱鴻雁傳書。梁王僧孺擣衣詩：「尺素在魚腸，寸心憑雁足。」唐王勃採蓮曲：「不惜西津交佩解，還羞北海雁書遲。」

〔六〕東萊：郡名。春秋時萊子國，因在齊國之東，故名東萊。漢初置東萊郡，屬青州。隋初改爲萊州。舊又稱掖縣，今爲山東市名。時趙明誠知萊州。蓬萊：山名。山海經海内北經：「蓬萊山在海中。」史記封禪書：「自威、宣、燕昭使人入海，求蓬萊、方丈、瀛洲。此三神山者，其傳在渤海中。」

殢人嬌　後庭梅花開有感〔一〕

玉瘦香濃〔二〕，檀深雪散〔三〕。今年恨、探梅又晚〔四〕。江樓楚館。雲閑水遠。清晝永、憑欄翠簾低捲。坐上客來，尊中酒滿〔五〕。歌聲共、水流雲斷。南枝可插〔六〕，更須頻剪。莫直待、西樓數聲羌管〔七〕。

【校記】

底本原無題，依花草粹編卷七補。汪本勞權據歷代詩餘卷四十三補鈔此詞。四印齋本、趙本亦收之。趙云：「案梅苑九引上闋，不注撰人。花草粹編題作李詞者，其所據梅苑，殆較今本爲善故也。茲並校之。」王本列爲存疑之作，云：「按舊本梅苑，今不可見。傳本梅苑既不注撰人姓名，或花草粹編誤題清照姓名，亦不可知。祇能存疑。」案：王係揣測之辭，應從趙說作李詞。又梅苑「後庭」作「後亭」，此書成書於建炎三年（一一二九）冬，其收李詞當可信，不可因今人未見原刻本而妄加否定。

〔後庭〕梅苑作「後亭」。

〔又晚〕梅苑作「較晚」。

〔尊中〕花草粹編、王本作「尊前」。

〔更須〕梅苑作「便須」。

【箋注】

〔一〕黄本卷二將此詞繫爲「大觀二年屏居鄉里至建炎元年南渡以前之作」，可備一說。然詞云「江樓楚館」，爲江南建築物之美稱。此詞當爲建炎二年（一一二八）春日，清照抵江寧未久時作。至三年二月，明誠罷守江寧，清照不可能有此心情矣。「後庭」當指江寧郡齋後院。

〔二〕玉瘦：謂白梅開始萎謝。宋陳亮梅花詩：「疏影横玉瘦。」

〔三〕檀深：指檀香梅。范成大范村梅譜：「（蠟梅）凡三種……最先開，色深黄，如紫檀，花密香濃，名檀香梅。此品最佳。」

〔四〕探梅：賞梅。宋韓淲點絳唇：「山凹春生，探梅只道今年早。」

〔五〕坐上二句：化用後漢書孔融傳：「坐上客恒滿，尊中酒不空。」趙、李親族多南來，明誠時又知江寧，故來客較多。

〔六〕南枝：梅苑卷八無名氏桃源憶故人蠟梅：「南枝向暖清香噴，誰付騷人詞詠。」又見前玉樓春紅梅注〔三〕。

〔七〕莫直待句：當時金兵將南下，宋朝形勢緊迫，詞故云。參見後臨江仙第二首注〔四〕。又梅苑卷九無名氏慶清朝：「尊前坐曲，忍聽羌管頻吹。」

蝶戀花　上巳召親族〔一〕

永夜厭厭歡意少〔二〕，空夢當時〔三〕，認取長安道〔四〕。爲報今年春色好，花光月影宜相照。　隨意杯盤雖草草〔五〕，酒美梅酸〔六〕，恰稱人懷抱〔七〕。　醉莫插花花莫笑，可憐春似人將老〔八〕。

【校記】

此詞原接底本同調詞「淚揾羅衣脂粉暖」一首之後，調下無題，此據明陳耀文花草粹編卷七補。又載拜經樓舊藏元刻初印本翰墨大全後丙集卷四，汪本勞權手校據歷代詩餘卷四十補鈔，調下均無題。趙本、王本亦收之，俱有題。

〔厭厭〕翰墨大全、花草粹編、趙本皆作「懨懨」，通。

〔當時〕他本皆作「長安」。

【箋注】

〔一〕據花草粹編調下原題，此詞建炎二年（一一二八）三月上巳作於江寧。考清照於建炎元年冬南下，次年春抵江寧，三月十日，明誠跋清照攜來之趙氏神妙帖。至三年春二月，趙明誠罷守江寧。在此期間，唯建炎二年上巳可能召親族。所召親族，蓋有其弟李迒、明誠兄思誠、存誠、妹及妹夫李擢、中表謝克家及其子謝伋等。

〔二〕厭厭：通「懨懨」，精神不振貌。唐韓偓春盡日詩：「把酒送春惆悵在，年年三月病懨懨。」宋賀鑄薄倖：「懨懨睡起，猶有花梢日在。」

〔三〕當時：指南渡前崇寧間在汴京時。

〔四〕長安：本漢唐故都，宋人多借指汴京。如張舜民賣花聲題岳陽樓詞：「回首夕陽紅盡處，應是長安。」辛棄疾菩薩蠻書江西造口壁：「西北望長安，可憐無數山。」

〔五〕隨意句：宋王安石示長安君詩：「草草杯盤供笑語，昏昏燈火話平生。」草草，草率、簡單。此言酒食不豐盛。樂府雅詞卷下呂居仁朝中措：「匆匆笑語，時時邂逅，草草杯盤。」草堂詩餘卷下宋謙父蓦山溪：「客來便請，隨分家常飯。若肯小流連，更薄酒三杯兩盞。」皆與清照此詞及聲聲慢用語相似，乃以俗爲雅也。

〔六〕酒美梅酸：本草果部三品：「梅實，味酸平，主下氣，除熱煩滿，安心。」宴中用梅，可以解酒。

〔七〕恰稱：恰好適合。清照又有轉調滿庭芳云：「恰才稱，煮酒殘花。」與此同義。

〔八〕醉莫二句：宋人有簪花習俗。晏幾道阮郎歸：「蘭佩紫，菊簪黄，殷勤理舊狂。」蘇軾吉祥寺賞牡丹詩：「人老簪花不自羞，花應羞上老人頭。」黄庭堅南鄉子重陽日宜州城樓宴集即席作：「花向老人頭上笑，羞羞。白髮簪花不解愁。」女子簪花更爲常見。

小重山〔一〕

春到長門春草青〔二〕，江梅些子破〔三〕，未開勻。碧雲籠碾玉成塵〔四〕。留晚夢，驚破一甌雲〔五〕。花影壓重門。疎簾鋪淡月，好黄昏。二年三度負東君，歸來也，著意過今春〔六〕。

【校記】

録自底本，又見汪本、沈本。原載樂府雅詞卷下。

〔碧雲籠〕花草粹編、文津閣四庫全書本樂府雅詞作「碧雲龍」。曹元忠校樂府雅詞云：「明鈔本、朱本作龍。」實誤。

〔晚夢〕汪本、四印齋本、趙本、王本作「曉夢」，非是。

〔甌雲〕汪本、沈本、四印齋本、趙本、王本作「甌春」。沈本末注：「複均〔韵〕。」指與末句「今春」重複。四部叢刊本樂府雅詞「甌春」旁注：「溪雲。」

【箋注】

〔一〕此詞寫閨怨，當作於建炎二年（一一二八，戊申），時清照初到江寧。詞云「二年三度負東君」，案建炎元年春三月，趙明誠奔母喪南下；十二月金人陷青州，清照倉皇奔竄，二年春抵江寧；三月十日，趙明誠在其攜來之蔡襄所書趙氏神妙帖上題跋。在此二年中，因時局動亂，常與明誠離別，而甫至江寧，驚魂未定，故無心賞春，辜負東君。所謂「三度」者，指靖康二年、建炎元年及二年也。其中靖康二年、建炎元年實屬一年，即公元一一二七年。依年號故又稱「二年」。

〔二〕春到句：花間集薛昭藴小重山詞：「春到長門春草青，玉階華露滴，月朧明。」此用其成句。長門，漢代冷宮。司馬相如長門賦序：「孝武皇帝陳皇后時得幸，頗妬，別在長門宮，愁苦悲思。聞蜀郡成都司馬相如天下工爲文，奉黄金百斤爲相如、文君取酒，因于解悲愁之辭。而相如爲文，以悟主上，陳皇后復得親幸。」此喻被冷落。案：清照金石録後序云：「（建炎三年）八月十八日，（明誠）遂不起，取筆作詩，絶筆而終，殊無分香賣履之意。」「分香賣履」用曹操故事，暗寓明誠曾納妾。陳祖美李清照評傳第一章引論謂「如果趙明誠壓根没有蓄妾之事，那麼這裏借用曹操對其妻妾的遺囑，就很不得體。」詞中用「長門」事，蓋爲此也。

〔三〕江梅句：參見後浣溪沙（淡蕩春光寒食天）注〔六〕。案：黄本卷一將此詞列入「大觀元年以前之作」，蓋未深考。詞云「江梅些子破」，分明江南景物，而北方所無。唐崔塗初識梅花詩云：「江北不如江南暖，江南好斷北人腸。」宋柳永尾犯：「咏新詩，手撚江梅，故人贈我春色。」用陸凱自江南寄梅與隴上范曄事。王安石江梅詩：「江南歲盡風雪寒，也有江梅漏泄春。」皆可證此詞作於江南，而非作於大觀元年前之汴京。些子，一點兒，宋時方言，蔡士裕金縷曲：「著些子，更奇妙。」今山東章丘仍沿用此語，見寧蔭棠淺談李清照詞的方言藝術。

〔四〕碧雲句：碧雲籠，謂貯藏茶葉之器皿。宋蔡襄茶録「茶籠」云：「茶不入焙者，宜密封裹，以蒻籠盛之，置高處，不近濕氣。」蒻，通篛，即箬葉，「碧雲」，言其色青。宋時又稱密雲籠。宋人飲茶，碾碎再羅，然後入湯。茶録「碾茶」云：「碾茶，先以淨紙密裹搥碎，然後熟碾。其大要旋碾則白，或經宿色已昏矣。」故此詞云「碾玉成塵」。

〔五〕一甌雲：一盞茶。茶録「茶盞」云：「茶色白，宜黑盞，建安所造者紺黑，紋如兔毫。其杯微厚，熁之久熱難冷。」「雲」，喻茶之色，茶録謂「茶色貴白……黃白者受水昏者，青白者受水鮮明」。

〔六〕歸來也二句：盼趙明誠歸來同賞春光。著意，宋時方言。詩詞曲語辭匯釋卷三：「着，猶愛也；亦猶云注重也……蘇軾中秋月詩：『天公自着意，此會那可輕。』着意爲注重意，猶云注意。」後舉李清照此詞爲例，亦注重意也。今濟南章丘尚有此語，章丘博物館館長寧蔭棠淺談李清照詞的方言藝術云：「方言是表示好好的意思。」

【彙評】

清汪玢漱玉詞彙鈔引問蘧廬隨筆：荆公桂枝香作名世，張東澤用易安「疏簾淡月」語填一闋，即改桂枝香爲疏簾淡月。

案：張東澤，即南宋張輯，其詞歇拍云：「疏簾淡月，照人無寐。」

添字醜奴兒　芭蕉〔一〕

窗前誰種芭蕉樹？陰滿中庭。陰滿中庭。葉葉心心舒卷有餘情。　傷心枕上三更雨，點滴凄清〔二〕。點滴凄清。愁損北人不慣起來聽〔三〕。

【校記】

録自底本，又見沈本。汪本勞權手校據全芳備祖後集卷十三芭蕉門補鈔。花草粹編卷二、歷代詩餘卷十九調作添字采桑子，廣羣芳譜卷八十九卉譜三調名采桑子。

〔誰種〕四印齋本作「種得」，非是。

〔餘情〕王本作「餘清」，注云：「各本俱作『情』。」

〔凄清〕全芳備祖、花草粹編、趙本、王本並作「霖霪」，王注：「歷代詩餘、詞譜、詞鵠、四印齋本漱玉詞兩句並作『凄清』。」

〔北人〕歷代詩餘、沈本作「離人」。

【箋注】

〔一〕此爲李清照初到江南不久之作，觀歇拍可知。因其初到，故對雨打芭蕉之聲尚感陌生。若已住久，則無此感矣。案：清照於建炎二年（一一二八）年春南渡至江寧，不久爲江南梅雨季節，乍聽殊不慣，因作此詞。

〔二〕傷心二句：南唐李煜長相思：「秋風多，雨相和，簾外芭蕉三兩窠。夜長人奈何！」宋無名氏眉峰碧：「薄暮投村驛，風雨愁通夕。窗外芭蕉窗裏人，分明葉上心頭滴。」情景皆相似。

〔三〕北人：宋代中原人南渡者，多稱北人。杜牧雨詩：「一夜不眠孤客耳，主人窗外有芭蕉。」

青玉案　用黄山谷韻〔一〕

征鞍不見邯鄲路〔二〕，莫便匆匆歸去。秋□蕭條何以度？明窗小酌，暗燈清話，最好留連處。　相逢各自傷遲暮〔三〕。猶把新詞誦奇句。鹽絮家風人所許〔四〕。如今憔悴，但餘雙淚，一似黄梅雨〔五〕。

【校記】

録自底本，調下原注：「用黄山谷韵。」目録謂二首，另一首爲「一年春事都來幾」，已見前。汪本勞權手校據歷代詩餘卷四十四補鈔。海寧吴氏拜經樓舊藏元刻本翰墨大全後丙集卷四及花草粹編卷七題作「送别」。趙本、王本皆列入存疑之作。趙又云：「案翰墨大全後丙集卷四引接蝶戀花上巳召親族一首，不注撰人。花草粹編、歷代詩餘以爲李作，失之。」

均案：舊刻本往往前一闋爲某某，後一闋便不注撰人，而仍爲前一闋之作者。趙氏僅因翰墨大全一書不注撰人而否定之，似屬不當。趙氏校輯宋金元人詞凡例稱明陳耀文輯花草粹編，「在明人輯本詞選中，要以此書爲最富矣。」謂所載多可靠。今人吴熊和曾據粹編論證柳永望海潮係獻於孫沔，而非一向所認爲的孫何，可見此書之可信程度。故此首宜從粹編，以李作爲是。

又案：「用山谷韻」，即「至宜州次韻上酬七兄」一首，山谷實乃用賀鑄横塘路（即青玉案）韻。惟上半闋賀詞第二句「但目送、芳塵去」爲折腰體，此則作六字句。山谷讀賀詞後於建中靖國元年以後跋少游好事近寄方回詩云：「解道江南斷腸句，只今唯有賀方回。」因於宜州和之。賀詞影響甚大，和之者尚有蘇軾「三年枕上吴中路」，李之儀「小篷又泛曾行路」，蔡伸「參差弱柳長堤路」，張元榦「平生百繞垂虹路」，馮時行「年時江上垂楊路」，楊无咎「五雲樓閣蓬瀛路」，史浩「湧金斜轉青雲路」，程垓「寶林巖畔淩雲路」，吴潛「人生南北如岐路」，又「十年三過蘇臺路」，黄大臨「行人欲上來時路」，劉一止「小山遮斷藍橋路」，周紫芝「青鞋忍踏江沙路」，王之道「逢人借問錢塘路」，又「半年不踏軒車路」，王千秋「雪堂不遠臨皋路」，張孝祥「紅塵冉冉長安路」，陳亮「武陵溪上桃花路」，韓淲「蘇公堤上西湖路」，李彭老「楚峰十二陽臺路」，加無名氏及金詞共二十五人二十八首，題下多注「和賀方回韻」，清照在此氣氛中，當亦和之。

〔秋□〕歷代詩餘、四印齋本作「秋正」。翰墨大全、花草粹編、趙本、王本皆作「秋風」。依律□字宜仄，「正」字是。

〔猶把〕歷代詩餘、四印齋本作「獨把」。

〔新詞〕歷代詩餘、詞譜作「詩詞」。四印齋本作「新詩」。

〔雙淚〕翰墨大全作「衰淚」。

【箋注】

〔一〕黄本卷三以此詞爲「建炎元年南渡以後之作」，宜從之。案：清照於建炎二年（一一二八）春抵江寧。三月上巳召親族，作蝶戀花詞。此詞當爲本年秋間作於江寧。唐玲玲論易安體一文認爲「這是一首送别詞，是與他弟弟告别的。」可備一説。其弟名迒，南渡後任敕局删定官。見金石録後序。

〔二〕邯鄲：今河北市名。莊子胠篋：「脣竭則齒寒，魯酒薄而邯鄲圍。」陸德明音義：「邯鄲，趙國都也。圍楚，宣王朝諸侯，魯恭公後至而酒薄。宣王怒，欲辱之。恭公不受命，乃曰：『我周公之胤，長於諸侯，行天子禮樂，勳在周室。我送酒已失禮，方責其薄，無乃太甚！』遂不辭而還。宣王怒，乃發兵與齊攻魯。梁惠王常欲擊趙。而畏楚救；楚以魯爲事，故梁得圍邯鄲，言事相由也。」此喻邯鄲已爲金人所困，南渡之人不便「匆匆歸去」。

〔三〕遲暮：楚辭屈原離騷：「惟草木之零落兮，恐美人之遲暮。」時清照四十五歲，古人多感年老。

〔四〕鹽絮家風：謂家有文化傳統。世説新語言語：「謝太傅（安）寒雪日内集，與兒女講論文義。俄而雪驟，公欣然曰：『白雪紛紛何所似？』兄子胡兒（謝朗）曰：『撒鹽空中差可擬。』兄女（謝道韞）曰：『未若柳絮因風起。』公大笑樂。」案：清照出身於士大夫之家，其上樞密韓公詩云：「嫠家父祖生齊魯，位下名高人比數。當時稷下縱談時，猶記人揮汗如雨。」劉克莊後村詩話稱其父格非云：「文叔詩文，高雅條鬯有義味，在晁（補之）、秦（觀）之上。」雖不無溢美，然猶超絶。格非歷官禮部員外郎、京東提刑，故曰「位下名高」。

〔五〕黄梅雨：江南每至夏初梅子黄熟時陰雨連綿。「其霏如霧，謂之梅雨」，見宋陸佃埤雅釋木梅。又歲時廣記卷一引東皋雜録：「後唐人詩云：『楝花開後風光好，梅子黄時雨意濃。』」此用賀鑄横塘路詞：「若問閑情都幾許？一川烟草，滿城風絮，梅子黄時雨。」

鷓鴣天〔一〕

寒日蕭蕭上鎖窗〔二〕，梧桐應恨夜來霜。酒闌更喜團茶苦〔三〕，夢斷偏宜瑞腦香。秋已盡，日猶長，仲宣懷遠更凄凉〔四〕。不如隨分尊前醉〔五〕，莫負東籬菊蕊黄〔六〕。

【校記】

録自底本，又見汪本、沈本及花草粹編卷五、歷代詩餘卷二十八。原載樂府雅詞卷下。

〔鎖窗〕歷代詩餘、汪本作「瑣窗」，通。

【箋注】

〔一〕黄本卷三云：「此詞當作於建炎二年在建康（江寧）時。」陳祖美云：「此首當作於建炎二年（一一二八）秋，是時趙明誠尚在建康（江寧）知府任，但李清照此作的基調却很低沉，詞中既有家國之念，亦隱含身世之歎。」此説可從。觀結句，當作於本年重陽。

〔二〕鎖窗：鎖通瑣，即鏤有連瑣花紋之窗櫺。南朝宋鮑照翫月城西門廨中詩：「蛾眉蔽珠櫳，玉鈎隔瑣窗。」李商隱訪人不遇留別館詩：「卿卿不惜瑣窗春，去作長楸走馬身。」

〔三〕團茶：宋歐陽修歸田録卷二：「茶之品，莫貴於龍鳳，謂之團茶，凡八餅重一斤。慶曆中蔡君謨爲福建路轉運使，始造小片龍茶以進。其品絶精，謂之小團，凡二十餅重一斤，其價直金二兩。然金可有，而茶不可得。每因南郊致祭，中書、樞密院各賜一餅，四人分之。宮人往往縷金花於其上，蓋其貴重如此。」此指一般茶餅。

〔四〕仲宣句：王粲，字仲宣，三國魏山陽人。文選登樓賦劉良注：「仲宣避難荆州，依劉表，遂登江陵城樓，因懷歸而有此作。」又李善注云：「盛弘之荆州記曰：當陽縣城樓，王仲宣登而作賦。」今人繆鉞王粲行年考謂「此賦之作當在建安十一二年間」，時中原大亂。賦曰：「登兹樓以四望兮，聊暇日以銷憂……雖信美而非吾土兮，曾何足以少留！」懷遠，實指懷念故土。清照以此自況。

〔五〕隨分：詩詞曲語辭匯釋卷四：「隨分，猶言隨便也，含有隨遇、隨處、隨意各義……周邦彦粉蝶兒詞：『賞心隨分樂，有清尊檀板。每歲嬉遊能幾日？莫使一聲歌欠。』此含有隨意義。」清照詞似之。

〔六〕東籬：見前醉花陰注〔六〕。

菩薩蠻〔一〕

歸鴻聲斷殘雲碧〔二〕，背窗雪落爐烟直〔三〕。燭底鳳釵明〔四〕，釵頭人勝輕〔五〕。

角聲催曉漏〔六〕，曙色回牛斗〔七〕。春意看花難，西風留舊寒〔八〕。

【校記】

此詞原接底本同調詞「風柔日薄春猶早」一首之後。原載樂府雅詞卷下。又見汪本、沈本及花草粹編卷三。

〔釵頭〕底本作「鳳頭」，疑誤。以上諸本皆作「釵頭」，較勝，應从之。

〔曙色〕趙本注：「二字秦本雅詞缺，據花草粹編補。庫本雅詞作『霽色』。」汪本、沈本亦缺此二字。

【箋注】

〔一〕此詞據「釵頭人勝輕」句，應作於建炎三年（一一二九）正月初七（人日）。去歲清照自青州南來江寧。至本年二月，明誠罷知江寧。歇拍二句，即「南來尚怯吴江冷」之意也。

〔二〕歸鴻：鴻雁於春日飛回北方，故稱。此以「歸鴻」起興，寄思鄉之意，正如聲聲慢「雁過也正傷心」云云。

〔三〕背窗：唐宋詞中常用「背窗」、「燈背」等語，多指燭光暗淡，尤以花間集爲多。如温庭筠菩薩蠻：「相憶夢難成，背窗燈半明。」謂睡時燈暗也。又更漏子：「紅燭背，繡簾垂。」背即暗也。韋莊浣溪沙：「孤燈照壁背紅紗。」華鍾彦釋爲「背向紗窗」，則與此句同義。然毛文錫更漏子云：「紅紗一點燈。」則又指燈籠或燈罩也。他如張泌酒泉子：「紅焰小，背蘭釭。」閻選臨江仙：

「紅燭半條焰短，依稀暗背銀屏。」毛熙震菩薩蠻：「小窗燈影背，燕語驚愁態。」則無不謂燈光暗淡。爐烟直，亦猶温庭筠菩薩蠻：「深處麝烟長。」加拿大葉嘉瑩温庭筠詞概説五温庭筠詞之特色云：「而此『深處麝烟長』之『長』字實極妙，大可與王摩詰詩『墟里上孤烟』輞川閑居贈裴秀才迪之『上』字及『大漠孤烟直』使至塞上之『直』字相比美……以『上』字、『直』字、『長』字，形容静定之空氣中之烟氣，皆極繪畫式之客觀藝術之妙。」可知清照此句亦形容静定空氣中之烟氣。

〔四〕鳳釵：鳳凰釵，即釵作鳳凰形者。馬縞中華古今注卷中：「始皇又金銀作鳳頭，以玳瑁爲脚，號曰鳳釵。」唐楊容華新妝詩：「鳳釵金作縷。」段成式嘲飛卿詩：「飄纓長罥鳳凰釵。」

〔五〕人勝：梁宗懍荆楚歲時記：「正月七日爲人日，以七種菜爲羹，剪綵爲人，或鏤金箔爲人，以貼屏風，亦戴之頭鬢。」花間集温庭筠菩薩蠻：「藕絲秋色淺，人勝參差剪。」

〔六〕角聲：軍中號角聲。時建康處於備戰態勢，駐軍常以角聲警昏曉。案：淵鑒類函中引衛公兵法：「夫軍城及屯營在處，日出日没時，撾鼓一千槌，鼓音止，角聲動，吹十二聲爲一疊。角聲止，鼓聲動，爲此三角三鼓而昏明畢。」

〔七〕牛斗：指牛宿、斗宿二星。回牛斗，即宋史樂志奉禋歌所云「斗轉參横將旦」之意。

〔八〕西風：多指秋風，此喻時局。據宋史高宗紀，去年十二月辛未，金人犯青州；本年正月丁亥，金人再陷青州、濰州，形勢緊急。

臨江仙〔一〕

歐陽公作蝶戀花，有「庭院深深深幾許」之句，予酷愛之，用其語作「庭院深深」數闋。其聲蓋即舊臨江仙也。

庭院深深深幾許〔二〕？雲窗霧閣常扃〔三〕。柳梢梅蕚漸分明。春歸秣陵樹〔四〕，人客建安城〔五〕。　感月吟風多少事，如今老去無成〔六〕。誰憐憔悴更凋零。燈花空結蕋〔七〕，離別共傷情。

【校記】

此詞底本、樂府雅詞卷下、花草粹編卷七、歷代詩餘卷三十八、沈本皆無自序，趙本、王本則有之。趙本調下注云：「序據草堂詩餘前集上歐陽永叔蝶戀花詞注引補。」王本調下注云：「見草堂詩餘前集卷上歐陽永叔蝶戀花詞注。（清沈雄古今詞話詞辨卷上引樂府紀聞一則與此同。詞苑叢談卷一又另有一則，蓋亦出自草堂詩餘。）」此自序汪本原在下一首之前，今迻録於此。趙本、王本自序「有」下脱「庭院」二字。

〔梅蕚〕趙本誤作「樓蕚」。

〔人客建安城〕歷代詩餘、汪本作「人客建康城」；花草粹編作「人老建安城」；四印齋本、趙本作「人老建康城」；四部叢刊本樂府雅詞作「人客遠安城」；詞學叢書本樂府雅詞及王本作「人客建安城」。王本注云：「此首因各本文字之不同，可能作於建安、遠安、建康，三者必居其一。遠安在今湖北省，清照平生踪迹未至其地，可置勿論。至於建康，則清照曾至其地，其時趙明誠守郡。如原文確爲『春歸秣陵樹，人老建康城』，則此詞自應爲清照在建康所作……而詞中云『人老建康城』，又云『而今老去無成』，明爲感舊傷今之語，與在建康時情境不甚相合，不似從明誠居建康時作。疑從詞學叢書本樂府雅詞爲是。清照似曾至閩，其時趙明誠已死，與張汝舟已離異，流離飄泊。在建康時每大雪輒循城遠覽，意興甚豪，而此云『踏雪没心情』，情境完全不合。」均案：上句「秣陵」，下句自以「建康」爲是。底本疑亦有誤。宋周煇清波雜志：「頃見易安族人，言明誠在建康日，易安每值天大雪，即頂笠披蓑，循城遠覽以尋詩，得句必邀其夫賡和，明誠每苦之也。」王仲聞以此詞「踏雪没心情」，與原曾雪中循城遠覽尋詩相比，表示懷疑，似爲膠柱之見。人之感情常有變化，即一時一地之作，情境也常有不同；何況清照於建炎二年春始抵江寧，對六朝故都應有新鮮感，自會循城遠覽；一年之後，名勝古蹟不免已經熟悉，自無「心情」再游矣。此人之常情，城市居民大率如此。故不能否定此詞作於建康。

〔燈花二句〕樂府雅詞、汪本、沈本、四印齋本、趙本、王本皆作「試燈無意思，踏雪没心情」。汪本篇末注云：「列代詩餘『惜花空結蕊，離別共傷情』，結語用意，全與雅詞本別。」

【箋注】

〔一〕此詞似作於建炎三年（一一二九）二月。黄本卷三云：「此詞當作於建炎三年。金陵於建炎三年改爲建康府，清照是年即離建康，生平足迹亦未再到建康。」案：此説可供參考，然宋史高宗紀二云建炎三年五月，「乙酉，至江寧府，駐蹕神霄宮，改府名建康」。唯詞云「春歸秣陵樹」可據。宋景德二年在江寧東南置秣陵鎮，見建康志卷十五，故世人多以秣陵指江寧（今南京）。考明誠本年春二月，罷守江寧；三月，具舟上蕪湖，入姑熟（今當塗），將卜居贛水上，見金石録後序。詞云「柳梢梅萼漸分明」，乃二月光景；歇拍「離別共傷情」，指將離江寧西去也。

〔二〕庭院句：用歐陽修蝶戀花詞：「庭院深深深幾許？楊柳堆烟，簾幕無重數。」王仲聞注云：「此首實馮延巳作，非歐陽修作。據歐陽修近體樂府羅泌校語，此詞亦見陽春録，而崔公度跋陽春録，則謂皆延巳親筆（見近體樂府羅泌跋）。馮延巳親筆所書之詞，必非歐作。後人或據清照此序以爲此首必歐陽修作，蓋未見崔公度跋也。」案：崔公度字伯易，高郵人。歐陽修得其感山賦，以示韓琦，琦上之英宗，即付史館（見宋史本傳）。可見與歐陽修關係甚深，其跋固不謬，詞當爲南唐馮延巳作。李清照晚於公度多年，其序不可據。

〔三〕雲窗霧閣：唐韓愈華山女詩：「雲窗霧閣事慌惚，重重翠幔深金屏。」

〔四〕秣陵：今江蘇南京市。秦始皇時改金陵爲秣陵。

〔五〕建安：今屬福建，見校記。

〔六〕老去句：古人易感年老。如歐陽修四十歲作醉翁亭記，已云「蒼顏白髮」；蘇軾三十八歲倅杭，其往城外尋春詩已云「老來厭伴紅裙醉」；辛棄疾三十三歲作木蘭花慢，已云「老來情味減，對別酒，怯流年」。此以心理因素爲主，非僅謂生理也。清照時年四十六，又初經喪亂，故易嘆老也。

〔七〕燈花空結蕊：燈花，燈心之餘燼，爆成花形。古人以燈花爲吉兆。舊題漢劉歆西京雜記卷三：「夫目瞤得酒食，燈火華得錢財。」唐杜甫獨酌成詩：「燈花何太喜，酒緑正相親。」

【彙評】

清徐釚詞苑叢談卷一體製：「庭院深深深幾許（略）」，歐陽修蝶戀花春暮詞也，李易安酷愛其語，遂用作「庭院深深」調數闋。楊升庵云：一句中連三字者，如「夜夜夜深聞子規」，又「日日日斜空醉歸」，又「更更更漏月明中」，又「樹樹樹梢啼曉鶯」，皆善用疊字也。

案：「夜夜」、「日日」二句，乃唐劉駕春夜二首詩句。「更更」句，乃劉駕望月詩句。「樹樹」句亦劉駕曉登迎春閣詩句。

清沈雄古今詞話引樂府紀聞：李清照每愛歐陽公蝶戀花詞「庭院深深深幾許」，作「庭院深深」句，即臨江仙也。

清況周頤漱玉詞箋：第一闋（指此闋），朱竹垞云：「『庭院深深』一闋，載馮延巳陽春録，刻作歐九，誤也。」玉梅詞隱云：「據漱玉詞，則是陽春録誤載也。易安，宋人，性復强記，嘗與明誠坐歸來堂烹茶，指堆積書史，言某事在某卷某葉某行，以是否決勝負，爲飲茶先後，何至於當代名作向所酷愛者，記述有誤？竹垞云云，未免負此佳證。」

案：玉梅詞隱蓋未見近體樂府羅泌跋，故有此誤。參見本篇箋注〔二〕。

又評清照訴衷情末載：歐陽文忠蝶戀花「庭院深深」闋，柔情迴腸，寄艷醉魄。非文忠不能作，非易安不許愛。

臨江仙〔一〕

庭院深深深幾許？雲窗霧閣春遲。爲誰憔悴損芳姿？夜來清夢好，應是發南枝〔二〕。　玉瘦檀輕無限恨〔三〕，南樓羌管休吹〔四〕。濃香吹盡有誰知。暖風遲日也，別到杏花時〔五〕。

【校記】

底本調下原注曰：「梅苑作魏夫人。」又見汪本、沈本、花草粹編。汪本原有自序，已據以移録至前一首。汪本篇末注：「此闋從欽定列（歷）代詩餘補入。梅苑載此詞，以爲曾夫人作。注：子宣妻。」又云：「『開盡』作『吹盡』，『時』作『肥』。」均案：此闋歷代詩餘卷三十八置於「雲窗霧閣常扃」一首之前，署「宋媛李清照」，調下無序。四印齋本篇末注云：「此首亦疑有僞，似借前臨江仙調樵擬爲之者。」趙本云：「案梅苑九引作曾子宣妻詞，樂府雅詞下魏夫人詞不收。以草堂所載前闋自序證之，自是李作無疑。王鵬運云『借前調樵擬爲之者』，蓋未之深考也。」王本將此闋列入存疑之作，在引王鵬運、趙萬里案語後云：「按此首泛咏梅花，情調與另一首完全不同，未必同時所作。樂府雅詞李詞亦未收此首。梅苑以此首爲曾子宣妻詞，花草粹編以爲李易安詞，俱不詳所本，存疑爲是。」

均案：王仲聞以「情調」論詞，與其在減字木蘭花（賣花擔上）按語中所説「以詞意判斷真僞，恐不甚妥」，不免自相矛盾，應從趙萬里説，作李清照詞爲是。

〔損芳姿〕歷代詩餘、汪本、四印齋本作「瘦芳姿」。

〔吹盡〕草堂詩餘、汪本、四印齋本作「開盡」。

〔杏花時〕花草粹編、趙本、王本作「杏花肥」。

【箋注】

〔一〕此詞詠梅，亦作於建炎三年（一一二九）。歇拍云「暖風遲日也，别到杏花時」，乃指是年春二月。又底本調下注「梅苑作魏夫人」，案：魏夫人，名玩。曾燠江西詩徵卷八十五魏玩傳：「玩，字玉汝，襄陽人，道輔（均案：名泰）姊，曾文肅布妻。博涉羣書，工詩，尤擅人倫鑒，累封魯國夫人。有魏夫人集。」詞存十四首，多寫閨思。朱熹朱子語類卷一四〇游藝論：「本朝夫人能文，只有李易安與魏夫人。」二人地位相等，時代相當，故易相混。

〔二〕南枝：見玉樓春注〔三〕。

〔三〕玉瘦檀輕：形容梅花開始萎謝。玉，喻白梅；檀，喻指深黄色之檀香梅。參見前殢人嬌箋注〔三〕。

〔四〕羌管：即羌笛。宋代詠梅詞中常用之。如晁次膺菩薩蠻：「羌管一聲殘，水鄉生暮殘。」周美成玉燭新：「羌笛無情，看看又奏。」無名氏慶清朝：「尊前坐曲，忍聽羌管頻吹。」笛原出羌族。漢馬融長笛賦：「近世雙笛從羌起。」唐段安節樂府雜録：「笛者，羌樂也。古有落梅花曲。」笛曲有梅花落，故此詞及之，兼喻金人南下。據宋史高宗紀：是歲正月，金人陷潁昌府、秦州。二月丙辰，金人再犯東京，宗澤遣閤中立拒之，中立戰死。

〔五〕暖風二句：花間集孫光憲浣溪沙：「蘭沐初休曲檻前，暖風遲日洗頭天。」遲日，日行遲緩，指春日漸長。詩豳風七月：「春日遲遲。」晁次膺水龍吟云：「嘗記山城斜路，噴清香，日遲風暖。」梅苑卷七無名氏木蘭花欲謝：「杏花開後莫嫌衰，如豆青時君細看。」與易安同意，皆謂須在杏花開之前，盡情賞梅。

訴衷情　枕畔聞梅香〔一〕

夜來沉醉卸妝遲，梅蕊插殘枝〔二〕。酒醒熏破春睡，夢斷不成歸。　人悄悄〔三〕，月依依〔四〕，翠簾垂。更挼殘蕊〔五〕，再撚餘香〔六〕，更得些時〔七〕。

【校記】

録自底本，又見汪本、沈本。原載樂府雅詞卷下。花草粹編卷三題作「枕畔聞殘梅噴香」。汪本調下注云：「秦瀹生云：訴衷情有單調，有雙調。此詞名訴衷情令，一名漁父家風，張元幹、嚴仁皆同。」篇末復案云：「訴衷情有單調，有雙調，皆與此詞不同，惟訴衷情令相合；但前段第三句六字，第四句五字。此詞前段五句，下三句皆作四字一句，較譜多一字，或傳寫誤增，或當時本有此體；然宋人皆無此填者。附注俟考。」沈本注文同汪本。

〔梅蕊〕樂府雅詞、汪本、趙本、王本皆作「梅萼」，較善。

〔酒醒二句〕樂府雅詞本、汪本、沈本、四印齋本皆作「酒醒熏破，惜春夢遠，又不成歸」。四印齋本篇末王鵬運案：「酒醒三句，毛鈔本、花草粹編並作『酒醒熏破春睡，夢斷不成歸。』」趙本、王本斷句與底本同，惟「夢斷」作「夢遠」。

〔再撚〕樂府雅詞、汪本、沈本、四印齋本、趙本、王本皆作「更撚」。

【箋注】

〔一〕此詞亦詠梅，然有寄託。陳祖美云：「此首當係明誠守建康日（一一二七年八月至一一二九年二月），清照所作數首閨怨詞之一。」基本可信。惟梅花乃臘盡春回時開花，詞當作於一一二八年（建炎二年）或一一二九年春初。詞云「夢斷不成歸」，當爲懷念故土而作，時間似以到建康之第二年爲宜。

〔二〕夜來二句：詩詞曲語辭匯釋卷六云：「夜來，猶云昨日也。昨夜亦同。賀鑄浣溪沙詞：『笑撚粉香歸洞户，半垂羅障護窗紗。東風寒似夜來些。』言東風較昨日寒也。」此指昨夜。宋人有鬢插梅花習俗。梅苑卷八無名氏西江月蠟梅：「翠鬟斜插一枝香，似插蜂兒頭上。」又無名氏獨脚令蠟梅：「有人瀟灑，插向鬢邊宜。」

〔三〕悄悄：詩邶風柏舟：「憂心悄悄。」傳：「悄悄，憂貌。」此承上句，謂因不得夢歸而憂慮也。

〔四〕依依：戀戀不舍。韓詩外傳二：「其民依依，其行遲遲，其意好好。」唐吴融情詩：「依依脈脈兩如何，細似輕絲渺似波。」

〔五〕挼：揉搓。説文解字卷十二手部作捼，云：「捼，推也，從手，委聲。一曰兩手相切摩也。臣鉉（徐鉉）等曰：今俗作挼，非是。奴禾切。」唐無名氏菩薩蠻：「碎挼花打人。」南唐馮延巳謁金門：「閑引鴛鴦芳徑裏，手挼紅杏蕊。」挼花蕊，爲愁悶無聊之動作。

〔六〕再撚餘香：花間集張泌浣溪沙：「閑折海棠看又撚，玉纖無力惹餘香。」手捏曰撚。

〔七〕更得：更須。得，山東方言，需要也。

【彙評】

清況周頤漱玉詞箋：玉梅詞隱云：漱玉詞屢用疊字，「尋尋覓覓，冷冷清清，淒淒慘慘戚戚」，最爲奇創。又「庭院深深深幾許」，又「更挼殘蕊，更撚餘香，更得些時」……疊法各異，每疊必佳，皆是天籟，肆口而成，非作意爲之也。

滿庭芳　殘梅〔一〕

小閣藏春，閑窗鎖晝，晝堂無限深幽〔二〕。篆香燒盡〔三〕，日影下簾鉤。手種江梅漸好，又何必臨水登樓〔四〕。無人到，寂寥恰似，何遜在揚州〔五〕。　從來知韵勝〔六〕，難禁雨藉，不耐風揉。更誰家橫笛，吹動濃愁〔七〕。莫恨香消雪減，須信道、掃跡情留〔八〕。難言處，良宵淡月，疏影尚風流〔九〕。

【校記】

底本原無題，從梅苑卷三、花草粹編卷九、歷代詩餘卷六十一補。汪本調名作滿庭霜，案云：「即滿庭芳。」

〔漸好〕梅苑作「更好」。

〔恰似〕梅苑、汪本、趙本、王本作「渾似」。

〔難禁〕梅苑、花草粹編、汪本、趙本、王本作「難堪」。

〔風揉〕梅苑、汪本、趙本作「風柔」。王仲聞云：「風柔無不耐之理，兹從花草粹編。」

〔雪減〕歷代詩餘作「玉減」。

〔掃跡〕四印齋本注：「別作『跡埽』。」

【箋注】

〔一〕此詞詠梅。黄本卷二以爲此詞係「大觀二年屏居鄉里至建炎元年南渡以前之作」。案：據王仲聞李清照事迹編年，清照於建炎二年（一一二八）春抵江寧。江寧，六朝時稱揚州。秦觀揚州集序：「吴治建業……東晉、宋、齊、梁、陳皆因吴。」王運熙吴聲西曲中的揚州一文更云：「吴聲、西曲中的揚州，指的實是南朝的京城建業。樂史太平寰宇記卷一二三云：『揚州，元帝渡江歷江左，揚州常理建業。』因爲揚州州治在建業，當時人就把建業唤作揚州。」建業，建炎中名江寧，三年五月，高宗駐蹕，改稱建康，即今江蘇南京市。此詞「何遜在揚州」，乃清照就地用典，沿用舊稱。觀「手種江梅」句，可知詞乃建炎三年（一一二九）春暮作於江寧。本年冬，黄大輿編梅苑於山陽，收之。

〔二〕小閣三句：時趙明誠知江寧，當住郡齋，故云宅院「深幽」。

〔三〕篆香：宋洪芻香譜：「近世尚奇者作香，篆其文，準十二辰，分一百刻，凡燃一晝夜而已。」

〔四〕手種二句：江梅，宋范成大范村梅譜：「江梅，遺核野生，不經栽接者，又名直脚梅，或謂之野梅。凡山間水濱，荒寒清絶之趣，皆此本也。」又云：「梅名品江梅，粉紅色，香類杏。」登樓，用三國王粲登樓望鄉故事。此爲沉痛之語，意謂在江寧已可安頓，不必懷歸也。參見鷓鴣天（寒日蕭蕭上鎖窗）注〔四〕。

〔五〕何遜句：語本杜甫和裴迪登蜀州東亭送客逢早梅相憶見寄詩：「東閣官梅動詩興，還如何遜在揚州。」全芳備祖卷一花部梅花紀要云：「梁何遜在揚州法曹，廨舍有梅花一枝，遜吟咏其下。後居洛思梅花，再請其任，從之。抵揚州，花方盛，遜對花徬徨。」據梁書本傳，何遜曾爲建安郡王水曹行參軍，兼記室。考武帝紀，帝弟蕭偉以天監三年至九年（五〇四—五一〇）以建安郡王任揚州刺史，治所在建業（今南京）。「法曹」即指水曹行參軍，爲刺史僚佐。何遜詩殆作於天監三四年之間，題作咏早梅，一作揚州法曹梅花盛開。詩云：「兔園標物序，驚時最是梅。銜霜當路發，映雪擬寒開。枝橫却月觀，花繞凌風臺。朝灑長門泣，夕駐臨邛杯。應知早飄落，故逐上春來。」

〔六〕韵勝：風神韵致，勝過羣花。宋范成大梅譜後序：「梅以韵勝，以格高，故以橫斜疏瘦，與老枝怪奇者爲貴。」又陳善捫蝨新話下集卷一嘗以詩之風格相比云：「予每論詩，以陶淵明、韓杜諸公，皆爲韵勝。一日，見林倅於徑山，夜話及此。林倅曰：詩有格有韵，故自不同。如淵明詩是其格高。謝靈運『池塘生春草』之句，乃其韵勝也。格高似梅花，韵勝似海棠花。」二説雖有異，而清照則與范成大之説爲近。

〔七〕橫笛：指笛曲梅花落。宋洪皓江梅引之三云：「誰作叫雲橫短玉，三弄徹，對東風，和淚吹。」亦此意。

〔八〕須信道：唐宋時方言。詩詞曲語辭匯釋卷五：「須信道，猶云須知道也。晏殊漁家傲詞：『莫惜醉來開口笑。須信道，人間萬事何時了。』……周邦彦玉燭新早梅：『風嬌雨秀，好亂插繁華盈首。須信道，羌笛無情，看看又奏。』凡云須信道，義均同上。」

〔九〕疏影：宋林逋山園小梅詩：「疏影横斜水清淺，暗香浮動月黄昏。」

浣溪沙〔一〕

淡蕩春光寒食天〔二〕，玉爐沉水裊殘烟〔三〕。夢回山枕隱花鈿〔四〕。　海燕未來人鬭草〔五〕，江梅已過柳生綿〔六〕。黄昏疏雨濕鞦韆。

【校記】

此詞原接底本同調詞「小院閑窗春色深」之後。原載樂府雅詞卷下。又見陽春白雪卷二、花草粹編卷二、歷代詩餘卷七。汪本勞權手校云：「（永樂）大典本仲并浮山集有此詞，題云春閨即事。」王本與此同，並云：「此首別見宋仲并浮山集卷三，從永樂大典輯出。清勞格〔權〕讀書雜識卷十二云：『仲并浮山集浣溪沙春閨即事，樂府雅詞作李清照詞。』曾慥與易安同時，以此首爲易安作，必有所據。疑永樂大典誤作仲并詞，或清四庫館臣誤輯。」

〔山枕〕汪本勞權手校作「繡枕」，仲并浮山集同。

〔未來〕陽春白雪作「歸來」。

〔已過〕汪本、勞權手校作「初過」，浮山集同。

【箋注】

〔一〕此詞寫少婦閑情。黄本卷一以爲「大觀元年以前之作」，疑非是。觀過片「海燕」、「江梅」，純爲江南景物，當係建炎三年（一一二九）春在江寧時作。參見注〔六〕。

〔二〕淡蕩：也作澹蕩，和煦貌。唐陳子昂修竹篇：「春風正淡蕩，白露已清泠。」王維晦日遊大理韋卿城南别業詩：「淡蕩動雲天，玲瓏映墟曲。」花間集張泌思越人：「東風澹蕩慵無力，黛眉愁聚春碧。」宋柳永西平樂詞：「烟光淡蕩，妝點平蕪遠樹。」吕本中菩薩蠻：「春風淡蕩人聲喜。」

〔三〕沉水：香料名，簡稱沉香。南史夷貊上海南諸國：「林邑國，本漢日南郡象林縣……（其國有）沉水香者，土人斫斷，積有歲年，朽爛而心節獨在，置水中則沉，故名曰沉香。」花間集張泌虞美人：「玉爐香暖頻添炷，滿地飄輕絮，珠簾不捲度沉烟。」亦此意。

〔四〕山枕：兩端隆起，中間低凹之枕。花間集温庭筠菩薩蠻詞：「山枕隱穠妝，緑檀金鳳凰。」金鳳凰，亦鳳釵之屬。

〔五〕海燕句：古人以爲燕子春社後從海上飛來，故稱海燕。唐張九齡咏燕詩：「海燕何微眇，乘春亦蹔來。」鬭草，梁宗懔荆楚歲時記：「五月五日，四民並蹋百草，又有鬭百草之戲。」宋代則在二月，吴自牧夢粱録卷一：「二月朔謂之中和節……禁中宫女以百草鬬戲。」宋晏殊破陣子詞：「燕子來時新社，梨花落後清明……疑怪昨宵春夢好，元是今朝鬬草贏。」此詞云「寒食天」，時間與晏詞同，蓋三月初也。「人鬬草」，謂他人鬬草，反襯己已年老，不能再爲此戲也。

〔六〕江梅：見滿庭芳殘梅注〔四〕。北宋詞少有咏及，南宋詞較多。如洪皓江梅引序稱「頃留金國，四經除館，十有四年，復館於燕……此方無梅花，士人罕有知梅者。」詞云：「天涯除館憶江梅，幾枝開。」北宋劉燾花心動詞云：「偏憶江梅。」因其爲湖州長興人，故借「江梅」以懷鄉。北方無江梅，故清照不可能於大觀元年以前賦此詞，而應作於南渡之初。

【彙評】

清黄蘇蓼園詞選：「黄昏疏雨濕鞦韆」，可與「絲雨濕流光」、「波底夕陽紅濕」「濕」字争勝。

案：「絲雨」句見南唐馮延巳南鄉子詞。「波底」句見南宋趙彦端謁金門詞。

山花子〔一〕

病起蕭蕭兩鬢華〔二〕，卧看殘月上窗紗。豆蔻連梢煮熟水〔三〕，莫分茶〔四〕。

枕上詩詞閑處好〔五〕，門前風景雨來佳。終日向人多蘊藉〔六〕，木樨花〔七〕。

【校記】

此詞原接底本同調詞「揉破黄金萬點明」一首之後。原載花草粹編卷四。歷代詩餘卷十八調作南唐浣溪沙，四印齋本調作攤破浣溪沙。

〔詩詞〕花草粹編卷四、王本作「詩書」，歷代詩餘作「詩篇」，皆非。

〔木樨〕他本多作「木犀」，通。

【箋注】

〔一〕金石録後序謂趙明誠建炎三年（一一二九）八月十八日因病痁（瘧疾）而卒於建康，「葬畢，余無所之……余又大病，僅存喘息。」此詞歇拍云「木樨花」，時令相合，因知當作於是歲八月。

〔二〕病起句：時詞人受趙明誠感染，亦病痁。參見下注。蕭蕭兩鬢華：語本蘇軾南歌子：「苒苒中秋過，蕭蕭兩鬢華。」

〔三〕豆蔻句：唐段成式酉陽雜俎卷十八木篇：「白豆蔻，出伽古羅國，呼爲多骨。形似芭蕉，葉似杜若，長八九尺，冬夏不凋，花淺黄色，子作朵如葡萄。其子初出微青，熟則變白，七月採。」多生於江南，梁蕭綱和蕭侍中子顯春别詩：「江南豆蔻生連枝。」宋人常咏之。張良臣西江月：「别後釵分燕股，病除鏡減鸞腰，蠻江豆蔻影連梢。」吴文英杏花天咏湯：「蠻江豆蔻相思味，算只在、春風舌底。」楊鐵夫注夢窗詞以爲「蠻江」乃「蠻薑」，並云：「蠻薑，即山薑，若作『蠻江』，反與下『江清』複。」今人鍾振振讀夢窗詞雜記（八）之十（載中國韵文學刊總二十二期）云：「夢窗此詞所咏之湯，即蠻薑、豆蔻湯。」而張良臣西江月之「蠻江」，江字「似當作薑」。甚是。案：李時珍本草綱目卷三謂豆蔻有肉豆蔻、白豆蔻、草豆蔻數種，於「草豆蔻」下云：「虚瘧自汗，煨入平胃散；瘴瘧同熟附子煎服；山嵐發瘧，同常山浸酒飲；一切瘧同恒山炒焦糊丸冷酒飲。」可見草豆蔻主治各種瘧疾。是時明誠患瘧疾而亡，葬畢，清照「又大病，僅存喘息」，必服草豆蔻治療，故詞云「豆蔻連梢煮熟水」。據明陳元靚事林廣記別集卷七造熟水法云：「夏月，凡造熟水，先傾百煎衮（滚）湯在瓶器内，然後將所用之物投入，密封瓶口，則香倍矣。」又豆蔻熟水云：「白豆蔻殼揀淨，投入沸湯瓶中，密封片時，用之極妙。每次用七箇足矣，不可多用，多則香濁。」

〔四〕分茶：宋陸游臨安春雨初霽詩：「矮紙斜行閑作草，晴窗細乳戲分茶。」楊萬里澹庵坐上觀顯上人分茶詩：「分茶何似煎茶好，煎茶不似分茶巧。蒸水老禪弄泉手，隆興元春新王爪。二者相遭兔甌面，怪怪奇奇真善幻。紛如擘絮行太空，影落寒江能萬變。銀瓶首下仍尻高，注湯作字勢嫖姚。不須更師屋漏法，只問此瓶當響答。」可見分茶乃以熟水與新茶，「二者相遭」，在甌面上變幻出「擘絮行空，影落寒江」諸物象。案：此法當始於宋初，陶穀清異録卷下「生成盞」云：「饌茶而幻其物象於湯面者，茶匠通神之藝也。」又「茶百戲」云：「近世有下湯運匕，別施妙訣，使湯紋水脈成象者，禽獸蟲魚花草之屬，纖巧如畫，但須臾即就散滅，此茶之變也。時人謂之『茶百戲』。」所云與陸游之「戲分茶」，楊萬里所云之「真善幻」，無不合。清照病後心情不好，無心游戲，故云「莫分茶」。

〔五〕枕上詩詞：指自作詩詞或家藏書籍。作者曾云：「時猶有書二萬卷、金石刻二千卷」，「偶病中把玩，搬在卧内者」，見金石録後序。

〔六〕蘊藉：含蓄寬容。此喻木樨花温雅醇厚。參見玉樓春箋注〔四〕。

〔七〕木樨花：即桂花。一作木犀，以木紋如犀而名。宋范成大巖桂詩：「病著幽窗知幾日，瓶花兩見木犀開。」可見病中看木犀花，能怡情養性。

浪淘沙〔一〕

簾外五更風，吹夢無蹤。畫樓重上與誰同？記得玉釵斜撥火，寶篆成空〔二〕。回首紫金峰，雨潤烟濃。一江春浪醉醒中〔三〕。留得羅襟前日淚，彈與征鴻〔四〕。

【校記】

底本調下原注：「能改齋漫録作幼卿。此從詞林。」又見汪本，調下注云：「一作賣花聲。」又續草堂詩餘卷上、古今詞統卷七、古今詩餘醉卷十皆題作「閨情」，並以爲歐陽修作。趙本列入附録一存疑，云：「花草粹編五引此闋，不著撰人。詞林萬選注云：『一作六一居士。』檢醉翁琴趣無之，未知升庵何據。」王本按云：「此首似非李清照作，亦决非歐陽修詞（近體樂府、醉翁琴趣外篇俱不載）……趙先生所考未諦。疑從楊金本草堂詩餘作無名氏詞爲是。」全宋詞將之列入「存目詞」。

此調下注云：「能改齋漫録作幼卿。」案漫録卷十六樂府所載幼卿浪淘沙乃寄情與其表兄，詞云：「目送楚雲空，前事無蹤。漫留遺恨鎖眉峰。自是荷花開較晚，孤負東風。　客館歎飄蓬，聚散匆匆。揚鞭那忍驟花驄？望斷斜陽人不見，滿袖啼紅。」可知底本及汪本係誤記。

均案：此詞感情深摯，技巧高超，前人曾以之與李後主相比，陳廷焯、況周頤評價極高，非有李清照之遭遇與才情，絶不能寫出。且復旦大學圖書館藏汪玢箋漱玉詞彙鈔亦載之。此本有「王鵬運況周頤同審定」方章，足證爲清照所作，並世無第二人足以當之。

〔玉釵〕草堂詩餘續集注：「（玉）一作『金』，誤。」

〔烟濃〕歷代詩餘作「雲濃」。

〔春浪〕四印齋本作「春水」，詞潔作「春恨」。

【箋注】

〔一〕此首似作於趙明誠卒於建康之後，因詞中含悼亡之意。而紫金峰，王仲聞謂「檢宋代地志，尚無此名」。然鎮江已有紫金、浮玉諸峰，在長江一帶，故下句云「一江春浪」。據于譜，建炎四年（一一三〇）春，「清照追隨帝蹤，流徙浙東一帶」。詞當作於自建康沿江經鎮江東下南逃之際。

〔二〕記得二句：回憶昔日夫婦相聚時生活。寶篆成空，猶秦觀減字木蘭花：「欲見回腸，斷盡金爐小篆香。」又畫堂春詞：「寶篆烟消龍鳳，畫屏雲鎖瀟湘。」篆香，見滿庭芳殘梅注〔三〕。

〔三〕一江春浪：化用李煜虞美人詞：「問君能有幾多愁？恰似一江春水向東流。」

〔四〕留得二句：羅襟前日淚，指明誠逝世時之悲傷。金石録後序謂是時「余悲泣……葬畢，余無所之」。又謝伋四六談塵載其祭湖州文曰：「堅城自墮，憐杞婦之悲深。」曰「留得」，言其哀痛之持久也。

【彙評】

明錢允治續選草堂詩餘卷上：此詞極與後主相似。

案：指李煜「簾外雨潺潺」一首。

明古今詞統卷七徐士俊評歇拍：雁傳書事，化得新奇。

明沈際飛草堂詩餘續集卷上：「吹夢」奇，幻想異妄。

清陳廷焯白雨齋詞話卷二：易安賣花聲云「簾外五更風（下略）」，凄艷不忍卒讀，其爲德夫作乎？

又雲韶集卷十：凄豔不忍卒讀，情詞凄絶，多少血淚！

清況周頤漱玉詞箋：玉梅詞隱云：前孤雁兒云：「吹簫人去玉樓空，腸斷與誰同倚？一枝折得，人間天上，没箇人堪寄。」此闋云：「畫樓重上與誰同？記得玉釵斜撥火，寶篆成空。」皆悼亡詞也。其清才也如彼，其深情也如此。玉壺晚節之誣，忍令斯人任受耶？

孤雁兒〔一〕

世人作梅詞，下筆便俗。予試作一篇，乃知前言不妄耳。

藤床紙帳朝眠起〔二〕。説不盡，無佳思。沉香烟斷玉爐寒〔三〕，伴我情懷如水。笛聲三弄〔四〕，梅心驚破〔五〕，多少春情意。　小風疏雨瀟瀟地，又催下千行淚。吹簫一去玉樓空〔六〕，腸斷與誰同倚？一枝折得，人間天上，没箇人堪寄〔七〕。

【校記】

底本原無自序，據梅苑卷一補。汪本前有自序，篇末案：「即御街行調，較多二字。」四印齋本調作御街行。趙本、王本調下皆有自序。

〔烟斷〕梅苑、趙本、王本作「斷續」；汪本原作「斷續」，勞權手校改爲「烟斷」。案：下云「玉爐寒」，自以「烟斷」爲是。

〔瀟瀟〕梅苑、汪本、趙本、王本俱作「蕭蕭」，通。

〔一去〕他本皆作「人去」，底本疑誤。

【箋注】

〔一〕黄本卷三以此詞爲「建炎元年南渡以後之作」。案：此爲悼亡詞，據金石録後序，趙明誠於建炎三年（一一二九）八月十八日卒於建康。本年冬，梅苑編成，將此詞收入。詞云「笛聲三弄，梅心驚破，多少春情意」，係指笛曲梅花三弄而言，並非確指春日。詞當作於明誠卒後不久也。

〔二〕藤床：明高濂遵生八牋卷八謂之欹床，云：「高尺二寸，長六尺五寸，用藤竹編之，勿用板，輕則童子易抬。上置椅圈靠背如鏡架，後有撐放活動，以通高低。如醉卧偃仰觀書並花下卧賞，俱妙。」使用極便，故宋無名氏春光好詞云：「小藤床，隨意橫。」紙帳：宋林洪山家清事「梅花紙帳」：「法用獨床，傍植四黑漆柱，各掛以半錫瓶，插梅數枝。後設黑漆板，約二尺，自地及頂，欲靠以清坐。左右設橫木一，可掛衣。角安斑竹書貯一，藏書三四，掛白麈一。上作大方目頂，用細白楮衾作帳罩之。」宋朱敦儒鷓鴣天：「道人還了鴛鴦債，紙帳梅花醉夢間。」可見紙帳上畫有梅花，故下文云「梅心」，云「一枝折得」。

〔三〕沉香句：見前浣溪沙（淡蕩春光寒食天）注〔三〕。

〔四〕笛聲三弄：笛曲有梅花三弄。世説新語任誕：「王子猷（徽之）出都，尚在渚下。舊聞桓子野（桓伊）善吹笛，而不相識。遇桓於岸上過。王在船中。客有識之者，云是桓子野。王便令人與相聞，云：『聞君善吹笛，試爲我一奏。』桓時已貴顯，素聞王名，即便回，下車，踞胡床，爲作三調，弄畢，便上車去。客主不交一言。」

〔五〕梅心驚破：語本李白與史郎中欽聽黃鶴樓上吹笛詩：「黃鶴樓中吹玉笛，江城五月落梅花。」

〔六〕吹簫一去：謂趙明誠已逝。用蕭史、弄玉事，詳見後怨王孫（夢斷漏悄）箋注〔四〕。玉樓空，唐李商隱代應詩：「離鸞别鳳今何在，十二玉樓空又空。」王仲聞云：「『吹簫人去玉樓空』，言其夫趙明誠已去世。」

〔七〕一枝三句：吴陸凱與范曄詩：「折梅逢驛使，寄與隴頭人。江南無所有，聊贈一枝春。」此處反用其意，以切梅之故事，並抒憶念亡夫之情。宋晏殊瑞鷓鴣：「何時驛使西歸，寄與相思客、一枝新。」梅苑卷一無名氏水龍吟：「一枝折得，雪妍冰麗，風梳雨洗。」又卷七無名氏鞓紅：「一枝折寄，故人雖遠，莫輒使、江南信斷。」

清平樂〔一〕

年年雪裏，常插梅花醉〔二〕。挼盡梅花無好意，贏得滿衣清淚。　今年海角天涯〔三〕，蕭蕭兩鬢生華〔四〕。看取晚來風勢，故應難看梅花〔五〕。

【校記】

録自底本。原載梅苑卷九。又見汪本、花草粹編卷三、歷代詩餘卷十四。

【箋注】

〔一〕此詞至遲作於建炎三年（一一二九）冬。案：蜀人黄大輿是歲之冬於山陽（今江蘇淮安）編成梅苑，内收此詞。詞云「今年海角天涯，蕭蕭兩鬢生華」，謂其「盡將銅器等物，欲赴外廷投進，到越，已移幸四明」（後序），一路追隨行朝，流離海角天涯，容顔變老也。上闋云「年年雪裏，常插梅花醉。挼盡梅花無好意」，蓋指蠟梅也。

〔二〕常插梅花醉：宋朱敦儒鷓鴣天：「玉樓金闕慵歸去，且插梅花醉洛陽。」又一首云：「曾爲梅花醉不歸。」敦儒且曾與清照唱和，其鵲橋仙題作「和易安金魚蓮池」便是。清照此句，蓋受其影響。

〔三〕海角天涯：宋張世南游宦紀聞卷六：「今遠宦及遠服賈者，皆曰天涯海角，蓋俗談也。」晏殊踏莎行：「無窮無盡是離愁，天涯地角尋思遍。」

〔四〕蕭蕭句：見山花子箋注〔二〕。時清照已四十七歲，故云。

〔五〕看取二句：看取，試看。取，語助辭。詩詞曲語辭匯釋卷三：「看，嘗試之辭，如云試試看。」二句謂試看梅花將被狂風摧殘也。風勢，喻金人南侵，形勢緊迫。其上樞密韓公工部尚書胡公詩亦以風勢喻形勢，云：「皇天久陰厚土濕，雨勢未回風勢急。」

漁家傲〔一〕

天接雲濤連曉霧〔二〕，星河欲渡千帆舞〔三〕。彷彿夢魂歸帝所〔四〕，聞天語〔五〕，殷勤問我歸何處？　我報路長嗟日暮〔六〕，學詩漫有驚人句〔七〕。九萬里風鵬正舉〔八〕。風休住，蓬舟吹取三山去〔九〕。

【校記】

錄自底本。亦見汪本、沈本。汪本題作「記夢」，花庵詞選卷十同。原載樂府雅詞卷下。

〔欲渡〕樂府雅詞、花庵詞選、汪本、沈本、趙本、王本皆作「欲轉」；歷代詩餘作「欲曙」。

〔漫有〕樂府雅詞、花庵詞選等皆作「謾有」，通。歷代詩餘作「復有」。

〔吹取〕文津閣四庫全書本作「吹往」。

【箋注】

〔一〕此詞作於建炎四年庚戌（一一三〇）春。金人於建炎三年十二月二十三日犯越州，四年正月二日犯明州。此時高宗南逃入海，據趙彥衛雲麓漫鈔卷七引李正民乘桴錄：建炎三年「十二月五日，車駕至四明（今浙江寧波），十五日大雨，遂登舟至定海（今浙江鎮海），十九日至昌國縣（今浙江舟山定海），二十六日移舟至温、台……（四年）正月二日，北風稍勁，晚泊台州港。三日早至章安，知台州晁公爲來……十四日張俊自台州來，十八日移舟離章安……二十日泊青隩門，二十一日泊温州。」清照此時攜銅器等物，「欲赴外廷投進」，也一路追隨御舟，其金石錄後序云：「（建炎三年）冬十二月，金人陷洪州……上江既不可往，又虜勢叵測。有弟迒任勅局删定官，遂往依之，到台，台守已遁，之剡，出陸。又棄衣被走黄巖，雇舟入海，奔行朝。時駐驛章安，從御舟海道之温，又之越。」可見清照於建炎四年正月三日以後至章安行在，十八日隨御舟從海上至温州。此詞所寫，即此一段航程中生活，而以夢境出之。夏承燾唐宋詞欣賞以爲早年作於山東，于中航李清照的夢——漁家傲記夢詞詮解謂作於萊州，似可議。

〔二〕雲濤：指海濤。唐孟浩然宿天台桐柏觀詩：「日夕望三山，雲濤空浩浩。」皮日休重送圓載上人歸日本國詩：「雲濤萬里最東頭，射馬臺深玉署秋。」宋陸游暮秋遣興詩：「如虹壯氣終難豁，安得雲濤萬里舟？」皆指波濤。今人或作「雲如波濤」解，非是。

〔三〕星河：銀河。唐杜甫閣夜詩：「五更鼓角聲悲壯，三峽星河影動摇。」韓愈岳陽樓别竇司直詩：「星河盡涵泳，俯仰迷上下。」

〔四〕帝所：天帝所居之處。史記趙世家：「居二日半，簡子寤，語大夫曰：『我之帝所甚樂，與百神游於鈞天廣樂，九奏萬舞，不類三代之樂，其聲動人心。』」此指高宗行在。宋趙與時賓退録卷六記陳師錫宣和三年寓居京口，一日晝寢，夢之帝所，如人間上殿之儀。帝曰：「卿平生所上章奏，可叙録進呈。」師錫爲蘇軾知湖州時幕客，與李格非年輩相同。清照或許知此故事。宋張鎡夢遊仙記夢：「五色光中瞻帝所，方知碧落勝炎洲。」

〔五〕聞天語：李白飛龍引：「造天關，聞天語，屯雲河車載玉女。」

〔六〕我報句：語本屈原離騷：「路漫漫其修遠兮，吾將上下而求索。」及「欲少留此靈瑣兮，日忽忽其將暮。」

〔七〕驚人句：杜甫江上值水如海勢聊短述詩：「爲人性僻耽佳句，語不驚人死不休。」

〔八〕九萬里句：莊子逍遥遊：「有鳥焉，其名爲鵬，背若泰山，翼若垂天之雲，摶扶摇羊角而上者九萬里。」又云：「鵬之徙於南冥也，水擊三千里，摶扶摇而上者九萬里，去以六月息者也。」

〔九〕蓬舟句：蓬舟，狀如飛蓬之舟。三山，史記封禪書：「自威、宣、燕昭，使人入海，求蓬萊、方丈、瀛洲。此三神山者，其傳在渤海中，去人不遠，患且至，則船引風而去。蓋嘗有至者，諸仙人及不死之藥皆在焉。其物禽獸盡白，而黄金銀爲宫闕。未至，望之如雲。及到，三神山反居水下。臨之，風輒引去，終莫能至云。」

【彙評】

清陳廷焯詞則别調集卷二：有出世之想，筆意矯變。此亦無改適事一證也。

清黄蘇蓼園詞選：此似不甚經意之作，却渾成大雅，無一毫釵粉氣，自是北宋風格。

梁令嫻藝蘅館詞選乙卷：家大人云：「此絶似蘇、辛派，不類漱玉集中語。」

案：家大人，指乃父梁啓超。

夏承燾唐宋詞欣賞：這首風格豪放的詞，意境闊大，想像豐富，確實是一首浪漫主義的好作品。出之於一位婉約派作家之手，那就更其突出了。其所以有此成就，無疑是決定於作者的實際生活遭遇和她那種渴求冲決這種生活的思想感情，這決不是没有真實生活感情而故作豪語的人所能寫得出的。

龍榆生漱玉詞叙論：至其氣象瀟灑，尤近蘇、辛一派者，則有漁家傲記夢。

繆鉞靈溪詞説論李清照詞：這首詞能將屈原遠游中的情思意境融納於數十字的小詞之中，體現了自己的人生理想，有姑射神人吸風飲露之致，這種境界在宋詞中是罕見的。

【附】

清王士禛漁家傲本意和漱玉詞：南湖西塞花如霧。我歌銅斗樵青舞。醉後放舟忘處所，鳧鷗語。覺來已是烟深處。　蒲葉藕花相映暮。援琴更鼓瀟湘句。曲罷月明風葉舉。誰同住？琴高約我蓬瀛去。

菩薩蠻〔一〕

風柔日薄春猶早，夾衫乍著心情好〔二〕。睡起覺微寒，梅花鬢上殘〔三〕。　故鄉何處是〔四〕？忘了除非醉。沉水卧時燒，香消酒未消。

【校記】

原載樂府雅詞卷下。録自底本。又見汪本及花草粹編卷三、四印齋本、趙本、王本。

【箋注】

〔一〕此爲懷鄉之詞，應作於流寓杭州期間，意雖沉痛而筆致輕靈，蓋趙明誠辭世已數年。于譜稱紹興二年（一一三二）春，清照赴杭，詞蓋作於此後數年。

〔二〕乍著：詩詞曲語辭匯釋卷一：「乍，猶初也；纔也……王易簡齊天樂詞賦蟬：『錦瑟重調，綃衣乍著，聊飲人間風露。』乍著，猶云初著也。」

〔三〕梅花句：指鬢上所簪之梅花已殘。見前訴衷情枕畔聞梅香注〔二〕。

〔四〕故鄉：指今山東濟南章丘及諸城、青州一帶，時爲金人所陷。

【彙評】

清況周頤漱玉詞箋：俞仲茅云：趙忠簡滿江紅「欲待忘憂除是酒」，與易安「忘了除非醉」意同；下句「奈酒行有盡愁無極」，微嫌說盡，豈如「沉水卧時燒，香消酒未消」，亦宕開，亦束住，何等蘊藉。易安自是專家，忠簡不以詞重云爾。

案：趙忠簡即南宋宰相趙鼎，此句原作「須信道、消憂除是酒」。俞仲茅名彥，明人，語見爰園詞話。

俞平伯唐宋詞選釋中卷：上片措語輕淡，意思和平。下片說故鄉之愁，一時半刻也丢不開，除非醉了。又說，就寢時焚香，到香消了酒還未醒。醉深即愁重也。意極沉痛，筆致却不覺其重，與前片輕靈的風格相一致。

好事近〔一〕

風定落花深，簾外擁紅堆雪。長記海棠開後，正傷春時節〔二〕。酒闌歌罷玉尊空〔三〕，青缸暗明滅〔四〕。魂夢不堪幽怨，更一聲啼鴂〔五〕。

【校記】

原載樂府雅詞卷下。録自底本。又見汪本、沈本及花草粹編卷三。

〔正傷春〕樂府雅詞、汪本、四印齋本、趙本皆作「正是傷春」，汪本、四印齋本均疑「是」字衍。趙本注：「案此句無作六言者，『正是』二字，必有一衍。」陳廷焯詞則眉批：「樂府雅詞作『正是傷春時節』，『是』字衍，當删。」

〔青缸〕文津閣四庫全書本樂府雅詞作「青釭」、花草粹編作「青紅」，誤。

【箋注】

〔一〕此詞似作於趙明誠逝世後某年之暮春。歇拍「魂夢」二句，實爲創深痛巨之語，非因悼念亡夫不能至此。姑繫於紹興三年（一一三三）定居杭州前後。

〔二〕長記二句：回憶早年在北方所作之如夢令：「試問捲簾人，却道海棠依舊。知否，知否，應是緑肥紅瘦。」

〔三〕酒闌歌罷：花間集毛文錫戀情深詞：「酒闌歌罷兩沉沉。」

〔四〕青釭：青燈。釭，燈盞。

〔五〕啼鴂：即鶗鴂、鵜鴂，杜鵑之屬。屈原離騷：「恐鵜鴂之先鳴兮，使夫百草爲之不芳。」宋辛棄疾賀新郎：「緑樹聽鵜鴂。更那堪、鷓鴣聲住，杜鵑聲切。」自注：「鵜鴂、杜鵑實兩物，見離騷補注。」案：清照此處當指杜鵑，相傳杜鵑鳴聲似「不如歸去」，宋康與之滿江紅杜鵑詞云：「鎮日叮嚀千百遍，只將一句頻頻説。道『不如歸去不如歸』，傷情切。」清照此詞上闋謂「傷春時節」，亦如康意，蓋懷歸也。

長壽樂 南昌生日〔一〕

微寒應候，望日邊、六葉堦蓂初秀〔二〕。愛景欲挂扶桑〔三〕，漏殘銀箭〔四〕，杓回摇斗〔五〕。慶高閎此際〔六〕，掌上一顆明珠剖〔七〕。有令容淑質，歸逢佳偶〔八〕。到如今，晝錦滿堂貴胄〔九〕。　榮耀，文步紫禁〔一〇〕，一一金章緑綬〔一一〕。更值棠棣連陰〔一二〕，虎符熊軾〔一三〕，夾河分守〔一四〕。況青雲咫尺〔一五〕，朝暮重入承明後〔一六〕。看綵衣争獻〔一七〕，蘭羞玉酎〔一八〕。祝千齡，借指松椿比壽〔一九〕。

【校記】

此詞底本失載，原載新編通用啓劄截江網卷六，全宋詞據以録入。王本云：「此首原題撰人爲易安夫人，宋人未見有以此呼清照者，未知有誤否。翰墨大全有延安夫人、易少夫人，俱僅一字之異。」均案：宋趙令畤侯鯖録載有延安夫人更漏子詞，云：「延安夫人係蘇丞相子容之妹也，有寄季玉妹更漏子詞」。又翰墨大全後丙集卷四有臨江仙立春寄季順妹一首；彤管遺編後集卷十二除更漏子寄季玉妹外，尚有鵲橋仙寄季順妹、踏莎行寄姊妹二首，皆閨中應酬之作。張邦基墨莊漫録云：「延安夫人蘇氏，丞相子容妹，曾子宣内也。有詞行於世。或以爲東坡女弟，適柳子玉者所作，非也。」蘇丞相子容即蘇頌，泉州南安人，與蘇軾同時，曾創製渾天儀，哲宗元祐五年（一〇九〇），拜右僕射兼中書門下侍郎。其妹延安夫人，能詞。墨莊謂爲「曾子宣内」，大誤。子宣名布，夫人乃魏泰妹玩，字玉汝，史稱魏夫人，工詞，常與易安並稱，此詞非魏玩作可知。至延安夫人是否作此詞，殊可疑。

至於易少夫人，見翰墨大全丁集卷十四及彤管遺編後集卷十二，有臨江仙（咏熟水）、又（咏熟水話別）。後一首與前一首銜接，不著撰人，全宋詞案：「疑以作無名氏詞爲是。」以上二首，別見歷代詩餘卷三十八，題作劉鼎臣妻作。由是觀之，本篇非易少夫人作亦可知。

近年濟南劉瑜先生從明手抄本詩淵影印本第六册第四五五七頁發現此詞，調下題作「冬壽太守」，署「宋延安夫人」。中有異文及脱文。「摇斗」作「瑶斗」，「淑質」作「淑德」，「禁」上脱「紫」字，

「金章」誤作「今章」，「入」上脱「重」字，「借指」作「共指」。

均案：查詩淵此頁影印件，長壽樂前有失調名詞，中云「間世挺生賢哲，賈馬文章，清俊推太守」；其後有宋仲殊滿庭芳，下闋云：「此日中吴太守，看看秉廊廟鈞衡。」再下有宋張時甫失調名「壽平江陳守」，云：「人言太守是龔黄。」綜觀前後數詞，壽主皆爲太守，故此詞亦誤題「冬壽太守」。又此詞上闋云：「有令容淑質，歸逢佳偶。」謂壽主貌美而賢，所嫁爲佳偶。此可證明壽主爲女性而非太守。

又黄墨谷重輯李清照集附重輯漱玉詞校勘記云：「此詞僅見截江網，全宋詞載之，風格、筆調均不類清照其他慢詞，兹不録。」均案：況周頤蕙風詞話云：「壽詞難得佳句，尤易入俗。」如辛棄疾感皇恩滁州壽范倅第二首云：「七十古來稀，人人都道，不是陰功怎生到。」又慶嬸母王恭人七十云：「滿床靴笏，羅列兒孫新婦。」又壽鉛山陳丞及之云：「冠冕在前，周公拜手，同催班魯公後。」風格筆調全不似其摸魚兒、賀新郎諸什。豈能謂非稼軒詞乎？清照此詞當不例外。

均又案：欽定詞譜此調僅收柳永一首，末注：「獨見樂章集，宋元人無填此調者。」可見館臣猶未見清照此詞。

【箋注】

〔一〕此詞蓋爲韓肖胄母文氏而作。文氏，名相彦博孫女。南昌，乃夫人誥命。紹興三年（一一三三），韓肖胄奉命使金，宋史本傳載：「母文語之曰：『汝家世受國恩，當受命即行，勿以我老爲念。』帝稱爲賢母，封榮國夫人。」清照此時有上樞密韓公詩，序稱「有易安室者，父、祖皆出韓公門下」，有此淵源，故當其母生日，上此壽詞。因附此詞於紹興二年（一一三二），待考。

〔二〕微寒二句：日邊，指帝王身邊。李白行路難其一：「閑來垂釣碧溪上，忽復乘舟夢日邊。」王琦注引宋書：「伊摯將應湯命，夢乘船將過日月之旁。」秦觀千秋歲詞：「日邊清夢斷，鏡裏朱顔改。」六葉堦蓂，白虎通符瑞篇：「蓂莢者，樹名也，月一日一莢生，十五日畢。至十六日，一莢去。故夾階而生，以明日月也。」此謂南昌夫人初冬月之初六日生於帝京。

〔三〕愛景句：言出生時刻在冬日黎明。愛景，指冬日。景，通影。梁康孟咏日應趙王教詩：「相歡承愛景，共惜寸陰移。」扶桑，傳説中神樹。山海經海外東經：「下有湯谷。湯谷上有扶桑，在黑齒北，居水中，有大木，九日居下枝，一日居上枝。」淮南子天文訓：「日出於暘谷，浴於咸池，拂於扶桑，是謂晨明。」文選思玄賦注引十洲記釋「扶桑」云：「葉似桑樹，長數千丈，大二十圍，兩兩同根生，更相依倚，是以名之扶桑。」

〔四〕漏殘句：謂更漏將殘、東方欲曉之時，南昌郡君將降生。漏，又稱銀漏，古計時器，壺中置銀箭，箭上有刻劃標誌時辰。李白烏棲曲：「銀箭金壺漏水多，起看秋月墜江波，東方漸高奈樂何！」宋歐陽修漁家傲：「良宵短，人間不合催銀箭。」

〔五〕杓回摇斗：謂斗柄北指，天下將冬。摇斗不通，據明鈔詩淵，當作「瑶斗」。史記天官書索隱引春秋運斗樞釋北斗七星曰：「第一至第四爲魁，第五至第七爲標，合而爲斗。」宋史樂志鼓吹下奉禮歌：「斗轉參横將旦。」杓，即「標」，亦稱斗柄。鶡冠子環流：「斗柄東指，天下皆春；斗柄南指，天下皆夏；斗柄西指，天下皆秋；斗柄北指，天下皆冬。」此處當指冬。

〔六〕高閎：高門，指貴族。佩文韻府引丁松定婚啓：「既襲祥於吉卜，用委幣於高閎。」

〔七〕掌上句：喻被珍愛之兒女。梁吴均碎珠賦：「又聞珩璧之獨照，不見掌上之明珠。」江淹傷愛子賦：「曾憫憐之慘悽，痛掌珠之愛子。」唐白居易哭崔兒詩：「掌珠一顆兒三歲，鬢雪千莖父六旬。」

〔八〕歸逢佳偶：歸，女子出嫁曰歸。李清照金石録後序：「余建中辛巳，始歸趙氏。」佳偶，指南昌夫人之夫韓治。治，字循之，忠彦子，琦孫。熙寧八年八月，賜進士出身。元祐中，累官左朝散郎、秘閣校理；七年，爲太常丞。紹聖四年，知邢州。元符元年，提點京西刑獄；二年，召爲吏部郎中。崇寧三年，入黨籍；五年，與知州差遣。尋爲太僕少卿知相州，以疾丐祠，由其子肖胄代之。人謂其有家學。見宋史翼卷四。

〔九〕晝錦句：韓肖胄曾祖韓琦守相州，作晝錦堂，歐陽修爲之作相州晝錦堂記。宋史韓肖胄傳云：「琦守相，作晝錦堂，治（肖胄父）作榮歸堂，肖胄又作榮貴堂。三世守鄉郡，人以爲榮。」

〔一〇〕紫禁：皇宫。文選謝莊宋孝武宣貴妃誄「收華紫禁」李善注：「王者之宫，以象紫微，故謂宫中爲紫禁。」紫微垣，星座名。唐皇甫曾早朝日寄所知詩：「長安歲後見歸鴻，紫禁朝天拜舞同。」

〔一一〕金章緑綬：謂佩以緑色綬帶之金印。漢書百官公卿表：「相國，丞相，皆秦官，金印紫綬。高帝即位，更名相國，緑綬。」顔師古注「銀章青綬」引漢舊儀：「其文曰章，爲刻曰某官之章也。」唐杜甫奉寄章十侍御詩：「淮海惟揚一俊人，金章紫綬照青春。」此處泛指高官。案：韓琦、忠彦皆位至宰相。忠彦弟端彦官右贊善大夫，純彦官至徽猷閣直學士，粹彦爲吏部侍郎，終龍圖閣學士；嘉彦尚神宗女齊國公主，拜駙馬都尉，終瀛海軍承宣使。見宋史韓琦傳。而韓治位至太僕少卿，肖胄後仕至端明殿學士，宋史亦有傳。

〔一二〕棠棣：詩小雅常棣序：「棠棣，燕兄弟也。」三國曹植通親親表：「中咏棠棣，匪他之戒；下思伐木，友生之義。」宋史韓肖胄傳：「尋奉祠，與其弟膺胄居于越幾十年。事母以孝聞，弟不至不食，所得恩澤，皆先給宗族。」又建炎以來繫年要録卷六十五謂肖胄使金時，詔肖胄官子孫七人，「時肖胄長子右奉議郎協提舉浙東茶鹽，乃詔肖胄次子右通直郎郴……各於寄家處添差通判……」以上，皆可見「棠棣連陰」。

〔一三〕虎符熊軾：虎符，即兵符，古代調兵的信物。史記文帝紀：「三年九月，初與郡國首相爲銅虎符、竹使符。」集解引應劭曰：「銅虎符第一至第五，國家當發兵，遣使者至郡合符，符合乃聽受之。」熊軾，狀如熊形之車前横木。後漢書輿服志上：「公、列侯安車，朱班輪，倚鹿較，伏熊軾。」後多指代公卿及郡守。杜甫奉贈蕭十二使君詩：「鵬圖仍矯翼，熊軾且移輪。」

〔一四〕夾河分守：漢書杜周傳：「及久任事，歷三公，而兩子夾河爲郡守。」河，指黄河。宋史韓肖胄傳載，徽宗朝，「時（韓）治守相州，請祠。肖胄因乞補外侍疾，詔除直秘閣、知相州，代其父任。」相州，今安陽，在黄河以北。

〔一五〕青雲咫尺：喻轉眼高陞。史記范睢傳：「須賈頓首言死罪，曰：『賈不意君能自致於青雲之上。』」南齊孔稚圭北山移文：「度白雪以方絜，干青雲而直上。」

〔一六〕承明：承明廬，漢承明殿旁屋，侍臣值宿所居；一作著作之所。漢書嚴助傳武帝賜書：「制詔會稽太守，君厭承明之廬，勞侍從之事，懷故土，出爲郡吏。」注引張晏曰：「承明廬，在石渠閣外。」漢班固西都賦：「内有承明、金馬，著作之庭。」三國曹植贈白馬王彪詩：「謁帝承明廬，逝將歸舊疆。」此謂早晚將朝見帝王。

〔一七〕綵衣：藝文類聚卷二十：「列女傳曰：『老萊子孝養二親，行年七十，嬰兒自娱，著五色彩衣，嘗取漿上堂，跌仆，因卧地爲小兒啼，或弄烏鳥於親側。』」此言肖胄「事母以孝聞」，見本傳。

〔一八〕蘭羞玉酎：蘭羞，美好菜餚。梁蕭綱九日侍皇太子樂遊苑詩：「蘭羞薦俎，竹酒呈芬。」玉酎，美酒。説文：「酎，三重醇酒也。」段注：「廣韵作『三重釀酒』，當從之。謂用酒爲水釀之，是再重之酒也。次又用再重之酒爲水釀之，是三重之酒也。」唐祭大社樂章：「蕙馥雕俎，蘭芬玉酎。」

〔一九〕松椿比壽：詩小雅天保：「如南山之壽，不騫不崩。如松柏之茂，無不爾或承。」莊子逍遥遊：「楚之南有冥靈者，以五百歲爲春，五百歲爲秋。上古有大椿者，以八千歲爲春，八千歲爲秋。」宋晏殊拂霓裳詞：「今朝祝壽，祝壽數，比松椿。」

均案：此爲壽詞。宋張炎詞源卷下：「難莫難於壽詞，倘盡言富貴則塵俗，盡言功名則諛佞，盡言神仙則迂闊虚誕。當總此三者而爲之，無俗忌之辭，不失其壽可也。」清照此詞，可謂合作。又沈義父樂府指迷：「壽曲最難作，切宜戒壽酒、壽香、老人星、千春百壽之類。須打破舊曲規模，只形容事業才能，隱然有祝頌之意方好。」所言亦與清照此詞相符。詞中多寫事業才能，誠爲難能可貴也。

武陵春〔一〕

風住塵香花已盡，日晚倦梳頭。物是人非事事休〔二〕。欲語淚先流。　聞説雙溪春尚好〔三〕，也擬泛輕舟。只恐雙溪舴艋舟〔四〕，載不動、許多愁〔五〕。

【校記】

録自底本，亦見汪本、沈本。汪本及類編草堂詩餘卷一題作「春晚」。詞學筌蹄題作「春暮」。彤管遺編續集題作「暮春」。詞鵠調作「武陵春第二體」。趙本案云：「詩詞雜俎本漱玉詞收之，題作『春晚』，與類編草堂詩餘同。至正本草堂詩餘前集上如夢令後接引此闋，不注撰人。玩意境頗似李作，姑存之。」王本云：「古今別腸詞選卷二又誤以此首爲馬洪所作。」均案：此詞頗符合李清照身世，應爲其所作無疑。

〔花已盡〕詞律、詞譜作「春已盡」。

〔日晚〕花草粹編作「日落」，詞律、詞譜作「日曉」。

〔淚先〕彤管遺編作「淚珠」。

〔聞説〕葉申薌天籟軒詞選作「聞道」。

〔春尚好〕嘯餘譜作「春向好」。

〔輕舟〕歷朝名媛詩詞作「扁舟」。

〔載不動〕沈際飛草堂詩餘注：「（動）一作『得』，誤。」又云：「後叠末句多一字。」楊慎林下詞選云：「『載』字襯。」

【箋注】

〔一〕黄盛璋李清照事迹考辨：「詞意寫的是暮春三月景象，當作於紹興五年（一一三五）三月。」又趙明誠李清照夫婦年譜：「紹興五年（公元一一三五年）乙卯，清照五十二歲。春，清照在金華，作武陵春詞。」王仲聞李清照集校注卷一：「此首乃紹興五年李清照在金華所作。」均案：據宋史高宗紀，紹興四年九月，金人及僞齊渡淮南侵。冬十月丙子朔，高宗與趙鼎定策親征。己卯，金人犯滁州，圍亳州。壬午，僞齊犯安豐，韓世忠邀擊金人於大儀鎮，敗之。乙丑，金人困承州，又圍濠州；高宗如平江。李清照打馬圖序云：「今年十月朔，聞淮上警報，江浙之人，自東走西，自南走北，居山林者謀入城市，居城市者謀入山林，旁午絡繹，莫不失所。易安居士自臨安泝流，涉嚴灘之險，抵金華，卜居陳氏第。」十二月庚子，金人退兵。至本年春，局勢稍定，故清照曾有出游之興。

〔二〕物是人非：三國曹丕與朝歌令吳質書：「節同時異，物是人非，我勞如何。」宋賀鑄雨中花：「人非物是，半晌鸞腸易斷，寶勒空回。」

〔三〕雙溪：浙江通志卷十七山川九引名勝志：「雙溪，在（金華）城南，一曰東港，一曰南港。東港源出東陽縣大盆山，經義烏西行入縣境，又匯慈溪、白溪、玉泉溪、坦溪、赤松溪，經石碕巖下，與南港會。南港源出縉雲黃碧山，經永康、義烏入縣境，又合松溪、梅溪水，繞屏山西北行，與東港會於城下，故名。」

〔四〕舴艋舟：小船，兩頭尖如蚱蜢。藝文類聚七一南朝宋元嘉起居注：「餘姚令何玢之造作平牀一，乘船舴艋一艘，精麗過常。」唐張志和漁父詞：「舴艋爲舟力幾多，江頭雨雪半相和。」

〔五〕載不動句：宋鄭文寶柳枝詞：「不管烟波與風雨，載將離恨過江南。」錢鍾書宋詩選注云：「這首詩很像唐朝韋莊的古離别……但是第三第四句那種寫法，比韋莊的後半首新鮮深細得多了，後來許多作家都仿效它。例如：蘇軾虞美人：『無情汴水自東流，只載一船離恨向西州』；陳與義虞美人：『明朝酒醒大江流，滿載一船離恨向衡州』；李清照武陵春：『只恐雙溪舴艋舟，載不動、許多愁』；辛棄疾水調歌頭：『明夜扁舟去，和月載離愁』；張可久蟾宮曲：『畫船兒載不起離愁，人到西陵，恨滿東州』（朝野新聲太平樂府卷一）；貫雲石清江引：『江聲卷暮濤，樹影留殘照，蘭舟把愁都載了』（朝野新聲太平樂府卷二）。王實甫的西厢記裏把船變成車，例如第四本第一折：『試着那司天臺打算半年愁，端的是太平車兒約有十餘載』；第三折：『遍人間煩惱填胸臆，量這些大小車兒如何載得起！』陸娟送人還新安又把愁和恨變成『春色』：『萬點落花舟一葉，載將春色到江南』（錢謙益列朝詩集傳閏四）。此外不説『載』而説『馱』或『擔』的也很多。」沈祖棻宋詞賞析評清照此詞亦承此説，在舉李後主虞美人「問君能有幾多愁，恰似一江春水向東流」後，謂「李清照等又進一步把它搬上了船，于是愁竟有了重量，不但可隨水而流，並且可以用船來載。董解元西廂記諸宫調〔仙呂・點絳唇纏令・尾〕云：『休問離愁輕重，向個馬兒上駝也駝不動。』則把愁從船上卸下，駝在馬背上……從這些小例子也可以看出文藝必須有所繼承，同時必須有所發展的基本道理來。」

【彙評】

明葉盛水東日記卷二十二：玩其詞意，其作於序金石録之後歟？抑再適張汝舟之後歟？文叔不幸有此女，德夫不幸有此婦。其語言文字，誠所謂不祥之具，遺譏千古者歟！

明楊慎批點本草堂詩餘卷一評結句：秦處度謁金門詞云「載取暮愁歸去」、「愁來無著處」，從此翻出。

案：所引謁金門爲張元幹詞，非秦處度（湛）作。

明張綖草堂詩餘別録：易安名清照，尚書（郎）李格非之女，適宰相趙挺之子明誠。嘗集金石録千卷，比諸六一所集，更倍之矣。所著有漱玉集，朱晦庵亦亟稱之。後改適人，頗不得意。此詞「物是人非事事休」，正咏其事。水東葉文莊謂「李公不幸而有此女，趙公不幸而有此婦」，詞固不足録也。結句稍可誦。朱淑真「可憐禁載許多愁」祖之，豈女輩相傳心法耶？

案：朱淑真詩句原作「可憐禁駕許多愁」，題爲清瘦。

明陸雲龍詞菁卷一：愁如海。

明李攀龍草堂詩餘雋卷二眉批：未語先淚，此怨莫能載矣。評語：景物尚如舊，人情不似初，言之於邑，不覺淚下。

明沈際飛草堂詩餘正集卷一評結句：與「載取暮愁歸去」相反，與「遮不斷、愁來路」、「流不到、楚江東」相似，分幟詞壇，孰辨雄雌？

案：「遮不斷」句，乃徐俯卜算子詞；「流不到」二句，乃蘇軾江城子別徐州詞句。

明潘游龍古今詩餘醉卷八賀方回詞南柯子「扁舟只載愁」眉批：此翻李詞「雙溪舴艋舟，載不動，許多愁」。

清王士禛花草蒙拾：「載不動、許多愁」與「載取暮愁歸去」、「只載一船離恨向西州」，正可互觀。「八槳別離船，駕起一天煩惱」，不免逕露矣。

案：「八槳」二句，乃明人詞。

清吴衡照蓮子居詞話：易安武陵春，其作於祭湖州以後歟？悲深婉篤，猶令人感伉儷之重。葉文莊乃謂「語言文字，誠所謂不祥之具，遺譏千古者矣」，不察之論也。南康謝蘇潭方伯啓昆咏史詩云：「風鬟尚覺胥江冷，雨泣應含杞婦悲。回首静治堂舊事，翻茶校帖最相思。」措語得詩人忠厚之致。

清陳廷焯白雨齋詞話卷二評後半闋：又凄婉，又勁直。（均案：雲韶集卷十「又勁直」下多「婉約辭之」四字。）觀此，益信無再適張汝舟事。即風人「豈不爾思，畏人之多言」意也。投綦公一啓，後人僞撰，以誣易安耳。

梁令嫻藝蘅館詞選乙卷引梁啓超：按此蓋感憤時事之作。

俞平伯唐宋詞選釋中卷：下片以舟輕借喻愁重，用筆輕妙。後來元曲西厢記秋暮離懷：「遍人間煩惱填胸臆，量這些大小的車兒如何載得起」意同。

唐圭璋詞學論叢讀李清照詞札記：此爲紹興五年，清照在金華時作。通首血淚交織，令人不堪卒讀。

又論李清照的後期詞：處處流露出徐緩頓挫、迴蕩不盡的韵味，與聲聲慢幽咽急促的聲調迴不相同。不過，她那物是人非、觸目生愁的嘆息之聲，却是和聲聲慢一樣，也讓人深深感到黑暗社會對她的摧殘。

龍榆生漱玉詞叙論：吳衡照謂：「武陵春其作於祭湖州（明誠）以後歟？悲深婉篤，猶令人感伉儷之重。」（蓮子居詞話）友人傅東華君則稱此詞爲易安避亂金華時作（萬有文庫本李清照）。傅君金華人，其説必當有據。

繆鉞靈溪詞説論李清照詞：裴文中首先舉出李煜虞美人（春花秋月何時了）詞，然後又舉出李清照武陵春詞（略）。裴文認爲，這兩首詞都是寫國破家亡之感，但風格迥别。前者直瀉，後者婉轉；前者沉重，後者輕靈；前者粗獷（所謂粗服亂頭），後者細柔（傷痛中仍不失其矜持）。婉轉、輕靈、細柔，自是女性美。

案：裴文指裴斐所撰别是一家詞文稿。

【附】

清王士禛武陵春和漱玉詞：昨日相逢歌扇底，偷贈玉搔頭。畫閣香濃郎且休。秋水簟文流。送别殷勤楊柳岸，花雪滿行舟。雙槳凌風蘭葉舟。又捲起、一江愁。

清彭孫遹和漱玉詞同阮亭作：柳彈鶯嬌蜂蝶鬧，春色滿枝頭。暮雨朝雲不肯休。遮莫太風流。

花滿湘江波正緑，莫上木蘭舟。若向湘江共艤舟。又添得、一般愁。

轉調滿庭芳〔一〕

芳草池塘〔二〕，緑陰庭院，晚晴寒透窗紗。玉鈎金鏁〔三〕，管是客來唦〔四〕。寂寞尊前席上，惟愁海角天涯〔五〕。能留否？酴醾落盡〔六〕，猶賴有梨花。當年、曾勝賞〔七〕，生香薰袖〔八〕，活火分茶〔九〕。儘如龍驕馬，流水輕車〔一〇〕。不怕風狂雨驟，恰才稱，煮酒殘花〔一一〕。如今也，不成懷抱，得似舊時那〔一二〕？

【校記】

此詞底本不載，據樂府雅詞卷下録入，亦見汪本、沈本。趙本調作滿庭芳，調下注云：「樂府雅詞調作轉調滿庭芳。」　轉調，欽定詞譜卷十三釋轉調踏莎行云：「轉調者，攤破句法，添入襯字，轉換宮調，自成新聲耳。」

〔玉鉤〕各本雅詞原缺，據四庫本樂府雅詞補。王本注：「惟此句『玉鉤金鏁』文義，與下句不甚連接，疑有錯誤，或館臣臆補。」汪本、沈本、四印齋本、趙本亦缺此二字。

〔惟愁〕他本都作「惟□□」，王本注：「文津閣四庫全書本樂府雅詞作『惟愁』，仍缺一字，疑非，故未補。」均案：據欽定詞譜卷二十四，黄公度本調此句「長松偃蹇拏虬」，字數、平仄與此相同，可證不誤。

〔梨花〕他本都作□□。王本注：「文津閣四庫全書本樂府雅詞作『梨花』。按季節，酴醾花開在梨花之後。江南有二十四番花信風，酴醾亦在梨花之後，此處作『梨花』不妥。」均案：據宋程大昌演繁露卷一花信風，春分節三信：海棠，梨花，木蘭；清明節三信：桐花，麥花，柳花；穀雨節三信：牡丹，酴醾，楝花。可證「梨花」早於「酴醾」兩信，約一月有餘，此處疑爲「楝花」之誤。

〔儘如龍〕他本皆作「□□龍」，此據文瀾閣四庫全書本。趙萬里注云：「庫本與律不合，蓋館臣臆改。」參見箋注〔一〕。

〔殘〕四印齋本注：「別作『牋』。」均案：按句法，「牋」字是，因與「煮」字相等，皆以動賓結構組成「煮酒」「牋花」複合詞。「殘」字則不類。

【箋注】

〔一〕黃本列爲「建炎元年南渡以後之作」，並云：「係懷京洛舊事之作。」均案：詞云「寂寞尊前席上，惟愁海角天涯」，蓋明誠逝世後，詞人晚年孀居，席上客稀，故云寂寞也；甫自金華逃難歸來，驚魂未定，故仍「惟愁海角天涯」也。因知此詞當爲紹興中定居杭州時所作。

〔二〕芳草池塘：南朝宋謝靈運登池上樓詩：「池塘生春草，園柳變鳴禽。」案：鍾嶸詩品卷中引謝氏家録云：「康樂（謝靈運）每對惠連，輒得佳語，後在永嘉西堂，思詩竟日不就。寤寐間忽見惠連，即成『池塘生春草』。」此處當爲下文「客來」作鋪墊。

〔三〕玉鈎：簾鈎之美稱。南唐李璟攤破浣溪沙：「手捲真珠上玉鈎，依前春恨鎖重樓。」金鏁，通金鎖。五代蜀鹿虔扆臨江仙：「金鏁重門荒院静，綺窗愁對秋空。」

〔四〕管是句：管是，宋時方言。詩詞曲語辭匯釋卷一：「管，猶准也；定也……曾覿醉落魄詞：『百般做處百廝愜。管是前生，曾負你冤業。』管是，准是也。」吵，語助辭，猶也、了。宋黃庭堅醜奴兒：「傍人盡道，你敢又還，鬼那人吵。」金董解元西廂記諸宮調：「管是媽媽使來吵。」今山東章丘仍沿用此方言。

〔五〕寂寞二句：意謂金人不時南侵，杭州時局不穩，人將流離逃難。參見清平樂（年年雪裏）箋注〔一〕、〔三〕。

〔六〕酴醾：宋張邦基墨莊漫録卷九：「酴醾花或作荼蘼，一名木香，有二品：一種花大而棘，長條而紫心者爲酴醾；一品花小而繁，小枝而檀心者爲木香。」酴醾晚開，故宋初王琪暮春游小園詩云：「開到酴醾花事了，絲絲天棘出莓牆。」蘇軾杜沂游武昌以酴醾花菩薩泉見餉詩云：「酴醾不争春，寂寞開最晚。」

〔七〕當年句：指在汴京時期之游賞。

〔八〕生香：上等麝香。本草綱目：「麝香有三等：第一生香，名遺香，乃麝自剔出者。」薰袖：指肘後帶有香囊。三國繁欽定情詩：「何以致叩叩，香囊懸肘後。」

〔九〕活火句：唐趙璘因話録卷二：「（李約）天性惟嗜茶，能自煎，謂人曰：『茶須緩火炙，活火煎。』活火謂炭火之焰者也。」宋蘇軾汲江煎茶詩：「活水還須活火烹，自臨釣石取深清。」又試院煎茶詩云：「貴從活火發新泉。」分茶，見前山花子（病起蕭蕭兩鬢華）箋注〔四〕。

〔一〇〕儘如二句：化用南唐李煜望江南：「還似舊時游上苑，車如流水馬如龍。」漢書明德皇后紀：「前過濯龍門上，見外家問起居者，車如流水，馬如游龍。」宋司馬光次韻復古春日五絶句之二形容北宋盛時景象云：「車如流水馬如龍，花市相逢咽不通。」清照此處乃回憶汴京盛況。

〔一一〕煮酒殘花：似應作「煮酒牋花」，謂對酒咏花也。煮酒，即溫酒、燙酒。宋真山民夜飲趙園詩：「風暖旗亭煮酒香，醉鄉似悟是他鄉。」牋花，於紙上寫詩咏花。

〔一二〕那：左傳宣公二年華元云：「棄甲則那。」杜預注：「那，猶何也。」金董解元西廂記諸宮調：「這妮子慌忙著甚那？」後青州、章丘一帶成爲方言語助辭，見章丘博物館寧蔭棠淺談李清照詞的方言藝術。

永遇樂　元宵〔一〕

落日鎔金，暮雲合璧，人在何處〔二〕？染柳烟濃，吹梅笛怨〔三〕，春意知幾許。元宵佳節，融和天氣，次第豈無風雨〔四〕。來相召，香車寶馬，謝他酒朋詩侶。　中州盛日〔五〕，閨門多暇，記得偏重三五〔六〕。鋪翠冠兒〔七〕，撚金雪柳〔八〕，簇帶争濟楚〔九〕。如今憔悴，風鬟霜鬢〔一〇〕，怕見夜間出去〔一一〕。不如向，簾兒底下，聽人笑語。

【校記】

此詞底本不載，據宋趙聞禮陽春白雪卷二録入，調下無題，從張端義貴耳集卷上補。又見汪本、沈本、四印齋本。

〔烟濃〕貴耳集、清俞正燮癸巳類稿易安居士事輯引斷句作「烟輕」。

〔如今〕貴耳集作「于今」。

〔霜鬢〕四印齋本作「霧鬢」，非。

〔怕見夜間出去〕癸巳類稿作「怕向花間重去」，非。

【箋注】

〔一〕此詞當作於南渡以後。張端義貴耳集卷上謂「晚年賦元宵永遇樂詞」，甚是。案：李清照建炎間生活動盪不定，紹興二年始赴杭州，紹興四年冬十月，又避地金華，此一時期，皆「流宕無依」，恐無心情賦此詞。逮至紹興五年（一一三五）五十二歲後，始定居杭州，而時局又較安定。然考宋史高宗紀五，紹興「五年正月乙巳朔，日有食之。帝在平江府（今蘇州）。金人去濠州」。「六年春正月辛未，蠲貧民户帖錢之半，無物産者悉除之」。「七年春正月癸亥朔，帝在平江，下詔移蹕建康」。又高宗紀六：「八年春正月戊子朔，帝在建康。丙申，減臨安府夏税折輸錢。」「九年春正月壬午朔，帝在臨安。丙戌，以金國通和，大赦。」綜上所述，紹興五年至八年正月間，高宗皆在外地，且經濟窮困，杭州不可能歌舞昇平，慶祝元宵。直到紹興九年金國通和，始有歡度元宵之可能。時清照已届五十六歲。揆之張端義「南渡以來，常懷京洛舊事，晚年賦元宵永遇樂詞」之説，詞當作於本年之元宵。

〔二〕落日三句：宋廖世美好事近：「落日水鎔金，天淡暮烟凝碧。」梁江淹休上人怨别詩：

「日暮碧雲合，佳人殊未來。」詞中「人在何處」，由此生出。此「人」當指已故之趙明誠。

〔三〕吹梅笛怨：樂府雜録：「笛者，羌樂也，古有梅花落曲。」李白與史郎中欽聽黄鶴樓上吹笛詩：「黄鶴樓中吹玉笛，江城五月落梅花。」

〔四〕次第：詩詞曲語辭匯釋卷四：「次第，進展之辭，猶云接着也；轉眼也……李清照永遇樂詞：『元宵佳節，融和天氣，次第豈無風雨。』言轉眼恐有風雨也。周密聲聲慢詞：『次第重陽近也，看黄花緑酒，也合遲留。』言轉眼重陽近也。」

〔五〕中州：今河南省。「中州盛日」，指北宋汴京鼎盛時期。

〔六〕記得句：孟元老東京夢華録卷六元宵：「正月十五日元宵，大内前自歲前冬至後，開封府絞縛山棚，立木正對宣德樓，游人已集御街兩廊下。奇術異能，歌舞百戲，鱗鱗相切，樂聲嘈雜十餘里。」「宣德樓上，皆垂黄緣簾，中一位，乃御座……宫嬪嬉笑之聲，下聞於外。」「萬姓皆露臺下觀看，樂人時引萬歲山呼。」又吴自牧夢粱録卷一元宵：「正月十五日元宵節，乃上元天官賜福之辰。昨汴京大内前縛山棚，對宣德樓，悉以綵結。山沓上皆畫群仙故事，左右以五色綵，結文殊、普賢跨獅子、白象，各手指内五道出水。其水用轆轤絞上燈棚高尖處，以木櫃盛貯，逐時放下，如瀑布狀。又以草縛成龍，用青幕遮草上，密置燈燭萬盞，望之蜿蜒如雙龍飛走之狀。上（徽宗）御宣德樓觀燈，有牌曰『與民同樂』。萬姓觀瞻，皆稱『萬歲』。」可見宋徽宗時，汴京如何「偏重三五」。

〔七〕鋪翠冠兒：宋吴自牧夢粱録卷一元宵：「（杭州）官巷口、蘇家巷二十四家傀儡，衣裝鮮麗，細旦戴花朵□肩、珠翠冠兒，腰肢纖裊，宛如婦人。」案：鋪翠，當是以翠羽或翡翠裝飾帽子。宋李攸宋朝事實卷十三載太上皇帝紹興二十七年手詔：「近外國所貢翠羽六百餘隻，可令焚之通衢，以示百姓。行法當自近始。自今後，宮中首飾衣服，並不許鋪翠、銷金。」

〔八〕撚金雪柳：宋孟元老東京夢華録卷六正月十六日：「市人賣玉梅、夜蛾、蜂兒、雪柳、菩提葉、科頭圓子、拍頭焦䭔。」宋朱弁續骫骳説：「都下元宵觀游之盛，前人或於歌詞中道之……又婦女首飾，至此一新，髻鬟篸插，如蛾蟬蜂蝶、雪柳、玉梅、燈球，裊裊滿頭。」周密武林舊事卷二元夕：「元夕節物，婦人皆戴珠翠、鬧蛾、玉梅、雪柳、菩提葉。」陳元靚歲時廣記卷十一：「歲時雜記：『都城仕女有插戴燈毬燈籠，大如棗栗，加珠茸之類。又賣玉梅、雪梅、雪柳、菩提葉及蛾、蜂兒，皆繒、楮爲之。』古詞云：『金鋪翠，鵝毛巧。是工夫不少。鬧蛾兒揀了蜂兒賣，賣雪柳，宮梅巧。』」可見南北宋元宵節婦女妝飾，大致相似。

〔九〕簇帶句：簇帶，宋時口語。帶，通戴。周密武林舊事卷三都人避暑：「而茉莉爲最盛，初出之時，其價甚穹，婦人簇戴，多至七插，所直數十券，不過供一餉之娛耳。」案：簇，叢聚貌。陳沈炯爲百官勸進陳武帝表：「豐露呈甘，卿雲舒簇。」杜甫江畔獨步尋花七絶之五：「桃花一簇開無主，可愛深紅映淺紅。」濟楚，亦宋時口語，整潔、美麗之意。宋王明清摭青雜説：「京師樊樓畔有一茶肆……器皿椅桌皆濟楚。」宋柳永木蘭花：「心娘自小能歌舞，舉意動容皆濟楚。」周邦彦紅窗迥：「有箇人人，生得濟楚。」曹組脱銀袍：「濟楚風光，昇平時世。」則器物、容態、風光之整潔美好，皆可稱爲「濟楚」。

〔一〇〕風鬟霜鬢：謂髮已亂而鬢已白，此正晚年之形象。太平廣記四一九載李朝威柳毅傳：「見大王愛女牧羊於野，風鬟雨鬢，所不忍視。」蘇軾題毛女真詩：「霧鬢風鬟木葉衣。」周邦彦減字木蘭花：「風鬟霧鬢，便覺蓬萊三島近。」

〔一一〕怕見：詩詞曲語詞匯釋卷五：「見，猶得也；著也……李清照永遇樂詞：『如今憔悴，風鬟霜鬢，怕見夜間出去……』西廂三之二：『不思量茶飯，怕見動彈。』凡云『怕見』，猶云怕得或懶得也。」

【彙評】

宋張端義貴耳集卷上：易安居士李氏，趙明誠之妻，金石録亦筆削其間。南渡以來，常懷京洛舊事。晚年賦元宵永遇樂詞云：「落日鎔金，暮雲合璧。」已自工緻。至於「染柳烟輕，吹梅笛怨，春意知幾許」，氣象更好。後叠云：「于今憔悴，風鬟霜鬢，怕見夜間出去。」皆以尋常語度入音律。鍊句精巧則易，平淡入調者難。

宋劉辰翁須溪詞卷二永遇樂小序：「余自乙亥上元誦李易安永遇樂，爲之涕下。今三年矣，每聞此詞，輒不自堪。遂依其聲，又托之易安自喻。雖辭情不及，而悲苦過之。」詞云：「璧月初晴，黛雲遠澹，春事誰主？禁苑嬌寒，湖堤倦暖，前度遽如許。香塵暗陌，華燈明晝，長是嬾攜手去。誰知道，斷烟禁夜，滿城似愁風雨。　宣和舊日，臨安南渡，芳景猶自如故。緗帙流離，風鬢三五，能賦詞最苦。江南無路，鄜州今夜，此苦又誰知否。空相對，殘釭無寐，滿村社鼓。」

又永遇樂小序：「余方痛海上元夕之習，鄧中甫適和易安詞至，遂以其事弔之。」詞云：「燈舫華星，崖山矴口，官軍圍處。璧月輝圓，銀花燄短，春事遽如許。麟洲清淺，鼇山流播，愁似汨羅夜雨。還知道，良辰美景，當時鄴下仙侶。而今無奈，元正元夕，把似月朝十五。小廟看燈，團街轉鼓，總似添惆楚。傳柑袖冷，吹藜漏盡，又見歲來歲去。空猶記，弓彎一句，似虞兮語。」

宋張鑒擬姜白石傳：柳屯田「曉風殘月」，文潔而體清；李易安「落日」、「暮雲」，慮周而藻密。綜述性靈，敷寫氣象，蓋騷騷乎大雅之林矣。

宋張炎詞源卷下節序：昔人咏節序，不惟不多，付之歌喉者，類是率俗，不過爲應時納祜之聲耳。所謂清明「拆桐花爛漫」、端午「梅霖初歇」、七夕「炎光謝」，若律以詞家調度，則皆未然。豈如美成解語花賦元夕云：「風銷焰蠟，露浥烘爐，花市光相射……」史邦卿東風第一枝賦立春云：「草脚愁蘇，花心夢醒，鞭香拂散牛土……」黄鍾喜遷鶯賦元夕云：「月波凝滴。望玉壺天近，了無塵隔……」如此等妙詞頗多，不獨措詞精粹，又且見時序風物之盛、人家宴樂之同，則絶無歌者。至於李易安永遇樂云：「不如向，簾兒底下，聽人笑語。」此詞亦自不惡，而以俚詞歌於坐花醉月之際，似乎擊缶韶外，良可歎也！

案：「拆桐花爛漫」爲柳永木蘭花慢詞句，「梅霖初歇」爲黄裳喜遷鶯詞句，「炎光謝」爲柳永二郎神詞句。

明楊慎詞品卷二：辛稼軒詞「泛菊杯深，吹梅角暖」，蓋用李易安「染柳烟輕，吹梅笛怨」也。

然稼軒改數字更工，不妨襲用。不然，豈盜狐白裘耶？

明古今詞統卷十二徐士俊評：辛詞「泛菊杯深，吹梅角暖」，與易安句法同。

案：「泛菊」二句，乃劉過柳梢青送盧梅坡詞句，楊慎、徐士俊作辛詞誤。

清沈雄古今詞話詞品：李易安「被冷香銷新夢覺，不許愁人不起」，又「于今憔悴，風鬟霜鬢，怕見夜間出去」，楊用修以爲其尋常語度入音律，殊爲自然。

清永瑢等四庫全書總目提要集部：張端義貴耳集極推其元宵詞永遇樂、秋詞聲聲慢，以爲閨閣有此文筆，殆爲間氣，良非虛美。雖篇帙無多，固不能不寶而存之，爲詞家一大宗矣。

吴梅詞學通論第七章概論：大抵易安諸作，能疏俊而少沉著，即如永遇樂元宵詞，人咸謂絶佳。此事感懷京洛，須有沉痛語方佳。詞中如「如今憔悴，風鬟霧鬢，怕向花間重去」，固是佳語，而上下文皆不稱。上云：「鋪翠冠兒，撚金雪柳，簇帶争濟楚。」下云：「不如向，簾兒底下，聽人笑語。」皆太質率，明者自能辨之。

唐圭璋詞學論叢讀李清照詞札記愛國詞篇：實則其永遇樂一詞，亦富於愛國思想，後來劉辰翁讀此詞爲之淚下，並依其聲以清照自喻，可見其感人之深，而二人痛心亡國，懷念故都，先後亦如出一轍。

又：上片寫首都臨安之元宵現實，景色好，天氣好，傾城賞燈，盛極一時，而己則暗傷亡國，無心往觀。下片回憶當年汴都之元宵盛況，婦女多濃妝艷飾，出門觀燈……而己亦首如飛蓬，無心梳洗，再逢元宵佳節，更不思夜出賞燈，正是「良辰美景奈何天，賞心樂事誰家院」。最後，從聽人笑語，反映一己之孤獨悲哀，默默無言，吞聲飲泣，實甚於放聲痛哭。

龍榆生漱玉詞叙論：集中最爲世人傳誦之作，又有聲聲慢……永遇樂……張端義謂：「易安南渡以來，常懷京洛舊事……婦人中有此文筆，殆間氣也。」（貴耳集）端義南宋人，所言如此，足見易安晚年詞境之超絶矣。

繆鉞靈溪詞説論李清照詞：裴斐同志寄示所撰别是一家詞的文稿中……又舉出辛棄疾青玉案（東風夜放花千樹）詞，然後舉出李清照永遇樂詞（略）。兩相對照，裴文認爲，這兩首詞均寫元宵，但從整體結構、用辭遣句和情調上看，則有霄壤之别。稼軒詞豪，易安詞悲，情調自不同。易安之詞，情實激越，而妙在不著一字，含蓄委婉，全用鋪叙，此亦足見女性之細。

怨王孫〔一〕

夢斷漏悄〔二〕，愁濃酒惱。寶枕生寒，翠屏向曉。門外誰掃殘紅？夜來風〔三〕。玉簫聲斷人何處〔四〕？春又去，忍把歸期負。此情此恨此際，擬托行雲，問東君〔五〕。

【校記】

又見汪本、沈本。草堂詩餘正集卷一、草堂詩餘雋卷二、花草粹編卷五、古今詞統卷七、崇禎歷城縣志卷十五並題作「春暮」。郭鞏詩餘譜式題作「春景」。趙本、王本列入存疑之作。趙云：「案上二闋（指此首及以下「帝里春晚」一首）詩詞雜俎本漱玉詞收之，殆與類編草堂詩餘同出一源。前一闋至正本草堂詩餘前集上引與如夢令、武陵春二詞銜接，類編本以爲李作，失之。後一闋至正本不收，見類編本，未詳所出。」王本按：「前一首楊金本草堂詩餘前集卷下作無名氏詞；後一首楊金本草堂詩餘同卷作秦少游詞，並無題。類編草堂詩餘並以爲李清照作，不可據。」

均案：宋本秦觀淮海居士長短句無此調「帝里春晚」一首。欽定詞譜卷十一河傳又一體調，下注云：「又按漱玉詞，李詞別首……前段第一、二句『夢斷漏悄，愁濃酒惱』，『漏』字、『酒』字俱仄聲。後段第一、二句『玉簫聲斷人何處，春又去』，『又』字亦仄聲，與諸家異。」又萬樹詞律卷六張元幹怨王孫詞末注云：「『院』字必仄，譜注『可平』，大謬。觀蘆川（張元幹）、易安諸作可見。『紅潮』至『重門』，易安作上六下四，不拘。」據以上二證，本首以易安作爲宜。

〔夜來〕歷城縣志作「落花」。

〔歸期〕四印齋本陳鍾秀草堂詩餘作「佳期」。歷城縣志此句作「空把流年負」。

【箋注】

〔一〕此詞云：「玉簫聲斷人何處，春又去」，與永遇樂「人在何處？染柳烟濃，吹梅笛怨，春意知幾許」相似，皆含悼亡之意。蓋作於趙明誠卒後某年暮春。參見孤雁兒箋注〔六〕。

〔二〕漏悄：漏聲寂静。漏，古計時器。說文：「以銅（壺）受水，晝夜百刻。」漢書哀帝紀建平二年詔：「漏刻以百二十爲度。」注：「舊漏，晝夜共百刻，今增其二十。」

〔三〕夜來：詩詞曲語辭匯釋卷六：「夜來，猶云昨日也；昨夜亦同。賀鑄浣溪沙詞：『笑撚粉香歸繡户，半垂羅障護窗紗。東風寒似夜來些。』言東風較昨日寒也。」此謂昨夜。

〔四〕玉簫聲斷：謂吹簫人已去。舊題列仙傳云：「蕭史者，秦穆公時人也，善吹簫，能致孔雀、白鶴於庭。穆公有女字弄玉，好之。公遂以女妻焉。日教弄玉作鳳鳴。居數年，吹似鳳聲，鳳凰來止其屋。公爲作鳳臺，夫婦止其上，不下數年。一日，皆隨鳳凰飛去。故秦人作爲鳳女祠於雍，宫中時有簫聲而已。」後世多以吹簫人借喻夫婿。

〔五〕東君：春神。唐成彦雄柳枝詞之三：「東君愛惜與先春，草澤無人處也新。」

【彙評】

明茅暎詞的卷二：此詞稍平，然終無傖父氣。

明李攀龍草堂詩餘雋卷二眉批：風掃殘紅，何等空寂！一結無限情恨，猶有意味。評語：寫情寫景，俱形容春暮時光，詞意俱到。

明董其昌便讀草堂詩餘卷三：此詞形容春暮，語意俱到。

明李廷機草堂詩餘評林卷一：形容春暮，情詞俱到。以風掃殘紅，妙在此句。

明潘游龍古今詩餘醉卷二：選詩「落盡萬株紅，無人繫晚風」，愁。换韵之妙，無逾此調。

明沈際飛草堂詩餘正集卷一：通篇四换韵，有兔起鶻落之致。「春又去」，接遞妙。

【附】

清王士禛怨王孫和漱玉詞：畫閣清悄，情思懊惱。旅雁生秋，哀蛩餞曉。葉底漸減蕉紅，怯西風。鶯花步步郎行處。將夢去，歡忍儂相負。樓頭望斷千里，思化鬟雲，遠隨君。

清彭孫遹和易安同阮亭：銀箭聲悄，金屏思惱。香夢和雲，流鶯弄曉。一樹樹海棠紅，不禁風。風狂雨驟傷心處。花落去，穠豔空辜負。登樓一望天際，目盡南雲，鎮思君。

山花子〔一〕

揉破黄金萬點明〔二〕，剪成碧玉葉層層〔三〕。風度精神如彦輔〔四〕，太鮮明。梅蕊重重何俗甚，丁香千結苦粗生〔五〕。熏透愁人千里夢，却無情。

【校記】

録自底本，又見花草粹編卷四、四印齋本補遺。

〔萬點明〕趙本、王本作「萬點輕」。王本注云：「四印齋本漱玉詞作『明』，注：『一作輕。』按上半闋末句已押『明』字，此句不應重押，『輕』字是。」以上各本調名俱作攤破浣溪沙。

〔太鮮明〕四印齋本「太」下注：「別作『大』。」趙本作「大」。

【箋注】

〔一〕此詞咏丹桂（金桂），蓋作於南渡以後，故歇拍云「熏透愁人千里夢，却無情」。案建炎年間，易安生活動盪不定，此詞較閑雅，雖亦思鄉，然不如建炎時激烈，當作於紹興中定居杭州時。因繫於紹興十年（一一四〇）前後。

〔二〕揉破黄金：喻初綻之金色桂花。

〔三〕碧玉：喻樹葉。化用唐賀知章咏柳詩：「碧玉妝成一樹高，萬條垂下緑絲縧。不知細葉誰裁出，二月春風似剪刀。」此喻桂葉。

〔四〕彦輔：晉樂廣，字彦輔。晉書本傳云：「廣時八歲，玄（夏侯玄）常見廣在路，因呼與語，還謂方（樂方，廣父）曰：『向見廣神姿朗徹，當爲名士。』……性沖約，有遠識，寡嗜慾，與物無競……廣與王衍俱宅心事外，名重於時。故天下言風流者，謂王樂稱首焉。」此以名士喻桂花風度之高潔清朗，然世説新語品藻云：「劉令言始入洛，見諸名士而歎曰：『王夷甫太解明，樂彦輔我所敬……』」解明，晉書劉隗傳作「鮮明」。此處將評王夷甫（衍）語移用於樂彦輔，蓋化用二典。

〔五〕丁香千結：指紫丁香花蕊。唐李商隱代贈詩：「芭蕉不展丁香結，同向春風各自愁。」花間集毛文錫更漏子：「偏怨别，是芳節，庭下丁香千結。」　苦粗生，苦於粗糙。生，語助辭。宋歐陽修六一詩話：「李白戲杜甫云：『借問别來太瘦生，總爲從前作詩苦。』『太瘦生』，唐人語也，至今猶以『生』爲語助，如『作麽生』、『何似生』之類是也。」

聲聲慢〔一〕

尋尋覓覓，冷冷清清，悽悽慘慘戚戚。乍暖還寒時候，最難將息〔二〕。三杯兩盞淡酒，怎敵他、晚來風力。雁過也，正傷心，却是舊時相識〔三〕。滿地黃花堆積〔四〕，憔悴損，如今有誰忺摘〔五〕？守著窗兒，獨自怎生得黑〔六〕。梧桐更兼細雨，到黃昏、點點滴滴。這次第〔七〕、怎一箇愁字了得〔八〕！

【校記】

又見汪本、沈本，皆題作「秋情」。古今詞統卷十二題作「秋閨」。碎金詞譜卷二題作「秋詞」。

〔最難〕花草粹編、詞林萬選、碎金詞譜、趙本等俱作「正難」。

〔兩盞〕花草粹編作「兩杯」。

〔晚來〕草堂詩餘別集作「曉來」，注：「一作晚。」詞綜、詩詞雜俎本並作「曉來」。

〔風力〕堯山堂外紀、花草粹編、汪本、四印齋本、趙本、王本並作「風急」。

〔正傷心〕花草粹編作「縱傷心」。

〔忺摘〕草堂詩餘別集、汪本、四印齋本、趙本並作「堪摘」。

〔守著〕貴耳集卷上、癸巳類稿卷十五引斷句作「守定」。

〔獨自〕俞平伯唐宋詞選釋中卷以之屬上，注云：「在『獨自』下分逗，意較好，從張氏詞選。倒裝句法，猶言獨自守著窗兒。」均案：欽定詞譜卷二十七此調以晁補之、吴文英、王沂孫平韵詞爲正體，仄韵者以清照此詞爲「又一體」，「守著窗兒」下注云：「句」，「獨自怎生得黑」下注云：「韵。」可見不宜於「獨自」下逗斷。

【箋注】

〔一〕黄本卷三編年云：「此詞當作於建炎三年秋，是年八月十八日趙明誠卒，係悼亡之詞。」均案：清照悼亡之作，應爲孤雁兒，詞云：「吹簫人去玉樓空，腸斷與誰同倚。一枝折得，人間天上，没箇人堪寄。」乃寫新寡之傷痛。黄大興梅苑於本年冬編成，中收此詞，可作佐證。而此首所作時間應更晚。起云「尋尋覓覓，冷冷清清」，蓋云室内空無一物，此必在紹興十六年（一一四六）前後。在建炎三、四年金人南侵中，清照古器物一部分運往洪州，不久損失；紹興元年卜居越州土民鍾氏宅又被竊一部分。故至晚年流蕩無依，家徒四壁，遂有此深愁慘痛發之於詞。考曾慥於紹興十六年編樂府雅詞成，中收清照詞二十三首而未及此詞。可見尚未寫出，或寫出不久而流播未廣。否則如此精品，恐無遺珠之憾。因繫此詞於紹興十七年。

〔二〕將息：唐宋時俗語。詩詞曲語辭匯釋卷六：「將息，保重身體之義。有用之於普通問候者。王建寄劉蕡問疾詩：『年少病多應爲酒，誰家將息過新春。』誰家將息，猶云如何保重也。楊萬里寄題永新昊天觀賀知官方外軒詩：『若見君家兩仙伯，爲儂寄聲好將息。』好將息，猶云善自保重也。」此自謂最難安息、休養。

〔三〕雁過也三句：古人不僅常以鴻雁代指傳遞信息之使者，亦且作爲故鄉之象徵。唐趙嘏寒塘詩：「鄉心正無限，一雁過南樓。」宋毛滂浣溪沙：「雁過故人無信息，酒醒殘夢寄凄凉。」朱敦儒臨江仙（直自鳳凰城破後）：「年年看塞雁，一十四番回。」故知清照此處亦寫思鄉之情。

〔四〕黄花：禮記月令：「鞠有黄華。」此指菊花。

〔五〕忺摘：猶言想摘。方言：「青齊呼意所欲爲忺。」

〔六〕怎生：如何、怎樣。宋時口語。柳永甘州令：「賣花巷陌，放燈臺榭。好時節，怎生輕捨？」草堂詩餘前集上歐陽永叔瑞鶴仙春情：「問因循過了青春，怎生意穩？」

〔七〕這次第：詩詞曲語辭匯釋卷四：「次第，况狀之辭，猶云狀態也……李清照聲聲慢詞（略），這次第，猶云這情形或這光景也。」

〔八〕了得：濟南章丘方言，意爲了結。

【彙評】

宋張端義貴耳集：煉句精巧則易，平淡入調者難，且秋詞聲聲慢「尋尋覓覓，冷冷清清，凄凄慘慘戚戚」，此乃公孫大娘舞劍手。本朝非無能詞之士，未曾有一下十四叠字者，用文選諸賦格。後叠又云「梧桐更兼細雨，到黄昏、點點滴滴」，又使叠字，俱無斧鑿痕。更有一奇字云「守定窗兒，獨自怎生得黑」，「黑」字不許第二人押。婦人中有此文筆，殆間氣也。有易安文集。

宋羅大經鶴林玉露乙編卷之六：詩有一句叠三字者，如吴融秋樹詩云：「一聲南雁已先紅，摵摵凄凄葉葉同。」有一句連三字者，如劉駕云：「樹樹樹梢啼曉鶯，夜夜夜深聞子規。」有兩句連三字者，如白樂天云「新詩十三軸，軸軸金玉聲」是也。有三聯叠字者，如古詩云「青青河畔草，鬱鬱園中柳。盈盈樓上女，皎皎當窗牖。娥娥紅粉妝，纖纖出素手」是也。有七聯叠字者，昌黎南山詩云「延延離又屬，夬夬判還遘。喁喁魚闖萍，落落月經宿。誾誾樹牆垣，巘巘架庫廄。參參削劍戟，煥煥銜瑩琇。敷敷花披萼，闟闟屋摧霤。悠悠舒而安，兀兀狂以狃。超超出猶奔，蠢蠢駭不懋」是也。近時李易安詞云：「尋尋覓覓，冷冷清清，凄凄慘慘戚戚。」起頭連叠七字，以一婦人，乃能創意出奇如此。

宋陳世榮隨隱漫録：庚申均案：理宗景定元年。八月，太子請兩殿幸本宫清霽亭賞芙蓉、木犀。韶部頭陳盼兒捧牙板歌「尋尋覓覓」一句，上曰：「愁悶之詞，非所宜聽。」顧太子曰：「可令陳藏一撰一即景，撰快活聲聲慢。」先臣再拜承命，五進酒而成。二進酒，數十人已群謳矣。天顔大悦，於本宫官屬支賜外，特賜百匹兩。詞曰：「澄空初霽，暑退銀塘，冰壺雁程寥寞。天闕清芬，何事早飄巖壑？花神更裁麗質，漲紅波、一奩梳掠。涼影裏，算素娥仙隊，似曾相約。 閑把兩花商略。開時候、羞趁觀桃階藥。緑幕黄簾，好頓膽瓶兒著。年年粟金萬斛。拒嚴霜，綿絲團幄。秋富貴，又何妨，與民同樂。」

明楊慎詞品卷二：宋人中填詞，李易安亦稱冠絶。使在衣冠，當與秦七、黄九争雄，不獨雄於閨閣也。其詞名漱玉集，尋之未得。聲聲慢一詞，最爲婉妙。其詞云……山谷所謂以故爲新，以俗爲雅者，易安先得之矣。

明茅暎詞的卷四：（起首）連用十四叠字，後又四叠字，情景婉絶，真是絶唱！後人效顰，便覺不妥。

明吴承恩：易安此詞首起十四叠字，超然筆墨蹊徑之外，豈特閨幃，士林中不多見也。見鈔本花草新編卷四

明古今詞統卷十二徐士俊評：才一斛，愁千斛，雖六斛明珠，何以易之！

清徐釚詞苑叢談卷三：李清照聲聲慢秋閨詞云：「尋尋覓覓，冷冷清清，悽悽慘慘戚戚。」首句連下十四箇叠字，真如大珠小珠落玉盤也！

清劉體仁七頌堂詞繹：柳七最尖穎，時有俳狎，故子瞻以是呵少游。若山谷亦不免，如「我不合太撋就」，下此則蒜酪體也。惟易安居士「最難將息」、「怎一箇愁字」，深穩妙雅，不落蒜酪，亦不落絶句，真此道本色當行第一人也！

清沈謙填詞雜説：予少時和唐宋詞三百闋，獨不敢次「尋尋覓覓」一篇，恐爲婦人所笑。

清彭孫遹金粟詞話：李易安「被冷香消新夢覺，不許愁人不起」，「守著窗兒，獨自怎生得黑」，皆用淺俗之語，發清新之思，詞意並工，閨情絶調。（又見鄒祗謨遠志齋詞衷）

清沈雄古今詞話詞品卷下：「守著窗兒，獨自怎生得黑」，又「梧桐更兼細雨，到黄昏、點點滴

滴」，正詞家所謂以易爲險，以故爲新者，易安先得之矣。

又：易安詞「守著窗兒，獨自怎生得黑」、幼安詞「馬上琵琶關塞黑」，張端義貴耳集云：此「黑」字不許第二人押。

清萬樹詞律卷十聲聲慢：用仄韵，從來此體皆收易安所作，蓋其遒逸之氣，如生龍活虎，非描塑可擬。其用字奇横而不妨音律，故卓絶千古。人皆不及其才而故學其筆，則未免類狗矣。觀其用上聲入聲，如慘字、戚字、盞字、點字、滴字等，原可作平，故能諧協，非可泛用仄字而以去聲填入也。其前結「正傷心，却是舊時相識」，於心字豆句，然於上五下四者原不拗，所謂此九字一氣貫下也。後段第二、三句「憔悴損，如今有誰忺摘」，句法亦然。如高詞應以「最得意」爲豆，然作者於「輸他往」句，亦不妨也。今恐人因易安詞高難學，故録竹屋此篇。

杜文瀾按：李易安此調起三句云：「尋尋覓覓，冷冷清清，凄凄慘慘戚戚」，連疊七字，故萬氏謂「用字奇横，非描塑可擬」。

案：高詞指高觀國聲聲慢，竹屋乃其號。

清陸昶歷朝名媛詩詞卷十一：其聲聲慢一闋，張正夫稱爲公孫大娘舞劍器手，以其連下十四疊字也。此却不是難處，因調名聲聲慢，而刻意播弄之耳。其佳處，後又下「點點滴滴」四字，與前照映有法，不是草草落句。玩其筆力，本自矯拔，詞家少有，庶幾蘇辛之亞。

清張德瀛詞徵：李易安聲聲慢詞起云：「尋尋覓覓，冷冷清清，凄凄慘慘戚戚。」句法奇創。

喬夢符天净沙曾效其體。又葛常之「裊裊水芝紅」詞，句皆叠字，如唐人之宛轉曲。世謂其源出於「青青河畔草」一詩。然屈原九章悲回風及無量壽經「行行相值」六語，又爲葛詞之祖。

案：葛常之名立方，引詞乃卜算子。「青青河畔草」，乃古詩十九首之一。

清梁紹壬兩般秋雨庵隨筆卷二：詩有一句叠三字者，吴融秋樹詩：「一聲南雁已先紅，摵摵淒淒葉葉同」是也。有一句連三字者，劉駕詩：「樹樹樹梢聞曉鶯」、「夜夜夜深聞子規」是也。有兩句連三字者，白樂天詩：「新詩三十軸，軸軸金石聲」是也。有一句叠四字者，古詩「行行重行行」、木蘭詩「唧唧復唧唧」是也。有兩句互叠字者，「年年歲歲花常發，歲歲年年人不同」是也。有三聯叠字者，古詩「青青河畔草」六句是也。有七聯叠字者，昌黎南山詩「延延離又續」十四句是也。至李易安詞「尋尋覓覓，冷冷清清，淒淒慘慘戚戚」，連下十四叠字，則出奇制勝，匪夷所思矣。

案：梁説多出自羅大經鶴林玉露而稍加變易。

清王又華古今詞論引毛稚黄云：晚唐詩人好用叠字，義山尤甚，殊不見佳，如：「迴腸九叠後，猶有剩迴腸。」「地寬樓已迥，人更迥於樓。」「行到巴西覓譙秀，巴西唯是有寒蕪。」至於三叠者，「望喜樓中憶閬州，若到閬州還赴海，閬州應更有高樓」之類。又如菊詩：「暗暗淡淡紫，融融洽洽黄。」亦不佳。李清照聲聲慢秋情詞起法似本乎此，乃有出藍之奇。蓋此等語自宜於填詞家耳。

又引掞天詞序：張祖望曰：詞雖小道，第一要辨雅俗。結構天成，而中有豔語、雋語、奇語、苦語、癡語、没要緊語，如巧匠運斤，毫無痕迹，方爲妙手……「這次第、怎一個愁字了得」，没要緊語也。

又：秦樓月，仄韵調也，孫夫人以平聲作之；聲聲慢，平韵調也，李易安以仄聲作之。豈二調原皆可平可仄？抑二婦故欲見别逞奇，實非法邪？然此二詞，乃更俱稱絶唱者，又何也？

清孫致彌詞鵠：須戒重叠，字面前後相犯，雖絶妙好詞，畢竟不妥，萬不得已用之。如李易安聲聲慢，叠用三「怎」字，雖曰讀者全然不覺，究竟敲打出來，終成白璧微瑕。況未能盡如易安之善運用，慎之是也。

清鄧廷楨雙硯齋詞話：清照爲趙德甫室，即著金石録者，樂府擅長，一時無二。聲聲慢一闋，純作變徵之音，發端連用十四叠字，直是前無古人！後闋云：「守著窗兒，獨自怎生得黑？」押「黑」字尤爲險絶。閨襜得此，可稱才難。

清孫原湘評張壽林輯本漱玉詞聲聲慢：易安居士，千古絶調，當是德父亡後，無聊凄怨之作。

清四庫全書總目提要：清照以一婦人，而詞格乃抗軼周柳。張端義貴耳集極推其元宵詞永遇樂、秋詞聲聲慢，以爲閨閣有此文筆，殆爲間氣，良非虚美。

清周濟宋四家詞選序論：雙聲叠韵字要著意布置，有宜雙不宜叠，宜叠不宜雙處。重字則既雙且叠，尤宜斟酌。如李易安之「凄凄慘慘戚戚」，三叠韵，六雙聲，是鍛鍊出來，非偶然拈得也。

清許昂霄詞綜偶評：此詞頗帶傖氣，而昔人極口稱之，殊不可解。

清周之琦晚香室詞録：其「尋尋覓覓」一首，鶴林玉露及貴耳集皆盛稱之，惟海鹽許蒿廬謂其頗帶傖氣，可謂知言。

清陸以湉冷廬雜識卷五：李易安聲聲慢詞：「尋尋覓覓，冷冷清清，悽悽慘慘戚戚。」昔人稱其造句新警。其源蓋出於爾雅釋訓篇，篇中自「明明」至「秩秩」，叠句凡一百四十四。「殷殷煢煢」一段，連叠十字。此千古創格，亦絶世奇文也。

又卷六：李易安詞「尋尋覓覓，冷冷清清，淒淒慘慘戚戚」，喬夢符效之，作天净沙詞云：「鶯鶯燕燕春春，花花柳柳真真，事事風風韵韵，嬌嬌嫩嫩，停停當當人人」，叠字又增其半，然不若李之自然妥帖。大抵前人傑出之作，後人學之，鮮有能並美者。

清陸鎣問花樓詞話：叠字之法最古，義山猶喜用之，然如菊詩「暗暗淡淡紫，融融洽洽黄」，轉成笑柄。宋人中，易安居士善用此法。其聲聲慢一詞，頓挫淒絶。詞曰：「尋尋覓覓，冷冷清清，淒淒慘慘戚戚。乍暖還寒時候，最難將息。」又云：「梧桐更兼細雨，到黄昏、點點滴滴。」二闋共十餘箇叠字，而氣機流動，前無古人，後無來者，可爲詞家叠韵之法。

清陳廷焯雲韶集卷十：叠字體，後人效之者甚多，且有增至二十餘叠者，才氣雖佳，終著痕迹，視易安風格遠矣。「黑」字警，後幅一片神行，愈唱愈妙。

又白雨齋詞話卷七：「尋尋覓覓，冷冷清清，悽悽慘慘戚戚」，易安雋句也（並非高調）。「鶯鶯燕燕春春，花花柳柳真真，事事風風韵韵，嬌嬌嫩嫩（四字尤不堪），停停當當人人。」喬夢符效之，醜態百出矣。然如雙卿鳳凰臺上憶吹簫一闋，叠至四五十字，而運以變化，不見痕迹，長袖善舞，孰謂今人不如古人？

案：雙卿姓賀，江蘇金壇農家婦，見清史震林西青散記。

同上：易安聲聲慢詞，張正夫云：「此乃公孫大娘舞劍〔器〕手。本朝非無能文之士，未曾有一下十四叠字者……婦人有此詞筆，殆間氣也。」此論甚陋。十四叠字，不過造語奇雋耳。詞境深淺，殊不在此。執是以論詞，不免魔障。

又詞則大雅集卷四：造句甚奇，並非高調。後人效顰，叠字又增其半，醜態百出矣。後半闋愈唱愈妙。結句亦峭甚。

清王闓運湘綺樓詞選前編：亦是女郎語。諸家賞其七叠，亦以初見故新，效之則可厭。「黑」韵却新，再添何字。

清梁啓超中國韵文裏頭所表現的情感：這首詞寫從早到晚一天的實感。那種煢獨悽惶的景况，非本人不能領略；所以一字一淚，都是咬着牙根咽下。

梁令嫻藝蘅館詞選乙卷：家大人云：「此詞最得咽字訣，清真不及也。」

案：家大人，指乃父梁啓超。

梁啓勳詞學：此詞見漱玉集，無題。然望文知是寫一天之實感，一種煢獨悽惶之景况，動人魂魄。

冒廣生疚齋詞論論平仄須重遍尾：近日曲家，遇雙聲叠韵，如「局促」、「淅瀝」等字，均視爲畏途。若如李易安之聲聲慢詞，連用十四叠字，惟元人雜劇之九轉貨郎兒有之。後來長生殿彈詞一折，摹倣其調，他詞無有也。

吴梅詞學通論第七章概論二：其聲聲慢一首，尤爲羅大經、張端義所激賞。其實此詞收二語，頗有傖氣，非易安集中最勝者。

龍榆生詞學十講：這裏面不曾使用一個典故，不曾抹上一點粉澤，只是一個歷盡風霜、感懷今昔的女詞人，把從早到晚所感受到的「忽忽如有所失」的悵惘情懷如實地描繪出來。看來都只尋常言語，却使後人驚其「遒逸之氣，如生龍活虎」，能「創意出奇」，達到語言藝術的最高峰。這和李煜的後期作品確有異曲同工之妙，也只是由於情真語真，結合得恰如其分而已。

唐圭璋讀李清照詞札記：案：此詞上片既言「晚來」，下片如何可言「到黄昏」雨滴梧桐，前後言語重複，殊不可解。若作「曉來」，自朝至暮，整日凝愁，文從字順，豁然貫通。

又論李清照的後期詞：有名的聲聲慢，是清照後期詞作中的傑作。在這裏，作者以精煉的語言，概括而集中地反映了南渡以後她自己的生活特徵和精神面貌。在短短九十七字中，她運用了驚人的描寫手腕，展示出自己曲折複雜的内心世界。雖然哀愁滿目，調子淒苦，但無一處不是她飽經憂患後的低沉的傾訴，無一處不是她歷盡折磨後的憂嘆。

夏承燾李清照詞的藝術特色：但她却有一個特點，是多用雙聲叠韵字；舉聲聲慢一首爲例，用舌聲的共十五字，用齒聲的四十二字，全詞九十七字，而這兩聲却多至五十七字，占半數以上。尤其是末了幾句：「梧桐更兼細雨，到黄昏，點點滴滴，這次第、怎一個愁字了得！」二十多個字裏舌齒兩聲交相重疊，這應是有意用嚙齒叮嚀的口吻，寫自己憂鬱惝怳的心情……宋人只驚奇它開頭敢用十四個重疊字，還不曾注意到它全首聲調的美妙。（此條又見其唐宋詞字聲之演變一文，更詳。見唐宋詞論叢八十三頁）

劉永濟唐五代兩宋詞簡析：一個愁字不能了，故有十四叠字，十四個叠字不能了，故有全首。總由生活痛苦，不得不吐而出之，絶非無此生活而憑空想寫作可比也。

繆鉞靈溪詞説論李清照詞：這是一首千古傳誦、極受稱贊的傑作，最足以見出李清照創闢的才能。其主要表現在兩個方面：一是善用叠字；二是能以尋常語度入音律。

薛礪若宋詞通論：其筆力之遒健，描寫之深入，境界之逼真，情緒之迫切緊張，均充分的現出，絶不類一個婦女的手筆，入手連用十四叠字，即已險奇，而收句復又運用兩叠，却用來妙語天成，毫無堆滯粉飾之跡。

臺灣余光中詩與音樂的藝術關係：我還想文字本身的藝術性。李清照寫她遲暮的詞「尋尋覓覓，冷冷清清，凄凄慘慘戚戚」，寫得再好也不見得比樂器演奏更好聽，但是它的可貴在於這幾個字不但有意義在，在這樣的意義之下能出現這樣的音調來切合心境是非常難得。

【附】

清王士禛聲聲慢和漱玉詞：蛛迷楚館，雁去秦樓，情懷不禁慘戚。帶雨寒蛩，窗外似聞嘆息。

錦衾斗帳人遠，枉怨它、西風寒急。更漏盡，夢難成，畢竟此情誰識。　畫尺寶奩塵積。冷落盡，枝上殘紅如摘。倦枕鬢鬆，空似鴉翎剪黑。裴回那成好夢，但鮫人、只有淚滴。恁打算、那人去，怎是少得。

補　遺

憶王孫〔一〕

湖上風來波浩渺。秋已暮、紅稀香少。水光山色與人親，説不盡、無窮好〔二〕。蓮子已成荷葉老。清露洗、蘋花汀草。眠沙鷗鷺不回頭，似也恨、人歸早。

【校記】

此詞底本未收，欽定詞譜卷二以秦觀（實爲李重元）單調憶王孫爲正體，而以此首作又一體，注云：「雙調，五十四字，前後段各四句，三仄韵。」並引復雅歌詞作無名氏詞。王仲聞云：「復雅歌詞久無傳本，詞譜殆從花草粹編轉引。碎金詞譜卷二亦作無名氏詞。」初，疑不能決，故初版未收。今查諸本及有關載籍，仍作李清照詞，並據樂府雅詞卷下録入。沈瑾鈔本、四印齋本、歷代詩餘卷二十九、天籟軒詞選卷五、三李詞、趙萬里、王仲聞本等俱收之。花草粹編、歷代詩餘調下題作「賞荷」。

〔湖上句〕花草粹編注：「首句復雅歌詞作『雲鎖重樓簾幕曉』。」

〔紅稀香少〕樂府雅詞、沈瑾本、四印齋本無「香」字，他本皆有。案：此爲雙調，前後段字數、平仄應相同，當有「香」字。此據歷代詩餘補。

〔清露洗〕詞學叢書本樂府雅詞「清」作「青」，非。

〔似也〕花草粹編作「似應也」，當衍一字；歷代詩餘、天籟軒詞選作「應也」，詞譜作「似應」。

【箋注】

〔一〕陳祖美中國詩苑英華李清照卷云：「此首之寫作時空及素材來源，均同前首。」前首指如夢令（嘗記溪亭日暮），陳注云：「此詞當是作者結婚前後居汴京時，追憶故鄉往事而寫成的……細審作者行實，此詞遂可繫於她十六歲（宋哲宗元符二年，公元一〇九九年）之時，是時她初到汴京，此詞亦當是她的處女之作。」可備一說。然二詞並非作於同時，亦非同咏一地。此詞所寫，蓋爲詞人故鄉章邱縣内繡江景物，疑爲十六歲後由京返里時所作。

謹案：金元好問遺山集卷五載有汎舟大明湖待杜子不至一詩，爲便於論證，全引如下：「長白山前繡江水，展放荷花三十里。看山水底山更佳，一堆蒼烟收不起。山從陽丘西來青一灣，天公擲下半玉環。大明湖上一盃酒，昨日繡江眉睫間。晚涼一棹東城渡，水暗荷深若無路。江妃不惜水芝香，狼藉秋風與秋露。蘭襟鬱鬱散芳澤，羅襪盈盈見微步。晚晴一賦畫不成，枉著風標詩白鷺。我時驂鸞追散仙，但見金支翠蕤相後先。眼花耳熱不稱意，高唱吴歌叩兩舷。喚取樊川摇醉筆，風流聊與付他年。」清道光章邱縣志卷十三藝文志將此詩前四句收入，並題作繡江。細翫元氏詩，原題雖作汎舟大明湖，然詩中僅「大明湖上一盃酒」一句咏及大明湖，接着便云「昨日繡江眉睫間」。揣摩全篇詩意，似以咏繡江爲主，或汎舟大明湖時憶及昨日繡江之游。詩中「晚凉一棹東城渡，水暗荷深若無路」，以及「狼藉秋風與秋露」、「枉著風標誇白鷺」諸句，與清照此詞所寫情景頗相似。元好問曾於金哀宗天興四年（宋理宗端平二年，公元一二三五年）作濟南行記，云乙未（一二三五）秋七月，在濟南一帶游歷二十日，「此游至爆流（即趵突泉）者六七、宿靈泉庵者三、汎大明湖者再，遂東入水栅。栅之水發源長白山下，周圍三四十里。府參佐張子鈞、張飛卿觴予繡江亭，漾舟荷花中十餘里，樂府皆京國之舊，劇談豪飲，抵暮乃罷，留五日而還。」可見元氏在繡江盤桓五日，曾汎舟「荷花中十餘里」。濟南行記與汎舟大明湖詩所寫正同。又章邱縣志卷四古蹟云：「金元好問與張子鈞、張飛卿觴於繡江亭。」亦可證元氏曾至繡江。其時上距李清照游湖一百三十年左右，風景不殊，故清照此詞云「蓮子已成荷葉老」，僅時代有別而已。綜上所述，此詞似以咏繡江之游爲宜。

〔二〕水光二句：水光，指水文如繡的繡江；山色，指縣治東之長白山。案：世説新語言語云：「簡文入華林園，顧謂左右曰：『會心處不必在遠，翳然林水，便自有濠濮間想也，覺鳥獸禽魚自來親人。』」此處化用其意，歇拍則反其意而以詼諧出之。李白獨坐敬亭山詩云：「相看兩不厭，只有敬亭山。」辛棄疾賀新郎（甚矣吾衰矣）云：「我見青山多嫵媚，料青山、見我應如是。」皆以擬人化移情手法，寫自然景物與人和諧相處之情趣，而清照則較爲明白曉暢，並露出少女天真之意態。

春光好〔一〕

看看臘盡春回〔二〕。信息到、江南早梅〔三〕。昨夜前村深雪裏，一朵先開〔四〕。盈盈玉蘂如裁〔五〕。更風清、細香暗來。空使行人腸欲斷〔六〕，駐馬徘徊。

【校記】

此詞據北京圖書館藏永樂大典二千八百零八卷「八灰・早梅」第十二頁録入，詞前署「李易安詞春光好」，墨色橘紅。宋黄大輿梅苑卷九李易安清平樂（年年雪裏）之下第三首爲本詞，不著撰人。故欽定詞譜卷三據梅苑作無名氏。全宋詞亦據以列入存目詞，注云：「永樂大典卷二千八百零八梅字韵。無名氏作，見梅苑卷九。」似不可從，説見再版後記。

〔信息〕梅苑作「消息」。

〔先開〕梅苑作「花開」。

〔風清細香〕梅苑誤作「風細清香」。

【箋注】

〔一〕依結句「空使行人腸欲斷，駐馬徘徊」詞意，此闋似作於建炎四年（一一三〇）追隨高宗輾轉浙東之際，參見本書年譜。

〔二〕臘盡春回：據宋史高宗紀，建炎四年春正月甲辰朔，御舟碇海中；二月丙子，金人自明州退還臨安；庚寅，帝次温州：正值臘盡春回之際。是時清照一路追隨行朝，途中當見早梅已開。

〔三〕江南早梅：范成大范村梅譜：「早梅花勝直脚梅，吴中春晚，二月始爛熳，獨此品於冬至前已開，故得『早』名……惟冬春之交，正是花時耳。」

〔四〕昨夜二句：語本唐僧齊己早梅詩：「前村深雪裏，昨夜一枝開。」

〔五〕盈盈：美好貌。古詩十九首之二：「盈盈樓上女，皎皎當窗牖。」此喻花蕊姿態。宋李之儀臨江仙詠早梅：「縹緲雲間應好在，盈盈淚濕征衣。」

〔六〕行人：出行之人。詩齊風載驅：「汶水滔滔，行人儦儦。」此時清照輾轉浙東，故自稱「行人」。

河傳 梅影〔一〕

香苞素質，天賦與、傾城標格〔二〕。應是曉來，暗傳東君消息。把孤芳、回暖律〔三〕。壽陽粉面曾粧飾〔四〕。説與高樓，休更吹羌笛〔五〕。花下醉賞，留取時倚欄干，鬬清香、添酒力。

【校記】

此詞録自北京圖書館藏永樂大典二千八百十卷「八灰・梅」第十五頁，詞前署「李易安詞梅影」，墨色橘紅。梅苑卷九李易安清平樂（年年雪裏）之下第五首爲本詞，不著撰人。欽定詞譜卷十一既將李清照怨王孫（帝里春晚）作河傳之又一體，又收入此詞，並據梅苑作無名氏詞。全宋詞作「存目詞」，注云：「永樂大典卷二千八百十梅字韵。無名氏作，見梅苑卷九。」似不可從，説見再版後記。

〔曾粧飾〕大典作「增粧飾」，誤。此從梅苑、詞譜。

【箋注】

〔一〕此詞似建炎二年（一一二八）春作於江寧，參見卷一殢人嬌注〔一〕。

〔二〕傾城標格：傾城，以絶色女子喻梅花之美。漢書外戚傳李延年歌：「北方有佳人，絶世而獨立。一顧傾人城，再顧傾人國。寧不知傾城與傾國，佳人難再得。」標格，謂風格、氣度、姿質。抱朴子重言：「吾特收遠名於萬代，求知己於將來，豈能競見知於今日，標格於一時乎。」唐楊敬之贈項斯詩：「幾度見詩詩更好，及觀標格過於詩。」范成大范村梅譜：「紅梅，粉紅色，標格猶是梅，而繁密則如杏。」

〔三〕把孤芳句：謂梅花開後天氣轉暖。

〔四〕壽陽粉面：初學記：「宋武帝女壽陽公主，人日卧於含章殿簷下，梅花落額上，成五出之花，拂之不去。皇后留之，自後有梅花妝。」亦見韓鄂歲華紀麗一人日梅花粧。

〔五〕羌笛：見前一一〇頁臨江仙注〔四〕，此亦喻時局緊張。

七娘子〔一〕

清香浮動到黄昏。向水邊、疏影梅開盡〔二〕。溪畔清蘂，有如淺杏〔三〕。一枝喜得東君信。　風吹只怕霜侵損。更欲折來，插在多情鬢。壽陽粧面，雪肌玉瑩。嶺頭别後微添粉。

【校記】

此詞録自北京圖書館藏永樂大典二千八百十卷「八灰・梅」第十五頁，緊接河傳歇拍「添酒力」。梅苑卷九李易安清平樂（年年雪裏）之下第六首爲此詞，未著撰人。故欽定詞譜卷十三據梅苑作無名氏詞，全宋詞亦據以列入存目詞，注云：「永樂大典卷二千八百十梅字韵。無名氏作，見梅苑卷九。」似不可從，説見再版後記。

〔開盡〕大典誤作「開粉」，據梅苑、詞譜改。

〔溪畔〕大典誤作「溪伴」，梅苑「溪」下衍一「邊」字，據詞譜改。

〔一枝〕大典誤作「一枝兒」，據梅苑、詞譜改。

〔更欲折來〕依律似衍一「欲」字。梅苑、詞譜作「更新來」，可通。

〔插在〕梅苑、詞譜作「插向」。

〔粧面〕梅苑、詞譜作「妝鑒」。

〔別後〕梅苑、詞譜作「別自」。

【箋注】

〔一〕此詞當爲南渡後作。清照建炎二年（一一二八）春有訴衷情詞云：「夜來沉醉卸妝遲，梅蕊插殘枝。」此詞詠梅，亦云「更欲折來，插在多情鬢」，疑作於稍前數日。時詞人與趙明誠久別重逢，故心情較開朗。

〔二〕清香二句：從林逋山園小梅詩「疏影横斜水清淺，暗香浮動月黄昏」化出。

〔三〕溪畔二句：謂梅蕊清香猶如杏花。范成大范村梅譜：「紅梅，粉紅色，標格猶是梅，而繁密則如杏，香亦類杏。詩人有『北人全未識，渾作杏花看』之句。」又云：「杏梅花，比紅梅花微淡。」清照乃北人，故謂梅「有如淺杏」。案：宋人以杏喻梅者尚有柳永瑞鷓鴣詞：「天將奇艷與寒梅，乍驚繁杏臘前開。」王安石西江月紅梅詞：「北人渾作杏花疑，惟有青枝不似。」王十朋紅梅詩：「似桃非桃杏非杏，獨與紅梅相早晚。」而清照則以淡語出之，愈見逼真而有味。

憶少年〔一〕

疏疏整整，斜斜淡淡，盈盈脈脈〔二〕。徒憐暗香句〔三〕，笑梨花顔色。　　羈馬蕭蕭行又急〔四〕。空回首，水寒沙白。天涯倦牢落〔五〕，忍一聲羌笛〔六〕。

【校記】

此詞録自北京圖書館藏永樂大典二千八百十卷「八灰·梅」第十五頁，緊接七娘子歇拍「嶺頭别後微添粉」。梅苑卷九李易安清平樂（年年雪裏）之下第七首爲此詞，不著撰人。全宋詞列入李清照存目詞，注云：「永樂大典卷二千八百十梅字韵。無名氏作，見梅苑卷九。」似不可從。此詞所寫情景與易安身世相合，詳後箋注及再版後記。

【箋注】

〔一〕細玩下闋，此詞當作於建炎四年（一一三〇）追隨高宗輾轉浙東之際。

〔二〕疏疏三句：寫梅花形態。前二句化用林逋山園小梅詩「疏影横斜水清淺」，蘇軾和秦太虛梅花詩「竹外一枝斜更好」，及秦觀望海潮詞「梅英疏淡」，第三句語本古詩十九首之十：「盈盈一水間，脈脈不得語。」案：清照善用叠字，宋張端義貴耳集評其聲聲慢「尋尋覓覓，冷冷清清，凄淒慘慘戚戚」云：「此乃公孫大娘舞劍手。本朝非無能文之士，未曾有一下十四疊字者。」此處連十二疊字，足見爲李清照所作。

〔三〕暗香句：指林逋山園小梅詩句「暗香浮動月黄昏」。又王安石梅花詩：「遥知不是雪，爲有暗香來。」晏幾道訴衷情詞：「暗香浮動，疏影横斜，幾處溪橋。」皆本於林詩。

〔四〕羈馬句：蕭蕭，馬鳴聲。詩小雅車攻：「蕭蕭馬鳴，悠悠旆旌。」杜甫兵車行：「車轔轔，馬蕭蕭。」此處寫詞人戰亂中乘馬南行惶遽之狀。

〔五〕天涯句：此時詞人流落浙東，故云。牢落：孤寂而無所寄托。晉陸機文賦：「心牢落而無偶，意徘徊而不能揥。」唐李賀京城詩：「驅馬出門意，牢落長安心。」

〔六〕羌笛：喻金兵南下，局勢危急。

玉樓春〔一〕

臘前先報東君信。清似龍涎香得潤〔二〕。黄輕不肯整齊開〔三〕，比着江梅仍更韻〔四〕。　纖枝瘦緑天生嫩。可惜輕寒摧挫損。劉郎只解誤桃花〔五〕，惆悵今年春又盡。

【校記】

此詞録自北京圖書館藏永樂大典二千八百十一卷「八灰・梅・蠟梅」第十九頁，署「李易安詞玉樓春」，「李易安」三字，墨色橘紅。梅苑卷八載此詞，不著撰人。其前一首同調詞（紅酥肯放瓊苞碎），署李易安，故此處省略。全宋詞列入存目詞，注云：「永樂大典卷二千八百十一梅字韻。無名氏詞，見梅苑卷八。」似不可從，説見再版後記。

〔臘前〕大典誤作「蠟梅」，據梅苑改。

〔比着〕大典誤作「此着」，據梅苑改。

〔更韵〕梅苑作「舊韵」。

〔摧挫損〕大典作「摧損横」，據梅苑改。

〔惆悵〕梅苑作「悵恨」。

【箋注】

〔一〕此詞詠蠟梅，疑南渡後作，參見卷一漁家傲（雪裏已知春信至）注〔一〕。案：范成大范村梅譜云：「蠟梅本非梅類，以其與梅同時，香又相近，色酷似蜜脾，故名蠟梅。」

〔二〕龍涎：香料名，爲海洋中抹香鯨腸内之分泌物。嶺南雜記云：「龍涎於香品中最貴重，出大食國西海之中。上有雲氣罩護，則下有龍蟠洋中大石，卧而吐涎，飄浮水面，爲太陽所爍，凝結而堅，輕若浮石。用以和衆香，焚之能聚香烟，縷縷不散。」所謂龍，實爲抹香鯨也。宋人多以龍涎喻梅香。永樂大典卷二八一一梅字韻引范忠宣公純仁鄱陽集點絳唇云：「耐久芳馨，擬將絳蠟龍涎亞。」便爲一例。蠟梅較香，范村梅譜云：「蠟梅香極清芳，殆過梅香，初不以形狀貴也，故難題詠。」此處清照以龍涎喻之，可謂得體。

〔三〕黄輕：蠟梅有一種爲淡黄色，故晁補之謝王立之送蠟梅五首云：「未教落素混冰池，且看輕黄傲雪枝。」

〔四〕仍更韵：謂蠟梅以韵勝。陳與義同家弟賦蠟梅詩得四絶云：「韵勝誰能舍，色在那得親！」注：「山谷以茶送孔常父詩：『心知韵勝舌知腴。』」參見卷一滿庭芳殘梅注〔六〕。

〔五〕劉郎：指唐代劉禹錫。劉於元和十年在長安玄都觀賦詩咏桃花，被貶出京，十四年後召還，再游玄都觀，「且言：始謫十年，還輦下，道士種桃，其盛若霞；又十四年而來，無復一存，唯兔葵燕麥動摇春風耳。」見辛文房唐才子傳卷五及劉再游玄都觀詩引。宋石延年紅梅詩：「認桃無緑葉，辨杏有青枝。」亦即「誤桃花」之意。此處兼用賀鑄芳心苦「當年不肯嫁春風，無端却被秋風誤」詞意。

存疑辨證

瑞鷓鴣　雙銀杏〔一〕

風韵雍容未甚都〔二〕，尊前甘橘可爲奴〔三〕。誰憐流落江湖上，玉骨冰肌未肯枯〔四〕。　誰教並蒂連枝摘，醉後明皇倚太真〔五〕。居士擘開真有意〔六〕，要吟風味兩家新。

【校記】

此詞據花草粹編卷六録入。四印齋本列入補遺。趙本列入存疑，注云：「案虞、真二部，詩餘絶少通叶，極似七言絶句，與瑞鷓鴣詞體不合。」王本篇末引趙注，並云：「按花草粹編收此篇作瑞鷓鴣，必非無據，尚未能斷爲詩，兹仍編入詞内。」又云：「按：上海新編李清照集以爲此首乃歷來懷疑不是李清照之作品，未知何據。趙萬里僅疑其非詞而已。」均案：查欽定詞譜卷十一，此調此體爲七言八句，僅收馮延巳、賀鑄兩體，均爲一韵到底，無兩韵通叶者。又詞律卷八，僅收侯寘一首，亦用一韻。他首皆變體。故知趙説有理。清照詞論講究音律頗細，此處似不應换韻，疑爲少作，其時恐詞律未精。

【箋注】

〔一〕欽定詞譜卷十二瑞鷓鴣注：「苕溪詞話云：『唐初歌詞，多五言詩，或七言詩，今存者止瑞鷓鴣七言八句詩，猶依字易歌也。』按瑞鷓鴣原本七言律詩，因唐人歌之，遂成詞調。」詞律目次卷八瑞鷓鴣注：「按此調與七言律詩同，而鷓鴣天亦近於七言詩，必皆從詩中變出；况『鷓鴣』字同，故牽連附此。」可見此調與七言律詩相同。然詞律卷八侯寘瑞鷓鴣篇末注引圖譜云：「前四句，三韻，即七言絶句，後段同，惟用二韻，故不圖。」揆之此詞，前後兩韻，蓋亦如趙萬里所説，「似七言絶句」，不過兩首相加而已。

〔二〕風韵句：風韵，即風度，韵致。世説新語賞譽下：「孫興公爲庾公參軍，共遊白石山，衛君長在坐。孫曰：『此子神情都不關山水，而能作文？』庾公曰：『衛風韵雖不及卿諸人，傾倒處亦不近。』」又晉書王凝之妻謝氏傳：「道韞風韵高邁，叙致清雅。」雍容，謂儀容温雅。史記司馬相如傳：「相如之臨邛，從車騎，雍容閑雅甚都。」集解引郭璞曰：「都，猶姣也。詩：『洵美且都。』」

〔三〕尊前句：三國志吴志孫休傳注引襄陽記：「（李）衡每欲治家，妻輒不聽。後密遣十人，於武陵龍陽汜洲上作宅，種甘橘千株。臨死，敕兒曰：『汝母惡我治家，故窮如是。然吾州里有千頭木奴，不責汝衣食。歲上一匹絹，亦可足用耳。』衡亡後二十餘日，兒以白母。母曰：『此當是種甘橘也……』吳末，衡甘橘成，歲得絹數千匹，家道殷足。」唐李商隱陸發荆南始至商洛詩：「青辭木奴橘，紫見地仙芝。」宋蘇軾贈王子直秀才詩：「水底笙歌蛙兩部，山中奴婢橘千頭。」

〔四〕玉骨冰肌：蘇軾洞仙歌：「冰肌玉骨，自清涼無汗。」宋楊无咎咏梅詞柳梢青：「玉骨冰肌……廣平休賦，和靖無詩。」此處以肌膚喻銀杏之晶瑩。

〔五〕醉後句：五代王仁裕開元天寶遺事卷下：「明皇與貴妃幸華清宮，因宿酒初醒，憑妃子肩同看木芍藥。上親折一枝，與妃子遞嗅其艷。」此喻銀杏雙雙相倚。

〔六〕居士句：居士，禮記玉藻「居士錦帶」注：「居士，道藝處士也。」擘開真有意，語本蘇軾席上代人贈別詩：「蓮子擘開須見憶，楸枰著盡更無期。」意，亦諧「憶」。此句寫宋時習俗。歲時廣記卷五引瑣碎録：「京師人歲旦用盤盛柏一枝，柿、橘各一枚，就中擘破，衆分食之，以爲一歲『百事吉』之兆。」此處蓋以銀杏（俗稱白果）代柿配橘，在尊前（筵前）擘開，亦取「百事吉」之意。

生查子

年年玉鏡臺〔一〕，梅蕊宮妝困〔二〕。今歲不歸來，怕見江南信〔三〕。酒從別後疏〔四〕，淚向愁中盡。遥想楚雲深〔五〕，人遠天涯近〔六〕。

【校記】

據歷代詩餘卷四録入。又見彙選歷代名賢詞府全集、古今名媛彙詩、名媛璣囊、繡谷春容、古今女史，皆題作「閨情」。楊金本草堂詩餘前集卷下、清周銘林下詞選卷一、三李詞並作李清照詞。另元楊朝英樂府新編陽春白雪、清朱彝尊詞綜卷二十五、金繩武本花草粹編卷二、譚獻復堂詞録卷八、陳廷焯白雨齋詞話卷二，皆作朱淑真詞。案：歷朝名媛詩詞卷十一調下注云：「世傳大曲十首，朱淑真生查子居第八，調入大石，此曲是也。集中不載，今收入此。」又明楊慎詞林萬選卷四、陳耀文花草粹編卷一及彭氏知聖道齋所藏汲古閣未刻詞本樵歌拾遺作朱敦儒希真詞。今人黄墨谷重輯李清照集重輯漱玉詞校勘記云：「細味詞意，似朱敦儒詞，非清照詞明矣。」案：上海古籍出版社一九九八年版鄧子勉樵歌校注，以四印齋所刻詞本爲底本，校以天一閣唐宋名賢百家詞本等多種，並廣蒐宋、明、清、近現代多種選本，皆未見此詞，可證非朱敦儒作。此爲朱淑真詞或李清照詞。疑不能明。

〔不歸來〕歷朝名媛詩詞、古今女史等作「未還家」。

【箋注】

〔一〕玉鏡臺：世説新語假譎：「温公（嶠）喪婦。從姑劉氏家值亂離散，唯有一女，甚有姿慧。姑以屬公覓婚，公密有自婚意，答云：『佳壻難得，但如嶠比，云何？』姑云：『喪敗之餘，乞粗存活，便足慰吾餘年，何敢希汝比。』却後少日，公報姑云：『已覓得婚處，門第粗可，壻身名宦，盡不減嶠。』因下玉鏡臺一枚。姑大喜。既婚，交禮，女以手披紗扇，撫掌大笑曰：『我固疑是老奴，果如所卜。』玉鏡臺，是公爲劉越石長史，北征劉聰所得。」此指妝鏡。

〔二〕梅蕊句：指梅花妝。唐韓鄂歲華紀麗卷一人日：「（南朝宋）武帝女壽陽公主，人日卧於含章簷下，梅花落公主額上，成五出之花，拂之不去。皇后留之，自後有梅花妝是也。」花間集牛嶠酒泉子：「鳳釵低裊翠鬟上，落梅妝。」宋歐陽修訴衷情眉意：「清晨簾幕卷輕霜，呵手試梅妝。」

〔三〕江南信：荊州記：「吴陸凱與范曄善，自江南寄梅花詣長安與曄，並贈詩曰：『折梅逢驛使，寄與隴頭人。江南無所有，聊贈一枝春。』」此以「江南信」指代梅花，謂征人未歸，怕見梅花，因其易於觸動離愁也。

〔四〕酒從句：宋秦觀千秋歲：「飄零疏酒盞，離別寬衣帶。」此亦形容離愁也。

〔五〕楚雲：即江南之雲。唐韓翃送客之鄂州詩：「江口千家帶楚雲。」此處表示對南方親人的思念。晉陸雲九愍：「眷南雲以興悲，蒙東雨而涕零。」南朝陳江總於長安歸還揚州九月九日行薇山亭賦詩：「心逐南雲逝，形隨北雁來。」

〔六〕人遠句：元王實甫西厢記第二本第一折混江龍：「繫春心，情短柳絲長；隔花陰，人遠天涯近。」乃由此化來。

【彙評】

明趙世傑等古今女史：曲盡無聊之况。（「淚向」句旁批）是至情，是至語。

清陳廷焯白雨齋詞話卷二：朱淑真詞，才力不逮易安，然規模唐五代，不失分寸，如「年年玉鏡臺」及「春已半」等篇，殊不讓和凝、李珣輩。惟骨韵不高，可稱小品。又雲韶集卷十亦作朱淑真詞，評云：韵味自勝，以詞勝。淒艷芊綿，情詞俱勝。

浣溪沙〔一〕

樓上晴天碧四垂〔二〕，樓前芳草接天涯〔三〕。勸君莫上最高梯〔四〕。新笋看成堂下竹，落花都上燕巢泥。忍聽林表杜鵑啼〔五〕。

【校記】

據底本録入，前接同調詞「繡面芙蓉一笑開」，調下原注：「見草堂，又見周美成集。」又見古今詞統卷四、花草粹編、詞綜卷二十五、歷代詩餘卷七。汪本題作「春晚」，末注：「此闋亦見周邦彥片玉詞。」四印齋本、陳廷焯詞則別調集作李清照詞。趙本列入附録二辨僞，案云：「此周邦彥詞，見片玉詞三。詩詞雜俎本漱玉詞收之，題作『春暮』。古今詞統、歷代詩餘並以爲李作，失之。」王本未收。南宋方千里、楊澤民和清真詞各和此詞一首，似可證爲周邦彥作。然中華書局中國古典文學叢書本清真集吳則虞校云：「毛注云：『或刻李易安。』案詩詞雜俎本漱玉詞、古今詞統、歷代詩餘並以爲李易安作，此詞神態不似清真，『林表杜鵑』之思，清真亦無此懷抱。」同書此前一首「雨過殘紅溼未飛」，喬大壯手批云：「此開夢窗一派。」夢窗艱澀，清照綿婉，風格判然，此詞則近清照，故以存疑爲宜。

〔勸君〕歷代詩餘、四印齋本作「傷心」，較勝。

〔看成〕詞綜、歷代詩餘、四印齋本作「已成」。

〔都上〕詩詞雜俎本、花草粹編、詞綜、歷代詩餘、四印齋本皆作「都入」。

【箋注】

〔一〕此詞若爲清照作，似在南渡之後。歇拍似含懷鄉之思，前結似有寄托。

〔二〕樓上句：唐韓偓有憶詩：「淚眼倚樓天四垂。」

〔三〕樓前句：宋范仲淹蘇幕遮：「山映斜陽天接水，芳草無情，更在斜陽外。」秦觀八六子：「倚危亭，恨如芳草，萋萋剗盡還生。」詞境皆相似。

〔四〕勸君句：中有寓意，似化用王安石登飛來峰詩：「不畏浮雲遮望眼，自緣身在最高層。」

〔五〕忍聽句：語本李中鍾陵寄從弟詩：「忍聽黃昏杜鵑啼。」杜鵑啼聲似「不如歸去」，故行人怕聽。林表，林外、林梢。

【彙評】

清陳廷焯詞則別調集卷二：淒凉怨慕，言爲心聲。

又雲韶集卷十：神味宛然，淒絶似叔原。

清況周頤珠花簃詞話：此詞前段與稼軒「休去倚危闌，斜陽正在，烟柳斷腸處」約略同意。李（清照）極輕清，辛便穠摯。南北宋之判，消息可參。

案：以上皆作李清照詞。稼軒二句，乃辛棄疾摸魚兒詞中語。

俞陛雲唐五代兩宋詞選釋（作周邦彥詞）：上闋有李白菩薩蠻詞「有人樓上愁」、「玉階空佇立」之意。下闋「新笋」二句寫景即言情，有手揮目送之妙。芳草已過，而歸期猶滯，忍更聽鵑聲耶！

俞平伯清真詞釋：此詞一氣呵成，空靈完整，對句極自然，浣溪沙之正格也……下片偶句，新生與蕉萃合參，極醒豁又極蘊藉。結句輕輕即收，不墮入議論惡道；與上片之結，並其微婉。正類二王妙楷，中鋒直下，如癡凍蠅也。

又唐宋詞選釋中卷（作周邦彥詞）：本篇與花間集卷七孫光憲浣溪沙一詞用語頗相似，而意各別，可參看。本篇又見李清照漱玉詞。

【附】

清王士禛浣溪沙和漱玉詞：花影簾鈎羃䍥垂。紅蕤人夢到天涯。晚風隔院響添梯。畫閣久閑金屈戌，平蕪何處錦障泥。煩他謝豹客邊啼。

醜奴兒　夏意

晚來一陣風兼雨，洗盡炎光〔一〕。理罷笙簧，却對菱花淡淡妝〔二〕。絳綃縷薄冰肌瑩，雪膩酥香〔三〕。笑語檀郎〔四〕，今夜紗厨枕簟凉〔五〕。

【校記】

此詞底本無，據楊慎詞林萬選卷四録入，原無題，從楊金本草堂詩餘後集卷下補。又見林下詞選卷一、歷代詩餘卷十、天籟軒詞選卷五、三李詞、汪本，古今圖書集成閨媛典卷二十，皆作李清照詞。詞的卷二題作「新凉」，不著撰人，古今詞選卷一亦然。彙選歷代名賢詞府全集卷一調作醜奴兒令。花草粹編卷二題康伯可作，題作「夏意」。古今別腸詞選誤以爲魏大中作。

四印齋本題作采桑子，末注：「此闋詞意膚淺，不類易安手筆。」趙本作爲附録一，案云：「上闋詞意儇薄，不似他作，未知升庵（明楊慎，此指詞林萬選）何據。王鵬運云：『不類易安手筆。』」今人黄盛璋李清照與其思想就此詞辯曰：「無怪乎道學先生如王鵬運等就極力爲她辯護，説『詞意膚淺，不類易安手筆』，但他們忘記與她同時的王灼早就如此説她：『作長短句能曲折盡人意，輕巧尖新，姿態百出，閭巷荒淫之語，肆意落筆，自古縉紳之家能文婦女，未見如此無顧藉也。』而這兩首詞（案：指浣溪沙「繡面芙蓉一笑開」與本篇）清新淺近，并未違反她的創作風格，除了封建的觀點以外，没有什麽理由能説不是她的作品。」此説可供參考。

又王本同意彙選歷代名賢詞府全集及花草粹編作康伯可詞之説，云：「此首疑實爲康與之詞。」黄墨谷重輯李清照集卷三校勘記云：「伯可工閨詞，其長相思、賣花聲諸閨詞均膾炙人口，此詞與康伯可詞風格較近，從花草粹編作康詞。」全宋詞據花草粹編卷二收入康與之詞。姑存疑。

〔晚來〕古今詞選作「曉來」。

〔一陣〕花草粹編作「一霎」。

【箋注】

〔一〕晚來二句：柳永二郎神：「炎光謝，過暮雨，芳塵輕灑。」詞意近之。

〔二〕菱花：指鏡，因其背鑄有菱花。李白代美人愁鏡詩：「狂風吹却妾心斷，玉筯並墮菱花前。」宋趙長卿南鄉子：「共説春來春去事，淒涼。懶對菱花暈曉妝。」

〔三〕絳綃二句：謂薄綢映出玉肌。絳綃，深紅色薄綢。事文類聚：「尹喜母嘗晝寢，夢天下絳綃纏繞其身。」晉郭璞游仙詩：「振髮晞翠霞，解褐被絳綃。」

〔四〕檀郎：對夫婿或所歡的暱稱。唐李賀牡丹種曲：「檀郎謝女眠何處？樓臺月明燕夜語。」曾益注：「潘安，小字檀奴，故婦人呼所歡爲檀郎。」褚人穫堅瓠集卷四檀郎：「詩詞中多用『檀郎』字，檀，喻其香也。」唐羅隱七夕詩：「應傾謝女珠璣篋，盡寫檀郎錦繡篇。」唐無名氏菩薩蠻：「含笑問檀郎，花强妾貌强？檀郎故相惱，須道花枝好。」

〔五〕枕簟：枕席。藝文類聚卷六十九服飾部上：「説文曰：簟，竹席也。」又云：「禮記曰：『夫不在，斂枕簟席，韣器而藏之。』」周邦彦滿庭芳詞：「歌筵畔，先安簟枕，容我醉時眠。」

鷓鴣天〔一〕

枝上流鶯和淚聞，新啼痕間舊啼痕。一春魚鳥無消息，千里關山勞夢魂。

無一語，對芳樽，安排腸斷到黃昏。甫能炙得燈兒了〔二〕，雨打梨花深閉門〔三〕。

【校記】

據底本録入，原接同調詞「寒日蕭蕭上鎖窗」一首之後。調下注云：「草堂作秦少游，而秦集無。」又見類編草堂詩餘卷一，題作「春閨」。四印齋本漱玉詞補遺篇末云：「案毛鈔本尚有鷓鴣天『枝上流鶯』一闋、青玉案『一年春事』一闋，註云：『草堂作少游、永叔，而秦、歐集無。』今案此二闋別本無作李詞者，當是秦、歐之作，且膾炙人口，故未附録。」

王本此詞列入存疑之作，篇末引四印齋案語後云：「各家輯漱玉詞，俱未收此二闋。唐圭璋輯全宋詞，李清照詞在卷二百九十，亦未載此二闋……案草堂詩餘前後集上下四卷本載此二詞，俱無撰人姓名。『枝上流鶯』闋前爲秦少游畫堂春『東風吹柳日初長』一首，『一年春事』闋前爲歐陽永叔浪淘沙『把酒祝東風』一首。類編草堂詩餘、四印齋刻陳鍾秀本草堂詩餘及以後各選本遂俱以爲秦、歐之作（各本誤以鷓鴣天詞爲秦觀作者，有詞學筌蹄卷五、詩餘圖譜卷一……實不足據……）。」均案：以上被省略者尚有二十一種，也就是説共有二十三種皆題此詞爲秦少游作，似不能一概否定。

〔枝上〕古今詞統作「枕上」，注：「枕，誤作枝。」沈際飛草堂詩餘作「枝」，注：「一作枕，誤。」

〔魚鳥〕沈際飛草堂詩餘、詩餘畫譜作「魚雁」，誤。

【箋注】

〔一〕此詞云「千里關山勞夢魂」，疑少游紹聖三年（一〇九六）被謫郴州後所作。

〔二〕甫能：宋時俗語。詩詞曲語辭滙釋卷二：「甫能，猶云方纔也。秦觀鷓鴣天詞：『甫能炙得燈兒了，雨打梨花深閉門。』辛棄疾杏花天詞：『甫能得見茶甌面，却早安排腸斷。』」

〔三〕雨打句：宋吴聿觀林詩話：「半山（王安石）酷愛唐樂府『雨打梨花深閉門』之句。」不知所據。宋李重元憶王孫春景詞：「欲黄昏，雨打梨花深閉門。」重元生於王安石、秦觀之後，似用此詞成句。

【彙評】

宋楊偍古今詞話：此詞形容愁怨之意最工，如後叠「甫能炙得燈兒了，雨打梨花深閉門」，頗有言外之意。

明王世貞弇州山人詞評：秦少游「安排腸斷到黄昏，甫能炙後〔得〕燈兒了，雨打梨花深閉門。」則十二時無間矣，此非深於閨恨者不能也。

明楊慎批點草堂詩餘卷二：無限含愁説不得。

案：楊慎謂此詞爲秦少游作。

明張綖草堂詩餘別録：後段三句似佳，結語尤曲折婉約有味。若嫌曲細，詞與詩體不同，正欲其精工，故謂秦淮海「以詞爲詩」，嘗有「簾幕千家錦繡垂」之句。孫莘老見之云：「又落小石調矣。」

案：「簾幕千家錦繡垂」，乃淮海集卷九西城宴集詩句，詩人玉屑卷十引孔氏談苑謂「仲至（王欽臣）笑曰：『又待入小石調也。』」張綖誤記爲孫莘老。

明李攀龍草堂詩餘雋卷一眉批：新痕間舊痕，一字一血。結兩句有言外無限深意。評語：形容閨中愁怨，如少婦自吐肝膽語。

明茅暎詞的卷二：「梨花」句與憶王孫同。才如少游，豈亦自襲邪？抑愛而不覺其重邪？

案：茅暎誤以李重元憶王孫爲秦作。

明陸雲龍詞菁卷二（作秦詞）眉批：錦心繡口，出語皆菁。「安排」二字，楚絶。

明沈際飛草堂詩餘正集卷一（作秦詞）：「安排腸斷」二句，十二時中無間矣，深於閨怨者。末用李（重元）詞，古人愛句，不嫌相襲。

清沈祥龍論詞隨筆（作秦詞）：詞雖濃麗而乏趣味者，以其但知作情景兩分語，不知作景中有情，情中有景語耳。「雨打梨花深閉門」、「落紅萬點愁如海」，皆情景雙繪，故稱好句而趣味無窮。

案：「落紅」句見秦觀千秋歲詞。

清黃蘇蓼園詞選（作秦詞）：孤臣思婦，同難爲情。「雨打梨花」句，含蓄得妙，超詣也！

浪淘沙

素約小腰身〔一〕，不奈傷春。疏梅影下晚粧新。裊裊婷婷何樣似〔二〕？一縷輕雲。

歌巧動朱脣，字字嬌嗔。桃花深徑一通津〔三〕。悵望瑶臺清夜月〔四〕，還照歸輪。

【校記】

據底本録入。亦見汪本、沈本。汪本調名作「雨中花」，題作「閨情」。沈本與續草堂詩餘卷上、古今詩餘醉卷十、二如亭群芳譜果譜卷一、詩詞雜俎、林下詞選卷一、歷代詩餘卷二十六皆以爲李清照詞，並題作「閨情」。趙本、王本皆列爲存疑之作，趙本案云：「詩詞雜俎本漱玉詞收之，題作『閨情』。花草粹編五引作趙子發詞。草堂續集以爲李作，失之。」案楊偍古今詞話作趙君舉（子發）詞，全宋詞據花草粹編收爲趙子發詞，是。

〔素約〕古今詞話、花草粹編趙子發詞作「約素」。

〔不奈〕續草堂詩餘、林下詞選、歷代詩餘作「不耐」，是。

〔婷婷〕古今詞話、花草粹編、續草堂詩餘作「娉娉」，沈本、汪本作「娉婷」。

〔嬌嗔〕續草堂詩餘、花草粹編作「嬌真」。

〔深徑〕花草粹編作「深處」。

〔還照〕詩詞雜俎本、沈本、汪本、趙本、王本皆作「還送」。

【箋注】

〔一〕素約句：言其腰身苗條。素約，以素絹束腰。文選宋玉登徒子好色賦：「腰如束素，齒如含貝。」又曹植洛神賦：「肩若削成，腰如約素。」李善注：「登徒子好色賦曰：『腰如束素。』束素、約素，謂圓也。」

〔二〕裊裊婷婷：輕盈、美好貌。杜牧贈別二首之一：「娉娉裊裊十三餘，荳蔻梢頭二月初。」

〔三〕桃花句：用劉阮天台遇仙事。梁吴均續齊諧記載：漢永平中，剡縣人劉晨、阮肇，入天台山採藥，望山頭有桃，取食，下山得澗水飲之，見一杯流出，中有胡麻飯屑。二人相謂曰：「此去人家不遠矣。」因過水，行二里，又度一山，出大溪，見二女絶色，喚劉、阮姓名，曰：「郎來何晚也？」因過其家，行夫婦之禮。住半年，求歸甚切，遂從洞口出。自入山至歸，已歷七代子孫矣。周邦彦玉樓春詞：「桃溪欲作從容住，秋藕絶來無續處。」亦用此事。清周濟宋四家詞選評周詞云：「只賦天台事，態濃意遠。」此詞亦如之，但寫艷情又加含蓄耳。

〔四〕瑶臺：相傳神仙所居之處。晉王嘉拾遺記崑崙山：「崑崙山者，西方曰須彌，山對七星之下，出碧海之中，上有九層……第九層山形漸小狹，下有芝田蕙圃，皆數百頃，群仙種耨焉。傍有瑶臺十二，各廣千步，皆五色玉爲臺基。」李白清平調之一：「若非群玉山頭見，會向瑶臺月下逢。」

【彙評】

宋楊偍古今詞話：「約」字清妙，遠勝「束」字。

明沈際飛草堂詩餘正集：「不奈」、「嬌嗔」，的確，描就一個嬌娃。

明潘游龍古今詩餘醉：「不奈傷春」、「字字嬌嗔」，描出一個嬌娃。

【附】

清王士禛浪淘沙和漱玉詞：硯匣日隨身。檢點殘春。横雲斜月鬬鮮新。昨夜相思曾入夢，香雨香雲。記得齧丹唇，似喜還嗔。醒來惆悵隔仙津。欲識迴腸千萬轉，日日車輪。

品　令

零落殘紅，恰渾似、胭脂色〔一〕。一年春事，柳飛輕絮，笋添新竹。寂寞幽閨，坐對小園嫩緑。登臨未足，悵遊子、歸期促。他年魂夢，千里猶到，城陰溪曲。應有凌波，時爲故人留目〔二〕。

【校記】

據底本録入。花草粹編卷七作李清照詞。四印齋本亦收之，注云：「見汲古閣未刻本及花草粹編。一作曾公袞。」又見京本通俗小説西山一窟鬼。趙本云：「案此曾紆詞，見樂府雅詞下。汲古閣未刻本漱玉詞收之，非是。」應從之。

〔零落二句〕樂府雅詞曾紆詞作「紋漪漲緑，疏靄連孤鶩」。

〔恰渾似胭脂色〕四印齋本注：「別無『恰渾』二字。」又云：「別『脂』下有『顔』字。」京本通俗小説、花草粹編、趙本作「似臙脂顔色」。

〔寂寞幽閨二句〕：曾紆詞作「寂寞幽花，獨殿小園嫩緑」。四印齋本注：「别無『閨坐』二字。」京本通俗小説、花草粹編、趙本作「寂寞幽對，小園嫩緑」，非。

〔魂夢〕曾紆詞、京本通俗小説、趙本作「清夢」。花草粹編作「夢魂」。四印齋本注：「别作『夢魂』。」

〔留目〕曾紆詞、京本通俗小説、花草粹編、趙本作「凝目」。四印齋本「留」下注：「别作『凝』。」

均案：據以上異文，經查欽定詞譜卷九，此詞爲「又一體」，與梅苑無名氏「山重雲起」格律基本相同，即：「雙調，六十四字，前後段各七句，四仄韻。」而曾紆一首，也被列爲「又一體」，末注：「此與梅苑詞同，惟前段第二句五字異。」蓋爲他人所改。

【箋注】

〔一〕胭脂色：唐杜甫曲江對雨詩：「林花著雨胭脂濕，水荇牽風翠帶長。」宋王禹偁村行詩：「棠梨葉落胭脂色，蕎麥花開白雪香。」

〔二〕應有二句：凌波，曹植洛神賦：「凌波微步，羅襪生塵。」此二句化用宋賀鑄青玉案詞：「凌波不過横塘路，但目送，芳塵去。」

佚句　四則

教我甚情懷。

【校記】

此句失調名，録自明陳耀文花草粹編卷二朱秋娘集句採桑子，所集各句均有撰人姓名，此句原注李易安。亦載彤管遺編後集卷十二，題作「閨怨集句」，並云朱秋娘名希真。案：彤管遺編云：「朱希真，宋建康朱將仕女，小字秋娘。年十六，適同邑商人徐必用。徐頗解文義，久客不歸。希真作閨怨詞，有名於時。」王學初李清照集校注案云：「彤管遺編云朱秋娘名希真，與宋詞人朱敦儒之字希真相同。彤管遺編、古今女史等所載朱希真（秋娘）詞，又多見於朱敦儒樵歌。一部分詞則又見於朱淑真斷腸詞。朱秋娘有無其人，頗成疑問。所集詞句，未見何據。」

條脱閑揎繫五絲〔一〕。

【校記】

此句失調名，録自宋陳元靚歲時廣記卷二十一引風俗通，云：「五月五日，以雜色綫織條脱，一名條達，纏於臂上。沂公作夫人閣端午帖云：『繞臂雙條達，紅紗晝夢驚。』易安居士詞云：『條脱閑揎繫五絲。』

【箋注】

〔一〕條脱：又名條達、跳脱。即腕釧，俗稱手鐲。有以金玉製成者，南朝梁陶弘景真誥一運象萼緑華詩序：「並致（羊權）火澣布手巾一枚，金玉條脱各一枚。條脱似指環而大，異常精好。」有以綵綫製成者，見校記。揎，捋袖出臂。唐路德延小兒詩：「頭衣蒼鶻裹，袖學柘枝揎。」宋蘇軾四時詞之二：「玉腕半揎雲碧袖，樓前知有斷腸人。」五絲，即五色絲縷，舊稱長命縷。南朝陳宗懔荆楚歲時記：「（端午）以五彩絲繫臂，名曰辟兵，令人不病瘟……按：仲夏繭始出，婦人染練，咸有作日月星辰鳥獸之狀，文繡金縷，貢獻所尊，一名長命縷，一名續命縷，一名辟兵繒，一名五色絲，一名朱索。」唐代故事，宮中常於端午日以所結長命縷分賜諸臣。張説端午三殿侍宴詩云：「願齎長命縷，來續大恩餘。」宋代則稱百索，高承事物紀原卷八云：「故漢五月五日以朱索五色，即爲門户飾，以難止惡氣。今有百索，即朱索之遺事也。蓋始於漢，本以飾門户，而今人以約臂，相承之誤也。」陳元靚歲時廣記卷二十一歲時雜記：「端五百索及長命縷等物，遺風尚矣。時平既久，而俗習益華，其製不一。」紀原云：『百索即朱索之遺事，本以飾門户，而今人以繫臂。』又云：『綵絲結紉而成者爲百索紉，以作服者名五絲。』

瑞腦烟殘〔一〕，沉香火冷〔二〕。

【校記】

此二句失調名，録自宋陳元靚歲時廣記卷四十引紀聞，云：「唐貞觀初，天下乂安，百姓富贍。時屬除夜，太宗盛飾宫掖，明設燈燭。殿内諸房，莫不綺麗。盛奏歌樂，乃延蕭后觀之。樂闋，帝謂蕭后曰：『朕設施孰愈隋主？』蕭后笑而答曰：『彼乃亡國之君，陛下開基之主，奢儉之事，固不同年。』帝曰：『隋主何如？』蕭后曰：『隋主享國十有餘年，妾常侍從，見其淫侈。每每除夜，殿前諸院，設火山數十，盡沉香木根也。每夜，山皆焚沉香木數車，火光暗則以甲煎沃之，焰起數丈。沉香甲煎之香，傍聞數十里。一夜之中，用沉香二百餘乘，甲煎過二百石。』歐陽公詩云：『隋宫守夜沉香火，楚俗驅神爆竹聲。』李易安元旦詞云：『瑞腦烟殘，沉香火冷。』」甲煎，香料名，又作「夾煎」。

【箋注】

〔一〕瑞腦：香料名，見前醉花陰箋注〔三〕。

〔二〕王仲聞按云：「王建宫詞：『金吾除夜進儺名，畫袴朱衣四隊行。院院燒燈如白晝，沉香火底坐吹笙。』清照蓋用此事也。」

窗外芭蕉窗裏人，分明葉上心頭滴。

【校記】

録自清李繼昌左庵詞話，云：「易安詞『窗外芭蕉窗裏人，分明葉上心頭滴』句，久膾炙人口，或又云：『我自有愁眠不得，不關窗外種芭蕉。』已是翻却舊案。或又云：『愁多禁得雨瀟瀟，況又窗前窗後密密種芭蕉！』是則翻而又翻矣。或更云：『斫盡芭蕉吹盡雨，看他還有愁如許？』執此類推，人果善用心思，自有翻空不窮之意。」未知何據。案：北宋京城妓聶勝瓊有鷓鴣天寄李之問云：「枕前淚共簾前雨，隔箇窗兒滴到明。」二句似由此化出。附此備考。

卷二 詩

春殘〔一〕

春殘何事苦思鄉，病裏梳頭恨髮長。梁燕語多終日在〔二〕，薔薇風細一簾香〔三〕。

【校記】

此篇録自清俞正燮癸巳類稿卷十五易安居士事輯，注云：「彤管遺編。」又見詩女史卷十一、名媛詩歸卷十八、古今名媛彙詩卷十一、名媛璣囊卷三、古今女史詩集卷六、二如亭群芳譜卷一、花鏡雋聲卷五、彤篇摘句卷下、歷朝閨雅卷九、宋詩紀事卷八十七、歷朝名媛詩詞卷七、繡水詩鈔卷一、清沈瑾漱玉詞附録。

〔髮長〕他本多作「最長」，不如「髮長」義勝。

〔終日在〕歷朝名媛詩詞作「終日伴」。

【箋注】

〔一〕此詩當爲少年時代居汴京時作。考清照父李格非於哲宗元祐四年（一〇八九）官太學正，「得屋於經衢之西，輸直於官而居之」，「而名其室曰『有竹』」（見晁補之有竹堂記）。後爲太學博士。于譜謂元祐七年清照九歲，隨父母居京師。至哲宗元符初及笄，蓋已能詩。詩云「苦思鄉」，當憶童年在章丘時一段生活。章丘又名繡江、繡水，故繡水詩鈔收之。或謂詩作於南渡之後，然詩風纖麗，不類晚年之作，故不可從。

〔二〕梁燕句：歐陽修蝶戀花：「梁燕語多驚曉睡，銀屏一半堆香被。」

〔三〕薔薇句：唐高駢山亭夏日詩：「水精簾動微風起，滿架薔薇一院香。」

【彙評】

清陸昶歷朝名媛詩詞卷七：清照詩不甚佳，而善於詞，雋雅可誦。即如春殘絕句「薔薇風細一簾香」，甚工緻，却是詞語也。

浯溪中興頌詩和張文潛（二首）〔一〕

其一

五十年功如電掃〔二〕，華清宮柳咸陽草〔三〕。五坊供奉鬬雞兒〔四〕，酒肉堆中不知老。胡兵忽自天上來〔五〕，逆胡亦是姦雄才〔六〕。勤政樓前走胡馬〔七〕，珠翠踏盡香塵埃。何爲出戰輒披靡〔八〕，傳置荔枝多馬死〔九〕。堯功舜德本如天，安用區區紀文字〔一〇〕。著碑銘德真陋哉，迺令神鬼磨山崖。子儀光弼不自猜〔一一〕，天心悔禍人心開〔一二〕。夏商有鑒當深戒〔一三〕，簡册汗青今俱在〔一四〕。君不見當時張説最多機，雖生已被姚崇賣〔一五〕。

【校記】

此篇録自宋周煇清波雜志卷八。明陳宏緒寒夜録卷下、清王士禛浯溪考卷下及香祖筆記卷五、清沈瑾鈔本漱玉詞附録亦載之，皆題作和張文潛浯溪碑歌。又見清厲鶚宋詩紀事卷八十七、清吴連周繡水詩鈔卷一。

案：此詩上述諸書皆以爲「和張文潛」，然考之史籍，殊屬可疑。據宋曾敏行獨醒雜志卷五：「秦少游所賦浯溪中興頌詩，過崖下時蓋未曾題石也。既行，次永州，因縱步入市中，見一士人家，門户稍修潔，遂直造焉。謂其主人曰：『我秦少游也。子以紙筆借我，當寫詩以贈。』主人倉卒未能具。時廊廡間有一木机瑩然，少游即筆書於其上。題曰『張文潛作』，而以其名書之。宣和間，其木机尚存。今此詩亦勒崖下矣。」少游寫此詩之時間、地點及所用材料，皆極明確。其刻于浯溪磨崖，乃在曾敏行記録之前。敏行靖康之難才九歲，年四十號獨醒道人。則其見此詩刻石，似在南渡之後紹興年間。在此之前，徽宗崇寧三年（一一〇四）三月乙卯，黄庭堅南遷宜州，風雨中泊浯溪，自謂：「又明日，蕭褒及其弟褎來，三日徘徊崖次，請予賦詩。老矣，豈復能文，强作數語。惜少游已下世，不得此妙墨劖之崖石耳。」（見豫章黄先集別集卷十一中興頌詩並行記）説明此詩尚未刻石，然已確認爲其同門友少游所作。又苕溪漁隱叢話後集卷三十一引復齋漫録云：「韓子蒼言張文潛集中載中興頌詩，疑秦少游作，不惟浯溪有少游字刻，兼詳味詩意，亦似少游語也。此詩少游號傑出，第『玉環妖血無人掃』爲病。」苕溪漁隱又云：「余遊浯溪，觀摩崖碑之側，有此詩刻石，前云：『讀中興頌，張耒文潛。』後云：『秦觀少游書。』當以刻石爲正。不知子蒼亦何所據而言邪？」韓駒以爲詩與書爲少游一人，胡仔親見刻石爲少游所書，而以爲詩乃張耒作。可是元代盛如梓庶齋老學叢談云：「題浯溪中興頌『玉環妖血無人掃』詩，世以爲張文潛作，實少游筆也，時被責憂畏，又持喪，乃託名文潛以名書耳。」至清代，王敬之重刻淮海集，廣爲考索，於其小言集枕善居雜説中云：「（此詩）則山谷已不知爲文潛作，賴盛、曾二家爲少游正之。」數百年之謎，至此而廓清。詩乃少游作可無疑矣。

今考張文潛生平，未嘗一至浯溪，俱見邵祖壽張文潛先生年譜。原詩云「誰持此碑入我室」，乃謂碑之拓片。其與少游，同列蘇門，然以師從蘇轍爲主。平素與少游唱和時，從未見此詩。少游於紹聖元年春三月罹黨籍，貶監處州酒税，而文潛於五月知潤州，秋知宣州。三年，少游削秩徙郴州；而文潛入京除管勾明道宫；四年二月，有詔秦觀移送横州，閏二月，文潛始落職貶黄州。迨元符元年夏四月，少游自郴州移永州，既以漫郎詩咏中興頌詩之作者元結，復於當地一士人家作此詩。二詩皆爲七古，風格一致。因身在黨籍，誠如盛如梓所云「時被責憂畏」，此詩「乃託名文潛」。時文潛猶在黄州貶所，相距遥遠，未嘗通問，遑論以此詩寄少游，少游又何從得此詩而書之以貽後人刻石？總之此詩作者應爲少游。清照當時不知真相，故作「和張文潛」。

〔亦是〕癸巳類稿作「自是」。

〔何爲〕同上作「六師」。

〔傳置荔枝多馬死〕同上作「前致荔枝馬多死」。

〔本如天〕同上作「誠如天」。

〔著碑〕香祖筆記、繡水詩鈔作「著功」，非。

〔銘德〕癸巳類稿作「刻銘」。

〔不自猜〕宋詩紀事作「不用猜」。

〔夏商有鑒〕知不足齋叢書本清波雜志、寒夜録、香祖筆記、癸巳類稿、宋詩紀事、沈瑾鈔本作「夏爲殷鑒」。此從宋本清波雜志。

【箋注】

〔一〕此詩蓋作於元符三年庚辰（一一〇〇）。黄盛璋趙明誠李清照夫婦年譜云：「清照和張文潛（耒）浯溪中興頌詩二首，在是歲前後。」案：原詩作於元符元年，夏四月間。當時輾轉流傳，清照與山谷先後得知，從而和之。參見校記。大唐中興頌，唐上元二年（七六一）元結次山撰，大曆六年（七七一）夏顏真卿書，六月，刻於祁陽浯溪石崖，世稱浯溪中興頌碑，俗稱「摩崖碑」。碑文敘肅宗平安史之亂，收復兩京，玄宗還京史實。明瞿佑歸田詩話卷上浯溪中興碑云：「元次山作大唐中興頌，抑揚其詞以示意，磨崖顯刻於浯溪上。後來黃魯直、張文潛皆作大篇以發揚之，謂肅宗擅立，功不贖罪。繼其作者皆一律。識者謂此碑乃唐一罪案爾，非頌也。惟石湖范至能八句云：『三頌遺音和者稀，形容寧有刺譏辭？絶憐元子春秋法，却寓唐家清廟詩……』」清照此二首和詩，當亦用春秋筆法，含譏刺之意。今人黃墨谷重輯李清照集謂「蓋借古諷今之作」，可備一說。

〔二〕五十年功：唐玄宗先天元年（七一二）繼位，至天寶十五載（七五六）遜位，共在位四十三年。此爲概數，唐人多習慣用之。唐李德裕次柳氏舊聞：「時天下無事，號太平者垂五十年。」又唐柳珵常侍言旨引高力士語：「五十年太平天子。」類説卷二十七引逸史：「明皇潛龍時，見僧萬迴曰：『五十年天子，願自愛。』五十年之後，果有禄山之亂。」

〔三〕華清句：唐會要卷三十：「開元十一年，十月五日，置温泉宫於驪山。至天寶六載十月三日，改温泉宫爲華清宫。」故址在今陝西臨潼縣驪山山麓。唐劉滄咸陽懷古詩：「渭水故都秦二世，咸陽秋草漢諸陵。」

〔四〕五坊句：五坊供奉，管理五坊的官員。唐代皇帝飼養獵鷹獵犬之官署，有官員執掌。新唐書百官志二殿中省：「閑廐使押五坊，以供時狩：一曰雕坊，二曰鶻坊，三曰鷂坊，四曰鷹坊，五曰狗坊。侍御尚醫二人，正六品上；主事二人，從九品上。」資治通鑑卷二三六唐順宗永貞元年正月甲子：「貞元之末，政事爲人患者，如宮市五坊小兒之類，悉罷之。」鬬雞，此風自戰國時起，戰國策齊策一：「臨淄甚富而實，其民無不吹竽鼓瑟，擊筑彈琴，鬬雞走犬，六博蹹踘者。」唐時尤盛，唐陳鴻東城父老傳：「玄宗在藩邸時，樂民間清明節鬬雞戲；及即位，治雞坊於兩宮間，索長安雄雞金毫、鐵距、高冠、昂尾千數養於坊，選六軍小兒五百人，使馴擾教飼之。」

〔五〕胡兵句：指安禄山叛亂。禄山，本爲營州柳城奚族人，初名軋犖山，母嫁突厥人安延偃，因而改姓安，名禄山。天寶十四載冬，在范陽起兵，先後攻陷洛陽、長安，稱「雄武皇帝」，國號「燕」。新、舊唐書有傳。

〔六〕姦雄才：荀子非相：「聽其言則辭辯而無統，用其身則多詐而無功，上不足以順明王，下不足以和齊百姓……夫是之謂姦人之雄。」後指富於權詐、才足以欺世的野心家。三國志魏武帝紀「能安之者」裴松之注引世語：「太祖（曹操）問許子將（劭）：『我何如人？』子將不答。固問之，子將曰：『子治世之能臣，亂世之姦雄。』」此指安禄山。

〔七〕勤政樓：即勤政務本之樓。唐會要卷三十：「開元三年七月二十九日，以興慶里舊邸爲興慶宮，後於西、南置樓，西面題曰花萼相輝之樓，南面題曰勤政務本之樓。」玄宗常在此樓設酺賜宴。安史之亂後，「唐玄宗自蜀回，夜闌登勤政樓，憑欄南望，烟雲滿目。上因自歌曰：『庭前琪樹已堪攀，塞外征夫猶未還。』」見唐鄭處誨明皇雜録補遺。故址在今陝西西安興慶公園。

〔八〕披靡：原指草木隨風倒伏，常用以形容軍隊驚惶潰敗。史記項羽本紀：「於是項王大呼馳下，漢軍皆披靡。」後漢書杜篤傳：「師之攸向，無不靡披。」

〔九〕傳置句：新唐書楊貴妃傳：「妃嗜荔支，必欲生致之，乃置騎傳送數千里，味未變，已至京師。」杜甫病橘詩：「憶昔南海使，奔騰獻荔支，百馬死山谷，到今耆舊悲。」

〔一〇〕堯功二句：蓋寓諷喻之意，謂肅宗功德果如堯舜，何必以文字歌頌。此即歸田詩話所謂「抑揚其詞以示意」也。

〔一一〕子儀光弼：郭子儀（六九七—七八一），華州鄭人，玄宗時任朔方節度使，平安史之亂，功居第一。累官至太尉、中書令，封汾陽郡王。李光弼（七〇八—七六四），營州柳城人，契丹族。天寶末年，任河東節度使，平安史之亂，與郭子儀齊名。寶應初年，封臨淮郡王。二人新、舊唐書俱有傳。不自猜，謂對朝廷深信不疑。新唐書郭子儀傳謂：「子儀事上誠，御下恕，賞罰必信。」而李光弼傳亦云卒後謚「忠烈」。

〔一二〕天心句：左傳隱公十一年：「天禍許國，鬼神實不逞於許君，而假手於我寡人……若寡人得没於地，天其以禮悔禍於許，無寧茲許公復奉其社稷。」杜預注：「言天加禮於許而悔禍之。」此謂平定安史之亂乃天意改變，轉禍爲福。

〔一三〕夏商句：詩大雅蕩：「殷鑒不遠，在夏后之世。」鄭箋：「此言殷之明鏡不遠也。近在夏后之世，謂湯誅桀也。」

〔一四〕簡册汗青：指史册。漢劉向戰國策叙：「其事繼春秋以後，訖楚漢之起，二百四十五年間之事，皆定以殺青，書可繕寫。」後漢書吳祐傳：「（吳）恢欲殺青簡以寫經書。」注：「殺青者，以火炙簡令汗，取其青易書，復不蠹，謂之殺青，亦謂之汗簡。」

〔一五〕君不見二句：唐鄭處誨明皇雜録：「姚元崇與張説同爲宰輔，頗疑阻，屢以其相侵，張銜之頗切。姚既病，誡諸子曰：『張丞相與我不叶，釁隙甚深。然其人少懷奢侈，尤好服玩。吾身殁之後，以吾嘗同寮，當來弔。汝其盛陳吾平生服玩寶帶重器，羅列於帳前。若不顧，汝速計家事，舉族無類矣；目此，吾屬無所虞，便當録其玩用，致於張公，仍以神道碑爲請。既獲其文，登時便寫進，仍先礱石以待之，便令鐫刻。張丞相見事遲於我，數日之後當悔。若却徵碑文，以刊削爲辭，當引使視其鐫刻，仍告以聞上。』訖姚既殁，張果至，目其玩服三四。姚氏諸孤，悉如教誡。不數日文成，叙述該詳，時爲極筆。其略曰：『八柱承天，高明之位列；四時成歲，亭毒之功存。』後數日，張果使使取文本，以爲詞未周密，欲重爲删改。姚氏諸子，仍引使者視其碑，乃告以奏御。使者復命，悔恨拊膺，曰：『死姚崇猶能算生張説，吾今知才之不及也遠矣！』」張説、姚崇，新、舊唐書俱有傳。

其二

君不見驚人廢興傳天寶〔一〕，中興碑上今生草。不知負國有姦雄〔二〕，但説成功尊國老〔三〕。誰令妃子天上來，號秦韓國皆天才〔四〕。花桑羯鼓玉方響〔五〕，春風不敢生塵埃〔六〕。姓名誰復知安史，健兒猛將安眠死。去天尺五抱甕峰，峰頭鑿出開元字〔七〕。時移勢去真可哀，姦人心醜深如崖〔八〕。西蜀萬里尚能反〔九〕，南内一閉何時開〔一〇〕？可憐孝德如天大〔一一〕，反使將軍稱好在〔一二〕。嗚呼，奴婢乃不能道輔國用事張后尊〔一三〕，乃能念春薺長安作斤賣〔一四〕。

【校記】

〔君不見〕香祖筆記、繡水詩鈔、沈瑾鈔本脱。

〔廢興傳〕香祖筆記、浯溪考「廢興」作「興廢」，癸巳類稿「傳」作「唐」。

〔有姦雄〕沈鈔本作「自姦雄」。

〔成功〕同上作「功成」。

〔天才〕癸巳類稿作「仙才」。

〔花桑〕香祖筆記、沈鈔本作「苑中」，寒夜録、宋詩紀事作「苑桑」，浯溪考、癸巳類稿、繡水詩鈔作「苑天」。

〔心醜〕寒夜録、癸巳類稿作「心魄」。

〔奴婢乃〕香祖筆記、癸巳類稿、繡水詩鈔、沈鈔本「乃」作「胡」，寒夜録無「乃」字。疑「胡」字是，「乃」字與下句重。

〔張后尊〕癸巳類稿「尊」作「專」。

〔乃能念〕香祖筆記、癸巳類稿、繡水詩鈔、沈鈔本作「祇能道」。

〔長安作斤〕寒夜録作「作斤長安」。

【箋注】

〔一〕君不見句：天寶爲唐玄宗年號（七四三—七五七），在此期間，唐代由極度繁榮走向極度動亂。故曰「驚人廢興」。

〔二〕負國姦雄：指李林甫、楊國忠之流。舊唐書玄宗紀下：「獻可替否，靡聞姚（崇）宋（璟）之言；妬賢害功，但有甫忠之奏。豪猾因茲而睥睨，明哲於是乎卷懷，故禄山之徒，得行其僞。」

〔三〕國老：原指致仕之卿大夫。禮王制：「有虞氏養國老於上庠，養庶老於下庠。」此處當指平安史之亂有功的郭子儀、李光弼。

〔四〕誰令二句：指楊貴妃及其姊。新唐書楊貴妃傳：「有姊三人，皆有才貌，玄宗並封國夫人之號。大姨封韓國，三姨封虢國，八姨封秦國，並承恩澤。出入宮掖，勢傾天下。」

〔五〕花桑羯鼓：唐南卓羯鼓録：「羯鼓出外夷，以戎羯之鼓，故曰羯鼓……鼜如漆桶，下以小牙牀承之。」原注：「山桑木爲之。」花桑蓋指此。方響，古打擊樂器。創自梁代，其聲清濁不等。隋唐燕樂常用之。唐白居易偶飲詩：「千聲方響敲相續，一曲雲和戛未終。」宋樂史楊太真外傳卷上：「時新豐初進女伶謝阿蠻，善舞。上（玄宗）與妃子鍾念，因而受焉，就按於清元小殿：寧王吹玉笛，上羯鼓，妃琵琶，馬仙期方響，李龜年觱篥，張野狐箜篌，賀懷智拍板。自旦至午，歡洽異常。」

〔六〕春風句：形容樂聲清潤。羯鼓録：「嘗遇二月初，詰旦，巾櫛方畢，時當宿雨初晴，景色明麗，小殿内庭，柳杏將吐。覩而嘆曰：『對此景物，豈得不爲他判斷之乎！』左右相目，將命被酒。獨高力士遣取羯鼓，上（玄宗）旋命之，臨軒縱擊一曲，曲名春光好，神思自得，及顧柳杏，皆已發坼。」

〔七〕去天二句：去天，極言山峰之高。辛氏三秦記：「城南韋杜，去天尺五。」杜甫贈韋七贊善詩：「爾家最近魁三象，時論同歸尺五天。」抱甕峰，疑即甕肚峰。唐鄭綮開天傳信記：「華岳雲臺觀中方之上，有山崛起半甕之狀，名曰甕肚峰。上（玄宗）賞望，嘉其高迥，欲於峰腹大鑿『開元』二字，填以白石，令百餘里望見。諫官上言，乃止。」

〔八〕姦人句：新唐書李林甫傳：「性陰密，忍誅殺，不見喜怒。面柔令，初若可親，既崖穽深阻，卒不可得也。」此謂李林甫心機極深。

〔九〕西蜀句：舊題唐李濬松窗雜録：「玄宗幸東都……謂一行曰：『吾甲子得終無恙乎？』一行進曰：『陛下行幸萬里，聖祚無疆。』及西行，初至成都，前望大橋。上舉鞭問左右曰：『是橋何名？』節度使崔圓躍馬而進曰：『萬里橋。』上因追嘆曰：『一行之言，今果符之，吾無憂矣。』」

〔一〇〕南内：即興慶宮。西南隅有花萼樓、勤政樓，在東内之南，故稱南内。玄宗自西蜀回，被肅宗寵幸之宦官李輔國幽禁於南内。白居易長恨歌：「西宮南内多秋草，落葉滿階紅不掃。」亦指此。

〔一一〕孝德如天大：指唐玄宗。玄宗以孝聞，舊唐書本紀云：「曾參、孝己，足以擬倫。」

〔一二〕反使句：將軍，指高力士。天寶七載，加驃騎大將軍。稱好在，見資治通鑑卷二二一肅宗上元元年：「上皇（玄宗）愛興慶宮，自蜀歸，即居之……秋七月，丁未，輔國矯稱上（肅宗）語，迎上皇遊西内，至睿武門，輔國將射生五百騎，露刃遮道，奏曰：『皇帝以興慶宮湫隘，迎上皇遷居大内。』上皇驚，幾墜。高力士曰：『李輔國何得無禮！』叱令下馬。輔國不得已而下。力士因宣上皇誥曰：『諸將士各好在！』將士皆納刃，再拜，呼萬歲。」胡三省注：「好在，猶今人言好生，言不得以兵干乘輿也。」此事又見唐柳珵常侍言旨。

〔一三〕輔國：李輔國，唐肅宗時宦官，深受信任，頗擅權。資治通鑑卷二二二肅宗寶應元年：「李輔國恃功益横，明謂上曰：『大家但居禁中，外事聽老奴處分。』上内不能平，以其方握禁兵，外尊禮之。」張后：肅宗后。新唐書后妃傳下：「后能牢寵，稍稍豫政事，與李輔國相助，多以私謁橈權……又與輔國謀徙上皇西内……帝泫然涕下，而内制於后，卒不敢謁西宫。」代宗立，廢爲庶人，被殺。

〔一四〕春薺句：唐郭湜高力士外傳謂力士於上元元年九月被除名，長流巫州，「又於園中見薺菜，土人不解吃，便賦詩曰：『兩京秤斤買，五溪無人採。夷夏雖有殊，氣味應不改。』使拾之爲羹，甚美。」

【彙評】

宋周煇清波雜志卷八：浯溪中興頌碑，自唐至今，題咏實繁。零陵今雖刊行，止薈萃已入石者，曾未暇廣搜而博訪也。趙明誠待制妻易安夫人嘗和張文潛長篇二。以婦人而厠衆作，非深有思致者能之乎？

明陳宏緒寒夜録卷下：李易安詩餘，膾炙千秋，當在金荃、蘭畹之上。古文如金石録後序，自是大家舉止，絶不作閨閣娓娓語。打馬圖序，亦復磊落不凡。獨其詩歌無傳，僅見和張文潛浯溪中興頌碑二篇，亟録出之（略）。二詩奇氣横溢，嘗鼎一臠，已知爲駝峰、麟脯矣。古文、詩歌、小詞，並擅勝場，雖秦、黄輩猶難之，稱古今才婦第一，不虚也。

清王士禛香祖筆記卷五：宋閨秀李清照，號易安居士，吾郡人，詞家大宗。其集名漱玉，而詩不概見。兄西樵昔撰然脂集，采摭最博，止得其詩二句，云：「少陵也是可憐人，更待明年試春草。」此外了不可得。陳士業寒夜録乃載其和張文潛浯溪碑歌二篇，未言出於何書。予撰浯溪考，因録入之，詩云（略）。右二詩未爲佳作，然出婦人手，亦不易，矧易安之逸篇乎？故著之。

又分甘餘話卷二：余作浯溪考成，又得唐蔡京、鄭谷、宋釋惠洪數詩，録爲補遺，適見清波雜志一條，姑録於此云（同上，略）。李易安詩二篇，曩從陳士業宏緒寒夜録鈔出，已入集中，忘其出處本周煇也。

近代陳衍宋詩精華録卷四：易安尚有浯溪碑七古二首，詩筆雄俊，而議論不免宋人意見。未録。

【附】

唐元結大唐中興頌：天寶十四載，安禄山陷洛陽，明年，陷長安。天子幸蜀，太子即位於靈武。明年，皇帝移軍鳳翔。其年，復兩京，上皇還京師。於戲！前代帝王有盛德大業者，必見於歌頌。若今歌頌大業，刻之金石，非老於文章，其誰宜爲？頌曰：噫嘻前朝，孽臣姦嬌，爲昏爲妖。邊將騁兵，毒亂國經，群生失寧。大駕南巡，百寮竄身，奉賊稱臣。天將昌唐，繄曉我皇，匹馬北方。獨立一呼，千麾萬旗，我卒前驅。我師其東，儲皇撫戎，蕩攘群兇。復服指期，曾不踰時，有國無之。事有至難，宗廟再安，二聖重歡。地闢天開，蠲除祅灾，瑞慶大來。兇徒逆儔，涵濡天休，死生堪羞。功勞位尊，忠烈名存，澤流子孫。盛德之興，山高日昇，萬福是膺。能令大君，聲容沄沄，不在斯文。湘江東西，中直浯溪，石崖天齊。可磨可鐫，刊此頌焉，於千萬年！

舊題張文潛讀中興頌碑詩：玉環妖血無人掃，漁陽馬厭長安草。潼關戰骨高於山，萬里君王蜀中老。金戈鐵馬從西來，郭公凜凜英雄才。舉旗爲風偃爲雨，灑掃九廟無塵埃。元功高名誰與紀，風雅不繼騷人死。水部胸中星斗文，太師筆下蛟龍字。天遺二子傳將來，高山十丈磨蒼崖。

誰持此碑入我室，使我一見昏眸開。百年廢興增歎慨，當時數子今安在？君不見荒涼浯水棄不收，時有遊人打碑賣。

分得知字〔一〕

學語三十年，緘口不求知〔二〕。誰遣好奇士，相逢説項斯〔三〕？

【校記】

此篇録自詩女史卷十一。彤管遺編續集卷十七、名媛詩歸卷十八、繡水詩鈔卷一亦載之。

〔學語〕彤管遺編、名媛詩歸作「學詩」。

【箋注】

〔一〕本篇起句云「學語三十年」，考易安生於神宗元豐七年（一〇八四），至徽宗政和三年（一一一三），虛歲正三十，時正屏居青州鄉里。蓋在本年前後，閨中與姊妹或女友分韵作詩，得此「知」字韵。分韵，數人相約賦詩，選定數字爲韵，各人拈一字，依所拈之韵賦詩。唐白居易花樓望雪命宴賦詩：「素壁聯題分韵句，紅爐巡飲暖寒盃。」

〔二〕緘口：閉口不語，指慎言。孔子家語八觀周：「孔子觀周，遂入太祖后稷之廟。廟堂右階之前，有金人焉，三緘其口而銘其背曰：『古之慎言人也。』」漢蔡邕銘論：「周廟金人，緘口以愼。」

〔三〕誰遣二句：項斯（八〇二？—八四七？），字子遷，台州臨海（今屬浙江）人。早年隱居杭州徑山朝陽峰，後爲州郡幕僚。作詩初未知名，後受楊敬之賞識。唐李綽尚書故實云：「楊祭酒愛才公心，嘗知江表之士項斯，贈詩曰：『處處見詩詩總好，及觀標格過於詩。平生不解藏人善，到處逢人説項斯。』由此名振，遂登高科也。」項斯登唐武宗會昌四年進士第，授丹徒尉。張爲詩人主客圖稱其爲「清奇雅正主」之「升堂」者。案：清照早負才名。宋王灼碧雞漫志卷二云：「自少年即有詩名，才力華贍，逼近前輩。」又朱弁風月堂詩話卷上云：「善屬文，于詩尤工，晁无咎多對士大夫稱之。」好奇士，當指晁无咎（補之）等人。

感懷

宣和辛丑八月十日到萊〔一〕，獨坐一室，平生所見，皆不在目前。几上有禮韵〔二〕，因信手開之，約以所開爲韵作詩。偶得「子」字，因以爲韵，作感懷詩云。

寒窗敗几無書史〔三〕，公路可憐合至此〔四〕。青州從事孔方君〔五〕，終日紛紛喜生事。作詩謝絶聊閉門，燕寢凝香有佳思〔六〕。静中我乃得至交，烏有先生子虚子〔七〕。

【校記】

此篇録自詩女史卷十一、彤管遺編續集卷十七。名媛詩歸卷十八、宋詩紀事卷八十七、癸巳類稿卷十五易安居士事輯、繡水詩鈔卷一、沈鈔本漱玉詞附録亦載之，然皆無序。又見古今女史，題作感懷詩，無序。

〔可憐合〕癸巳類稿、沈本作「生平竟」，彤管遺編「合」作「竟」。

〔孔方君〕癸巳類稿、沈本作「孔方兄」，義較勝。

〔燕寢凝香〕癸巳類稿、繡水詩鈔、沈本作「虚室香生」。

〔静中我〕癸巳類稿「我」作「吾」。

〔得至交〕癸巳類稿、沈本作「見真吾」。宋詩紀事「得」作「見」，彤管遺編「至」作「知」。

【箋注】

〔一〕宣和辛丑：宋徽宗宣和三年（一一二一）。是時趙明誠起知萊州。黄盛璋李清照事迹考辨四云：「據詩意，清照應該是隨明誠同往。」

〔二〕禮韵：禮部韵略。四庫全書總目卷四二經部小學類三：「禮部韵略，舊本不題撰人，晁公武讀書志云：『丁度撰。』今考所併舊韵十三部，與度所作集韵合，當出度手……是宋初程試，用韵尚漫無章程。自景祐以後，敕撰此書，始爲令式，迄南宋之末不改。」又有宋毛晃增修互注禮部韵略五卷，其子居正校勘重增，「其每字疊收重文，用集韵之例；每字别出重音，用廣韵之例」。

〔三〕寒窗敗几：黄盛璋云：「因爲明誠是初上任，前任卸任必然把一切都搬走，所以住的地方顯得四壁蕭然，寒窗敗几以外，略無陳設。」

〔四〕公路：袁術，字公路。三國志本傳裴松之注引吴書云：「術既爲雷薄等所拒，留住三日，士衆絶糧，乃還至江亭，去壽春八十里。問厨下，尚有麥屑三十斛。時盛暑，欲得蜜漿又無蜜。坐檽床上，歎息良久，乃大咤曰：『袁術至于此乎！』因頓伏床下，嘔血斗餘，遂死。」此喻初到萊州時之窘境。

〔五〕青州句：青州從事，指酒。世説新語術解：「桓公有主簿，善别酒，有酒輒令先嘗：好者謂青州從事，惡者謂平原督郵。青州有齊郡，平原有鬲縣。從事言到臍，督郵言在鬲上住。」孔方君，即孔方兄，指錢。因銅錢中有方孔，故稱。漢書食貨志下：「錢圜函方。」注引孟康曰：「外圜而内孔方也。」晉書魯褒傳錢神論：「親之如兄，字曰孔方。」宋黄庭堅戲呈孔毅父詩：「管城子無食肉相，孔方兄有絶交書。」

〔六〕燕寢句：燕寢，本指帝王正寢之外的寢宫。周禮天官女御：「掌御叙於王之燕寢。」後轉義爲郡齋，唐韋應物郡齋雨中與諸文士燕集詩：「兵衛森畫戟，燕寢凝清香。」此指萊州公廨。

〔七〕静中二句：極言獨居一室之寂寞。烏有先生、子虚子，實無其人。史記司馬相如列傳：「上（武帝）讀子虚賦而善之，曰：『朕獨不得與此人同時哉！』……乃召相如。相如曰：『有是，然此乃諸侯之事，未足觀也。請爲爲天子游獵賦。』賦成，奏之。上許，令尚書給筆札。相如以

『子虛』，虛言也，爲楚稱。『烏有先生』者，烏有此事也，爲齊難。『無是公』者，無是人也，明天子之義。故空藉此三人爲辭，以推天子諸侯之苑囿。」蘇軾章質夫送酒六壺書至而酒不達戲作小詩問之：「豈意青州六從事，化爲烏有一先生。」

【彙評】

清俞正燮癸巳類稿卷十五注：此詩上、去兩押，所謂詩止分平、側。

曉夢〔一〕

曉夢隨疏鐘，飄然躡雲霞。因緣安期生〔二〕，邂逅萼緑華〔三〕。秋風正無賴〔四〕，吹盡玉井花。共看藕如船〔五〕，同食棗如瓜〔六〕。翩翩座上客，意妙語亦佳。嘲辭鬬詭辨，活火分新茶。雖非助帝功，其樂莫可涯〔七〕。人生能如此，何必歸故家？起來斂衣坐〔八〕，掩耳厭喧嘩。心知不可見，念念猶咨嗟。

【校記】

此篇録自彤管遺編續集卷十七。詩女史卷十一、名媛詩歸卷十八、古今名媛彙詩卷三、古今女史詩集卷二、宋詩紀事卷八十七、歷朝名媛詩詞卷七、癸巳類稿卷十五、繡水詩鈔卷一、清沈瑾漱玉詞附録亦載之。

〔躡〕癸巳類稿、繡水詩鈔作「躋」。
〔座上客〕癸巳類稿作「垂髮女」。
〔意妙〕同上作「貌妍」。
〔分新茶〕同上「分」作「烹」。
〔雖非二句〕癸巳類稿、繡水詩鈔作「雖乏上元術，遊樂亦莫涯」。莫可，宋詩紀事作「何莫」。
〔歸故家〕宋詩紀事作「故歸家」。

【箋注】

〔一〕此詩蓋作於宣和三年辛丑（一一二一）。時隨趙明誠居萊州任所。本年明誠在萊州南山得後魏鄭義碑，金石録卷二十一：「碑乃在今萊州南山上，磨厓刻之。蓋道昭嘗爲光州刺史，即今萊州也，故刻其父碑於兹山。余守是州，嘗與僚屬登山，徘徊碑下久之。」又卷二目録第三百四十一、三百四十二載後魏鄭道昭登雲峰山詩上、下二目。案雲峰山現存北朝石刻十七處，其中有鄭道昭論經書詩、觀海童詩兩處，即金石録目録卷二所記者也。觀海童詩云：「山遊悦遥賞，觀海眺白沙。雲路沉仙鵠，靈童飛玉車。金軒接日綵，紫蓋通月華。騰龍靄星水，翻鳳映烟家。往來風雲道，出入朱明霞。霧帳芳霄起，蓬台插莫邪。流精麗旻部，低翠耀天花。此矚寧獨好，斯見理如麻。秦皇非徒駕，漢武豈空嗟！」今本多作「觀海島詩」，誤，當以石刻爲準。此外，道昭尚有遊仙詩數首，如王子晉駕鳳棲太室之山、安期子駕龍棲蓬萊之山等。易安於金石録既「亦筆削其間」，則與此相關篇什當亦與聞；而萊州前守鄭道昭之作尤應閲讀欣賞。在此氛圍中，故亦作遊仙詩曉夢，以騁遐想。

〔二〕安期生：先秦時方士。史記樂毅傳太史公曰：「河上丈人教安期生，安期生教毛翕公，毛翕公教樂瑕公，樂瑕公教樂臣公，樂臣公教蓋公。蓋公教於齊高密、膠西，爲曹相國師。」列仙傳：「安期先生者，瑯玡阜鄉人也。賣藥於東海邊，時人皆言千歲翁。秦始皇東遊，請見，與語三日三夜，賜金璧，度數千萬。出於阜鄉亭，皆置去，留書，以赤玉舃一雙爲報，曰：『後數年，求我於蓬萊山。』始皇即遣徐市、盧生等數百人入海。未至蓬萊山，輒逢風浪而還。立祠阜鄉亭海邊十數處云。」

〔三〕蕚緑華：傳説中仙女。梁陶弘景真誥運象：「蕚緑華者，自云是南山人，不知何山也。女子，年可二十上下，青衣，顔色絶整。以升平三年十一月十日夜降羊權。自此往來，一月之中，輒六來過耳。云本姓羅。贈權詩一首，并致火浣布手巾一枚，金玉條脱各一枚。條脱似指環而大，異常精好。神女語權：『君慎勿泄我，泄我則彼此獲罪。』訪問此人，云是九嶷山中得道女羅郁也。宿命時曾爲師母毒殺乳婦，玄州以先罪未滅，故今謫降於臭濁，以償其過。與權尸解藥。今在湘東山，此女已九百歲矣。」

〔四〕無賴：無奈，無可如何。憎語。三國志魏書華佗傳：「彭城夫人夜之厠，蠆螫其手，呻呼無賴。」南朝陳徐陵烏棲曲：「唯憎無賴汝南雞，天河未落猶争啼。」宋秦觀浣溪沙詞：「漠漠輕寒上小樓，曉陰無賴似窮秋。」

〔五〕玉井花、藕如船：語本唐韓愈古意詩：「太華峰頭玉井蓮，開花十丈藕如船。」玉井，井之美稱。

〔六〕棗如瓜：安期生所食大如瓜之棗。史記封禪書：李少君曰：「君嘗遊海上，見安期生。安期生食巨棗，大如瓜。安期生，仙者，居蓬萊，合則見人，不合則隱。」

〔七〕翩翩以下六句：蓋化用東方朔故事。朔事漢武帝，以嘲辭詭辯得幸。漢書本傳云：「朔雖詼笑，然時觀察顔色，直言切諫，上常用之。」又曰：「上以朔口諧辭給，好作問之。嘗問朔曰：『先生視朕何如主也？』朔對曰：『唐虞之隆，成康之際，未足以諭當世……』上乃大笑。」朔有答客難，「指意放蕩，頗復詼諧，辭數萬言，終不見用」。活火分茶，見前山花子詞（病起蕭蕭兩鬢華）注〔四〕。

〔八〕斂衣：整理衣襟。

咏史〔一〕

兩漢本繼紹〔二〕，新室如贅疣〔三〕。所以嵇中散，至死薄殷周〔四〕。

【校記】

此篇録自宋朱熹朱子語類卷一百四十。又見事文類聚後集卷十一、蟫精雋卷十四、詩女史卷

十一、彤管遺編續集卷十七、崇禎歷城縣志卷十四藝文志三、宋詩紀事卷八十七、乾隆章丘縣志卷九、癸巳類稿卷十五、繡水詩鈔卷一。其中唯章丘縣志題作咏史，兹從之。王仲聞認爲係兩首拼接，其李清照集校注卷二注云：「據朱子語類，上兩句與下兩句並不連接，蓋從一首中先摘二句，繼又另摘二句。各本多以此四句連接爲一首，非是。」均案：此詩上二句押「疣」，下二句押「周」，同屬平水韵下平聲十一尤，似原爲一首。又宋詩紀事卷八十七引朱子游藝論謂：「李詩大略云：『兩漢本繼紹，新室如贅疣。所以嵇中散，至死薄殷周。』」四句一氣流貫，不可能爲兩首拼接。唯朱子稱「大略云」，恐有所省略。

〔贅疣〕歷城縣志、章丘縣志「疣」作「旒」。

【箋注】

〔一〕此詩當作於建炎四年庚戌（一一三〇）九月。據建炎以來繫年要録卷三十七，本年九月戊申：「是日，劉豫僭位於北京。初，軍民聞豫至，殺金人，閉門以拒豫。豫擊而降之，遂即皇帝位，國號『大齊』。」易安激於義憤，作此詩斥之。

〔二〕兩漢句：後漢書光武帝紀贊曰：「炎正中微，大盜（均案：指王莽。）移國……於赫有命，系隆我漢。」清照繼承此一觀念，謂東漢係西漢之正統，借喻南宋爲北宋之正統。

〔三〕新室：指王莽政權。漢書王莽傳：「始建國元年（公元九年）正月朔，莽帥公侯卿士奉皇太后璽韍，上太皇太后，順符命，去漢號焉。」並定國號曰新，自稱「新室」，即新朝也。贅疣，肉瘤，常喻多餘無用之物。莊子大宗師：「彼以生爲附贅縣疣。」抱朴子逸民：「榮華猶贅疣也，萬物猶蜩翼也。」此喻僞齊。

〔四〕所以二句：嵇中散（二二三—二六二），名康，字叔夜。少孤，爲魏宗室婿，仕魏爲中散大夫。時司馬氏掌朝政，選曹郎山濤舉康自代，康作與山巨源絶交書云：「又每非湯武而薄周孔。」文選注引魏氏春秋曰：「康答書拒絶，因自説不堪流俗，而非薄湯武。大將軍聞而惡焉。」案：商湯伐夏桀而得天下，周武王伐殷紂而得天下，嵇康不同意司馬氏代魏，故對湯武不滿。易安亦借此以斥劉豫。

【彙評】

宋朱熹朱子語類卷一百四十：本朝婦人能文，只有李易安與魏夫人。李有詩，大略云「兩漢本繼紹，新室如贅疣」云云。「所以嵇中散，至死薄殷周。」中散非湯武得國，引之以比王莽。如此等語，豈女子所能。

明王世貞藝苑卮言卷四：「所以嵇中散，至死薄殷周」，易安此語雖涉議論，是佳境，出宋人表。用修（楊慎）故峻其掊擊，不無矯枉之過。

明田藝蘅詩女史卷十一：且達於治體，其咏史云：「兩漢本繼紹，新室如贅疣。」又云：「所以嵇中散，至死薄殷周。」非婦人所能道者。

清宋長白柳亭詩話卷二十九：朱紫陽（熹）云：「今時婦人能文（見前，略）。」愚按易安在宋，自是閨房勝流。然以殷周比莽，殊覺不倫。況「桑榆」一札，未免被人點檢耶。若魏夫人咏虞美人草，方見英雄氣概。

清乾隆章丘縣志卷九李格非傳：女清照，才情更麗，尤工於詞。嘗有咏史詩曰：「兩漢本繼紹，新室如贅疣。所以嵇中散，至死薄殷周。」意見聲調，絶響一代。班妤、左嬪、蔡文姬之流也。

偶成〔一〕

十五年前花月底，相從曾賦賞花詩。今看花月渾相似，安得情懷似往時〔二〕？

【校記】

案：此詩録自永樂大典卷八九九「二支」「詩·宋詩八」。原爲黄盛璋先生首先發現，其李清照事跡考辨十二著述及其流傳云：「永樂大典八八九册十八頁録有李易安集偶成一首（詩略）。」然，黄先生將「往時」作「昔時」，未知何據。

【箋注】

〔一〕黄盛璋云：「『十五年前』雖不能定爲何年，但據詩意實追懷明誠，爲哀悼死者之作，當寫於建炎三年以後。」（見李清照事跡考辨十二）案：趙明誠建炎三年（一一二九）八月十八日卒於建康，十月金兵南侵，時局動盪；四年，清照追隨御舟，流徙浙東，至紹興二年（一一三二）始抵臨安定居。詩蓋作於本年春間。上溯十五年，約在徽宗政和七年（一一一七）前後，時清照夫婦正屏居青州，有心賞花，如秋詞多麗之詠白菊、鷓鴣天（暗淡輕黄體性柔）之詠桂花；至於如夢令（昨夜雨疏風驟）之咏海棠，則爲春詞矣。

〔二〕今看二句：意境頗似唐劉希夷代悲白頭翁：「年年歲歲花相似，歲歲年年人不同。」及張若虚春江花月夜：「人生代代無窮已，江月年年只相似。」又似清照自作之南歌子：「舊時天氣舊時衣，只有情懷不似舊家時。」皆以自然之永恒反襯人生之無常，語極切摯而又沉痛。

上樞密韓公工部尚書胡公（二首）并序〔一〕

紹興癸丑五月，樞密韓公、工部尚書胡公使虜，通兩宫也〔二〕。有易安室者，父祖皆出韓公門下〔三〕，今家世淪替，子姓寒微，不敢望公之車塵〔四〕。又貧病，但神明未衰落〔五〕，見此大號令，不能忘言，作古、律詩各一章，以寄區區之意，以待採詩者云。

其一

三年夏六月，天子視朝久。凝旒望南雲〔六〕，垂衣思北狩〔七〕。如聞帝若曰，岳牧與群后〔八〕。賢寧無半千〔九〕，運已遇陽九〔一〇〕。勿勒燕然銘〔一一〕，勿種金城柳〔一二〕。豈無純孝臣，識此霜露悲〔一三〕？何必羹捨肉，便可車載脂〔一四〕。土地非所惜，玉帛如塵泥〔一五〕。誰當可將命〔一六〕，幣厚辭益卑。四岳僉曰俞〔一七〕，臣下帝所知。中朝第一人〔一八〕，春官有昌黎〔一九〕。身爲百夫特〔二〇〕，行足萬人師。嘉祐與建中，爲政有臯夔〔二一〕。匈奴畏王商〔二二〕，吐蕃尊子儀〔二三〕。夷狄已破膽，將命公所宜。公拜手稽首〔二四〕，受命白玉墀。曰臣敢辭難，此亦何等時！家人安足謀，妻子不必辭。願奉天地靈，願奉宗廟威。徑持紫泥詔〔二五〕，直入黃龍城〔二六〕。單于定稽顙，侍子當來迎〔二七〕。仁君方恃信，狂生休請纓〔二八〕。或取犬馬血，與結天日盟〔二九〕。

胡公清德人所難〔三〇〕，謀同德協必志安。脱衣已被漢恩暖〔三一〕，離歌不道易水寒〔三二〕。皇天久陰后土濕，雨勢未回風勢急〔三三〕。車聲轔轔馬蕭蕭〔三四〕，壯士懦夫俱感泣。閭閻嫠婦亦何知〔三五〕，瀝血投書干記室〔三六〕。夷虜從來性虎狼，不虞預備庸何傷〔三七〕。衷甲昔時聞楚幕〔三八〕，乘城前日記平涼〔三九〕。葵丘踐土非荒城〔四〇〕，勿輕談士棄儒生。露布詞成馬猶倚〔四一〕，崤函關出雞未鳴〔四二〕。

巧匠何曾棄樗櫟〔四三〕，芻蕘之言或有益〔四四〕。不乞隋珠與和璧〔四五〕，只乞鄉關新消息。靈光雖在應蕭蕭〔四六〕，草中翁仲今何若〔四七〕？遺氓豈尚種桑麻，殘虜如聞保城郭。嫠家父祖生齊魯，位下名高人比數〔四八〕。當年稷下縱談時，猶記人揮汗成雨〔四九〕。子孫南渡今幾年，飄流遂與流人伍。欲將血淚寄山河，去灑東山一抔土〔五〇〕。

【校記】

此篇録自雲麓漫鈔卷十四，原題作「上樞密韓公詩」，此據宋詩紀事改。癸巳類稿卷十五題作「上韓詩」、清沈瑾鈔本漱玉詞附録題作「上韓樞密詩」，皆無序。繡水詩鈔卷一亦載之。王仲聞李清照集校注卷二據雲麓漫鈔録入，題作「上樞密韓肖胄詩」，按宋時禮俗，清照不可能直呼其名，自不可從。王題下按云：「宋詩紀事……並自『胡公清德人所難』句起，另爲一首（癸巳類稿等同）。按易安詩序明云：『作古、律詩各一章』，即指此詩及下七律一首而言。如依宋詩紀事等則共爲古、律詩三首，與序不合。且此古詩分爲兩首，則第一首詞意未完，有頭無尾。第二首開首即云『謀同德協』，突如其來，俱不能單獨自成一首。此二首（此首及下律一首）實以韓肖胄爲主，胡松年僅附及而已。茲從雲麓漫鈔訂爲一首。」甚是，茲從之。然第一首太長，依五、七言句式及詩意分成三段，以便閱讀。第二首題作「七律」，見後二五七頁「其二」。

〔序文〕宋詩紀事自「五月」下簡化作：「兩公使金，通兩宮也。易安父祖出韓公門下，見此大號令，不能忘言，作詩各一章以寄意，以待採詩者云。」

〔若曰〕繡水詩鈔作「曰咨」。

〔無半千〕癸巳類稿作「違半千」。

〔遇陽九〕同上作「過陽九」，非。

〔霜露〕同上作「霜雪」。

〔羹捨肉〕同上作「舍羹肉」。

〔車載脂〕同上作「載車脂」。

〔如塵泥〕同上作「亦塵泥」。

〔誰當可〕同上作「誰可當」，較善。

〔行足〕同上作「行爲」。

〔匈奴畏〕宋詩紀事作「漢家畏」、癸巳類稿及沈本作「漢家貴」，皆避清朝諱改。

〔吐蕃尊〕癸巳類稿、沈本作「唐室重」，宋詩紀事作「唐室尊」，繡水詩鈔作「唐時尊」。

〔夷狄已〕癸巳類稿、沈本作「見時應」，宋詩紀事作「是時應」。

〔不必辭〕癸巳類稿作「不復辭」。

〔天地〕同上作「宗廟」。

〔宗廟〕同上作「天地」。

〔單于〕宋詩紀事、繡水詩鈔作「北人」。癸巳類稿全句作「北人懷舊德」，皆因避諱改。

〔仁君句〕癸巳類稿作「聖孝定能達」。宋詩紀事、繡水詩鈔「恃」作「博」。

〔狂生休〕癸巳類稿作「勿復言」。

〔或取犬〕同上作「倘持白」。

〔胡公句〕宋詩紀事、沈本自此起作另一首，沈本有題曰「上胡尚書詩」。

〔必志安〕癸巳類稿、沈本作「置器安」。

〔脱衣已被〕同上作「解衣已道」。

〔離歌句〕同上作「離詩不覺關山寒」。

〔投書〕癸巳類稿作「投詩」，是。

〔夷虜從來〕繡水詩鈔作「天生性氣」，非。宋詩紀事、癸巳類稿此句以下至「平凉」四句脱，殆因避清朝諱而删。

〔踐土〕癸巳類稿、沈本作「莒父」。

〔露布詞成〕同上作「憤王墓下」，癸巳類稿注：「史言項羽葬魯，在今穀縣。」

〔崤函關出〕同上作「寒號城邊」。

〔何曾〕同上作「亦曾」。

〔棄樗櫟〕同上作「顧樗櫟」。

〔之言〕同上作「之詢」。

〔只乞〕癸巳類稿作「但乞」。

〔蕭蕭〕癸巳類稿、沈本作「蕭條」。
〔遺氓豈尚〕同上作「遺民定尚」。
〔殘虜〕同上及宋詩紀事、繡水詩鈔作「敗將」，皆因避諱而改。
〔父祖〕癸巳類稿、沈本作「祖父」。
〔當年〕雲麓漫鈔、宋詩紀事作「當時」，此從癸巳類稿。
〔成雨〕癸巳類稿、沈本作「如雨」。
〔飄流〕同上及宋詩紀事作「飄零」。
〔欲將句〕癸巳類稿作「願將血淚寄河山」。
〔東山〕癸巳類稿、沈本作「青州」，繡水詩鈔作「山東」。
〔一抔土〕雲麓漫鈔、宋詩紀事、繡水詩鈔「抔」誤作「坏」，據癸巳類稿改。

【箋注】

〔一〕此篇如序文所示作於紹興三年癸丑（一一三三）。沈本篇末亦云：「宋紹興三年，韓肖胄使金，胡松年試工部尚書爲副，胡尚書殆松年也。詩意與使金事亦合。」建炎以來繫年要録卷六十五紹興三年五月：「丁卯，尚書吏部侍郎韓肖胄爲端明殿學士、同簽書樞密院事，充大金軍前奉表通問使；給事中胡松年試工部尚書，充副使。」又卷六十六：「（六月）丁亥，同簽書樞密院事韓肖胄、工部侍郎胡松年入辭。」蓋五月丁卯爲詔下之日，六月丁亥（初四日）爲出使之時，易安詩作於六月也。王仲聞以爲在六月誤，蓋未省入辭時也。要録稱胡爲「工部侍郎」，指實銜，易安稱「工部尚書」乃榮銜，蓋尊之也。韓肖胄、胡松年，宋史卷三七九有傳。

〔二〕兩宮：指徽宗、欽宗兩帝，時被金人擄至五國城（今黑龍江伊蘭一帶）。

〔三〕父祖句：黄盛璋趙明誠李清照夫婦年譜：「大父及父李格非，俱出韓琦門下，有聲於齊魯。趙彦衛雲麓漫鈔卷十四載清照上韓公樞密詩序云：『有易安室者，父祖皆出韓公門下。』此韓公當指韓琦。」案韓琦爲肖胄曾祖，歷仕仁宗、英宗、神宗三朝，卒於熙寧八年（一〇七五）。宋史本傳稱其「折節下士，無貴賤，禮之如一，尤以獎拔人才爲急」。清照祖父名字不詳，當遊於韓琦之門；父格非熙寧九年進士及第，蓋及第前亦曾遊於韓琦之門。又琦子忠彦，哲宗元祐中，始召爲户部尚書，擢尚書右丞，時格非已官太學；徽宗建中靖國時始拜相，時格非官禮部員外郎，是否從遊，難以確定。

〔四〕不敢句：即望塵莫及，義爲地位懸殊。語本莊子田子方：「夫子奔逸絶塵，而（顔）回瞠若乎其後矣。」又後漢書趙咨傳：「復拜東海相，之官，道經滎陽，令敦煌曹暠……迎路謁候，咨不爲留。暠送至亭次，望塵莫及。」後用作敬詞，表示自己遠遠落後。

〔五〕神明：精神、理智。莊子齊物論：「勞神明爲一，而不知其同也。」世説新語言語：「何平叔云：『服五石散，非唯治病，亦神明開朗。』」

〔六〕凝旒：形容皇帝端坐凝視。旒，天子冠冕前後懸垂的玉串，端坐時凝然不動。禮禮器：「天子之冕，朱緑藻，十有二旒。」望南雲，指思親。晉陸機思親賦：「指南雲以寄欽，望歸風而效誠。」陸雲九愍：「眷南雲以興悲，蒙東雨而涕零。」宋陳巖肖庚溪詩話卷下：「紹興庚午歲，余爲臨安秋賦考試官，同舍有舉歐陽公長短句詞曰：『雁過南雲，行人回淚眼。』因問曰：『南雲其意安在？』余答曰：『嘗見江總詩云：「心逐南雲去，身隨北雁來。故園籬下菊，今日幾花開？」恐出於此耳。』昔人臨歧執别，回首引望，戀戀不忍遽去而形於詩者……其惜别之意則同也。」

〔七〕垂衣句：易繫辭下：「黄帝、堯、舜垂衣裳而天下治，蓋取諸乾坤。」唐李白古風之一：「聖代復元古，垂衣貴清真。」多稱頌帝王無爲而治，此指高宗。思北狩，謂思念被擄北去的徽、欽二帝。爾雅釋天：「冬獵爲狩。」春秋：「天王狩於河陽。」注：「晉實召王，爲其辭逆而意順，故經以『王狩』爲辭。」孟子告子下：「天子適諸侯曰巡狩。」此處「北狩」爲被俘的婉稱。

〔八〕岳牧句：相傳堯舜時有四岳、十二州牧，分管政務和方國諸侯。書周官：「曰唐虞稽古，建官惟百，内有百揆四岳，外有州牧侯伯。」群后，諸侯。書舜典：「班瑞于群后。」又：「五載一巡守，群后四朝。」此指群臣。

〔九〕半千：新唐書員半千傳：「半千始名餘慶……長與何彦光同事王義方，以邁秀見賞。義方常曰：『五百載一賢者生，子宜當之。』因改今名……俄舉岳牧。」此句謂衆卿之中豈無賢如員半千者。

〔一〇〕陽九：指厄運。漢書律曆志上：「易九戹曰：初入元百六陽九。」注引孟康曰：「所謂陽九之戹，百六之會者也。」案：術數家以四千六百一十七歲爲一元，初入元一百零六歲，内有旱災九年，謂之「陽九」。魏曹植漢二祖優劣論云：「値陽九無妄之世，遭災光厄會之運。」

〔一一〕燕然銘：後漢書竇憲傳：「竇憲、耿秉與北單于戰於稽落山，大破之。虜衆奔潰，單于遁走……憲、秉遂登燕然山，出塞三千餘里，刻石勒功，紀漢威德，令班固作銘。」燕然山，即今蒙古杭愛山。

〔一二〕金城柳：世説新語言語：「桓公北征，經金城，見前爲琅琊時種柳，皆已十圍，慨然曰：『木猶如此，人何以堪！』攀枝執條，泫然流淚。」桓公，晉桓温，太和四年北伐，至金城（今甘肅皋蘭縣西南）。案：以上二句轉述高宗意旨，當受當時主和派思想影響，不同意北伐。建炎以來繫年要録卷六十六載韓肖胄言：「今大臣各徇己見，致和戰未有定論，和議乃權時之宜，以濟艱難。他日國步安强，軍威大振，理當別圖。今臣等已行，願毋先渝約。」可見朝廷主和之説一斑。

〔一三〕豈無二句：純孝，左傳隱公元年：「潁考叔，純孝也，愛其母，施及莊公。」霜露悲，謂悽愴之情。禮記祭義：「霜露既降，君子履之，必有悽愴之心，非其寒之謂也。」宋史韓肖胄傳謂肖胄「事母以孝聞」，故清照以「純孝臣」稱之。

〔一四〕何必二句：謂勿以老母爲念，受命即行。羹捨肉：左傳隱公元年：「潁考叔爲潁谷封人，聞之，有獻於（鄭莊）公。公賜之食，食舍肉。公問之，對曰：『小人有母，皆嘗小人之食矣，未嘗君之羹，請以遺之。』」車載脂，車軸上潤滑油脂，以利速行。詩邶風泉水：「載脂載舝，還車言邁。」集傳：「脂，以脂膏塗其舝，使滑澤也。舝，車軸也。」案：建炎以來繫年要録卷六十六：「肖胄母文安郡太夫人文氏，聞肖胄當行，爲言：『韓氏世爲社稷臣，汝當受命即行，勿以老母爲念。』帝稱爲賢母，封榮國夫人。」二句隱括其意。

〔一五〕土地二句：命肖胄對金讓步求和，此亦轉述高宗意旨。

〔一六〕將命：傳遞主客之間的話語。論語憲問：「闕黨童子將命。」禮少儀：「某固願聞名於將命者。」疏：「將命，謂傳辭出入，通客主之言語者也。」

〔一七〕四岳：尚書堯典：「帝曰咨，四岳。」孔傳：「四岳，即上羲和之四子，分掌四岳之諸侯。」一作「四嶽」，史記五帝紀集解引鄭玄曰：「四嶽，四時官，主方嶽之事。」又詩大雅崧高「崧高維嶽」箋：「四嶽，卿士之官，掌四時者也，因主方嶽巡狩之事。」此取後一義。　僉曰，皆曰。書舜典：「僉曰：伯禹作司空。」　俞，允許、允諾。書堯典：「帝曰：俞，予聞，如何？」

〔一八〕中朝句：劉賓客嘉話録：「盧新州(杞)爲相，令李揆入蕃……揆既至蕃，蕃長問：『唐家第一人李揆，公是否？』揆曰：『非也。他那箇李揆争肯到此。』恐其拘留，以此誣之也。揆門户第一、文學第一、官職第一。」宋蘇軾送子由使契丹詩：「單于若問君家事，莫道中朝第一人。」

〔一九〕春官句：春官，周禮卷五春官宗伯：「乃立春官宗伯，使帥其屬，而掌邦禮，以佐王和邦國。」唐代光宅間，曾改禮部爲春官，後世遂作禮部的代稱。唐劉禹錫宣上人遠寄賀禮部王侍郎放榜後詩因而繼和：「一日聲名遍天下，滿城桃李屬春官。」據新唐書韓愈傳，卒贈禮部尚書，清照當指此。昌黎，韓愈世居潁川，常據先世郡望自稱昌黎（故址在今北京通縣東）人，門人李漢編其詩文，因題名爲昌黎先生文集，見顧炎武京東考古録。

〔二〇〕百夫特：指傑出人物。詩秦風黄鳥：「維此奄息，百夫之特。」鄭箋：「百夫之中最雄俊也。」

〔二一〕嘉祐二句：嘉祐，宋仁宗年號（一〇五六—一〇六三），時肖胄曾祖韓琦爲相；建中靖國，宋徽宗年號（一一〇一），時肖胄祖韓忠彦爲相。皋夔，皋即皋陶，舜時獄官；夔，舜時樂官。喻指賢臣。此處借喻韓琦、韓忠彦。

〔二二〕匈奴句：王商，漢蠡吾人，字子威。成帝時爲丞相，有威重。漢書本傳云：「長八尺有餘，身體鴻大，容貌甚過絶人。河平四年，單于來朝，引見白虎殿。丞相商坐未央殿中，單于前，拜謁商。商起，離席與言。單于仰視商貌，大畏之，遷延却退。天子聞而嘆曰：此真漢相矣！」

〔二三〕吐蕃句：郭子儀，唐華州鄭縣人。長六尺餘，體貌秀傑。平安史之亂有功，代宗時爲尚書令。永泰元年（七六五）八月，党項族首領僕固懷恩誘吐蕃、回紇、羌、渾等三十餘萬南下，京師震恐，天子下詔親征。是時，急召子儀自河中至，屯於涇陽，而虜騎已合。子儀以數十騎徐出，免冑而勞之，「回紇皆捨兵下馬齊拜曰：『果吾父也！』」見舊唐書本傳。清照云「吐蕃」，當係誤記。案：韓琦及忠彦，貌皆英偉，爲北人所敬畏，宋史韓琦傳云琦「在魏都久，遼使每過，移牒必書名，曰：『以韓公在此故也。』忠彦使遼，遼主問知其貌類父，即命工圖之。」故清照以比王商、郭子儀。

〔二四〕稽首：古代跪拜禮。書舜典：「禹拜稽首。」疏：「周禮太祝辨九拜，一曰稽首。稽首爲敬之極，故爲首至地。」

〔二五〕紫泥詔：用紫泥所封之詔書。衛宏漢舊儀上：「皇帝六璽……皆以武都紫泥封。」唐李白玉壺吟：「鳳凰初下紫泥詔，謁帝稱觴登御筵。」

〔二六〕黄龍城：金之首都，在今吉林農安縣。宋史岳飛傳謂「直抵黄龍府，與諸君痛飲爾」，即指此。

〔二七〕侍子：諸侯或屬國王遣子入侍皇帝，稱侍子。後漢書光武帝紀下：「鄯善王、車師王等十六國遣子入侍奉獻……帝以中國初定，未遑外事，乃還其侍子，厚加賞賜。」此指金朝太子。

〔二八〕狂生句：此謂勿對金人作戰。狂生，膽大妄爲者。荀子君道：「危削滅亡之情舉積此矣，而求安樂，是狂生也。」請纓：要求從軍擊敵。漢書終軍傳：「南越與漢和親，乃遣軍使南越，説其王，欲令入朝，比内諸侯。軍自請願受長纓，必羈南越王而致之闕下。」

〔二九〕或取二句：謂與金人歃血盟誓。戰國策魏一：「刑白馬以盟於洹水之上，以相堅也。」天日盟，指天日以爲盟。三國志吴胡綜傳：「款心赤實，天日是鑒。」案：以上四句謂當時不必出兵抗金，而應簽訂和約，此乃當局之意。參見注〔一二〕要録卷六十六紹興三年六月所載簽書樞密院事韓肖胄之言，清照特轉述其意而已。

〔三〇〕胡公句：謂胡松年之德望難能可貴。宋史本傳：「方秦檜秉政，天下識與不識，率以疑忌置之死地，故士大夫無不曲意阿附爲自安計。松年獨鄙之，至死不通一書，世以此高之。」

〔三一〕脱衣句：謂深受國恩。脱衣，即解衣。史記淮陰侯傳：「漢王授我上將軍印，予我數萬衆，解衣衣我，推食食我，言聽計用，故吾得以至於此。」即宋史韓肖胄傳記其母語「汝家世受國恩」之意。

〔三二〕離歌句：戰國時燕太子丹使荆軻入秦刺秦王，太子與賓客皆白衣冠送之，至易水餞别，高漸離擊筑，荆軻和而歌曰：「風蕭蕭兮易水寒，壯士一去兮不復還。」見戰國策燕三。

〔三三〕皇天二句：以天陰地濕，風狂雨驟，形容局勢之險惡。此爲清照常用手法，如清平樂：「看取晚來風勢，故應難看梅花。」永遇樂：「元宵佳節，融和天氣，次第豈無風雨。」

〔三四〕車聲句：唐杜甫兵車行：「車轔轔，馬蕭蕭，行人弓箭各在腰。」此狀韓胡二公出發情景。

〔三五〕閭閻嫠婦：清照自稱。閭閻，泛指民間。漢書異姓諸侯王表：「閭閻偪於戎狄。」注：「閭，里門也。閻，里中門也。陳勝吴廣本起閭左之戍，故總言閭閻。」嫠婦，寡婦。左傳昭公二十五年：「嫠也何害，先夫當之矣。」注：「寡婦曰嫠。」

〔三六〕記室：相當今之秘書。三國志魏陳琳傳：「太祖并以琳、（阮）瑀爲司馬軍謀祭酒，管記室，軍國書檄，多琳、瑀所作也。」宋朝諸王府亦設此職，名「記室參軍」，見高承事物紀原卷五。

〔三七〕不虞預備：左傳桓公十七年：「疆埸之事，慎守其一而備其不虞。」此謂提高警惕。不虞，没有料到。

〔三八〕衷甲句：衣内著鎧甲。左傳襄公二十七年：「辛巳，將盟於宋西門之外，楚人衷甲。」注：「甲在衣中。」

〔三九〕乘城句：乘城，登城，即堅守城池。史記高祖本紀：「宛，大郡之都也，連城數十，人民衆，積蓄多，吏人自以爲降必死，故皆堅守乘城。」索隱：「李奇曰：乘，守也。韋昭曰：乘，登也。」　平凉，川名，在今甘肅。唐德宗貞元三年（七八七）閏四月，唐與吐蕃在此設壇會盟。資治通鑑卷二三二載：「尚結贊與（渾）瑊約，各以甲士三千人列於壇之東西，常服者四百人從至壇下。辛未，將盟。尚結贊又請各遣遊騎數十更相覘索，瑊皆許之。吐蕃伏精騎數萬於壇西，遊騎貫穿唐軍，出入無禁。唐騎入虜軍，悉爲所擒，瑊等皆不知，入幕，易禮服。虜發鼓三聲，大譟而出，殺宋奉朝等於幕中。」

〔四〇〕葵丘句：葵丘，春秋時宋地，在今河南蘭考縣東。左傳僖公九年：「秋，齊侯（桓公）盟諸侯於葵丘。」踐土，春秋時鄭地。春秋僖公二十八年城濮之戰後，「五月癸丑，公會晉侯、齊侯、宋公、蔡侯、鄭伯、衛子、莒子於踐土。」在今河南原陽縣西南。

〔四一〕露布句：世説新語文學：「桓宣武（温）北征，袁虎時從，被責免官。會須露布文，唤袁倚馬前，令作。手不輟筆，俄得七紙，殊可觀。東亭（王珣）在側，極歎其才。」案：露布乃不封之文書。唐封演封氏聞見記卷四：「露布，捷書之别名也。諸軍破賊，則以帛書建諸竿上，兵部謂之露布。蓋自漢以來有其名。所以名露布者，謂不封檢而宣布，欲四方速知。」

〔四二〕崤函句：史記孟嘗君傳：「夜半至函谷關，秦昭王後悔出孟嘗君，即使人馳傳逐之。孟嘗君至關，關法：雞鳴而出客。孟嘗君恐追至，客之居下坐者能爲雞鳴，而雞盡鳴，遂發傳，出之。」殽謂殽山，在今河南洛寧縣北；函謂函谷關，秦之東關，在今河南靈寶縣南。

〔四三〕巧匠句：自謙不才之語。樗櫟，二種劣質木材。莊子逍遥遊：「吾有大樹，人謂之樗，其大本擁腫而不中繩墨，其小枝卷曲而不中規矩。立之塗，而匠者不顧。」又人間世：「匠石之齊，至於曲轅，見櫟社樹，其大蔽數千牛，絜之百圍……散木也。以爲舟則沉，以爲棺槨則速腐，以爲器則速毁，以爲門户則液樠，以爲柱則蠹。是不材之木也。」

〔四四〕芻蕘之言：謙詞。芻蕘，割草打柴的樵夫。詩大雅板：「先民有言，詢于芻蕘。」傳：「芻蕘，薪采者。」引申爲草野之人。

〔四五〕不乞句：淮南子覽冥訓：「譬如隋侯之珠，和氏之璧，得之者富，失之者貧。」注：「隋侯，漢東之國，姬姓諸侯也。隋侯見大蛇傷斷，以藥傳之。後蛇於江中銜大珠以報之，因曰隋侯之珠，蓋明月珠也。」和璧，卞和所獻之璧。韓非子和氏：「楚人和氏得玉璞楚山中，奉而獻之厲王。厲王使玉人相之，玉人曰：『石也。』王以和爲誑而刖其左足。及厲王薨，武王即位，和又奉其璞而獻之武王。武王使玉人相之，又曰：『石也。』王又以和爲誑而刖其右足。及武王薨，文王即位。和乃抱其璞而哭於楚山之下，三日三夜，淚盡而繼之以血。王聞之，使人問其故，曰：『天下之刖足者多矣，子奚哭之悲也？』和曰：『吾非悲刖也，悲夫寶玉而題之以石，貞士而名之以誑，此吾所以悲也。』王乃使玉人理其璞而得寶焉，遂命曰和氏之璧。」

〔四六〕靈光：殿名。漢景帝子魯恭王所建，故址在山東曲阜東。文選王文考魯靈光殿賦序：「初，恭王始都下國，好治宮室，遂因魯僖基兆而營焉。遭漢中微，盜賊奔突，自西京未央建章之殿，皆見隳壞，而靈光巋然獨存。」後亦毀。水經注卷二十五泗水：「孔廟東南五百步，有雙石闕，即靈光之南闕；北百餘步，即靈光殿基。」此處借指北宋宮殿。

〔四七〕翁仲：傳説本爲秦時巨人名，見淮南子氾論高誘注，云：「秦皇帝二十六年，初兼天下，有長人見於臨洮，其高五丈，足迹六尺。放寫其形，鑄金人以象之，翁仲君何是也。」後指宮門銅像或墓道石像。宋書五行志一：「魏明帝景初元年，發銅鑄爲巨人二，號曰翁仲，置之司馬門外。」又唐柳宗元衡陽與夢得分路贈别詩：「伏波故道風烟在，翁仲遺墟草樹平。」此指墓前石人。

〔四八〕人比數：與人名位相等。漢書司馬遷傳報任安書：「刑餘之人，無所比數，非一世也，所從來遠矣。」

〔四九〕當年二句：形容講學盛況。稷下，古地名，在戰國時齊之都城臨淄稷門。史記田敬仲完世家：「宣王喜文學游説之士，自如騶衍、淳于髡、田駢、接予、慎到、環淵之徒七十六人，皆賜列第，爲上大夫，不治而議論。是以齊稷下學士復盛，且數百千人。」集解引劉向別録曰：「齊有稷門，城門也。談説之士期會於稷下也。」揮汗成雨，形容人多。史記蘇秦傳：蘇秦説齊宣王曰：「臨菑之涂，車轂擊，人肩摩，連衽成帷，舉袂成幕，揮汗成雨，家殷人足，志高氣揚。」

〔五〇〕東山：孟子盡心上：「孔子登東山而小魯，登太山而小天下。」朱熹集注：「東山，蓋魯城東之高山，而太山則又高矣。」一抔土，一捧土。史記張釋之傳：「假令愚民取長陵一抔土，陛下何以加其法乎？」唐駱賓王爲徐敬業討武曌檄：「一抔之土未乾，六尺之孤何托？」此指清照祖先墳墓。

其二

想見皇華過二京〔一〕，壺漿夾道萬人迎〔二〕。連昌宫裏桃應在〔三〕，華萼樓前鵲定驚〔四〕。但説帝心憐赤子〔五〕，須知天意念蒼生〔六〕。聖君大信明如日，長亂何須在屢盟〔七〕。

【箋注】

〔一〕想見句：皇華，頌使節之辭。詩小雅皇皇者華序：「皇皇者華，君遣使臣也。送之以禮樂，言遠而有光華也。」杜甫寄韋有夏郎中詩：「萬里皇華使，爲僚記腐儒。」二京，指宋之南京（今河南商丘）、東京（今開封）。又有北京（今河北大名），亦宋使至金常經之地。此蓋泛指。

〔二〕壺漿：孟子梁惠王下：「以萬乘之國，伐萬乘之國，簞食壺漿，以迎王師。」此喻中原人民踴躍勞軍。

〔三〕連昌宮：唐高宗顯慶三年置，故址在今河南宜陽縣。唐元稹連昌宮詞云：「連昌宮中滿宮竹，歲久無人森似束。又有牆頭千葉桃，風動落花紅蔌蔌。」

〔四〕華萼樓：唐玄宗開元二年在舊邸興慶宮西所建，題「花萼相輝之樓」。舊址在今陝西西安興慶公園。徐松唐兩京城坊考：「開元二十四年十二月，毀東市東北角、道政坊西北角，以廣花萼樓前地。置宮後，寧王憲、申王撝、岐王範、薛王業，邸第相望，環於宮側，明皇因題『花萼相輝』之名，取詩人『棠棣』之意。」唐鄭處誨明皇雜録一：「興慶宮，帝潛邸，於西南隅起花萼相輝之樓，與諸王游處。」　鵲定驚，謂鵲驚起。唐錢起裴廸南門對月詩：「鵲驚隨月散，螢遠入烟流。」又王涯秋思詩：「月度天河光轉濕，鵲驚秋樹葉頻飛。」宋辛棄疾西江月夜行黄沙道中：「明月別枝驚鵲，清風半夜鳴蟬。」然細玩清照詩意，當爲「鵲定喜」之意，因押韵而改用「驚」字。西京雜記三：「乾鵲噪而行人至。」韓肖胄、胡松年奉使北上，故宋舊宮之鵲驚起而報喜也。

〔五〕赤子：嬰兒。書康誥：「若保赤子，惟民其康乂。」疏：「子生赤色，故言赤子。」引申爲子民百姓。漢書龔遂傳：「其民困於饑寒，而吏不恤，故使陛下赤子，盜弄陛下之兵於潢池中耳。」

〔六〕蒼生：亦指百姓。書益稷：「光天之下，至于海隅蒼生，萬邦黎獻。」晉書謝安傳：「中丞高崧戲之曰：『卿屢違朝旨，高卧東山，諸人每相與言，安石不出，將如蒼生何？蒼生亦將如卿何？』」

〔七〕長亂句：詩小雅巧言：「君子屢盟，亂是用長。」集傳：「言君子不能已亂，而屢盟以相要，則亂是用長矣。」長亂，滋長動亂。清照以「何須」二字否定此説，謂與金訂盟，不一定「長亂」，蓋一心祈求和平，並祝願韓、胡此行成功也。

【彙評】

宋趙彦衛雲麓漫鈔卷十四：李氏自號易安居士，趙明誠德夫之室，李文叔女。有才思，文章落筆，人争傳之。小詞多膾炙人口，已版行於世。他文少有見者，上樞密韓公詩（略）。

近代陳衍宋詩精華録卷四：雄渾悲壯，雖起杜、韓爲之，無以過也。古今婦女，文姬外無第三人。然文姬所遇，悲憤哀痛，千古無兩，私情公誼，又自不同矣。

烏　江〔一〕

生當作人傑〔二〕，死亦爲鬼雄〔三〕。至今思項羽，不肯過江東〔四〕。

【校記】

此篇録自詩女史卷十一。彤管遺編續集卷十七、名媛詩歸卷十八、歷朝名媛詩詞卷七、乾隆章丘縣志卷十二亦載之。繡水詩鈔題作夏日絶句。

〔作人傑〕彤管遺編、名媛詩歸、歷朝名媛詩詞「作」作「爲」。

〔爲鬼雄〕同上「爲」作「作」，平仄不叶，非。

【箋注】

〔一〕此詩當作於建炎三年己酉（一一二九）四、五月間。據清照金石録後序，趙明誠「己酉三月罷（建康），具舟上蕪湖，入姑孰，將卜居贛水上。夏五月，至池陽。」烏江在今安徽和縣東北四十里，位於建康（今南京）姑孰（今當塗）之間長江北岸，爲清照舟行必經之地。趙明誠於本年三月罷守建康，當於夏四月以後啓行，其經烏江，亦當在四、五月間，故繡水詩鈔題作夏日絶句。

〔二〕人傑：傑出人物。史記高祖本紀五年高祖曰：「夫運籌帷幄之中，決勝於千里之外，吾不如子房；鎮國家，撫百姓，給餽饟，不絶糧道，吾不如蕭何；運百萬之衆，戰必勝，攻必克，吾不如韓信。此三者，皆人傑也。」文子上禮：「行可以爲儀表，智足以決嫌疑，信可以守約，廉可以使分財，作事可法，出言可道，人傑也。」

〔三〕鬼雄：鬼魂中的强者。楚辭九歌國殤：「身既死兮神以靈，魂魄毅兮爲鬼雄。」

〔四〕至今二句：史記項羽本紀：「於是項王乃欲東渡烏江。烏江亭長檥船待，謂項王曰：『江東雖小，地方千里，衆數十萬人，亦足王也。願大王急渡。今獨臣有船，漢軍至，無以渡。』項王笑曰：『天之亡我，我何渡爲？且籍與江東子弟渡江而西，今無一人還，縱江東父老憐而王我，我何面目見之？縱彼不言，籍獨不愧於心乎！』」乃自刎而死。唐代烏江建有項王祠，李陽冰篆其額曰「西楚霸王祠」。宋熙寧末秦觀與參寥子曾邀烏江令閻求仁謁項羽祠，見淮海集游湯泉記，並有還自湯泉十四韵。易安夫婦愛好文物，金石録卷七第一千三百二十五曾著録「唐西楚霸王祠頌，賀蘭進明撰，賀蘭誠書。天寶十三載十月。」故可推知，清照與明誠曾謁霸王祠，感而賦此詩，以諷喻現實。

夜發嚴灘〔一〕

巨艦只緣因利往，扁舟亦是爲名來〔二〕。往來有愧先生德〔三〕，特地通宵過釣臺〔四〕。

【校記】

此篇録自清厲鶚宋詩紀事卷八十七，注云：「釣臺集。」王仲聞李清照集校注卷二題作釣臺，並云：「據此詩文義，似祇夜過釣臺，無『夜發』之意，兹改題作『釣臺』。」兹不從。

【箋注】

〔一〕此篇作於紹興四年（一一三四）十月。清照打馬圖序：「今年十月朔，聞淮上警報，江浙之人，自東走西……易安居士自臨安泝流，涉嚴灘之險，抵金華。」案：嚴灘在浙江桐廬富春江畔，相傳爲東漢嚴子陵釣魚處。岸畔富春山上有東西兩臺，傳爲嚴子陵釣魚臺。

〔二〕巨艦二句：明郎瑛七修類稿卷三十趙墓嚴臺詩：「漢嚴子陵釣臺，在富春江之涯。有過臺而咏者曰：『君爲利名隱，我爲利名來。羞見先生面，黄昏過釣臺。』」清梁紹壬兩般秋雨盦隨筆釣臺詩條云：「范文正詩云：『子爲功名隱，我爲功名來。羞見先生面，黄昏過釣臺。』不鋪張而景仰之意自見。」王仲聞云梁氏「殆因范（仲淹）有釣臺七絶一首云：『漢包六合網英豪，一箇冥鴻惜羽毛。世祖功臣三十六，雲臺争似釣臺高。』致誤。」易安蓋據前人詩意成此二句。

〔三〕先生德：范仲淹嚴先生祠堂記：「先生之德，山高水長。」宋李覯改「德」爲「風」。

〔四〕特地：唐宋時方言，猶云特爲、特意。杜甫陪栢中丞觀宴將士之一：「幾時來翠節，特地引紅妝。」宋王珪宫詞：「才人特地新妝束，五色春衫畫折枝。」參見詩詞曲語辭匯釋卷四。

題八咏樓〔一〕

千古風流八咏樓，江山留與後人愁〔二〕。水通南國三千里，氣壓江城十四州〔三〕。

【校記】

此篇録自方輿勝覽卷七。又見事文類聚翰墨大全後乙集聖朝混一方輿勝覽卷下、彤管遺編續集卷十七、名媛詩歸卷十八、古今女史詩集卷六、繡谷春容卷一、繡水詩鈔卷一。

【箋注】

〔一〕此詩慨嘆江山之難守。王仲聞李清照集校注卷二：「此首當作於紹興五年，清照時在金華。」案：八咏樓爲金華名勝。宋韓元吉南澗甲乙稿卷十四極目亭詩集序：「婺城臨觀之許凡三：中爲雙溪樓，西爲八咏樓，東則此亭，皆盡見群山之秀。兩川貫其下，平林曠野，景物萬態。」樓爲南齊隆昌元年（四九四），沈約知婺州時所建，原名元暢樓。約有登元暢樓詩：「登樓望秋月，會圃臨春風。歲暮愍衰草，霜來悲落桐。夕行聞夜鶴，晨征聽曉鴻。解珮去朝市，被褐守山東。」又以此詩之每一句作長詩之首句，衍爲八首，題作元暢樓八咏。宋太宗至道時，馮伉知婺州，遂據以改稱八咏樓，見方輿勝覽卷七。

〔二〕江山句：是時金兵南侵，清照避亂至此，慨江山之難守，故云「江山留與後人愁」。

〔三〕十四州：宋史地理志七兩浙路：「府二：平江、鎮江；州十二：杭、越、湖、婺、明、常、温、台、處、衢、嚴、秀。」二府加十二州，共十四州。僧貫休獻錢尚父（鏐）：「滿堂花醉三千客，一劍霜寒十四州。」即指此。

【彙評】

明趙世傑古今女史詩集卷六：氣象宏敞。

皇帝閤春帖子〔一〕

莫進黄金簟〔二〕，新除玉局床〔三〕。春風送庭燎，不復用沉香〔四〕。

【校記】

此篇録自詩女史卷十一。彤管遺編續集卷十七、古今女史詩集卷七、名媛詩歸卷十八、歷朝名媛詩詞卷七、繡水詩鈔卷一亦載之。清沈瑾鈔本漱玉詞亦作爲附録。然各本均與「日月堯天大」併爲一首，題作皇帝閤。王仲聞李清照集校注卷二云：「傳世宋人帖子詞，或爲七言四句，或爲五言四句（新編李清照集云：『端午帖子均係五絶。』未知何據），未見有五律或七律者。浩然齋雅談載『日月堯天大』等三首，亦俱爲五言四句，并不似誤奪半首。浩然齋雅談所載乃端午帖子，而此四句内有『春風』、『庭燎』，俱非端午事，此必春帖子也（立春所進帖子詞，名『春帖子』）。詩女史等殆以其同韵而誤爲一首，今分爲兩首。此首并依其内容改題作『皇帝閤春帖子』。下貴妃閤一首，亦有『春』字，當亦爲春帖子。亦同樣改題，不另作説明。」王説甚是，兹從之。

〔莫進〕進，古今女史、歷朝名媛詩詞作「是」，繡水詩鈔作「其」，皆誤。

【箋注】

〔一〕王仲聞云：「此首必作於紹興十三年或以後。」今查建炎以來繫年要録卷一四八，紹興十三年癸亥（一一四三）：「辛丑立春節，學士院始進帖子詞，百官賜春幡勝，自建炎以來久廢，至是始復之。」宋周密武林舊事卷二立春：「學士院撰進春帖子，帝、后、貴妃、夫人諸閤，各有定式，絳羅金縷，華粲可觀。」是時易安年已六十。

〔二〕黄金簟：以金絲編成的席子。南史齊武帝紀永明九年：「夏五月丙申，林邑國獻金簞。」

〔三〕玉局床：一種玉製曲脚床。局，曲。雲笈七籤卷一〇九引神仙傳張道陵傳：「陵坐局脚玉床斗帳中。」

〔四〕春風二句：庭燎，庭中照明的火炬。詩小雅庭燎：「夜如何其？夜未央，庭燎之光。」周禮秋官司烜氏：「凡邦之大事，共墳燭庭燎。」注：「（鄭）玄謂：墳，大也。樹於門外曰大燭，於門内曰庭燎，皆所以照衆爲明。」唐李商隱隋宫守歲詩：「沉香甲煎爲庭燎。」清照蓋本此。

貴妃閤春帖子〔一〕

金環半后禮〔二〕，鉤弋比昭陽〔三〕。春生百子帳〔四〕，喜入萬年觴〔五〕。

【校記】

此篇録自詩女史卷十一。彤管遺編續集卷十七、名媛詩歸卷十八、歷朝閨雅卷六、繍水詩鈔卷一、歷朝名媛詩詞卷七亦載之。

〔百子帳〕各本俱作「栢子帳」，此據歷朝閨雅改。

【箋注】

〔一〕此篇作於紹興十三年癸亥（一一四三）立春之前。據宋史后妃傳，高宗吴皇后，紹興十三年閏四月自貴妃立爲皇后。其後宮中只有潘賢妃、劉賢妃，而無貴妃。故知此帖子係爲吴貴妃而作。

〔二〕金環：后妃進御及妊娠所用的標志飾物。太平御覽卷一三五引五經要義：「古者后夫人必有女史彤管之法。后妃群妻以禮御於君所，女史書其日，授其環，以示進退之法。生子月娠，則以金環退之。當御者，以銀環進之，著於左手；既御，著於右手。左者陽也，亦當就男，故著左手。右手陰也，既御而復故。此女史之職也。」半后禮，享受皇后禮遇之一半。楊太真外傳：「册太真宮女道士楊氏爲貴妃，半后服。」

〔三〕鉤弋句：史記外戚世家：「鉤弋夫人姓趙氏，河間人也。得幸武帝，生子一人，昭帝是也。」索隱按：「夫人姓趙，河間人。漢書云『武帝過河間，望氣者言此有奇女，天子乃使使召之。女兩手皆拳，上自披之，手即時伸。由是幸，號曰拳夫人。後居鉤弋宮，號曰鉤弋夫人』。列仙傳云：『發手得一玉鉤，故號焉。』」昭陽，漢宮名。武帝時後宮八區中有昭陽殿，成帝寵妃趙飛燕居之。漢書外戚傳：「（趙）皇后既立，後寵少衰，而弟絶幸，爲昭儀，居昭陽舍。其中庭彤朱，而殿上髹漆，切（門限）皆銅沓。黃金塗，白玉階，壁帶往往爲黃金釭，函藍田璧，明珠、翠羽飾之。自後宮未嘗有焉。」

〔四〕百子帳：宋程大昌演繁露卷十三：「唐人昏（婚）禮，多用百子帳，特貴其名與昏宜，而其制度則非有子孫衆多之義。蓋其制本出於戎虜，特穹廬、拂廬之具體而微者耳。」袁褧楓窗小牘卷下：「若今禁中大婚百子帳，則以錦繡織成百小兒嬉戲狀。」

〔五〕萬年觴：進酒祝帝王長壽。後漢書班超傳：「陛下舉萬年之觴。」

皇帝閤端午帖子〔一〕

日月堯天大〔二〕，璿璣舜曆長〔三〕。側聞行殿帳〔四〕，多集上書囊〔五〕。

【校記】

此篇録自宋周密浩然齋雅談卷上。詩女史卷十一、彤管遺編續集卷十七、名媛詩歸卷十八、古今女史詩集卷七、歷朝名媛詩詞卷七、癸巳類稿卷十五、繡水詩鈔卷一、宋詩紀事補遺卷九十四亦載之。

〔天〕詩女史、彤管遺編、名媛詩歸作「仁」。

〔側〕詩女史、彤管遺編、古今女史、歷朝名媛詩詞、繡水詩鈔作「或」。

〔集〕同上作「是」。

【箋注】

〔一〕此篇及以下二篇，皆作於紹興十三年癸亥（一一四三）端午之前。周密浩然齋雅談卷上：「李易安紹興癸亥在行都，有親聯爲内命婦者，因端午進帖子（中略）。時秦楚材在翰苑，惡之，止賜金帛而罷。」秦梓，字楚材，秦檜之兄，時爲翰林學士。又武林舊事卷三端午：「先期，學士院供帖子，如春日禁中排當，例用朔日，謂之『端一』。」帖子皆「送後苑作院，用羅帛製造，及期進入」。見皇朝歲時雜記。

〔二〕堯天：論語泰伯：「子曰：大哉，堯之爲君也！巍巍乎，惟天爲大，唯堯則之。」唐杜審言蓬萊三殿侍宴奉敕咏終南山應制詩：「小臣持獻壽，長此戴堯天。」此處稱頌高宗盛德及太平盛世。

〔三〕璿璣：即璿璣玉衡，渾天儀的前身，用以觀測天體。書舜典：「在璿璣玉衡，以齊七政。」疏：「説文云：璿，美玉也……璣衡者，璣爲轉運，衡爲横簫，運璣使動於下，以衡望之，是王者正天文之器。漢世以來謂之渾天儀者是也。」

〔四〕側聞：謙詞，從旁聞知。史記賈誼列傳弔屈原賦：「側聞屈原兮，自沉汨羅。」文選司馬遷報任少卿書：「僕雖罷駑，亦嘗側聞長者之遺風矣。」李善注：「側聞，謙詞也。」行殿帳，帝王出行觀察民風時所用。北史宇文愷傳：「又造觀風行殿，上容衛者數百人，離合爲之，下施輪軸，推移倏忽，有若神功。」

〔五〕上書囊：後漢書翟酺傳上疏諫曰：「夫儉德之恭，政存約節。故文帝愛百金於露臺，飾帷帳於皁囊。或有譏其儉者，上曰：『朕爲天下守財耳，豈得妄用之哉！』」范曄注：「又東方朔曰：文帝集上書囊以爲殿帷。」案：漢制，群臣上章表，如事關機密，則封以皂囊，見後漢書蔡邕傳。

【彙評】

清俞正燮癸巳類稿卷十五：（紹興）三年，行都端午，易安親聯有爲内夫人者，代進帖子，皇帝閤曰（見前），皇后閤曰（見下），夫人閤曰（見下），於是翰林止金帛之賜，咸以爲由易安也。時直翰林者秦楚材忌之。

均案：俞氏誤爲紹興三年，蓋未深考。應爲「十三年」。

皇后閤端午帖子〔一〕

意帖初宜夏〔二〕，金駒已過蠶〔三〕。至尊千萬壽〔四〕，行見百斯男〔五〕。

【校記】

此篇録自宋周密浩然齋雅談卷上。癸巳類稿卷十五、繡水詩鈔卷一、宋詩紀事補遺卷九十四亦載之。

【箋注】

〔一〕此篇作於紹興十三年癸亥（一一四三）端午之前，詳前一首箋注〔一〕。皇后，指高宗吴皇后，見貴妃閤春帖子箋注〔一〕，此時已由貴妃升爲皇后。

〔二〕意帖：周密浩然齋雅談卷上：「意帖，用上官昭容事。」案：上官昭容，名婉兒，唐中宗昭儀。據資治通鑑卷二〇九，中宗景龍二年（七〇八），「夏四月癸未，置修文館大學士四員，直學士八員，學士十二員，選公卿以下善爲文者李嶠等爲之。每遊幸禁苑，或宗戚宴集，學士無不畢從，賦詩屬和。使上官昭容第其甲乙，優者賜金帛……於是天下靡然爭以文華相尚。」可見意帖即指以己意品評帖子詞之優劣。

〔三〕金駒句：言時光已過養蠶時節。金駒，白駒，指日。蠶時在農曆三、四月。宋翁卷鄉村四月詩：「鄉村四月閑人少，纔了蠶桑又插田。」

〔四〕至尊：至高無上的地位。賈誼過秦論：「履至尊而制六合，執棰拊以鞭笞天下。」後作帝王的尊稱。漢書禮樂志：「舞人無樂者，將至至尊之前不敢以樂也。」唐張祜集靈臺詩：「却嫌脂粉污顏色，淡掃蛾眉朝至尊。」

〔五〕百斯男：謂多子。詩大雅思齊：「太姒嗣徽音，則百斯男。」高宗患不育症，故祝之。

夫人閤端午帖子〔一〕

三宮催解糭〔二〕，妝罷未天明。便面天題字〔三〕，歌頭御賜名〔四〕。

【校記】

此篇録自浩然齋雅談卷上。癸巳類稿卷十五、繡水詩鈔卷一、宋詩紀事補遺卷九十四亦載之。

〔妝罷未天明〕癸巳類稿、繡水詩鈔作「團箭綵絲縈」。

【箋注】

〔一〕此篇作於紹興十三年癸亥（一一四三）端午之前，詳前二首箋注〔一〕。夫人，蓋指高宗潘賢妃、張賢妃、劉貴妃等，時尚未有位號皆稱夫人。見宋史后妃傳下。

〔二〕三宫：此指後宫。解糉，歲時廣記卷二十一引歲時雜記：「京師人以端午日爲解糉節。又解糉爲獻，以葉長者爲勝，葉短者輸。或賭博，或賭酒。李之問端午詞云：『願得年年，長共我兒解糉。』」

〔三〕便面句：謂皇帝在扇面題字。漢書張敞傳：「敞無威儀，時罷朝會過，走馬章臺街，使御吏驅，自以便面拊馬。」顔師古注：「便面，所以障面，蓋扇之類也。不欲見人，以此自障面，則得其便，故曰『便面』。亦曰屏面。今之沙門所持竹扇，上袤平而下圜，即古之便面也。」天題字，爾雅釋詁：「天，君也。」詩大雅蕩「天降滔德」傳：「天，君也。」故杜甫端午日賜衣詩云：「自天題處濕，當暑著來清。」

〔四〕歌頭句：謂皇帝爲新曲賜名。歌頭，宋張炎詞源卷下：「法曲有散序、歌頭，音聲近古，大曲有所不及。」案：歌頭爲唐宋大曲的中序或排遍的第一支曲子。如水調歌頭，欽定詞譜調下注云：「乃唐人大曲，凡大曲有歌頭，此必裁截其歌頭，另倚新聲。」亦有中序換遍者，如宋王詵有換遍歌頭。

補　遺

題硯詩〔一〕

片石幽閨共誰語，輸磨盾筆是男兒〔二〕，夢回已弄生花管〔三〕，肯蘸青烟只掃眉〔四〕。

【校記】

録自鄧之誠骨董瑣記卷三「李清照硯」條，云：「上海郁泰峰，舊藏李清照硯，背鐫二十八字曰（詩略），隴西清照子題。」隴西，李氏郡望名。子，此指女子。詩衛風碩人：「齊侯之子，衛侯之妻。東宫之妹，邢侯之姨。」清照沿古俗自稱爲子。

〔盾筆〕即盾鼻，清照蓋因同音而有意用之。

〔蘸〕原爲「醮」字，誤。當作「蘸」。

【箋注】

〔一〕據校記，此硯既爲上海郁泰峰舊藏，蓋係清照南渡後之物，詩或作於此時。

〔二〕盾筆：即盾鼻，盾牌的把手。資治通鑑卷一六〇南朝梁太清元年：「（荀）濟少居江東，博學能文，與上有布衣之舊……常謂人曰：『會於盾鼻上磨墨檄之。』」注：「於盾鼻上磨墨作檄以聲其罪。」也作「楯鼻」。唐劉禹錫劉氏集略説：「俄被召爲記室參軍，會出師於淮上，恒磨墨於楯鼻。」以上二句意爲石硯藏於幽閨，不如男兒軍中所用的盾鼻。

〔三〕生花管：即生花筆，因上句已用「筆」字，故此處改用「管」字。王仁裕開元天寶遺事卷下：「李太白少時，夢所用之筆頭上生花，後天才贍逸，名聞天下。」

〔四〕肯蘸句：肯，豈肯。青烟，指墨。掃眉，畫眉。唐司空圖燈花之二：「明朝鬥草多應喜，剪得燈花自掃眉。」後蜀何光遠鑒誡録卷十蜀才婦引唐胡曾贈薛濤詩：「掃眉才子知多少，管領春風總不如。」此處慨歎筆硯只能用於閨中畫眉，而不能在軍中草檄也，其志可知。

佚句 十四則

詩情如夜鵲，三繞未能安〔一〕。

【校記】

據宋朱弁風月堂詩話録入。清厲鶚宋詩紀事卷八十七、清俞正燮癸巳類稿卷十五、清吴連周繡水詩鈔卷一、清沈瑾鈔本漱玉詞附録亦載之。

【箋注】

〔一〕王仲聞李清照集校注卷二：「此二斷句（按：指本聯及下一聯）當作於北宋時期。」又附録李清照事迹編年公元一一四〇年：「朱弁作風月堂詩話。此朱弁在金所作，載有清照詩。朱弁在建炎元年奉使至金，羈留十餘年始歸。所載清照詩，必清照在建炎以前所作。」此二句語本曹操短歌行：「月明星稀，烏鵲南飛。繞樹三匝，無枝可依。」

少陵也自可憐人〔一〕，更待來年試春草〔二〕。

【校記】

二句清沈瑾鈔本漱玉詞附録末注：「見然脂集。」

〔也自〕癸巳類稿作「也是」。

〔更待〕沈瑾鈔本作「忍待」。

〔來年〕他本皆作「明年」。

【箋注】

〔一〕少陵：杜甫自號少陵。杜甫哀江頭：「少陵野老吞聲哭，春日潛行曲江曲。」錢謙益注引雍録：「少陵原在長安縣南四十里，宣帝陵在杜陵縣，許后葬杜陵南園。師古曰：即今謂小陵者也，去杜陵十八里。他書皆作少陵，杜甫家焉，故自稱杜陵老，亦曰少陵也。」可憐人，言其處境艱窘。杜甫雨過蘇端詩云：「杖藜入春泥，無食起我早。諸家憶所歷，一飯跡便掃。蘇侯得數過，懽喜每傾倒。也復可憐人，呼兒具梨棗。濁醪必在眼，盡醉攄懷抱。」

〔二〕更待句：杜甫瘦馬行：「誰家且養願終惠，更試明年春草長。」仇兆鰲注：「身經廢棄，欲展後效而不可得，故曰誰家願終惠，更試春草長。寓意顯然。」

【彙評】

宋朱弁風月堂詩話卷上：趙明誠妻，李格非女也。善屬文，於詩尤工。晁无咎多對士大夫稱之。如「詩情如夜鵲，三繞未能安」、「少陵也自可憐人，更待來年試春草」之句，頗膾炙人口。格非，山東人，元祐間作館職。

清陳錫露黄孎餘話卷八：李易安有句云：「詩情如夜鵲，三繞未能安。」晁无咎稱之。見朱弁風月堂詩話。按：二句新色照人，却能抉出詩人神髓，而得之女子，尤奇。

何況人間父子情〔一〕。

【校記】

録自洛陽名園記張琰序。又見清俞正燮癸巳類稿卷十五、清吴連周繡水詩鈔卷一、山東通志卷一百四十一。

【箋注】

〔一〕此句當作於崇寧元年壬午（一一〇二）。于中航李清照年譜本年載：「七月乙酉，籍記元祐黨人姓名十七人，格非名在第五。」又引皇宋通鑒長編紀事本末卷一百二十一，云：「記元祐黨人姓名不得與在京差遣者十七人，格非名列第五。九朝編年備要崇寧元年七月下，『詔知和州曾肇罷，右丞陸佃、知海州王覿、知常州豐稷、知和州王左、宫觀李格非、知濮州謝文瓘、永州安置鄒浩八人，並依五月乙亥籍記。』」可知前此格非已罷，提舉宫觀，至是始入黨籍。年譜又載：「九月己亥，詔籍元祐、元符黨人，御書刻石端禮門，格非在餘官之列。」於是，清照上詩趙挺之救父。時挺之爲尚書左丞，見宋史徽宗紀、宰輔年表。案：黄庭堅憶邢惇夫詩：「眼看白璧埋黄壤，何況人間父子情！」邢惇夫，名居實，其父邢恕元豐末勾結蔡確，欲舍延安郡王（後之哲宗）而另立太子，陰謀敗露，反誣高太后謀立己子，且妄稱與蔡確有策立哲宗之功。惇夫與之政見不一。不久，邢恕貶知隨州，惇夫隨往，元祐二年二月八日卒，年僅二十。清照用山谷語以喻趙挺之與明誠父子。明誠姨父陳師道亦如此說，後山居士文集卷十與魯直書云：「正夫有幼子明誠，頗好文義，每遇蘇、黃文，雖半簡數字必録藏，以此失好於父，幾如小邢矣。乃知（劉）歆、向無足怪者。」可見當時趙氏父子矛盾之深，而清照出於正義感及夫妻之情，故用山谷語以責乃舅趙挺之。

【彙評】

宋張琰洛陽名園記序：文叔在元祐官太學，建中靖國用邪黨，竄爲黨人。女適趙相挺之子，亦能詩，上詩趙相救其父云：「何況人間父子情！」識者哀之。

王仲聞按：「定黨籍事在崇寧元年（公元一一〇二年），此詩殆作於是時，其時趙挺之雖爲執政（尚書左丞），尚未爲相。張琰稱爲趙相，乃追叙之語。」

清俞正燮癸巳類稿卷十五：挺之在徽宗時，易安進詩曰：「炙手可熱心可寒。」挺之排元祐黨人甚力，格非以黨籍罷。易安上詩挺之曰：「何況人間父子情。」讀者哀之。

清俞樾茶香室三鈔卷七：國朝錢謙益絳雲樓書目地誌類，有李文叔洛陽名園記，陳景雲注云：「張琰序，紹興八年也。」序中並及文叔女易安上詩宰相救父事，蓋文叔亦嘗坐元祐黨遠謫也。宰相即易安之舅趙挺之。按今人於易安，但言其有改嫁事，不知有此事，亦可謂不成人之美者也。

炙手可熱心可寒〔一〕。

【校記】

錄自宋晁公武昭德先生郡齋讀書志卷四下。詩女史卷十一、癸巳類稿卷十五、繡水詩鈔卷一、山東通志卷一百四十一亦載之。

【箋注】

〔一〕此句當作於崇寧四年（一一〇五）或五年。郡齋讀書志卷四云：「其舅正夫相徽宗朝，李氏嘗獻詩云：『炙手可熱心可寒。』」據宋史徽宗紀，本年三月甲辰，以趙挺之爲尚書右僕射兼中書侍郎。六月戊子，趙挺之罷。又云崇寧五年二月：「丙寅，蔡京罷爲開府儀同三司、中太一宮使，以觀文殿大學士趙挺之爲特進、尚書右僕射兼中書侍郎。」至大觀元年，「三月丁酉，趙挺之罷」。如是則挺之曾兩度爲相。此前，即崇寧三年六月戊午，重定黨籍，刻元祐黨人碑，徽宗書石，碑置文德殿門東壁。六月壬戌，蔡京又進黨人姓名，頒之州縣刻石。今廣西桂林七星巖猶存此碑。李格非名列餘官第二十六人。逮至崇寧四、五年，猶貶居外地也。考劉克莊後村詩話續集卷三載文叔初至象郡詩凡六首，其一云：「吾遷桂嶺外，仰亦見斗極。」其二云：「去日有近遠，寒暑乃不同。」其四云：「居近城南樓，步月時散策。」可見格非入黨籍後，謫居象郡（今廣西象縣）城南，數易寒暑。其時當在崇寧四、五年，故清照再次上詩趙挺之救父。炙手可熱：杜甫麗人行：「炙手可熱勢絶倫，慎勿近前丞相嗔。」清照乃用杜詩，以楊國忠喻趙挺之也。心可寒：逸周書史記解：「文無所立，智士寒心。」史記荆軻傳：「足爲寒心。」索隱：「凡人寒甚則心戰，恐懼亦戰。今以懼譬寒，言可爲心戰。」此謂因失望、恐懼而驚心、痛心。

【彙評】

宋晁公武郡齋讀書志卷四下：李易安集十二卷。右皇朝李氏格非之女，先嫁趙明誠，有才藻名。其舅正夫相徽宗朝，李氏嘗獻詩曰：「炙手可熱心可寒。」然無檢操，晚節流落江湖間以卒。

南渡衣冠欠王導〔一〕，北來消息少劉琨〔二〕。

【校記】

據宋莊綽雞肋編卷中録入。又見宋胡仔苕溪漁隱叢話後集卷四十引詩説雋永、宋阮閱詩話總龜後集卷四十八引詩説雋永、宋魏慶之詩人玉屑卷二十引詩説雋永、清厲鶚宋詩紀事卷八十七、清俞正燮癸巳類稿卷十五、清吴連周繡水詩鈔卷一、清沈瑾漱玉詞附録。

〔欠〕他本皆作「少」。

〔王導〕一百卷本詩話總龜作「安石」。

〔少〕他本皆作「欠」。

【箋注】

〔一〕此聯及下一聯建炎二年戊申（一一二八）作於江寧，見于中航李清照年譜。　南渡句：

以晉室南渡，喻宋高宗南渡。晉建興五年十二月（三一七）春，晉愍帝司馬鄴被劉聰殺於平陽（今洛陽）；同年三月，司馬睿在建鄴（今南京）即皇帝位，建立東晉，是爲元帝，改元建武，史稱「南渡」。王導（二七六—三三九），臨沂人，字茂弘。元帝爲瑯玡王，居建鄴，導勸其稱帝，封爲丞相，朝野依賴，號爲仲父。歷仕三朝，官至太傅。晉書有傳，中云：「軍諮祭酒桓彝初過江，見朝廷微弱……往見導，極談世事。還謂（周）顗曰：『向見管夷吾，無復憂矣。』」世説新語言語：「過江諸人，每至美日，輒相邀新亭，藉卉飲宴。周侯中坐而嘆曰：『風景不殊，正自有山河之異。』皆相視流淚。惟王丞相愀然變色曰：『當共戮力王室，克復神州，何至作楚囚相對？』」案：宋室於建炎初南渡。據宋史高宗紀，建炎元年八月壬戌，以李綱爲相；乙亥，用張浚言，罷李綱相位。爾後任用姦臣黃潛善、汪伯彥。宗澤原留守東京，次年七月薨。故清照有「欠王導」之感慨。

〔二〕北來句：劉琨（二七〇—三一八），晉中山魏昌人，字越石。愍帝時，任大將軍，都督并、冀、幽三州軍事。晉室南渡，遷侍中太尉，長期堅守并州，與石勒、劉曜對抗。兵敗，投冀州段匹磾，被害。世説新語言語：「劉琨雖隔閡寇戎，志在本朝。謂温嶠曰：『班彪識劉氏之復興，馬援知光武之可輔。今晉祚雖衰，天命未改。吾欲立功於河北，使卿延譽於江南，子其行乎？』温曰：『嶠雖不敏，才非昔人。明公以桓文之姿，建匡立之功，豈敢辭命？』」又賞譽「劉琨稱祖車騎」注引晉陽秋：「劉琨與親舊書曰：『吾枕戈待旦，志梟逆虜，常恐祖生（逖）先吾著鞭耳。』」晉書有傳。

南遊尚覺吴江冷〔一〕，北狩應悲易水寒〔二〕。

【校記】

〔南遊〕他本皆作「南來」。

〔尚覺〕癸巳類稿、沈本作「猶怯」，他本多作「尚怯」。

〔應悲〕癸巳類稿、沈本作「應知」。

【箋注】

〔一〕南遊句：據于譜：建炎二年（一一二八，戊申）春，清照至江寧。吴江，原指吴淞江，太湖最大的支流，今稱蘇州河。此處泛指江南，語本唐崔信明斷句：「楓落吴江冷。」

〔二〕北狩句：指徽、欽二帝被金人擄往北方。易水，在今河北易縣。史記刺客列傳載荆軻入秦：「太子及賓客知其事者，皆白衣冠以送之。至易水之上，既祖，取道，高漸離擊筑，荆軻和而歌，爲變徵之聲。士皆垂淚涕泣。又前而歌曰：『風蕭蕭兮易水寒，壯士一去兮不復還。』復爲羽聲忼慨。士皆瞋目，髮盡上指冠。於是荆軻就車而去，終已不顧。」參見上樞密韓公工部尚書胡公詩箋注〔二〕、〔七〕。

【彙評】

宋莊綽雞肋編卷中：靖康初，罷舒王王安石配享宣聖，復置春秋博士，又禁銷金。時皇弟肅王使虜，爲其拘留未歸。种師道欲擊虜，而議和既定，縱其去，遂不講防禦之備。太學輕薄子爲之語曰：「不救肅王廢舒王，不禦大金禁銷金，不議防秋治春秋。」其後，胡人連年以深秋弓勁馬肥入寇，薄暑乃歸。遠至湖湘、二浙，兵戈擾攘，所在未嘗有樂土也。自是，越人至秋亦隱山間，逾春乃出。人又以千字文爲戲曰：「彼則寒來暑往，我乃秋收冬藏。」時趙明誠妻李氏清照，亦作詩以詆士大夫云：「南渡衣冠欠王導，北來消息少劉琨。」又云：「南遊尚覺吴江冷，北狩應悲易水寒。」後世皆當爲口實矣。

宋胡仔苕溪漁隱叢話後集卷四十：詩説雋永云：「今代婦人能詩者，前有曾夫人魏，後有易安李。李在趙氏時，建炎初，從秘閣守建康，作詩云：『南渡衣冠少王導，北來消息欠劉琨。』又云：『南來尚怯吴江冷，北狩應悲易水寒。』」（詩話總龜、詩人玉屑同）

清俞正燮癸巳類稿卷十五：忠憤激發，意悲語明，所非刺者衆。

近代陳衍宋詩精華録卷四：易安詩句，多譏刺時事，故恨之者造言污衊，無所不至矣。

露花倒影柳三變〔一〕，桂子飄香張九成〔二〕。

【校記】

録自宋陸游老學庵筆記卷二。亦見清徐釚詞苑叢談卷三、清俞正燮癸巳類稿卷十五、清吴連周繡水詩鈔卷一。

【箋注】

〔一〕此一聯語係紹興二年壬子（一一三二）三月，爲嘲新狀元張九成而作於臨安。詳注

〔一一〕露花句：柳三變（九八七—一〇五五後），柳永，初名三變，字景莊；後改名永，字耆卿。行七，故人稱柳七。祖籍河東（今山西永濟），徙居崇安（今屬福建）。父柳宜，仕南唐爲監察御史，入宋後，官至工部侍郎。永爲舉子時，常游狹邪，爲教坊填詞。宋胡仔苕溪漁隱叢話後集卷三九引藝苑雌黄云：「柳三變……喜作小詞，然薄於行。當時有薦其才者，上（仁宗）曰：『得非填詞柳三變乎？』曰：『然。』上曰：『且去填詞。』由是不得志，日與儇子縱游倡館酒樓間，無復檢約，自稱云：『奉旨填詞柳三變。』」景祐元年（一〇三四）始中進士。歷任睦州團練推官、餘杭令、定海曉峰鹽場監官、泗州判官、太常博士。終屯田員外郎，世號柳屯田。有樂章集傳世，中有破陣樂詞云：「露花倒影，烟蕪蘸碧，露沼波暖。」

〔一二〕桂子句：張九成，字子韶。錢塘人，號橫浦居士。宋史有傳。建炎以來繫年要録卷五十二紹興二年三月：「甲寅，上（高宗）策試諸路類試奏名進士于講殿」，「進士張九成對策，曰：禍難之作，天所以開聖……上感其言，擢九成第一。」注引中興綱目對策：「陛下之心，臣得而知之。方當春陽晝敷，行宫別殿，花氣紛紛，竊想陛下念兩宫之在北邊，塵沙漠漠，不得共（此）融和也，其何安乎？盛夏之際，風窗水院，涼氣淒清，竊想陛下念兩宫之在北邊，蠻氊擁蔽，不得共此疏暢也，亦何安乎？澄江瀉練，夜桂飄香，陛下享此樂時，必曰『西風淒動，兩宫得無憂乎！』狐裘温暖，獸炭春紅，陛下享此樂時，必曰『朔雪袤丈，兩宫得無寒乎！』至於陳水陸，飽珍奇，必投箸而起曰：『雁粉腥羊，兩宫所不便也！』食其能下咽乎？居廣厦，具深宫，必撫几而嘆曰：『穹廬區脱，兩宫必難處也！』居其能安席乎？」均案：注文插於正文「皆中興之本也」之後，「今閭巷之人」之前，蓋補正文之闕。清照將「夜桂飄香」易爲「桂子飄香」，乃求對仗之工整。對策本爲嚴肅的政論文，而九成以華麗辭彩出之，故清照以柳三變相比而嘲之。

【彙評】

宋陸游老學庵筆記卷二：張子韶對策，有「桂子飄香」之語，趙明誠妻嘲之曰：「露花倒影柳三變，桂子飄香張九成。」

宋葉夢得巖下放言卷上：今日有客來云：「顯官張九成，輕薄子或對柳三變。」亦的對也。

清俞正燮癸巳類稿卷十五：（易安）又爲詩誚應舉進士曰：「露花倒影柳三變，桂子飄香張九成。」應舉者服其工對，傳誦而惡之。（自注：「九成，紹興二年進士。」）

均案：此非詩，乃聯語，俞氏誤。

猶將歌扇向人遮〔一〕。
水晶山枕象牙床〔二〕。
彩雲易散月常虧〔三〕。
幾多深恨斷人腸。

羅衣消盡恁時香〔四〕。

閑愁也似月明多〔五〕。

直送淒凉到畫屏〔六〕。

【校記】

此組佚句轉録自王仲聞李清照集校注卷二失題。原注：「以上斷句俱見宋人胡偉集句宫詞，只『幾多深意斷人腸』一句，亦見李龔梅花衲中。胡氏所集有詩句，亦有詞句，但俱未注明。此七句不見於傳世李清照作品中，亦從未見人稱引，蓋隱晦已久。此七句究爲詩句或詞句，其用韵相同者是否屬於同一作品，無法考定。又胡偉所集，有時割裂原句，如李後主『自是人生長恨水長東』一句，胡偉集作『人生長恨水長東』。此七句是否俱爲完整之句，亦不得而知。以各句風調觀之，似是詞句。傳世清照詩，與之不甚相近。」

王又云：「胡偉字元邁，乃南宋人，苕溪漁隱叢話作者胡仔之從兄弟。其宫詞收入十家宫詞中。有汲古閣精抄影宋臨安府陳道人書籍鋪本，有康熙間據宋本重刻本，又有乾隆刻本，乃宋人舊籍。所引清照斷句，絶非僞作。」

〔深恨〕梅花衲作「深意」。

【箋注】

〔一〕歌扇：古代歌女所用道具，上繪花卉，並寫有曲目，供人點唱。宋晏幾道浣溪沙：「濺酒滴殘歌扇字，弄花熏得舞衣香。」又鷓鴣天：「舞低楊柳樓心月，歌盡桃花扇底風。」可證扇上繪有桃花，並作扇舞。此句則謂以扇遮面，掩飾羞態。

〔二〕水晶山枕：形容枕之華貴，近似温庭筠菩薩蠻：「水精簾裏頗黎枕。」水精，即水晶。象牙床：實指床上象牙席。魏書卷四十二韓務傳：「務頗有受納……後除龍驤將軍、郢州刺史。務獻七寶床、象牙席。」

〔三〕彩雲易散：唐李白宫中行樂詞：「只愁歌舞散，化作彩雲飛。」白居易簡簡吟：「大都好物不堅牢，彩雲易散琉璃脆。」

〔四〕恁時：那時。宋人方言。柳永受恩深：「待宴賞重陽，恁時盡把芳心吐。」

〔五〕閑愁句：宋晏殊鵲踏枝：「明月不諳離恨苦，斜光到曉穿朱户。」意境似之。

〔六〕直送句：宋秦觀浣溪沙：「澹烟流水畫屏幽。」意境亦相近。

存疑佚句 一則

行人舞袖拂梨花。

【校記】

此句據古今小説第三十三卷張古老種瓜娶文女録入。王仲聞李清照集校注卷二云：「殆出自寶文堂書目所著録之種瓜張老（也是園書目亦有之），與花草粹編所引之『張老小説』。古今小説此篇所引之詞如黄庭堅踏莎行、晁沖之臨江仙俱有問題（黄詞不見本集，晁詞亦爲各選本所未載）。而周紫芝虞美人一首則又不著撰人姓氏（花草粹編亦載此詞，注：「張老小説。」）此句未必爲易安所作，爲詩爲詞，亦不可知。」兹從之作存疑。

卷三　文

詞論〔一〕

樂府聲詩並著〔二〕，最盛於唐。開元天寶間〔三〕，有李八郎者〔四〕，能歌擅天下。時新及第進士開宴曲江〔五〕，榜中一名士先召李，使易服隱名姓，衣冠故敝，精神慘沮，與同之宴所，曰：「表弟願與座末。」衆皆不顧。既酒行樂作，歌者進。時曹元謙、念奴爲冠〔六〕，歌罷，衆皆咨嗟稱賞。名士忽指李曰：「請表弟歌。」衆皆哂，或有怒者。及轉喉發聲，歌一曲，衆皆泣下羅拜，曰：「此李八郎也。」自後鄭衛之聲日熾〔七〕，流靡之變日煩，已有菩薩蠻、春光好、莎雞子、更漏子、浣溪沙、夢江南、漁父等詞〔八〕，不可遍舉。五代干戈，四海瓜分豆剖〔九〕，斯文道熄，獨江南李氏君臣尚文雅，故有「小樓吹徹玉笙寒」、「吹皺一池春水」之詞〔一〇〕，語雖奇甚，所謂「亡國之音哀以思」也〔一一〕。

逮至本朝，禮樂文武大備，又涵養百餘年〔一二〕，始有柳屯田永者〔一三〕，變舊聲，作新聲，出樂章集〔一四〕，大得聲稱於世，雖協音律，而詞語塵下〔一五〕。又有張子野〔一六〕、宋子京兄弟〔一七〕、沈唐〔一八〕、元絳〔一九〕、晁次膺輩繼出〔二〇〕，雖時時有妙語，而破碎何足名家。至晏元獻〔二一〕、歐陽永叔〔二二〕、蘇子瞻〔二三〕，學際天人〔二四〕，作爲小歌詞，直如酌蠡水於大海〔二五〕，然皆句讀不葺之詩爾，又往往不協音律者。何耶？蓋詩文分平側，而歌詞分五音〔二六〕，又分五聲〔二七〕，又分六律〔二八〕，又分清濁輕重〔二九〕。且如近世所謂聲聲慢、雨中花、喜遷鶯，既押平聲韻，又押入聲韻〔三〇〕；玉樓春本押平聲韻，又押上去聲韻，又押入聲〔三一〕。本押仄聲韻，如押上聲則協，如押入聲則不可歌矣〔三二〕。王介甫〔三三〕、曾子固〔三四〕，文章似西漢，若作一小歌詞，則人必絶倒〔三五〕，不可讀也。乃知別是一家，知之者少。後晏叔原〔三六〕、賀方回〔三七〕、秦少游〔三八〕、黄魯直出〔三九〕，始能知之。又晏苦無鋪叙，賀苦少典重。秦即專主情致，而少故實，譬如貧家美女，雖極妍麗豐逸，而終乏富貴態。黄即尚故實，而多疵病，譬如良玉有瑕，價自減半矣。

【校記】

此文原載宋胡仔苕溪漁隱叢話後集卷三十三，兹據録。宋魏慶之詩人玉屑卷二十一、清徐釚詞苑叢談卷一體製亦載，又見清鈔本沈瑾輯漱玉詞附詩文一卷。

〔有李八郎〕沈本脱「有」字。
〔使易服〕詞苑叢談脱「使」字。
〔慘沮〕詩人玉屑、詞苑叢談作「慘怛」。
〔時曹元謙念奴〕沈本誤作「以曹元念」。
〔歌一曲〕沈本脱「歌」字。
〔羅拜〕沈本作「起」。
〔此李八郎也〕沈本「此」下有「必」字。
〔流靡之變日煩〕沈本作「流靡煩變」。
〔已有〕沈本脱「已」字。
〔五代四句〕沈本作「五代時江南李氏」。
〔君臣尚文雅〕沈本作「能爲文雅」。
〔故有〕沈本脱「故」字。
〔逮至本朝〕沈本脱「逮至」二字。
〔柳屯田永者〕沈本脱「者」字。
〔晁次膺〕清俞正燮癸巳類稿及沈本「膺」誤作「鷹」。
〔晏元獻〕沈本作「晏丞相」。

〔不協音律者何耶〕沈本脱「者何耶」三字。

〔又分五聲〕沈本脱此四字。

〔玉樓春本押平聲韵〕沈本作「玉樓春平聲」。

〔又押上去聲〕沈本無「上」字。

〔本押仄聲〕沈本作「其本押側聲者」。

〔如押上聲〕三句：沈本作「如本上聲協，押入聲則不可通矣」。

〔乃知别是一家〕沈本作「乃知詞别是一家」。

〔賀方回〕沈本此下脱「秦少游」三字。

〔又晏苦無〕沈本脱「又」字。

〔秦即〕沈本作「秦少游」。

【箋注】

〔一〕此文列舉北宋名家加以評騭，而未及南宋詞壇，當作於南渡之前。程自信李清照詞論非僞作考辨謂「寫作時間應早於大觀四年，即作於李清照二十六歲前。其時距周邦彦提舉大晟府至少有六年以上」，原因是詞論未論及周邦彦，而「周邦彦詞名遠揚是他提舉大晟府以後的事」。均案：據吴則虞校點清真集附年表，政和六年丙申，周邦彦「入爲秘書監，進徽猷閣待制，提舉大晟府」。此前邦彦出知隆德府，徙知明州，故清照不得而聞。又詞論曾云「晁次膺輩繼出」，次膺名端禮，政和三年，因蔡京薦，以承事郎除大晟府協律郎，不克受而終，時周邦彦正在隆德府任上。詞論之所以及晁而未及周，蓋在於此。清照自云「逮至本朝，禮樂文武大備，又涵養百餘年」，下限約在神宗元豐至徽宗政和年間，其歷評諸家，主要活動於此一階段。由此推知，詞論應作於政和三年（一一一三）。

〔二〕樂府聲詩：宋張炎詞源序：「古之樂章、樂府、樂歌、樂曲，皆出於雅正。粵自隋唐以來，聲詩間爲長短句。」此從音樂與歌辭兩方面論詞之特徵。

〔三〕開元天寶：唐玄宗李隆基年號，分别爲公元七一三至七四一、七四二至七五六年。

〔四〕李八郎：即李衮。唐李肇國史補卷下：「李衮善歌，初於江外而名動京師，崔昭入朝，密載而至。乃邀賓客，請第一部樂及京邑之名倡，以爲盛會。紿言表弟，請登末座。令衮弊衣以出，合坐嗤笑。頃命酒，昭曰：『欲請表弟歌。』坐中又笑。又轉喉一發，樂人皆大驚，曰：『此必李八郎也。』遂羅拜階下。」榜中一名士即指崔昭。

〔五〕曲江：唐時爲新進士游宴之所。故址在今西安大雁塔南。李肇國史補卷下：「進士既捷，大醵於曲江亭中，謂之曲江宴。」王定保唐摭言卷三云：「其日，狀元與同年相見後，便請一人爲録事。其餘主宴、主酒、主樂、探花、主茶之類，咸以其日辟之……時或擬作樂，則爲之移日。」唐劉滄及第後宴曲江詩云：「及第新春選勝遊，杏園初宴曲江頭。」

〔六〕曹元謙、念奴：唐時兩歌伎。曹元謙，生平不詳。王仁裕開元天寶遺事卷上：「念奴者，有姿色，善歌唱，未嘗一日離帝左右。每執板當席顧眄，帝謂妃子曰：『此女妖麗，眼色媚人。每囀聲歌喉，則聲出於朝霞之上，雖鐘鼓笙竽嘈雜而莫能遏。宮妓中帝之鍾愛也。』

〔七〕鄭衛之聲：禮記樂記：「鄭衛之音，亂世之音也。」論語衛靈公：「放鄭聲，遠佞人；鄭聲淫，佞人殆。」南齊書蕭惠基傳：「自（劉宋）大明以來，聲伎所尚，多鄭衛淫俗，雅樂正聲，鮮有好者。」

〔八〕菩薩蠻等：皆爲詞調名。其中莎雞子今失傳。

〔九〕瓜分豆剖：喻指五代十國時期（九〇七至九六〇）混戰割據，國土分裂。文選鮑照蕪城賦：「出入三代，五百餘載，竟瓜剖而豆分。」注：「如瓜之割肌，自各吞食。如豆之出筴，忽以分散。」

〔一〇〕獨江南二句：指南唐中主李璟、後主李煜、宰相馮延巳。十國春秋載：元宗（李璟）嘗因曲宴内殿，從容謂：「『吹皺一池春水』，干卿何事？」延巳對曰：「安得如陛下『小樓吹徹玉笙寒』，特高妙也。」馬令南唐書馮延巳傳亦載之。

〔一一〕亡國之音哀以思：禮記樂記：「亡國之音哀以思，其民困。」

〔一二〕逮至本朝三句：清宋翔鳳樂府餘論：「慢詞蓋起於宋仁宗朝，中原息兵，汴京繁庶，歌臺舞席，競賭新聲。」

〔一三〕柳屯田永：參見卷二詩集嘲張九成箋注〔一〕。

〔一四〕變舊聲三句：柳永所著樂章集，所用宫調十七、曲一百五十餘，十之七八爲慢詞長調，除少數沿用舊聲外，多爲自創新聲。

〔一五〕詞語塵下：宋吴曾能改齋漫録卷十六：「柳三變好爲淫冶謳歌之曲，傳播四方。」清宋翔鳳樂府餘論：「耆卿失意無俚，流連坊曲，遂盡收俚俗語言，編入詞中，以便伎人傳習。」然僅屬一面，柳永亦不乏雅詞。如宋趙令畤侯鯖録卷七云：「東坡云：世言柳耆卿曲俗，非也。如八聲甘州云：『霜風淒緊，關河冷落，殘照當樓。』此語於詩句，不減唐人高處。」惜易安未之見也。

〔一六〕張子野：張先（九九〇—一〇七八），字子野，烏程（今浙江湖州）人。仁宗天聖八年（一〇三〇）進士。明道元年（一〇三二）爲宿州掾。康定元年（一〇四〇）以秘書丞知吴江縣，次年調嘉禾（今浙江嘉興）判官。皇祐二年（一〇五〇），晏殊知永興軍（今西安），辟爲通判；四年，以屯田員外郎知渝州。嘉祐四年（一〇五九），出知虢州。嘗知安陸，時爲嘉祐三年末或四年初，故世稱張安陸。英宗治平元年（一〇六四），以尚書都官郎中致仕。有張子野詞。所作詞多名句，世稱「張三中」或「張三影」。宋晁補之以「子野韵高」許之。

〔一七〕宋子京兄弟：即宋郊、宋祁，開封雍丘（今河南杞縣）人。宋祁（九九八—一〇六一），字子京，與兄郊（後更名庠）同登進士第，奏名第一，章獻太后以爲弟不可先兄，乃擢庠爲第一，置祁第十。庠官至宰相，詞不傳。祁官至翰林學士承旨。近人趙萬里輯有宋景文公長短句一卷，宋李之儀姑溪題跋稱其詞「風流閑雅，超出意表」。王國維人間詞話謂其木蘭花『紅杏枝頭春意鬧』，著一『鬧』字而境界全出」。

〔一八〕沈唐：生卒年不詳。字公述，韓琦門客（見碧雞漫志卷二），始爲楚州職官，熙寧間辟充大名府簽判，後改渭州，卒於官（見畫墁録卷一）。詞存四首，周泳先輯爲沈公述詞。碧雞漫志稱其詞「源流從柳氏來，病於無韵」。其望海潮（與太原知府王君貺尚书）曾受楊慎詞品欣賞。君貺，拱辰字，清照後外曾祖。

〔一九〕元絳：字厚之（一〇〇九—一〇八四），錢塘（今杭州）人。天聖八年（一〇三〇）進士，累擢翰林學士，官至參知政事。元豐四年，以太子少保致仕。全宋詞録其詞二首，後一首映山紅慢，詞譜卷二十九誤作元載詞。

〔二〇〕晁次膺：晁補之稱之爲十二叔，有閑齋琴趣外編六卷。參見箋注〔一〕。

〔二一〕晏元獻：晏殊（九九一—一〇五五），字同叔，撫州臨川（今屬江西）人。以神童薦，賜同進士出身。歷仕真宗、仁宗兩朝，官至宰相兼樞密使，卒謚元獻。有珠玉詞三卷，自謂「余每吟咏富貴，不言金玉錦繡，惟説其氣象」（見青箱雜記）。風格承唐五代，劉攽中山詩話稱其「尤喜馮延巳歌辭，其所自作，亦不減延巳樂府」。

〔二二〕歐陽永叔：歐陽修（一〇〇七—一〇七二），字永叔，號醉翁，晚號六一居士。吉州永豐（今屬江西）人。天聖八年（一〇三〇）進士，累遷樞密副使、參知政事。嘗領導詩文革新運動。有六一詞三卷、醉翁琴趣外編六卷，雅詞艷曲，粲然同列。清劉熙載藝概四云：「馮延巳詞，晏同叔得其俊，歐陽永叔得其深。」

〔二二三〕蘇子瞻：蘇軾（一〇三七—一一〇一），字子瞻，號東坡居士，眉山（今屬四川）人，嘉祐二年（一〇五七）進士。官至翰林學士、兵部尚書，嘗貶居黄州、惠州、儋州等地。有東坡樂府三卷，爲豪放派代表作家。王灼碧雞漫志稱其詞「指出向上一路，新天下耳目」。陳師道後山詩話則謂「子瞻以詩爲詞」；晁補之、張耒也稱「少游詩似小詞，先生詞似詩」（見王直方詩話）。易安所論當受其影響。

〔二二四〕學際天人：喻學識淵博。漢書司馬遷傳報任安書：「亦欲以究天人之際，通古今之變，成一家之言。」以今語釋之，天指自然科學，人指社會科學。

〔二二五〕酌蠡水於大海：喻晏、歐、蘇三人才大如海，僅以餘力爲詞。語本文選東方朔答客難：「以蠡測海。」李善注引張晏曰：「蠡，瓠瓢也。」

〔二二六〕五音：古樂之五個音階。宋張炎詞源卷上「五音相生」謂宫屬土，徵所生；商屬金，宫所生；角屬木，羽所生；徵屬火，角所生；羽屬水，商所生。則五音爲宫、商、角、徵、羽，益以變宫、變徵，即今之CDEFGAB七調也。又可以發聲部位區别之，故詞源卷下又云：「蓋五音有唇齒喉舌鼻，所以有輕清重濁之分。」

〔二二七〕五聲：書益稷：「予欲聞六律、五聲、八音，在治忽，以出納五言。」蔡沈注：「五言者，詩歌之協於五聲者也。」左傳昭公二十五年：「章爲五聲。」疏：「聲之清濁，差爲五等。」則五聲亦與清濁有關。王仲聞云：「此處之五聲非上之五音，應作陰平、陽平、上、去、入五聲解。」可備一説。

〔二八〕六律：樂律有十二，陰陽各六，陽爲律，陰爲吕。尚書益稷「六律」蔡沈注：「六律，陽律也。不言六吕者，陽統陰也。有律而後有聲，有聲而後八音得以依據。」案六律即黄鍾、太簇、姑洗、蕤賓、夷則、無射。

〔二九〕清濁輕重：蔡楨詞源疏證卷下音譜：「其實陰陽清濁，消息相通。顧氏製曲十六觀所謂『人聲自然音節，到音當輕清處，必用陰字；音當重濁處，必用陽字，方合腔調』。」又卷上五音相生云：「至聲之清濁，則須吹管以定之。初唐樂書要録云：『凡管長則聲濁，短則清。』」

〔三〇〕且如三句：欽定詞譜卷二七收聲聲慢十四首，注云：「此調有平韵仄韵兩體：平韵者以晁補之、吴文英、王沂孫詞爲正體；仄韵者以高觀國詞爲正體。」李清照詞作爲「又一體」，注云：「雙調，九十七字，前段九句五仄韵，後段八句五仄韵。」易安當有創造。又卷二六收雨中花慢十二首，注云：「此詞有平韵仄韵兩體：平韵者始自蘇軾，仄韵者始自秦觀。柳永平韵詞，樂章集注：林鐘商。」如此，則柳永詞應爲平韵之始。又卷六收喜遷鶯十七首，李煜詞爲小令，調下注：「雙調，四十七字，前段五句，四平韵；後段五句，三仄韵，兩平韵。」康與之詞爲長調，注云：「雙調一百三字，前後段各十一句，五仄韵。」李詞押平、去聲，康詞押去、上聲。押入聲者唯蔣捷一首，然已後於易安多年，未知易安何據。

〔三一〕玉樓春三句：欽定詞譜不收玉樓春，卷十一有木蘭花令，注云：「按花間集載木蘭花玉樓春兩調，其七字八句者爲玉樓春體。」今查花間集，顧夐有玉樓春四首、魏承班有二首，或押入聲，或押上、去，未見押平聲者。王仲聞云：「玉樓春七言八句。凡七言八句而押平聲韵者，即爲瑞鷓鴣而非玉樓春。疑此處有誤。」

〔三二〕如押二句：案顧夐玉樓春之一：「月照玉樓春漏促，颯颯風摇庭砌竹。」乃押入聲，何云「不可歌矣」？此蓋别有所指。

〔三三〕王介甫：王安石（一〇二一—一〇八六），字介甫，撫州臨川（今屬江西）人。慶曆二年（一〇四二）進士。熙寧二年任參知政事，推行新法，次年拜相。元豐三年封荆國公。卒謚「文公」。有臨川先生歌曲。王灼碧雞漫志卷二云：「王荆公長短句不多，合繩墨處，自雍容奇特。」然南鄉子諸闋，「以詞説禪」，正如易安所云：「人必絶倒，不可讀也。」

〔三四〕曾子固：曾鞏（一〇一九—一〇八三），字子固，南豐（今屬江西）人。嘉祐二年進士，官至中書舍人。文章以簡潔著稱。宋黄大輿梅苑卷一存其賞南枝詞一首。其弟子陳師道後山詩話引世語云：「曾子固短於韵語，黄魯直短於散語。」

〔三五〕絶倒：俯仰大笑。宋歐陽修歸田録卷二：「間以滑稽嘲謔，形於風刺，更相酬酢，往往烘堂絶倒。」

〔三六〕晏叔原：晏幾道（約一〇三〇—一一〇六），字叔原，號小山，晏殊第七子。曾任太常寺太祝。熙寧七年，受鄭俠反對新法案牽連下獄。元豐五年，監潁昌府許田鎮，「年未至乞身，退居京師賜第」。有小山詞。碧雞漫志卷二稱其「秀氣勝韵，得之天然」，龍榆生宋詞發展的幾個階段一文稱「晏幾道把令詞推向頂點」，皆爲恰切之評。

〔三七〕賀方回：賀鑄（一〇五二—一一二五），字方回，號慶湖遺老。祖籍山陰（今浙江紹興），出生於衛州共城（今河南輝縣）。以孝惠后恩授武職，後轉文階，遷宣德郎，判太平州。大觀三年，以承議郎致仕，居蘇州、常州。長於度曲，有東山詞。張耒序曰：「盛麗如游金張之堂，而妖冶如攬嬙施之袪。幽潔如屈宋，悲壯如蘇李。」

〔三八〕秦少游：秦觀（一〇四九—一一〇〇），字太虚，改字少游，號淮海居士。高郵（今屬江蘇）人。元豐八年進士，調蔡州教授。元祐五年，任秘書省校對黄本書籍，遷正字、國史院編修。紹聖元年坐黨籍，貶處州，徙郴州、横州、雷州。爲婉約派代表，有淮海居士長短句。陳師道後山詩話稱其爲「今代詞手」。葉夢得避暑録話卷三稱其詞「語工而入律」。

〔三九〕黄魯直：黄庭堅（一〇四五—一一〇五），字魯直，號涪翁，又號山谷。分寧（今江西修水）人。治平四年進士。歷知太和縣，召爲秘書郎，遷著作郎、校書郎。後坐黨籍，貶居涪州、宜州等地。詞有山谷琴趣外編，晁補之評本朝樂章，稱其詞「固高妙，然不是當行家語，乃著腔子唱好詩也」。

【彙評】

宋胡仔苕溪漁隱叢話後集卷三十三：易安歷評諸公歌詞，皆摘其短，無一免者。此論未公，吾不憑也。其意蓋自謂能擅其長，以樂府名家者。退之詩云：「不知群兒愚，那用故謗傷。蚍蜉撼大樹，可笑不自量。」正爲此輩發也。

清賀貽孫詩筏：余謂易安所譏介甫、子固、永叔三人甚當，但東坡詞氣豪邁，自是别調，差不如秦七、黄九之到家耳。東坡自言平日不喜唱曲，故不中音律，是亦一短。以詩爲詞，難爲東坡解嘲；若以爲句讀不葺之詩，抑又甚矣！

清馮金伯詞苑萃編卷九引裴暢按語：易安自恃其才，藐視一切，語本不足存，第以一婦人能開此大口，其妄不待言，其狂亦不可及也。

清方成培香研居詞麈卷三李易安論詞：易安居士言：「詩文分平仄……則不可歌矣。」培案：段安節言：「商角同用。」是押上聲者，入聲亦可押也。與易安説不同。余嘗取柳永樂章集按之，其用韵與段説合者半，不合者半。乃知宋人協韵比唐人較寬。宋大樂以平入配重濁，以上去配輕清，亦與段圖不同。大抵宋詞工者，惟取韵之抑揚高下與協律者押之，而不拘拘於四聲。其不知律者，則惟求工於詞句，併置此不論矣。

清江順詒詞學集成卷四：詞麈録李易安詞論云（略）。詒按：後之填詞，韵有上去通押者，而無平仄同押者，雖與曲有别，究與律無關也。

清沈瑾輯漱玉詞鈔本評王介甫以下：此論不及樂府指迷所説平允。北宋大家被其指摘殆盡，填詞豈易事哉！予素好倚聲，讀此論後，不敢輕下一語，恐遭婦人輕薄。

俞平伯唐宋詞選釋前言：李清照在詞論裏主張協律，又歷評北宋諸家，皆有所不滿，而曰：「乃知詞别是一家，知之者少。」似乎誇大。現在我們看她的詞却能够相當地實行自己的理論，並非空談欺世。她擅長白描，善用口語，不艱深，也不庸俗，真是所謂「别是一家」。

龍榆生漱玉詞叙論：依此所説，知易安所認爲歌詞之最高標準，應須具備下列各事：（一）協律，（二）鋪叙，（三）典重，（四）情致，（五）故實。神明變化於五者之中，文辭與音律並重，乃爲當行出色。彼於柳永以「詞語塵下」爲病，而對東坡則嫌其「不協音律」。果以東坡之「逸懷豪氣」，運入聲調諧美之歌曲，庶幾力争上游，而爲易安所心悦誠服矣。

夏承燾唐宋詞字聲之演變：詞辨五音清濁之説，北宋人已有之。李易安論詞云：「詩分平側，而歌詞分五音，又分六律，又分清濁輕重。」此較柳周四聲之律，剖析益密矣。惟其五音、清濁、輕重之涵義，易安未有解説……但易安好爲高論，據其今存名詞，校其所説，未必盡合。其同時人論詞，亦無及此者。

又詞韵約例九：李易安論詞：「近世所謂聲聲慢、雨中花，既押平聲，又押入聲；玉楼春平聲，又押上、去聲，又押入聲。」是平、入兩聲可相通。今案聲聲慢調，晁補之「朱門深掩」一首，賀鑄「園林茂翠」一首，曹勳「素商吹景」一首，皆押平韵，李易安「尋尋覓覓」一首，却押入韵；雨中花調，苏軾皆押平韵，黄庭堅、秦觀則皆用入韵；惟玉樓春只有押上、去與押入韵兩種，無押平韵者；若押平韵，即是瑞鷓鴣矣。不知易安偶誤，抑平聲玉樓春今已失傳。

又評李清照的詞論：她提出詞「別是一家」的口號，要求保持它的傳統風格——這就是前人所謂「尊體」……我們應該承認詞和詩有不完全相同的性能和風格，却不可能認爲它兩者必須有遼遠距離的隔絶……至於她竭力反對蘇軾一派以詩爲詞，並且要求他們的作品分五音、五聲、六律以合樂，却實在太過分了！

羅根澤中國文學批評史：詞是文學，也是音樂……女詞人李易安論詞，都是偏於以音樂的觀點立論，雖然也不忽視文學。

祭趙湖州文〔一〕

白日正中，嘆龐翁之機捷〔二〕；堅城自墮，憐杞婦之悲深〔三〕。

【校記】

此文録自宋謝伋四六談麈卷一，題作祭湖州文。案：謝伋字景思，明誠姨兄謝克家之子，官至太常少卿。苕溪漁隱叢話後集卷四十、詩話總龜後集卷四十、菊坡叢話卷二十五並引談麈。又見堯山堂外紀卷五十四、古今詞統卷三、古今情史類纂卷十二、崇禎歷城縣志卷十六、詞苑叢談卷三、宋詩紀事卷八十七、詞林紀事卷十九、癸巳類稿卷十五、清沈瑾輯漱玉詞附詩文。沈本題作祭夫趙明誠文斷句，是。

〔龐翁〕歷城縣志、癸巳類稿、沈本皆作「龐公」。

〔機捷〕癸巳類稿、沈本作「機敏」。

〔自墮〕堯山堂外紀、古今情史類纂作「既墮」。

【箋注】

〔一〕建炎三年（一一二九）夏五月，趙明誠在池陽，被旨知湖州；六月十三日，赴建康，過闕上殿。途中奔馳，感疾，至行在，病痁（瘧疾），大服柴胡、黄芩等寒藥，以致病入膏肓；八月十八日卒。清照爲此文以祭之，故題稱「趙湖州」。今存斷句。

〔二〕白日二句：宋釋道原景德傳燈録卷八載龐藴居士：「將入滅，令女靈照出，視日早晚，及午以報。女遽報曰：『日已中矣，而有蝕也。』居士出户觀次，靈照即登父坐，合掌坐亡。居士笑曰：『我女鋒捷矣。』於是更延七日（而亡）。」案：機捷，義猶機敏。三國志魏志鍾毓傳：「機捷談笑，有父風。」此處同機鋒，鋒捷，佛家語。喻迅捷敏鋭、不落迹象、含義深刻。宋楊億景德傳燈録序：「機緣交激，若拄於箭鋒；智藏發光，旁資於鞭影。」蘇軾金山妙高臺詩：「機鋒不可觸，千偈如翻水。」

〔三〕堅城二句：用春秋齊大夫杞梁妻故事。左傳襄公二十三年：「莒子親鼓之，從而伐之，獲杞梁。莒人行成，齊侯歸，遇杞梁之妻於郊，使吊之。」孟子告子下：「杞梁之妻善哭其夫，而變國俗。」古列女傳貞順：「齊杞梁殖之妻也。莊公襲莒，殖戰而死。莊公歸，遇其妻，使使者吊之於路。杞梁妻曰：『令殖有罪，君何辱命焉。若令殖免於罪，則賤妾有先人之弊廬在，下妾不得與郊吊。』於是莊公乃還車，詣其室，成禮然後去。杞梁之妻無子，内外皆無五屬之親，既無所歸，乃枕其夫之屍於城下而哭。内誠動人，道路過者，莫不爲之揮涕。十日而城爲之崩。」漢王充論衡變動以哭城與城崩爲巧合；宋孫奭孟子疏始言杞梁之妻爲孟姜；以後又演變爲孟姜女哭長城之故事。

【彙評】

宋謝伋四六談麈卷一：趙令人李，號易安，其祭湖州文曰（略），婦人四六之工者。

宋胡仔苕溪漁隱叢話後集卷四十：四六談麈云，祭文，唐人多用四六，韓退之亦然。故李易安祭趙湖州文云（略），婦人四六之工者。

明姜南蓉塘詩話卷八：宋趙明誠内子李易安居士，有才致，能詩文，晦庵（朱熹）亦稱之。其祭湖州文曰（略）。

投翰林學士綦崈禮啓〔一〕

清照啓：素習義方〔二〕，粗明詩禮。近因疾病，欲至膏肓〔三〕，牛蟻不分〔四〕，灰釘已具〔五〕。嘗藥雖存弱弟〔六〕，膺門惟有老兵〔七〕。既爾蒼皇〔八〕，因成造次〔九〕。信彼如簧之舌〔一〇〕，惑兹似錦之言〔一一〕。弟既可欺，持官文書來輒信〔一二〕；身幾欲死，非玉鏡架亦安知〔一三〕。僶俛難言〔一四〕，優柔莫決。呻吟未定，强以同歸；視聽才分，實難共處。忍以桑榆之晚節〔一五〕，配兹駔儈之下才〔一六〕。

身既懷臭之可嫌〔一七〕，惟求脱去；彼素抱璧之將往，决欲殺之〔一八〕。遂肆侵凌，日加毆擊。可念劉伶之肋〔一九〕，難勝石勒之拳〔二〇〕。局天扣地〔二一〕，敢效談娘之善訴〔二二〕；升堂入室〔二三〕，素非李赤之甘心〔二四〕。外援難求，自陳何害？豈期末事，乃得上聞。取自宸衷〔二五〕，付之廷尉〔二六〕。被桎梏而置對〔二七〕，同凶醜以陳詞。豈惟賈生羞絳灌爲伍〔二八〕，何啻老子與韓非同傳〔二九〕。但祈脱死，莫望償金。友凶横者十旬，蓋非天降；居囹圄者九日〔三〇〕，豈是人爲！抵雀捐金〔三一〕，利當安往？將頭碎璧〔三二〕，失固可知。實自謬愚，分知獄市〔三三〕。此蓋伏遇内翰承旨〔三四〕，搢紳望族〔三五〕，冠蓋清流〔三六〕，日下無雙〔三七〕，人間第一。奉天克復，本原陸贄之詞〔三八〕；淮蔡底平，實以會昌之詔〔三九〕。哀憐無告，雖未解驂〔四〇〕；感戴鴻恩，如真出己〔四一〕。故兹白首，得免丹書〔四二〕。清照敢不省過知慚，捫心識媿。責全責智〔四三〕，已難逃萬世之譏；敗德敗名〔四四〕，何以見中朝之士！雖南山之竹〔四五〕，豈能窮多口之談〔四六〕？惟智者之言，可以止無根之謗。

高鵬尺鷃，本異升沉〔四七〕；火鼠冰蠶，難同嗜好〔四八〕。達人共悉，童子皆知。願賜品題〔四九〕，與加湔洗。誓當布衣蔬食，温故知新〔五〇〕。再見江山，依舊一瓶一鉢〔五一〕；重歸畎畝〔五二〕，更須三沐三薰〔五三〕。忝在葭莩〔五四〕，敢兹塵瀆〔五五〕。

【校記】

此啓據宋趙彦衛雲麓漫鈔卷十四録入，亦見清厲鶚宋詩紀事卷八十七。宋胡仔苕溪漁隱叢話前集卷六十麗人雜記、阮閱詩話總龜後集卷四十八麗人門、明瞿佑秀公集卷下易安樂府、清宋長白柳亭詩話卷二十九、褚人穫堅瓠集七集卷一、沈瑾輯漱玉詞附録均以爲李易安作。而清俞正燮癸巳類稿易安居士事輯、陸心源儀顧堂題跋、李慈銘越縵堂乙集、陳廷焯雲韶集詞壇叢話暨白雨齋詞話皆以爲他人所改。今人黄墨谷重輯李清照集投内翰綦公崇禮啓考辨及翁方綱金石録本讀後兼評黄盛璋李清照事迹考辨中改嫁新考二文，力駁李清照改嫁之非，以爲「謝啓中『止無根之謗』、『予加湔洗』等措辭，與改嫁事不合」。而黄盛璋李清照事迹考辨、王仲聞李清照集校注附李清照事迹編年皆以爲謝啓係李清照作，黄文且舉出七條宋人載籍所記改嫁資料，證明清照確曾改嫁。

均案：前人反對改嫁者，多爲推想臆斷，至今尚未找出一條宋代資料足以證明未曾改嫁。故黄盛璋、王仲聞之説未可否定。

〔投翰林學士綦崈禮啓〕沈本作「投内翰綦崈禮啓」。

〔清照啓〕沈本無「啓」字。

〔牛蟻〕沈本作「牛螘」。

〔膺門〕宋詩紀事、沈本作「應門」。

〔忍以〕苕溪漁隱叢話、詩話總龜、宋詩紀事作「猥以」。

〔晚節〕苕溪漁隱叢話、詩話總龜作「暮景」，宋詩紀事作「晚景」。

〔局天扣地〕宋詩紀事、沈本作「局地扣天」。

〔爲伍〕宋詩紀事、沈本作「爲儕」。

〔克復〕癸巳類稿作「收復」。

〔淮蔡〕沈本誤作「淮海」。

〔實以會昌之詔〕癸巳類稿作「共傳昌黎之筆」。

〔雖未〕癸巳類稿作「義同」。

〔如真〕癸巳類稿作「事真」，沈本作「如正」。

〔達人〕癸巳類稿作「達者」。

【箋注】

〔一〕此啓應作於紹興二年（一一三二）十月。考建炎以來繫年要録卷五十八，紹興二年九月戊午朔：「右承奉郎、監諸軍審計司張汝舟屬吏，以汝舟妻李氏訟其妄增舉數入官也。其後有司當汝舟私罪，徒，詔除名，柳州編管。十月己酉行遣。李氏，格非女，能爲歌詞，自號易安居士。」謝啓云「友凶横者十旬」，自九月初逆數「十旬」，清照當於本年五月中旬再適張汝舟。綦崈禮，宋史作綦崈禮，字叔厚（一作處厚），高密人，後徙濰之北海。母趙氏，明誠姑母，女嫁謝伋之子。登徽宗重和元年上舍第，南渡後再度入翰林。謝啓當作于初入翰林不久。據宋洪邁翰苑群書卷下翰苑題名載：「綦崈禮，紹興二年二月，以吏部侍郎兼權直（學士）院；七月，除兵部侍郎依舊兼權；九月，除翰林學士。」是爲初次任翰林學士。建炎以來繫年要録卷五十八載，紹興二年九月：「乙亥，御筆：尚書兵部侍郎兼直學士院綦崈禮爲翰林學士。自靖康後，從官以御筆除拜，自此始。」此距張汝舟九月朔除名編管纔十七日。蓋其對身陷囹圄之李清照實施援助時，應在任兵部侍郎兼權直學士院期間。謝啓云：「居囹圄者九日。」據宋竇儀等所編新詳定刑統卷二十四鬭訟律規定：女子「諸告周親尊長、外祖父母、夫、夫之祖父母，雖得實，徒二年。」清照狀告後夫張汝舟，雖情節屬實，然依宋刑統，猶應判二年徒刑，但因兵部侍郎綦崈禮援助，僅繫「九日」而釋。其居囹圄時間應在九月中旬前後，及釋放，乃作謝啓，時綦崈禮已除翰林學士，故稱「投翰林學士綦崈禮啓」。

案：綦崈禮，母趙氏，蓋爲明誠姑母，見紫微集卷二〇制詞。崈禮人品高尚，又曉詞，宋史本傳謂其「廉儉寡欲，獨覃心辭章，洞曉音律，酒酣氣振，長歌慷慨，議論風生，亦一時之英也……端方亮直，不畏强禦。」故對詞女李清照之不幸遭遇甚爲同情，敢於出面施救。

〔二〕義方：做人之正道。左傳隱公三年：「石碏諫曰：『臣聞，愛子教之以義方，弗納於邪。』」後多指家教。漢蔡邕司徒袁公夫人馬氏碑銘：「義方之訓，如川之流。」

〔三〕膏肓：古代醫學稱心臟下部爲膏，隔膜爲肓。左傳成公十年：「醫至，曰：『疾不可爲也，在肓之上，膏之下，攻之不可，達之不及，藥不至焉，不可爲也。』」後謂病情嚴重難以治癒爲病入膏肓。

〔四〕牛蟻不分：世説新語紕漏：「殷仲堪父病虚悸，聞床下蟻動，謂之牛鬥。」宋蘇軾次韵王定國得潁倅之二：「要識老僧無盡處，床頭牛蟻不曾聞。」此謂病情沉重，神志不清。

〔五〕灰釘已具：謂斂屍封棺所用之石灰與鐵釘，都已準備。案：苕溪漁隱叢話後集卷十四玉谿生條引談苑謂：「徐鍇嗜學該博……鍇嘗欲注李商隱樊南集，悉知其用事所出，有代王茂元檄劉稹書云：『喪貝躋陵，飛走之期既絶；投戈散地，灰釘之望無窮。』獨恨不知灰釘事。」又引藝苑雌黄云：「予考之南史陳本紀云：『祆酋震慴，遽請灰釘。』此語又在商隱之前矣。」以予考之，「棺釘」始見三國志王凌傳裴松之注引魏略，云：「凌自知罪重，試索棺釘，以觀太傅意，太傅給之。凌行到項，夜呼掾屬與絶曰：『行年八十，身名並滅邪！』遂自殺。」然此尚屬罪重請死之辭。後南朝陳徐陵與楊僕射書承其意云：「分請灰釘，甘從斧鑊。」然清照係用梁書徐勉傳論喪疏：「故屬纊纔畢，灰釘已具。」謂已將死，已準備後事。

〔六〕嘗藥句：古禮侍奉尊長服藥，先嘗後進。禮曲禮下：「君有疾，飲藥，臣先嘗之；親有疾，飲藥，子先嘗之。」清照有弟迒，任敕局删定官，見金石録後序。

〔七〕膺門：同應門，照應門户。文選李令伯（密）陳情表：「外無期功强近之親，内無應門五尺之童。」老兵，老僕。

〔八〕蒼皇：倉促、急遽。唐杜甫破船詩：「蒼皇避亂兵，緬邈懷舊丘。」

〔九〕造次：論語里仁：「造次必於是。」何晏集解引馬融曰：「造次，急劇也。」

〔一〇〕如簧之舌：詩小雅巧言：「巧言如簧，顔之厚矣。」孔穎達正義：「巧爲言語結構書辭，速相待合，如笙中之簧，聲相應和，見人不知慚愧，其顔面之容甚厚矣。」此指張汝舟。

〔一一〕似錦之言：詩小雅巷伯：「萋兮斐兮，成是貝錦。彼譖人者，亦已太甚！」毛傳：「貝錦，錦文也。」鄭箋：「喻讒人集作己過，以成於罪，猶女工之集彩色，以成錦文。」此謂張汝舟以花言巧語迷惑李清照。

〔一二〕官文書：此指告身，唐代授官之符；又稱告命，猶後世吏部所發之補官文獻，近代之委任狀。清照此處用唐人侯氏女故事。韓愈試大理評事王君墓誌銘：「（王適）妻上谷侯氏，處士高女……初，處士將嫁其女，懲曰：『吾以齟齬窮，一女憐之，必以嫁官人，不以與凡子。』君曰：『吾求婦氏久矣，唯此翁可人意，且聞其女賢，不可以失。』即謾謂媒嫗：『吾明經及第，且選，即官人。侯翁女幸嫁，若能令翁許我，請進百金爲謝。』嫗諾許，白翁。翁曰：『誠官人耶，取文書來。』

君計窮吐實。嫗曰：『無苦。翁大人，不疑人欺。我得一卷書，粗若告身者，我袖以往，翁見，未必取視，幸而聽，我行其謀。』翁望見文書銜袖，果信不疑，曰：『足矣！』以女與王氏。」此謂弟迒輕信張汝舟騙婚的謊言。

〔一三〕玉鏡架：即玉鏡臺，用晉温嶠故事。見前詞集生查子箋注〔一〕。此指張汝舟所下聘禮。

〔一四〕僶俛：一時、片刻。南朝宋顔延年秋胡詩：「孰知寒暑積，僶俛見榮枯。」

〔一五〕桑榆：太平御覽三引淮南子：「日西垂景在樹端，謂之桑榆。」注：「言其光在桑榆上。」文選南齊王元長（融）三月三日曲水詩序：「桑榆之陰不居，草露之滋方渥。」注：「桑榆，日所入也。」因指桑榆爲晚年。如世説新語言語：「謝太傅語王右軍曰：『中年傷於哀樂，與親友别，輒作數日惡。』王曰：『年在桑榆，自然至此。』」

〔一六〕駔儈：牲畜交易的經紀人。儈，一作會。史記貨殖傳：「節駔會。」集解引漢書音義：「會，亦是儈也。」索隱：「駔者，度牛馬市。云駔儈者，合市也。」漢書貨殖傳「駔儈」顔師古注：「儈者，會合二家交易者也。駔者，其首率也。」新唐書王君廓傳：「少孤貧，爲駔儈，無行，善盜。」此喻張汝舟人格卑劣。

〔一七〕懷臭：原指狐臭。吕氏春秋遇合：「人有大臭者，其親戚、兄弟、妻妾、知識，無能與居者。」此喻己錯嫁。

〔一八〕抱璧二句：左傳哀公十七年：「公（衛莊公）入於戎州己氏。初，公自城上見己氏之妻髮美，使髡之，以爲呂姜髢。既入焉，而示之璧，曰：『活我，吾與女璧。』己氏曰：『殺女，璧其焉往？』遂殺之而取其璧。」此喻張汝舟欲謀奪清照劫後幸存之金石古器。

〔一九〕劉伶之肋：劉伶，字伯倫，西晉沛國（今安徽宿縣）人，竹林七賢之一。世説新語文學：「劉伶著酒德頌，意氣所寄。」注引竹林七賢論：「伶處天地間，悠悠蕩蕩，無所用心。嘗與俗士相語，其人攘袂而起，欲必築之。伶和其色曰：『雞肋豈足以當尊拳！』其人不覺廢然而返。」

〔二〇〕石勒之拳：石勒，字世龍，羯族，上黨武鄉人。少孤貧，爲人傭耕，後從軍，開創後趙，爲國主。晉書石勒載記：「初，勒與李陽鄰居，歲常爭麻池，迭相毆擊。至是，謂父老曰：『李陽，壯士也，何以不來？漚麻是布衣之恨。孤方崇信天下，寧讐匹夫乎！』乃使召陽，既至，日與歡謔，引陽臂笑曰：『孤往日厭卿老拳，卿亦飽孤毒手。』」能改齋漫録卷四辨誤有「老拳」條，專辯此事云：「以石勒傳考之，尊拳當作老拳，非指劉伶尊拳也。」清照乃二事合用，以喻受張汝舟之虐待。

〔二一〕局天扣地：詩小雅正月：「謂天蓋高，不敢不局；謂地蓋厚，不敢不蹐。」集傳：「局，曲也；蹐，累足也。」又云：「哀今之人胡爲肆毒以害人，而使之至此乎？」此蓋化用詩句以抒悲憤。扣地，以足頓地。

〔二二〕談娘：即踏摇娘。劉賓客嘉話録：「隋末，有河間人齇鼻酗酒，自號郎中，每醉必毆擊其妻。妻美而善歌，每爲悲怨之聲，輒摇頓其身。好事者乃爲假面以寫其狀，呼爲踏摇娘，今謂之談娘。」又見教坊記云：「踏搖娘：北齊有人，姓蘇，皰鼻。實不仕，而自號爲郎中。嗜飲酗酒，每醉輒毆其妻。妻銜悲訴於鄰里。時人弄之，丈夫著婦人衣，徐步入場行歌。每一疊，旁人齊聲和之云：『踏搖，和來！踏搖苦，和來！』以其且步且歌，故謂之『踏搖』。以其稱寃，故言苦。及其夫至，則作毆鬥之狀，以爲笑樂。今則婦人爲之，遂不呼郎中，但云『阿叔子』。調弄又加典庫，全失舊旨。或呼爲『談容娘』，又非。」後者未稱「談娘」，且對「談容娘」表示懷疑，蓋皆爲民間傳說，並不一致。清照係據前者。

〔二一三〕升堂入室：論語先進：「由也升堂矣，未入於室也。」此僅指在屋内走動。

〔二一四〕李赤：唐柳宗元李赤傳：「李赤，江湖浪人也，嘗曰：『吾善爲歌詩，詩類李白。』故自號李赤。游宣州，其友與從遊者有姻焉。閒累日，乃從之館。赤方與婦人言，其友戲之。赤曰：『是媒我也，吾將娶乎是。』友大駭曰：『足下妻固無恙，太夫人在堂，安得有是？豈狂易狂惑耶？』……有間，婦人至，又與赤言，即取巾經其脰，赤兩手助之，舌盡出。……又大怒曰：『吾已升堂面吾妻。吾妻之容，世固無有。』堂之飾，宏大富麗。」後竟入厠而死，被稱爲厠神。此喻張汝舟之惡毒瘋狂。

〔二一五〕宸衷：帝王之心意。魏書王椿傳：「宸衷懇切，備在絲綸，祇承兢感，心焉靡厝。」

〔二一六〕廷尉：秦始置，九卿之一，掌刑獄。漢書百官公卿表上：「廷尉，秦官，掌刑法。」漢承秦制。北齊至唐宋明清，改稱大理寺卿。此謂清照交付大理寺審理。

〔二七〕桎梏：脚鐐手銬。易蒙：「利用刑人，用説桎梏。」疏：「在足曰桎，在手曰梏。」

〔二八〕豈惟句：史記賈誼列傳：「天子議以賈生任公卿之位，絳、灌、東陽侯、馮敬之屬盡害之。」又淮陰侯傳：「（韓信）居常鞅鞅，羞與絳、灌並列。」絳，絳侯周勃；灌，灌嬰。此蓋二事並用。

〔二九〕何啻句：史記卷六十三有老子韓非列傳，後人常以爲不妥，因老子屬道家，韓非屬法家。南史王敬則傳云：「（敬則）後與王儉俱即本號開府儀同三司。時徐孝嗣於崇禮門候儉，因嘲之曰：『今日可謂連璧。』儉曰：『不圖老子遂與韓非同傳也。』」此謂道不同不相爲謀。

〔三〇〕囹圉：同囹圄，牢獄。韓非子三守：「至於守司囹圄，禁制刑罰，人臣擅之，此謂刑劫。」禮記月令仲春之月：「命有司省囹圄。」鄭玄注：「囹圄，所以禁守繫者，若今別獄矣。」此謂繫獄九日。

〔三一〕抵雀捐金：以金擲雀。雀，一作鵲。莊子寓言：「今且有人於此，以隨侯之珠，彈千仞之雀，世必笑之。是何也？則其所用者重，而所要者輕也。」漢桓寬鹽鐵論崇禮：「崐山之旁，以玉璞抵烏鵲。」此蓋二事合用，喻損失慘重。

〔三二〕將頭碎璧：史記廉頗藺相如列傳：「秦王坐章臺見相如，相如奉璧奏秦王……王授璧，相如因持璧却立，倚柱，怒髮上衝冠，謂秦王曰：『……臣觀大王無意償趙王城邑，故臣復取璧。大王必欲急臣，臣頭今與璧俱碎於柱矣！』」此清照自喻鬬争决心。

〔三三〕獄市：史記曹相國世家：「（曹）參去，屬其後相曰：『以齊獄市爲寄，慎勿擾也。』後相曰：『治無大於此者乎？』參曰：『夫獄市者，所以并容也。』」集解引漢書音義曰：「夫獄市兼受善惡，若窮極，姦人無所容竄……秦人極刑而天下畔，孝武峻法而獄繁，此其效也。」宋朱翌猗覺寮雜記卷下：「獄如教唆詞訟，資給盜賊；市如用私斗秤欺謾變易之類，皆姦人圖利之所，若窮治則事必枝蔓，此等無所容必爲亂，非省事之術也。」此句清照謂已認清獄訟之實質。

〔三四〕内翰承旨：宋史職官志二：「翰林學士院：翰林學士承旨、翰林學士、知制誥、直學士院、翰林權直、學士院權直，掌制、誥、詔、令撰述之事……承旨，不常置，以學士久次（資深）者爲之。」内翰，翰林學士掌内制，故稱。此指綦崈禮。

〔三五〕搢紳：莊子天下：「其在於詩書禮樂者，鄒魯之士，搢紳先生，多能明之。」史記封禪書：「其語不經見，搢紳者不道。」集解引李奇曰：「搢，插也；插笏於紳。紳，大帶也。」後世多指士大夫。案：宋史綦崈禮傳謂其「祖及父皆中明經進士科」，故清照稱之。

〔三六〕冠蓋：冠，禮帽；蓋，車篷，皆爲官吏所服用，因代指官吏。漢班固西都賦：「冠蓋如雲，七相五公。」唐杜甫夢李白之二：「冠蓋滿京華，斯人獨憔悴。」

〔三七〕日下無雙：南史伏挺傳：「（挺）博學有才思，爲五言詩，善效謝康樂體。父友樂安、任昉深相歎異，常曰：『此子日下無雙。』」案：宋史綦崈禮傳：「崈禮妙齡秀發，聰敏絶人，不爲崖岸斬絶之行。廉儉寡欲，獨覃心辭章，洞曉音律，酒酣氣振，長歌慷慨，議論風生，亦一時之英也。」

〔三八〕奉天二句：建中四年十月，涇原兵叛，唐德宗避難奉天（今陝西乾縣），至明年（興元元年）平亂返京。見舊唐書德宗紀。陸贄，新唐書陸贄傳：「陸贄，字敬輿，蘇州嘉興人。十八第進士，中博學宏辭……帝（德宗）在東宫，已聞其名矣，召爲翰林學士……從狩奉天，機務填總，遠近調發，奏請報下，書詔日數百，贄初若不經思，逮成，皆周盡事情，衍繹孰復，人人可曉。旁吏承寫不給，它學士筆閣不得下，而贄沛然有餘……由是帝親倚，至解衣衣之，同類莫敢望。雖外有宰相主大議，而贄常居中參裁可否，時號『内相』。」此以唐翰林學士陸贄稱譽綦密禮。案：宋樓鑰攻媿集北海先生文集序云：「永嘉（均案：借指建炎）南渡之行，公（綦密禮）在帝（高宗）側，實代王言。詔旨所至，讀者感動，諸將奔走承命，如陸宣公（贄）之在奉天也。尋入翰苑，當羽檄旁午，書詔填委之會，而播告之修，不匿厥指……平時爲文，不爲崖異之言，而氣格渾然天成。故一旦當書命之任，明白洞達，雖武夫遠人，曉然知上意所在，非規規然取青儷白以爲工者比也。」可見綦密禮長於草詔，可比唐之陸贄。

〔三九〕淮蔡二句：俞正燮癸巳類稿易安居士事輯易「會昌之詔」爲「昌黎之筆」，似可議。案：舊唐書韓愈傳：「元和十二年八月，宰臣裴度爲淮西宣慰處置使，兼彰義軍節度使，請愈爲行軍司馬，仍賜金紫。淮、蔡平，十二月隨度入朝，以功授刑部侍郎，仍詔愈撰平淮西碑，其辭多叙裴度事。時先入蔡州擒吴元濟，李愬功第一，愬不平之。愬妻出入禁中，因訴碑辭不實，詔令磨愈文。」憲宗命翰林學士段文昌重撰文勒石。」據此，「會昌之詔」，當爲「文昌之碑」之誤。案：王仲聞李清照集校注：「按唐平淮蔡之吴元濟，在元和年間，與會昌相去二十年……淮蔡之平，不能歸功於韓愈。『淮蔡』疑當作『澤潞』。唐書李德裕傳：『自開成五年春回紇至天德，至會昌四年八月平澤潞，首尾五年。其籌度機宜，選用將帥，軍中書詔，奏請雲合，起草指蹤，皆獨決於德裕，諸相無預焉。』（李德裕所製，見會昌一品集。）易安用事不免有誤，疑此亦誤用也。」可備一說。

〔四〇〕解驂：喻救人之急難。史記管晏列傳：「越石父賢，在縲紲中。晏子出，遭之塗，解左驂贖之，載歸。」又見晏子春秋雜上，稍詳。此喻綦密禮雖未以物救己之急。

〔四一〕如真出己：左傳成公三年：「荀罃之在楚也，鄭賈人有將置諸褚（綿衣）中以出。既謀之，未行，而楚人歸之。賈人如晉，荀罃善視之，如實出己。」此謂清照出獄，實出於綦密禮之力。

〔四二〕丹書：罪人名册，用丹（朱）筆書寫。左傳襄公二十三年：「裴豹，隸也，著於丹書。」注：「蓋犯罪没爲官奴，以丹書其罪。」此謂無罪釋放。

〔四三〕責全責智：吕氏春秋舉難：「物豈可全哉？故君子責人則以人，自責則以義。」此謂待人忠厚，律己謹嚴。又宋范純仁戒子弟曰：「人雖至愚，責人則明，雖有聰明，恕己則昏。爾曹但常以責人之心責己，恕己之心恕人，不患不到聖賢地位也。」此即「責智」，謂明於自處。

〔四四〕敗德敗名：書大禹謨：「侮慢自賢，反道敗德。」顔氏家訓教子：「逮於成長，終爲敗德。」敗名，敗壞名譽。左傳僖公二十三年：「姜曰：『行也。懷與安，實敗名。』」

〔四五〕南山之竹：漢書公孫賀傳：「南山之竹不足受我辭，斜谷之木不足爲我械。」舊唐書李密傳作書移郡縣討隋煬帝曰：「罄南山之竹，書罪未窮；决東海之波，流惡難盡。」古代無紙，書於竹簡，故云。

〔四六〕多口：孟子盡心下：「貉稽曰：『稽大不理於口。』孟子曰：『無傷也，士憎兹多口。』」此猶多言。詩鄭風將仲子：「人之多言，亦可畏也。」

〔四七〕高鵬二句：莊子逍遥遊：「有鳥焉，其名爲鵬，背若泰山，翼若垂天之雲，摶扶摇羊角而上者九萬里，絶雲氣，負青天，然後圖南，且適南溟也。斥鴳笑之曰：『彼且奚適也？我騰躍而上，不過數仞而下，翱翔蓬蒿之間。此亦飛之至也。而彼且奚適也？』」音義：「斥本亦作尺，鴳字亦作鷃。」

〔四八〕火鼠二句：舊題漢東方朔十洲記：「炎洲在南海中，有火林山，山中有火光獸，大如鼠，毛長三四寸，或赤或白，取其獸毛以緝爲布，時人號爲火浣布。」又太平御覽卷八百二十晉張勃吴録：「日南比景縣有火鼠，取毛爲布，燒之而精，名火浣布。」又舊題晉王嘉拾遺記卷十員嶠山：「有冰蠶長七寸，黑色，有角，有鱗。以霜雪覆之，然後作繭，長一尺，其色五彩，織爲文錦，入水不濡，以之投火，經宿不燎。」唐詩紀事六七王貞白寄鄭谷詩：「火鼠重收布，冰蠶乍吐絲。」以上四句自謂與張汝舟品行性格不合。

〔四九〕品題：評論人物之高下。後漢書許劭傳：「劭與靖俱有高名，好共覈論鄉黨人物，每月輒更其品題，故汝南俗有『月旦評』焉。」

〔五〇〕温故知新：論語爲政：「子曰：温故而知新，可以爲師矣。」此謂接受經驗教訓。

〔五一〕一瓶一鉢：唐僧貫休陳情獻蜀皇帝詩：「一瓶一鉢垂垂老，萬水千山得得來。」

〔五二〕重歸畎畝：歸隱田園。莊子讓王：「（舜）居於畎畝之中，而遊堯之門。」成玄英疏：「壟上曰畝，壟中曰畎。」清照曾屏居青州，今復萌此念。

〔五三〕三沐三薰：再三薰香沐浴。原作「三釁三浴」。春秋時齊桓公從魯國接回管仲，據國語齊載：「比至，三舋三浴之。」注：「以香塗身曰舋，亦或爲薰。」舋，同「釁」。唐韓愈答呂毉山人書：「方將坐足下三浴而三熏之。」此申崇敬綦密禮之意。

〔五四〕葭莩：喻遠房親戚關係。漢書中山靖王傳：「今群臣非有葭莩之親，鴻毛之重，群居黨議，朋友相爲，使夫宗室擯却，骨肉冰釋。」顔師古注：「葭，蘆也。莩者，其筩中白皮，至薄者也。」葭莩喻薄，鴻毛喻輕，輕薄甚也。」案：南宋參知政事謝克家於趙明誠爲表兄弟，其子謝伋爲綦密禮婿，故云「忝在葭莩」。

〔五五〕塵瀆：言以俗事打擾。猶塵浼。宋華鎮上温倅朱朝奉書：「斐然狂簡，固不足塵浼清視，姑以致區區之意。」

【彙評】

宋胡仔苕溪漁隱叢話前集卷六十：易安再適張汝舟，未幾反目，有啓事與綦處厚云：「猥以桑榆之晚景，配兹駔儈之下才。」傳者無不笑之。案：阮閱詩話總龜後集卷四十八麗人門同此。

明徐𤊹徐氏筆精卷七：李易安，趙明誠之妻也。漁隱叢話云：「趙無嗣，李又更嫁非類。」且曰其啓曰：「猥以桑榆之晚景，配兹駔儈之下才。」殊謬妄不足信……李五十有二，老矣。清獻公之婦，郡守之妻，必無更嫁之理。今各書所載金石録序皆非全文，惟余家所藏舊本序語全載。更嫁之説，不知起於何人，太誣賢媛也！

明黄溥閑中今古録：兹觀瞿宗吉（佑）所著香臺集，有易安樂府之目，引漁隱叢話云：「趙明誠，清獻公之子，妻李氏，能文詞，號易安居士，有樂府詞二卷，名漱玉集。明誠卒，易安再適非類，既而反目，有啓與綦處厚學士：『猥以桑榆之晚景，配兹駔儈之下才。』見者笑之。」此宗吉所以有「清獻名家阨運乖，羞將晚景對非才」之句。予歎易安翁則清獻，爲時名臣；夫則明誠，官至郡守。亦景薄桑榆，何爲而再適耶？

清謝章鋌賭棋山莊詞話：興公徐𤊹謂易安未嘗改嫁……持論精審，足爲賢媛洗冤。

清褚人穫堅瓠七集卷一：漁隱叢話：趙明誠，清獻公閲道子，妻清照，號易安居士，濟南李格非之女，工詩詞，有漱玉集三卷行世。明誠卒，再適張汝舟，未幾反目。易安與綦處厚啓有「猥以桑榆之晚景，配兹駔儈之下材」，傳者笑之。按氏族大全亦以明誠爲清獻子。觀東坡清獻公神道碑載二子：曰岏，曰屺，並無明誠。葉文莊盛水東日記：明誠，趙挺之子。曹以寧安讕言長語：易安，趙挺之子德夫之内。堯山堂：抃謚清獻，挺之亦謚清憲，故有此誤傳。挺之附媚蔡京，致位權要，或有此失節之婦。若爲清獻子婦，豈宜以桑榆晚景，再適非類，爲天下笑邪？

清陸以湉冷廬雜識：德州盧雅雨鹾使見曾，作金石録序，均案：見金石録後序附録。力辨李易安再嫁之誣……陳雲伯大令亦云：「宋人小説往往污衊賢者，如四朝見聞録之於朱子，東軒筆録之於歐陽公，比比皆是。」又謂「『去年元夜』一詞，本歐陽公作，後人誤編入斷腸集，原注：漁洋山人亦嘗辨之。遂疑朱淑真爲佚女，皆不可不辨」。按「去年元夜」詞，非朱淑真作信矣。李易安再適張汝舟事，詳趙彦衛雲麓漫鈔，諸家皆沿其説。盧氏獨力爲辨雪，其意良厚，特録之，以俟論世者取裁焉。

清胡薇元歲寒居詞話：南、北宋之際，有趙明誠妻李清照，所作漱玉詞，抗軼周柳。張端義貴耳集元宵詞永遇樂、聲聲慢，以爲閨閣有此文筆，良非虚語。明誠宋宗室，均案：非是。父爲宰輔。易安自記在汴京與夫共撰金石録，典釵釧，得一碑版，互相搜校。家藏舊書畫極夥，亂離買舟南下，擇其精本攜之，在西湖尤相樂。夫死，戚友謀奪不得者，李心傳、趙彦衛造爲蜚謗，誣其再適駔儈。雲麓漫鈔、建炎以來繫年要録，即彦衛、心傳之筆。小人不樂成人之美如此。况明誠守湖州已中年，夫卒，年六旬，安有再適之理，矧在駔儈耶？

清俞正燮癸巳類稿易安居士事輯：讀雲麓漫鈔所載謝綦宻禮啓，文筆劣下，中雜有佳語，定是竄改本。又夫婦訐訟，必自證之，啓何以云「無根之謗」？余素惡易安改嫁張汝舟之説，雅雨堂刻金石録序，以情度易安不當有此事。及見李心傳建炎以來繫年要録，采鄙惡小説，比其事爲文案，尤惡之。後讀齊東野語論韓忠繆事云：「李心傳在蜀，去天萬里，輕信記載，疎舛固宜。」又謝枋得集亦言繫年要録爲辛棄疾造韓侂胄壽詞，則所言易安文案、謝啓事可知。是非天下之公，非望易安以不嫁也。不甘小人言語，使才人下配駔儈，故以年份考之，凡詩文見類部小説詩話者，考合排次。至紹興四年，易安年五十三；又紹興十一年五月十三日，綦崈禮婿陽夏謝伋，寓家台州，自序四六談麈，時易安年已六十，伋稱爲趙令人李。若崇禮爲處張汝舟婚事，伋其親婿，不容不知。又下至淳祐元年，時及百年，張端義作貴耳集，亦稱易安居士，趙明誠妻。易安爲嫠，行迹章章可據。趙彦衛、胡仔、李心傳等，不明是非，至後人貌爲正論……且啓言：「牛蟻不分，灰釘已具。弟既可欺，持官文書來輒信；身幾欲死，非玉鏡架亦安知。呻吟未定，强以同歸。猥以桑榆之末景，配兹駔儈之下才。」易安，老命婦也，何以改嫁復與官誥？又言：「視聽才分，實難共處；惟求脱去，決欲殺之。遂肆欺凌，日加毆擊。豈期末事，乃得上聞。取自宸衷，付之廷尉。」是又閨房鄙論，竟達闕庭，帝察隱私，詔之離異。夫南渡倉皇，海山奔竄，乃舟車戎馬相接之時，爲一駔儈之婦，從容再降玉音，宋之不君，未應若此。審視金石録後序，始知「頒金」事白，綦有湔洗之力。小人改易安謝啓，以飛卿玉壺爲汝舟玉臺，用輕薄之詞，作善謔之報，而不悟牽連君父，誣衊廟堂，則小人之不善於立言也……夫小人何足深責，吾獨惜易安與惠齋，均案：宋尚書黄由妻胡夫人號惠齋居士。以美秀之才，好論文以中時忌也。

清陸心源儀顧堂題跋癸巳類稿易安事輯書後：易安改嫁，千古厚誣。歙人俞理初易安事輯以辨之，詳矣備矣！惟張汝舟崇寧五年進士，毗陵人，見咸淳毗陵志。欽宗時知紹興府，見會稽志。建炎三年，以朝奉郎直秘閣知明州。十二月，召爲中書門下檢正諸房文字。四年，兼管安撫使。復以直顯謨閣知明州，見四明圖經。五月，上過明州，歷奉儉簡遷一官。六月，乞祠，主管江州太平觀。紹興元年三月，往池州措置軍務，尋爲監諸軍審計司。二年九月，以妻李氏訟其妄增舉數入官，有司當汝舟私罪，徒，詔除名，柳州編管，見建炎以來要録。則汝舟既碻有其人，以李氏訟編管，亦碻有其事。理初僅以怨家改啓，證易安無改嫁事，幾若汝舟亦屬子虛，不足以釋千古之疑，而折服李心傳之心。愚按：汝舟即飛卿之名，「妻」字上當奪「趙明誠」三字耳。高宗性好古玩，與徽宗同，汝舟必以進奉得官，因進奉而徵及玉壺，因玉壺之失而有獻璧北朝之誣，而易安有妄增舉數之報。……惟李氏被獻璧北朝之誣，人人代抱不平。故李氏一控，而汝舟即奪職編管。汝舟無可洩憤，改其謝啓，誣爲改嫁，認爲伊妻。其啓即汝舟所改，非別有怨家也。請列五證以明之：汝舟先官秘閣直學士，復官顯謨直學士，故曰「飛卿學士」，其證一也。「頒金」之謗，崇禮爲之左右得解，事在建炎三年，是時崇禮官中書舍人，故曰「内翰承旨」。汝舟之貶，事在紹興二年，則崇禮已爲侍郎，翰林學士當曰「學士侍郎」，不得曰「内翰承旨」矣。其證二也。若要録原本無「趙明誠」三字，注文既叙明李格非女矣，何不叙趙明誠妻改嫁汝舟乎？其證三也。男女婚嫁，世間常事，朝廷不須問，官吏豈有文書？啓云：「弟既可欺，持官文書來即信」，當指蜚語上聞置獄而言。改嫁不必由官，有何官文書之有？其證四也。獻璧北朝，可稱不根之言。若改嫁碻有其事，何得言不根之言？其證五也。心傳誤據傳聞之辭，未免疏謬，若謂採鄙惡小説，比附文案，豈張汝舟亦無其人乎？必不然矣。

清李慈銘越縵堂文集乙集書陸剛甫觀察儀顧堂題跋後：陸氏心源儀顧堂題跋十六卷，其中可取者甚多，其書癸巳類稿易安事輯後謂「……蓋獻璧之誣，人人代抱不平，故李氏一控，而汝舟即奪職編管。汝舟無可洩憤，改其謝啓，誣爲改嫁，認爲伊妻，其啓即汝舟所改，非别有怨家也」。則殊臆決不近理。案嘉泰會稽志載：宣和五年，張汝舟以降授宣教郎直秘閣知越州。越爲望郡，是汝舟在徽宗時已通顯。乾道四明圖經載：建炎四年，張汝舟以直顯謨閣知明州，兼管内安撫使，數月即罷。圖經載：是年汝舟之前，已有劉洪道、向子忞二人。汝舟之後爲吴懋，以建炎四年八月到任。是汝舟在州不過一、二月。繫年要録載：紹興二年九月，汝舟除名，時官止承奉郎，則仕宦頗沉滯，安見其以進奉得官？高宗頗好書畫，未聞其好器玩。易安金石録後序言：聞張飛卿玉壺事發，在建炎三年九、十月間，時明誠甫於八月卒，高宗方爲金人所迫，流離奔竄，即甚荒闇之主，尚安得留心玩好，令人以進奉得官？汝舟之名與飛卿之字，亦不相配合。且序言飛卿所示玉壺，實珉也，旋復攜去，則壺並不在德甫所，安得妄告朝廷，徵之趙氏？且要録言時建康置防秋安撫使，擾攘之際，或疑其饋璧北朝，言者列以上聞。或言趙張皆當置獄，是明謂言官所發，飛卿方有對獄之懼，豈有自發而自誣之理？易安後序亦謂「何人傳道，妄言頌金」，是並無怨飛卿之事，安得謂人人代抱不平，易安故訟其妄增舉數以爲報復？至謂其啓即汝舟所改，尤非情理。汝舟以進士歷官已顯，豈肯自謂「駔儈下才」，及「視聽才分，實難共處」？且人即無良，豈有冒認嫠婦以爲己妻？趙、李皆名人貴家，易安婦人之傑，海内衆著，又將誰欺？雖喪心下愚，亦不至此。要録大書右承奉郎監諸軍審計司張汝舟屬吏，以汝舟妻李氏訟其妄增舉數入官也。其文甚明，安得謂「妻上脱『趙明誠』三字」？陸氏謂「妄增舉數，何與妻事，朝廷亦豈爲準理」，則閨房之内，事有難言，增舉入官，欺罔朝廷，安得置之不理？此等事惟家人得知之，故發即得實。若他人之婦，何從知之。惟易安必無再嫁之事，理初排比歲月，證之甚明。今即要録所載此一節，覈其年月，更可瞭然。易安金石録後序，自題「紹興二年玄黓歲壯月甲寅朔易安室題」，要録繫訟增舉事於紹興二年九月戊午朔，相去一月，豈有三十日内，忽在趙氏爲嫠婦，忽在張氏訟其夫，此不待辨者也。又易安於紹興三年五月上使金工部尚書胡松年詩，有「嫠家祖父生齊魯」之句，則易安以老寡婦終，已無疑義。要録又載紹興二年八月丙辰，原注：是二十九日。是月戊子朔。後序題甲寅朔，蓋筆誤。甲寅是二十七日，或是戊子朔甲寅，脱「戊子」二字。又朔甲寅誤倒，古人題月日，多有此例。易安好古，觀其用歲陽紀歲，月名紀月可知。直秘閣、主管江州太平觀趙思誠守起居郎。思誠，明誠兄也，則是時趙氏尚盛，尤不容有此事。要録又載建炎三年閏八月，和安大夫開州團練使致仕王繼先，嘗以黄金三百兩，從故秘閣修撰趙明誠家市古器，兵部尚書謝克家言：恐疏遠聞之，有累盛德，欲望寢罷。上批令三省取問繼先。則所云徵及玉壺，傳聞置獄，當在此時。王繼先本姦黠小人，時方得幸，必有恫喝趙氏之事。而綦崈禮爲左右之，得白，故易安作啓以謝。至張汝舟妻李氏，或本易安一家，與夫不咸，訟訐離異。當時忌易安之才如學士秦楚材者，秦檜之兄，名梓。及被易安誚刺如張九成者，因將此事移之易安。張九成爲紹興二年進士第一人，其對策有「桂子飄香」之語，易安因有「桂子飄香張九成」之謔，亦足證其嫠居無事。若方與後夫争訟仳離，豈尚有此暇力弄此狡獪乎？或汝舟之妻，亦嫻文字，作文自述被夫欺凌毆擊之事，其訟安增舉數時，亦必牽及閨門乖忤，自求離絶。及置獄根勘得實，并遂其請。後人因其適皆李姓，遂牽合之。李微之亦不察而誤采之。俗語不實，流爲丹青，遂以漱玉之清才，古今罕儷，且爲文叔之女、德甫之妻，横被惡名，致爲千載宵人口實。余故申而辨之，補俞氏之闕，正陸氏之誤，可爲不易之定論矣。

清葉廷琯鷗波餘話：頤道堂詩外集有題查伯葵撰李易安論後絶句，序云：「李清照再適之説，向竊疑之。宋人雖不諱再嫁，然考易安作金石録後序時，年已五十餘。雲麓漫鈔所載投綦處厚啓，殆好事者爲之。嘗欲製一文以雪其誣，今讀伯葵所作，可謂先得我心矣。」詩云：「談娘善訴語何誣，卓女琴心事本無。賴有琵琶查八十，清商一曲慰羅敷。」但今所傳查梅史篔谷集，並無李易安論，詩中亦無一字辨及易安者，不知何故……近見皖中俞理初孝廉正燮癸巳類稿有易安居士事輯一篇，亦力辨再嫁之事，徵引詳博（此處節録俞文，略）……一篇名論，足洗漱玉沉冤。

清薛紹徽黛韻樓文集李清照朱淑真論：趙宋詞女，李朱名家。漱玉則居臨柳絮，斷腸則家在桃邨。市古寺之殘碑，品茶對酌；賀東軒之移學，舉案同心。槧鉛逐逐，隨宦青萊；絲管紛紛，勝游吴楚。迨及殘山半壁，薄衾五更。阿婆白髮，已過大衍之年；怨女歸寧，莫寄傷心之淚。奚至桑榆晚景，更易初心，花市燈宵，徘徊密約乎？大抵玉壺頒金之案，已肇妬才；花枝連理之詩，難言幽恨。露華桂子，招衆口以爍金；細雨斜風，憶前歡而入夢。負盛名以致謗，因清怨而生疑。於是妄改綦崈禮之謝啓，雜竄廬陵集之豔詞。李心傳要録，病在疏訛；楊升庵品詞，失於稽考。西蜀去浙數千里，傳聞不免異辭；有明後宋三百年，持論未曾檢點。且也張汝舟歷官清要，奚言駔儈下才；王唐佐傳述始終，誤作市井民婦。當君臣播越之時，安事文書催再醮；彼夫婦乖離而後，何心詞賦約幽期。實際可徵，疑團自破。所惜者，妄增舉數，姓氏偶同；爲主東君，爵里俱逸。胡元任叢話，變俗諺爲丹青；魏仲恭序言，仗耳食爲口實。好惡支離，是非顛倒耳。然原心定論，據事探幽，編集雖零落不完，詩詞尚昭彰若揭。贈胡韓二使者，嫠婦猶稱；宴謝魏兩夫人，貴游可數。寒窗敗几，已醒曉夢疏鐘；鷗鷺鴛鴦，似嘆小星奪月。願過淮水，猶存愛國之忱；仰望白雲，時起思親之念。忠孝已根其天性，綱常必熟於懷來。安敢別抱琵琶，偷貽芍藥，花殊旌節，樹異女貞哉？推原其故，或出有因。衣冠王導，斥將杭作汴之非；早晚平津，有稱夫爲人之異。姦黠者轉羞成怒，輕薄者飛短流長。胡惠齋摘文之忌，不知道高毁來；生查子大曲所傳，遂致移花接木。磽磽易缺，哆哆能張。毒生蠆尾，影射蜮沙。謗孀閨於身後，語涉無根；疑静女於生前，冤幾不白。豈弗悖歟？吁可怪已！

清吴衡照蓮子居詞話：妃子沼吴，重歸少伯；美人亡息，再醮荆王。簡帙工訛，殊難理造。世傳易安居士再適張汝舟，卒至對簿，有與綦崈禮啓云云，爲時訕笑。今以金石録後序考之，易安之歸德甫，在建中辛巳，時年一十有八。後二年癸未，德甫出仕宦。越二十三年靖康丙午，德甫守淄川，其明年建炎丁未，奔母喪，又明年戊申，德甫起復知建康府，又明年己酉春罷職，夏，被旨知湖州，秋，德甫遂病不起。時易安四十有六矣。越五年，紹興甲寅，作金石録後序，時年五十有一。其明年乙卯，有上韓胡二公詩，猶閭閻嫠婦，時年五十有二。豈有就木之齡已過，墮城之淚方深，顧爲此不得已之爲，如漢文姬故事？意必當時嫉元祐君子者攻之不已而及其後；而文叔之女多才，尤適供謡諑之喙。致使世家帷薄，百世而下，蒙垢抱誣，可慨也已！

又：易安居士再適張汝舟，卒至對簿，有與綦處厚啓云云，宋人説部多載其事，大抵彼此衍襲，未可盡信。宋史李文叔傳附見易安居士，不著此語；而容齋去德甫未遠，其載於四筆中無微辭也。且失節之婦，子朱子又何以稱乎？反覆推之，易安當不其然。

清符兆綸明湖藕神祠祀李易安居士記：世之少之者，獨以其晚年改適一節。此事自關倫紀，而居士生平大端所係，予不可無辨。居士以文叔爲父，得力於庭訓居多。而所適趙明誠，又以才人爲顯宦。其夫婦相篤，風雅相深，固宜超出尋常萬萬。惟刻燭裁箋，拈花索句，無愁不媚，脱口生香，放誕風流，宜若不自檢束，而不知居士乃才而深於情者也。情之深者，不能無所鍾，而必不妄有所鍾。妄鍾其情，非情也。所謂發乎情，止乎禮義也。以其深於情，而即疑其薄於行，將世之口談周孔之書，躬履夷齊之行者，其生平宜斷斷無他，而所爲往往非人意計所及料，又何説邪？抑當時范希文、辛稼軒、歐陽永叔諸人，以芬芳惻怛之懷，作爲纏綿倩麗之詞，而卒不失其爲正人君子，此尤章章也……又春秋代謝，行且就木，而猶欲依倚村夫，重調琴瑟，此尋常閨閤所不爲，而謂居士之才而爲之乎？且再適一事，亦非確有證據，不過就居士所書白樂天「老大嫁作商人婦」之語，遂疑其重過別船，江湖流落。此事前明宋文恪已爲辨之，不知此乃才人偶爾寄興。

清陳廷焯雲韶集詞壇叢話：趙彥衛雲麓漫鈔謂易安再適張汝舟，諸家皆沿其說。又僞撰投内翰綦公崇禮啓云，引文省略。漁磯漫鈔中謂「易安再適張汝舟，竟至對簿，啓在臨安時作」。案：易安並無再適事。

又白雨齋詞話卷二：易安武陵春後半闋云：「聞説雙溪春尚好，也擬汎輕舟。只恐雙溪舴艋舟，載不動，許多愁。」又淒婉，又勁直，觀此益信易安無再適張汝舟事，即風人「豈不爾思，畏人之多言」意也。投綦公一啓，後人僞撰以誣易安耳。

夏承燾唐宋詞論叢易安居士事輯後語：去年衡山李佩秋先生洣，示予易安居士事輯書後一文，於俞、李諸家之外，重有發明。其考除名編管柳州之張汝舟與以進士知越州、明州之張汝舟實非一人，尤足匡存齋之臆説，補李蓴客、况蕙風之偶疏。

又後語二：案陸游渭南文集三十五夫人孫氏墓誌銘孫氏，蘇洞母。謂「夫人幼有淑質。故趙建康明誠之配李氏，以文辭名家，欲以其學傳夫人；時夫人始十餘歲，謝不可，曰：『才藻非女子事也。』宣義夫人父宣義郎綜奇之，乃手書列女事數十授夫人。」誌稱孫氏卒於紹熙四年，年五十有三，依此上推，實生於紹興十一年；誌謂其遇易安時「始十餘歲」，以十五計，則爲紹興二十六年，時易安已七十有三。此殆易安遺事最後之紀年矣。（陸游稱易安爲「故趙建康明誠之配」，猶在謝伋四六談麈自序之後十餘年，亦可助證俞氏未改嫁之説。又孫氏山陰人，孫氏少時遇易安，若在鄉里，則易安晚節或終老越土耶。）

胡適詞選李清照：李清照是中國最著名的女子，才氣縱横，頗遭一班士人之忌，所以相傳有她改嫁張汝舟之説。清儒俞正燮替她抱不平，曾作易安居士事輯（癸巳類稿内），替她辯誣。後來陸心源和李慈銘也都有辯誣的話。改嫁并非不道德的事；但她本不曾改嫁，而説她改嫁了，那却是小人的行爲。

唐圭璋潘君昭論李清照的後期詞：從目前所見到的資料看，南宋的文人就没有一個對她表示同情，爲她辯護過；相反的，在有關的記載中，都是用否定語氣予以貶斥的。胡仔就曾渲染其詞，説她「再嫁張汝舟，未幾反目……傳者無不笑之」。王灼指責她「再嫁某氏，訟而離之，晚節流蕩無依」。晁公武斥她「然無檢操，晚節流落江湖間以卒」。陳振孫亦非難她「晚年頗失節」。從這裏，我們可以知道，南渡後的李清照，不僅迭逢意外變故，而且在横遭上層社會的攻擊和誹謗，晚年無依無靠，流落江湖……至於因「改嫁」一事而引起的風波，則更明顯地是衛道者的製造輿論，蓄意中傷。

龍榆生漱玉詞叙論：雲麓漫鈔載易安上内翰綦公啓，略云：「近因疾病……日加毆擊。」使所言果實，則是汝舟蹈隙乘危，餌以甘言，欺人寡婦，震其才名之顯赫，因遂强迫以同居。藉令事實有之，吾輩當矜愍之不暇，寧忍責以失節乎……據金石録後序，此四年中，均案：指建炎三年至紹興二年九月。方轉徙於台、剡、睦、温、越、衢、杭等地，不遑寧居，則改嫁之説，殆爲「莫須有」矣。

黄盛璋李清照事跡考辨八改嫁新考：説清照改嫁的是出於宋人的記載，均案：下文列舉胡仔苕溪漁隱叢話、王灼碧雞漫志、晁公武郡齋先生讀書志、洪适隸釋卷二十四跋趙明誠金石録、趙彦衛雲麓漫鈔、李心傳建炎以來繫年要録、陳振孫直齋書録解題共七種。宋代並没有人懷疑這件事的真實性，懷疑它並予以全部否定的乃是其後數百年明、清時代的人，他們爲甚麽要起懷疑並用了很大的氣力爲她辯護呢？其原因不外兩點：一是愛才，二是封建觀點。俞氏所説的「不甘小人言語，使才人下配駔儈」就是屬於第一，俞氏所謂「余素惡易安改嫁張汝舟之説」，並同意雅雨堂刻金石録序以情度易安不當有此事的説法，就是屬於第二。認爲改嫁就是失節，傳統的觀念由來已久，明、清封建社會特别是上層對婦女守節要求異常嚴格，婦女改嫁輿論上總是予以歧視，認爲不道德不體面的事……爲改嫁辨誣的理由雖多，但歸納不外三項：第一，論證宋代有關改嫁的記載都是僞造；第二，列舉若干反證説明改嫁的不可能；第三，從情理上認爲改嫁不會發生……記載清照改嫁既有這麽多人，有的寫書時還在清照生前，有的還是趙、李兩家親戚或世交，書的性質又是史部、目録、金石都有，不僅都是小説筆記，連洪适這樣有資格清楚她晚年事跡的人，隸釋這樣一部純粹學術著作也都説她改嫁，那麽材料的真實性就不能不令人鄭重考慮了。

王仲聞李清照事跡作品雜考一關於李清照之改嫁：改嫁一事，從當時社會觀點而論，並無損於李清照之人格；在今日更不應成爲問題。自俞正燮以來，不少學人竭力爲李清照辯誣，似亦不足爲李清照增重。黄盛璋先生云：「這裏牽涉到史料之真僞與事實的是非兩個問題」，列舉宋人胡仔、王灼、晁公武、洪适、陳振孫等人之説，證明其確曾改嫁。各家辨誣之説，殆全已落空。

黄墨谷重輯李清照集金石録後序考：關於李清照「改嫁」這一學案，經數百年來明清學者徐𤊹、盧見曾、俞理初、陸心源、李蒓客，近代夏承燾、朱芳春……諸君力爲辨誣，本來已成爲不易之論。但是黄盛璋先生在文學研究一九五七年第三期李清照事跡考一文提出不同意見，認爲這件學術公案有重新考慮的必要。黄先生提出再翻案的理由主要是南宋既有七家之多的説部記載清照改嫁事，就需要考慮了。其實，問題不在於有多少説部記載，問題的關鍵是在於所記載的是否屬實。黄先生所列舉的七家説部，只有兩家所載的是有具體内容，一是趙彦衛雲麓漫鈔録清照校〔投〕内翰綦公宗禮啓；一是李心傳建炎以來繫年要録卷五十八「紹興二年九月戊子朔」條……雲麓漫鈔所載謝啓，必係訛作無疑。關於李心傳建炎以來繫年要録所載張汝舟與妻李氏涉訟事……乃有意謗傷。

又翁方綱金石録本讀後兼評黄盛璋李清照事跡考辨中改嫁新考：我認爲黄盛璋、王仲聞、王延梯在没有解決後序與投内翰綦公崇禮啓兩者的矛盾，在没有解決所謂謝啓前後文存在的矛盾，而遽下「李清照改嫁屬實」的結論，是不能令人信服的，是缺乏科學根據的……我認爲宋、明、清許多金石家、詞家、詞學家爲金石録的版行和校勘；對李清照晚年的遭遇，特別對「改嫁」的造謡謗傷辨誣，是有功於藝林，他們保全了我國文學史上最傑出的女作家李清照的聲譽與光輝形象。

金石録後序〔一〕

右金石録三十卷者何？趙侯德父所著書也〔二〕。取上自三代〔三〕，下迄五季〔四〕，鍾、鼎、甗、鬲、盤、匜、尊、敦之款識〔五〕，豐碑大碣、顯人晦士之事蹟，凡見於金石刻者二千卷，皆是正譌謬，去取褒貶，上足以合聖人之道，下足以訂史氏之失者皆載之〔六〕，可謂多矣。嗚呼！自王涯、元載之禍，書畫與胡椒無異〔七〕；長輿、元凱之病，錢癖與傳癖何殊〔八〕。名雖不同，其惑一也。

余建中辛巳〔九〕，始歸趙氏，時先君作禮部員外郎〔一〇〕，丞相時作吏部侍郎〔一一〕，侯年二十一，在太學作學生。趙、李族寒，素貧儉。每朔望謁告出〔一二〕，質衣取半千錢，步入相國寺〔一三〕，市碑文果實歸，相對展玩咀嚼，自謂葛天氏之民也〔一四〕。後二年，出仕宦，便有飯蔬衣練〔一五〕，窮遐方絶域，盡天下古文奇字之志。日就月將〔一六〕，漸益堆積。丞相居政府〔一七〕，親舊或在館閣〔一八〕，多有亡詩逸史、魯壁、汲冢所未見之書〔一九〕，遂盡力傳寫，浸覺有味，不能自已。後或見古今名人書畫、三代奇器，亦復脱衣市易。

嘗記崇寧間〔二〇〕，有人持徐熙牡丹圖〔二一〕，求錢二十萬。當時雖貴家子弟，求二十萬錢，豈易得邪？留信宿〔二二〕，計無所出而還之。夫婦相向惋悵者數日。

後屏居鄉里十年〔二三〕，仰取俯拾，衣食有餘。連守兩郡〔二四〕，竭其俸入，以事鉛槧。每獲一書，即同共校勘，整集籤題。得書畫彝鼎，亦摩玩舒卷，指摘疵病，夜盡一燭爲率。故能紙札精緻，字畫完整，冠諸收書家。余性偶强記，每飯罷，坐歸來堂烹茶〔二五〕，指堆積書史，言某事在某書某卷、第幾葉第幾行，以中否角勝負，爲飲茶先後。中即舉杯大笑，至茶傾覆懷中，反不得飲而起。甘心老是鄉矣〔二六〕，雖處憂患困窮，而志不屈。收書既成，歸來堂起書庫大櫥，簿甲乙，置書册。如要講讀，即請鑰上簿，關出卷帙。或少損污，必懲責揩完塗改，不復向時之坦夷也。是欲求適意而反取憀慄。余性不耐，始謀食去重肉，衣去重采〔二七〕，首無明珠翡翠之飾，室無塗金刺繡之具。遇書史百家字不刓闕、本不譌謬者，輒市之儲作副本。自來家傳周易、左氏傳，故兩家者流，文字最備。於是几案羅列，枕席枕藉，意會心謀，目往神授，樂在聲色狗馬之上。

至靖康丙午歲，侯守淄川，聞金人犯京師〔二八〕，四顧茫然，盈箱溢篋，且戀戀，且悵悵，知其必不爲己物矣。建炎丁未春三月〔二九〕，奔太夫人喪南來〔三〇〕，既長物不能盡載，乃先去書之重大印本者，又去畫之多幅者，又去古器之無款識者，後又去書之監本者〔三一〕，畫之平常者，器之重大者。凡屢減去，尚載書十五車。至東海〔三二〕，連艫渡淮，又渡江，至建康〔三三〕。青州故第尚鎖書冊什物，用屋十餘間，期明年春再具舟載之。十二月，金人陷青州〔三四〕，凡所謂十餘屋者，已皆爲煨燼矣。

建炎戊申秋九月〔三五〕，侯起復知建康府。己酉春三月罷〔三六〕，具舟上蕪湖，入姑孰〔三七〕，將卜居贛水上。夏五月，至池陽〔三八〕，被旨知湖州，過闕上殿〔三九〕，遂駐家池陽，獨赴召。六月十三日，始負擔，捨舟坐岸上，葛衣岸巾〔四〇〕，精神如虎，目光爛爛射人，望舟中告別。余意甚惡，呼曰：「如傳聞城中緩急〔四一〕，奈何？」戟手遥應曰〔四二〕：「從衆。必不得已，先棄輜重，次衣被，次書冊卷軸，次古器；獨所謂宗器者〔四三〕，可自負抱，與身俱存亡。勿忘也。」遂馳馬去。途中奔馳，冒大暑，感疾，至行在，病痁〔四四〕。七月末，書報卧病。余驚怛，念侯性素急，奈何！病痁或熱，必服寒藥，疾可憂。遂解舟下，一日夜行三百里。比至，果大服柴胡、黄芩藥，瘧且痢，病危在膏肓。余悲泣，倉皇不忍問後事。八月十八日，遂不起。取筆作詩，絶筆而終，殊無分香賣履之意〔四五〕。

葬畢，余無所之。朝廷已分遣六宫〔四六〕，又傳江當禁渡。時猶有書二萬卷，金石刻二千卷，器皿、茵褥，可待百客，他長物稱是。余又大病，僅存喘息。事勢日迫，念侯有妹壻任兵部侍郎，從衛在洪州〔四七〕，遂遣二故吏，先部送行李往投之。冬十二月，金人陷洪州，遂盡委棄。所謂連艫渡江之書，又散爲雲烟矣。獨餘少輕小卷軸書帖，寫本李、杜、韓、柳集，世説，鹽鐵論，漢、唐石刻副本數十軸，三代鼎鼐十數事，南唐寫本書數篋，偶病中把玩，搬在卧内者，巋然獨存。

上江既不可往，又虜勢叵測，有弟迒任勑局删定官〔四八〕，遂往依之。到台，台守已遁〔四九〕。之剡〔五〇〕，出陸，又棄衣被，走黄巖〔五一〕，雇舟入海，奔行朝，時駐蹕章安〔五二〕。從御舟海道之温〔五三〕，又之越〔五四〕。庚戌十二月，放散百官，遂之衢〔五五〕。紹興辛亥春三月，復赴越〔五六〕。壬子，又赴杭。先侯疾亟時，有張飛卿學士〔五七〕，攜玉壺過視侯，便攜去，其實珉也。不知何人傳道，遂妄言有「頒金」之語〔五八〕；或傳亦有密論列者〔五九〕。余大惶怖，不敢言，亦不敢遂已，盡將家中所有銅器等物，欲赴外廷投進。到越，已移幸四明〔六〇〕，不敢留家中，並寫本書寄剡。後官軍收叛卒，取去，聞盡入故李將軍家〔六一〕。所謂巋然獨存者，無慮十去五六矣。惟有書畫硯墨可五七簏，更不忍置他所，常在卧榻下，手自開闔。在會稽〔六二〕，卜居土民鍾氏舍，忽一夕，穴壁負五簏去。余悲慟不得活，重立賞收贖。後二日，鄰人鍾復皓出十八軸求賞，故知其盜不遠矣。

也邪！

萬計求之，其餘遂牢不可出。今知盡爲吴説運使賤價得之〔六三〕。所謂巋然獨存者，乃十去其七八。所有一二殘零不成部帙書册，三數種平平書帖，猶愛惜如護頭目，何愚也邪！

今日忽閲此書，如見故人。因憶侯在東萊静治堂，裝卷初就，芸籤縹帶，束十卷作一帙。每日晚吏散，輒校勘二卷，跋題一卷。此二千卷，有題跋者五百二卷耳。今手澤如新〔六四〕，而墓木已拱〔六五〕，悲夫！昔蕭繹江陵陷没，不惜國亡而毁裂書畫〔六六〕；楊廣江都傾覆，不悲身死而復取圖書〔六七〕，豈人性之所著，生死不能忘歟？或者天意以余菲薄〔六八〕，不足以享此尤物邪〔六九〕？抑亦死者有知，猶斤斤愛惜，不肯留人間邪？何得之艱而失之易也！

嗚呼！余自少陸機作賦之二年〔七〇〕，至過蘧瑗知非之兩歲〔七一〕，三十四年之間，憂患得失，何其多也！然有有必有無，有聚必有散，乃理之常；人亡弓，人得之〔七二〕，又胡足道。所以區區記其終始者，亦欲爲後世好古博雅者之戒云。紹興二年玄黓歲〔七三〕，壯月朔甲寅〔七四〕，易安室題。

【校記】

此文最早見於南宋寧宗開禧元年（一二〇五）浚儀趙不譾刊金石録。上海圖書館藏有殘本十卷，然不顯於世。明代以後，僅有少數鈔本傳世。據四庫全書總目史部目録類二云：此類鈔本，「或竟佚卷末之後序，沿譌踵謬，彌失其真」。其中較善者有明葉盛菉竹堂鈔本、清康熙末石門呂無黨鈔本。至清乾隆中，德州盧見曾得清何焯義門校葉盛鈔本及清康熙間濟南謝世箕刻金石録，遂屬盧文弨參校付梓，此即清代迄今通行之雅雨堂本，乃本文之所據。

〔德父〕說郛卷十九載瑞桂堂暇録（以下簡稱瑞本）作「德夫」，宋洪邁容齋四筆及今人黃墨谷重輯李清照集（以下簡稱黃本）作「德甫」，蓋通用。

〔是正〕瑞本作「正其」。

〔譌謬〕瑞本作「僞謬」，非。

〔皆載之〕瑞本「載」上有「具」字。

〔王涯〕雅雨堂本、四部叢刊續編影印呂無黨手鈔本（以下簡稱呂本）原作「王播」，何焯校葉盛菉竹堂鈔本云：「播，當作『涯』。」顧炎武日知録引作「王涯」，良是。案：王播，唐文宗時宰相，新、舊唐書本傳均未言其愛書畫。

〔先君作禮部〕瑞本「禮」誤作「吏」。考宋史文苑李格非傳：「召爲校書郎，遷著作佐郎、禮部員外郎」；而未言任吏部員外郎，蓋涉下句而誤。

〔丞相時作〕結一廬刊津逮秘書本（以下簡稱結本）無「時」字。

〔飯疏〕呂本作「飯蔬」，明會稽鈕氏世學樓鈔説郛本瑞桂堂暇録（以下簡稱鈕鈔本）作「飯素」，皆非。

〔衣練〕瑞本、呂本作「衣練」，誤。顧千里校呂本（以下簡稱顧校本）云：「練、錢本已譌。」錢本，指明錢叔寶鈔本。

〔遂盡力傳寫〕呂本、王仲聞李清照集校注（下稱王本）「力」上無「盡」字。

〔三代〕呂本、王本作「一代」，誤。

〔鄉里十年〕顧校本乙去「十年」二字，注云：「錢本亦衍。」結本無此二字。

〔俯拾〕呂本、清康熙謝世箕刻本金石録（以下簡稱謝本）「拾」作「給」。

〔同共校勘〕呂本、王本作「勘校」。瑞本「同共」下有「是正」二字。

〔紙札〕瑞本作「筆札」。

〔性偶〕瑞本作「性偏」。

〔第幾葉〕結本「葉」下增「子」字，顧校本同，並注云：「錢本已脱。」

〔以中否〕瑞本「以」作「比」。

〔懷中〕顧校本乙去「中」字，注云：「錢本已衍。」

〔不屈〕瑞本作「不少綏」。

〔橱〕雅雨堂本原作「幮」，字書無此字，據呂本改。

〔關出〕結本無「出」字，顧校本同，並注云：「錢本有。」

〔必徵〕結本、顧校本作「必徵」。

〔揩完塗改〕瑞本作「楷塗完整」。「揩」原作「楷」，結本、雅雨堂本、沈鈔本同。兹據呂本改。

〔翡翠〕瑞本作「翠羽」。

〔室無〕明謝行甫鈔本金石録（以下簡稱謝鈔本）作「體無」。

〔本不譌謬〕「本」下原有兩「不」字，據呂本删其一。

〔枕席枕藉〕瑞本作「枕籍枕席」。原無「枕席」二字，結本同。此據呂本補。

〔金人〕瑞本作「金寇」。王本同，並云：「按此必李清照原文如是。今各本金石録所載後序俱作『人』，蓋已經竄改。」均案：清代各鈔本俱作「人」，因清乃後金，故忌之。

〔奔太夫人喪南來〕案：此句與下句文義不聯貫，鈕鈔本此下有許多空格，説明有闕文。

〔又渡江〕瑞本「又」作「及」。

〔皆爲〕瑞本作「化爲」。

〔三月〕結本作「二月」，顧校本同，並云：「錢本『三』。」

〔罷〕瑞本「罷」下有「建康」二字。

〔十三日〕瑞本作「十二日」。

〔葛衣岸巾〕瑞本作「著衣巾」；鈕鈔本作「著衣岸巾」。

〔目光爛爛射人〕瑞本作「目爛爛光射人」。

〔如傳聞〕顧校本「聞」下增一「或」字，注云：「錢本脱。」

〔城中〕結本此下增一「或」字。

〔先棄〕沈鈔本作「先去」。

〔次書册卷軸〕瑞本作「次書册，次卷軸」。

〔宗器〕鈕鈔本作「宋器」，非。

〔忘也〕瑞本作「亡失」，顧校本作「忘之」。

〔必服〕吕本脱「服」字，顧校本亦注云：「錢本脱。」

〔疾可憂〕結本作「復可憂」。

〔十八日〕瑞本作「十七日」。

〔賣履之意〕「履」原作「屨」，吕本、王本作「履」，是，據改。結本「意」作「戀」。

〔余無所之〕瑞本作「顧四維，無所之」。

〔余又〕結本作「且又」。

〔金人〕瑞本作「金寇」。王本按：「宋本容齋四筆引作『虜陷洪』，瑞桂堂暇録作『金寇陷洪州』。而通行本容齋四筆與傳本金石録（明抄本亦然）俱不作『虜』或『寇』，必非清照原文。後人妄改，或出元人、清人之手。今據瑞本改。」所云甚是。

〔獨餘〕顧校本「獨」下增「余」字。

〔有弟远任〕謝鈔本作「有弟远在」，結本作「有弟近任」，瑞本作「有弟仕」。

〔台守已遁〕結本無「台」字。

〔之剡〕瑞本作「之嵊」。案：宋史地理志四紹興府下有嵊縣，原注云：「舊剡縣，宣和三年改。」清照到台州在建炎年間，時稱嵊縣，當以「嵊」爲是。

〔出陸〕原作「出睦」，瑞本作「在陸」，吕本作「出陸」。鈕鈔本此句下有空格若干，當爲脱文。

案：睦州即今浙江建德市，距嵊縣西二百餘里，此時清照急於投奔行在而東向，不可能西去睦州，故以「出陸」爲是。此據吕本改。

〔雇舟〕原作「顧舟」，據吕本改。

〔奔行朝〕瑞本作「奔赴行在」。

〔海道〕瑞本誤作「岸道」，吕本、王本多一「道」字。

〔又赴杭〕結本無「又」字，顧校本乙去「又」字，注云：「錢本衍。」

〔頒金〕清俞正燮癸巳類稿引作「頌金」，不知何據。

〔亦不敢遂已〕吕本、王本無此句，僅以一「遂」字連下句。

〔欲赴外廷〕吕本、王本作「欲走外庭」，瑞本「赴」作「去」。

〔寄剡〕瑞本作「寄嵊縣」。

〔後官軍收叛卒取去〕容齋四筆「後」作「庚戌春」,「取」上加一「悉」字。

〔五七簏〕瑞本「簏」作「盝」。

〔不得活〕吕本、王本作「不已」。

〔鍾復皓〕瑞本作「鍾浩」、鈕鈔本作「鍾皓」。

〔故知其〕瑞本「其」作「真」。

〔牢不可出〕吕本、王本無「牢」字。

〔吴説〕顧校本「吴」字旁注「吾」。

〔書帖〕吕本、王本「帖」作「帙」。

〔忽閲〕原作「忽開」,結本同。據吕本改。

〔裝卷〕瑞本作「裝幖」,鈕鈔本作「裝標」。

〔吏散〕吕本、王本作「更散」,非。

〔所著〕瑞本作「所嗜」。

〔留人間〕吕本、沈鈔本「留」下有「在」字。

〔過蘧瑗〕瑞本作「蘧伯玉」,鈕鈔本作「過蘧伯玉」。

〔紹興二年〕容齋四筆、瑞本「二」作「四」。

〔易安室〕瑞本「室」作「堂」，三長物齋叢書本金石録後序「室」下署「李清照」。

【箋注】

〔一〕金石録：趙明誠著。後序所作年月，向有三説：一、作於紹興二年（一一三二），如雅雨堂本、吕無黨本金石録後序所載：「紹興二年，玄黓歲，壯月朔甲寅。」玄黓謂「太歲在壬」，紹興二年，歲在壬子，故稱。又明徐𤊹筆精卷七：「作序在紹興二年，李年五十有一。」清俞正燮易安居士事迹云：「紹興元年，易安之越，二年，之杭，年五十有一矣。」持此説者尚有清蕭道管彙集易安居士詩文詞叙。二、作於紹興四年，始見於宋洪邁容齋四筆，又見於瑞本、清吴衡照蓮子居詞話。近代李文裿漱玉集按云：「居士撰金石録後序云：『予以建中辛巳，始歸趙氏。』又云：『余自少陸機作賦之二年，至過蘧瑗知非之兩歲，三十四年之間，憂患得失，何其多也！』則易安歸趙氏時年十八。及紹興甲寅（或誤作「壬子」）作金石録序時，年五十一，其間恰三十四年也。」今人黄盛璋李清照年譜更明確指出紹興四年八月作金石録後序：「金石録後序自叙半生憂患，起於建中辛巳歸趙之歲，迄於作序之年，其所云『三十四年之間』，依宋人計數，應在紹興四年。」三、作於紹興五年（一一三五）。清盧見曾重刻金石録序，謂趙明誠殁後「又六年，始爲是書作跋」，實即紹興五年。今人夏承燾易安居士事迹後語云：「王半塘刊漱玉詞，載諸城舊藏易安三十一歲小像，明誠題辭署『政和甲午』。甲午，政和四年，逆數三十一年，易安正生元豐七年甲子。是五十二歲作後序，其確爲紹興五年之乙卯，更無疑義。容齋隨筆作『紹興四年』，必筆誤也。」均案：以上諸説，以作於紹興四年較可信，因容齋作者爲宋人，距李清照時代不遠；且舊時計算年齡包括首尾，「三十四年之間」，符合李清照之虚歲。夏承燾據小像論定「五年」，似有可議，因小像真僞，尚屬可疑。「二年」説紀有干支「玄黓」，今人王璠金石録後序作年辨正推斷爲後人「補足」，見上海古籍出版社一九八六年版李清照研究論文選三六六頁，可備一説。

〔二〕趙侯：侯爲宋時對州守之通稱。趙明誠字德父，歷任淄州、萊州太守，並知建康、湖州，故稱。

〔三〕三代：指夏、商、周。金石録卷十一跋尾一載三代古器物銘，其方鼎銘引張侍郎舜民云：「夏時器也。」又祖丁彝銘引吕氏考古圖載李氏録云：「祖丁者，商之十四世帝祖丁也。」又有文王尊彝銘，乃周時器物。故云「三代」。

〔四〕五季：指後梁、後唐、後晉、後漢、後周。金石録卷三十著録唐五代碑銘時代最近者爲南唐紫極宫石磬銘、周文宣王廟記，後者乃周世宗顯德元年（九五五）所作。

〔五〕款識：古代青銅器上所刻文字。漢書郊祀志顔師古注：「款，刻也。識，記也。」

〔六〕訂史氏之失者：北宋中期有先秦古器圖、考古圖與集古録，金石録對此皆詳加考辨，於歐陽修集古録訂正尤多。如漢沛相楊君碑，歐陽修大段徵引後漢書楊震傳，而云「不知沛相爲何人也」；金石録則别引楊震碑云：「沛相名統，震長子富波侯相牧之子也。」又如南唐徐鉉、徐鍇，集古録云：「宋興，違命侯來朝，二徐皆得爲王臣。」金石録南唐石磬銘跋尾則云：「王師南征，鍇卒於圍城中，銑隨後主歸朝，貴顯，以壽終。」如此者甚多。誠如趙明誠金石録序所云，歷代史傳人物之「歲月、地理、官爵、世次，以金石考之，其抵牾十常三四。蓋史牒出於後人之手，不能無失，而刻詞當時所立，可信不疑。」

〔七〕自王涯二句：王涯，字廣津，太原人。貞元進士，唐文宗時拜司空，加開府儀同三司，死於「甘露之變」。舊唐書本傳云：「涯家書數萬卷，侔於秘府。前代法書名畫，人所保惜者，以厚貨致之；不受貨者，即以官爵致之。厚爲垣，竅而藏之複壁。至是，人破其垣取之，或剔取函奩金寶之飾與其玉軸而棄之。」元載，字公輔，岐山人。唐玄宗天寶初舉高第，肅宗時拜同中書門下平章事。代宗立，拜中書侍郎。因專權納賄，「賜載自盡……及死，行路無嗟隱者。籍其家，鍾乳五百兩，詔分賜中書、門下臺省官。胡椒至八百石，他物稱是」。見新唐書本傳。

〔八〕長輿二句：和嶠，字長輿，西平人。晉武帝時遷中書令，惠帝立，拜太子太傅，加散騎常侍。晉書本傳云：「家産豐富，擬於王者，然性至吝，以是獲譏於世。杜預以爲嶠有錢癖。」元凱，杜預之字，京兆杜陵人。官荆州都督、鎮南大將軍，守襄陽，以平吴功拜當陽侯。著有春秋左氏傳集解。晉書本傳稱：「時王濟解相馬，又甚愛之，而和嶠愛聚斂。預嘗稱濟有馬癖，嶠有錢癖。武帝（司馬炎）聞之，謂預曰：『卿有何癖？』對曰：『臣有左傳癖。』」

〔九〕建中辛巳：即宋徽宗建中靖國元年（一一〇一）。

〔一〇〕先君：指父李格非。

〔一一〕丞相：指明誠父趙挺之。挺之字正夫，密州諸城（今屬山東）人。宋史本傳云：「入爲國子司業，歷太常少卿，權吏部侍郎。」考續資治通鑑長編，哲宗元祐六年十月辛酉：「左朝散郎集賢校理趙挺之爲國子司業」；八年五月甲申，「國子司業趙挺之爲京東轉運副使」；紹聖四年十一月癸亥，「禮部侍郎趙挺之爲吏部侍郎」，而未稱「權」。其爲禮部侍郎時間，長編闕載。何以四年之後至建中辛巳，趙挺之復「權吏部侍郎」，待考。

〔一二〕謁告：即請假。宋龐文英文昌雜録卷五：「急、告、寧，皆休假名……李斐漢書曰：『告，請也。』言請休謁也。」宋史常楙傳：「與廟堂議事不合，以疾謁告。」

〔一三〕相國寺：在今河南開封市。本北齊大建國寺，天保六年建，後廢。唐時重建，因睿宗原封相王，改名相國寺。宋至道二年重建，太宗題名大相國寺。孟元老東京夢華録卷三云：「相國寺每月五次開放，萬姓交易。……第二、三門皆動用什物，庭中設綵幕、露屋、義鋪，賣蒲合、簟席、屏幃、洗漱、鞍轡、弓劍、時果、臘脯之類。殿後資聖門前，皆書籍、玩好、圖畫。……大殿兩廊，皆國朝名公筆跡。」朱弁曲洧舊聞卷四記「黄魯直於相國寺得宋子京唐史藁一册」，吴處厚青箱雜記謂「樞密邵公……一日閲相國寺書肆，得馮瀛王詩一帙而歸」。洪邁夷堅甲志卷十八謂臨安人楊靖嘗於相國寺出售螺鈿火饋二合。可見當時士人常至相國寺購買書籍玩好。

〔一四〕葛天氏：吕氏春秋古樂「昔葛天氏之樂」高誘注：「葛天氏，古帝名。」路史前紀卷七：「葛天氏……其爲治也，不言而自信，不化而自行，蕩蕩乎無能名之。」晉陶潛五柳先生傳：

「無懷氏之民歟，葛天氏之民歟。」此謂自由快樂如上古之民。

〔一五〕飯疏衣練：謂生活簡樸。疏，粗糲。見詩大雅召旻「彼疏斯粺」鄭箋。論語述而：「飯疏食飲水，曲肱而枕之，樂亦在其中矣。」練，粗布。陳書姚察傳：「吾所衣著，止是麻布蒲練。」案：此處僅謂有此志，並未真正過此等生活，讀下句可知。

〔一六〕日就月將：詩周頌敬之：「日就月將，學有緝熙於光明。」朱熹集傳：「庶幾日有所就，月有所進，續而明之。」此謂逐漸。

〔一七〕丞相居政府：崇寧元年（一一〇二）八月己卯，趙挺之除尚書左丞。見宋宰輔編年録卷十一。

〔一八〕親舊句：館閣，館爲昭文館、史館、集賢院，閣爲秘閣，皆爲宋初藏書、校讐之所。元豐三年改制，合爲秘書省。明誠姨父陳師道曾任秘書省正字。金石録卷三十唐起居郎劉君碑跋尾云：「紹聖間，故陳無己學士居彭城，以書抵余曰：『近得柳公權所書劉君碑，文字摩滅，獨公權姓名三字焕然明白。』予因求得之。」又卷十一方鼎銘跋尾云：「張侍郎舜民云：『夏時器也。』字畫奇怪不可識。」祖丁彝銘跋尾云：「藏蔡肇天啓舍人家。」案：張舜民爲陳師道妹夫，曾任秘書少監。蔡肇，元祐中在館閣。親舊中可考者如此。

〔一九〕魯壁：漢書魯恭王劉餘傳：「恭王初好治宮室，壞孔子舊宅以廣其宮……於其壁中得古文經傳。」孔安國古文尚書序謂「於壁中得先人所藏古文虞、夏、商、周之書，及傳、論語、孝經，皆蝌蚪文字」。許慎說文解字叙則以爲還有禮記、尚書、春秋。蓋春秋即傳也。汲冢：晉書武帝紀載咸寧五年十月，「汲郡人不準掘魏襄王冢，得竹簡小篆古書十餘萬言，藏於秘府」。汲冢書考汲冢書文字考云：「汲冢書文字實爲古文而非小篆，稱科斗文，俗名也。」晉書束皙傳則謂太康二年發冢，「得竹書數十車」。

〔二〇〕崇寧：宋徽宗年號（一一〇二—一一〇六）。

〔二一〕徐熙：南唐畫家，今南京人。郭若虛圖畫見聞志卷四：「徐熙，鍾陵人，世爲江南仕族。熙識度閑放，以高雅自任。善畫花木、禽魚、蟬蝶、蔬果。學窮造化，意出古今。」據米芾畫史云，徐熙牡丹圖，葉幾千片，花只三朵，一在正面，一在右，一在衆枝亂葉之間。

〔二二〕信宿：左傳莊公三年：「凡師一宿爲舍，再宿爲信，過信爲次。」注：「信者，住經再宿，得相信問也。」

〔二三〕屏居鄉里十年：據宋史趙挺之傳：大觀元年三月丁酉罷相，後五日癸酉卒於京師，贈司徒，謚清憲。又宋宰輔編年録卷十二載：「挺之卒之三日，（蔡）京遂下其章，命京東路都轉運使王專等置獄於青州鞫治，俾開封府捕親戚使臣之在京師，送制獄窮治，皆無事實……兩省臺諫文章論列：挺之身爲元祐大臣所薦，力庇元祐奸黨，蓋指挺之嘗爲故相劉摯所援引也。遂追贈官。」屏居原因以此，時間在本年七月獄具之後。近年山東博物館于中航先生考察，大觀二年重陽、三年端午及政和元年、宣和三年四月二十五日、二十六日曾五登青州城西南五十五公里處之仰天山。並曾三訪靈巖（大觀三年九月十三日、政和三年閏四月六日、六年三月四日），一游泰山（政和三年閏四月八日）。以上有題名六處，紀年五處（見李清照研究論文選，上海古籍出版社一九八六年版李清照生平雜考三題），最早一次爲大觀二年（一一〇八）重陽，最晚爲宣和三年（一一二一）四月，説明趙明誠夫婦屏居青州時間達十三年之久，「十年」僅是概數。

〔二一四〕連守兩郡：指宣和三年（一一二一）八月趙明誠守萊州、靖康元年（一一二六）守淄州。

〔二一五〕歸來堂：在青州。案：堂名歸來，室署易安，皆本陶淵明歸去來辭：「歸去來兮……審容膝之易安。」寓有「屏居」之意。

〔二一六〕甘心句：飛燕外傳：「謂嫕曰：吾老是鄉矣，不能效武皇帝求白雲鄉也。」此謂終老於金石書畫之研究領域。

〔二一七〕始謀二句：重肉，第二道葷菜；重采，第二件繡衣。

〔二一八〕金人犯京師：宋史欽宗紀：靖康元年春正月壬申，「金人犯京師……是夜，金人攻宣澤門，李綱禦之，斬獲百餘人，至旦始退……乙亥，金人攻通津、景陽等門，李綱督戰，自卯至酉，斬首數千級，何灌戰死」。

〔二一九〕建炎丁未：宋高宗建炎元年（一一二七）。案：建炎改元在五月，其前實爲欽宗靖康二年。

〔三〇〕奔太夫人喪南來：謂趙明誠奔母喪於江寧，見俞正燮易安居士事輯注。

〔三一〕監本：宋國子監刻印之書。

〔三二〕東海：即海州，今江蘇連雲港市境内。

〔三三〕建康：時稱江寧府，今江蘇南京市。至建炎三年五月乙酉，始改名建康。此係追記，故稱。

〔三四〕青州：今山東青州市。宋史高宗紀二：建炎二年十二月，「辛未，金人犯青州。」

〔三五〕建炎戊申：宋高宗建炎二年（一一二八）。

〔三六〕己酉：建炎三年（一一二九）。

〔三七〕姑孰：今安徽當塗。

〔三八〕池陽：即池州。今安徽貴池。

〔三九〕過闕上殿：謂入京朝見皇帝。案：據宋史高宗本紀二：建炎三年夏四月丁卯，帝發杭州；五月戊寅朔，帝次常州；辛巳，次鎮江府；乙酉，至江寧府，駐蹕神霄宫，改府名建康。六月庚申，皇太后至建康府。閏八月壬寅，帝發建康。明誠六月十三日離池州，當於月内至建康府「過闕上殿」。

〔四〇〕岸巾：同岸幘。晉書謝奕傳：「岸幘嘯咏。」巾以覆額，推巾露額曰「岸巾」。

〔四一〕緩急：偏義複辭，謂情况緊急。史記絳侯周勃世家附周亞夫：「孝文且崩時，誡太子曰：『即有緩急，周亞夫真可任將兵。』」

〔四二〕戟手：以食指中指指點，其形如戟。左傳哀公二十五年：「褚師出，公戟其手，曰：『必斷而足！』」唐段成式酉陽雜俎一天咫：「王姥戟手大罵曰：『何用識此僧！』」

〔四三〕宗器：左傳襄公二十二年：「寡君盡其土實，重之以宗器。」注：「宗廟禮樂之器，鍾磬之屬。」國語晉語八：「其宮不備其宗器。」注：「宗器，祭器。」

〔四四〕病痁：患瘧疾。

〔四五〕分香賣履：文選陸機弔魏武帝文引曹操遺令：「餘香可分與諸夫人。諸舍中無所爲，學作履組賣也。」案：此處謂未有遺囑；言外之意，謂明誠尚有「諸夫人」（妾）也，然無考。

〔四六〕分遣六宮：宋史高宗紀二建炎三年秋七月甲申：「金人犯山東，安撫使劉洪道棄濰州遁，萊州守將張成舉城降……庚子，張浚發行在。辛丑，王𤫉與靳賽遇，合戰敗績。壬寅，命李邴、滕康權知三省、樞密院事，扈從太后如洪州（今江西南昌），楊惟忠將兵萬人以衞。」八月己未：「太后發建康。」太后，即隆祐太后、哲宗后孟氏，時率六宮赴洪州。

〔四七〕妹壻任兵部侍郎二句：據建炎以來繫年要録卷二十九，建炎三年十一月壬子，隆祐皇太后自洪州退保虔州，前數日得報敵騎至大冶縣，江西安撫制置使、知洪州王子獻棄城遁走，「於是中書舍人李公彥、徽猷閣待制權兵部侍郎李擢皆遁」。是李擢爲趙明誠妹壻可知。李公彥乃其父。案：要録卷二十六謂本年八月壬子，「詔尚書吏部侍郎高衞從衞往洪州」，「壬戌，隆祐皇太后登舟發建康」，與宋史高宗本紀略有出入，亦未言及李擢，蓋省略也。考長清靈巖寺題名載：「東武趙明誠德甫，東魯李擢德升、躍時升，以大觀三年九月十三日同來，凡留兩日而歸。」（引自于中航李清照生平雜考三題，見李清照研究論文選三八四頁，上海古籍出版社一九八六年版）又要録卷三謂建炎元年（靖康二年）三月，張邦昌僞楚時，「戊戌，尚書吏部侍郎謝克家、兵部侍郎盧襄、中書舍人李擢，並落致仕」，「擢，歷城人也」。要録卷四謂建炎元年四月乙丑，「中書舍人李擢權直學士院」。又卷五謂元年五月，「甲寅，中書舍人兼權直學士院李擢試給事中」。又卷六謂李綱仕高宗爲執政，請求處分僞楚臣僚，建炎元年六月：「給事中李擢、徽猷閣待制知秀州孫覿，爲邦昌權直學士院軍器監王紹草勸進表……遂責擢郴州，覿歸州。」宋史高宗紀則謂是年六月壬戌，李擢被處柳州安置，蓋「郴」、「柳」形近而誤。至三年，擢已召還，權兵部侍郎（見前）。紹興二年（一一三二）九月己巳，集英殿修撰李擢復徽猷閣待制（見要録卷五十八）。三年，三月己巳，徽猷閣待制知平江府李擢試尚書工部侍郎（見要録卷六十三）。四月丁未，李擢言平江民間利病五事（同上卷六十四）。七月己未，用工部侍郎李擢奏，置博學宏詞科（同上卷六十七）。十月戊子，李擢試禮部尚書；壬寅，以徽猷閣直學士知婺州（今浙江金華，同上卷六十九）。四年，八月二十七日，知婺州李擢上言：今歲應辦大禮錢帛（宋會要輯稿選舉卷二十四）。八年十二月，有詩題作次韵二首，序稱「近聞金人退師，遣使講好，則太后將歸，以慰聖孝之心，天下共慶，喜見乎詞。」（見天台續集別編）二十三年，十二月乙亥，寶文閣學士、提舉江州太平興國宮李擢卒（要録卷一六五〕。李擢生平資料較罕見，故覼縷如上。又嘉定赤城志載：「李擢，奉符人，字德升，元符三年中第，官至禮部尚書、徽猷閣直學士。紹興初，寓臨海，事見國史。子益謙，吏部侍郎；益能，宗正丞。」案：奉符，縣名，宋置，在今泰安市東南三里。趙明誠長清靈巖寺題名稱「東魯李擢」，正相合。前引要録，謂歷城人，當誤。

〔四八〕有弟迒：二十世紀八十年代在清照故里山東章丘明水鎮廉坡村發現之廉先生序石刻有李迥跋語，迒、迥皆用「辶」字邊傍，則清照之弟實名迒，可釋多年之疑。勑局删定官：宋史百官志：「掌裒集詔旨，纂類成書。」據宋會要輯稿刑法一之三五：紹興元年八月，詔宣義郎李迒轉一官。

〔四九〕台守已遁：台，台州，今浙江臨海。宋史高宗紀三：建炎四年春正月，「丁卯，台州守臣晁公爲棄城遁」。

〔五〇〕剡：即嵊縣，今浙江嵊州市。宋史地理志四載紹興府屬縣八，中有嵊縣，注：「舊剡縣，宣和三年改。」清照沿用舊稱。

〔五一〕黄巖：縣名，宋時屬台州府。

〔五二〕駐蹕章安：宋史高宗紀三：「（建炎）四年春正月甲辰朔，御舟碇海中。乙巳，金人犯明州，張俊及守臣劉洪道擊却之。丙午，帝次台州章安鎮。」

〔五三〕温：温州。今屬浙江。宋史高宗紀三建炎四年春正月：「辛酉，（御舟）發章安鎮。

壬戌，雷雨又作。甲子，泊温州港口。」

〔五四〕越：越州，紹興元年，升爲紹興府。今屬浙江。

〔五五〕衢：衢州，今屬浙江。

〔五六〕紹興辛亥句：宋高宗紹興元年（一一三一），時駐蹕越州，故清照復赴越。

〔五七〕張飛卿：疑即張汝舟。清陸心源儀顧堂題跋癸巳類稿易安事輯書後云：「惟張汝舟崇寧五年進士，毘陵人，見咸淳毘陵志。欽宗時，知紹興府，見會稽志。建炎三年，以朝奉郎直秘閣知明州。十二月，召爲中書門下檢正諸房文字。四年，兼管安撫使。復以直顯謨閣知明州，見四明圖經。五月，上（高宗）過明州，歷奉儉簡遷一官。六月乞祠，主管江州太平觀。紹興元年三月，往池州措置軍務，尋爲監諸軍審計司。二年九月，以妻李氏訟其妄增舉數入官，有司當汝舟私罪，徒，詔除名，柳州編管，見建炎以來要録……愚按：汝舟即飛卿之名，『妻』字上當奪『趙明誠』三字耳。高宗性好古玩，與徽宗同，汝舟必以進奉得官，因進奉而徽及玉壺……」王仲聞李清照事跡編年據張丑清河畫舫録王晉卿夢游瀛山圖田亘跋，謂張飛卿爲陽翟人，並認爲陸心源「殆未深考」。均案：陽翟張飛卿爲另一人。改嫁事詳後附年譜紹興二年九月。

〔五八〕頒金：頒，分賜也。周禮天官小宗伯：「若大甸，則帥有司而饁獸於郊，遂頒禽。」南史梁武帝紀：「幸蘭陵，詔賜蘭陵老少位一階，並加頒賚。」宋史北漢世家：「（劉）繼元賜甲第一區，歲時優加頒賚。」可見皇帝賞賜稱「頒」。此處「頒金」之語，應指高宗欲以黄金向清照求購玉壺等古玩。據周密齊東野語卷六紹興御府書畫式載：「思陵（高宗）妙悟八法，留神古雅，干戈俶擾之際，訪求法書名畫，不遺餘力……故四方爭以奉上無虛日。後又於榷場購北方遺失之物。」又御醫王繼先嘗於建炎三年閏八月壬辰以黄金三百兩向李清照家市古器，距明誠逝世纔一月左右。明誠姨兄謝克家「恐疏遠聞之，有累盛德，欲望寢罷。批令三省取問繼先因依」。見建炎以來繫年要録卷二十七。可見高宗曾插手此事，且又「頗好書畫」（李慈銘書陸剛甫觀察儀顧堂跋後）、「方搜求古器書畫之屬」（三朝北盟會編），當有意「頒金」於明誠遺孀，求其文物。正因如此，清照始覺壓力巨大，「盡將家中所有銅器等物，欲赴外廷投進」。

〔五九〕論列：評議。司馬遷報任安書：「今已虧形爲埽除之吏，在闒茸之中，迺欲卬首信眉，論列是非，不亦輕朝廷、羞當世之士邪？」此謂高宗「批令三省取問繼先因依」所引起之議論，清照恐將被人彈劾。

〔六〇〕四明：即明州，今浙江寧波市。

〔六一〕故李將軍：不詳所指。

〔六二〕會稽：縣名，屬紹興府。

〔六三〕吴説：字傅朋，錢塘（今杭州）人，工書，所書自成一體，號「游絲書」。見宋董史皇宋書録。又建炎以來繫年要録卷三十四云：建炎四年夏六月癸未，朝請郎主管江州太平觀吴説爲福建路轉運判官，故稱之爲運使。

〔六四〕手澤：原指手汗，後多稱先人遺墨。禮玉藻：「父没而不能讀父之書，手澤存焉爾。」

〔六五〕墓木已拱：謂人死已久。左傳僖公三十二年：「中壽，爾墓之木拱矣。」宋范祖禹答劉仙尉書：「近資治通鑑印本奏御，因思同時修書之人，墓木已拱。」

〔六六〕昔蕭繹二句：蕭繹，即梁元帝。南史梁本紀載，「性愛書籍」，「雖睡，卷猶不釋」。西魏破梁都江陵，元帝於被俘前，「乃聚圖書十餘萬卷盡燒之」。資治通鑑梁元帝承聖三年載：「或問：『何意焚書？』帝曰：『讀書萬卷，猶有今日，故焚之。』」

〔六七〕楊廣二句：楊廣，即隋煬帝。大業十四年（六一八）被宇文化及弑於江都。太平廣記卷二八〇引大業拾遺記：「武德四年東都平後，觀文殿寶厨新書八千許卷，將載還京師。上官魏夢見煬帝，大叱云：『何因輒將我書向京師！』于時太府監宋遵貴監運東都調度，乃於陝州下書著大船中，欲載往京師。於河值風覆没，一卷無遺。上官魏又夢見帝，喜曰：『我已得書。』帝平存之日，愛惜書史，雖積如山丘，然一字不許外出。及崩亡之後，神道猶懷愛悋。」

〔六八〕菲薄：楚辭屈原遠遊：「質菲薄而無因兮，焉托乘而上浮。」王逸注：「質性鄙陋。」

〔六九〕尤物：左傳昭公二十八年：「夫有尤物，足以移人。」白居易八駿圖詩：「由來尤物不在大，能蕩君心則爲害。」此指珍貴物品。

〔七〇〕少陸機作賦之二年：杜甫醉歌行：「陸機二十作文賦。」案：文選陸機文賦李善注引臧榮緒晉書云：「（機）年二十而吴滅，退臨舊里，與弟雲勤學。積十一年，譽流京華，聲溢四表，被徵爲太子洗馬。」又云：「機妙解情理，心識文體，故作文賦。」杜詩蓋本此。此謂十八歲。

〔七一〕過蘧瑗知非之兩歲：蘧瑗，字伯玉。春秋時衛人。淮南子原道訓：「蘧伯玉年五十，而有四十九年非。」高誘注：「伯玉，衛大夫蘧瑗也。今年所行是也，則還顧知去年之所行非也。歲歲悔之，以至於死，故有四十九年非。」此謂五十二歲。又莊子則陽：「蘧伯玉行年六十而六十化，未嘗不始於是之，而卒詘之以非也，未知今之所謂是之非五十九非也。」清照蓋據前者。

〔七二〕人亡弓人得之：孔子家語好生：「楚王出游，亡弓，左右請求之。王曰：『止。楚王失弓，楚人得之，又何求之？』孔子聞之，曰：『惜乎其不大也！不曰人遺弓人得之而已，何必楚也。』」

〔七三〕玄黓：爾雅釋天歲陽：「太歲在壬曰玄黓。」紹興二年，歲在壬子，故云。

〔七四〕壯月：爾雅釋天月陽：「八月爲壯。」

【彙評】

宋張端義貴耳集卷上：易安居士李氏，趙明誠之妻，金石録亦筆削其間。

宋洪邁容齋四筆卷五趙德甫金石録：東武趙明誠德甫，清憲丞相中子也。著金石録三十篇……妻易安李居士，平生與之同志。趙没後，愍悼舊物之不存，乃作後序，極道遭罹變故本末。今龍舒郡庫刻其書，而此序不見取。比獲見元稾於王順伯，因爲撮述大概……時紹興四年也，易安年五十二矣。自叙如此，予讀其文而悲之，爲識於是書。

宋陳振孫直齋書録解題卷八：金石録三十卷，東武趙明誠德甫撰。其所藏二千卷，蓋倣歐陽集古，而數則倍之……明誠，宰相挺之之子。其妻易安居士李氏爲作後序，頗可觀。

宋無名氏瑞桂堂暇録：易安居士李氏，趙丞相挺之之子諱明誠字德夫之内子也。才高學博，近代鮮倫。其詩詞行於世甚多。曾見其爲乃夫作金石録後序，使後之人嘆息而已。以見世間萬事，而終歸於一空而已。

明曹安讕言長語卷下：李易安，趙丞相挺之之子趙德夫之内也，序德夫金石録謂：「王播元載之禍，書畫與胡椒無異；長輿元凱之病，錢癖與傳癖何殊。名雖不同，其惑一也。」又謂：「蕭繹江陵陷没，不惜國亡而毁裂書畫；楊廣江都傾覆，不悲身死而復取圖書。豈人性之所嗜，生死不能忘之歟？」又謂：「有有必有無，有聚必有散，乃理之常。人亡弓，人得之，又胡足道？」夫女子微也，有識如此，丈夫獨無所見哉！

明歸有光題金石録後：觀李易安所稱其一生辛勤之力，頃刻雲散，可以爲後人藏書之戒。然余平生無他好，獨好書，以爲適吾性焉耳，不能爲後日計也。

明胡應麟少室山房筆叢卷四甲部經籍會通四：李氏夫婦雅尚，具見篇中。始余以明誠所癖，金石而已。讀此乃知其於書無弗聚，而亦無弗讀也。亡軼之餘，尚餘萬卷，則當其盛時，又何如邪？李於文稍愧雅馴，第其好而能專，專而能博，博而能讀，殆有過於歐蘇兩公所謂者。因頗采摭其語，著於篇。

明朱大韶宋本金石録題跋：易安此序，委曲有情致，殊不似婦女口中語，文固可愛。予夙有好古之癖，且亦因以識戒云。

明郎瑛七修類稿卷十七：趙明誠……其妻李易安，又文婦中傑出者，亦能博古窮奇，文詞清婉，有漱玉集行世。諸書皆曰與夫同志，故相親相愛至極。予觀其叙金石録後，誠然也！

明田藝蘅詩女史卷十一：德甫著金石録，其妻與之同志，乃共相考究而成，由是名重一時。趙没後，愍悼舊物之不存，乃作後序。

明張丑清河書畫舫申集引才婦録：易安居士能書能畫，又能詞，而尤長於文藻。迄今學士每讀金石録（後）序，頓令精神開爽。何物老嫗，生此寧馨，大奇大奇！

明趙世傑等古今女史前集卷三引朱爾繡評金石録後序：聚散無常，盈虚有數。達見者於富貴福澤，亦當作如是觀。

又引蕭良有評金石録後序：叙次詳曲，光景可覩。存亡之感，更凄然言外。

明劉士鏻古今文致卷三引祝枝山評金石録後序：有此文才，有此知識，亦閨閣之傑也。

又引唐子畏（寅）曰：李易安名清照，濟南人，宋李格非之女，適東武趙抃（？）之子明誠爲妻。明誠字德甫。德甫早卒，再適張汝舟，未幾反目，有啓與綦處厚云：「猥以桑榆之晚景，配此駔儈之下才。」聞者無不笑。有漱玉集三卷行於世，佳句甚多，兹金石録序，乃其一斑耳。

明顧炎武日知録集釋卷六：山東人刻金石録，於李易安後序「紹興二年玄黓歲壯月朔」，不知「壯月」之出於爾雅，而改爲「牡丹」。凡萬曆以來所刻之書，多「牡丹」之類也。

又卷七：讀李易安題金石録引王涯、元載之事，以爲有聚有散，乃理之常；人亡人得，又胡足道，未嘗不歎其言之達。而元裕之作故物譜，獨以爲不然。

明毛晉汲古閣本漱玉詞跋：末載金石録後序，略見易安居士文妙，非止雄於一代才媛，直洗南渡後諸儒腐氣，上返魏晉矣。

明王宇新鐫王永啓先生評選古今文致眉批：（有人持徐熙牡丹圖）力不能致此寶物，宜其惋悵。（坐歸來堂烹茶）真一時勝情，不能久耳。（且戀戀，且悵悵）先見之明。（「先棄輜重」一段）追叙變故次第，段段婉致。（閲此書如見故人）有愴然之思。

清錢謙益絳雲樓書目金石類陳景雲注：趙明誠金石録三十卷，李易安後序，明誠之室，文叔之女也。其文淋漓曲折，筆墨不減乃翁。「中郎有女堪傳業」，文叔之謂耶。

清陳宏緒寒夜録卷下：李易安詩餘，膾炙千秋，當在金荃、蘭畹之上，古文如金石録後序，自是大家舉止，絶不作閨閣妮妮語。

清王士禄宫閨氏籍藝方考略引吴柏寄姊書曰：誦金石録序，令人心花怒放，肺腸如滌。

又引袖釋堂脞語曰：班馬作史，往往於瑣屑處極意摹寫，故文字有精神色態。易安金石録後序中間數處，頗得此意。至「蕭繹江陵陷没」一段，文人癖好圖書，過於家國性命，尤極濃至。

清李慈銘越縵堂讀書記卷九藝術：閲趙明誠金石録，其首有李易安後序一篇，叙致錯綜，筆墨疏秀，蕭然出畦町之外。予向愛誦之，謂宋以後閨閣之文，此爲觀止。

清符兆綸明湖藕神祠移祀李易安居士記：明誠以建炎二年重起出山，三年，召知湖州，於行在所病劇。居士聞信倉皇往視，至則明誠已卒。乃泣血磨墨，自爲文祭之。其後輾轉避難，所攜古器物半皆失去。便恐喪亡都盡，因取明誠在日所同著金石録，序而藏之。自述流離，備極凄慘，至今讀之，尤覺怦怦。其去明誠之没，蓋已六年。夫人當家國瑣尾之秋，艱難備嘗之際，睹物懷人，憂來不絶。

清阮劉文如宋刻金石録跋：易安此序，言德甫夫婦之事甚詳。宋史趙挺之傳傳後無明誠之事，若非此序，則德甫一生事蹟年月，今無可考。按後序作於紹興四年，易安自言：「余自少陸機作賦之二年，至過蘧伯玉知非之兩歲，三十四年之間，憂患得失，何其多也！」是作序之年，五十二矣。序言十九歲歸趙氏時，「先君作禮部員外郎，侯年二十一」。按德甫卒於建炎三年，是德甫卒年四十九也。易安十九歲，爲建中靖國元年，是年挺之爲禮部侍郎。是趙李同官禮部時聯姻也……又文選注引陸機傳云：「年二十而吴滅，退歸舊里，與弟雲勤學，積十一年」。是士衡二十歲時乃歸里之年，不能定爲作賦年。或是易安别有所據，或是離亂之時，偶然忘記耳。

【附録】

宋趙明誠金石録序：余自少小，喜從當世學士大夫訪問前代金石刻詞，以廣異聞。後得歐陽文忠公集古録，讀而賢之，以爲是正譌謬，有功於後學者甚大。惜其尚有漏落，又無歲月先後之次，思欲廣而成書，以傳學者，於是益訪求藏蓄，凡二十年而後麤備。上自三代，下訖隋唐五季，内自京師，達於四方遐邦絶域夷狄，所傳倉史以來古文奇字、大小二篆、分隸行草之書，鐘鼎、簠簋、尊敦、甗鬲、盤杅之銘，詞人墨客詩歌、賦頌、碑志、叙記之文章，名卿賢士之功烈行治，至於浮屠、老子之説，凡古物奇器、豐碑巨刻所載，與夫殘章斷畫摩滅而僅存者，略無遺失。因次其先後爲二千卷。余之致力於斯，可謂勤且久矣，非特區區爲玩好之具而已也。蓋竊嘗以謂詩書以後，君臣行事之蹟悉載於史，雖是非褒貶出於秉筆者私意，或失其實，然至其善惡大節有不可誣，而又傳之既久，理當依據。若夫歲月、地理、官爵、世次，以金石考之，其牴牾十常三四。蓋史牒出於後人之手，不能無失；而刻詞當時所立，可信不疑。則又考其異同，參以他書，爲金石録三十弓。至於文詞之媺惡，字畫之工拙，覽者當自得之，皆不復論。嗚呼，自三代以來，聖賢遺跡著於金石者多矣。蓋其風雨侵蝕，與夫樵夫牧童毀傷淪棄之餘，幸而存者止此耳。是金石之固猶不足恃，然則所謂二千弓者，終歸於摩滅，而余之是書有時而或傳也。孔子曰：「飽食終日，無所用心，難矣哉！不有博弈者乎？爲之，猶賢乎已。」是書之成，其賢於無所用心，豈特博弈之比乎！輒録而傳諸後世好古博雅之士，其必有補焉。東武趙明誠序。

清盧見曾重刊金石録序：德夫之室李清照，字易安，婦人之能文者。相傳以爲德夫之殁，易安更嫁，致有「桑榆晚景，駔儈下才」之言，貽世譏笑。余以是書所作跋語考之，而知其決無是也。德夫殁時，易安四十六矣，遭時多難，流離往來，具有蹤蹟。又六年，始爲是書作跋，是時年已五十有二。匪夏姬之三少，等季隗之就木，以如是之年而猶嫁，嫁而猶望其才地之美、和好之情亦如德夫昔日，至大失所望而後悔之，又不肯飲恨自悼，輒諜諜然形諸簡牘。此常人所不肯爲，而謂易安之明達爲之乎？觀其洊經喪亂，猶復愛惜一二不全卷軸，如護頭目，如見故人，其惓惓德夫不忘若是，安有一旦忍相背負之理！此子輿氏所謂「好事者爲之」，或造謗如碧雲騢之類，其又可信乎？易安父李文叔，即撰洛陽名園記者。文叔之妻，王拱辰孫女，亦善文。其家世若此，尤不應爾。余因刊是書而並爲正之，毋令後千載下易安猶蒙惡聲也。

清永瑢等四庫全書總目卷八十六史部四十二目録類二金石提要：金石録三十卷，宋趙明誠撰。明誠字德父，密州諸城人，歷官知湖州軍州事。是書以所藏三代彝器及漢唐以來石刻，仿歐陽修集古録例，編排成帙。紹興中，其妻李清照表上於朝。張端義貴耳集謂清照亦筆削其間，理或然也。有明誠自序並清照後序。前十卷皆以時代爲次，自第一至二千咸著於目，每題下注年月、撰書人名。後二十卷爲辨證，凡跋尾五百二篇，中邢義、李證、義興茶舍、般舟和尚四碑，目録中不列其名，或編次偶有疏舛，或所續得之本未及補入卷中歟？初鋟版於龍舒；開禧元年，浚儀趙不譾又重刻之，其本今已罕傳。故歸有光、朱彝尊所見皆傳鈔之本，或遂指爲未完之書。其實當有所考證，乃爲題識，故李清照跋稱二千卷中有跋者五百二卷耳，原非卷卷有跋，未可以殘闕疑也。清照跋，據洪邁容齋四筆，原爲龍舒刻本所不載，邁於王順伯家見原稿，乃撮大概載之。此本所列，乃與邁所撮述者不同，則後人補入，非清照之全文矣。自明以來，轉相鈔録，各以意爲更移，或刪除其目内之次第，又或竄亂其目之年月；第十一卷以下，或併削每卷之細目，或竟佚卷末之後序。沿譌踵謬，彌失其真。顧炎武日知録載，章丘刻本，至以後序「壯月朔」爲「牡丹朔」。其書之舛謬，可以概見。近日所傳，惟焦竑從秘府鈔出本、文嘉從宋刻影鈔本、崑山葉氏本、閩中徐氏本、濟南謝氏重刻本；又有長洲何焯、錢塘丁敬諸校本，差爲完善。今揚州刻本，皆爲採録。又於注中，以隸釋、隸續諸書增附案語，較爲詳核。別有范氏天一閣、惠氏紅豆山房諸校本，皆稍不及。故今從揚州所刊著於録焉。

打馬圖經序〔一〕

慧則通，通即無所不達〔二〕；專則精，精即無所不妙。故庖丁之解牛〔三〕，郢人之運斤〔四〕，師曠之聽〔五〕，離婁之視〔六〕，大至於堯舜之仁，桀紂之惡，小至於擲豆起蠅〔七〕，巾角拂棋〔八〕，皆臻至理者何？妙而已。後世之人，不惟學聖人之道不到聖處；雖嬉戲之事，亦不得其依稀彷彿而遂止者多矣。夫博者，無他，争先術耳〔九〕，故專者能之。予性喜博，凡所謂博者皆耽之，晝夜每忘寢食。且平生多寡未嘗不進者何〔一〇〕？精而已。

自南渡來，流離遷徙，盡散博具，故罕爲之，然實未嘗忘於胸中也。今年冬十月朔，聞淮上警報〔一一〕，江浙之人，自東走西，自南走北，居山林者謀入城市，居城市者謀入山林，旁午絡繹〔一二〕，莫不失所。易安居士亦自臨安泝流，涉嚴灘之險〔一三〕，抵金華〔一四〕，卜居陳氏第。乍釋舟楫而見軒窗，意頗適然。更長燭明，奈此良夜何。于是博弈之事講矣。

且長行〔一五〕、葉子〔一六〕、博塞〔一七〕、彈棋〔一八〕，近世無傳。若打揭〔一九〕、大小豬窩〔二〇〕、族鬼〔二一〕、胡畫〔二二〕、數倉〔二三〕、賭快〔二四〕之類，皆鄙俚不經見。藏酒〔二五〕、摴蒱〔二六〕、雙蹙融〔二七〕，近漸廢絶。選仙〔二八〕、加減、插關火〔二九〕，質魯任命〔三〇〕，無所施人智巧。大小象戲〔三一〕、弈棋〔三二〕，又惟可容二人。獨采選〔三三〕、打馬，特爲閨房雅戲。嘗恨采選叢繁，勞於檢閲，故能通者少，難遇勍敵；打馬簡要，而苦無文彩。

按打馬世有二種：一種一將十馬者，謂之「關西馬」；一種無將二十馬者，謂之「依經馬」。流行既久，各有圖經凡例可考；行移賞罰，互有同異。又宣和間人取二種馬，參雜加減，大約交加僥倖，古意盡矣。所謂「宣和馬」者是也〔三四〕。予獨愛「依經馬」，因取其賞罰互度，每事作數語，隨事附見，使兒輩圖之〔三五〕。不獨施之博徒，實足貽諸好事，使千萬世後知命辭打馬，始自易安居士也。時紹興四年十一月二十四日，易安室序。

【校記】

此序據河北教育出版社歷代筆記小説集成本第十二册四四九頁録入。原件係清咸豐刻本，題作「打馬圖經一卷」，末署「紹興四年十一月二十四日易安室序」。

此序又見四庫本説郛卷一〇一、彤管遺編續集卷十七、古今女史卷三、秦氏石研齋鈔本（以下簡稱秦鈔本）、癸巳類稿卷十五、緑窗女史卷一、粵雅堂叢書本打馬圖經、沈本漱玉詞附録、王本、黄本，皆題作打馬圖序。案：此序爲打馬圖經而作，應題作打馬圖經序。

〔慧則通四句〕説郛本「慧」誤作「惠」，「通即」作「通則」，「專則精」作「專即精」。王本皆作「即」。

〔視〕癸巳類稿、馬戲圖譜作「察」，鈕鈔本作「明」。

〔巾角〕説郛本「巾」誤作「中」。

〔至理者何〕癸巳類稿、馬戲圖譜作「其極者」，無「何」字。

〔後世四句〕癸巳類稿、馬戲圖譜脱。

〔夫博者〕馬戲圖譜脱「夫」字。

〔亦不得〕説郛本、王本作「亦得」。

〔能之〕癸巳類稿、馬戲圖譜作「勝」。

〔喜博〕四庫全書説郛本作「專博」。夷門廣牘本作「善博」。王本作「喜博」，注云：「各本作

『專』，祇説郛與圖譜序作『喜』。」未知何據。

〔晝夜五句〕癸巳類稿、馬戲圖譜縮作「南渡流離」。

〔且平生〕説郛本、王本作「但平生隨」。

〔故罕……胸中也〕同上書皆脱。

〔今年冬〕底本脱「冬」字，據説郛本補。

〔莫不失所〕説郛本作「莫知所之」，王本作「莫卜所之」。

〔易安居士〕馬戲圖譜作「余」。

〔亦自〕説郛本、彤管遺編無此二字，古今女史、緑窗女史脱「自」字。

〔嚴灘之險〕打馬圖經「嚴」誤作「巖」，癸巳類稿、馬戲圖譜脱「險」字。説郛本脱「之」字。

〔軒窗〕癸巳類稿、馬戲圖譜作「窗軒」。

〔于是〕説郛本、王本作「于是乎」。

〔博塞〕塞，説郛本、欣賞編、夷門廣牘本、秦鈔本、麗廔叢書、彤管遺編、古今女史、緑窗女史作「簺」。

〔若打揭〕揭，底本、説郛本作「褐」，説郛本「若」作「者」，屬上，惟鈕鈔本、王本作「揭」，今從之。

〔族鬼〕族，王本謂「原作『挨』，夷門廣牘本注：『一作挨。』今改從各本。」以下引王本，不再標出。

〔施人〕人，説郛本、秦鈔本、麗廔叢書作「其」，古今女史作「行」。癸巳類稿、圖譜原序無此字。

〔雅戲〕雅，欣賞編、麗廔叢書、彤管遺編、古今女史、緑窗女史作「雜」。

〔故能〕故，欣賞編、夷門廣牘本、秦鈔本、麗廔叢書、彤管遺編、古今女史、緑窗女史作「彼」。

〔二十〕圖譜原序作「二十四」。

〔依經馬〕馬，癸巳類稿、圖譜原序作「法」。

〔使兒輩〕使，圖譜序作「俟」。

〔千萬〕萬，癸巳類稿、圖譜原序作「百」。

〔時紹興〕圖譜序無「時」字，四庫、説郛本此下全脱。

〔十一月〕癸巳類稿、圖譜原序作「十有二月」。

〔易安室〕欣賞編、夷門廣牘本、秦鈔本、麗廔叢書、古今女史、緑窗女史、作「易安居士李清照」。癸巳類稿、圖譜原序無此句。

【箋注】

〔一〕此序如篇末所示，作於紹興四年十一月二十四日，時清照正避地金華，卜居陳氏第。王仲聞云：「打馬圖經一卷，前爲序，序後爲打馬賦，下爲采色例、鋪盆例、下馬例、行馬例、打馬例、倒行例、入夾例、落塹例、倒盆例、賞帖例、賞擲例。明沈津欣賞編本有圖，事林廣記續集卷六亦有圖。」本書編次依打馬圖經。案：打馬，古博戲之一種。或云即打雙陸，因雙陸棋子稱馬。宋陸游烏夜啼詞：「冷落鞦韆伴侣，闌珊打馬心情。」陳振孫直齋書録解題卷十四：「今世打馬，大約與古之摴蒲相類。」然晉書劉毅與劉裕所作摴蒲（見箋注〔二六〕），殊不類。此戲明代至清咸豐間尚傳，見胡應麟少室山房筆叢卷二十五、清周亮工書影卷五。

〔二〕慧則通二句：舊題伶玄趙飛燕外傳自叙引樊通德云：「慧則通，通則流，流而不得其防，則百物變態，爲溝爲壑，無所不往焉。」

〔三〕庖丁之解牛：庖丁，廚師。莊子養生主：「庖丁爲文惠君解牛，手之所觸，肩之所倚，足之所履，膝之所踦，砉然嚮然，奏刀騞然，莫不中音，合於桑林之舞，乃中經首之會。文惠君曰：『譆，善哉！技蓋至此乎！』庖丁釋刀對曰：『臣之所好者道也，進乎技矣。』」

〔四〕郢人之運斤：郢，楚國首都，今湖北江陵北。運斤，用斧。莊子徐無鬼：「郢人堊墁其鼻端，若蠅翼，使匠石斫之。匠石運斤成風，聽而斫之，盡堊而鼻不傷。郢人立不失容。」

〔五〕師曠之聽：師曠，春秋時晉國樂師，字子野，生而目盲，善辨聲樂。孟子離婁上：「師曠之聰，不以六律，不能正五音。」

〔六〕離婁之視：離婁，又名離朱。孟子離婁上：「離婁之明，公輸子之巧，不以規矩，不能成方圓。」趙岐注：「離婁者，古之明目者，蓋以爲黄帝時人也。黄帝亡其玄珠，使離朱索之。離朱即離婁也，能視於百步之外，見秋毫之末。」

〔七〕擲豆起蠅：唐段成式酉陽雜俎續集卷四：「予未虧齒時，嘗聞親故説：張芬中丞在韋南康臯幕中，有一客於宴席上以籌碗中緑豆擊蠅；十不失一，一坐驚笑。芬曰：『無費吾豆。』遂指起蠅，拈其後脚，略無脱者。又能拳上倒碗，走十間地不落。朝野僉載云：『僞周藤州録事參軍袁思中，平之子，能於刀子鋒杪倒筯，揮蠅起，拈其後脚，百不失一。』」

〔八〕巾角拂棋：世説新語巧藝：「彈棋始自魏，宫内用妝奩戲。文帝於此戲特妙，用手巾角拂之，無不中。有客自云能，帝使爲之。客著葛巾角，低頭拂棋，妙踰於帝。」注引博物志曰：「帝善彈棋，能用手巾角。時有一書生，又能低頭以所冠葛巾角撇棋也。」

〔九〕争先術：酉陽雜俎前集卷十二：「一行公本不解弈，因會燕公宅，觀王積薪棋一局，遂與之敵，笑謂燕公曰：『此但争先耳，若念貧道四句乘除語，則人人爲國手。』」宋徐鉉棋賭賦詩輸劉起居奂：「刻燭知無取，争先素未精。本圖忘物我，何必計輸贏。」

〔一〇〕未嘗不進：即未嘗不贏、不勝。漢書陳遵傳：「祖父遂，字長子，宣帝微時與有故，相隨博弈，數負進。及宣帝即位，用遂，稍遷至太原太守，迺賜遂璽書曰：『制詔太原太守，官尊禄厚，可以償博進矣。』」顔師古注：「進者，會禮之財也，謂博所賭也。一説進，勝也。帝博而勝，故遂有所負。」

〔一一〕今年二句：宋史高宗紀四：紹興四年九月辛酉：「金齊合兵自淮陽分道來犯。壬申，渡淮，楚州守臣樊叙棄城去。韓世忠自承州退保鎮江府。」「冬十月丙子朔，與趙鼎定策親征……己卯，韓世忠自鎮江率兵復如揚州。金人犯滁州……戊子，韓世忠邀擊金人於大儀鎮，敗之，又遣將董旼敗之於天長縣鴉口橋。己丑，金人攻承州，韓世忠遣將成閔、解元合兵擊于北門，敗之。金人圍濠州。」此時金人屢犯江淮，時局緊張，故清照聞訊，避地金華。

〔一二〕旁午：交錯、紛繁。漢書霍光傳：「受璽以來二十七日，使者旁午。」顔師古注曰：「一縱一横爲旁午，猶言交横也。」故事成語考人事：「曰倥偬，曰旁午，皆言人事之紛紛。」

〔一三〕嚴灘：即嚴陵瀨，在浙江桐廬縣南。清照有詩詠之，見前卷二。

〔一四〕金華：今屬浙江。

〔一五〕長行：古博戲名。唐李肇國史補卷下：「今之博戲，有長行最盛，其具有局有子，子有黄黑各十五。擲采之骰有二。其法生於握槊，變於雙陸。天后夢雙陸而不勝，召狄梁公説之。梁公對曰：『宫中無子之象是也。』後人新意，長行出焉……王公大人，頗或耽玩，至有廢慶弔，忘寢休，輟飲食者。」唐温庭筠南歌子詞：「井底點燈深燭伊，共郎長行莫圍棋。」

〔一六〕葉子：即葉子戲。唐蘇鶚杜陽雜編下：「韋氏諸家，好爲葉子戲。」清趙翼陔餘叢考卷三十三葉子戲：「紙牌之戲，唐已有之。今之以水滸人分配者，蓋沿其式而易其名耳。」其風近代尚存。

〔一七〕博塞：古六博和格五等博戲。莊子駢拇：「臧與穀二人，相與牧羊，而俱亡其羊。問臧奚事，則挾筴讀書；問穀奚事，則博塞以遊。」陸德明音義：「筴字又作策，初革反。李云，竹簡也，古以寫書，長二尺四寸……塞博之類也。漢書云：吾丘壽王以善格五待詔，謂博塞也。」塞，一作簺。杜甫今夕行：「咸陽客舍一事無，相與博塞爲歡娱。」

〔一八〕彈棋：漢魏時博戲。後漢書梁統傳附梁冀：「能挽滿、彈棋、格五、六博、蹴鞠、意錢之戲。」注引藝經：「彈棋，兩人對局，白黑棋各六枚，先列棋相當，更先彈也。其局以石爲之。」唐柳宗元序棋：「得木局，隆其中而規焉。其下方以直，置棋二十有四。」可見至唐已發展爲二十四棋。宋沈括夢溪筆談卷十八云：「彈棋今人罕爲之。有譜一卷，盡唐人所爲。其局方二尺，中心高如覆盂，其巔爲小壺，四角微隆起。今大名開元寺佛殿上有一石局，亦唐時物也。李商隱云：『玉作彈棋局，中心最不平。』謂其中高也。白樂天詩：『彈棋局上事，最妙是長斜。』長斜謂抹角斜彈，一發過半局。今譜中具有此法。」宋侯寘眼兒媚效易安體詞：「彈棋打馬心都懶，攧掇上春愁。」似南宋時此戲尚存。

〔一九〕打揭：宋代民間博戲。一作「打褐」。黄庭堅鼓笛令戲咏打揭詞：「酒闌命友閑爲戲。打揭兒、非常愜意。各自輸贏只賭是，賞罰采，分明須記。　小五出來無事，却跋翻和九底。若要十一花下死，那管十三，不如十二。」可見此戲之一斑。

〔二〇〕大小豬窩：本名除紅，博戲之一種。元楊維楨除紅譜序：「豬窩者，朱河所撰也。後世訛其音，不務察其本，始謂之豬窩者，非也。朱河，字天明，宋大儒朱光庭之裔，南渡時始遷建業，遂世家焉。河少有才望，落魄不羈，仕至天官冢宰。此書世傳河所作，本名除紅譜。除紅者，以除四紅言之也。」亦稱朱窩。明李日華紫桃軒雜録卷四：「骰色朱窩，本名除四，以除去四紅而算點也。乃南宋冢宰朱河所造，俗訛稱爲朱窩耳。」清初猶存此戲，見周亮工因樹屋書影卷二。一本將「大小豬窩」分爲二種博戲，疑非。

〔二一一〕族鬼：古代博戲之一種。宋高承事物紀原博弈嬉戲部買鬼：「世傳唐武后初，諫議大夫明崇儼能役鬼物。其微時，人嘗與博，凡擲投子，必使鬼物，持其彩，應呼而成，隨其所欲也。後人因此爲『買鬼』之戲，就中彩名其通天火通之類云，亦當時所役之物名也。」未知買鬼是否即族鬼。

〔二一二〕胡畫：古代博戲之一種。具體不詳。

〔二一三〕數倉：古代博戲之一種。具體不詳。

〔二一四〕賭快：古代博戲之一種。資治通鑑卷一三九齊紀五，明帝建武元年正月：「帝自山陵之後，即與左右微服遊走市里，好於世宗崇安陵隧中擲塗、賭跳。」注：「跳，躍也。賭跳者，以跳躍高出者爲勝。」依此，則賭快似爲比賽速度。

〔二一五〕藏酒：爲藏鉤之另一名稱。采蘭雜志：「每月下九，置酒爲婦女之歡，女子以夜爲藏鉤諸戲，以待月明，至有忘寢而達曙者。」案：藝文類聚卷七十四巧藝部引風土記：「義陽臈日飲祭之後，叟嫗兒童，爲藏鉤之戲，分爲二曹，以效勝負。若人偶即敵對，人奇即人爲遊附，或屬上曹，或屬下曹，名爲飛鳥，以齊二曹人數。一鉤藏在數手中，曹人當射知所在，一藏爲一籌，三籌爲一都。」又引辛氏三秦記曰：「昭帝母鉤弋夫人，手拳而有國色，先帝寵之。世人藏鉤法此也。」李白宮中行樂詞八：「更憐花月夜，宮女笑藏鉤。」

〔二一六〕摴蒱：古代博戲之一種。東漢馬融摴蒱賦：「昔有玄通先生，遊於京都，道德既備，好爲摴蒱。」晉代尤好此戲。太平御覽卷七五四工藝部引晉書曰：「劉毅於東府聚摴蒱大擲，一判應至數百萬，餘人並黑犢以還，唯劉裕及毅在後。毅次擲，得雉，大喜，褰衣繞牀叫，謂同座曰：『非不能盧，不事此耳。』裕惡之，因挼五木久之，曰：『老兄試爲卿答。』既而四子皆黑，其一子轉躍未定，裕喝之，即成盧焉。」

〔二一七〕雙蹙融：唐李匡乂資暇集卷中：「今有弈局，取一道，人行五棋，謂之『蹙融』。融，宜作『戎』。此戲生於黃帝蹙鞠，意在軍戎也，殊非圓融之意。庾元規著座右方，所言『蹙戎』者，今之『蹙融』也。」唐段成式酉陽雜俎續集卷四：「小戲中於弈局一枰，各布五子角遲速，名『蹙融』。予因讀座右方，謂之『蹙戎』。」

〔二一八〕選仙：古代博戲之一種。宋王珪宮詞八：「盡日閑窗賭選仙，小娃爭覓倒盆錢。上籌得占蓬萊島，一擲乘鸞出洞天。」明胡應麟少室山房筆叢卷二十五：「按選仙圖見鄭氏書目，與『彩選』連類；而此以爲質魯任命者，詳之，正與今選官圖類，蓋與『彩選』形制相似，而實不同也。」

據清金學詩牧豬閑話所載，宋時有選仙圖博戲，其法用骰子比色，先爲散仙，次爲上洞，漸次至蓬萊、大羅。

〔二九〕加減、插關火：古代博戲。具體不詳。

〔三〇〕質魯：質樸笨拙。任命，碰運氣。

〔三一〕大小象戲：古博戲之一種。藝文類聚卷七四巧藝部：「周武王造象戲。」隋書經籍志著録北周武帝撰象經一卷。又庾信在北周時曾有進象經賦表云：「臣伏讀聖製象經，並觀象戲，私心踴躍，不勝抃舞。」以此推知「周武王造象戲」之説，蓋本於此而誤傳。宋梅堯臣有象戲詩，可見宋時猶存，故清照及之。

〔三二〕弈棋：即圍棋，見説文。藝文類聚卷七四巧藝部引左傳曰：「太叔文子謂甯喜曰：『視君不如弈棋，其何以免乎？弈者舉棋不定，不勝其耦，而況置君而弗定乎？』」此戲流傳至今，歷代不絶。

〔三三〕采選：唐宋時一種博戲。又作「彩選」。全稱「彩選格」。宋徐度却掃編卷下：「彩選格起於唐李郃。本朝踵之者，有趙明遠、尹師魯。元豐官制行，有宋保國，皆取一時官制爲之。至劉貢父獨因其法，取西漢官秩陞黜，次第爲之；又取本傳所以陞黜之語注其下。局終，遂可類次其語爲一傳。博戲中最爲雅馴。……貢父晚年，復稍增而自題其後。今其書盛行於世。」案：清王士禛香祖筆記卷六所載略同，復益之云：「明倪文正公鴻寶，亦以明官制爲圖。予少時偶病，卧旬日，無所用心，戲作三國志圖，以季漢爲主，而魏、吴分兩路遞遷，中頗參用陳壽書，頗謂馴雅有義例也。」今人王學初按：「後代之選官圖，即陞官圖、彩選也。陞官圖近代尚有之，余幼時嘗見人以此爲戲，所用爲清代官制，蓋其制隨時代而改變。」均案：可見唐宋以還，歷代皆有此戲。其法乃列大小官位於紙上，另擲骰子，計點數彩色以定陞降。

〔三四〕宣和：宋徽宗年號（一一一九至一一二五）。

〔三五〕使兒輩圖之：清俞正燮癸巳類稿易安居士事輯：「易安打馬圖言『使兒輩圖之』，合之上胡尚書詩，蓋易安無所出，兒輩乃格非子孫，故其事散落。」據此，蓋指李迒之子。

【彙評】

明陶宗儀説郛打馬圖序：李易安因依經馬，取其賞罰互度，每事作數語，精研工麗，世罕其儔。不僅施之博徒，實足貽諸同好。韵事奇人，兩垂不朽矣。

明胡應麟少室山房筆叢卷二十五：李所舉當時博戲，又有打褐、大小豬窩、族鬼、胡畫、數倉、賭快等，今絶不知何狀。又稱選仙、加減、插關火，質魯任命，無所施人智巧。按選仙圖，見鄭氏書目，與彩選連類；而此以爲質魯任命者，詳之，正與今選官圖類，蓋與彩選形制相似，而實不同也……打馬圖今尚傳，吴中好事者習之，邇年頗有能者。

明朱凱欣賞編打馬圖跋：打馬爲戲，其來久矣，宋易安李氏以爲閨房雅戲。相傳有格一卷，不著作者名氏。復有鄭寅子敬撰圖式一卷，用馬三十。李氏圖經用馬二十。蓋三者互有不同，大率與古摴蒱相似。今雖不行，而圖經尚存……吾甥沈潤卿氏得而鋟木行之，以資好事者之多聞，豈欲人爲博弈者乎？

明趙世傑等古今女史卷三引朱錫虹評：爲博家作祖，亦不免爲蕩子阬塹。（「自南渡以來」一段眉批）顛沛中猶不忘，是其精妙於博者。（「打馬世有二種」一段眉批）曲談工巧，游於自然。

明錢希言戲瑕卷二：唐太宗問一行世數，禪師製葉子格進之。葉子，言二十世太子也，後適符其讖矣。唐朝葉子戲，疑昉於此矣……其後，南唐李後主妃周氏編金葉子格，即此戲也。按葉子戲自唐咸通以來，天下尚之，即今之扯紙牌，亦謂之鬬葉子。近又有馬鈞之名，則以四人爲之者……李易安以長行、葉子爲世無傳者。楊用修則引李洞集中李郎中夢六赤因打葉子之事，謂今此戲不傳。而胡元瑞矯楊氏之説，直以葉子爲今之骰子，或如酒牌……豈用修、元瑞諸君子並未入少年場耶？

明周履靖夷門廣牘馬戲圖譜跋：打馬圖始自易安，號稱雅戲。義誠有取，法久無傳。良由則例未明，遵行罔措。近編欣賞，亦復廢弛……玆以游息餘閑，特加參訂。凡則例起自易安，見於欣賞者，疏其牴牾，補其略闕，付之厥手，藏之齋頭。爰集友朋，以代博弈。閑我逸志，耗彼雄心，固匪徒爲之猶賢，抑微獨貽諸好事已也。

清周亮工書影卷五：予按李易安打馬圖序云：「長行、葉子、博塞、彈棋，世無傳焉。」若云雙陸即長行，則易安之時，已無傳矣。豈雙陸行於當時，易安獨未之見？或不行於當時，僅盛於今日耶？則長行非雙陸明矣。

又：徐君義謂打馬之戲，今不傳。予友虎林陸驤武，近刻易安之譜於閩，以犀象蜜蠟爲馬，盛行其中。近淮上人頗好此戲，但未傳之北地耳。

清王士禄宫闈氏籍藝文考略：打馬圖序「堯舜桀紂，擲豆起蠅」一段，議論亦極佳，寫得尤歷落警至可喜，女子乃有此妙筆。易安動以千萬世自期，以彼之才，想亦自信必傳耳。昔人謂雞林宰相，以萬金購香山詩一篇，真贋輒能辨。文至易安，到眼自不同，如此語不虚也。乃其集十三卷，目見於史，而今所傳不數篇，能無珠玉銷沈之歎哉！

清周中孚鄭堂讀書記補遺：打馬圖一卷，宋李易安撰……宋人撰打馬書者非一，惟用五十馬者居多，獨此用二十馬。觀其前紹興四年自序，乃其晚年消遣之作，而文詞工雅可觀，非他人所及也。

清秦恩復石研齋鈔本打馬圖跋：此書與漢官儀相類。余得宋槧半部，比之説郛所載，微有不同。因命鈔手録出，續以説郛補之，遂成完書。易安著作甚少，可與金石録並傳矣。

清吴衡照蓮子居詞話卷三：今馬吊戲，或謂唐葉子之遺。按唐書同昌公主傳：韋氏諸宗，好爲葉子戲。鄭谷、李洞俱有打葉子上龍州韋郎中詩。焦竑國史經籍志：南唐李後主妃周氏著擊蒙小葉子格一卷。馬端臨文獻通考亦載葉子格戲一卷，不著撰者姓氏。翟灝通俗編據易安打馬賦序，謂今馬吊當屬易安所謂打馬，葉子在北宋時已無傳矣。

清胡玉縉許廎學林打馬圖經跋：打馬圖經一卷，宋李清照撰……是書記打馬之戲，有圖有例有論。論皆駢語，頗工雅。前有紹興四年自序及打馬賦一篇。序稱「打馬世有二種……使千萬世後，知命辭打馬，始自易安居士也」。據此，則打馬雖舊法，而是書則清照創新意爲之矣。

打馬賦〔一〕

予性專博，晝夜每忘食事。南渡金華，僑居陳氏，講博弈之事，遂作依經打馬賦曰〔二〕：

歲令云徂〔三〕，盧或可呼〔四〕。千金一擲〔五〕，百萬十都〔六〕。樽俎具陳，已行揖讓之禮；主賓既醉，不有博弈者乎〔七〕。打馬爰興，摴蒲遂廢〔八〕。實小道之上流，乃閨房之雅戲。齊驅驥騄，疑穆王萬里之行〔九〕；間列玄黄，類楊氏五家之隊〔一〇〕。珊珊珮響〔一一〕，方驚玉鐙之敲〔一二〕；落落星羅〔一三〕，忽見連錢之碎〔一四〕。

若乃吴江楓冷〔一五〕，胡山葉飛〔一六〕，玉門關閉〔一七〕，沙苑草肥〔一八〕。臨波不渡，似惜障泥〔一九〕。或出入用奇，有類昆陽之戰〔二〇〕；或優游仗義，正如涿鹿之師〔二一〕。或聞望久高，脱復庾郎之失〔二二〕；或聲名素昧，便同癡叔之奇〔二三〕。亦有緩緩而歸〔二四〕，昂昂而出〔二五〕。鳥道驚馳〔二六〕，蟻封安步〔二七〕。崎嶇峻坂〔二八〕，未遇王良〔二九〕；跼促鹽車〔三〇〕，難逢造父〔三一〕。且夫邱陵云遠，白雲在天〔三二〕，心存戀豆〔三三〕，志在著鞭〔三四〕。止蹄黄葉，何異金錢〔三五〕。用五十六采之間〔三六〕，行九十一路之内〔三七〕。明以賞罰，覈其殿最〔三八〕。運指麾於方寸之中，決勝負於幾微之外〔三九〕。

且好勝者人之常情，游藝者士之末技〔四〇〕。説梅止渴〔四一〕，稍疏奔競之心；畫餅充饑〔四二〕，少謝騰驤之志。將圖實效，故臨難而不迴；欲報厚恩，故知機而先退〔四三〕。或銜枚緩進〔四四〕，已踰關塞之艱；或賈勇争先〔四五〕，莫悟穽塹之墜〔四六〕。皆由不知止足〔四七〕，自貽尤悔。當知範我之馳驅〔四八〕，勿忘君子之箴佩〔四九〕。況爲之賢已，事實見於正經〔五〇〕；用之以誠，義必合於天德〔五一〕。牝乃叶地類之貞〔五二〕，反亦記魯姬之式〔五三〕。鑒髻墮於梁家〔五四〕，溯滸循於岐國〔五五〕。故遶牀大叫，五木皆盧〔五六〕；瀝酒一呼，六子盡赤〔五七〕。平生不負，遂成劍閣之師〔五八〕；别墅未輸，已破淮淝之賊〔五九〕。今日豈無元子〔六〇〕，明時不乏安石〔六一〕。又何必陶長沙博局之投〔六二〕，正當師袁彦道布帽之擲也〔六三〕。

辭曰〔六四〕：佛貍定見卯年死〔六五〕，貴賤紛紛尚流徙。滿眼驊騮雜騄駬〔六六〕，時危安得真致此〔六七〕？木蘭横戈好女子〔六八〕！老矣誰能志千里〔六九〕，但願相將過淮水〔七〇〕。

【校記】

此據河北教育出版社歷代筆記小説集本四四九至四五〇頁録入（原據清咸豐刻本影印），缺序，此從詩女史卷十一補。又見説郛本、古今女史前集卷一、歷代賦彙卷一百三、癸巳類稿卷十五、馬戲圖譜等亦載之。

〔云徂〕癸巳類稿、馬戲圖譜作「聿徂」。

〔具陳〕同上書作「列陳」。

〔既醉〕同上書作「言洽」。明沈津欣賞編、秦鈔本作「既辭」，誤。

〔遂廢〕癸巳類稿、馬戲圖譜作「者退」。

〔小道〕説郛本、王本作「博弈」。案：與前句重，當誤。

〔乃闉房〕癸巳類稿、馬戲圖譜作「競深闉」；夷門廣牘本、粵本、古今女史、歷代賦彙作「乃深闉」。

〔間列〕癸巳類稿、馬戲圖譜作「別起」。

〔玉鐙〕説郛本原誤作「蹬」，明會稽鈕氏世學樓鈔本説郛（以下簡稱鈕鈔本）、欣賞編、夷門廣牘本、秦鈔本、粵本、詩女史、古今女史作「玉⿰革登」，通。

〔楓冷〕各本皆作「楓落」。

〔胡山〕原作「燕山」，歷代賦彙、粵本、癸巳類稿、馬戲圖譜亦作「燕山」。説郛本作「胡山」。

按清代忌「胡」字，故改。今據説郛改作「胡山」。

〔障泥〕馬戲圖譜「障」誤作「幛」。

〔用奇〕癸巳類稿、馬戲圖譜作「騰驤」。

〔有類〕同上書作「猛比」。

〔優游仗義〕同上書作「從容磬控」。

〔便同〕同上書作「倏驚」。

〔而出〕同上書作「而駐」。欣賞編、夷門廣牘本、秦鈔本、詩女史、古今女史、歷代賦彙作「而立」，鈕鈔本、粵本作「而去」。

〔未遇〕癸巳類稿、馬戲圖譜作「慨想」。

〔難逢〕同上書作「忽逢」。

〔心存〕同上書作「心無」。

〔止蹄〕癸巳類稿、馬戲圖譜作「蹴蹄」。

〔何異〕説郛本誤作「同異」，癸巳類稿、馬戲圖譜作「畫道」。

〔之外〕癸巳類稿、馬戲圖譜作「之介」。

〔好勝者〕同上書無「者」字。

〔游藝者士〕説郛本、王本「游」作「小」，癸巳類稿、馬戲圖譜作「争籌者道」。

〔少謝騰驤〕癸巳類稿、馬戲圖譜作「亦寓踔騰」。

〔將圖實效〕同上書作「將求遠效」。

〔欲報〕同上書作「留報」。

〔故知〕同上書作「或相」。

〔緩進〕古今女史作「遠進」。

〔或賈勇争先〕癸巳類稿、馬戲圖譜作「豈致奮足争先」。

〔皆由不知止足〕同上書作「至於不習軍行」。

〔自貽〕同上書作「必占」。

〔當知二句〕底本、説郛本原闕，據癸巳類稿、馬戲圖譜補。

〔况爲之賢已〕説郛本原誤作「况爲之不異」，癸巳類稿、馬戲圖譜多一「乃」字。詩女史、古今女史、夷門廣牘本、粤本作「况爲之不已」，非。

〔事實〕説郛本誤作「是實」。

〔用之以誠〕癸巳類稿、馬戲圖譜作「行以無疆」；夷門廣牘本、古今女史、歷代賦彙「誠」作「經」，與上句重，蓋誤。

〔牝乃四句〕，底本、説郛本原闕，據癸巳類稿、馬戲圖譜補。

〔之師〕同上書作「之勳」。

〔未輸〕説郛本原誤作「未踰」，從他本改。

〔已破〕癸巳類稿、馬戲圖譜作「决破」。

〔布帽〕説郛本原缺，從他本補。

〔辭曰〕癸巳類稿、馬戲圖譜、詩女史、古今女史作「亂曰」。此句以下，歷代賦彙脱，蓋「佛貍」句觸清人忌諱也。

〔卯年〕欣賞編、夷門廣牘本、秦鈔本、詩女史、古今女史作「酉年」。王仲聞云：「按『佛貍死卯年』出宋書臧質傳。清照作此賦時爲紹興四年甲寅，下一年爲乙卯，『酉』字必誤。癸巳類稿、圖譜原賦注：『是歲甲寅。』」

〔木蘭句〕底本、説郛本原闕，據癸巳類稿、馬戲圖譜補。他本亦無。

〔誰能志〕癸巳類稿、馬戲圖譜「誰能」作「不復」；説郛本、古今女史「志」作「致」，鈕鈔本作「至」。此從他本。

【箋注】

〔一〕此賦紹興四年（一一三四）甲寅作於金華，參見打馬圖序，該序末署「紹興四年十一月二十四日」。

〔二〕依經打馬：打馬圖序：「按打馬世有二種：一種一將十馬者，謂之『關西馬』；一種無將二十馬者，謂之『依經馬』。」宋陳振孫直齋書録解題卷十四：「打馬賦一卷。易安李氏撰，用二十馬。」即指依經馬。

〔三〕歲令云徂：謂一年將盡。杜甫今夕行：「今夕何夕歲云徂，更長燭明不可孤。咸陽客舍一事無，相與博塞爲歡娛。」清照賦蓋作於十二月，故用杜詩。

〔四〕盧或可呼：摴蒲五子俱黑謂之盧。見前打馬圖序箋注〔二七〕。

〔五〕千金一擲：唐張説灉湖山寺詩：「險哉透撞兒，千金賭一擲。」唐吴象之少年行：「一擲千金渾是膽，家無四壁不知貧。」

〔六〕百萬十都：言其賭注之大。晉書何無忌傳：「劉毅家無儋石之儲，摴蒲一擲百萬。」都，計籌單位。唐段成式酉陽雜俎續集卷四：「又魏（彈棋）戲法，先立一棋於局中，餘者鬬白黑圍繞之，十八籌成『都』。」十都，即一百八十籌。

〔七〕不有句：論語陽貨：「飽食終日，無所用心，難矣哉！不有博弈者乎，爲之猶賢乎已。」漢書陳遵傳「相隨博弈」注：「博，六博；弈，圍棋也。」

〔八〕摴蒲：見打馬圖序箋注〔二六〕。

〔九〕齊驅二句：逸周書：「穆王乘八駿，賓於西王母，觴於瑶池之上，一日行萬里。」史記秦本紀：「造父以善御幸於周繆（穆）王，得驥、温驪、驊騮、騄耳之駟，西巡狩，樂而忘歸。」驥、騄，八駿之二。索隱按：「穆王傳曰赤驥、盗驪、白義、渠黄、驊騮、騟䮕、騄耳、山子。」

〔一〇〕間列二句：玄黄，喻棋子之色。楊氏五家，指楊國忠兄妹。舊唐書楊貴妃傳：「玄宗每年十月幸華清宮，國忠姊妹五家扈從，每家爲一隊，著一色衣，五家合隊，照映如百花之焕發。」

〔一一〕珊珊：宋玉神女賦：「動霧縠以徐步兮，拂墀聲之珊珊。」唐岑參送張秘書充劉相公通汴河判官便赴江外覲省詩：「長安多權貴，珂珮聲珊珊。」

〔一二〕玉鐙：馬鞍兩旁用以踏足者。唐張祜少年樂詩：「醉把金船擲，閑敲玉鐙遊。」

〔一三〕落落星羅：喻棋子之分佈。漢班固西都賦：「列卒周帀，星羅雲布。」東魏中岳嵩陽寺碑：「塔殿宫堂，星羅棋布。」

〔一四〕連錢：花紋似相連之銅錢。南史梁本紀簡文帝：「項毛左旋，連錢入背。」又馬之飾品。梁元帝蕭繹紫騮馬：「長安美少年，金絡錦連錢。」

〔一五〕吴江楓冷：唐崔信明斷句：「楓落吴江冷。」

〔一六〕胡山葉飛：胡山，胡地之山。唐喬彝渥洼馬賦：「一噴生風，下胡山之亂葉。」

〔一七〕玉門關閉：玉門關，在今甘肅敦煌縣西北，爲古代通西域要道。漢書李廣利傳：「太初元年，以廣利爲貳師將軍，發屬國六千騎及郡國惡少年數萬人以往，期至貳師城取善馬……人少不足以拔宛，願且罷兵，益發而復往。天子聞之大怒，使使遮玉門關曰：『軍有敢入，斬之！』貳師恐，因留敦煌。」玉門關閉，即指此。

〔一八〕沙苑草肥：沙苑，舊址在今陝西大荔縣南洛、渭之間，東西八十里，南北三十里。宜放牧，唐代在此置沙苑監，宋置龍坊，爲屯兵牧馬之所。杜甫沙苑行：「苑中騋牝三千匹，豐草青青寒不死。」即草肥之意。

〔一九〕臨波二句：世説新語術解：「王武子（濟）善解馬性，嘗乘一馬，著連錢障泥，前有水，終日不肯渡。王云：『此必是惜障泥。』使人解去，便徑渡。」障泥，墊在馬鞍下、垂於馬腹兩旁之布。

〔二〇〕昆陽之戰：昆陽，漢縣名，屬潁川郡，今河南葉縣地。更始元年（二三）漢劉秀（光武帝）在此擊敗王莽軍隊。後漢書光武帝紀載，「時（昆陽）城中唯有八九千人，光武乃使成國上公王鳳、廷尉大將軍王常留守夜，自與驃騎大將軍宗佻、五威將軍等十三騎出城南門，於外收兵。時莽軍到城下者且十萬，光武幾不得出……六月己卯，光武遂與營部俱進……乃與敢死者三千人，從城西水上攻其中堅，尋、邑陳亂，乘鋭崩之，遂殺王尋。城中亦鼓噪而出，中外合勢，震呼動天地，莽兵大潰。」

〔二一〕涿鹿之師：涿鹿，古山名，在今河北涿鹿縣東南。史記五帝本紀：「蚩尤作亂，不用帝命。於是黄帝乃徵師諸侯，與蚩尤戰於涿鹿之野，遂禽殺蚩尤。」

〔二二〕脱復句：脱復，倘使，或許。世説新語賞譽「王汝南既除所生服」注引鄧粲晉紀：「兄子濟往省湛，見牀頭有周易，謂湛曰：『叔父用此何爲？頗曾看不？』湛笑曰：『體中佳時，脱復看耳。』」庾郎，晉庾翼。世説新語雅量：「庾小征西嘗出未還，婦母阮，是劉萬安妻，與女上安陵城樓上。俄頃，翼歸，策良馬，盛輿衛。阮語女：『聞庾郎能騎，我何由得見？』婦告翼。翼便爲於道開鹵簿，盤馬，始兩轉，墜馬墮地，意色自若。」案：庾翼與兄亮，皆官征西將軍，故加「小」以別之。

〔二三〕或聲名二句：王湛、王濟叔侄故事。世説新語賞譽：「（王湛）答對甚有音辭，出濟意外……濟雖儁爽，自視缺然，乃喟然歎曰：『家有名士三十年而不知！』濟去，叔送至門。濟從騎有一馬絶難乘，少能騎者。濟聊問叔：『好騎乘不？』曰：『亦好爾。』濟又使騎難乘馬，叔姿形既妙，回策如縈，名騎無以過之。濟益歎其難測，非復一事……武帝每見濟，輒以湛調之，曰：『卿家癡叔死未？』濟常無以答。既而得叔後，武帝又問如前，濟曰：『臣叔不癡。』稱其實美。帝曰：『誰比？』濟曰：『山濤以下，魏舒以上。』於是顯名。」「家有名士三十年而不知」，即賦所云「聲名素昧」。而王湛善騎「難乘」之馬，即「癡叔之奇」也。

〔二四〕緩緩而歸：蘇軾陌上花三首并引：「吴越王妃，每歲春必歸臨安。王以書遺妃曰：『陌上花開，可緩緩歸矣。』」又詩之一：「遺民幾度垂垂老，游女長歌緩緩歸。」案：此乃指「緩轡」。晉書謝安傳附謝玄記淝水之戰云：「玄使謂苻融曰：『君遠涉吾境，而臨水爲陣，是不欲速戰。諸君稍却，令將士得周旋，僕與諸君緩轡而觀之，不亦樂乎！』」

〔二五〕昂昂而出：屈原卜居：「寧昂昂若千里之駒乎？將氾氾若水中之鳬乎？」王逸注：「志行高也。」晉袁宏三國名臣序贊：「昂昂子敬，拔迹草萊。」

〔二六〕鳥道：謂山路險絶。北周庾信秦州天水郡麥積崖佛龕銘：「鳥道乍窮，羊腸或斷。」唐李白蜀道難：「西當太白有鳥道，可以横絶峨眉巔。」

〔二七〕蟻封：螞蟻在巢穴上之封土。孟子公孫丑上：「泰山之於丘垤。」漢趙岐注：「垤，蟻封。」後多指蟻冢。世説新語賞譽「王汝南既除所生服」注引鄧粲晉紀：「王湛字處沖，太原人……（兄子）濟性好馬，而所乘馬駿駛，意甚愛之。湛曰：『此雖小駛，然力薄不堪苦。近見督郵馬，當勝此，但養不至耳。』濟取督郵馬，穀食十數日，與湛試之。湛未嘗乘馬，卒然便馳騁，步驟不異於濟，而馬不相勝。湛曰：『今直行車路，何以別馬勝不，唯當就蟻封耳。』於是，就蟻封盤馬，果倒踣。」案：晉書本傳作「濟果馬躓，而督郵馬如常」。此句以「督郵馬」喻之，故曰「蟻封安步」。

〔二八〕峻坂：通峻阪，陡坡也。史記袁盎傳：「文帝從霸陵上，欲西馳下峻阪。」

〔二九〕王良：春秋時晉國之善御馬者。孟子滕文公下：「昔者趙簡子使王良與嬖奚乘。」趙岐注：「王良，善御者也。」或云即伯樂。荀子王霸：「王良、造父者，善服馭者也。」楊倞注：「王良，趙簡子之御，韓子曰：字伯樂。」

〔三〇〕鹽車：戰國策楚四：「君亦聞驥乎？夫驥之齒至矣，服鹽車而上太行。蹄申，膝折，尾湛，漉汁灑地，白汗交流，中阪遷延，負轅不能上。」漢賈誼弔屈原賦：「騰駕罷牛兮驂蹇驢，驥垂兩耳兮服鹽車。」

〔三一〕造父：古代善御者。見箋注〔九〕。

〔三二〕且夫二句：穆天子傳卷三：「乙丑，天子觴西王母於瑶池之上。西王母爲天子謡曰：『白雲在天，山陵自出。道路悠悠，山川間之。將子無死，尚能復來。』」

〔三三〕戀豆：謂留戀祿位。三國志魏曹爽傳「乃通宣王奏事」注引干寶晉紀：「桓範出赴爽，宣王謂蔣濟曰：『智囊往矣。』濟曰：『範則智矣。駑馬戀棧豆，爽必不能用也。』」宋蔡伸驀山溪之四：「區區戀豆，豈足甘牛後。」

〔三四〕著鞭：喻先人一步。世説新語賞譽「劉琨稱祖車騎」注引晉陽秋：「劉琨與親舊書曰：『吾枕戈待旦，志梟逆虜，常恐祖生先吾著鞭耳。』」祖生，即祖逖。

〔三五〕止蹄二句：語本宋黄庭堅詩。宋胡仔苕溪漁隱叢話前集卷五十引王直方詩話云：「少游嘗以真字題『月團新碾瀹花甆，飲罷呼兒課楚詞。風定小軒無落葉，青蟲相對吐秋絲』一絶於邢敦夫扇上。山谷見之，乃於扇背作小草題『黄葉委庭觀九州，小蟲催女獻功裘。金錢滿地無人費，百斛明珠薏苡秋』一絶，皆自所作詩也。少游後見之，復云『逼我太甚』。」金王若虚滹南詩話卷三：「少游所謂相逼者，非謂其詩也，惡其好勝而不讓耳。」案：此詩本集不載，王仲聞注云「宋黄庭堅題扇詩」，未知何據。此以「黄葉、金錢」喻賭資之多，兼寓「好勝、不讓」之意。又傳燈録云：「欲識此中意，黄葉止啼錢。」蓋兩用之。

〔三六〕五十六采：據打馬圖經采色例：全戲共有五十六采。其中賞色十一采，罰色二采，雜色四十三采。

〔三七〕九十一路：據打馬圖譜，自赤岸驛上馬，至尚乘局下馬，行馬凡九十一路。

〔三八〕覈其殿最：考核勝負名次。文選班固答賓戲：「猶無益於殿最也。」李善注引漢書音義：「上功曰最，下功曰殿。」

〔三九〕幾微：細微的徵兆。後漢書陳寵傳：「今不蒙忠能之賞，而計幾微之故，誠傷輔政容貸之德。」漢書匈奴傳揚雄上書：「臣聞六經之治，貴於未亂；兵家之勝，貴於未戰：二者皆微。」此謂於戰前已能見微知著，預見勝負。

〔四〇〕游藝句：語本漢揚雄法言吾子：「或問吾子少而好賦？曰：『然，童子雕蟲篆刻。』」又隋書李德林傳：「雕蟲小技，殆相如、子雲之輩。」

〔四一〕説梅止渴：世説新語假譎：「魏武（曹操）行役，失汲道，軍皆渴，乃令曰：『前有大梅林，饒子，甘酸可以解渴。』士卒聞之，口皆出水，乘此得及前源。」後多作「望梅止渴」。

〔四二〕畫餅充饑：三國志魏盧毓傳：「選舉莫取有名，名如畫地作餅，不可啖也。」續傳燈録卷二十行瑛禪師：「談玄説妙，譬如畫餅充饑。」

〔四三〕欲報二句：左傳僖公二十八年：「晉師退，軍吏曰：『以君辟（避）臣，辱也；且楚師老矣，何故退？』子犯曰：『師直爲壯，曲爲老，豈在久乎？微楚之惠不及此，退三舍辟之，所以報也。』」案：打馬圖經倒行例云：「凡遇打馬，遇叠馬，遇入窩，許退行。」此即「知機先退」也。

〔四四〕銜枚：周禮夏官大司馬：「羣司馬振鐸，車徒皆作，遂鼓行，徒銜枚而進。」注：「枚如箸，銜之，有繣結項中。軍法止語，爲相疑惑也。」禮雜記下：「四縴，皆銜枚。」疏：「謂執縴之人，口皆銜枚，止諠囂也。」此指馬之銜枚，使不發聲。

〔四五〕賈勇：謂有餘勇可待售。左傳成公二年：「齊高固入晉師，桀石以投人，禽之，而乘其車，繫桑本焉，以徇齊壘，曰：『欲勇者，賈余餘勇。』」注：「言己勇有餘，欲賣之。」

〔四六〕穽塹：宋王得臣塵史卷下引撏蒲經：「凡進關及後一子謂之塹，近關及前一子謂之坑。落坑塹非貴采不出。凡一馬打一馬，如遇退六踏馬，則一馬可踏三馬。故世指不循理者，謂之踏坑塹云。」

〔四七〕不知止足：即不知足。老子四十四章：「知足不辱，知止不殆，可以長久。」

〔四八〕當知句：孟子滕文公下：「昔者趙簡子使王良與嬖奚乘，終日而不獲一禽。嬖奚反命曰：『天下之賤工也。』或以告王良，良曰：『請復之。』彊而後可，一朝而獲十禽。嬖奚反命曰：『天下之良工也。』簡子曰：『我使掌與汝乘。』謂王良，良不可，曰：『吾爲之範我馳驅，終日不獲一；爲之詭遇，一朝而獲十。』」朱熹集注：「範，法度也。詭，不正而與禽遇也。言奚不善射，以法馳驅則不獲，廢法詭遇而後中也。」此謂按規範打馬。

〔四九〕箴佩：佩帶的箴言。箴，規諫，告誡。左傳宣公十二年：「箴之曰：民生在勤，勤則不匱，不可謂驕。」案漢揚雄作有九牧箴，「大抵皆用韵語，而反覆古今興衰理亂之變，以垂警戒，使讀者惕然有不寧之心」（見文體明辨箴）。此謂打馬須謹慎。

〔五〇〕況爲二句：化用孔子語。正經，指論語。見箋注〔七〕。

〔五一〕用之二句：禮記中庸：「唯天下之至誠，爲能經綸天下之大經，立天下之大本，知天地之化育……苟不固聰明聖知達天德者，其孰能知？」荀子不苟：「變化代興，謂之天德。」此謂用之以誠，便能合於變化規律。

〔五二〕牝乃句：易坤：「坤，元亨，利牝馬之貞，君子有攸往，先迷後得……牝馬地類，行地無疆，柔順利貞。君子攸行，先迷失道，後順得常。」此謂打馬先迷後順。

〔五三〕反亦句：春秋宣公五年：「秋九月，齊高固來逆淑姬……冬齊高固及子淑姬來。」杜預集解：「淑姬寧，固反馬。」又左傳：「冬，來，反馬也。」集解：「禮：送女留其送馬，謙不敢自安。三月廟見，遣使返馬。高固遂與淑姬俱寧，故經、傳具見以示譏。」案：淑姬即魯姬，春秋文公十三年集解：「淑姬，魯女，齊侯舍之母。不稱夫人，自魯録之，父母辭。」式，規格，榜樣。此謂先留馬而後送馬，注意禮節。

〔五四〕鑒髻句：後漢書梁統傳附梁冀：「詔遂封冀妻孫壽爲襄城君……壽色美而善爲妖態，作愁眉，嗁粧，墮馬髻，折腰步，齲齒笑，以爲媚惑。」注引風俗通：「墮馬髻者，側在一邊。」此喻打馬落塹。

〔五五〕溯滸句：詩大雅大明：「古公亶父，來朝走馬。率西水滸，至於岐下。」朱熹集注：「走馬，避狄難也。滸，水厓（涯）也，漆沮之側也。岐下，岐山之下也。」漢書婁敬傳：「公劉避桀，居豳，太王以狄伐，故杖馬箠去岐國。」古公亶父即太王。此謂打馬時轉移陣地。

〔五六〕遶牀二句：見打馬圖經序箋注〔一一六〕。

〔五七〕瀝酒二句：瀝酒，清酒。楚辭大招：「吳醴白糵，和楚瀝只。」王逸注：「瀝，清酒也。」六子盡赤，宋鄭文寶南唐近事：「劉信攻南康……凱旋之日，師至新林浦，犒錫不至，亦無所存勞。他日謁見，義祖（徐温）命諸元勳爲六博之戲，以紓前意。信酒酣，擲六骰於手曰：『令公疑信欲背者，傾西江之水，終難自滌。不負公，當一擲徧赤。誠如前旨，則衆彩而已，信當自拘，不煩刑吏耳。』義祖免釋不暇，投之於盆，六子皆赤。」新五代史吳世家徐温稍有不同，謂：「江西劉信圍虔州，久不克，使人説譚全播出降……人有誣信逗留陰縱全播，言信將反者。信聞之，因自獻捷至金陵見温。温與信博，信斂骰子厲聲祝曰：『劉信欲背吳，願爲惡彩；苟無二心，當成渾花。』温遽止之。一擲，六子皆赤。」

〔五八〕劍閣之師：劍閣，縣名，三國時蜀置，晉沿用。此指蜀地（今四川）。世説新語識鑒：「桓公（温）將伐蜀，在事諸賢，咸以李勢在蜀既久，承藉累葉，且形據上流，三峽未易可克。唯劉尹曰：『伊必能克蜀。觀其蒲博，不必得則不爲。』」注引語林曰：「劉尹見桓公每嬉戲必取勝，謂曰：『卿乃爾好利，何不焦頭？』及伐蜀，故有此言。」

〔五九〕別墅二句：晉書謝安傳：「（苻）堅後率衆，號百萬，次於淮淝，京師震恐。加安征討大都督。（謝）玄入問計，安夷然無懼色，答曰：『已別有旨。』既而寂然。玄不敢復言，乃令張玄重請，安遂命駕出山墅，親朋畢集，方與玄圍棋賭別墅。安常棋劣於玄，是日玄懼，便爲敵手而又不勝。安顧謂其甥羊曇曰：『以墅乞汝。』安遂游涉，至夜乃還，指授將帥，各當其任。玄等既破堅，有驛書至，安方對客圍棋。看書既竟，便攝放牀上，了無喜色，棋如故。客問之，徐答曰：『小兒輩遂已破賊。』」

〔六〇〕元子：桓温之字。

〔六一〕安石：謝安之字。以上二句謂南宋自有名將，可以中興，蓋指岳飛、韓世忠輩。案：本月李綱上禦敵三策，亦云：「昔苻堅以百萬衆侵晉，而謝安石以偏師破之。」意相同。

〔六二〕陶長沙：指晉代陶侃，曾爲長沙太守。晉書陶侃傳：「諸參佐或以談戲廢事者，乃命取其酒器、蒱博之具，悉投之於江，吏將則加鞭扑，曰：『摴蒱者牧豬奴戲耳！』」

〔六三〕袁彦道：晉書袁瓌傳附準孫耽：「耽字彦道，少有才氣，俶儻不羈，爲士類所稱。桓温少時游於博徒，資産俱盡，尚有負進……欲求濟於耽，而耽在艱，試以告焉。耽略無難色，遂變服，懷布帽，隨温與債主戲。耽素有藝名，債者聞之而不相識，謂之曰：『卿當不辦作袁彦道也。』遂就局，十萬一擲，直上百萬。耽投馬絶叫，探布帽擲地，曰：『竟識袁彦道不？』其通脱若此。」

〔六四〕辭：即「亂辭」。楚辭、漢賦中正文之後，多有「亂曰」或「辭曰」，古稱「亂辭」，乃卒章見志、曲終奏雅之常規。

〔六五〕佛貍：北魏太武帝拓拔燾之字。宋書臧質傳引童謡：「虜馬飲江水，佛貍死卯年。」燾事迹載宋書索虜傳。宋辛棄疾水調歌頭：「憶昔鳴髇血污，風雨佛貍愁。」又永遇樂京口北固亭懷古：「可堪回首，佛貍祠下，一片神鴉暮鼓。」可見宋人常以佛貍代指金人。清照亦如此。

〔六六〕滿眼句：打馬圖經下馬例：「凡馬二十匹，用犀象刻成，或鑄銅爲之，如大錢樣，刻其文爲馬文，各以馬名刻之，如『驊騮』之類。」王仲聞云：「依事林廣記等所載打馬圖，上列六十四馬，一一有名字，如『驌驦』、『騕褭』、『騏驥』、『花驄』等等，其中亦有『驊騮』及『騄駬』，故云『滿眼驊騮雜騄駬』。」

〔六七〕時危句：杜甫題壁上韋偃畫歌：「一匹齕草一匹嘶，坐看千里當霜蹄。時危安得真致此，與人同生亦同死。」此用其成句。

〔六八〕木蘭：北魏太武帝時（四二四—四五二）女子，曾扮男裝，代父從軍。陳釋智匠古今樂録始載有木蘭詩，中稱天子爲「可汗」，可見爲北朝人。又云「旦辭黄河去，暮宿黑山頭」；「但聞燕山胡騎鳴啾啾」。黑山即殺虎山，在今呼和浩特市東南，燕山即燕然山，即今蒙古杭愛山。據此，詩中所寫戰事，當發生在北魏與柔然之間。神䴥二年（四二九），北魏太武帝拓拔燾北伐柔然，即「車駕出東道，向黑山」，「北度燕然山，南北三千里」，見北史蠕蠕傳。

〔六九〕志千里：曹操龜雖壽：「老驥伏櫪，志在千里。烈士暮年，壯心不已。」

〔七〇〕相將：張相詩詞曲語辭匯釋卷三：「猶云相與或相共也……李賀官街鼓詩：『幾回天上葬神仙，漏聲相將無斷絶。』王琦注：『將猶隨也。』」

【彙評】

宋陳振孫直齋書録解題卷十四：打馬賦一卷，易安李氏撰。用二十馬。以上三者，各不同。

今世打馬，大約與古之摴蒱相類。案：此前有無名氏打馬格局一卷、鄭寅子敬打馬圖式一卷，合易安此賦，故云「以上三者」。

明趙士傑等古今女史前集卷一：（「齊驅驥騄」一段眉批）日月雲霞之彩，噴薄而出。（同上旁批）以境形容。（「吳江楓落」旁批）以時形容。（「或出入用奇」旁批）叙用意。（「崎嶇峻坂」旁批）出打。（「説梅止渴」一段旁批）幽情深意。（同上旁批）隱喻無聊排遣。（「皆因不知止足」旁批）頌不忘戒。（「故邀牀大叫」一段旁批）五陵豪士面目，三河年少肝腸，何爲幺麽所得！（又旁批）形容豪放一段，尤不可少。

明趙如源評打馬賦：文人三昧，雖游戲亦具大神通。見古今女史前集卷一

清王士禄宫閨氏籍藝文考略：神釋堂脞語云：易安落筆即工，打馬一賦，尤稱神品，不獨下語精麗也。如此人自是天授。湖州（趙明誠）乃爲「簾卷西風」，損却三日眠食，豈不癡絶！

清李漢章黄檗山人詩集題李易安打馬圖并跋：予幼讀打馬賦，愛其文，知易安居士不獨詩餘一道，冠絶千古，且信晦翁朱熹之言，非過許也。長游齊魯，獲睹其圖，益廣所未見。然予性暗於博，不解争先之術，第喜見措辭典雅，立意名雋，洵閨房之雅致，小道之巨觀，寓錦心繡口游戲之中，致足樂也。若夫身際亂離，去國懷土，天涯遲暮，感慨無聊，既隨事以行文，亦因文以見志，又足悲矣……

國破家亡感慨多，中興汗馬久蹉跎。可憐淮水終難渡，遺恨還同説過河。

南渡偷安王氣孤，爭先一局已全輸。廟堂只有和戎策，慚愧深閨打馬圖。
纔涉驚濤夢未安，又聞虜馬飲江干。桑榆晚景無人惜，聊與驊騮遣歲寒。

打馬圖經命詞

打馬世有二種：一種一將十馬者謂之關西馬；一種無將二十馬者，謂之依經馬。流行既久，各有圖經凡例可考。行移賞罰，互有異同。李易安獨取為閨房雅戲，乃因依經馬，取其賞罰互度，每事作數語，精妍工麗，世罕其儔，不僅施之博徒，實足貽諸同好，韵事奇人，兩垂不朽矣。

鋪　盆〔一〕

凡置局，二人至五人，鈞聚錢置盆中，臨時商量，多寡從衆；然不可過四五人之數，多則本采交錯，多至喧鬧矣。詞曰：

既先設席，豈憚攫金，便請著鞭〔二〕，謹令編埒〔三〕。罪而必罰，已從約法之三章〔四〕；賞必有功，勿效遶牀之大叫〔五〕。凡不從衆議喧鬧者，罰十帖入盆。

【校記】

此據四庫全書本陶宗儀説郛卷一〇一下録入。原題作「打馬圖」，署「李清照」。下有小序。

案：小序係從打馬圖序末段改寫，中云「李易安獨取爲閨房雅戲」，全不似清照口吻，當爲後人手筆。黄本無小序，題爲編者所擬。據小序，命詞係爲「依經馬」而作，凡十三則，附於打馬圖經諸例之後，「論皆駢語，頗工雅」，可見易安「工儷體文」之一斑（見胡玉縉許廎學林打馬圖經跋）。

〔鈞聚錢〕鈞字當爲「均」之誤。

【箋注】

〔一〕鋪盆：開始設局時，在盆中鋪錢，作爲賞罰之資。

〔二〕著鞭：見前打馬圖賦箋注〔三四〕。

〔三〕編埒：晉書王濟傳：「時洛京地甚貴，濟買地爲馬埒，編錢滿之，時人謂『金溝』。」

〔四〕約法之三章：史記高祖本紀：「吾與諸侯約，先入關者王之，吾當王關中。約，法三章耳：殺人者死，傷人及盜抵罪。」此指打馬規則。

〔五〕遶牀之大叫：見打馬圖經序箋注〔二六〕。

本　采〔一〕

凡第一擲，謂之本采。如擲賞罰色，即不得認作本采。詞曰：

公車射策之初，記其甲乙〔二〕；神武掛冠之日，定彼去留〔三〕。汝其有始有終，我則無偏無黨〔四〕。

【箋注】

〔一〕本采：馬戲圖譜：「凡第一擲，初下馬之色，謂之本采。」

〔二〕公車二句：原指漢代用公車接送舉人應試。案：公車，漢官署名。史記東方朔傳：「朔初入長安，至公車上書，凡用三千奏牘。」又後漢書丁鴻傳：「詔徵鴻至，賜御衣及綬，禀食公車。」注：「公車，署名，公車所在，因以名。諸待詔者，故令給養焉。」射策，漢代取士，有對策、射策之制。射策由主試者將試題書於簡策，分甲乙科，應試者隨意取答，主試者評定優劣。後漢書順帝紀陽嘉元年：「試明經下第者補弟子，增甲、乙科員各十人。」即其例。

〔三〕神武二句：掛冠，指辭官。南史陶弘景傳：「永明十年，脱朝服，掛神武門，上表辭禄。」蘇軾再送蔣穎叔帥熙河詩：「歸來趁别陶弘景，看掛衣冠神武門。」

〔四〕無偏無黨：不偏袒，不結伙。書洪範：「無偏無黨，王道蕩蕩。」墨子兼愛引周詩：「王道蕩蕩，不偏不黨。王道平平，不黨不偏。」

下　馬

凡馬每二十匹用犀象刻成，或鑄銅爲之如大錢樣，刻其文爲馬，文各以馬名別之；或只用錢，各以錢文爲别，仍雜采染其文。詞曰：

夫勞多者賞必厚；施重者報必深。或再見而取十官〔一〕，或一門而列三戟〔二〕。又昔人君每有賜，臣下必先乘馬焉。秦穆公悔赦孟明，解左驂而贈之是也〔三〕。豐功重錫〔四〕，爾自取之，予何厚薄焉？

【箋注】

〔一〕十官：管子七法選陳：「故兵也者，審於地圖，謀十官。」注：「地圖謂敵國險易之形，軍之部置十官，必伍什則有長，故曰十官，又須謀得其人也。」此指馬戲中士卒之長。

〔二〕三戟：唐制三品以上官員可在邸院門前立戟。舊唐書張儉傳：儉及兄大師、弟延師「三院門皆立戟，時人榮之，號爲『三戟張家』。」

〔三〕秦穆公二句：左傳僖公三十三年：「夏四月辛巳，（晉軍）敗秦師於殽，獲百里孟明視、西乞術、白乙丙以歸。」晉襄公從文嬴之請，赦三將還秦。既而悔之，「使陽處父追之，及諸河，則在舟中矣。釋左驂，以公命贈孟明」。此作秦穆公，誤。

〔四〕豐功重錫：大功重賞。

行馬之一

凡馬局十一窩，遇入窩不打，賞一擲〔一〕。詞曰：

九，陽數也〔二〕，故數九而立窩；窩，險途也，故入窩而必賞〔三〕。既能據險，以一當千；便可成功，寡能敵衆〔四〕。請回後騎，以避先登。

【校記】

行馬底本原作一篇，而内容實爲三段，因分三則，以示區别。「之一」等字樣，乃編著者所加。下同。

【箋注】

〔一〕賞一擲：説郛本卷一〇一下打馬圖：「凡自擲諸渾花、諸賞采、真傍本采、打得馬、疊得馬、飛得馬，皆賞一擲。」

〔二〕九陽數也：易以陽爻爲九，如初九、上九等。藝文類聚卷四：「魏文帝與鍾繇書曰：『歲月往來，忽復九月九日，九爲陽數，而日月並應，俗嘉其名，以爲宜於長久。』」

〔三〕窩：馬戲中營壘。馬戲圖譜：「凡馬局十一窩。遇入窩不打，賞一帖。後來者即多馬不許越，亦不許打。」

〔四〕寡能敵衆：逸周書芮良夫：「寡不敵衆，後其危哉！」此處反其意而用之。

行馬　之二

凡疊成十馬，方許過函谷關〔一〕。十馬先過，然後餘馬隨多少得過。自至函谷關，則少馬不許踰別人多馬。詞曰：

行百里者半九十〔二〕，汝其知乎？方兹萬勒争先，千羈競轃〔三〕，得其中道，止以半途。如能疊騎先馳，方許後來繼進。既施薄效，須稍旌甄〔四〕，可倒半盆。

【箋注】

〔一〕函谷關：在今河南靈寶縣南。此指打馬圖之關口。

〔二〕行百里句：戰國策秦：「詩云：『行百里者，半於九十。』此言末路之難。」注：「逸詩言之百里者，已行九十里，適爲百里之半耳。」

〔三〕競轃：謂車輻集於軸心。此指群馬聚集一處。

〔四〕旌甄：表彰，奬賞。

行馬 之三

凡疊足二十馬到飛龍院〔一〕，散采不得行，直待自擲真本采，堂印、碧油、雁行兒、拍板兒、滿盆星諸賞采等〔二〕，及別人擲自家真本采，上次擲罰采，方許過。詞曰：

萬馬無聲，恐是銜枚之後〔三〕；千蹄不動，疑乎立仗之時〔四〕。如能翠幕張油〔五〕，黄扉啓印〔六〕；雁歸沙漠，花發武陵〔七〕。歌筵之小板初齊，天際之流星暫聚。或受彼罰，或旌己勞。或當謝事之時，復過出身之數。語曰：鄰之薄，家之厚也〔八〕。以此始者，以此終乎？皆得成功，俱無後悔。

【箋注】

〔一〕飛龍院：打馬圖上名稱。

〔二〕堂印等：皆打馬術語，下文命詞「翠幕張油」諸語，皆就此立論。

〔三〕銜枚：見打馬賦箋注〔四四〕。

〔四〕立仗：帝王儀仗，分立於皇宮諸門及殿廷。新唐書李林甫傳：「君等獨不見立仗馬乎？終日無聲，而飫三品芻豆；一鳴則黜之矣。」宋蘇軾戲書伯時畫御馬好頭赤：「豈如廐馬好頭赤，立仗歸來卧斜日。」

〔五〕翠幕張油：文選潘岳藉田賦：「青壇蔚其嶽立兮，翠幕黕以雲布」唐王建送裴相公上太原詩：「朱架早朝立劍戟，緑槐殘雨看張油。」

〔六〕黄扉啓印：黄扉，猶黄閣，宰相官署。唐權德輿奉和史館張閣老以許陳二閣長愛弟俱爲尚書郎伯仲同時列在南北省會於左掖因而有咏：「丹地晨趨並，黄扉夕拜連。豈如分侍從，來就鳳池邊。」

〔七〕花發武陵：用晉陶淵明桃花源記事，記云：「晉太元中，武陵人捕魚爲業，緣溪行，忽逢桃花林。夾岸數百步，中無雜樹，芳草鮮美，落英繽紛。」唐王維桃源行：「漁舟逐水愛山春，兩岸桃花夾去津。」

〔八〕語曰二句：左傳僖公三十年載燭之武見秦伯曰：「秦晉圍鄭，鄭既知亡矣。若亡鄭而有益於君，敢以煩執事，越國以鄙遠，君知其難也，焉用亡鄭以陪鄰？鄰之厚，君之薄也。」此處反用其意。

打馬 之一

凡多馬遇少馬，點數相及，即打去馬。馬數同，亦許打去，任便再下〔一〕。詞曰：

衆寡不敵，其誰可當？成敗有時，夫復何恨？或往而旋返，有同虞國之留〔二〕；或去亦無傷，有類塞翁之失〔三〕。欲刷孟明五敗之耻〔四〕，好求曹劌一旦之功〔五〕。其勉後圖，我亦不棄汝。

【箋注】

〔一〕馬戲圖譜打馬規則之五：「凡多馬遇少馬，點數相及，即打去馬。馬數同，俱得打去。任便再下。」

〔二〕虞國之留：穀梁傳僖公二年：「晉獻公欲伐虢，荀息曰：『君何不以屈產之乘（指馬）、垂棘之璧，而借道於虞也？』公曰：『此晉國之寶也。如受吾幣而不借吾道，則如之何？』荀息曰：『此小國之所以事大國也。彼不借吾道，必不敢受吾幣；如受吾幣而借吾道，則是我取之中府，而藏之外府；取之中廄，而置之外廄也。』……獻公亡虢五年，而後舉虞。荀息牽馬操璧而前曰：『璧則猶是也，而馬齒加長矣。』」

〔三〕塞翁之失：淮南子人間訓：「近塞上之人，有善術者，馬無故亡而入胡，人皆弔之。其父曰：『此何遽不爲福乎？』居數月，其馬將胡駿馬而歸，人皆賀之。其父曰：『此何遽不能爲禍乎？』家富良馬，子弟好騎，墮而折其髀，人皆弔之。其父曰：『此何遽不爲福乎？』居一年，胡人大入塞。丁壯者引弦而戰，近塞之人，死者十九。此獨以跛之故，父子相保。故福之爲禍，禍之爲福，化不可及，深不可測也。」

〔四〕孟明：即秦穆公時大夫孟明視。春秋僖公三十三年殽之戰中被晉軍所俘，釋歸，復使爲政。文公二年春，又率師伐晉，再敗於殽，秦伯猶用孟明，增修國政。三年夏，秦伯用孟明伐晉，取王官及郊，封殽尸而還。又文公七年夏四月戊子，晉人敗秦人於令狐；十二年冬十二月，秦晉戰於河曲，秦師夜遁。合上凡五戰，秦軍四敗一勝，而孟明視所參與者僅三戰兩敗耳。易安蓋誤記。

〔五〕曹劌一旦之功：劌，一作沫。史記刺客列傳：「齊桓公與魯會於柯而盟。桓公與莊公既盟於壇上，曹沫執匕首劫齊桓公，桓公左右莫敢動，而問曰：『子將何欲？』曹沫曰：『齊强魯弱，而大國侵魯亦甚矣。今魯城壞即壓齊境，君其圖之。』桓公乃許盡歸魯之侵地。」又見春秋莊公十三年秋七月公羊傳。

打馬 之二

凡打去人全垛馬，倒半盆。被打人出局；如願再下者亦許。詞曰：

趙幟皆張〔一〕，楚歌盡起〔二〕。取功定霸，一舉而成。方西鄰責言〔三〕，豈可蟻封共處〔四〕？既南風不競〔五〕，固難金埒同居〔六〕。便請回鞭，不須戀廄。

【箋注】

〔一〕趙幟皆張：史記淮陰侯列傳：「韓信夜半傳發，選輕騎二千人，人持一赤幟，從間道萆山而望趙軍，誡曰：『趙見我走，必空壁逐我。若疾入趙壁，拔趙幟，立漢赤幟。』……趙軍已不勝，不能得信等，欲還歸壁，壁皆漢赤幟，而大驚，以爲漢皆已得趙王將矣。」

〔二〕楚歌盡起：史記項羽本紀：「項王軍壁垓下，兵少食盡，漢軍及諸侯兵圍之數重。夜聞漢軍四面皆楚歌，項王乃大驚曰：『漢皆已得楚乎？是何楚人之多也！』」

〔三〕西鄰責言：謂不吉之兆。左傳僖公十五年：「初，晉獻公筮嫁伯姬於秦，遇歸妹䷵之睽䷥。史蘇占之曰：『不吉。其繇曰：士刲羊，亦無衁也。女承筐，亦無貺也。西鄰責言，不可償也。』」杜預集解：「將嫁女於西，而遇不吉之卦，故知有責讓之言，不可報償。」

〔四〕蟻封：見前打馬賦箋注〔二七〕。

〔五〕南風不競：謂南方音樂，音調微弱，喻勢衰難勝。左傳襄公十八年：「晉人聞有楚師，師曠曰：『不害。吾驟歌北風，又歌南風。南風不競，多死聲。楚必無功。』」杜預集解：「歌者吹律以咏八風，南風音微，故曰不競也。師曠唯歌南北風者，聽晉楚之强弱。」

〔六〕金埒：以金錢鋪成界溝。晉書食貨志：「於是王君夫（愷）、武子（王濟）、石崇等更相誇尚，輿服鼎俎之盛，連衡帝室，布金埒之泉，粉珊瑚之樹。」世說新語汰侈：「（王）濟好馬射，買地作埒，編錢匝地竟埒，時人號曰金溝。」注：「溝，一作埒。」

打馬 之三

被打去全馬，人願再下。詞曰：

虧於一簣〔一〕，敗此垂成。久伏鹽車〔二〕，方登峻坂〔三〕，豈期一蹶，遂失長塗。恨群馬之皆空〔四〕，忿前功之盡棄〔五〕。但素蒙剪拂〔六〕，不棄駑駘；願守門闌，再從驅策。溯風驤首，已傷今日之障泥〔七〕；戀主銜恩，更待明年之春草〔八〕。

【箋注】

〔一〕虧於一簣：書旅獒：「爲山九仞，功虧一簣。」

〔二〕鹽車：見打馬賦箋注〔三〇〕。

〔三〕峻坂：見打馬賦箋注〔二八〕。

〔四〕群馬皆空：唐韓愈送温處士序：「伯樂一過冀北之野，而馬群遂空。」

〔五〕前功盡棄：史記周本紀：「今又將兵出塞，過兩周，倍（背）韓攻梁，一舉不得，前功盡棄。」

〔六〕剪拂：原指剪鳥羽之惡者，拂而理之，意猶照拂。文選劉孝標廣絶交論：「至於顧盼增其倍價，翦拂使其長鳴。」李善注：「戰國策汗明說春申君曰：『夫驥服鹽車上太行，中坂遷延，負轅不能上。伯樂遭之，下車攀而哭之。驥於是仰而鳴者何也？彼見伯樂之知己。今僕居鄙俗之日久矣，君獨無湔祓僕也。』湔祓，翦拂，音義同也。」

〔七〕障泥：見打馬賦箋注〔一九〕。

〔八〕戀主二句：三國曹植上責躬詩表：「踴躍之懷，瞻望反側，不勝犬馬戀主之情。」此處化用結草報恩故事。左傳宣公十五年：「初，魏武子有嬖妾，無子。武子疾，命顆曰：『必嫁是。』疾病，則曰：『必以爲殉。』及卒，顆嫁之，曰：『疾病則亂，吾從其治也。』及輔氏之役，顆見老人結草以亢杜回，杜回躓而顛，故獲之。夜夢之曰：『余，而所嫁婦人之父也。爾用先人之治命，余是以報。』」

倒行

凡遇打馬，過疊馬，遇入窩，許倒行〔一〕。詞曰：

唯敵是求，唯險是據。後騎欲來，前馬反顧。既將有爲，退亦何害。語不云乎：日暮途遠，故倒行而逆施之也〔二〕。

【箋注】

〔一〕凡遇四句：見馬戲圖譜。

〔二〕日暮二句：史記伍子胥傳：「吾日暮途遠，吾故倒行而逆施之。」索隱：「顛倒疾行，逆理施事。」漢書主父偃傳：「吾日暮，故倒行逆施之。」注：「倒行逆施，謂不遵常理。」

入夾

凡遇飛龍院，下三路，散采不許行。遇諸夾采，方許行〔一〕。詞曰：

昔晉襄公以二陵而勝者〔二〕，李亞子以夾寨而興者〔三〕，禍福倚伏〔四〕，其何可知？汝其勉之，當取大捷。

【箋注】

〔一〕凡遇五句：又見馬戲圖譜。

〔二〕昔晉襄公句：左傳僖公三十二年：冬，晉文公卒，秦穆公興兵伐晉。晉襄公禦之。秦大夫蹇叔諫穆公，不聽。「蹇叔哭之，曰：『孟子，吾見師之出而不見其入也。』（穆）公使謂之曰：『爾何知？中壽，爾墓之木拱矣。』蹇叔之子與師，哭而送之，曰：『晉人禦師必於殽。殽有二陵焉：其南陵，夏后皋之墓也；其北陵，文王之所辟風雨也。必死是間，余收爾骨焉。』秦師遂東。」終爲晉襄公所敗。

〔三〕李亞子：後唐莊宗李存勗小名。新五代史唐本紀第五：「天祐五年正月，即王位於太原……梁夾城兵聞晉有大喪，德威軍且去，因頗懈。王（李存勗）謂諸將曰：『梁人幸我大喪，謂我少而新立，無能爲也。宜乘其怠擊之。』乃出兵趨上黨，行至三垂崗，歎曰：『此先王置酒處也！』會天大霧晝暝，兵行霧中，攻其夾城，破之。梁軍大敗，凱旋告廟。」

〔四〕禍福倚伏：老子五十八章：「禍兮福之所倚，福兮禍之所伏，孰知其極？」

落塹

凡尚乘局，下一路謂之塹，不行不打，雖後有馬到亦同。落塹謂之同處患難，直待自擲諸渾花賞采、真本采、傍本采；別人擲自家真本采、傍本采，上次擲罰采，下次擲真傍撞方，許依元初下馬之數飛出。飛盡爲倒盆，每飛一匹，賞一帖〔一〕。詞曰：

凜凜臨危，正欲騰驤而去；駸駸遇伏〔二〕，忽驚穽塹之投。項羽之騅，方悲不逝〔三〕；玄德之驥，已出如飛〔四〕。既勝以奇，當旌其異。請同凡例，亦倒金盆。

【箋注】

〔一〕賞一帖：説郛本卷一〇一下打馬圖：「凡謂之賞帖者，臨時商量用錢爲一帖……各打馬得一馬賞一帖，被打人供落塹，飛出馬一匹，賞一帖。」又云：「別人擲自家真傍本采，上次擲罰采，皆賞一帖。」

〔二〕駸駸：馬疾行貌。詩小雅四牡：「駕彼四駱，載驟駸駸。」

〔三〕項羽之騅二句：史記項羽本紀：「項王則夜起，飲帳中。有美人名虞，常幸從；駿馬名騅，常騎之。於是項王乃悲歌慷慨，自爲詩曰：『力拔山兮氣蓋世，時不利兮騅不逝。騅不逝兮可奈何，虞兮虞兮奈若何！』」

〔四〕玄德之驥二句：劉備字玄德，屯樊城時，劉表遣人追捕，「所乘馬名的盧。騎的盧走，墮襄陽城西檀溪水中，溺不得出。備急曰：『的盧，今日厄矣，可努力！』的盧乃一踴三丈，遂得過。」見三國志蜀先主傳裴松之注引世語。

倒盆

凡十馬先到函谷關，倒半盆；打去人全馬，倒半盆。全馬先到尚乘局爲細滿倒倍盆，遇尚乘局爲麤滿倒一盆。落塹馬飛盡，同麤滿倒一盆。詞曰：

瑶池宴罷，騏驥皆歸〔一〕；大宛凱旋，龍媒並入〔二〕。已窮長路，安用揮鞭。未賜弊帷〔三〕，尤宜報主。驥雖伏櫪，萬里之志常存〔四〕；國正求賢，千金之骨不棄〔五〕。定收老馬，欲取奇駒。既以解驂，請拜三年之賜〔六〕；如圖再戰，願成他日之功。

【校記】

〔解驂〕底本誤作「解請」，從黄本改。案：此篇之下，尚有賞帖、賞擲兩則，皆講技法，而無命詞，故不録。

【箋注】

〔一〕瑶池二句：穆天子傳卷三：「乙丑，天子觴西王母于瑶池之上，西王母爲天子謡。」又穆天子謡曰：「予歸東土，和治諸夏。」參見打馬賦箋注〔九〕。

〔二〕大宛二句：漢書武帝本紀太初四年春：「貳師將軍廣利斬大宛王首，獲汗血馬來。作西極天馬之歌。」注引應劭曰：「大宛舊有天馬種，蹋石汗血。汗從前肩膊出，如血，號一日千里。」

又漢書禮樂志天馬歌：「天馬徠，龍之媒。」

〔三〕弊帷：禮記檀弓下：「仲尼之畜狗死，使子貢埋之，曰：『吾聞之也，敝帷不棄，爲埋馬也；敝蓋不棄，爲埋狗也。』」

〔四〕驥雖伏櫪二句：見打馬賦箋注〔六九〕。

〔五〕國正求賢二句：戰國策燕一：「燕昭王收破燕即位，卑身厚幣，以招賢者，欲將以報讎。故往見郭隗……郭隗先生曰：『臣聞古之君人，有以千金求千里馬者，三年不能得。涓人言於君曰：請求之。君遣之。三月得千里馬，馬已死，買其首五百金，反以報君。君大怒曰：所求者生馬，安事死馬而捐五百金？涓人對曰：死馬且買之五百金，况生馬乎？天下必以王能市馬，馬今至矣。於是不能期年，千里馬至者三。今王誠欲致士，先從隗始。』」

〔六〕解驂二句：晏子春秋卷五内篇雜上：「晏子之晉，至中牟，睹弊冠反裘、負芻息於塗側者……對曰：『我越石父者也。』晏子曰：『何爲至此？』曰：『吾爲人臣僕……』晏子曰：『爲僕幾何？』對曰：『三年矣。』晏子曰：『可得贖乎？』對曰：『可。』遂解左驂以贈之。因載而與之俱歸。」

漢巴官鐵量銘跋尾注〔一〕

此盆色類丹砂。魯直石刻云〔二〕：「其一曰秦刀，巴官三百五十戊，永平七年第二十七酉〔三〕。」余紹興庚午歲親見之。今在巫山縣治〔四〕。韓暉仲云。

【校記】

此據乾隆壬午（一七六二）刻雅雨堂本金石録卷十四録入，並參閱上海書畫出版社金文明金石録校證及王仲聞李清照集校注。

〔鐵量銘〕校證云：「隸續作鐵盆銘。洪适云：首行惟有一字，如『乙』而反，最後一字如『酉』而有連筆。魯直以爲前『刀』而後『酉』，亦謂之秦篆，又以『斤』爲『戊』，皆誤也。」

〔三百五十戊〕盧文弨案：「魯直誤以『斤』爲『戊』。趙氏作『三百五斤』，疑脱一『十』字。」此據盧案補。

〔韓暉仲云〕王仲聞李清照集校注卷三「暉」下注：「四部叢刊本金石録過録顧千里校語云：『暉旁注：注。』」

【箋注】

〔一〕宋張端義貴耳集卷上：「易安居士李氏，趙明誠之妻，金石録亦筆削其間。」清王士禛池北偶談卷十四亦云：「趙明誠與其婦李易安撰金石録，其書最傳。」然王本卷三按云：「趙明誠死於建炎三年（公元一一二九年），而此注則叙及紹興二十年（公元一一五〇年）事，近人頗以爲此注乃清照所作。唯清照未嘗至蜀，無由親見是器。明曹學佺蜀中廣記卷六十八引作韓暉仲跋。如爲韓暉仲跋語，則頗似後人所附。『余紹興庚午歲親見之』，極似紹興以後之語，或非李清照所加注。」此説值得參考。均案：此跋尾所署「紹興庚午歲」，乃紹興二十年（一一五〇），時明誠已故而易安尚在。在此前後，易安曾訪米友仁求爲米芾靈峰行記、壽時宰詞題跋，見寶晉齋法書贊卷十九、二十。可見易安猶好古如初，當有可能作此跋尾。巴官，巴地（今屬重慶市東部）長官。鐵量銘，鐵製量器内所刻之銘文。

〔二〕魯直：黄庭堅（一〇四五—一一〇五），字魯直，號山谷，晚號涪翁。分寧（今江西修水）人。英宗治平四年進士，授葉縣尉。神宗熙寧五年，爲北京國子監教授。元豐三年知太和縣；八年，哲宗立，召爲秘書郎。元祐元年爲實録檢討官，後遷著作郎，加集賢校理，與秦觀、張耒、晁補之同列蘇軾之門，稱「四學士」。六年，擢起居舍人。被劾竄改神宗實録，貶涪州别駕，移戎州。徽宗崇寧二年，編管宜州。有豫章黄先生集、山谷琴趣外編。其石刻文字見彙評陸游入蜀記引。

〔三〕永平：漢明帝年號。趙明誠金石録卷十四巴官鐵量銘：「右巴官鐵量銘云：『巴官，永平七年，三百五斤，弟二十七。』前代以『永平』紀年者凡五：漢明帝、晉惠帝、後魏宣武、李密、後蜀王建。惟明帝至十八年，其他皆無及七年者，以此知爲明帝時物也。此銘王無競見遺。」

〔四〕巫山縣：今屬重慶市。

【彙評】

宋陸游入蜀記卷六乾道六年十月：二十四日早，抵巫峽縣……縣廨有故鐵盆，底鋭似半甕，狀極堅厚。銘在其中。蓋漢永平間物也。缺處鐵色光黑如佳漆，字畫純質，可愛玩。有石刻魯直作盆記，大略言：「建中靖國元年，予弟叔向嗣直自涪陵尉攝縣事。予起戎州，來寓縣廨。此盆舊以種蓮。余洗濯，乃見字」云。

賀人孿生啓

無午未二時之分〔一〕，有伯仲兩喈之侣〔二〕。既繫臂而繫足〔三〕，實難弟而難兄〔四〕。玉刻雙璋〔五〕，錦挑對褓〔六〕。

【校記】

此啓録自元伊士珍琅嬛記卷上引文粹拾遺。又見古今詞統卷三、崇禎歷城縣志卷十六、宋稗類鈔卷二十一、宋詩紀事卷八十七、詞林紀事卷十九、癸巳類稿卷十五。清沈瑾輯漱玉詞附詩文亦收之，題中無「人」字。

王仲聞李清照集校注：「按：琅嬛記署元伊士珍撰，實爲明人所僞造，全不可據。明人藏書目録已有將其編入僞書類内者。琅嬛記所引各書，多從無著録，亦無傳本。所引誠齋雜記一種，雖刊入津逮祕書，亦僞書也。文粹拾遺更不知爲何書。宋只有宋文粹，見宋秘書省續四庫書目，亦即宋史藝文志之聖宋文粹，不聞有文粹拾遺。俞正燮易安居士事輯引作宋文粹拾遺，更爲無稽。此啓是否清照所作，尚無法斷定。」又按：「詩詞雜俎本漱玉詞云：『漱玉集不載，此啓見文粹拾遺。』按：文粹拾遺世無其書，毛晉亦未必曾見漱玉集，所云殆亦本琅嬛記。又按：沈雄古今詞話詞品卷下誤引『玉刻雙璋，錦挑對褓』二句，以爲李易安詞。」據王説，此啓應存疑。

〔兩喈之侣〕喈，原作「楷」。太平御覽引風俗通作「喈」，是，據改。

【箋注】

〔一〕午未二時之分：琅嬛記原注：「任文二子孿生，德卿生於午，道卿生于未。」

〔二〕伯仲兩喈：琅嬛記原注：「張伯楷、仲楷兄弟，形狀無二。」案：太平御覽卷三九六人事部三七相似引風俗通云：「陳國張伯喈，弟仲喈婦炊於竈下，至井上，謂喈曰：『我今日粧好不？』伯喈曰：『我伯喈也。』婦大慚愧。其夕時，伯喈到更衣，婦復逐，牽其背曰：『今旦大誤，謂伯喈爲卿。』答曰：『我故伯喈也。』蓋親密無過夫婦，然尚如此，況於初未相見而責先識之乎？」

〔三〕繫臂繫足：琅嬛記原注：「白汲兄弟，母不能辨，以五綵繩一繫於臂，一繫於足。」

〔四〕難弟難兄：世説新語德行：「陳元方子長文有英才，與季方子孝先，各論其父功德，争之不能決，咨於太丘（陳寔）。太丘曰：『元方難爲兄，季方難爲弟。』」宋許月卿先天集贈黄藻詩：「難兄難弟誇京邑，莫負當年夢惠連。」王仲聞李清照集校注云：「此言弟兄二人，功德相同，不能上下也。清照此句尚有難以決定孰爲兄、孰是弟之意。」並引西京雜記卷三云：「霍將軍妻一產二子，疑所爲兄弟。或曰：『前生爲兄，後生者爲弟……』或曰：『居上者宜爲兄，居下宜爲弟。居下者前生，今宜以前生爲弟。』」清照實用此孿生事也。

〔五〕雙璋：一雙寶玉。詩小雅斯干：「乃生男子，載寢之床，載衣之裳，載弄之璋。」朱熹集注：「半圭曰璋……弄之以璋，尚其德也。」後世遂以生男曰弄璋。

〔六〕對褓：一對襁褓。襁褓爲背負嬰兒所用之布兜或小被。一作「繦緥」。

琴銘

□山之桐，斫其形兮〔一〕。冰雪之絲〔二〕，宣其聲兮。□□□□，和性情兮〔三〕。廣寒之秋，萬古流兮〔四〕。

【校記】

此銘據龔一藏琴與傳琴一文録入，文載文匯報一九九二年四月三十日第五版筆會，曰：「本人所藏的『蕤賓鐵』、『正吟』等古琴，都是名貴而難得的珍品……南京著名花鳥畫家張正吟先生是我學琴的第一位啓蒙老師，家藏四張古琴……傳給我的一張無名琴，先生在贈送時及後來發表的文章中，都曾提及『相傳是李清照的遺物』。琴背原刻有兩行陰文鎏金隸書楚辭體詩句（略），文字鐫刻十分俊美。因本無琴名，後徵得張正吟先生同意，刻琴名爲『正吟』。」龔一爲上海民族樂團高級琴師，後又有正吟琴的鑒賞一文，載上海今虞琴社編、上海音樂學院音樂研究所協編之今虞琴刊續，謂「正吟琴，伏羲式，肩彎處的弧度流暢圓潤……龍池的兩側似乎有着依稀隱約的單筆的字迹……依稀的字迹挑去了表面的漆層後，原底字迹中的金粉小篆就清晰的顯露出來了。龍池右側爲『□□之桐，……萬古流兮。』」文匯報脱一『流』字。上海書店出版社刊行之收藏歷史解放日報文博文萃，載有張曙、樓燦文古琴和琴人的故事，直認琴銘爲李清照所作，並引鳳凰臺上憶吹簫云：「垂簾未捲，倚樓無語理瑶琴」以證之。案：此乃清照浣溪沙（小院閑窗春色深）中二句，前句應作「重簾未捲影沉沉」。考清照建炎二年（一一二八）自青州抵江寧（今江蘇南京），三年三月，具舟上蕪湖；七月末，以明誠病，還建康；閏八月，攜古器投進外廷，遂離建康，時金兵南下，行色匆匆，恐有古琴遺留建康，遂傳至今。此銘或琴上固有，或爲清照自撰，姑存疑。

【箋注】

〔一〕□山二句：琴乃桐製。漢書蔡邕傳：「吴人有燒桐以爨者，邕聞火烈之聲，知其良木，因請而裁爲琴，果有美音，而其尾猶焦。故時人名曰焦尾琴。」又太平御覽卷五十九樂部一七琴下引國史補：「李汧公勉雅好琴，常斲桐，又取漆筩爲之，多至數百張。」□山，疑爲衡山。漢馬融琴賦：「唯梧桐之所生，在衡山之峻坂。」

〔二〕冰雪之絲：潔白晶瑩之絲，此指琴弦。

〔三〕和性情兮：漢季尤琴銘：「琴之在音，盪滌邪心。雖有正性，其感亦深。存邪却鄭，浮侈是禁。條暢和正，樂而不淫。」

〔四〕廣寒二句：宋王灼碧雞漫志卷三：「異人録云：『開元六年，上皇與申天師中秋夜同游月中，見一大宮府，榜曰廣寒清虚之府，兵衛守門不得入。天師引上皇躍超烟霧中，下視玉城，仙人、道士乘雲駕鶴，往來其間，素娥十餘人，舞笑於廣庭大樹下。樂音嘈雜清麗。上皇歸，編律成音，製霓裳羽衣曲。』……要皆荒誕，無可稽據。」

附録一　李清照年譜

傳略

李清照，自署易安室，又號易安居士，濟南章丘明水人。

案：父格非元豐八年（一〇八五）九月十三日作廉先生序（見濟南金石志卷三章丘石），自署「繡江李格非」。繡江，在今山東省章丘縣境内，今稱明水鎮。宋史李格非傳云濟南人，蓋指府治而言。舊傳清照歷城人，居歷城柳絮泉上，實誤。

父格非，字文叔，熙寧九年進士，官至禮部員外郎。

案：生平詳見宋史卷四四四文苑傳。又宋畢仲游西臺集卷六策問文體原注：「熙寧中，兖州類試（鄉試），中選者解頭晁補之、晁端禮、晁端智、晁損之、李昭玘、李格非、李軍。」今人孔凡禮古典文學論集晁補之的家世和早期事迹云：「兖州類試爲熙寧五年事」，「疑格非之祖籍或在兖州及其所屬」。又云：「格非登熙寧九年進士第，見太平治迹統類卷二十八。」

格非以文章受知於蘇軾，與廖正一明略、李禧膺仲、董榮（耘）武子號「後四學士」。

案：見宋史本傳及宋韓淲澗泉日記卷上。

格非著作甚多，傳世僅洛陽名園記一卷。

案：見宋史藝文志。

母王氏，亦善文。

宋史李格非傳：「妻王氏，拱辰孫女，亦善文。」

案：此乃格非續弦，非清照生母，詳後元祐六年譜。清照生母，乃王珪之長女。宋莊綽雞肋編卷中：「岐國公王珪在元豐中爲丞相，父準、祖贄、曾祖景圖，皆登進士第……又漢國公準子四房，孫婿九人：余中、馬玿、李格非、閭丘籲、鄭居中、許光疑、張燾、高旦、鄧洵仁皆登科。鄧、鄭、許三人相代爲翰林學士。曾孫婿秦檜、孟忠厚同時拜相開府，亦可謂華宗盛族矣。」又宋杜大珪名臣碑傳琬琰之集上卷八李清臣撰王文恭公珪神道碑云：「元豐八年四月，丞相王公珪感疾……五月己酉薨於位……九月辛酉襄事。有詔尚書右丞李清臣其爲太師珪銘……子，仲修，以學登進士第，今爲秘書省著作郎；仲端，承事郎、藉田令；仲嶷，承奉郎；仲琓、仲煜，承事郎。女，長適鄆州教授李格非，早卒；次適前權太常博士閭丘籲；次許嫁前進士鄭居中，並封蓬萊縣君……夫人鄭氏，奉國軍節度使戩之女。」可證清照外祖父爲王珪。珪，成都華陽人。官至尚書左僕射兼門下侍郎，曾議建儲，因無所建明，人稱「三旨相公」。宋史有傳。外祖母鄭氏，追封越國夫人，後賜冲淨大師。仲端一作「仲山」，仲琓一作「仲琓」或「仲峴」，詳後建炎三年十一月譜。據此，清照生於元豐七年，前數年格非即娶王珪長女，至元豐八年已早卒，其早卒之時應在清照出生之後，王珪逝世之前，可見清照生未久即失恃，而鞠於後母，即王拱辰孫女也。

弟迒，高宗初，任敕局删定官。

清照金石録後序（以下簡稱後序）：「有弟迒，任敕局删定官。」又宋會要輯稿刑法一，謂紹興元年五月二十八日，宣義郎李迒轉一官。迒蓋繼母王拱辰孫女所出。

夫趙明誠，密州諸城人，趙挺之子。

案：趙挺之，字正夫，崇寧時官至尚書右僕射。謚清憲。宋史卷三五一有傳。挺之有三子：存誠、思誠、明誠，晁公休傳察行狀稱其「皆有賢德」。朱熹朱子語類卷一三〇云：「趙有三子，曰存誠、曰思誠、曰明誠。明誠，李易安之夫也，金石録煞做得好。」明誠，字德父（一作「德甫」、「德夫」），歷仕鴻臚少卿、知萊、淄、江寧，又知湖州，未到任。

清照少有詩名，文章落紙，人争傳之，深受晁補之稱許。

王灼碧雞漫志卷二：「自少年即有詩名，才力華贍，逼近前輩。若本朝婦人，當推文采第一。」趙彦衛雲麓漫鈔卷十四：「有才思，文章落紙，人争傳之。」朱弁風月堂詩話卷上：「善屬文，于詩尤工，晁无咎多對士大夫稱之。」

尤工于詞，人稱婉約之宗；論詞亦多創見。

朱翌萍洲可談卷中：「詞尤婉麗，往往出人意表。」碧雞漫志卷二：「作長短句，能曲折盡人意，輕巧尖新，姿態百出。」王士禛花草蒙拾：「僕謂婉約以易安爲宗，豪放惟幼安稱首，皆吾濟南人，難乎爲繼矣。」胡仔苕溪漁隱叢話後集卷三十三載有易安詞論，謂詞「別是一家」，應與詩嚴分疆界；並對北宋詞人，多有品騭。

明誠撰金石録，清照亦筆削其間，並於紹興間表上之。

案：見張端義貴耳集及洪适金石録跋。

工書畫，精博弈。

宋濂題李易安所書琵琶行後：「李易安圖而書之。」張丑清河書畫舫申集：「易安詞稿一紙，乃清閟閣故物也，筆勢清真可愛。」清照有打馬賦、打馬圖經序，稱「予性喜博，凡所謂博者皆耽之」。

作品甚富，惜已久佚。

案：見於宋人著録者：李易安文集十二卷，見晁公武郡齋讀書志卷四下；漱玉集一卷、別本五卷，見陳振孫直齋書録解題卷二十一；漱玉集三卷，見黄昇唐宋諸賢絶妙詞選卷十。宋史藝文志載易安居士文集七卷、易安詞六卷。諸本早佚。清王鵬運四印齋所刻詞本、近人趙萬里校輯宋金元詞本，皆輯有漱玉詞。今人王仲聞李清照集校注，輯有詩、詞、文，較全備。

年譜

宋神宗元豐七年甲子（一〇八四） 清照生

案：父格非時爲鄆州（今山東東平縣）教授，見于中航李清照年譜（以下簡稱于譜）。是歲王珪、蔡確爲左、右僕射。

珪爲清照外祖父，詳後元祐六年譜。

冬十二月戊辰，司馬光上資治通鑑。

是歲，王安石六十三歲，晏幾道五十四歲，蘇軾四十七歲，蘇轍四十五歲，黄庭堅三十九歲，秦觀三十五歲，賀鑄三十三歲，晁補之與陳師道皆三十一歲，張耒三十歲，周邦彦二十八歲。

元豐八年乙丑（一〇八五） 二歲

父格非官鄆州教授。李清臣王文恭公珪神道碑

案：九月十三日，格非爲章丘明水已故里人廉復作廉先生序，宣和五年（一一二三），始由廉先生之孫宗師等刻石。碑末題：「元豐八年九月十三日，繡江李格非文叔序。」並有李迥跋，中有「先伯父、先考、先叔」之語。末云：「先考評其爲人，先叔作序。」可見清照有伯叔二人，而父最幼。李迥乃清照堂兄，與弟迒名字同一偏傍。

春三月戊戌，神宗崩。太子煦即位，是爲哲宗。太皇太后高氏垂簾聽政。

宋史哲宗紀：「（元豐）八年二月，神宗寢疾，宰相王珪乞早建儲，爲宗廟社稷計，又奏請皇太后權同聽政，神宗首肯。三月甲午朔，皇太后垂簾於福寧殿……珪等稱賀。」

夏五月庚戌，王珪卒，王珪神道碑作「己酉」蔡確拜左相。

是歲，明誠父趙挺之爲德州通判。宋史本傳五月戊申，黄庭堅在平原挺之官舍，觀古書帖甚富。豫章黄先生集卷二十五題樂府木蘭詩後

秋七月乙卯，清照後外曾祖父王拱辰卒。安燾王拱辰墓志銘

宋哲宗元祐元年丙寅（一〇八六）　三歲

父格非入補太學録。宋史本傳

閏二月庚寅，以劉摯、蘇轍等彈劾，蔡確罷相，出知陳州。司馬光爲左相，呂公著爲門下侍郎，二人議改新法，史稱「元祐更化」。

夏四月，王安石卒。

六月壬寅，中書侍郎張璪舉趙挺之充館職；續資治通鑑長編卷三百八十，以下簡稱長編。中書舍人蘇軾表示反對。

宋史趙挺之傳：「初，挺之在德州，希意行市易法。黄庭堅監德安鎮，謂鎮小民貧，豈堪誅求。蘇軾曰：『挺之聚斂小人，學行無取，豈堪此選。』」

秋九月，中書舍人蘇軾除翰林學士，與崇政殿説書程頤戲笑相失，遂起洛蜀黨争。

是月，司馬光卒。

冬十一月二十九日，召試學士院，畢仲游、黄庭堅、晁補之、張耒，並擢館職。

十二月庚寅，朝奉郎趙挺之爲集賢校理。長編卷三百九十三

是歲，陳師道以蘇軾、傅堯俞、孫覺薦其文行，起爲徐州教授。

案：師道與趙挺之同娶郭槩女，爲趙明誠姨父。後山居士文集卷十四與魯直簡云：「正夫有幼子明誠，頗好文義。每遇蘇、黄文詩，雖半簡數字，必録藏，以此失好於父，幾如小邢矣。」小邢，指邢居實，不容於父恕，早死。

元祐二年丁卯（一〇八七）　四歲

格非官太學。張琰洛陽名園記跋

是歲，文彦博、吕公著爲相，安燾知樞密院。

案：清照後外曾祖王拱辰卒於元豐八年七月，十二月葬於河南府河南縣（今伊川縣）城關鎮窑底村，安燾爲作墓誌銘，文彦博爲之篆蓋，見文物出版社洛陽新獲墓誌。

夏四月，趙挺之由集賢校理、權判登聞鼓院，權發遣河東路提點刑獄；六月，除監察御史；十二月丙午，劾蘇軾；云：「蘇軾專務引納輕薄虛誕有如市井俳優之人……前日十科，乃薦王鞏。其舉自代，乃薦黄庭堅。二人輕薄無行，少有其比。王鞏雖已斥逐補外，庭堅罪惡尤大，尚列史局。按軾學術，本出戰國策縱横揣摩之説，近日學士院策試廖正一館職，乃以王莽、袁紹、董卓、曹操簒漢之事爲問……使軾得志，將無所不爲矣。」長編卷四〇七六月，蘇軾、蔡肇、李之儀、蘇轍、黄庭堅、李伯時、晁補之、張耒、秦觀、米芾、王欽臣、劉涇等凡十有六人，會於汴京王詵之西園。李伯時繪有西園雅集圖，米元章作記。蘇詩總案卷二十八

八月，蘇軾由翰林學士兼侍讀學士。

宋史李格非傳：「入補太學録，再轉博士，以文章受知於蘇軾。」格非從蘇軾游，似始於本年。

是時，格非屢訪蘇軾，且嘗以新詩投贈。軾作書答之。

蘇軾與文叔先輩二首：「某啓。叠辱顧訪，皆未及款語。辱教，且審尊候佳勝。新詩絶佳，足認標裁，但恐竹不如肉，如何？所示前議恐不移，十五日當與得之同往也。」

案：題下原注：「以下黄州。」疑誤。軾謫居黄州，在元豐三年至七年，是時格非恐無緣相見。先輩，非謂前輩。唐李肇國史補：「得第謂之前進士，互相推敬謂之先輩。」軾稱格非爲先輩，蓋推敬之語也。軾又有與李先輩一首，似亦與文叔，中云「此石一經題目」，蓋格非所爲。附此待考。

元祐三年戊辰（一〇八八）　五歲

是歲，呂公著加司空、平章軍國重事。呂大防、范純仁、文彦博并相。

春正月乙丑，蘇軾知貢舉，參詳黄庭堅等，點檢試卷晁補之、廖正一等。長編卷四〇八

二月己卯，趙挺之言蘇軾主文，若見引用王安石三經新義，决欲黜落，請通行考校，詔送貢院照會。同上

二月癸巳，詔殿試經義、詩賦人并試策一道，從趙挺之所請。續資治通鑑卷八十

冬十月己丑，蘇軾詳言爲趙挺之所論本末，謂「臣以此知挺之之險毒，甚于李定、舒亶、何正臣」。長編卷四一五因而乞郡，不許。

元祐四年己巳（一〇八九）　六歲

文彦博、呂公著、呂大防、范純仁爲相。二月甲辰，呂公著卒。六月甲辰，范純仁出知潁昌府。

格非官太學正，得屋於經衢之西，而名其室曰有竹。晁補之雞肋集卷三十一有竹堂記

案：清照當隨父居京師。

夏五月，趙挺之坐不論蔡確，出爲徐州通判。

案：趙明誠侍親徐州，得晉樂毅論石本及隋善化寺碑。見金石録卷二十、二十一。

是歲春三月，蘇軾出知杭州，五月過南京，陳師道自徐來見。

元祐五年庚午（一〇九〇）　七歲

文彦博、吕大防爲相。二月，文彦博致仕。

格非官太學正，清照隨父居京師。

趙挺之移知楚州。明誠得唐楚州修城記碑。金石録卷七

五月，蘇軾知杭州，浚西湖。

六月，秦觀爲秘書省校對黄本書籍。

七月，晁補之爲著作郎。

元祐六年辛未（一〇九一）　八歲

吕大防、劉摯爲相。蘇轍爲尚書右丞。

格非官太學博士，俄轉校對秘書省黄本書籍，並續娶王拱辰孫女。

案：宋史本傳僅稱「妻王氏，拱辰孫女」，而「校對秘書省黃本書籍」一職失載。今查一九七六年三月出土於河南伊川縣窰底村之王拱辰夫人和義郡夫人墓誌銘：「孫女三人，長適奉議郎、校對秘書省黃本書籍李格非。」王拱辰凡兩娶薛奎之女，原配原封宜芳縣君，後封平樂郡夫人，卒於景祐三年（一〇三六）。繼室爲平樂之妹（亦歐陽修夫人之妹），自金鄉縣君凡十六封而至和義郡夫人。拱辰死，「夫人即護公喪，以其家還洛。洛中里第，舊有林園水竹之勝。夫人既終制，即道裝燕服游處其中，淡然彷徉於塵垢之外……元祐八年二月十五日，以寢疾薨，享年七十有三」。（見洛陽新獲墓志三三九頁）其長孫女即清照之後母。後母幼承家教，故宋史李格非傳稱其「亦能文」。清照八歲起受其鞠育，故亦愛好文學，「自少年便有詩名」。

又案：格非之任校對秘書省黃本書籍，迄今無人論及。考宋史職官志四，黃本一職元祐五年置，紹聖初罷，亦爲館職。格非之任此職，當在本年十月哲宗「駕幸太學」之後。故畢仲游西臺集卷十與李文叔學士書之一稱「而值文叔入館」。與格非同列蘇門之秦觀曾於元祐五年六月除秘書省校對黃本書籍，可作旁證。格非是時官太學博士，楓窗小牘引其哲宗駕幸太學君臣唱和詩序云：「以歲（元祐六年）十月庚午，駕自景靈宮移仗，謁孔子廟。」其續娶王拱辰孫女，又在轉黃本之後。

是時蘇軾有與格非簡問疾。

蘇軾與文叔先輩二首之二云：「某啓：聞公數日不安，又恐甲嫂見罵，牽率衝冒之過。聞已漸安，不勝喜慰。得之亦安矣。大黃方録去，可常服也。惠示子鵝，感服厚意，慚悚不已。入夜草草，不宣。」

案：簡中「甲嫂」，當指清照後母王拱辰孫女。

七月，秦觀由秘書省校對黃本書籍遷爲正字。

八月，蘇軾自翰林學士承旨出知潁州，辟陳師道爲教授。晁補之以秘閣校理通判揚州。

元祐七年壬申（一〇九二）　九歲

吕大防、蘇頌爲相，蘇轍爲門下侍郎。

格非官校對黄本書籍，清照隨父居汴京。

春正月十四日，格非撰哲宗幸太學君臣唱和詩碑文成。楓窗小牘卷下

案：清王士禛分甘餘話：「近從楓窗小牘又得元祐六年七月，哲宗幸太學，宰執侍從吕大防、蘇頌、韓忠彦、蘇轍、馮京、王巖叟、范百禄、梁燾、劉奉世、范存禮、孔武仲、顧臨等三十六人紀事唱和詩序一碑，雅潔是元祐作者風氣。」秦觀亦參與唱和，淮海集卷七有駕幸太學詩。曾肇南豐曾文昭公遺録謂是「元祐六年十月庚午」，蘇軾東坡後集卷十五賀駕幸太學表二首，皆云「十月十五日，駕幸太學」，可證王説「七月」誤。格非文末所署當爲文成刻碑之日。

是歲，陳師道爲潁州教授，寄詩與格非，題作寄李學士，任淵注：「格非。格非字文叔。」詩云：「眼看游舊半東都，五歲曾無一紙書……説與杜郎須著便，不應濠上始知魚。」篇末任淵注：「勸其早歸依佛祖也。」

正月，蘇軾罷潁州，改知揚州，三月到任；七月召還，八月除侍讀學士。十月，晁補之自揚州通判召爲著作佐郎。

元祐八年癸酉（一〇九三）　十歲

呂大防、蘇頌、范純仁爲相，范純仁因諫官言其不論蔡確出知潁昌府。

春正月甲申，蔡確卒於新州貶所，見宋史本傳格非有詩挽之。

劉克莊後村詩話續集卷三：「李格非，字文叔……元祐末爲博士，紹聖始爲禮部郎。有挽蔡相確詩云：『邴吉勳勞猶未報，衛公精爽僅能歸。』豈蔡嘗汲引之乎？」

案：據詩意，當作於歸葬之時。詳後譜。

夏五月丁丑，趙挺之出爲京東路轉運副使。長編卷四八八

案：晁補之有送趙正夫京東漕詩，稱其「清時憂國事，白首問民風」。

秋九月三日，太皇太后高氏崩，哲宗親政。

六月，蘇軾以翰林侍讀二學士除知定州，十月到任，此後不復回京。

紹聖元年甲戌（一〇九四）　十一歲

呂大防爲相，三月出知永興軍；四月，章惇入相。

春二月，李清臣首倡紹述，鄧温伯和之，政局始變。

長編拾補卷九紹聖元年二月丁未案：「上即用李邦直（清臣）爲中書侍郎、鄧聖求（温伯）爲尚書右丞，二人久在外，不得志，遂以元豐事激怒上意。」又引太平治迹統類，謂哲宗用楊畏之言，欲起用新黨衆臣，並以章惇爲相。

三月乙酉，李清臣發策試進士，意欲恢復新法。於是執政吕大防、范純仁、蘇轍等皆罷。宋史李清臣傳，參見秦瀛淮海先生年譜

案：越七年，格非對清臣多有贊譽。劉克莊後村詩話續集卷三云：「文叔祭淇水文云：『惟先生自詩、書以來載籍，所記歷代治亂，九流百氏，凡一過目，確不忘墜。其發爲文章，則泛而汪洋，密而精緻，翛然高爽，斂然沉毅，驟肆而隱，忽紛而治。絶馳者無遺影，適澹者有餘味，如金玉之就雕章，湖海之失涯涘，雲烟之變化，春物之穠麗。見之者不能定名，學之者不能髣髴。』筆勢略與淇水相頡頏，□□□□□精深可諷味。」淇水，清臣故里，因以指稱。宋史李清臣傳謂「尋爲曾布所陷，出知大名府而卒，年七十一」。據宋史宰輔表三，建中靖國元年十月乙未，李清臣出知大名府，則格非祭文，應作於此後之崇寧元年春間，見後譜。

格非得畢仲游第二書。

案：書中有「役法復下」、「京師爲况如何」等語，末稱「眷愛郎娘佳勝也」，當指清照及其弟迒。

格非通判廣信軍。

宋史本傳：「紹聖立局，編元祐章奏，以爲檢討，不就，戾執政意，通判廣信軍。」

案：本年五月癸丑，始編元祐章奏，見續資治通鑑卷八十三，實爲整舊黨材料。執政，指章惇。宋史李清臣傳謂「覬爲相……時召章惇未至，清臣心益覬之。已而惇入相，復與爲異」。可見即使格非與清臣善，清臣亦不能佑之。

趙挺之復爲國子司業。

是歲，蘇軾自定州貶英州，改惠州。秦觀貶處州。黄庭堅責授涪州別駕，黔州安置。陳師道謫監海陵酒税。張耒出知潤州。

六月，晁補之出知齊州，未幾謫監信州酒税。

紹聖二年乙亥（一〇九五）　十二歲

章惇獨相。

格非召爲校書郎，並撰洛陽名園記。

宋史本傳：「通判廣信軍……召爲校書郎……嘗著洛陽名園記，謂洛陽之盛衰，天下治亂之候也。其後洛陽陷於金，人以爲知言。」

案：洛陽名園記曾記王開府園，此即清照後外曾祖父王拱辰家花園。王拱辰夫人和義郡夫人薛氏墓誌銘載：「夫人即護公喪，以其家還洛。洛中里第，舊有林園水竹之勝。夫人既終制，即道裝燕服游處其中，淡然彷徉於塵垢之外。」

又案：名園記稱「今潞公年九十，必時杖履游之」。潞公，即文彦博。生於景德三年（一〇〇六），至本年，正九十歲。

是歲，晁補之改知亳州。

雞肋集卷五十五亳州謝到任表：「敕降通判南京，礙親迴避，九月三日准敕就差通判亳州，於當月二十五日到任。」

是歲，蘇軾在惠州，曾致書秦、黄、張耒、范祖禹，以告近況。蘇轍在筠州。秦觀在處州。陳師道以元祐餘黨罷，换江州彭澤令，未赴。

紹聖三年丙子（一〇九六）　十三歲

章惇獨相，二月復保甲冬教，推行新法。

格非爲著作郎。

蘇軾在惠州。蘇轍在筠州。黄庭堅在黔州。秦觀自處州削秩徙郴州。陳師道寓曹州丁母憂。

七月，蔡京爲翰林學士承旨。

紹聖四年丁丑（一〇九七）　十四歲

章惇獨相。

格非爲禮部員外郎。

長編卷四九八元符元年五月辛亥詔注：「紹聖四年正月二十八日，『李格非說龔原紹聖間爲范鏜所脅，甚窘，再三言不若說了，恐後來轉不便。原止稱實無。格非言龔純篤，稍有分毫，必被脅出。』」

案：可見李格非在黨爭中敢於保護良善。

春正月，李清臣罷中書侍郎。

趙明誠得陳師道書，告以得柳公權所書唐起居郎劉君碑及漢重修高祖廟碑。俱見金石録卷三十

案：陳師道爲明誠姨父。王明清揮麈後録卷七：「元祐中，有郭槩者，東平人……善於擇婿：趙清憲（挺之）、陳無己（師道）、高昌庸、謝良弼名位皆優，而謝獨不甚顯，其子乃任伯（克家），後爲參知政事。無己集中首篇送外舅郭大夫詩是也。」

二月己未，追貶已故執政司馬光、呂公著。至是，元祐黨人竄逐無遺。

四月，蘇軾自惠州貶儋州。晁補之責監處州酒税，中途遭母喪，護柩回金鄉。

十月己酉，趙挺之由太常少卿權禮部侍郎。長編卷四九三

十一月癸亥，趙挺之爲吏部侍郎。同上

是歲，黃庭堅在黔州，秦觀移横州。

是歲，前宰相呂大防、文彦博卒。

元符元年戊寅（一〇九八）　十五歲

章惇獨相。

春二月三日，李格非説鄭雍曾言章惇好殺舊黨人士。長編卷四九八謂元符元年，「二月初三日，李格非説曾見鄭雍言：惇相在位，誅戮斬伐之語不離口，每言斫十數大姦首級，使其子孫流離惡地，豈不可觀。」

春三月，清照有春殘詩。彤管遺編續集卷十七

案：禮内則：「男女未冠笄者，雞初鳴，咸盥漱，櫛縰，拂髦，總角。」陳澔注：「總角，總聚其髮而結束之爲角。」禮内則：「女子十年不出……十有五年而笄。」詩云「病裏梳頭恨髮長」，當指及笄之後。王灼碧雞漫志卷二稱其「自少年便有詩名」，十五歲，正少年時，已能詩。姑繫於此。

明誠得咸陽所獲玉璽文。金石録卷十三

五月辛亥，趙挺之試中書舍人；九月己酉，又兼侍讀。見長編卷四九八、五〇二

九月，詔鄭俠上書訕謗，除名，貶英州。

元符二年己卯（一〇九九）　十六歲

章惇獨相。

清照有點絳脣（蹴罷鞦韆）、鷓鴣天（暗淡輕黄體性柔）二詞。

案：點絳脣見明楊慎詞林萬選卷四。趙萬里輯漱玉詞列入「存疑之作」，謂「詞意淺薄，不似他作，未知升庵何據」。王仲聞李清照集校注亦持此説。竊以爲此詞寫少女「姿態百出」（王灼語），符合清照性格。今人王璠有專文點絳脣作者爲李清照説，辨之甚詳，足資參考。詞當作於元符間，姑繫於此。又鷓鴣天詞，詞意稚拙，當爲少年時作。陳祖美中國詩苑英華本清照卷以爲「結婚前後不久所作」。姑繫於婚前。

是歲謝逸有送趙德甫侍親淮東詩。溪堂集卷三

詩云：「茂陵少年白面郎，手攜五絃望八荒。欹帆側舵轉天末，瞿塘灩澦一葦航。向來識字問揚子，年未二十如老蒼。林花蜚盡春事了，粲然一笑西山陽。幅巾相從竟日坐，虚堂掃地焚清香。人物已共遠峰秀，談辯更與熏風涼。黄梅雨洗天界淨，驅車出門指太行。朝侯暮烹不足道，人生離合安得常。丈夫許與重氣義，兒女惜别徒慘傷。觀君瀟灑負奇氣，恐是天廐真乘黄。願言待價無速售，世間駔儈皆王良。」

案：謝逸，字無逸。號溪堂，臨川（今江西撫州）人，卒於宋徽宗政和三年（一一一三），壽五十，見宋詞大辭典。作此詩時約三十六歲。趙明誠姨兄謝克家有子伋，在其四六談麈中載易安祭趙湖州文。謝逸蓋其族人，故作詩送明誠。題中「淮東」，係淮南東路之簡稱，治所在揚州。詩稱明誠「年未二十如老蒼」，又云「幅巾相從竟日坐」，可證在十九歲左右，即元符二年（一〇九九）。詳審詩意，是時明誠當係侍親遠遊，由三峽（瞿塘、灩澦）乘流而下，抵揚州，再欲經山陽（今淮安）而至太行。詩作於黄梅時節將離揚州赴淮安之際。

七月乙巳，趙挺之代蹇序辰，詳定編修國信條例。長編卷五一二

閏九月六日，趙挺之使遼。宋會要輯稿第九十册國信使下及老學庵筆記卷七

春，黄庭堅離黔州赴戎州。蘇軾在儋州。蘇轍由雷州徙循州。

九月，晁補之服闋，貶監信州酒税。

元符三年庚辰（一一〇〇）　十七歲

正月己卯，哲宗崩，皇弟趙佶嗣位，是爲徽宗。欽聖皇太后向氏垂簾聽政。大赦。

是歲，章惇、韓忠彦、曾布爲相。趙挺之爲禮部侍郎，李清臣爲門下侍郎。九月，章惇罷相，出知越州。

夏四月，叙復元祐臣僚。

清照有浣溪沙（莫許盃深琥珀濃）、漁家傲（雪裏已知春信至）二詞。

案：前一首見樂府雅詞卷下。陳祖美中國詩苑英華本李清照卷謂「此首亦當是未婚少女所作閨情詞」，並引吴熊和語以證之。姑繫于本年。後一首見梅苑卷九，陳祖美亦以爲「作於詞人出嫁前夕」。詞係咏蠟梅，爲京洛間常有之物，見山谷内集卷五戲咏臘梅二首任淵注。

清照有浯溪中興頌詩和張文潛。

黄盛璋趙明誠李清照夫婦年譜：「清照和張文潛『浯溪中興頌』詩二首，在是歲前後。」案：原作非

張文潛而爲秦觀，見本詩校記。

夏六月，格非在樊口棹小舟送張耒。

邵祖壽張文潛年譜元符三年：「六月望日，黄州罷官，率兒秬與潘仲達同游匡山，過樊口，李文叔棹小舸相送。」注：「文叔，易安之父，元祐館職。」

案：此譜當本之於張耒集卷十二自廬山回過富池隔江遥禱甘公祠求便風至黄瀝酒而風轉詩附注：「元符庚辰，某同男秬率潘仲達同遊匡山。六月望日，齊安罷官，步登客舟，過樊口，李文叔棹一舸相送，遂下巴河，上靈巖寺……寺有法堂，頗華敞，因與潘、李賦詩其中。」格非何以至此，於史無徵。王仲聞李清照事跡作品雜考附記云此李文叔殆李文舉之訛，謂「文舉曾自武昌至齊安過張耒」。見文史一九六三年第二輯。可備一説。張耒集有予官竟陵時李文舉以事至郡同遊西禪剎陸子泉烹茶酌酒甚歡也今歲移官齊安文舉自武昌過我與之飲酒念西禪舊事相與慨然詩，中云：「李生年少能思我，朅來兩槳歸潮送。」與「棹一舸相送」意相似，故文叔似爲文舉之誤，附此待考。

二月，蘇軾以登極恩移廉州，途中經海康會秦觀，相與嘯咏而别。張耒通判黄州。晁補之於七月遇赦北歸，簽書武寧軍判官。黄庭堅起爲宣德郎監鄂州酒税。蘇轍還潁昌定居。七月，陳師道除棣州教授，十一月，除正字。八月十二日，秦觀北還途中，卒於藤州光華亭，年五十三。

宋徽宗建中靖國元年辛巳（一一〇一）　十八歲

正月十二日，前宰相范純仁卒。十三日，皇太后向氏崩。

三月，章惇貶爲雷州司户參軍。

韓忠彦、曾布並相。

案：清照上韓公樞密胡尚書詩序稱「父祖皆出韓公門下」，可見其父格非嘗游忠彦之門。

清照在汴京適趙明誠。

金石録後序：「余建中辛巳，始歸趙氏。時先君作禮部員外郎，丞相（趙挺之）作吏部侍郎。侯（明誠）年二十一，在太學作學生。」

案：是歲八月前，晁補之任禮部郎中，與格非同官，有禮部移竹次韻李員外文叔詩，注：「文叔有志史事。」

清照新婚燕爾，有減字木蘭花詞。

詞云：「賣花擔上，買得一枝春欲放。」寫新婚簪花，充滿喜悦之情。趙萬里輯漱玉詞以「詞意淺顯，亦不似他作」，而否定之。然王仲聞云：「按以詞意判斷真僞，恐不甚妥，茲仍作清照詞，不列入存疑詞内。」甚是。

又有浣溪沙詞。

案：此詞見汲古閣未刻詞本漱玉詞，上接「髻子傷春慵更疏」一首。起云「繡面芙蓉一笑開，斜飛寶鴨襯香腮」，亦寫新婚之樂。

婚後，夫婦志同道合，共賞文物。

後序：「趙李族寒，素貧儉，（明誠）每朔望謁告出，質衣取半千錢，步入相國寺，市碑文、果實歸，相對展玩咀嚼，自謂葛天氏之民。」

是歲，黄庭堅改知舒州，又乞知太平州，留荆南待命，有荆江亭即事詩懷念陳師道與秦觀。

蘇轍居潁昌。

七月二十八日，蘇軾卒於常州，年六十六。冬十二月二十九日，陳師道卒於秘書省，年四十九。

朱子語類卷一三〇：「陳無己、趙挺之、邢和叔，皆郭大夫（槩）婿。陳爲館職，當祀郊丘，非重裘不能禦寒氣。無己只有其一，其内子爲於挺之家假以衣之。無己詰所從來，内子以實告。無己曰：『汝豈不知我不著渠家衣邪？』却之，既而，遂以凍病而死。」

是歲，晁補之應召還朝，任吏部員外郎、禮部郎中，兼國史編修、實録檢討官。

崇寧元年壬午（一一〇二）　十九歲

韓忠彦、曾布爲相。七月乙酉，蔡京爲右相。

春正月，京東提刑李格非率子侄至曲阜拜孔林。

據徐北文李清照原籍考（刊於齊魯文史二〇〇四年第二期），現存於曲阜孔林思堂之東北牆上有石刻云：「提點刑獄歷下李格非，崇寧元年正月二十八日，率遹、迥、逅、迒、□恭拜林冢之下。」

案：李格非之任提刑，始見於此。

春，清照有如夢令（昨夜雨疏風驟），抒傷春情緒。

春，李清臣卒，格非爲文祭之。紹聖元年案語

夏五月乙亥，籍記元祐黨人。

長編拾補卷十九載，是日詔已故司馬光、吕公著、文彦博、蘇軾等皆降所贈官；蘇轍、范純禮、張耒、黄庭堅、晁補之，「凡五十餘人，並令三省籍記，不得與在京差遣」。

五月庚辰，趙挺之自試吏部尚書兼侍讀、修國史、編修國朝會要，遷中大夫，除尚書右丞。宋宰輔編年録卷十一

七月，格非罷京東提刑。

七月乙酉，籍記元祐黨人十七人，格非名在第五。皇宋通鑒紀事本末卷一二一

九朝編年備要崇寧元年七月下：「詔知和州曾肇罷，右丞陸佃、知海州王覿、知常州豐稷、知和州王左、宫觀李格非、知濮州謝文瓘、永州安置鄒浩八人，並依五月乙亥籍記。」可見格非罷提刑後曾提舉宫觀。

七月己丑，焚元祐法。宋史徽宗紀

九月己亥，御書元祐、元符黨人，刻石端禮門。

宋史徽宗紀：「己亥，籍元祐及元符末宰相文彦博等、侍從蘇軾等、餘官秦觀等……凡百有二十人，御書刻石端禮門。」據長編紀事本末卷一二一，格非名在餘官第二十六。

清照上詩趙挺之救父。

張琰洛陽名園記序：「文叔在元祐官太學，建中靖國用邪黨，竄爲黨人。女適趙相挺之子，亦能詩，上詩趙相救其父云：『何況人間父子情！』識者哀之。」

未幾，格非貶象郡。

劉克莊後村詩話續集卷三載文叔詩：「初至象郡五言云：『裨海環□□，□□□□國。世人持兩足，遽欲窮畛域。心知禹分土，未盡舜所陟。吾遷桂嶺外，仰亦見斗極。升高臨大路，郵傳數南北。山川來時經，草樹略已識。枝床歸夢長，鄉堠行歷歷。』又云：『去日有近遠，寒暑乃不同。手捉而喙飲，嗜欲南北通。是邦亦洙泗，人可牛與弓。良知盡虛市，妙質老耕農。彼時張曲江，此時余襄公。二子稍穎脱，一洗凡馬空。斯文隔裔土，後生昧華風。閩中要常袞，劍外須文翁。』又云：『秦扁不南遊，醫方略嵐嶂。茅黄秋雨淫，與瘧蓋同狀。呪師烏能神，適市半扶杖。吾欲養黄婆，母壯子亦王。妙藥只眼前，乞汝保無恙。』又云：『居近城南樓，步月時散策。小市早收燈，空山晚吹笛。兒呼翁可歸，恐我意慘慼。從來堅道念，老去倦行役。天其卒相予，休以南荒謫。宴坐及此時，聊觀鼻端白。』絶句云：『步屧江村霧雨寒，竹間門巷繫黄團。猶嫌骯髒驚魚鳥，父老相呼擁道看。』『八尺方床織白藤，含風漪裏睡瞢騰。若無萬里還家夢，便是三湘退院僧。』南遷後，四六比向來兩制尤高簡精妙。□□□□□曰：『狄人傑何如？』曰：『粗覽經史，薄閑文筆。箴規切諫，□□□風。晚有錢癖，和嶠之徒。』」格非詩文多佚，僅此可見謫居象郡（今廣西象州縣）生活之一斑。

明誠得漢從事武梁碑。

金石録卷十四漢從事武梁碑：「碑在濟之任城，余崇寧初嘗得此碑。」

于譜：「按武梁碑，即著名的漢武氏石祠的一塊碑石，該石祠稱武梁祠，在今山東省嘉祥縣武宅山村西北。」

是歲，晁補之權知河中府，四月差知湖州，五月被籍記爲元祐黨人，十月管勾太平觀。張耒在潁州爲蘇軾舉哀，有悖朝旨，貶爲房州别駕，黄州安置。蘇轍在潁昌，詔更不叙復。

崇寧二年癸未（一一〇三）　二十歲

是年，蔡京獨相。

春，清照有怨王孫（帝里春晚）詞。

案：是歲趙明誠出仕，喜尋訪各地文物。後序云：「（婚）後二年，出仕宦，便有飯疏衣練，窮遐方絶域，盡天下古文奇字之志。日就月將，漸益堆積。丞相居政府，親舊或在館閣，多有亡詩逸史，魯壁汲塚未見之書，遂力傳寫，浸覺有味。」此時清照居京，不勝憶念，故詞云「樓上遠信誰傳，恨綿綿」。

四月丁卯，詔毁司馬光、吕公著等繪像。

四月乙亥，詔毁刊行唐鑒并三蘇、秦、黄等文集。

案：黄庭堅在鄂州。三月辛卯，除名勒停，送宜州編管。黄與挺之素不相能，見宋范公偁過庭録及王明清揮麈録卷四。

四月戊寅，趙挺之自中大夫、尚書左丞除中書侍郎。

明誠長兄存誠除館職。

秋，清照有一剪梅詞送明誠。

舊題元伊世珍瑯嬛記：「易安結褵未久，明誠即負笈出遊。易安殊不忍別，覓錦帕書一剪梅詞以送之。」

案：瑯嬛記，人或以爲僞書，所謂「負笈出遊」，似不確，據前引後序，時明誠已「出仕宦」，常在外搜集「古文奇字」。詞當作於本年秋。

九月辛丑，令天下監司長吏廳各立元祐姦黨碑。

是歲，晁補之回金鄉，自號歸來子，買田築室，並以陶淵明歸去來辭詞句題所居諸處。

崇寧三年甲申（一一〇四） 二十一歲

春正月辛巳，詔上書邪等人毋得至京師。

案：「上書邪等人」，指元祐黨人碑所書諸人。

二月己酉，詔王珪、章惇別爲一籍，如元祐黨。

案：王珪乃格非前妻之父、清照之外祖父。

春，清照有玉樓春（紅酥肯放瓊瑶碎）詞。

案：詞之歇拍云「未必明朝風不起」，蓋諷喻乃舅趙挺之，謂榮華不久也。

明誠官京師，搜集書畫奇器，夫婦賞玩。

後序：「後或見古今名人書畫，一代奇器，亦復脱衣市易。嘗記崇寧間，有人持徐熙牡丹圖，求錢二十萬。當時雖貴家子弟，求二十萬錢，豈易得邪？留信宿，計無所得而還之。夫婦相向悵惋者數日。」

五月庚辰，趙挺之與許將、蔡卞等各轉三官。

六月壬寅朔，圖熙寧、元豐功臣於顯謨閣。

六月癸卯，以王安石配饗孔子廟。

六月戊午，詔重定元祐、元符黨人及上書邪等者，合爲一籍，刻石朝堂。

案：格非名列餘官第二十六人。

六月壬戌，蔡京進所書黨人姓名，詔頒之州縣，令皆刻石。續通鑒卷八十九

案：元祐黨籍碑，今存兩處，一在廣西桂林七星洞内龍隱巖，後有慶元四年饒祖堯跋，乃後世重刻；一在廣西融縣，宋嘉定四年沈暐刻。

九月乙亥，以趙挺之爲門下侍郎。

崇寧四年乙酉（一一〇五） 二十二歲

蔡京爲相。

春三月甲辰，以趙挺之爲尚書右僕射兼中書侍郎。

清照再次向乃舅趙挺之上詩救父。

宋晁公武郡齋讀書志卷四下：「李氏，格非之女，先嫁趙明誠，有才藻名。其舅正夫相徽宗朝，李氏嘗獻詩曰：『炙手可熱心可寒。』」

案：此時格非罹黨籍，當仍謫居象郡。姑繫於此。

六月戊子，趙挺之罷尚書右僕射，蔡京獨相。

長編紀事本末卷一三一引趙挺之行狀：「公既屢陳京紛更法度之非，言其奸惡不一，雅不欲與京同政府，引疾乞去……居數月，懇請補外，除觀文殿大學士、光禄大夫、中太乙宫使。」

趙挺之賜第汴京府司巷。

宋宰輔編年録卷十一引趙挺之行狀：「四年六月，挺之乞罷相，詔既許之，詔曰：『顧俟重來，以熙庶政。聞卿未有第，已令就賜。』」

案：于譜引夷堅志甲集卷十九晦日月光條云：「趙清憲賜第在京師府司巷，長女適史氏。」史氏，蓋指史徽，字洵美，鹽官人，崇寧五年進士，見宋史翼卷三十。時明誠夫婦可能與公婆同住。

十月乙丑，趙明誠除鴻臚少卿。

宋宰輔編年録卷十一：「十月乙丑朔，挺之既罷相，帝以挺之子存誠爲衛尉卿，思誠爲秘書少監，明誠爲鴻臚少卿。挺之辭不敢當，乞收還成命，詔答不允。」

十月三十日，黄庭堅卒，年六十一。格非有詩挽之。

劉克莊後村詩話續集卷三：「李格非，字文叔，濟南人。詩文四十五卷。文高雅條鬯有義味，在晁、秦之上。詩稍不逮……挽魯直五言八句，首云：『魯直今已矣，平生作小詩。』下六句亦無褒詞。」

案：黃卒於宜州，格非貶於象郡，皆屬今廣西，相距不遠，聞訃當早。

又案：于譜云：「按庭堅爲宋代江西詩派領袖。格非嘗譏江西詩派『腐熟竊襲』。」并引元劉壎隱居通議卷六以證之。

清照稱許秦少游、黃魯直知詞。

清照詞論云：「後晏叔原、賀方回、秦少游、黃魯直出，始能知之……黃即尚故實，而多疵病，譬如良玉有瑕，價自減半矣。」

明誠喜蘇黃詩文。元祐元年譜

金石録卷十三秦詛楚文：「此文皆出於近世，而刻畫完好，文詞字札奇古可喜。元祐間張芸叟侍郎、黃魯直學士，皆以今文訓釋之，然小有異同。今盡録二家所釋於左方，俾覽者詳焉。」

是歲晁補之閑居金鄉。

崇寧五年丙戌（一一〇六）　二十三歲

春正月戊戌，彗星出西方。乙巳，以星變詔求直言，毀元祐黨人碑。丁未，太白晝見，赦天下，除黨人一切之禁。宋史徽宗紀正月庚戌，叙復元祐黨人。

據續資治通鑑長編拾補卷二十六：詔曾任待制以上官蘇軾追復宣義郎，叙復朝請郎黄庭堅、晁補之、李格非，「並令吏部與監廟差遣」。

二月丙寅，蔡京罷爲開府儀同三司、中太一宫使。以觀文殿大學士趙挺之爲特進、尚書右僕射兼中書侍郎。宋史徽宗紀

長編紀事本末卷一一一引趙挺之行狀：「京既惡公留京師，伺察己所爲，公亦懼京中傷，明年春數乞歸青州私第，詔從之。既辦裝，將入辭矣，會彗星見西方……上震恐，避殿損膳，既深察京之奸罔，由是旬日之間，凡京之所爲者，一切罷之……遣中使賫御筆手賜公曰：『可于某日來。』公既對，上曰：『蔡京所爲，皆如卿言。』……既罷京，免相，遂拜公特進、尚書右僕射兼中書侍郎。」

二月十五日，趙明誠在鴻臚直舍跋歐陽修集古録跋尾。

孫承澤歐陽文忠公集古録跋尾墨跡：「此四跋尾，一爲西岳華山廟碑，一爲漢陽君廟碑，一爲平原山居草木記，一爲陸文學傳，崇寧中在趙明誠德父家，後有其手題。」

案：今臺北故宫博物院藏歐陽修集古録跋尾四墨跡有明誠題跋四則，陳祖美研究員以啓功先生所攝照片一幀見貽，其一上半闕，下半曰：「利害不能誘，此鬼谷之術所不能爲者也，是聖賢之所難也。」其二曰：「右歐陽文忠公集古録跋尾四，崇寧五年仲春重裝，十五日德父題記，時在鴻臚直舍。」見書前趙明誠手迹（一）。

二月二十六日，明誠長兄存誠爲集賢殿修撰，提舉醴泉觀。

宋會要輯稿選舉三十三謂「以其（父）挺之拜相有請故也」。

清照有慶清朝（禁幄低張）詞。

案：詞見汲古閣未刻詞本漱玉詞及花草粹編卷十。寫京城郊遊，表現一片承平氣象，當作於崇寧間。

七夕，清照有行香子詞。

案：此詞載樂府雅詞卷下，歇拍云：「甚霎兒晴，霎兒雨，霎兒風。」蓋喻崇寧三年以來，政界風雲變幻。

八月旦，米芾題趙明誠所藏歐陽修集古録跋尾。見書前趙明誠手迹（二），其右端有明誠壬寅題，詳後譜。

米元章跋云：「芾多識前輩，唯不識公。臨紙想其風采。丙戌八月旦謹題。」明誠所藏蔡襄進謝御賜書詩卷亦有米氏一跋，謂於舊翰林院曾觀石刻，今四十年，於大丞相天水公府，始睹真跡。大丞相天水公指趙挺之，天水乃趙氏郡望。詳後紹興三年九月譜。

是歲，晁補之閑居金鄉。

大觀元年丁亥（一一〇七）　二十四歲

正月甲午，復以蔡京爲尚書左僕射兼門下侍郎。

春，明誠得漢任伯嗣碑陰。

金石録卷十五：「大觀初，獲此碑，寘於汜水輦運司廨舍壁間。余聞其碑陰有字，因托人諷邑官，破壁出之，遂獲此碑。」

案：黄盛璋李清照事跡考辨三：「宋汜水即今開封附近之舊汜水縣，這當是三月以前事。」

三月丁酉，趙挺之罷右僕射，授特進、觀文殿大學士、佑神觀使。後五日癸丑，卒於汴京，年六十八，贈司徒，謚清憲。宋史本傳、宋宰輔編年録十二

陸游老學庵筆記四云：「趙正夫丞相薨，車駕臨幸，夫人郭氏哭拜請恩澤者三事，其一乃乞於謚中帶一『正』字。餘二事皆許可，惟賜謚事獨曰『待理會』。平時徽廟凡言『待理會』者，皆不許之詞也。」挺之卒後三日，趙家爲蔡京構陷。

宋宰輔編年録十二：「挺之卒之三日，京遂下其章，命京東路都轉運使王甹等置獄於青州鞫治，俾開封府捕親戚使臣之在京師，送制獄窮治，皆無事實。抑令供析，但坐政府日有俸錢，止有剩利甚微。」

七月，趙挺之被追奪贈官。

宋宰輔編年録十二：「七月，故觀文殿大學士、特進、贈司徒趙挺之，追所贈司徒，落觀文殿大學士。始挺之自密州徙居青州，會蔡京之黨有爲京東監司者，廉挺之私事，其從子爲御史，承旨意言挺之交結富人……具獄進呈，兩省臺諫交章論列：挺之身爲元祐大臣所薦，力庇元祐姦黨。蓋指挺之嘗爲故相劉摯所援引也，遂追贈官，落職。」

秋，明誠、清照屏居青州。

後序：「後屏居鄉里十年，仰取俯給，衣食有餘。」

案：黄盛璋李清照事跡考辨三：「獄具在七月，回鄉必須在此年七月以後。」于譜：「按中國封建時代官吏，父母喪，例須離職回鄉守制，故明誠、清照相偕回青州，當不遲於是年秋。」甚是。

回鄉不久，清照有南歌子詞。

案：詞云「天上星河轉」，寫七月天氣，兼喻時局變化，家道中落。歇拍「舊時」二句，寫家境驟變時情懷，尤爲明顯。

九月，清照有多麗詞咏白菊。

案：此詞似有寄托，「風雨揉損瓊肌」，蓋喻政治風波對趙家之打擊；「不似貴妃」等云云，蓋喻不屑取媚蔡京諸權貴；而屈平遭讒去國、陶潛掛冠隱退，正借喻與明誠屏居鄉里也。

是歲，晁補之閑居金鄉。

大觀二年戊子（一一〇八）　二十五歲

春正月壬子朔，徽宗受八寶於大慶殿，大赦天下。

案：自此以後，黨禁稍弛。據長編拾補卷二八，三月戊辰，對元祐「姦臣」，「審量其情，分輕重等第，取情理輕者，與落罪籍，特予甄叙差遣」。第一批有孫固、廖正一、張耒等四十五人，尋又有葉祖洽等六人，「詔並出籍」。六月戊戌，又有韓維、鮮于侁、孔武仲、李之儀等九十五人，「詔並出籍」。戊申，三省檢會赦書，「元祐黨人不以存亡及在籍，可特與叙官，勘會前任宰臣執政官韓忠彥、蘇轍」等「與復一官」，「韓忠彥可特授通直大夫、降授朝散大夫；蘇轍可特授朝散大夫、中奉大夫、提舉鴻慶宮」。黨人碑原載三百零九人，格非原列餘官第二十六名，此時當在被赦之列，自象郡放還，特未載之史籍耳。

三月八日，格非與齊州守梁彥深等遊佛慧山。

濟南金石志二歷城石：「大觀二年三月八日，左朝〔散〕大夫知州事梁彥〔深〕純之來，與會者六人：朝請大夫新差知濮州武安國文禮、朝奉大夫新差知金州張朴〔聖□〕、朝請郎李格非文叔、朝議郎向沈伯武、節度掌書記李機文淵、録事參軍宋昭叔朗。」

于譜按：「格非因黨籍罷後，其動向史書不載。據題名知是年格非已家居齊州。佛慧山爲濟南市郊名勝，位於千佛山東……格非等題名，五十年代尚存，濟南市博物館藏有彼時拓片，『李格非文叔』五字，僅存『李格』二字。」

格非作歷下水記。

張邦基墨莊漫録：「濟南爲郡在歷山之陰，水泉清冷，凡三十餘所，如舜泉、瀑流、金綫、真珠、洗缽、孝感、玉環之類，皆奇。李格非文叔，昔爲歷下水記，叙述甚詳，文體有法。曾子固詩，以瀑流爲趵突，未知孰是。」

于譜按：「歷下水記今已不傳。王士禛分甘餘話：『文叔水記，宋人稱之不一，而不得與洛陽名園記並傳，可恨也。』水記之作當在是年或其前後。」

清照有如夢令記遊溪亭。

案：溪亭在濟南城西，見蘇轍題徐正權秀才城西溪亭詩。清照何時居濟南，文獻無徵。唯崇寧元年（參見崇寧元年正月譜）、五年，其父格非可能居濟南。是時清照屏居青州，相距不遠，故能於歸寧時遊西湖。姑繫於此。

又有青玉案詞寫屏居之樂。

案：詞云「買花載酒長安市，争似家山見桃李」，又歇拍云「唯有歸來是」，皆寫初到青州時心情。「歸來」，用陶淵明歸去來辭之意，不久即於青州起歸來堂，並自號易安居士，俱可證。

八月秋分，晁補之五十六歲生日，清照獻壽詞新荷葉。

案：此詞載北京圖書館藏明鈔本詩淵第六册。是歲補之居金鄉東皋，營有松菊堂，故詞云「逸水樓臺，高聳萬丈蓬瀛」。

又歇拍云「安石須起，要蘇天下蒼生」，當指本年大赦之後，黨人漸次起復，希望補之重新出仕也。

重陽，明誠與妹婿李擢遊仰天山，清照有憶秦娥、醉花陰二詞思之。

明誠青州仰天山羅漢洞題名：「余以大觀戊子之重陽，與李擢德升，同登茲山。」

案：李擢，字德升，見後序箋注〔四七〕。晁公休傅察行狀謂其「友婿李擢少負英才，時爲青州司録」，故得從明誠遊。察亦明誠妹婿。

于譜：「仰天山，在今山東省青州市西南境，風景佳勝，舊屬臨朐縣。明臨朐縣志：『仰天山在縣南七十里……山麓有洞，深可五七丈許，上有竅通天云。秋月中天之夜，洞中光景頗奇。故士人有仰天秋月之説。』明青州府志：『仰天山之阿有寺，名仰天寺……有羅漢洞，洞隙通處，可以望天……山之陰有水簾洞，深可數丈，泉源深遠，潛通佛塔前水井。』明誠大觀戊子題名，即在羅漢洞附近崖壁上。」

清照憶秦娥云：「臨高閣，亂山平野烟光薄。」乃青州附近實景，余曾親見之。而「西風催襯梧桐落」，亦重陽時節景象。其醉花陰云「時節又重陽」，當作於本年。

大觀三年己丑（一一〇九）　二十六歲

端午，明誠與兄導甫、妹婿德昇（李擢）等重遊仰天山。

明誠青州仰天山羅漢洞題名：「己丑端午，又與家兄導甫及德升、于肇元□，謝克明如晦同來。」

案：明誠二兄思誠，字導甫一作「道夫」。福建通志人物志：「趙思誠，字道夫，高密人。父挺之，崇寧中宰相。思誠與兄存誠相繼成進士，弟明誠亦有文學。建炎南渡，存誠帥廣東，與思誠謀移家所向，以泉南俗淳，乃自五羊抵泉，因家焉。」思誠歷官中書舍人，出知温、台、南劍諸州，紹興十七年五月辛卯卒。見建炎以來繫年要録。于肇，字元□，崇寧三年入黨籍，大觀二年出籍。謝克明，字如晦，又字叔子，上蔡人。兄克家，父良弼，明誠姨兄。宋韓崧卿韓集舉正叙録載謝克家一跋云：「余弟克明，以從母之夫陳公無己所次第，既以類從，又略因歲月先後之，於繙讀爲便。既成，以遺克家，凡十册。建炎元年二月二十八日，天台郡齋記。」參見紹聖四年譜。韓集，即韓愈集。

六月辛巳，蔡京罷相，何執中代之。宋史宰輔表三

案：宋史徽宗紀及長編拾補作六月丁丑。至辛丑，有太學生陳朝老上書，曰：「蔡京姦雄悍戾，詭詐不情，徒以高才大器自處，務以鎮壓天下……陛下傾心俯納，所用之人，惟京爲聽；所行之事，惟京爲從。故蔡京得以恣其姦佞。」（長編拾補二十八）批判之矛頭，直指徽宗。

秋七月丁未，詔謫籍人除元祐姦黨及得罪宗廟外，餘並録用。宋史徽宗紀

九月十三日，明誠遊長清縣靈巖寺，清照有鳳凰臺上憶吹簫詞抒思念之情。

明誠長清靈巖寺題名：「東武趙明誠德甫、東魯李擢德升、曜時升，以大觀三年九月十三日同來，凡宿兩日乃歸。」

案：明誠題名原在宋嘉祐六年齊州長清縣靈巖寺重修千佛殿記碑之側，「文革」中被毁，今北京圖書館藏有碑文及題名拓本。李曜當爲李擢之弟。清照鳳凰臺上憶吹簫以「武陵人」喻明誠，當含遠遊之意；「不是悲秋」，謂當秋而不悲，時令

與明誠出遊長清相合。

明誠得唐李邕靈巖寺頌碑。金石録卷七目録七

于譜：「明誠得此碑當在斯行。碑斷裂已久，現仍在靈巖寺。」

仲冬上休日，文及甫在青州觀明誠所藏蔡襄謝御賜書詩卷。

文及甫，元祐宰相文彥博第六子，一名及，字周卿，歷官太僕卿、權工部侍郎。其觀後跋云：「大觀三年仲冬上休日，青社郡舍之簡政堂觀，河南文及甫。」珊瑚網法書題跋三青社，青州之别稱。

大觀四年庚寅（一一一〇）　二十七歲

是歲宰相何執中、張商英（六月乙亥始任此職）。

夏四月癸未，蔡京上哲宗實録；五月甲子，貶蔡京爲太子少保。並見宋史徽宗紀

清照居青州。

昌樂丹水岸圮，明誠得觚、爵各一。金石録十三爵銘

大觀間，清照有浣溪沙。

案：此詞一起云「小院閑窗春色深」，當指春日歸來堂；二起云「遠岫出雲催薄暮」，當指青州南仰天山羅漢洞一帶。參

見大觀二年重陽譜。

是歲，晁補之起知達州，改泗州；秋九月，卒於官舍，年五十八。墓志銘

政和元年辛卯（一一一一）　二十八歲

春正月，趙存誠由秘書少監差往醴泉觀祀昊天上帝。宋會要選舉三十三之二十四

二月晦，王壽卿跋明誠所藏徐鉉小篆千字文真跡。

岳珂寶真齋法書贊九徐鉉小篆千字文真跡：「故藏待制趙明誠家。」上有王壽卿跋云：「徐騎省書次韻高古，爲近代之冠；然世多大字，而此特謹小，尤可珍貴。政和元年二月晦，王壽卿題。」

案：王壽卿，字魯翁，洛陽人。曾爲明誠摹篆古器物銘碑，布衣以終。

夏五月丁亥，明誠母郭氏，奏請除挺之指揮。

宋宰輔編年録卷十二：「政和元年五月丁亥，詔除落觀文殿大學士、特進、贈太師趙挺之責降指揮，從其妻秦國太夫人郭氏奏請也。」

案：「贈太師」，誤，應作「贈司徒」。此後，趙氏兄弟漸次起復。郭氏，郭槩之長女，參見紹聖四年譜。

八月乙未，復蔡京爲太子太師。丁巳，張商英罷。爾後，何執中獨相。宋史宰輔表

中秋，明誠與妹婿傅察等登仰天山賞月。

明誠仰天山羅漢洞題名：「今歲中秋，復來遊，預會三人：王蔚文□、李緑神舉、傅察公晦。政和辛卯中秋，趙明誠德父題。」

案：王蔚、李緑，生平不詳。傅察，字公晦。晁公休傅察行狀：「公諱察，孟州濟源人，以元祐四年己巳十一月十六日生。是日伯祖獻簡公（堯俞）拜中書侍郎，因小字鳳郎……娶趙氏，封安人，男女五人，皆趙出。」此時任青州司法參軍，因得從遊。宋史有傳。有忠肅集。

九月，清照、明誠題名於雲巢石。

諸城王志修易安居士畫像題詞自注：「石高五尺，玲瓏透豁，上有『雲巢』二隸書，其下小摩崖刻『辛卯九月德父易安同記』，現置敝居仍園竹中。」

案：此石刻黄盛璋、王仲聞、于中航皆疑爲後人僞托，附此備考。

政和二年壬辰（一一一二）　二十九歲

二月戊子朔，賜蔡京第宅；三月，召見蔡京，五月復相，進封魯國公。何執中並相。

七月十七日，秘書少監趙存誠言訪遺書。

宋會要輯稿崇儒四引中興會要：「政和二年七月十七日，秘書少監趙存誠言：諸州取訪遺書，乞委監官總領，庶天下之書悉歸秘府。從之。」宋史徽宗紀云：「秋七月壬申，訪天下遺書。」乃從存誠之請也。

政和三年癸巳（一一一三） 三十歲

春正月庚午，詔昔趙普、潘美、王曾、韓琦、鄭康成、孔安國從祀孔子。

正月癸酉，王安石追封舒王，配饗文宣公廟，子雱爲臨川伯。

是歲，蔡京、何執中並相。

閏四月六日，明誠再過長清靈巖寺。

明誠長清靈巖寺重修千佛殿記碑側題名：「後四年，德父復自歷下將如奉高過此。政和三年閏月六日。」

案：歷下，即歷城，今山東濟南市。奉高，漢代縣名，屬泰山郡治，故城在今泰安市東北。明誠大觀二年九月曾與妹婿李擢、李曜兄弟遊靈巖寺，至此時正四年。

閏四月八日，明誠登泰山。

明誠泰山摩崖題名：「太原王貽公與□□□□興、天水趙明誠德父，政和三年閏月八日同登。」

于中航趙明誠題名和鄉居青州考二：「泰山題名，在岱頂唐玄宗紀泰山銘右側，一九八〇年夏，周福森、何洪源據乾隆泰安志，訪得題名所在。亦爲明誠手跡。」

明誠在泰山得唐登封紀號文碑。

案：碑文見金石録卷二十四；又紀太山銘，見卷五；唐太山碑側題名記、唐封禪壇殘碑、唐造太山御碑等石刻，皆見卷六，可能爲此行所得。

秋，明誠友人劉跂登泰山，獲全本秦泰山石刻。

案：金石録卷十三謂劉跂大觀間模此刻石，非。據劉氏泰山秦篆譜序，實爲「政和三年秋」。劉跂，字斯立，汶陽（東平）人，元祐宰相劉摯之子。本年冬，編管壽春。有學易集。

是歲，嘉魚縣得楚鐘，王壽卿以拓本遺明誠。金石録卷十一

是歲，清照有分得知字詩。

案：此篇載詩女史卷十一，起句云「學語三十年」。考清照生於元豐七年（一〇八四），至本年虚歲三十，詩當作於本年。

又有詞論。

案：詞論未及周邦彦，而云「晁次膺輩出」，蓋自元祐更化後，邦彦被貶在外，歷知溧水、隆德府、明州，而次膺於政和三年以蔡京薦除大晟府協律郎，不克受而卒。故知詞論作於本年。

政和四年甲午（一一一四）　三十一歲

蔡京、何執中並相。

二月癸酉，皇長子趙桓冠。宋史徽宗紀

新秋，明誠爲易安題照。

四印齋所刻詞本漱玉詞卷端有清照畫像，上書「易安居士三十一歲之照」，明誠題曰：「清麗其詞，端莊其品，歸去來兮，真堪偕隱。政和甲午新秋，德甫題於歸來堂。」王鵬運跋：「易安居士照，藏諸城某氏。諸城，古東武，明誠鄉里也。王竹吾（志修）以摹本見贈，屬劉君炳堂重橅是幀。竹吾云：『其家蓄奇石一面，上有明誠、易安題字。』諸城趙、李遺跡，蓋僅此云。光緒庚寅二月，半塘老人識。」又云：「按原本手幽蘭一枝，劉君摹本，取居士詞意，以黃花易之。」

案：黃盛璋、王仲聞、于中航諸譜，皆以衣裝不類宋人，疑爲僞作。王仲聞更引鄧之誠語以證之，並云：「沈濤瑟榭叢談卷下謂有元人畫易安小照，未知即此本（指諸城本）否。蕙風詞話卷四云：易安別有『荼蘼春去』小影。按今歷史博物館所陳列之李清照像摹本，即『荼蘼春夢』小影。」又于中航云：「又傳世有濟南李清照荼蘼春去圖照，上有元肖像畫家王繹所題：『易安小像，宋歐陽小更所作，藏華不注山之木樨庵，有耶律文正主題，歲久黯黑，中書行省大鴻臚，風雅宗匠，命王繹重摹二本，因繫以詩（詩略）。』末題『至正四年八月二十五日王繹』云云。」一九八四年中華書局李清照資料彙編扉頁有此小像，可能較爲真實。照上王繹所題詩云：「一剪荼蘼身後春，籬門光景一悵神。秋山病馬悲遊子，苦雨凄風弔美人。吾輩情多天忌刻，大家才好命邅迍。流傳尚有花間集，重洗鉛華爲寫真。」

是歲，張耒歿於陳州，年六十一。

政和五年乙未（一一一五）　三十二歲

蔡京、何執中並相。

春正月壬申朔，女真阿古達稱帝，國號金。續資治通鑑九十二

二月乙巳，立定王趙桓爲皇太子。宋史徽宗紀

明誠得漢司空殘碑。

金石録卷十九：「政和乙未歲，得於洛陽天津橋之故基。」

案：據此，明誠似曾至洛陽訪古。

明誠得劉跂所遺漢張平子殘碑。

案：金石録卷十四：「政和中，亡友劉斯立以此本見寄，云其石新得於南陽。」斯立，劉跂字。此乃爾後追記。

明誠得漢祝長嚴訢碑。

案：金石録卷十四：「政和中，下邳縣民得之。」原案：「漢無祝縣，『祝』下碑本闕一字。」

明誠在青州屢獲金石刻辭，於歸來堂起大櫥藏之，與清照相對賞玩。

後序：「收書既成，歸來堂起書庫大櫥，簿甲乙，置書册。如要講讀，即請鑰上簿關出卷帙。或少污

損，必徽責揩完塗改，不復向時之坦夷也，是欲求適意而反取憀慄。余性不耐，始謀食去重肉，衣去重采，首無明珠翡翠之飾，室無塗金刺繡之具。遇書史百家，字不刓闕，本不訛謬者，輒市之，儲作副本。自來家傳周易、左氏傳，故兩家者流，文字最備。於是，几案羅列枕藉，意會心謀，目往神授，樂在聲色狗馬之上。」

案：在此前後，明誠訪古所獲至豐。據金石録所載，有戟銘得於益都（即青州），見卷十三；東魏張烈碑得於青州，見卷二十一；東魏賈思同碑得於壽光，見卷二十一；北齊臨淮王像碑得於青州龍興寺，見卷二十二，原碑現藏青州市博物館。加之家傳與收購所得，已蔚爲大觀，故於歸來堂起書庫大櫥以藏之。

是歲，明誠常外出訪古，清照有浣溪沙詞以抒閨情。

案：此詞載花草粹編卷二，起云：「髻子傷春懶更梳，晚風庭院落梅初。」清譚獻復堂詞話：「易安居士獨此篇有唐調。」龍榆生漱玉詞叙論云：「有『豈無膏沐，誰適爲容』之意。」

政和六年丙申（一一一六）　三十三歲

是歲，蔡京、何執中、鄭居中並相。夏四月庚寅，詔蔡京三日一朝，正公相位，總治三省事。

宋史徽宗紀

春三月四日，明誠三遊長清靈巖寺。

明誠齊州靈巖寺千佛殿記碑側題名：「丙申三月四日，復過此。德父記。」

案：明誠初遊靈巖寺爲大觀元年九月十三日，二遊爲大觀三年端午，見前譜。

春，清照有點絳唇（寂寞深閨）、念奴嬌（蕭條庭院）、木蘭花令（沉水香消人悄悄）三詞，憶念在長清等地訪古之明誠。

案：木蘭花令向所未見，今承臺灣彰化師範大學黄文吉教授録自明鈔本天機餘錦見貽，上闋云「樓上朝來寒料峭」，下闋云「爲君欲去更憑闌」，似爲送明誠赴長清時所作。

夏六月晦，明誠再閲歐陽修集古録跋尾於歸來堂。

明誠記云：「後十年，於歸來堂再閲，實政和丙申六月晦。」見書前趙明誠手迹（一）。

案：明誠初閲跋尾爲崇寧五年二月，見前譜。

齊侯盤銘在安邱出土。

金石録卷十二：「政和丙申歲，安邱縣民發地得二器，其一此盤，其一匜也。驗其文，蓋齊侯爲楚女作。」

九月己未，以童貫爲開府儀同三司。

政和七年丁酉（一一一七）　三十四歲

蔡京、鄭居中、余深並相。

春正月庚子，以殿前都指揮使高俅爲太尉。

二月乙亥，徽宗幸上清寶籙宫，命林靈素講道經。

夏四月庚申，徽宗册己爲教主道君皇帝。

秋九月十日，明誠編金石録始成，劉跂爲之序。

劉跂金石録後序：「東武趙明誠德父家，多前代金石刻，倣歐陽公集古録所論，以考書傳諸家同異，訂其得失，著金石録三十卷……今德父之藏既甚富，又選擇多善，而探討去取，雅有思致，其書誠有補於學者。亟索余文爲序。」末署「政和七年九月十日，河間劉跂序」。

明誠自序金石録。

序云：「余自少小，喜從當世學士大夫訪問前代金石刻詞，以廣異聞。後得歐陽文忠公集古録，讀而賢之，以爲是正譌謬，有功於後學甚大。惜其尚有漏落……於是益訪求藏蓄，凡二十年而後麤備。」

案：于譜云：「據金石録卷三十漢重修高祖廟碑跋，明誠自言『年十七八時，已喜收蓄前代石刻』。而此序云『凡二十年而後粗備』。政和七年，明誠三十七歲，自十七歲至是年，正合二十年之數，則序亦當作於是年。」甚是。

劉跂又序明誠古器物銘碑。

案：此序已佚，唯劉氏學易集卷二有題古器物銘贈得（德）夫兼簡諸友詩提及作序，云：「邇來三十載，復向趙卿見。收藏又何富，摹寫粲黄卷……」于譜云：「據『深慚千里駕』、『索我序且讚』等句，知明誠實曾至東平登門求序。此序似與所作金石録序，同爲政和七年間事。」未幾，劉跂卒。王仲聞李清照事跡編年（以下簡稱王譜）：「劉跂卒於政和末。」即指此也。

十二月庚午，以童貫領樞密院。

重和元年戊戌（一一一八）　三十五歲

蔡京、鄭居中、余深並相。

五月丁亥，以林靈素爲通真達靈元妙先生。

冬十一月二十六夜，明誠第三次閲歐陽修集古録跋尾。見書前趙明誠手迹（一）。

案：參見崇寧五年二月十五日譜。

明誠跋唐雲門山投龍詩。

金石録卷二十七：「右唐雲門山投龍詩，北海太守趙居貞撰序，言天寶玄黓歲下元日，居貞投金龍環璧於此山，有瑞雲出於洞中，有聲云：『皇帝壽一萬一千一百歲。』蓋天寶中玄宗方崇尚道家之説，以祈長年，故當謟諛矯妄之徒，皆稱述奇怪，以阿其所好，而居貞遂刻之金石，以重欺來世，可謂愚矣。」

于譜：「雲門山在青州城南五里，其上有大雲頂，中有通穴如門，可容百餘人，遠望如懸鏡。投龍璧詩及序即刻於山陽洞西崖壁上。」又：「按宋徽宗時，崇信道教……示意道籙院册封其爲教主道君皇帝。明誠投龍詩跋，實有借古諷今意，故附其跋於是年。」

宣和元年己亥（一一一九） 三十六歲

蔡京、余深、王黼並相。

春正月乙卯，詔改佛號爲大覺金仙。

三月庚戌，蔡京等進安州所得商六鼎。宋史徽宗紀

明誠跋安州商六鼎。

金石録卷十三安州所獻六器銘：「右六器銘，重和戊戌歲，安州孝感縣民耕地得之，自言於州，州以獻諸朝。凡方鼎三，圜鼎二，甗一，皆形制精妙，款識奇古。案此銘文多者至百餘字，其義頗難通；又稱作父乙、父己寶彝，若非商末，即周初器也。」

案：宋史徽宗紀四載，宣和元年「三月庚戌，蔡京等進安州所得商六鼎」。即明誠所云「六器」，惟誤作「六鼎」。

宣和二年庚子（一一二〇） 三十七歲

春正月癸亥，追封蔡確爲汝南郡王。

案：蔡確與清照父格非有舊，後村詩話續集卷三謂格非「有挽蔡相確詩云：『邴吉勳勞猶未報，衛公精爽僅能歸。』豈確嘗汲引之乎？」

二月，遣趙良嗣使金，約夾攻遼國。

夏六月戊寅，蔡京致仕。

冬十月，建德方臘起兵反花石綱，十二月陷建德、歙州、杭州。

明誠金石録論貢茶之弊，當寓諷喻之意。

金石録卷二十九唐義興縣重修茶舍記跋：「義興貢茶非舊也，前此，故御史大夫李栖筠實典是邦，山僧有獻佳茗者，會客嘗之。野人陸羽以爲芬香甘辣冠於他境，可薦於上。栖筠從之，始進萬兩。此其濫觴也。厥後因之，徵獻浸廣，遂爲任土之貢，與常賦之邦侔矣。每歲選匠徵夫至二千人云。予嘗謂後世士大夫，區區以口腹翫好之獻爲愛君，此與宦官宫妾之見無異，而其貽患百姓，有不可勝言者。如貢茶，至末事也，而調發之擾猶如此，况其甚者乎……書之可爲後來之戒。」

案：續資治通鑑卷八十九，崇寧四年，「以朱勔領應奉局於蘇州……帝垂意花石，（蔡）京諷（朱）沖密取浙中珍異以進。初致黄楊三本，帝嘉之，後歲歲增加，然歲不過再三貢，貢物裁五六品。至是漸盛，舳艫相銜於淮汴，號花石綱，置局蘇州，命勔總其事。」其後各地競相效尤，人民深受其害，方臘遂反。明誠此跋，實乃借古諷今。

宣和三年辛丑（一一二一）　三十八歲

是歲，王黼獨相。

春二月，方臘陷處州；八月丙辰被誅。

是歲，宋江等先後攻淮揚，京東、河北，又入楚州、海州界，命知海州張叔夜招降之。

案：宋江等三十六人於宣和元年舉事，見皇宋十朝綱要卷十八。

明誠嘗得張叔夜所寄漢河南尹蘇府君碑額。

金石録卷十九：「右漢蘇府君碑額，題漢故河南尹蘇府君碑，今宣州太守張叔夜稽仲見寄，云：『在許州道傍，碑無文詞，惟此十字，其額爾。』」

案：叔夜何時知宣州，不詳。據宋史本傳，叔夜曾因蔡京所忌未進禮部侍郎而再度知海州。故其知宣州似在招降宋江之前。之後歷知濟南府、青州、鄧州，時明誠蓋已起知萊州，離青州矣。

三月四日，明誠兄中書舍人思誠言添差兵馬都監事。

案：思誠所言，見宋會要輯稿職官卷四十九引續國朝會要。

春，清照有蝶戀花詞抒離情。

案：詞之上結云：「酒意詩情誰與共，淚融殘粉花鈿重。」下結云：「獨抱濃愁無好夢，夜闌猶剪燈花弄。」此時蓋明誠與兄弟朋友輩出游，故清照思之，作此詞抒孤棲之感。

四月廿五、廿六日，明誠等遊仰天山。

明誠等仰天山水簾洞題名：「盧彦承、趙守誠、明誠、克誠、謝克明叔子，辛丑四月廿五日同遊。」刻於水簾洞内石壁。此一側爲另一題名：「趙仁約子文、趙明誠德父、謝克明叔子。」未署年月。又仰天山羅漢洞題名：「盧格之、趙仁甫、德甫、能父、謝叔子同遊。宣和辛丑四月廿六日。」

案：盧彦承，字格之。趙守誠字仁甫，克誠字能父，當爲明誠從兄弟。謝克明，見大觀三年譜。此人在仰天山題名中凡四見，與明誠爲中表兄弟。于譜云：「據題名，明誠至少有五次往游仰天山，一次有年月，一次無年月。有年月者以宣和辛丑（三年）四月爲最晚。」

明誠起知萊州。

案：明誠何時知萊，史無明文，然清照於本年八月到萊，明誠當在其前赴任。後序稱「後屏居鄉里十年，仰取俯給，衣食有餘。連守兩郡，以事鉛槧。」至此實已逾十年，蓋清照舉其整數而言。王譜疑明誠守萊之前，早已出仕。似不可能。有仰天山題名可證明誠時正家居青州。清俞正燮癸巳類稿易安居士事輯謂明誠知萊前知青州，于譜據吴廷燮北宋經撫年表，逐年排比守臣姓名多人，而無趙明誠，並云：青州爲大郡，例由資望較深帥臣出任，明誠其時絶無任斯職可能。其説甚是。

秋，清照赴萊州，途經昌樂，有蝶戀花詞寄姊妹。

案：此詞見宋曾慥樂府雅詞卷下，又見元劉應季事文類聚翰墨大全丙集卷四，題作「止昌樂館寄姊妹」。昌樂爲青州屬縣，爲赴萊必經之地。

八月十日，清照到萊州，有感懷詩。

題下小序云：「宣和辛丑八月十日到萊，獨坐一室，平生所見，皆不在目前。几上有禮韵，因信手開之，約以所開爲韵作詩，偶得『子』字，因以爲韵作感懷詩云。」詩見明田藝蘅詩女史卷十一。可見明誠到萊州未久，清照隨即前來任所。

明誠在萊州南山得後魏鄭羲碑。

金石録卷二十一：「右後魏鄭羲碑……而碑乃在今萊州南山上，磨厓刻之。蓋道昭嘗爲光州刺史，即今萊州也，故刻其父碑於兹山。余守是州，嘗於僚屬登山，徘徊碑下久之。」「今碑首題云『滎陽鄭文公之碑』。」

案：此爲鄭文公碑之下碑，一九八九年余與李國章學兄及日本村上哲見教授同來觀摩並攝影留念。

宣和四年壬寅（一一二二）　三十九歲

是歲，王黼獨相，六月丙午加少師。

春正月癸酉，金人破遼中京。三月丙子，金人約宋夾攻遼國，宋命童貫屯兵邊境以應之。部將楊可世屢挫於遼。十二月丁亥，郭藥師敗遼將蕭幹於永清；辛卯，金人入燕京，遼主蕭氏出奔。

清照夫婦在萊州。

明誠得後魏鄭羲上碑。

金石録卷十一：「初，予爲萊州，得羲碑於州之南山，其末有云：『上碑在直南二十里天柱山之陽，此下碑也。』因遣人訪求，在膠水縣界中，遂摹得之。羲之卒，葬滎陽，其子道昭永平中爲光州刺史，爲其父磨厓石刻二碑焉。」

明誠又得鄭道昭登雲峰山與北齊雲峰山題記諸石刻。

于譜：「雲峰山現存北朝石刻十七處。其中有鄭道昭論經書詩、觀海童詩兩刻。金石録卷二目録第三百四十一、三百四十二，即此二刻，題作後魏鄭道昭登雲峰山詩上、下。北齊雲峰山題記，見卷三目録，乃鄭道昭子述祖所題。觀海童詩，各書多誤爲觀海島詩，當以石刻爲正。」

案：于譜列此條於上一年，明誠在宣和三年下半年到萊，似不能得碑如此之多，因移置於本年。

清照有曉夢詩。

案：鄭道昭觀海童詩屬游仙之類，中有句云：「雲路沉仙鵠，靈童飛玉車。」此外道昭尚有游仙詩數首，如王子晉駕鳳棲太室之山、安期生駕龍棲蓬萊之山等皆是。清照既參與金石録「筆削」，當讀過以上諸詩，故受啓發而作曉夢詩，詩中「因緣安期生」直接受鄭詩影響，尤屬明證。

明誠又得北齊天柱山銘、後魏天柱山東堪石室銘。

金石録卷二十二北齊天柱山銘跋：「在今萊州膠水縣。初，後魏永平中，鄭道昭爲郡守，名此山爲天柱，刻銘其上。至北齊天統元年，其子述祖繼守此邦，復刻銘焉。」天柱山東堪石室銘，見金石録卷二目録，無跋尾。

除夕，明誠再題歐陽修集古録跋尾。題云：「壬寅歲除日，於東萊郡宴堂重觀舊題，不覺悵然，時年四十有三矣。」見書前趙明誠手迹（二）。

案：于譜云：「按清照金石録後序，明誠建中靖國元年年二十一，以此下推，宣和四年爲四十二，與明誠自題不同。」蓋明誠所記爲虛歲，而于譜以實足年齡計之，故有此異。

宣和五年癸卯（一一二三）　四十歲

王黼獨相，五月庚申加太傅，以收復燕雲故也。宋史徽宗紀

案：續資治通鑑卷九十四，二月庚寅，宋使趙良嗣許金以契丹舊歲幣四十萬之外，每歲更加燕京代税一百萬緡。又卷九十五，夏四月壬辰，金主使楊樸齎誓書以燕京及涿、易、檀（澶）、順、景、薊六州歸宋。此即「收復燕雲」之實質。

秋七月戊午，以梁師成爲少保；己未，童貫致仕。

清照夫婦在萊州。

人日，清照從兄李迥爲李格非廉先生序作跋。

跋云：「迥昔童時，從先伯父、先考、先叔，西郊縱步三里，抵茂林修竹，谿深水静，得先生之居。謁拜先生，數幸侍側，欣聞謦欬之餘，獨愧顓蒙，未有知識。但見先生雲巾舄舄，羽服藤杖，身晦於林泉之間，望之如神仙中人，真古所謂隱逸者也。先生既殁，先考評其爲人，先叔作序，以紀名實。而太學諸生取其附於策斷之末，傳頌天下，儒者尊師之，迄今三十有七年矣。先生孫宗師，曾孫理、珪，更願樹之堅石，蓋求不朽。後進有立，喜爲之書。宣和癸卯正月人日，李迥謹題。」道光章丘縣志金石志，參見文物一九八四年第四期于中航廉先生序石刻考釋

中秋，明誠跋唐富平尉喬卿碣。

金石録卷二十八：「右唐顔喬卿碣，在長安，世頗罕傳。或云其石今亡矣。有朝士劉繹如者，汶陽人，家藏漢石刻四百卷，以予集録闕此碣也，輒以見贈。宣和癸卯中秋，在東萊重易裝褾，因爲識之。」于譜：「劉繹如，字成叔，東平人。著有金石苑……其書今已不存。」

明誠每晚在萊州静治堂校勘金石録並題跋。

後序：「憶侯在東萊静治堂，裝卷初就，芸簽縹帶，束十卷作一帙。每日晚吏散，輒校勘二卷，跋題一卷。」

案：静治堂，當爲州衙後堂。清照當助明誠整理金石録。

明誠得齊鐘銘。

金石録卷十三：「右齊鐘銘。宣和五年，青州臨淄縣民於齊故城耕地得古器物數十種，其間鐘十枚，有款識，尤奇，最多者幾五百字，今世所見鐘鼎銘文之多，未有踰此者。驗其詞，有『余一人』及『齊侯』字，蓋周天子所以命錫齊侯，齊侯自紀其功勳者……今余所藏，乃就鐘上摹拓者，最得其真也。」

明誠又得萊州人王無競諸人碑。

金石録卷三十唐中書舍人王無競碑、卷六目録著録唐膠水令徐公德政頌、唐掖縣令趙公德政頌，諸碑當在萊州所得。

宣和六年甲辰（一一二四） 四十一歲

王黼爲相，至十一月丙子致仕。九月乙亥，白時中、李邦彦入相。十二月癸亥，蔡京復相。

八月壬戌，以收復燕雲，大赦天下。

冬十月庚午，詔有收藏習用蘇黄之文者，並令焚燬，犯者以大不恭論罪。

宋史徽宗紀

明誠移知淄州，清照隨往。

案：據清照感懷詩序，宣和三年八月十日到萊州。序云「平生所見，皆不在目前」，當係到任未久。又據明誠跋唐顔喬卿碣，宣和五年中秋，尚在萊州。依宋制，州守三年爲一秩。明誠自宣和三年下半年知萊州，至六年下半年秩滿。其移知淄州，應在八月以前，或六、七月間，故後序云：「連守兩郡，竭其俸入，以事鉛槧。」

是歲，洪邁生。錢大昕洪文敏公年譜

宣和七年乙巳（一一二五）　四十二歲

蔡京、白時中、李邦彦並相。四月庚申，蔡京致仕。

九月壬辰，金人以擒遼主，遣使來宋告慶。十二月己酉，中山府報金人斡離不、粘罕分兩道入攻。郭藥師以燕山叛，北邊諸郡皆陷於金人。

十二月戊午，皇太子趙桓爲開封牧。庚申，趙桓即皇帝位，是爲欽宗。尊徽宗爲教主道君太上皇帝。

十二月甲子，金將斡離不陷信德府，粘罕圍太原。欽宗詔京東、淮西、浙募兵入衛。太學生陳東等伏闕上書，數蔡京、童貫、王黼、梁師成、李彦、朱勔罪，謂之「六賊」，請誅之。

清照夫婦在淄州。

明誠遷唐淄州開元寺碑。

金石録卷二十七：「右唐開元寺碑，李邕撰並書。碑初建於本寺，後人移寘郡廨敗屋下。余爲是州，遷於便坐，用木爲闌楯以護之云。」

明誠跋漢成陽靈臺碑。

金石録卷十六跋略云：「成陽屬今雷澤……余嘗考之，成陽，縣名，屬濟陰郡……今驗其缺處，姓下隱隱有『定』字，知其名定。而其後云『濟陰太守審晃、成陽令管遵各遣大掾輔助仲君』，知其姓仲。仲氏世爲成陽人，定有墓在雷澤，碑尚存，其題額『漢故廷尉仲君碑』。」篇末復注云：「余爲淄州，同官李蕘，雷澤人，云：『冢正在城西南。』」

明誠得孟姜盥匜銘與平陸戈。

金石録卷十三家藏古器物銘下：「右孟姜盥匜銘，余所録有叔匜銘，『匜』字作『鉇』。」

案：于譜云：「王厚之鐘鼎款識、薛尚功歷代鐘鼎彝器款識卷十二引古器物銘云：『得於淄之淄川。』薛書卷十七引古器物銘云，平陸戈藏淄川民間。明誠得此二器，當亦在守淄時。」

冬十月，明誠妹婿傅察爲接伴金賀正旦使，不屈遇害。

傅察忠肅集卷下傅公行狀：「宣和七年乙巳十月，借宗正少卿接伴大金國賀正旦使。」

三朝北盟會編卷二十二：「宣和七年十月，詔吏部員外郎傅察充接伴金國賀正旦使。」

同上書載李邴傅察墓誌：「十一月，公至燕山府，聞虜入寇，或勸其勿遽行。公曰：『銜命已出，聞難則止，如君命何！』遂行。二十一日，至薊州韓城鎮，使人失期。居數日，虜騎暴至，强公行，遇金國二太子斡離不，左右促公拜，白刃如林，公愈自立，衣冠顛頓，終不屈……公知不免，謂隨行書狀官侯彦等曰：『我以國故不屈，我死必矣。』」

十二月二日，明誠以職事修舉，除直秘閣。

宋會要輯稿選舉卷三十三宣和七年：「十二月二日，詔朝散郎權發遣淄州趙明誠職事修舉，可特除直秘閣。」

二月甲寅，賀鑄卒。

案：賀鑄字方回，有東山詞，清照詞論謂方回知「詞別是一家」，「賀苦少典重」。

十月十七日，陸游生於淮上。

宋欽宗靖康元年丙午（一一二六）　四十三歲

蔡京、白時中、李邦彦、張邦昌等爲相。三月丙申，蔡京被貶；七月乙酉，死於潭州。

春正月壬申，金人渡河；癸酉，犯京師；乙亥，攻通津、景陽等門，李綱督戰。閏十一月，金人又攻汴京，至丙辰，城遂陷。

後序：「至靖康丙午歲，侯守淄川，聞金人犯京師，四顧茫然，盈箱溢篋，且戀戀，且悵悵，知其必不爲己有矣。」

五月，傳察遺骨歸京師，特贈徽猷閣待制。

李邴傳察墓誌：「某以一介之使，馳不測之虜，臨以白刃，毅然不屈，以身殉於義……以旌高節，特贈徽猷閣待制。」

夏，明誠與清照共賞白居易所書楞嚴經。

繆荃蓀雲自在龕隨筆卷二：「唐白居易楞嚴經一百幅，三百九十六行，唐箋楷書，係第九卷後半卷。趙明誠跋云：『淄川邢氏之村，丘地平瀰，水林晶淯，牆麓磽确布錯，疑有隱君子居焉。問之，茲一村皆邢姓，而邢君有嘉，故潭長，好禮，遂造其廬，院中繁花正發。主人出接，不厭余爲茲州守，而重余有素心之馨也。夏首後相經過，遂出樂天書楞嚴經相示。因上馬疾馳歸，與細君共賞。時已二鼓下矣，酒渴甚，烹小龍團，相對展玩，狂喜不支。兩見燭跋，猶不欲寐，便下筆爲之記。趙明誠。』前後有紹興璽。末幅止角上半印，存『御府』二字。後有『寶慶改元花朝後三日重裝於寶易樓，遜志題』。此冊想見趙德夫夫婦相賞之樂。自序云『靖康丙午，侯守淄川』，當跋於此時，固俞理初未見者。」

案：黄盛璋趙明誠李清照夫婦年譜云：「此真跡……據繆氏所記，定爲真物，自非贋品。」王仲聞李清照事跡編年云：「繆氏曾否親見樂天真跡，抑自他書轉引，所記未詳。近人或云，白居易書楞嚴經，並非真跡，繆氏未考。」于譜繫此條於宣和七年，未知何據，但云：「中國大百科全書中國文學卷第一册，有白書片斷。近人或以爲僞。」

明誠以斬獲逋卒功轉一官。

許景衡橫塘集卷七趙明誠轉一官制：「逋卒狂悖，警擾東州。爾爲守臣，提兵帥屬，斬獲爲多。今録爾功，進官一等，剪除殘孽，拊循兵民，以紓朝廷東顧之憂。惟爾之職，往其懋哉！」

案：許景衡，字少伊，温州瑞安人。宣和六年，召爲監察御史。宋史本傳云：「欽宗即位，以左正言召，旋改太常少卿兼太子喻德，遷中書舍人。」其草制必在任中書舍人時。于譜以爲「其草明誠轉官制，當在八月以前」，可備一説。

十一月八日，明誠妹婿李擢任南壁清野。

靖康要録謂元年十一月八日，「梅執禮建議清野，從之。差王時雍東壁，李擢南壁，安扶北壁，邵溥西壁，並守禦使。」

閏十一月十四日，李擢以守禦不力落職。

三朝北盟會編卷六十六：「十四日己巳，雪晴，駕在城上，擐甲勞軍……守禦提舉李擢落職罷，以田灝代之。初，護龍河自賊迫近，即決汴水以增其深。其後雪寒冰合，賊於冰上布板置草覆之，將以攻城，而擢不介意。是日雪晴，上登城勞賞，見城濠填壘殆盡，責之，故有是命。」

靖康要録謂是月七日，「聖旨：李擢、喬師中坐視賊兵進棖濠河中三分之二，顯見守禦無力，各降四官。」

二十六日，明誠姨兄謝克家爲請命使，使於金軍。

三朝北盟會編卷七十：「城陷，上急召大臣、親王、侍從，而至者三人，謝克家其首也，因與徒步入閣中計議。俄頃，遣謝克家及景王（杞）使軍中請命。傳聞太上皇旨意極謙，皆以全活生靈爲主……午漏方正，景王與謝克家回，同金人使命來議和。」

案：續資治通鑑卷九十七謂是月乙卯，京城遂破，金人宣言議和退師。戊午，帝遣宰相何㮚及濟王栩使金軍以請成，㮚懼不敢行，帝固遣之……㮚喜和議成。可見克家此行在是月丙辰，早於何㮚兩日，而續通鑑未載。

冬十二月壬戌朔，欽宗在青城；康王趙構開大元帥府於相州。

欽宗靖康二年、高宗建炎元年丁未（一一二七）　四十四歲

春二月辛酉朔，欽宗趙桓自青城如金軍。

三月丁酉，金人立張邦昌爲楚帝。丁巳，金人俘徽宗趙佶北去。

宋史姦臣傳秦檜傳：「初，二帝北遷，檜……從至燕山，又徙韓州。上皇聞康王即位，作書貽尼堪，與約和議，俾檜潤色之。檜以厚賂達尼堪。」

趙甡中興遺史：「秦檜初以不願立張邦昌，遭尼瑪哈拘執北去，並妻王氏同行。」

案：檜妻王氏，珪孫女，仲山女，爲清照表姐。

三月，明誠奔母喪至江寧。

後序：「建炎丁未春三月，奔太夫人喪南來。」

清俞正燮癸巳類稿易安居士事輯：「靖康二年春，明誠奔母喪於金陵。」

宋黄公度知稼翁集卷十一代吕守祭趙丞相挺之夫人遷葬文：「殯於他鄉，金陵之墟；子持從槖，卜居晉水。」

案：黄公度，字師憲，莆田人。紹興八年省試第一，賜進士。累遷秘書省正字，因忤秦檜，罷歸，後在泉州幕；十九年差通判肇慶府。（見宋史翼卷二十四、詞則引黄沃爲公度青玉案詞所作之注。）此祭文蓋作於紹興十七年前後。王譜紹興五年括注：「趙挺之夫人遷葬晉水，蓋亦即泉州。惟其時或趙思誠守泉州，或退居泉州，與清照未必有關，據黄公度代作之祭文可知。」

夏四月庚申朔，金人俘欽宗及皇后、皇太子北去，府庫爲之一空。

五月庚寅朔，康王趙構即位於南京（今河南商丘），是爲高宗，同日改元建炎。

案：宋史高宗紀四月「丁卯，謝克家以『大宋受命之寶』至濟州，帝慟哭跪受，命克家還京師，趣辦儀物」。是克家爲高宗即位已作準備。

五月甲午，李綱爲相，趣赴行在。

五月丁酉，謝克家、李擢並受新命。

建炎以來繫年要録以下簡稱要録卷五：「尚書吏部侍郎謝克家爲翰林學士知制誥，克家以祖諱辭；乃命中書舍人李擢、朱勝非兼權直學士院。」

六月癸亥，張邦昌謫潭州、李擢謫郴州，以受僞命故也。

案：要録卷六云：「給事中李擢……爲邦昌權直學士院……於是遂責郴州。」宋史高宗紀作「柳州」，蓋形近而誤。

六月乙酉，宗澤任東京留守。

秋七月，詔明誠知江寧府兼江東經制副使。要録卷七

八月丁丑，李綱罷相。自此黄潛善居相位。

案：要録作「乙亥」。

八月壬午，斬太學生陳東及歐陽澈。

要録卷八：「壬午，斬太學生陳東、撫州進士歐陽澈于都市。先是上聞東名，召赴行在。東至，上書言宰執黄潛善、汪伯彦不可任，李綱不可去，且請上還汴，治兵親征，迎請二帝，其言切直。」

冬十月癸未，高宗至揚州。

十二月壬戌，青州兵變，殺知州曾孝序。

要録卷十一：「壬戌，資政殿學士、京東東路經略安撫使兼制置使知青州曾孝序爲亂兵所殺。先是，臨朐土兵趙晟聚衆爲亂，孝序付將官王定兵千人捕之，大衄而歸。孝序令毋入城，且責以力戰自贖，不則將議軍法。定自知不免，乃以言撼敗卒，奪門斬關而入。孝序度力不能制，因出據廳事，瞋目罵

賊，遂與其子宣教郎訏遇害。」

清照離青州南渡，載書十五車。

後序：「既長物不能盡載，乃先去書之重大印本者，又去畫之多幅者，又去古器之無款識者，後又去書之監本者，畫之平常者，器之重大者。凡屢減去，尚載書十五車。至東海，連艫渡淮，又渡江，至建康。青州故地，尚鎖書册什物用屋十餘間，期明年再具舟載之。」

案：王譜謂後序「奔太夫人喪南來」句下，即接「既長物不能盡載」，語意不相連接，此兩句間有空格，蓋有闕文。且明誠奔喪，似無載書而行之理。據此，後序「既長物」以下，應屬清照自叙。清照南渡，亦見趙明誠跋蔡襄書趙氏神妙帖，詳下一年。

明誠兄存誠知廣州，十二月到任，直至紹興元年六月。南宋經撫年表，宋會要選舉四

宋高宗建炎二年戊申（一一二八）　四十五歲

春正月，高宗在揚州。壬辰，金人犯東京。宗澤遣將擊退之。辛酉，亂軍張遇陷鎮江府，守臣錢伯言棄城走。

是歲，黄潛善、汪伯彦爲相。

春，清照抵江寧。

案：王譜：「書籍、金石刻、書畫等與清照同行。中途在鎮江遇盜（指張遇）掠。抵江寧時，必在建炎二年正二月之交。」

江寧旅邸後庭梅花盛開，清照有殢人嬌詞咏之。

案：此詞載黄大輿梅苑，而梅苑成書於建炎三年，詞當作於前一年。詞云「江樓楚館」，當指江南一帶，即江寧也。又云「莫直待，西樓數聲羌管」，喻形勢危急，金兵將南下也。

三月上巳召親族，清照有蝶戀花詞。

案：此詞見汲古閣未刻詞本。明陳耀文花草粹編卷七調下題作「上巳召親族」。詞云「空夢當時，認取長安道」，懷念被金兵占領的舊京汴梁也。

又有小重山詞。

案：此詞載宋曾慥樂府雅詞卷下。詞云「二年三度負東君」，謂靖康二年（建炎元年）、建炎二年也。依自然歲月乃「二年」，依政治上改元則稱「三度」。「負東君」，謂動亂時期無心賞春與賞梅也。

三月十日，明誠跋蔡襄書趙氏神妙帖。

趙明誠跋蔡襄書趙氏神妙帖：「此帖章氏子售之京師，余以二百千得之。去年秋，西兵之變，余家所資，蕩無遺餘。老妻獨攜此而逃。未幾，江外之盜再掠鎮江，此帖獨存，信其神工妙翰，有物護持也。建炎二年三月十日。」

案：「西兵之變」，指宋史高宗紀所云「是秋，金人分兵據兩河州縣，惟中山、慶源府、保、莫、邢、洺、冀、磁、絳、相州久之乃陷」。「江外之盜」，指建炎二年春正月辛酉，「張遇陷鎮江府」。

夏四月十九、二十一日，蔡傳素、蔣猷等觀趙氏神妙帖。于譜

宋岳珂寶真齋法書贊卷九跋云：「右蔡忠惠公趙氏神妙帖三幅，待制趙明誠字德甫題跋真蹟共一卷。法書之存，付授罕親，此獨有德甫的傳次第，而蔣仲遠猷、晁以道説之、張彦智縝俱書其後，中有彦遠者，未詳其爲誰。承平文獻之盛，是蓋蔚然可觀矣。德甫之夫人易安居士，流離兵革間，負之不釋，篤好又如此。所憾德甫跋語，磨損姓名數字。帖故有石本，當求以足之。嘉定丁亥十月，予在京口，有鬻帖者持以來，叩其所從得，靳不肯言。予既從售，亦不復詰云。贊曰：公書在承平盛時已售錢二十萬，趙氏所寶也。題跋皆中原名士，今又一百年，文獻足考也。易安之鑒裁，蓋以與身存亡之鼎，同此持保也。予得之京口，將與平生所得之真，俱供吾志也。」

于譜：「按彦遠應即董逌，其人字彦遠，東平人。靖康末官國子祭酒。南渡後，召爲中書舍人，以考據鑒賞擅名，有廣川書跋十卷，廣川畫跋六卷。」餘不具引。

夏，清照有添字醜奴兒詞咏芭蕉。

案：此詞載全芳備祖後集卷十三芭蕉門，詞云「傷心枕上三更雨」、「愁損北人不慣起來聽」，寫初到江南，不習慣於梅雨敲打芭蕉也。

秋七月癸未朔，東京留守宗澤憂憤死。續通鑒卷一〇二

九月，明誠起知建康府。

後序：「建炎戊申秋九月，侯起復知建康府。」

案：王譜、于譜皆繫於建炎元年八月，疑非是。又要録卷七謂建炎元年七月丁巳，江東經制使翁彦國死，李綱曰：「且降詔撫慰東南。仍起復直龍圖閣趙明誠知江寧府兼江東經制副使。」原注：「日曆：明誠明年正月己亥除知江寧府，而建康知府題名明誠以元年八月到任。按江寧要地，無緣彦國死半歲方除帥臣。蓋日曆差誤。」此説亦可議。據宋史禮志二十八，父母喪，須丁憂三年（實二十七個月），未及卒哭，不能莅官。「牧伯刺史以上，皆卒哭後恩制起復；其在切要者，不候卒哭。」明誠建炎元年三月奔母喪，至本年秋九月，尚未卒哭，因在「切要」，可提前起復。準此，當以後序爲可信。

秋，清照有青玉案詞，蓋寫與弟远相逢又别之感慨。

案：此詞載元刻初印本翰墨大全後丙集卷四，題作「送别」。汲古閣未刻詞本調下注云：「用山谷韻。」山谷乃用賀鑄韻，注者不知而誤謂山谷韻。詞云「鹽絮家風人所許」，言其父祖皆有文化修養，有上樞密韓公詩可證。

秋末，清照有鷓鴣天詞，抒思鄉之情。

案：此詞載樂府雅詞卷下。今人黄墨谷、陳祖美皆以爲建炎二年作，兹從之。詞云：「秋已盡，日猶長，仲宣懷遠更凄凉。」乃謂秋日懷鄉也。

是歲，明誠向謝伋借閱唐閻立本所繪蕭繹賺蘭亭圖，未歸。

案：此事見施宿嘉泰會稽志卷十六所載吴説跋。跋略云：此圖乃李後主故物，周穀以贈同郡人謝伋。伋攜至建康，爲郡守趙明誠所借，因不歸。紹興元年七月望，郡人吴説得之於錢塘。謝伋，字景思，明誠姨兄克家子，官至太常少卿，著有四六談塵。

十二月辛未，金人犯青州。宋史高宗紀

明誠、清照所留青州文物盡燬。

後序：「十二月，金人陷青州，凡所謂十餘屋者，已皆爲煨燼矣。」

案：是歲正月癸卯，金兵陷青州，尋棄去（宋史高宗紀），故文物未及毁，至十二月始被毁。

寒雪日，清照每登建康城尋詩。

宋周煇清波雜志卷八：「頃見易安族人言，明誠在建康日，易安每值天大雪，即頂笠披蓑，循城遠覽以尋詩。得句必邀其夫賡和，明誠每苦之也。」

清照有詩刺南渡君臣。

宋胡仔苕溪漁隱叢話後集卷三十三引詩説雋永：「李在趙氏時，建炎初從秘閣守建康，作詩云：『南來尚怯吴江冷，北狩應悲易水寒。』又云：『南渡衣冠少王導，北來消息欠劉琨。』」又見莊綽雞肋編卷中，詳卷二佚句箋注。

建炎三年己酉（一一二九）　四十六歲

春正月，高宗在揚州；二月壬子聞金兵至，倉卒南渡至鎮江府；壬戌，駐蹕杭州；五月乙酉，至江寧府，改府名爲建康。

是歲二月，黄潛善、汪伯彦罷相。朱勝非、吕頤浩、杜充并相。

二月二十八日，謝克家跋謝克明所次韓愈集。

宋方崧卿韓集舉正叙録收謝克家跋，末署：「建炎三年二月二十八日，天台郡齋記。」

案：要録卷十六建炎二年七月乙未：「朝請郎提舉杭州洞霄宮謝克家上疏自辯不受張邦昌僞命，且嘗奉國寶至濟州……疏入，召克家及顯謨閣待制知平江府孫覿赴行在。丁酉，殿中侍御史馬伸言克家、覿趨操不正，姦佞相濟，小人之雄者也。在靖康間，與李擢、李會、王及之、王時雍、劉觀七人，結爲死黨，附耿南仲，倡爲和議之説。」庚戌，「克家不自安，乞補郡，乃以龍圖閣待制知台州。」

春正月初七，清照有菩薩蠻詞。

案：此詞載樂府雅詞卷下，中云：「燭底鳳釵明，釵頭人勝輕。」謂人日（正月初七）也。歇拍「西風留舊寒」，喻時局尚嚴酷也。

春二月，清照有臨江仙二首。

案：其一上片歇拍云：「春歸秣陵樹，人客建康城。」知作於到建康未久。又一首中云「南樓羌管休吹」，似喻金人南下。結句「暖風遲日也，別到杏花肥」，謂時届二月初。

又有訴衷情（枕畔聞梅香）、滿庭芳（殘梅）、浣溪沙諸詞。

案：以上三詞，皆咏及梅花，並有二首謂是「江梅」，當爲南渡後作。

春三月，明誠罷守江寧，具舟西上。

後序：「己酉春三月罷，具舟上蕪湖，入姑孰，將卜居贛水上。」

案：要録卷二十建炎三年二月甲寅：「御營統制官王亦將京軍駐江寧，謀爲變，以夜縱火爲信。江東轉運副使、直徽猷閣李謨覘知之，馳告守臣秘閣修撰趙明誠。時明誠已被命移湖州，弗聽。謨飭兵將，率所部團民兵伏塗巷中，柵其隘。夜半，天慶觀火，諸軍譟而出，亦至，不得入，遂斧南門而去。遲明訪明誠，則與通判府事朝散郎毌丘絳、觀察推官湯允恭縋城宵遁矣。其後，絳、允恭皆抵罪。」可見明誠之罷職，乃因臨陣而逃故也。

夏，舟經烏江縣，清照賦詩弔項羽，刺現實。

案：此詩題作烏江，繡水詩鈔題作夏日絶句。後序謂明誠「己酉三月罷……夏五月至池陽」。可見約四月經烏江。烏江位于江寧、蕪湖之間，爲清照舟行必經之地。其地有西楚霸王祠，唐李陽冰題額。金石録卷七目録載：「唐西楚霸王祠堂頌，賀蘭進明撰，賀蘭誠書，天寶十三載十月。」一向注意考察古蹟的趙明誠此時當考察霸王祠，而清照作詩弔之，並借此諷諭南渡君臣。

夏五月乙酉，高宗由杭州至江寧，駐蹕神霄宮，改府名建康。宋史高宗紀

五月，至池陽，明誠被旨知湖州。

後序：「夏五月，至池陽，被旨知湖州。過闕上殿，遂駐家池陽。」

六月十三日，明誠獨赴行在（建康），與清照告别。

後序：「（明誠）獨赴召。六月十三日，始負擔捨舟，坐岸上，葛衣岸巾，精神如虎，目光爛爛射人，望舟中告别。余意甚惡，呼曰：『如傳聞城中緩急，奈何？』戟手遥應曰：『從衆，必不得已，先棄輜重，次衣被，次書册卷軸，次古器；獨所謂宗器者，可自負抱，與身俱存亡，勿忘。』遂馳馬去。」

秋七月壬寅，隆祐皇太后（哲宗后孟氏）率六宫赴洪州。

後序：「朝廷已分遣六宫。」宋史高宗紀八月「己未，太后發建康」。

八月，張飛卿學士在建康視明誠，并示以玉壺。

後序：「先侯疾亟時，有張飛卿學士攜玉壺過視侯，便攜去，其實珉也。」

案：張飛卿，名汝舟，陽翟人。明張丑清河書畫舫申集王晉卿夢游瀛山圖田亘跋云：「王晉卿圖瀛山，筆畫精緻。京師貴游蓄之，爲希代之寶……陽翟張飛卿見而得之，以遺友人傅延之。延之出以示余，余悲而賦詩。建炎初元九月廿八

日，陽翟田亘元邈。」王譜按：「此張飛卿乃陽翟人，喜書畫，其時代亦爲建炎，當與攜玉壺過明誠者爲同一人。清陸心源儀顧堂題跋卷十三癸巳類稿易安事輯書後以爲此張飛卿即毗陵之張汝舟，名汝舟而字飛卿，不知其一爲毗陵，一爲陽翟，殆未深考。」茲就兩張汝舟辨析如下：

一、毗陵（今江蘇常州）張汝舟，崇寧五年進士，見咸淳毗陵志卷十一。宣和二年任殿中侍御史，見宋史選舉志五及文獻通考卷三十四選舉考，宣和五年，以直秘閣權知越州，見吴廷燮北宋經撫年表。又宋會要職官六之十九云：「宣和七年十一月二十三日，詔任希旦前降復職指揮，更不施行，送吏部，以臣僚論希旦貪污不法，狼藉有聲，頃知泗州，無罪死於獄者三十餘。張汝舟嘗發其貪污，錢景述、向子諲、俞賙、常同奏其不法，故有是責。」南渡後，張汝舟除直顯謨閣依舊知明州，李正明大隱集卷二有除直顯謨閣依舊明州制，云：「治行有聞，辨事不擾，進躋華職，用奬爾勞，增秩賜金，無愧於古。」要録卷三十載，建炎三年十二月戊子：「朝奉郎知明州張汝舟爲中書門下省檢正諸房公事。」又卷三十三載四年五月癸卯：「中書門下省檢正諸房公事張汝舟特遷一官。初，上過明州，汝舟應奉簡儉，粗能給足；至台州，而守臣直顯謨閣晁汝爲儲峙豐備，論者以爲擾民……上曰：『……第以儉樸褒汝舟，則好惡自明。』」綜上所述，毗陵張汝舟係進士出身，直言敢諫，清正廉潔，政績有聞，絶不會以珉欺趙明誠。且建炎三年在明州任上，勢不能至建康視明誠疾。

二、陽翟張汝舟，史料較少，今存僅兩條。要録卷四十三，紹興元年三月己巳：「承奉郎張汝舟特遷一官，往池州措置軍期事務。」又卷五十八謂汝舟爲「右承奉郎」（詳紹興二年譜），所謂「右」者，依宋制，當指無出身而居官之文人。而毗陵張汝舟登崇寧五年進士第，乃有出身之文人，毗陵張汝舟於建炎三年已官朝奉郎，陽翟張汝舟至紹興元年方得此銜，前者較後者高六階。且前者建炎四年五月在明州因「應奉簡儉」特遷一官，升任中書門下省检正諸房公事，由地方調中央。而後者紹興元年、二年却在池州措置軍期事務。二者地位懸殊，不可能爲同一人。

八月十八日，明誠卒於建康，年四十九。

後序：「（明誠）遂馳馬去，塗中奔馳，冒大暑，感疾，至行在，病痁。七月末，書報卧病，余驚怛，念侯素性急，奈何病痁？或熱，必服寒藥，疾可憂。遂解舟下，一日夜行三百里。比至，果大服柴胡、黄芩藥，瘧且痢，病危在膏肓。余悲泣倉黄，不忍問後事。八月十六日，遂不起。取筆作詩，絶筆而終。」

旋葬之，清照爲文以祭。

謝伋四六談麈卷一：「趙令人李，號易安，其祭湖州文曰：『白日正中，嘆龐翁之機捷；堅城自墮，憐杞婦之悲深。』」謝伋，趙明誠姨兄克家之子。談麈成書於紹興十二年五月十三日。

葬畢，清照大病，時勢日亟，以文物器皿托李擢帶往洪州。

後序：「葬畢，余無所之。朝廷已分遣六宫，又傳江當禁渡。時猶有書二萬卷，金石刻二千卷，器皿茵褥可待百客，他長物稱是。余又大病，僅存喘息。時勢日迫，念侯有妹婿任兵部侍郎，從衛在洪州，遂遣二故吏往投之。」

案：宋史高宗紀八月：「己未，太后發建康……（閏八月）丁酉，太后至洪州。」要録卷二十六謂八月壬子，「詔尚書吏部侍郎高衛從衛往洪州」，而未及李擢，唯卷二十九云十一月壬子，隆祐太后退保虔州，知洪州王子獻棄城遁走撫州，「於是中書舍人李公彦、徽猷閣待制權兵部侍郎李擢皆遁」。可見後序所云「妹婿任兵部侍郎」，即李擢也。公彦，擢之父。

病起，清照作山花子詞。

案：此詞見汲古閣未刻詞本漱玉詞，四印齋本調名作攤破浣溪沙，首句云「病起蕭蕭兩鬢華」，後起云「枕上詩書閑處好」，即後序所云「偶病中把玩，搬在卧内者」也。

閏八月壬辰，御醫王繼先從趙明誠家市古器，謝克家奏止之。

要録卷二十七閏八月壬辰：「和安大夫開州團練使王繼先，嘗以黄金三百兩，從故秘閣修撰趙明誠家市古器。兵部尚書謝克家言：恐疏遠聞之，有累盛德，欲望寢罷。上批令三省取問繼先因依。繼先，開封人，時年三十餘。爲人姦黠，喜諂佞，善褻狎。建炎初，以醫得幸，其後浸貴寵，號王醫師。」靖康二年春，高宗在揚州，白晝淫樂，金兵突襲時受驚，喪失生育能力，繼先爲配壯陽藥，倍受寵幸，嘗失言：「檜，國之司命；繼先，朕之司命。」

案：宋史佞幸王繼先傳謂：「繼先遭遇冠絶人臣，諸大帥承順下風，莫敢少忤，其權勢與秦檜埒。檜使其夫人詣之，叙拜兄弟，表裏引援。」又謂侍御史杜莘老劾其十罪，中有一條，「自金使來，日輦重寶之吴興」。可見王繼先善聚斂，故向明誠家市古器。而檜與王氏雖爲清照表親，却未伸援手。

十一月丁卯，清照兩舅降金。

要録卷二十九冬十一月丁卯：「時金分兵侵撫州，守臣王仲山以城降拜，金以其子權知州事，令括管内金銀赴洪州送納。又侵袁州，守臣顯謨閣待制王仲嶷亦降。仲山，珪子；仲嶷，仲山兄也。」

案：仲山，又作仲端。二人乃清照生母之兄弟。

十一月戊午，金人陷洪州，趙氏連艫渡江之書散爲雲烟。

後序：「冬十二月，金人陷洪州，遂盡委棄，所謂連艫渡江之書，又散爲雲烟矣。獨餘少輕小卷軸書帖，寫本李、杜、韓、柳集，世説、鹽鐵論，漢唐石刻副本數十軸，三代鼎鼐十數事，南唐寫本書數篋。偶病中把玩，搬在卧内者，巋然獨存。」

案：宋史高宗紀十一月戊午：「金人陷洪州，權知州李積中以城降。」後序謂十二月，誤。

夫死，往依其弟李迒。

後序：「上江既不可往，又虜勢叵測，有弟迒，任勅局删定官，遂往依之。」

案：前人多疑「迒」字誤，然清照有堂兄李迥，曾爲明水廉先生序題跋，皆爲「辶」旁，當不誤。又宋會要輯稿刑法一之三五載，紹興元年五月二十八日，宣義郎李迒轉一官，皆可證。

時傳趙氏有「頒金」之語，清照惶怖，盡將銅器赴外廷投進，一路追隨帝踪。

後序：「先侯疾亟時，有張飛卿學士攜玉壺過視侯，便攜去，其實珉也。不知何人傳道，遂妄言有頒金之語，或傳亦有密論列者。余大惶怖，不敢言亦不敢已，盡將銅器等物，欲赴外廷投進。到越，已移幸四明，不敢留家中，並寫本書寄剡。」

案：頒金，指皇帝賜金。高宗喜書畫、好古玩，其寵臣御醫王繼先又曾以黄金三百兩向趙家市古器。因此以「頒金」爲名，向趙氏遺孀李清照求購文物，清照懼，遂欲向外廷投進。參見本書金石録箋注〔五八〕。所謂「密論列者」，似指王繼先，宋史本傳稱其「姦黠善佞」、「怙寵奸法」，故能密爲論列。

據宋史高宗紀，本年冬清照追隨高宗之行踪如下：十月癸未，帝至杭州，復如浙東；壬辰，帝至越州；十一月戊申，金帥兀朮陷和州，己酉，陷無爲軍；庚申，陷真州；壬戌，犯建康府，陷溧水。己巳，帝發越州；癸酉，帝如明州；十二月丙子，帝至明州；壬午，定議航海避金兵；乙酉，兀朮陷臨安府；己丑，帝乘樓船次定海縣；癸巳，帝次昌國縣；戊戌，金兵陷越州；庚子，帝移幸温、台。清照一路追隨高宗，後有追兵，艱辛異常。

清照離建康南下，途中作浪淘沙詞，懷念明誠。

案：此詞見明楊慎詞林萬選卷四，詞云「畫樓重上與誰同」，「留得羅襟前日淚，彈與征鴻」，皆爲懷念新故之明誠。又云「回首紫金峰」，顯係指鎮江之紫金峰。

冬，又作孤雁兒詞，再抒悼念明誠之情。

案：此詞載梅苑卷一，有序云：「世人作梅詞，下筆便俗。予試作一篇，乃知前言不妄耳。」梅苑於今冬編成，故知詞作於本年冬初。詞之下闋云「吹簫一去玉樓空」，乃悼念明誠也。

又有清平樂詞，寫奔亡之苦。

案：此詞載梅苑卷九。下闋云：「今年海角天涯，蕭蕭兩鬢生華。」蓋寫追隨帝踪，漂流兩浙也。

冬，梅苑編成，收清照詞六首。

案：據編者黄大輿自序，此書成於己酉（建炎三年）之冬，内收清照孤雁兒、滿庭芳（小閣藏春）、玉樓春（紅酥肯放瓊苞碎）、漁家傲（雪裏已知春信至）、清平樂（年年雪裏）、殢人嬌（玉瘦香濃）。

建炎四年庚戌（一一三〇）　四十七歲

是歲，吕頤浩、杜充、范宗尹爲相。

春，清照追隨高宗輾轉浙東。

後序：「到台，台守已遁。之剡，出陸，又棄衣被走黄巖。僱舟入海，奔行朝。時駐蹕章安，從御舟海道之温，又之越。」

案：據宋史高宗紀，春正月甲辰朔，御舟碇海中。乙巳，金人犯明州，張俊及守臣劉洪道擊退之。丙午，帝次台州章安鎮。庚戌，金人再犯明州。己未，金人陷明州，夜大雨，破定海，以舟師來襲御舟，張公裕以大舶擊退之。辛酉，帝發章安鎮，甲子，泊温州港口。丁卯，台州守臣晁公爲遁。二月丙子，金人自明州引兵還臨安，丙戌，自臨安退兵，帝命劉光世率兵追之。庚寅，帝次温州，浙東防遏使傅崧卿入越州。三月丁巳，金人至鎮江府，韓世忠屯焦山寺邀擊之。辛酉，御舟發温州。夏四月癸未，帝駐越州。清照一路追隨，唯「入睦」路綫不合，蓋後序誤。「睦」，一作「陸」，可從。

清照在明州，嘗散失書畫。

元袁桷清容居士集卷四十六跋定武禊帖不損本：「趙明誠本，前有李龍眠畫右軍像，後明誠親跋。

明誠之妻李易安夫人避難奉化，其書畫散落，往往故家多得之。」清全祖望鮚埼亭集外編卷二十三宋紹興學宫禊帖舊本紀：「趙侍郎明誠本，前有龍眠蜀紙右軍像，後有明誠跋。明誠夫人李易安寓吾鄉之奉化，故歸於史氏。」又鮚埼亭集卷二李易安蘭亭嘆序再及之，並云右軍小像，「宋亡，流轉入燕，是吾鄉蘭亭掌故也。京邸曾見之於宗室貝子齋中，谷林勸余以詩紀之。」

案：奉化爲明州屬縣。清照避居明州，當在本年正月中。

入海，有漁家傲詞志其事。

案：此詞見樂府雅詞卷下，詞云：「天接雲濤連海霧，星河欲轉千帆舞。彷彿夢魂歸帝所，聞天語，殷勤問我歸何處。」寫海上航行，並假想遇高宗也。今人或謂作於萊州，恐未安。詞人若無航海體驗，決不能寫出此詞。

夏四月癸未，帝駐越州。宋史高宗紀

案：自是日起，至紹興二年正月丙午，行朝在越州，清照亦居越州。

五月壬子，謝克家試工部尚書、綦崈禮試尚書吏部侍郎、李擢試給事中。

要録卷三十三：「徽猷閣學士知泉州謝克家試工部侍郎……中書舍人綦崈禮試尚書吏部侍郎，給事中汪藻試兵部侍郎，仍兼直學士院。時從官隨駕者，惟崈禮及藻兩人，它在道未至也。尋又詔崈禮兼直學士院……徽猷閣待制李擢並試給事中。徽猷閣待制席益、胡交修並試中書舍人。」

案：陳與義簡齋集卷二十五有三月二十日聞德音寄呈李德升席大光新有召命皆寓永州詩，胡穉注：「德升名擢，濟南人。」是日，高宗「以金兵退肆赦」，蓋李擢自永州貶所召還，至五月壬子，始任給事中也。綦崈禮，字叔厚，高密人。趙挺之有一姊（或妹）嫁其父綦亢，贈封文安郡夫人，紫微集卷二十有特贈文安郡夫人制。故崈禮爲明誠之表兄。又洪邁翰苑群書卷下翰苑題名謂崈禮紹興元年二月，以吏部侍郎權直學士院。後清照因訴後夫張汝舟入獄，得其援助，有投翰林學士綦崈禮啓（見紹興二年九月譜）。

秋七月乙卯，金人徙徽、欽二帝自韓城之五國城。

七月丁巳，申明元祐黨人子孫于州郡自陳，盡還當得恩數。宋史高宗紀

案：要録卷三十五載言者謂元祐臣僚雖三次遇赦，尚未盡復恩數，宰執如吕公著、范純仁，餘官若程頤、晁補之、黄庭堅、張耒、李格非，乞特降親筆，並與盡復官職、贈謚。均案：格非是否追復官職，史無明文，然其子迒已于建炎三年任勅局删定官，當已得恩數。

七月丁卯，金人立劉豫爲帝，國號齊。宋史高宗紀清照作詩斥之。

朱熹朱子語類卷一百四十：「本朝婦人能文只有李易安與魏夫人。李有詩，大略云『兩漢本繼紹，新室如贅疣』云云，『所以嵇中散，至死薄殷周』。中散非湯武得國，引之以比王莽。如此等語，豈女子所能。」

案：此四句後人多作一首，乾隆章丘縣志則題作咏史。

八月辛未朔，以禮部尚書謝克家爲參知政事。宋史高宗紀

冬十月，秦檜攜妻王氏自楚州經漣水航海歸行在。宋史秦檜傳

要録卷三十八：「初，金人以檜請存趙氏，金主晟高其節，以賜左監軍昌爲任用。任用者，猶執事也……由是得與王氏俱行……至漣水軍界，爲（丁）裸邏者所得。」上書同卷注引朱勝非秀水閑居録云：「秦檜隨敵北去，爲大帥達蘭任用，至是與其家始得歸。檜，王氏（王珪子仲山）婿也。王仲山有別業在濟南，金爲取千緡贐其行。然全家來歸，婢僕亦皆故人，知其非逃歸也。」又引林泉野記云：「檜在金，爲徽宗作書上尼瑪哈，以結和議。尼瑪哈喜之，賜錢萬貫、絹萬匹。建炎四年，金攻楚州，乃使乘船艦，全家厚載而還，俾結和議爲内助。檜至漣水軍賊丁裸寨，諸將多曰：『兩軍相拒，豈全家厚載造朝者，必大金使來陰壞朝廷，宜速誅之，以絶後患。』」又引趙甡之遺史云：「秦檜初以不願立張邦昌遭尼瑪哈拘執北去，并妻王氏同行，隨行者有小奴硯童、小婢興兒、御史臺衙司翁順而已……金人欲用達蘭提兵而南也，命檜以任用偕行。檜密與妻王氏爲計：至燕山府留王氏，而已獨行；故爲喧争曰：『我家翁父使我嫁汝時，有貲財二十萬貫，欲使我與汝同甘苦，盡此平生。今大金國以汝爲任用，而乃棄我於途中耶！』喧争不息。達蘭之居與檜之居鄰比，聲相聞。達蘭之妻一車婆聞之……曰：『不須慮也，大金法令，許以家屬同行。』」

案：清照父李格非爲王珪之婿，秦檜爲王珪孫婿。則清照與檜妻王氏實姑表姊妹。王氏乃清照二舅王仲山之女，見王明清揮麈録餘話卷二，云：「後會之（秦檜）再入相，會之，仲山婿也。」而仲山爲王珪之次子。

十月丁亥，綦密禮知漳州。

要録卷三十八：「丁亥，尚書吏部侍郎兼權直學士院綦崈禮充徽猷閣待制知漳州。」

十一月丁未，秦檜爲禮部尚書。

十一月壬子，朝廷放散百官，清照至衢州。

後序：「庚戌十二月，放散百官，遂之衢。」

案：要録卷三十九「十一月庚戌」載：「自金人破楚州，遊騎至江上，朝廷震恐，乃議放散百司。」壬子：「詔放散行在百司，除侍從臺諫官外……餘令從便寄居，候春暖赴行在。」清照謂十二月，當爲實行之日。

是歲，朱熹生。王懋竑朱子年譜考異附録

紹興元年辛亥（一一三一）　四十八歲

春正月己亥朔，帝在越州。是日，改元紹興。

二月辛巳，以秦檜爲參知政事。

三月，清照復赴越，文物被盜五簏。

後序：「紹興辛亥春三月，復赴越……惟有書畫硯墨可五七簏，更不忍置他所，常在卧榻下，手自開闔。在會稽，卜居土民鍾氏舍，忽一夕穴壁負五簏去。余悲慟不得活，重立賞收贖。後二日，鄰人鍾復皓出十八軸求賞，故知其盜不遠矣。萬計求之，其餘遂不可出。今知盡爲吴説運使賤價得之。所謂巋然獨存者，乃十去其七八。」

案：要録卷二十四載建炎四年六月癸未：「朝請郎主管江州太平觀吴説爲福建路轉運判官。」王讜按：「吴説已於是年七月望在錢塘得閣立本畫，被盜事當在三月與七月之間。」

夏四月二十八日，以府帥趙存誠之請，「詔廣東路轉運司急速挪撥修城錢五千貫付廣州，專充修城使用」。宋會要方域九之二十八、二十九

夏六月甲戌，詔諸路轉運司類省試舉人，令於帥臣部使者中擇文學之臣領其事，明誠兄存誠自廣東當此選。要録卷四十五

秋八月丁亥，以秦檜爲尚書右僕射、同中書門下平章事、兼知樞密院事。

八月四日，清照弟李迒轉一官，權工部侍郎韓肖胄落權字。

宋會要輯稿刑法一之三五：「八月四日，參知政事提舉重修勑令張守等上紹興新勑一十二卷……詔詳定官權工部侍郎韓肖胄落權字……宣義郎李迒……各轉一官。」

九月甲午朔，給事中李擢罷爲顯謨閣待制知嚴州。

要録卷四十七云：「先是侍御史沈與求奏，擢嘗事僞庭，不當用。不報，擢求去，乃有是命。」

十一月戊戌，詔移蹕臨安。

紹興二年壬子（一一三二）　四十九歲

春正月壬寅，帝發紹興府；丙午，至臨安府，己未，修臨安城。

春，清照赴臨安。

後序：「壬子，又赴杭。」

案：清照當在高宗還杭不久赴杭。

三月甲寅，清照作一聯嘲新進士張九成。

要録卷五十二紹興二年三月：「甲寅，上策試諸路類試奏名進士。」注引鹽官進士張九成對策，有云：「澄江瀉練，夜桂飄香，陛下享此樂時，必曰西風凄動，兩宮得無憂乎？」「上感其言，擢九成第一。」

陸游老學庵筆記卷二：「張子韶對策有『桂子飄香』之語。趙明誠妻李氏嘲之曰：『露花倒影柳三變，桂子飄香張九成。』」

清俞正燮癸巳類稿卷十五易安居士事輯：「又爲詩誚應舉進士曰：『露花倒影柳三變，桂子飄香張九成。』應舉者服其工對，傳誦而惡之。」

案：張九成，字子韶，宋史有傳。

春，清照有偶成詩悼念明誠。

案：此詩載永樂大典八八九册十八頁，爲黄盛璋先生首次發現。詩中回憶十五年前屏居青州時夫婦賞花賦詩情景。

又有菩薩蠻詞懷念故鄉。

案：此詞原載樂府雅詞卷下，起云「風柔日薄春猶早，夾衫乍著心情好」，似爲定居杭州時語。换頭云「故鄉何處是，忘了除非醉」，思鄉也。

八月甲寅，秦檜罷相，以綦密禮出其所獻二策故也。

要録卷五十七八月：「甲寅，尚書右僕射同中書門下平章事兼知樞密院事秦檜罷爲觀文殿學士提舉江州太平觀……上乃召兵部侍郎兼直學士院綦密禮入對，出檜所獻二策，大略欲以河北人還金，中原人還劉豫，如斯而已。上謂密禮曰：『檜言南人歸南，北人歸北，朕北人，將安歸？又檜言臣爲相數月，可使聳動天下，今無聞。』密禮請御筆付院，上即索紙，書付密禮。」

案：此御筆於紹興二十三年令台州於謝伋家收繳，詳後譜。

八月丙辰，明誠兄思誠守起居郎。

要録卷五十七謂是日「直秘閣主管江州太平觀趙思誠守起居郎……思誠，明誠兄也」。

九月戊午朔，以清照訟後夫張汝舟妄增舉數入官，張因除名，柳州編管。

要録卷五十八謂是日「右承奉郎監諸軍審計司張汝舟屬吏，以汝舟妻李氏訟其妄增舉數入官也。

其後有司當汝舟私罪，徒，詔除名，柳州編管。原注：十月己酉行遣。李氏，格非女，能爲歌詞，自號易安居士。」

案：此爲陽翟張汝舟，見建炎三年八月譜。要録爲嚴肅之史書，上承通鑒、續資治通鑑長編治史傳統，以官修日曆、實録、會要爲主要資料來源，經翔實考訂而成書，可作信史。然後之學者爲清照改嫁事「辨誣」，疑所云不實，蓋未深考也。

王灼碧雞漫志卷二：「易安居士，京東路提刑李格非文叔之女，建康守趙明誠德甫之妻……趙死，再嫁某氏，訟而離之。」

案：宋人所紀清照改嫁史料約七條，見黄盛璋李清照事跡考辨（載中華書局一九六二年版李清照集），可證清照確曾改嫁。改嫁本無礙人品，亦宋代之習俗。據宋史禮志十八：「宗室女再嫁者，祖、父有二代任殿直若州縣官已上，即許爲婚姻。」又云：「宗室離婚，委宗正司審察……非袒免以上親與夫聽離，再嫁者委宗正司審核。」宋代名臣范仲淹「生二歲而孤，母夫人貧無依，再適長山朱氏」，後公貴，贈「妣謝氏爲吴國夫人」（見歐陽修范仲淹神道碑）。又秦觀外舅徐成甫之繼室蔡氏夫人，本爲環氏孀婦，「一年而歸徐君」，「卒之日，里巷相傳，皆嘆曰：『異者若人者，豈前古所謂烈女者歟！』」（見拙著淮海集箋注卷三八蔡氏夫人行狀）在宋代宗室女之再嫁已載入禮志，事實上當不乏其人。因此清照之再嫁，在當時是合法合理合情之舉，且有事實根據，毋庸諱言。是時清照自己亦有投翰林學士綦密禮啓，談及改嫁經過云：「弟既可欺，持官書來輒信；身既欲死，非玉鏡架亦安知。」謂改嫁係被欺騙。故苕溪漁隱叢話前集卷六十云：「易安再適張汝舟，未幾反目，有啓事與綦處厚云：『猥以桑榆之晚景，配兹駔儈之下才。』傳者無不笑之。」據啓事云：「友凶横者十旬，蓋非天降；居囹圄者九日，豈是人爲！」可見與後夫相處才百日，而入獄却九天。依宋刑統：妻告夫雖得實，亦須「徒二年」，蓋因綦密禮之援手，故清照入獄九天而獲釋。自明人徐𤊹筆精而後，清代盧見曾、俞正燮、陸心源、李慈銘以及當代夏承燾、唐圭璋、黄墨谷諸家，皆反對改嫁之説，然多爲推理，而無史實爲據，似不可從。

九月己巳，集英殿修撰李擢復徽猷閣待制。要録卷五十八

冬十一月二十三日，詔從泉州故相趙挺之家取國史實録善本。

宋會要輯稿五十五崇儒四：「紹興二年十一月二十三日，秘書少監洪炎言：『福州故相余深家、泉州故相趙挺之家，藏國史實録善本……望下逐州諭令來上，優加恩賚。』從之。」

案：南渡後，挺之子存誠、思誠曾居住泉州。福建通志卷五十二云：「趙思誠，字道夫，高密人。父挺之，崇寧中宰相。思誠與兄存誠，相繼成進士。弟明誠，亦有文學。建炎南渡，存誠帥廣東，與思誠謀移家所向。以泉南俗淳，乃至五羊抵泉，因家焉。思誠復以寶文閣待制守泉，明誠亦以集英殿修撰帥金陵。從弟濬、涣，皆成進士。涣任御史，以親黨在泉，亦從居焉。」

王譜：「按是時趙思誠守起居郎，必在臨安。清照與張汝舟離異不久，或亦在臨安，趙存誠殆已卒。所云泉州故相趙挺之家，不知何人。惟在紹興五年，趙明誠家曾繳進哲宗皇帝實録，則此趙挺之家或即趙明誠家，清照或曾赴閩也。」夷堅志謂趙存誠卒於廣州帥任，其時當在紹興元年六月省試舉人以後。案：此處當指思誠家。

紹興三年癸丑（一一三三）　五十歲

是歲，高宗在臨安，吕頤浩、朱勝非並相。

春正月壬午，起居郎趙思誠試中書舍人。要録卷六十二

案：張綱華陽集卷八有趙思誠除中書舍人制。

二月辛丑，詔廣東諸郡盜賊所過，被掠之家，蠲其稅用，中書舍人趙思誠請也。要録卷六十三

二月九日，莊綽雞肋編成，作序。

案：雞肋編卷中曾載易安作詩譏士大夫及王準孫婿有李格非等事。

三月己未，中書舍人趙思誠請禁武臣添差，以清入仕之門，息冗官之弊。

要録卷六十三：「己未，中書舍人趙思誠言：州縣武臣添差甚衆，一郡有至三四十人，貪污不法，民受其弊。望自今惟忠義及有功勞於國之子孫，朝廷特加優恤者許添外，餘並禁止。若員多缺少，自當稍清入仕之門，以息官冗民貧之弊。詔除宗室外，令吏部開具申尚書省。」

三月己巳，徽猷閣待制知平江府李擢試尚書工部侍郎。要録卷六十三

春暮，清照有好事近詞，抒傷春之情。

案：此詞原載樂府雅詞卷下。前結回憶舊時以如夢令咏海棠時情景；後結寓悼念明誠之情，並借鵑啼以懷歸。當爲定居杭州以後所作，姑繫於本年。

夏四月丁未，工部侍郎李擢言平江民間利病五事。要録卷六十四

五月乙卯，命工部侍郎李擢提舉制造渾儀。要録卷六十五

五月丁卯，韓肖胄、胡松年充金國軍前通問使。

要録卷六十五：「丁卯，尚書吏部侍郎韓肖胄爲端明殿學士同簽書樞密院事，充大金軍前奉表通問使；給事中胡松年試工部尚書充副使。」

五月己未，趙思誠提舉江州太平觀。

要録卷六十五五月己未：「中書舍人趙思誠充徽猷閣待制提舉江州太平觀，從所請也。」

六月丁亥，韓肖胄、胡松年入辭。要録卷六十六清照有詩上樞密韓公工部尚書胡公。

案：清照詩見趙彦衛雲麓漫鈔卷十四，有序云：「紹興癸丑五月，樞密韓公、工部尚書胡公使虜，通兩宫也……今家世淪替，子姓寒微，不敢望公之車塵。又貧病，但神明未衰落，見此大號令，不能忘言，作古、律詩各一章，以寄區區之意。」詩之起句云「三年夏六月」，正韓、胡二公入辭赴金時也。

秋七月己未，置博學宏詞科，用工部侍郎李擢奏也。要録卷五十七

九月十一日，謝克家跋明誠舊藏蔡襄謝御書詩卷。

案：蔡襄楷書謝賜御書詩卷，真跡藏日本東京臺東區立書道博物館。米芾跋云：「芾於舊翰林院曾觀刻石，今四十年，於大丞相天水公府始觀其真跡。書學博士米芾。」又文及甫跋云：「大觀三年仲冬上休日青社之簡政堂觀。河南文及甫。」克家跋載蔡襄進御賜書詩卷影印本，云：「姨弟趙德夫，昔年屢以相示，今下世未幾，已不能葆有之，覽之凄然。汝南謝克家，癸丑九月十一日臨安法惠寺。」此跋後又有一跋云：「舅家物，藏之久矣。今得觀於檇李，良可嘆也！己丑四月三日，崧謹識。」于譜云：「此跋之崧，似亦爲明誠之姻親。已知明誠有姐妹四人，長歸史氏，一歸營丘王師敏；兩妹一歸李擢，一歸

傳察。擢二子：益謙、益能。察三子：自强、自得、自修。史、王後人未詳。」

復案：克家跋云「舅家物」，指郭家。王明清揮麈録後録云：「元祐中，有郭概者，東平人。法家者流，遍歷諸路提點刑獄，善於擇婿。趙清憲、陳無己、高昌庸、謝良弼，名位皆優，而謝獨不甚顯。其子乃任伯，後爲參知政事。無己集中首篇送外舅郭大夫詩是也。趙、高子孫甥婿，皆聲華籍甚，數十年間，爲薦紳之榮耀焉。良弼，顯道之弟也。」任伯，謝克家之字，宋史有傳。

冬十月戊子，李擢試禮部尚書；壬寅，以徽猷閣直學士知婺州。要録卷六十九

十一月乙亥，謝克家知台州，尋改衢州。

要録卷七十是日載：「資政殿學士提舉萬壽觀兼侍讀謝克家知台州，從所請也。克家本吕頤浩所引，至是數稱疾求去，上許之，尋改衢州。」

是歲之前，清照曾有長壽樂詞，賀南昌生日。

案：此詞原載新編通用啓劄截江網卷六，全宋詞據以録入，調下皆題作「南昌生日」。明鈔本詩淵第六册第四五五七頁亦載此詞，題作「冬壽太守」，署「宋延安夫人」，疑誤。案詞云「有令容淑質，歸逢佳偶」，可證壽主乃女子，題云「南昌」，當指此婦誥命爲南昌夫人。詞又云「晝錦滿堂華胄」，晝錦堂，乃宋仁宗時宰相韓琦守相州時所建，其後人韓治又作榮歸堂、肖胄作榮貴堂，「三世守鄉郡，人以爲榮」。本年五月，肖胄使金，清照上詩自稱：「有易安室者，父、祖皆出韓公門下。」有此淵源，故上壽詞。案：肖胄母文氏，彦博之後，肖胄使金，宋史本傳云：「母文語之曰：『汝家世受國恩，當受命即行，勿以我老爲念。』帝稱爲賢母，封榮國夫人。」其前蓋封贈南昌夫人，姑繫本年，待考。

紹興四年甲寅（一一三四）　五十一歲

是歲，高宗在臨安，朱勝非爲相。

春正月己卯，韓肖胄罷簽書樞密院事。

要録卷七十二：「己卯，端明殿學士同簽書樞密院事韓肖胄以舊職知温州。肖胄與朱勝非議事不合，力求去，疏三上，乃有是命。後三日，改提舉臨安府洞霄宫。」

三月己巳，謝克家請許戚里之家於所在州公庫或官務寄造祭酒。

要録卷七十四：「己巳，詔戚里之家應造酒者，許即在州公庫或官務寄造，爲賓祭之用，歲無過三十石……郡守謝克家請於朝，故有是命。」

夏五月庚戌朔，趙思誠試中書舍人。

要録卷七十六：「紹興四年五月庚戌朔，徽猷閣待制知温州趙思誠試中書舍人。」

案：蓋思誠紹興三年五月至本年五月之間提舉江州太平觀不久，即改知温州。

五月戊午，翰林學士綦崈禮試尚書禮部侍郎，兼權直學士院。要録卷七十六

五月癸亥，趙思誠被論辭中書舍人。

要録卷七十六：「時趙思誠新除中書舍人……（殿中侍御史常同言：）『思誠，挺之子。挺之首陳繼述，實致國禍，且與京、黼同時執政。今公道既開，豈可使其子尚當要路？』勝非不悦，同坐是徙官，思誠亦辭不至。」

六月二十七日，從知婺州李擢請，詔今歲科舉權免差知縣、縣令充郡考試官。宋會要輯稿選舉二十之三十四

秋七月戊午，謝克家卒於衢州任所。要録卷七十八

嘉定赤城志卷三十四稱謝克家云：「吏治精明，人不敢犯。先是爲諫議大夫，言蔡京事甚力；又明元祐黨籍之枉，公論韙之。後參知政事，以資政殿學士知衢州，終于衢。遺命以朱邑事爲比，俾葬黄岩靈石山，子孫家焉。」

案：朱邑，西漢人。爲桐鄉吏，有政績，臨終囑葬桐鄉，曰：「我爲桐鄉吏，其民愛我。」民立祠以祀之。見漢書本傳。

八月己亥，趙思誠復爲徽猷閣待制知台州。要録卷七十九

案：要録卷七十九云：「思誠既爲常同所劾，抗疏力辭，而有是命。」又嘉定赤城志卷九：「紹興四年十月十三日，左朝散郎徽猷閣待制趙思誠知台州，十一月四日替。」

是時，吕頤浩有書致思誠表欽敬。

吕頤浩與趙道夫書：「向台旂在泉南，使人回上狀，幸塵視未？永嘉下車之初，嘗蒙枉教，聞掖垣之召。因本州急促往婺州，持書令前路投納。繼而收德升書，知此書不獲通呈，諒蒙昭察。近時士大夫力辭侍從之召者，百無一二，豈意難進易退之風，前輩高節，今日復見，第增欽仰。丹丘小邦，不足煩施設，然民淳事簡，軍糧可以足用，地僻少過客，永嘉所不逮也。」忠穆集卷六

案：「力辭侍從之召」，指思誠力辭中書舍人；丹丘，在台州寧海縣東南九十里，借指台州。德升，李擢之字。

清照作金石録後序。

宋洪邁容齋四筆卷五：「東武趙明誠德甫，清憲丞相中子也，著金石録三十卷，上自三代，下訖五季，鼎、鐘、甗、鬲、槃、匜、尊、爵之款識，豐碑大碣顯人晦士之事蹟見於石刻者，皆是正譌謬，去取褒貶，凡爲卷二千。其妻易安李居士，平生與之同志，趙歿後，愍悼舊物之不存，乃作後序，極道遭罹變故本末。……時紹興四年也，易安年五十二矣。」

案：後序原署作序年月，各本金石録俱作「紹興二年」，惟容齋四筆及明鈔説郛本瑞桂堂暇録所收後序作「紹興四年」。以後序所云「予以建中辛巳始歸趙氏」及「余自少陸機作賦之二年，過蘧瑗知非之兩歲」考之，當以紹興四年爲是。此外尚有夏承燾等五年説，不足據。詳後序箋注〔一〕。

八月二十七日，知婺州李擢上言，今歲應辦大禮錢帛。宋會要輯稿選舉卷二十之四

九月戊申，金人與僞齊合兵自淮陽分道來犯。宋史高宗紀

癸酉，以趙鼎爲尚書右僕射、同中書門下平章事兼知樞密院事。同上書

冬十月丙子朔。高宗決策御駕親征。

宋史高宗紀：「冬十月丙子朔，與趙鼎定策親征，命張俊以軍援淮東，劉光世移軍建康，車駕擇日進發。」「丙申，命後宮自温州泛海如泉州」；「戊戌，帝御舟發臨安」，庚子，「如建康，壬寅，帝次平江」；「命韓世忠、楊沂中分兵扼沿海要地」。

清照避兵金華。

打馬圖序：「今年十月朔，聞淮上警報，江浙之人，自東走西，自南走北，居山林者謀入城市，居城市者謀入山林，旁午絡繹，莫不失所。易安居士自臨安泝流，涉嚴灘之險，抵金華，卜居陳氏第。」

途中，作夜發嚴灘詩。

案：此詩載明李伯潮輯釣臺集卷下，亦見清厲鶚宋詩紀事卷八十七。嚴灘在今浙江桐廬縣富春江畔，相傳爲東漢嚴子陵垂釣處。

十一月二十四日，清照在金華成打馬圖經，並爲之作序。

序云：「乍釋舟楫而見軒窗，意頗釋然。更長燭明，奈此良夜乎？於是乎博弈之事講矣……予獨愛『依經馬』，因取其賞罰互度，每事作數語，隨事附見，使兒輩圖之。」末署：「時紹興四年十一月二十四日，易安室序。」

又作打馬賦及打馬圖經命辭。

賦云：「予性專博，晝夜每忘食事。南渡金華，僑居陳氏第，講博弈之事，遂作依經打馬賦。」中云：「平生不負，遂成劍閣之師；別墅未輸，已破淮淝之賊。今日豈無元子，明時不乏安石。」辭曰：「佛貍定見卯年死，貴賤紛紛尚流徙。滿眼驊騮雜騄駬，時危安得真致此？木蘭橫戈好女子，老矣誰能致千里，但願相將過淮水。」

案：打馬圖經命辭凡十三則，附於打馬圖經諸例之後。

十二月庚子，金人退師。宋史高宗紀

要録卷八十三載：「時金師既爲（韓）世忠所扼，會天雨雪，糧道不通，野無所掠，至殺馬而食……金主晟病篤，將軍韓常語宗弼……宗弼然之，夜引還。金軍已去，乃遣人諭（僞齊）劉麟及其弟猊。於是麟等棄輜重遁去，晝夜兼行二百餘里。」

紹興五年乙卯（一一三五）　五十二歲

春正月乙巳朔，高宗在平江府。庚戌，張俊遣將敗金兵於淮河南岸。辛酉，抗金三帥韓世忠、劉光世、張俊入朝，各皆晉職。

是月金主晟殂，旻之孫亶立。

二月壬午，高宗至臨安。丙戌，以趙鼎爲左僕射，張浚右僕射，並同中書門下平章事兼知樞密院事，都督諸路軍馬。

春三月，清照在金華，有武陵春詞。

案：此詞見類編草堂詩餘卷一，題作「春晚」。黄譜：「紹興五年（公元一一三五年）乙卯，清照五十二歲。春，清照在金華，作武陵春詞。」詞寫暮春景象，兼喻孤獨之感。

又有詩題八咏樓。

案：此詩見方輿勝覽卷七，當因金兵南侵而賦，借以慨宋室之不振，江山之難守也。樓爲金華名勝，南齊沈約始建，初名元暢樓，約有登元暢樓詩，凡八咏，後人因以名樓。

春，朱敦儒有鵲橋仙和李易安金魚池蓮詞。

朱詞云：「白鷗欲下，金魚不去，圓葉低開蕙帳。輕風冷露夜深時，獨自個、凌波直上。幽蘭共晚，明璫難寄，塵世教誰將傍？會尋織女趁靈槎，泛舊路、銀河萬丈。」

案：今人鄧子勉樵歌校注謂此詞作於嘉禾，所附年譜簡編云：「紹興四年九月後，朱氏媦家趙子晝知秀州（今浙江嘉興），五年知平江（今江蘇蘇州）。朱氏離開江西後便依趙氏而僑居秀州，直至是年七月。」輿地紀勝卷三：「金魚池，在嘉興縣西北一里。唐刺史丁延贊養金鯽魚於此，故謂之金魚池。」清照原唱作於何時，是否到過嘉興，皆未見記載，姑附於此。至元嘉禾志：「月波樓在郡治西北二里，下瞰金魚池。」

夏四月甲子，徽宗死於五國城（今黑龍江依蘭）。宋史高宗紀

五月三日，詔於金華清照居處取哲宗實録。

宋會要輯稿崇儒四：「五年五月三日，詔令婺州取索故直龍圖閣趙明誠家藏哲宗皇帝實録繳進。」

案：時明誠妹壻李擢知婺州，詔令婺州取索，當係李擢執行也。于譜云：「建炎以來朝野雜記甲集卷四，謂是書得於故相趙挺之家。按紹興二年曾詔令於泉州故相趙挺之家取國史實録善本，至是乃於清照處得哲宗實録。宋會要輯稿云『令婺州索取』，與清照行蹤合。又按趙挺之曾任哲宗實録修撰，故家有此書。」王譜則云：「按哲宗前實録一百卷，後實録九十四卷，蔡京所修……東南兵火，典籍淪亡，遍求始於紹興五年得之趙氏。」此云『蔡京所修』，京與趙挺之同在徽宗朝任左右丞相，故可能參與修撰并收藏。

未幾，清照回臨安。

案：春初，金人已退兵，清照逗留至五月必還臨安。

紹興六年丙辰（一一三六）　五十三歲

是歲，張浚、趙鼎並相。

春正月癸酉，命給事中、中書舍人甄别元祐黨籍。

三月己巳，以韓世忠爲京東、淮東路宣撫處置使，岳飛爲京西、湖北路宣撫副使。

秋八月甲辰，岳飛遣統制牛皋破僞齊鎮汝軍。是月，又與僞齊戰於蔡州，克之。

九月丙寅朔，高宗發臨安。岳飛復盧氏縣，後以孤軍無援，復還鄂州。

十二月甲午朔，召秦檜赴行在，戊甲，赴講筵供職。

紹興七年丁巳（一一三七）　五十四歲

春正月癸亥朔，高宗在平江，下詔移蹕建康。癸未，以翰林學士陳與義參知政事；丁亥，以秦檜爲樞密使。

二月丁巳，以岳飛爲太尉，湖北、京西宣撫使。己未，高宗發平江，三月辛未，至建康。

春，清照有轉調滿庭芳詞。

案：此詞原載樂府雅詞卷下，黄墨谷重輯李清照集列爲「建炎元年南渡以後之作」，並云「係懷京洛舊事」。詞寫避亂歸來，甫至臨安心境，當作於紹興七年前後，因繫於此。

夏四月庚戌，以張浚累陳積慮併兵，岳飛解職；六月丙辰，岳飛復職。

秋八月乙未，趙思誠起爲中書舍人。

要録卷一一三：「徽猷閣待制提舉江州太平觀趙思誠並爲中書舍人。思誠嘗除舍人，坐其父挺之直陳紹述，爲言者所論，至是，張浚復用之。」

冬十月辛丑，趙思誠請革任子之弊。

要録卷一一五：「中書舍人趙思誠入對論任子之弊，以爲每遇親祠之歲，補官約四千人，是十年之後增萬二千員，科舉取士不與焉。臣將見寒士有三十年不得調者矣……有一人而任子十餘者。此而不革，實政事之大蠹也。」又見宋史選舉志五

案：任子之制，始於漢代。漢書哀帝紀注引漢儀注：「吏二千石以上，視事滿三年，得任同産若子一人爲郎。」謂子弟因父兄之功績而授予官職。至南宋愈濫，故思誠論之。

十月丁未，趙思誠知南劍州。

要録卷一一五：「中書舍人趙思誠充寶文閣待制知南劍州，從所請也。」

十一月丁未，金人廢僞齊劉豫。

紹興八年戊午（一一三八）　五十五歲

春正月戊子朔，高宗在建康；二月癸亥，發建康；戊寅，至臨安。

三月壬辰，復以秦檜爲尚書右僕射、同中書門下平章事兼樞密使。

三月十五日，張琰爲李格非洛陽名園記作序。

序云：「山東李文叔記洛陽名園凡十有九處……文叔方洛陽盛時，足迹目力心思之所及，亦遠見高覽，知今日之禍，曰：『洛陽可以爲天下治亂之候。』又曰：『公卿方進于朝，放乎一己之私意（以自爲），忘天下之治忽。』嗚乎！可謂知言哉。文叔在元祐官太學，丁建中靖國再用邪朋，竄爲黨人。女適趙相挺之子，亦能詩。上趙相救其父云：『何況人間父子情！』識者哀之。」

十一月辛亥，胡銓以反對議和，被柄臣秦檜除名編管昭州。

宋史高宗紀：「辛亥，以樞密院編修官胡銓上書直諫，斥和議，除名編管昭州。壬子，改差監廣州都鹽倉。」

要録卷一二三載秦檜批旨曰：「北使及境，朝廷夙夜講究，務欲上下安帖，貴得和好久遠。胡銓身爲樞屬，既有所見，自合就使長建白；乃狂妄上書，語言凶悖，仍多散副本，意在鼓衆劫持朝廷。可追毁出身以來文字，除名勒停，送昭州編管，永不叙用。」

案：是時張元幹有賀新郎送胡邦衡待制詞，爲之不平。

紹興九年己未（一一三九）　五十六歲

春正月初五丙戌，宋、金和議成，大赦天下。

赦文曰：「上穹開悔禍之期，而大金報許和之約。」續資治通鑑卷一二一

己丑，詔以黄金一千兩，付北使張通古，進納兩宫。同上書

庚寅，以金人歸河南地，命官奏告天地宗廟社稷。同上書

元宵，清照有永遇樂詞。

宋張端義貴耳集卷上：「易安居士李氏，趙明誠之妻，金石録亦筆削其間，南渡以來，常懷京洛舊事。晚年賦永遇樂詞。」

案：建炎至紹興八年，局勢動蕩，高宗常在浙東，遷徙不定，定居臨安後，又常至平江、建康等地，故不可能慶祝元宵。直至本年，因宋、金和議成，社稷初獲安定，始有可能慶祝元宵。然清照尚心存憂患，故詞云：「元宵佳節，融和天氣，次第豈無風雨。」

三月丙申，宋得東西南三京及壽春、宿亳諸州于金人。宋史高宗紀

暮春，清照有怨王孫春景詞。

案：此詞見草堂詩餘雋卷二，古今詞統題春暮，詩餘譜式題作春景。詞云「玉簫聲斷人何處，春又去」，與永遇樂「人在何處？染柳烟濃，吹梅笛怨，春意知幾許」相似，可能作於一年，因繫於此。

三月乙未，吕頤浩退居台州，四月庚戌朔卒。

案：頤浩字元直，宋史有傳。其忠穆集卷六有與李德升書。德升，李擢字。李擢與趙思誠有題吕頤浩退老堂詩，見天台續集别集卷一。

紹興十年庚申（一一四〇）　五十七歲

是歲，秦檜獨相。

夏五月己卯，金人叛盟，兀朮等分四道攻宋；乙酉，入東京；丁亥，陷南京；己丑，陷西京；癸巳，陷永興軍。

五月十一日，辛棄疾生。辛啓泰稼軒先生年譜

六月甲辰朔，以韓世忠太保、張俊少師、岳飛少保並兼河南、北諸路招討使。丙辰，岳飛部將牛皋敗金兵於西京。是月，岳飛援劉錡，復蔡州。

秋七月己酉，岳飛與兀朮戰於郾城，敗之。乙卯，又敗金兵于潁昌。壬戌，岳飛以累奉詔（均案：即俗所謂十二道金牌）班師，遂自郾城還，軍皆潰，金兵追之不及。時秦檜專主和議，諸大帥皆還鎮，收復諸城亦失。

八月，清照有山花子詞咏丹桂，并借以懷鄉。

案：此詞載汲古閣未刻詞本漱玉詞，歇拍云：「熏破愁人千里夢，却無情。」於咏桂中寓思鄉也。

是歲，朱弁作風月堂詩話。

案：此時朱弁使金被留，是書卷上載有清照佚句云：「如『詩情如夜鵲，三繞未能安』；『少陵也是可憐人，更待來年試春

草』之句，頗膾炙人口。」

紹興十一年辛酉（一一四一） 五十八歲

是歲，秦檜獨相，四月欲收岳飛等兵權，後以岳爲樞密副使。

八月甲戌，罷岳飛。

冬十月癸巳，罷韓世忠。

十一月戊午，宋、金和議成。

宋史高宗紀：「是月，與金國和議成，立盟書，約以淮水中流畫疆，割唐、鄧二州界之，歲奉銀二十五萬兩，絹二十五萬匹。」

案：要録卷一百四十二謂金使於戊午日辭行，並載畫疆割地二事。實際上金使已於前六日（壬子）來宋，簽約時間當在丙辰或丁巳。

十二月癸巳，岳飛被殺於臨安大理寺，年三十九。

續資治通鑑卷一二四：「初，獄之成也，太傅醴泉觀使韓世忠不平，以問秦檜。檜曰：『飛子雲與（張）憲書，雖不明，其事體莫須有。』世忠佛然曰：『莫須有三字，何以使天下人甘心？』」岳雲、張憲亦被斬于市。

案：宋元間傳説，秦檜曾與妻王氏在東窗下密謀杀岳飛。檜死後對一道士云：「可傳語夫人，東窗事犯矣！」見元張昱張光弼詩集卷三詠何立事注。

紹興十二年壬戌（一一四二）　五十九歲

是歲，秦檜獨相，九月己巳加太師。

春二月戊子，宋進誓表于金，高宗趙構稱臣。並割唐、鄧二州。續資治通鑑卷一二五

紹興十三年癸亥（一一四三）　六十歲

是歲，秦檜獨相。

立春，學士院始進帖子詞。

要録卷一四八正月：「辛丑，立春節，學士院始進帖子詞，百官賜春幡勝。自建炎以來久廢，至是始復之。」

清照撰皇帝閤春帖子。

案：宋周密武林舊事卷二立春：「學士院撰進春帖子，帝、后、貴妃、夫人諸閤，各有定式，絳羅金縷，華粲可觀。」

又撰貴妃閤春帖子。

案：據宋史后妃傳，高宗吴皇后紹興十三年閏四月自貴妃立爲皇后，自後宫中只有潘、劉二賢妃，並無貴妃。故此帖子應爲吴貴妃而作。

夏四月，清照撰端午帖子詞。

宋周密浩然齋雅談卷上：「李易安，紹興癸亥在行都，有親聯爲内命婦者，因端午進帖子，皇帝閤曰：『日月堯天大，璿璣舜曆長。側聞行殿帳，多集上書囊。』皇后閤曰：『意帖初宜夏，金駒已過蠶。至尊千萬壽，行見百斯男。』夫人閤曰：『三宫催解糉，妝罷未天明。便面天題字，歌頭御賜名。』時秦楚材在翰林，惡之，止賜金帛而罷。秦梓，字楚材，秦檜之兄，時爲翰林學士。」

案：親聯爲内命婦者，蓋指秦檜妻王氏，王譜云：「檜妻王氏與清照爲中表。」參見宋莊綽雞肋編卷中。據翰苑題名，本年閏四月，秦梓除翰林學士。其所以惡清照，「殆惡其不代己作，而因内命婦進也」。見王譜

清照表上金石録。

宋洪适金石録跋謂趙氏金石録三十卷，「紹興中，其妻易安居士李清照表上之」。

于譜：「所云紹興中爲何年，不可知，姑附于是年。是書南宋時有孝宗淳熙時龍舒郡齋刻本及開禧元年刻本。」

案：今人金文明趙明誠和他的金石録一文云：「妻李清照，以詞名世，在金石學方面，與明誠有着同樣的志趣和修養。夫婦兩人窮年累月，悉心搜求，摹拓傳寫，不遺餘力。經過二十多年的努力，積得三代以來古器物銘及漢唐石刻凡二千卷，并爲之考訂年月，辨僞糾繆，寫成跋尾五百零二篇。在此期間，明誠歷仕南北，中經靖康之亂，與清照幾度兩地暌隔，流離

坎坷，家藏古物奇器及書畫碑文漸次喪失，但著述之志未嘗稍衰。高宗建炎三年（一一二九），所作金石録一書已初具規模，而明誠却不幸罹疾身亡，享年僅四十九歲。清照中年喪夫，創巨痛深。爲了實現明誠的宿願，她不得不以病弱之身，攜帶這部未完成的遺稿，跋山涉水，千里轉徙，嘗盡了國破家亡之苦。紹興二年，清照寓居臨安，開始對遺稿進行最後的筆削整理，并在兩年以後寫成著名的金石録後序，詳盡地記述了這部凝聚着明誠和她畢生心血的金石專著成書的經過。不久，金石録就由清照表上於朝，刊行問世，受到了士林的推重和稱揚。」（見上海書畫出版社金石録校證卷端）此文對清照與金石録之關係作出系統論述，可作的評。

紹興十四年甲子（一一四四）　六十一歲

六月，薛尚功歷代鐘鼎彝器款識法帖刻成，置于江州公庫。曾宏文石刻補叙

于譜：「是書收古器物銘五百一十一則，引明誠古器物銘多處。」

紹興十六年丙寅（一一四六）　六十三歲

春正月十五，曾慥樂府雅詞成。自序

是書録清照詞二十二首：南歌子（天上星河轉），轉調滿庭芳（芳草池塘），漁家傲（天接雲濤連海霧），如夢令（常記溪亭日暮），如夢令（昨夜風疏雨驟），多麗（小樓寒），菩薩蠻二首（歸鴻聲斷殘雲碧、風柔日薄春猶早），浣溪沙二首（莫許杯深琥珀濃、小院閑窗春色深），鳳凰臺上憶吹簫（香冷金猊），一剪梅（紅藕香殘玉簟秋），蝶戀花二首（淚濕

羅衣脂粉滿、暖雨晴風初破凍），鷓鴣天（寒日蕭蕭上鎖窗），小重山（春到長門春草青），怨王孫（湖上風來波浩渺），臨江仙（庭院深深深幾許），醉花陰（薄霧濃雲愁永晝），好事近（風定落花深），訴衷情（夜來沉醉卸妝遲），行香子（草際鳴蛩）。

八月中秋，剡川姚宏重校戰國策，載李格非書戰國策後。叢書集成本

冬十月甲寅，端明殿學士提舉臨安府洞霄宮胡松年卒，年六十。要録卷一五五

紹興十七年丁卯（一一四七）　六十四歲

是歲秦檜獨相，直至紹興二十五年。

夏五月辛卯，寶文閣待制提舉江州太平觀趙思誠卒。要録卷一五六

案：李彌遜筠溪集卷二十有宮使待制舍人趙公挽詩三首，又卷二十三有祭趙道夫待制文略云：「公之生也，有德有年；有子而賢，有經可遺，有業可傳。」夷堅志乙集卷九載趙挺之孫名恬，樓鑰攻媿集卷七十跋趙清憲公遺事載其孫名誼，未知係思誠子抑存誠子。唯明誠、清照無子。又朱熹朱文公文集卷八十二故朝請大夫李公墓誌銘謂思誠女嫁李邴子縝。邴，紹興三年四月自簽書樞密院事改除參知政事。

清照有聲聲慢詞，寫國破家亡晚年孀居之慘戚。

案：此詞載堯山堂外紀卷五十四，文津閣四庫全書本漱玉詞題作「春情」。曾慥樂府雅詞於紹興十六年編成，未收此

詞，可證作於此後幾年，因繫于此。

紹興十八年戊辰（一一四八）　六十五歲

秋八月十五日，胡仔爲苕溪漁隱叢話前集作序。

王譜：「按此書前集雖序於紹興戊辰，書實成於序後十年左右。」

案：是書前集卷六十收有清照如夢令「緑肥紅瘦」及醉花陰斷句，又載「再適張汝舟」事。後集序於乾道三年，卷三十三載清照詞論及建炎初佚句。

紹興十九年己巳（一一四九）　六十六歲

春三月十六日，王灼碧雞漫志撰成。

案：是書載有易安居士事迹並評騭其作品與爲人，貶多於褒。

紹興二十年庚午（一一五〇）　六十七歲

清照訪米友仁，爲米元章二帖求跋。

岳珂寶真齋法書贊卷十九載米友仁跋米元章靈峰行記帖云：「易安居士一日攜前人墨迹臨顧，中有先子留題，拜觀不勝感泣。先子尋常爲字，但乘興爲之。今之數字，可比黄金千兩耳。呵呵！敷文閣直學士右朝請大夫提舉佑神觀米友仁謹跋。」又卷二十跋壽時宰詞云：「先子真蹟也。昔唐李義府出門下典儀，宰相屢薦之，太宗召試講武殿，賜坐，而殿側有烏數枚集之。上令作詩咏之。先子因暇日偶寫，今不見四十年矣。易安居士求跋，謹以書之。」署名同上。

案：要録卷一百五十九謂紹興十九年夏四月「癸酉，敷文閣待制提舉佑神觀米友仁陞直學士」。又卷一百六十二謂紹興二十一年春正月「庚子，敷文閣直學士提舉佑神觀米友仁卒」。易安求跋當在紹興十九年夏四月以後、二十一年正月以前，是時家在臨安。

紹興二十三年癸酉（一一五三）　七十歲

秋七月戊戌，命台州於謝伋家取秦檜罷相御筆。

宋史姦臣秦檜傳：「二十三年，檜請下台州於謝伋家取綦密禮所受御筆繳進。檜初罷相，上有責檜語，欲泯其迹焉。」詳見宋宰輔編年録卷六十

案：綦氏所受御筆，見紹興二年譜。

冬十二月乙亥，李擢卒。

要録卷一六五：十二月乙亥，「徽猷閣直學士提舉江州太平興國宫李擢卒於台州。」

案：嘉定赤城志：「李擢，奉符人，字德升。元符三年中第，官至禮部尚書、徽猷閣直學士。紹興初，寓臨海，事見國

史。子益謙，吏部侍郎；益能，宗正丞。」李擢一作歷城人。天台續集别編載其詩十七首，且嘗與綦密禮唱酬。靖康時主和，晚年亦復如此，有次韻二首詩爲證，詩序略云：「近聞金人退師，遣使講好，則太后將歸，以慰聖孝之心，天下共慶，喜見乎詞。」

姜夔約生於本年。夏承燾行實考（二）生卒

紹興二十五年乙亥（一一五五）　七十二歲

春二月甲申，曾慥卒。要録卷一六八

清照欲以其學傳孫氏女。

陸游渭南文集卷四十五夫人孫氏墓誌銘：「夫人幼有淑質，故趙建康之配李氏，以文辭名家，欲以其學傳夫人。時夫人始十餘歲，謝不可，曰才藻非女子事。」

案：于譜云：「誌文云孫氏卒於紹熙四年，年五十四，生於紹興十一年，其辭謝清照時，當不少於十五歲，由此推之，清照七十二歲仍健在。」此説可從。

冬十月丙申，秦檜死。

紹興二十六年丙子（一一五六）　七十三歲

清照卒。

案：清照卒年，不見載籍。王譜謂「不能早於紹興二十五年（公元一一五五年），享年至少七十三歲」。于譜亦謂「其卒年不應早於七十三歲」，因從之。

秋八月二十二日，朱熹作家藏石刻序，謂明誠金石録，大略如歐陽子書，然詮叙益條理，考證益精博。朱文公文集卷七十五

附録二　傳記序跋

汲古閣本漱玉詞跋

〔明〕毛　晉

黄叔暘云：漱玉集三卷。馬端臨云：别本分五卷，今一卷。考諸宋元雜記，大率合詩詞雜著爲漱玉集，則釐全集爲三卷無疑矣。第國朝博雅如用修先生，尚慨未見其全，湮没不幾久耶？庚午仲秋，余從選卿覓得宋詞二十餘種，乃洪武三年抄本，訂正已閲數名家，中有漱玉、斷腸二册，雖卷帙無多，參諸花庵、草堂、彤管諸書，已浮其半，真鴻寳也！急合梓之，以公同好。末載金石録後序，略見易安居士文妙，非止雄於一代才媛，直洗南渡後諸儒腐氣，上返魏晉矣。後附遺事幾則，亦罕傳者。湖南毛晉識。録自汲古閣本漱玉詞

李清照傳

〔清〕吴連周

李清照，格非女，適諸城趙明誠，自號易安居士。合詩詞雜著爲漱玉集三卷。其詞超絶古

今，詩不多見。其舅挺之相徽宗，清照獻詩有云：「炙手可熱心可寒。」格非以黨籍罷，清照上詩救格非有云：「何况人間父子情！」識者哀之。建炎初，從秘閣守建康，作詩云：「南來尚覺吴江冷，北狩應悲易水寒。」王西樵撰然脂集，只得其詩二句，云：「少陵亦是可憐人，更待明年試春草。」風月堂詩話載二句云：「詩情如夜鵲，三繞未能安。」愚按：易安多以文字中人忌，如建安詩：「南渡衣冠少王導，北來消息欠劉琨。」譏刺甚衆。張子韶對策有「桂子飄香」之語，易安嘲之曰：「露花倒影柳三變，桂子飄香張九成。」應舉者服其工而心忌之。紹興三年端午，易安親聯有爲内夫人者，代進帖子，於是翰林止金帛之賜，咸以爲由易安也。時直翰林秦楚材尤忌之。嗚呼！此改嫁穢説之所由來也。

録自清道光刊繡水詩鈔卷一

李清照傳

〔清〕王贈芳等

李氏名清照，號易安居士，禮部員外郎格非女，諸城翰林承旨趙明誠妻。幼有才藻，既長，適明誠。結褵未久，明誠即負笈出游，清照書詞錦帕送之。嘗以所作詞函致明誠，明誠嘆息愧弗逮，謝客忘寢食者三日夜，得五十闋，雜清照詞示友人陸德夫。德夫稱絶佳者，正清照作也。其舅挺之相徽宗，清照獻詩有云：「炙手可熱心可寒。」挺之排元祐黨人甚力，格非以黨籍罷，清照上詩救格非有云：「何况人間父子情！」識者哀之。明誠好儲經籍及三代鼎彝、書畫、金石刻，連知萊、淄二州，竭俸入以事鉛槧。清照與共校勘。明誠作金石録，考據精確，多足正史書之失，清照實助成之。靖康二年春，明誠奔母喪於建康，半棄所藏。其年十二月，金人陷青州，火其藏書十餘屋。明誠諸城人，而家於青也。建炎二年起復，知建康府。三年，召知湖州。至行在，病卒。清照自爲文祭之。既葬，清照赴台州依其弟迒，輾轉避難於越、衢諸州。紹興二年，又赴杭州，所攜古器物以次失去。乃爲金石録後序，自述流離狀。清照爲詞家大宗，嘗謂詞自唐、五代無合格者。宋柳永雖協音律，而語塵下。張子野、宋子京兄弟、沈唐、元絳、晁次膺，有妙語而破碎。晏元獻、蘇子瞻所作，似詩之句讀不葺者。蓋詞別是一家，知之者少。晏叔原、賀方回、秦少游、黃魯直能知之；晏苦無鋪叙，賀少典重，秦即專主情致而少故實，黃尚故實而多疵病。世以爲名論。

録自清道光濟南府志列女傳

漱玉詞提要

〔清〕永瑢等

漱玉詞一卷，宋李清照撰。清照號易安居士，濟南人。禮部郎提點京東刑獄格非之女，湖州守趙明誠之妻也。清照工詩文，尤以詞擅名。苕溪漁隱叢話稱其再適張汝舟，有啓事上綦處厚云：「猥以桑榆之晚景，配兹駔儈之下材。」傳者無不笑之。今其啓具載趙彦衛雲麓漫鈔中。李心傳建炎以來繫年要録載其與後夫構訟事尤詳。此本爲毛晉汲古閣所刊，卷末備載其軼事逸文，而不録此篇，蓋諱之也。案陳振孫直齋書録解題載清照漱玉詞一卷，又云：「别本作五卷。」黄昇花庵詞選則稱漱玉詞三卷，今皆不傳。此本僅詞十七闋，附以金石録〔後〕序一篇，蓋後人裒集爲之，已非其舊。其金石録後序，與刻本所載詳略迥殊，蓋從容齋五筆中鈔出，亦非完篇也。清照以一婦人，而詞格乃抗軼周柳。張端義貴耳集極推其元宵詞永遇樂、秋詞聲聲慢，以爲閨閣有此文筆，殆爲間氣，良非虚美。雖篇帙無多，固不能不寶而存之，爲詞家一大宗矣。録自四庫全書總目集部詞曲類

漱玉詞彙鈔叙

〔清〕汪　玢

温柔敦厚，詩之教也，發乎情，止乎義。即詞亦何莫不然，而詞尤以纏綿悱惻爲工。悟斯旨者，可與誦易安之詞。易安生當東都之季，是時流離鬱塞有不能已於言者，乃以趙德甫之學、之才，檢驗金石文字，至於懷中茶覆。特不知何以滴粉搓酥，苦思力索，不能敵易安十百之一。即以易安追蹤歐九、秦七，奚多讓焉？

夫詞之體，萌芽於三百篇。卷耳之詩曰：「我姑酌彼金罍。」又曰：「我姑酌彼兕觥。」六字句也。江有汜多以三字爲句。後之箋詩者以爲出於閨閣，抑知皆詩人之借託邪。惟漱玉詞閲七百有餘歲，膾炙人口之句如醉花陰云：「莫道不銷魂，簾捲西風，人似黄花瘦。」一剪梅云：

「才下眉頭，却上心頭。」武陵春云：「只恐雙溪舴艋舟，載不動、許多愁。」人無不曉，然出於易安之手。一代掃眉才子，自大家、道韞而後，曾有幾人乎？

余笄總之年，即喜誦其詞，惜汲古閣刊本不滿二十闋。既而娣佩徐珊助余蒐他選遺珠，並輯録諸家詞話，彙爲一册，寘諸案頭，以便循誦。佩徐嗜九章之學，不復攻此。余並願人之學易安者，亦發乎情，止乎義，勿失温柔敦厚之旨，毋弟以纏綿悱惻爲工也。斯爲善學易安者矣。道光壬午紀元，錢塘汪玢叙。

録自日本静嘉堂文庫藏道光二十年錢塘汪玢輯勞權校漱玉詞彙鈔卷端

漱玉詞彙鈔跋

〔清〕徐繡

易安居士詞，纖不病俗，巧不傷雅，詞家宗匠也，如書家中之有衛茂漪。當其在建康日，所作既勤，而值亂離，尤多悲凉之制。考黄載萬梅苑十卷，尚載易安詞六闋，似當時所作不少也，而傳布者僅十數闋。明楊升庵且以未見漱玉集爲恨。吾今獲誦斯集，又加益焉，豈不幸甚！時癸未春，徐繡誌于符氏秋聲舊館。

録自日本静嘉堂文庫藏道光二十年錢塘汪玢輯勞權校漱玉詞彙鈔卷末

漱玉詞彙鈔跋

〔清〕徐楙

易安亦女中烈士哉！其絶命詩曰：「生當爲人傑，死亦作鬼雄。」慷慨激昂，似有不平之事。

詎知改竄玉壺字，蛾眉謡諑，顧不待辨而自明也，張端義稱「清庵鮑氏、秀齋方氏，淳熙間二婦人，文筆可繼易安之後」，不過借易安爲引重耳。其實有宋一代詞人，當推易安爲當行第一作手，豈僅與二婦人比數哉？無惑乎忌者之多也。徐楙跋。

録自日本静嘉堂文庫藏道光二十年錢塘汪玢輯勞權校漱玉詞彙鈔卷末

漱玉詞彙鈔跋

〔清〕瞿世瑛

沈去矜論詞曰：「男中李後主，女中李易安，極是當行出色。」然文字自有公評，必欲區分男女，猶淺之乎測易安也。劉公𢿙直以易安爲當行第一人，諒哉！孟文居士喜誦其詞，務求美備，蒐集四十餘闋。今問蘧又録吳俞二家所輯易安遺事附後，而俞之辨證尤確於吳。論詞如徐電發，可謂博矣，而不能辨證一字，反以當時庸劣人竄改易安與綦學士啓中語攔入叢談，豈不謬甚！至孟文蒐輯李詞，亦有互見他人集部者，一時未及釐剔，姑竢異日詮補。樟亭亭長瞿世瑛。

録自日本静嘉堂文庫藏道光二十年錢塘汪玢輯勞權校漱玉詞彙鈔卷末

漱玉詞彙鈔跋

〔清〕張曜孫

易安居士蒙謗數百年，近始有白其誣者，然特據理斷其必無，未能確指其所以蒙謗之故。

得俞理初先生此篇出，考證精核，微隱畢彰，俾小人謬妄之談，可以息矣。夫易安一婦人耳，横被汙謗，結不可解，乃更歷三朝而卒白於世，信乎是非者千古之至公，萋菲之來，不足爲賢人君子患也。世傳朱淑真生查子詞爲淫奔之作，其誣妄與易安相類。人心日弊，争名忌才之風及於婦人，可慨也！感理初辨易安事，特附著之如此。道光辛丑二月，陽湖張曜孫記。録自日本静嘉堂文庫藏道光二十年錢塘汪玢輯勞權校漱玉詞彙鈔卷末

漱玉詞序

〔清〕沈　瑾

四庫目録：漱玉詞十七闋，附金石録逸序爲一卷。可見此書散佚久矣。予愛易安詞入骨髓，謂非間氣所鍾不能到。每憾其少，盡力搜輯，得詞並詩文若干首，較舊傳不已多乎？區區一婦人，鏤心刻肝，務爲奇麗，身後性靈，僅僅故紙數片，良可嘆也！公周汲古閣漱玉詞，僅十四闋，金石録後序删節存十之四，自謂得洪武初抄本經數名家訂正者，良可笑也！辛卯長夏又記。録自上海圖書館藏清沈瑾輯漱玉詞（詩文附）鈔本卷端

漱玉詞跋

〔清〕常山一子

余素好倚聲，于李唐宋元諸名家，無所不窺，尤酷愛李易安詞，每以所見不多爲憾。今公周

老友訪余於劍門，攜手輯漱玉詞一卷見示，得三十六闋，較四庫著録多十九闋，較汲古閣本多二十二闋。又附詩六首、文四首、軼事四則〔一〕，可謂博矣。余愛不忍釋，窮一晝夜之力以鈔之。是舉也，公周不秘之於枕中，余又不費黄金青鼠裘之賄，使遵王、竹垞有知，不相對抱愧，必詫爲咄咄怪事。然則余與公周之以文字交，不高出古人萬萬哉？爰書數語以誌快。辛卯仲冬劍北。録自上海圖書館藏清沈瑾輯漱玉詞（詩文附）斷腸詞鈔本卷末

〔一〕均案：詩六首爲：和張文潛浯溪碑歌（二首）、曉夢、上韓樞密詩、上胡尚書詩、皇帝閣、春殘。文四首爲：詞論、打馬圖説、金石録後序、投内翰綦崈禮啓。以及賀攣生啓、祭夫趙明誠文斷句。軼事四則爲：父爲明誠擇婦、易安以重陽醉花陰詞寄趙明誠、宋人中填詞李易安亦稱冠絶、張子韶對策。

漱玉詞跋

〔清〕石　友

此本編輯既成，無可較對，有刻叢書者，當舉以畀世，待後世有心人考訂焉。辛卯孟冬廿三夜燈下。石友醉後書。録自上海圖書館藏清沈瑾輯漱玉詞（詩文附）斷腸詞鈔本卷末

漱玉詞跋

〔清〕王鵬運

右易安居士漱玉詞一卷。按此詞雖見於宋史藝文志、直齋書録解題，世已久無傳本。古虞

毛氏刻之詩詞雜俎中者，僅詞十七首，四庫所收，即是本也。此刻以宋曾端伯樂府雅詞所録二十三首爲主，復旁搜宋人選本、説部，又得二十七首，都爲一集，而以俞理初孝廉易安居士事輯附焉。易安晚節，世多訾議，甚至目其詞爲不祥。得理初作，發潛闡幽，並是集亦爲增重。獨是聞見無多，搜羅恐尚未備。然即此五十首中，假託污衊之作，亦已屢見。昔端伯録六一翁詞，凡屬僞造者，皆從刊削，爲六一存真。此則金沙雜糅，使人自得於披揀之下。固理初之心，亦猶之端伯之心云。光緒辛巳燕九日，臨桂王鵬運誌於都門半截胡同寓齋。録自清光緒四印齋所刻詞本漱玉詞

漱玉詞補遺題記

〔清〕王鵬運

易安詞刻輯於辛巳之春，所據之書無多，疏漏久知不免。己丑夏日，況夔笙舍人校刻斷腸詞，因以此集屬爲校補。計得詞七首〔一〕，間有互見他人之作，悉行附入。吉光片羽，雖界在疑似，亦足珍也。半塘老人記。録自清光緒四印齋所刻詞本漱玉詞

〔一〕均按：補遺實爲八首，「七」字當是刻誤。

漱玉詞序

〔清〕端木埰

蛾眉見嫉，謡諑謂以善淫；驥足簫雪，駑駘誣其叜駕。有宋以降，無稽競鳴。燈籠織錦，潞

國蒙塵；屏角籢錢，歐公受謗。青蠅玷璧，赤舌燒天。越在偏安，益煽騰説。禮法如朱子，而有帷薄穢污之聞；忠勇如岳王，而有受詔逗遛之譖。矧兹閨闥，詎免讒言。易安以筆飛鸞聳之才，際紫色蛙聲之會。將杭作汴，賸水殘山。公卿容頭而過身，世事跋胡而疐尾。而乃蹡洋文史，跌宕詞華。頌舜曆之靈長，仰堯天之巍蕩。思渡淮水，志殲佛貍。風塵懷京洛之思，已增時忌；金帛止翰林之賜，益怒朝紳。宜乎飛短流長，變白爲黑。誣義方之閨彦，爲潦倒之夫娘。壼可爲臺，有類鹿馬之指；啓將作訟，何殊薏珠之寃？此義士之所拊心，貞媛之所扼腕者也。聖朝章志貞教，發潛闡幽，掃撼樹之蚍蜉，蕩含沙之虺蜮。凡在呫嗶濡毫之彦，咸以彰善癉惡爲心。是以黟山俞理初先生著癸巳類稿，既爲昭雪於前；吾鄉金偉軍先生主戊申詞壇，復用參稽於後。皆援志乘，尚論古人。事有據依，語殊鑿空。吾友幼霞閣讀，家擅學林，人游藝圃，汲華劉井，擢秀謝庭。偶繙漱玉之詞，深恫爍金之謬。將刊專集，藉雪厚誣。以僕同心，屬爲弁首。嗚呼！察詞于差，論古貴識。三至讒亟，終致投杼之疑；十香詞淫，竟種焚椒之禍。所期哲士，力掃妄言。如吾子之用心，恨古人之不見。苕華琢玉，允光淑女之名；漆室鉅幽，齊下貞姬之拜。光緒七年正月，古黎陽端木埰子疇序。

録自清光緒刊四印齋所刻詞本漱玉詞

明湖藕神祠移祀李易安居士記

〔清〕符兆綸

由鵲華橋下買舟泛明湖中，櫓聲摇數里許，風日轉清，烟波愈闊，緑荷萬柄，宕漾水面，舟往來穿花中。遥望千佛、鵲華諸山，夕翠朝烟，髻鬟亂擁，此中疑有詞女才人，呼之欲出也。湖側舊有屋一楹，曰「藕神祠」，不知所祀何神。神像久毁，同人以湖山佳麗，主持宜得其人，因以易安居士代之。

居士濟南人，姓李氏，名清照，别號易安居士。宋文叔先生愛女，而諸城趙明誠之嘉偶也。其始終本末，前人已别爲列傳。生平著述甚富，填詞若干卷，尤膾炙人口，非當日蘇、秦諸公所及。後來詞人沾污不少，固宜其俎豆不祧矣。世之少之者，獨以其晚年改適一節，此事自關倫紀，而居士生平大端所繫，予不可無辯。

居士以文叔爲父，得力於庭訓居多。而所適趙明誠，又以才人爲顯宦。其夫婦相篤，風雅相深，固宜超出尋常萬萬。惟刻燭裁箋，拈花索句，無愁不媚，脱口生香，放誕風流，宜若不自檢束，而不知居士乃才而深於情者也。情之深者，不能無所鍾，而必不妄有所鍾。妄鍾其情，非情也，所謂發乎情、止乎禮義也。以其深於情，而即疑其薄於行，將世之口談孔孟之書、躬履夷齊之行者，其生平宜斷斷無他，而所爲往往非人意計所及料，又何説邪？抑當時范希文、辛稼軒、歐陽永叔諸人，以芬芳惻怛之懷，作爲纏綿倩麗之詞，而卒不失其爲正人君子。此尤章章也。

明誠以建炎二年重起出山，三年召知湖州，於行在所病劇。居士聞信，倉皇往視，至則明誠已卒，乃泣血磨墨，自爲文祭之。其後輾轉避難，所攜古器物，半皆失去，便恐喪亡都盡，因取明誠在日所同著金石録，序而藏之，自述流離，備極淒慘，至今讀之，猶覺怦怦。其去明誠之没，蓋已六年，年且五十有二矣。夫人當家國瑣尾之秋，艱難備嘗之際，睹物懷人，憂來不絶；又春秋代謝，行且就木，而猶欲依倚村夫，重調琴瑟，此尋常閨閤所不爲，而謂居士之才爲之乎？且再適一事，亦非確有證據，不過就居士所書白樂天琵琶行中「老大嫁作商人婦」之語，遂疑其重過别船，江湖流落。此事前明宋文恪已爲辨之，不知此乃才人偶爾寄興。今有人焉，手録鄭衛詩一册，以資吟諷，見者遂謂其有桑間濮上之行，如之何其可也？

嗟呼！風俗寖薄，人事難齊，古今來易節改行者，屈指良亦不少。即始宋祚鼎革，僉名降表，首列則謝道清，彼固一女子也。而絶世才華如趙王孫，隱忍偷活，亦復易仕他姓，尤甚太息。遭逢不幸，自立良難，丈夫且然，於弱女子何有？惟就居士之生平揆之，斷知其不出於是；萬一有之，吾不能不爲之惜。顧其香艷之才，沉博絶麗之學，何能不愛而慕之乎？

或曰：子愛之慕之宜也，愛之慕之而即祀之，不宜也。是又非也。居士昔家柳絮泉上，故宅久荒，過者每低徊不能去。今居士相去久矣，假如有居士之才，淪落不偶，而此時尚在，爲結屋數椽於湖光山色間以居之，亦憐才者所不能已已也。且獨不聞夫大别山之有桃花夫人廟乎？以彼無言有淚，兒女成行，一婦人而破滅二國，其視居士，薰蕕之别也。漢陽廟祀猶且不絶，何獨於居士靳之？夫吾輩青衫作客，長鋏依人，亦豈能重居士？特以漱其餘芳，且换凡骨，受居士之益素深，愛居士之心因益甚。生平煩惱，聊仗千佛爲之懺除；無數謗誣，亦借明湖爲

之湔雪。而他日尋詩湖上，蓉裳蕙帶，不又想見其姗姗來遲耶？錄自民國十三年續修歷城縣志

漱玉詞序

趙萬里

漱玉詞舊本分卷多寡頗不一，直齋書錄解題作一卷（又云别本五卷），花庵詞選作三卷，宋史藝文志作六卷，然元以後無一存者。今所見虞山毛氏詩詞雜俎本、臨桂王氏四印齋本，俱非宋世之舊。毛本自云據洪武三年鈔本入録，然如浣溪沙「繡面芙蓉一笑開」一闋，雖又引見古今詞統、草堂詩餘續集諸書，顧詞意儇薄，不似女子作，與易安他詞尤不類，疑所云非實。其本後録入四庫全書。光緒間，臨桂王氏校刻宋元人詞，始以樂府雅詞所載二十三首爲主，旁搜宋明選本、説部，又得二十七首，都爲一集，視毛本加詳。然真贋雜出，亦與毛本若。且於古今詞統、歷代詩餘所引，亦深信不疑，又不注所出，讀之令人如墜五里霧中。歲在己巳，余草兩宋樂府考，因繙漱玉詞，遇有他書引李詞者，輒條舉所出，校其異同，始稍稍知毛王二本俱不足取；而王本所載，亦未爲備也。爰於暇日詳加斠正，録爲定本。凡前人誤收誤引諸作，悉入附録。雖不敢謂爲一無舛誤，然視毛王二本，似較勝一籌矣。萬里記。錄自校輯宋金元人詞本漱玉詞卷端

附録三 總評

宋王灼碧雞漫志卷二：易安居士，京東路提刑李格非文叔之女，建康守趙明誠德甫之妻。自少年便有詩名，才力華贍，逼近前輩。在士大夫中已不多得，若本朝婦人，當推文采第一。趙死，再嫁某氏，訟而離之。晚節流蕩無歸。作長短句，能曲折盡人意，輕巧尖新，姿態百出。自古搢紳之家能文婦女，未見如此無顧藉也。……温飛卿號多作側詞豔曲，其甚者：「合歡桃葉終堪恨，裏許元來别有人。」「玲瓏骰子安紅豆，入骨相思知不知。」亦止此耳。今之士大夫，學曹組諸人鄙穢歌詞，則爲豔麗如陳之女學士、狎客；爲纖豔不逞淫言媟語如元白；爲側詞豔曲如温飛卿：皆不敢也。其風至閨房婦女，誇張筆墨，無所羞畏，殆不可使李戡見也。

宋朱彧萍洲可談卷中：本朝女婦之有文者，李易安爲首稱。易安名清照，元祐名人李格非之女。詩之典贍，無愧於古之作者。詞尤婉麗，往往出人意表，近未見其比。所著有文集十二卷，潄玉集一卷。然不終晚節，流落以死。天獨厚其才而嗇其遇，惜哉！案：此據明鈔本，他本無。

元楊維楨東維子集卷七曹氏雪齋絃歌集序節録：女子誦詩屬文者，史稱東漢曹大家氏。近代易安、淑真之流，宣徽詞翰，一詩一簡，類有動於人。然出於小聰狹慧，拘於氣習之陋，而未適乎性情之正。比大家氏之才之行，足以師表六宫，一時文學而光父兄者，不得並議矣。

明宋濂題李易安所書琵琶行後：樂天謫居江州，聞商婦琵琶，抆淚悲歎，可謂不善處患難矣。然其詞之傳，讀者猶愴然，況聞其事者乎？李易安圖而書之，其意蓋有所寓。

明吴寬易安居士畫像題辭：金石姻緣翰墨芬，文簫夫婦盡能文。西風庭院秋如水，人比黄花瘦幾分。案：此據四印齋本漱玉詞録入。

明楊慎詞品卷二：宋人中填詞，李易安亦稱冠絶。當與秦七、黄九争雄，不獨雄於閨閣也。

明王世貞弇州山人詞評：花間以小語致巧，世説靡也；草堂以麗字取妍，六朝隃也。即詞號稱詩餘，然而詩人不爲也。何者？其婉孌而近情也，足以移情而奪嗜；其柔靡而近俗也，詩嘽緩而就之，而不知其下也。之詩而詞，非詞也；之詞而詩，非詩也。言其業，李氏晏氏父子、耆卿、子野、美成、少游、易安，至也，詞之正宗也。温韋豔而促，黄九精而險，長公麗而壯，幼安辨而奇，又其次也，詞之變體也。詞興而樂府亡矣，曲興而詞亡矣。非樂府與詞之亡，其調亡也。

明黄河清草堂詩餘續集原序：夫詞體纖弱，壯夫不爲。獨惜篇什寂寥，彼歌金縷、唱柳枝者，其聲宛轉易窮耳。所刻續集中如李後主之「秋閨」、李易安之「閨思」、晏叔原之「春景」、蕭（高）竹屋之「紀夢」「懷舊」、周美成之「春情」……以此數闋，授一小青蛾，撥銀箏，倚緑窗，作曼聲，則繞梁遏雲，亦足令多情人魂銷也。

明張丑清河書畫舫巳集引畫系：周文矩畫蘇若蘭話別會合圖，卷後有李易安小楷織錦回文詩，並則天璇璣圖記，書畫皆精，藏於陳湖陸氏。

同上申集：古來閨秀工丹青者，例乏丰姿。若李易安、管道昇之竹石，豔豔、阿環之山水，無忝於士氣也。

明徐士俊批王世貞論詩餘：余謂正宗易安第一，旁宗幼安第二。二安之外，無首席矣。

明宋徵璧倚聲初集卷二論宋詞：吾於宋詞得七人焉：曰永叔，其詞秀逸；曰子瞻，其詞放誕；曰少游，其詞清華；曰子野，其詞娟潔；曰方回，其詞新鮮；曰小山，其詞聰俊；曰易安，其詞妍婉。

清沈謙填詞雜説：男中李後主，女中李易安，極是當行本色。

清王士禛花草蒙拾：張南湖（綖）論詞派有二：一曰婉約，一曰豪放。僕謂婉約以易安爲宗，豪放惟幼安稱首，皆吾濟南人，難乎爲繼矣。

又分甘餘話卷二：凡爲詩文，貴有節致，即詞曲亦然。正調至秦少游、李易安爲極致，若柳耆卿則靡矣。變調至東坡爲極致，辛稼軒豪於東坡而不免稍過，若劉改之則惡道矣。學者不可以不辨。

又倚聲集序：詩餘者，古詩之苗裔也。語其正，則景（璟）、煜爲之祖，至漱玉、淮海而極盛，高史其大成也。語其變，則眉山導其源，至稼軒、放翁而盡變，陳劉其餘波也。有詩人之詞，唐、蜀、五代諸君子是也；有文人之詞，晏、歐、秦、李諸君子是也；有詞人之詞，柳永、周美成、康與之之屬是也；有英雄之詞，蘇、陸、辛、劉之屬是也。

又花草蒙拾：「薄霧濃雲」，新都引中山王文木賦「薄霧濃雰」，以析「雲」之非。楊博奥，每失穿鑿，如王右丞詩「玉角羓」與「朱鬣馬」之類，殊墮狐穴。此「雰」字辨證特妙。

清鄒祗謨遠志齋詞衷：楊用修云：詩聖如子美，而集内填詞無聞。少游、易安，詞極工矣，而詩殊不强人意。揆之通論，夫豈盡然。

清王又華古今詞論：沈去矜云：「男中李後主，女中李易安，極是當行本色。」前此太白，故稱詞家三李。

清周濟介存齋論詞雜著：閨秀詞惟李清照最優，究苦無骨。

清李調元雨村詞話卷三：易安在宋諸媛中，自卓然一家，不在秦七、黄九之下。詞無一首不工，其煉處可奪夢窗之席，其麗處直參片玉之班。蓋不徒俯視巾幗，直欲壓倒鬚眉。

清李慈銘越縵堂讀書記卷八：余於詞非當家，所作者真詩餘耳，然於此中頗有微悟。蓋必若近若遠，忽去忽來，如蛺蝶穿花，深深款款；又須於無情無緒中，令人十步九迴，如佛言食蜜，中邊皆甜。古來得此旨者，南唐二主、六一、安陸、淮海、小山及李易安漱玉詞耳。屯田近俗，稼軒近霸，而兩家佳處，均契淵微。

清王鵬運四印齋詞選序：至於柳絮才人，司言兆夢，雖在巾幗，諒爲大家。何來謗書，玷及清節？理初論著，我心實獲。殿以易安，意蓋有在。

清江順詒詞學集成卷一：比詞於詩，原可以初、盛、中、晚論，而不可以時代後先分。如南唐二主，似唐之初。秦、柳之瑣屑，周張之纖靡，已近於晚。北宋唯李易安差强人意。至南宋，白石、玉田始稱極盛，而爲詞家之正軌。以辛擬太白，以蘇擬少陵，尚屬閏統。竹山、竹屋、梅溪、碧山、夢窗、草窗，則似中唐退之、香山、昌谷、玉溪之各臻其極。晚唐之詩，未可厚非。

清樊增祥石雪齋詩集卷三題李易安遺像並序：丁巳小春，武進徐君養吾以所藏易安居士小像見示，徵題。道光庚戌周二南詩跋謂「趙明誠籍諸城而居於青。此圖設色古雅，或即當時原本，不知何年貯以竹筒，藏於諸城縣署。後爲邑紳某所得，今又轉入濟南裴玉樵家」云云。易安生於北而歿於南。此圖閲八百餘年，復由濟南而入於吴，倘亦艷魄有靈，不忘江南烟水故耶？易安才高學贍，好詆訶人，遂爲忌者誣謗。幸得盧雅雨、俞理初輩爲之昭雪。其所爲古詩，

放翁、遺山且猶不逮，誠齋、石湖以下勿論矣。（以下詩略）

清袁學瀾適園論詞：詞中三李並重。青蓮筆挾飛仙，飄飄有淩云之氣，自是詞中上乘。李後主哀思纏綿，儘是亡國之音，終致牽機藥賜。清照憂思悽怨，語多蕭瑟。晚景淒涼。兩人遭際，並多坎坷，未始非詞語慘楚有以感召之也。

又：張子野「雲破月來花弄影」、「隔牆送過鞦韆影」，兩「影」字下得佳。李易安之「應是緑肥紅瘦」，又「簾捲西風，人比黄花瘦」，兩「瘦」字下得妙。宋子京之「紅杏枝頭春意鬧」、姜白石之「鬧紅一舸」，兩「鬧」字亦俱有致。

清沈曾植菌閣瑣談：弇州云：「温飛卿詞曰金荃，唐人詞有集曰蘭畹，蓋取其香而弱也。然則雄壯者固次之矣。」此弇州妙語。自明季、國初諸公，瓣香花間者，人人意中擬似一境，而莫可名之者。公以「香」、「弱」二字攝之，可謂善於侔色揣稱者矣。皺水勝諦，大都演此。余少時亦醉心此境者，當其沉酣，至妄謂午夢風神，遠在易安以上。又且謂易安倜儻，有丈夫氣，乃閨閣中之蘇辛，非秦柳也。

同上：易安跌宕昭彰，氣調極類少游，刻摯且兼山谷。篇章惜少，不過窺豹一斑。閨房之秀，固文士之豪也。才鋒太露，被謗殆亦因此。自明以來，墮情者醉其芳馨，飛想者賞其神駿。易安有靈，後者當許爲知己。漁洋稱易安、幼安爲濟南二安，難乎爲繼。易安爲婉約主，幼安爲豪放主。此論非明代諸公所及。

清陳廷焯白雨齋詞話卷二：李易安詞，獨辟門徑，居然可觀。其源自從淮海、大晟來，而鑄語則多生造。婦人有此，可謂奇矣！

同上卷五：閨秀工爲詞者，前則李易安，後則徐湘蘋（燦）。明末葉小鸞，較勝於朱淑真，可謂李、徐之亞。

同上卷六：兩宋詞家各有獨至處，流派雖分，本原則一。惟方外之葛長庚，閨中之李易安，別於周、秦、姜、史、蘇、辛外，獨樹一幟，而亦無害其爲佳，可謂難矣。然畢竟不及諸賢之深厚，終是托根淺也。

又雲韶集詞壇叢話：李易安詞，風神氣格，冠絶一時，直欲與白石老仙相鼓吹。婦人能詞者，代有其人，未有如易安之空絶前後者。

又雲韶集卷十：易安格律絶高，不獨爲婦人之冠，幾欲與竹屋、梅溪分庭抗禮。易安詞騷情詩意，高者入方回之室，次亦不減叔原、耆卿。兩宋婦人能詞者不少，無出其右矣。

清沈祥龍論詞隨筆：詞之藴藉，宜學少游、美成，然不可入於淫靡；綿婉宜學耆卿、易安，然不可失於纖巧；雄爽宜學東坡、稼軒，然不可近於粗厲；流暢宜學白石、玉田，然不可流於淺易。此當就氣韵、趣味上辨之。

清況周頤蕙風詞話：中山王文木賦：「奔電屯雲，薄霧濃雰。」易安醉花陰首句用此，俗本改「雰」爲「雲」，陋甚。升庵楊氏嘗辨之，且即付之歌喉，「雲」字殊不入律，不如「雰」字起調。可謂知者耳。稼軒詞木蘭花慢送張仲固帥興元句云：「追亡事、今不見，但山川滿目淚沾衣」，「追亡」用韓信事，俗本改作「興亡」，則毫無故實，是亦「薄霧濃雲」之流亞也。

均案：此條引自唐圭璋宋詞三百首箋注，上海古籍出版社一九七九年版二五六頁。今本無。

又蕙風詞話卷四：淑真爲（曾）布妻（魏夫人）之友，則是北宋人無疑。李易安時代猶稍後於淑真。即以詞格論，淑真清空婉約，純乎北宋；易安筆情近濃至，意境較沉博，下開南宋風氣。非所詣不相若，則時會爲之也。

胡適詞選李清照：清照論詞，對於北宋諸大家，多有不滿。如論柳永「雖協音律，而詞語塵下」；如論晏殊、歐陽修、蘇軾的詞「皆句讀不葺之詩耳，又往往不協音律」。晏幾道、賀鑄、黃庭堅、秦觀諸人也都免不了她的批評。她自己的詞在當日很受人崇敬。如辛棄疾（也是濟南人）有時自稱「效易安體」，可見她的影響。

龍榆生醉花陰小序：艾德林教授訪瞿禪西子湖上，云於宋詞最喜漱玉一編，瞿禪既贈此詞，予亦效顰一闋：「惻惻輕寒生翠袖，人意如花否。試與捲簾看，萬里西風，省識花前友。新翻陶白詩千首，染聖湖烟柳。乘興幾時來，同醉重陽酒。」

案：此詞作於一九五七年九月，艾德林爲前蘇聯漢學家。瞿禪乃夏承燾之號。

胡雲翼李清照詞（上海亞細亞書局詞學小叢書之七）李清照評傳：只有這位女詞人李清

照，在宋代，雖則詞人濟濟的宋代，而她的作品雖擬之於極負詞名的辛棄疾、蘇東坡，也絕不多讓。有人稱李清照爲婉約之宗，更有人説李清照是北宋第一大詞人，依我看來，都不是過譽的批評。

又宋詞選李清照：李清照在創作上遵守舊的傳統，以詩言志，以詞抒情。這就自然而然地導致她的詞的内容和詩歌裏所表現的愛國思想相形見絀。但也應當承認她的詞裏的愁情和詩裏的愛國思想必然有其相通的地方。所以宋末詞人劉辰翁讀了她的永遇樂，「爲之淚下」，並且從而激起了家國之恨。

錢鍾書偶見二十六年前爲絳所書詩册電謝波流似塵如夢復書十章之六：世情搬演栩如生，空際傳神著墨輕。自笑争名文士習，厭聞清照與明誠。

〔美〕艾朗諾（Ronald Egan）趙明誠遠遊時爲什麽不給他的妻子李清照寫信評一剪梅：元代伊士珍的筆記瑯嬛記記載了李清照的這首詞，並且對它的由來作了解釋。在最近出版有關李清照的學術著作中，這個故事也被不斷引用，包括由上海古籍出版社二〇〇二年出版，徐培均編著的權威性的李清照集箋注。……徐培均對瑯嬛記的記載做了一些「糾正」。他認爲趙明誠的遠遊並不是爲了投師學藝（這是「負笈遠遊」的含義），而是爲了收集文物拓片，這些文物拓片最終構成了金石録的内容。

又散失與積累：明清時期漱玉詞篇數增多問題：更多最近出版的李清照的「全集」，包括徐培均編注二〇〇二年出版的李清照集箋注，和徐北文編注二〇〇五年出版的李清照全集評注，都對那些署名上有争議的作品持更寬容的態度。兩部集子所包含的作品數很接近，分别是五十三首和五十一首，也都列出了一些有争議的作品，分别是七首和十三首。

又評浪淘沙（簾外五更風）：著名學者徐培均認定這首詞是李清照所作，甚至堅信李清照是唯一能寫出這首詞的人：「此詞感情深摯，技巧高超，前人曾以之與李後主相比，陳廷焯、況周頤評價極高，非有李清照之遭遇與才情，並世無第二人足以當之。」……當徐培均説出只有李清照能够寫出這首詞，他顯然是從這首詞中感受到了强烈的情感力量和卓越的才華，之所以會如此，是因爲他在説這句話之前，已經認定這首詞是李清照所寫。這首詞被定位於李清照人生中的一個心碎時刻，在這一刻，她曾經擁有的幸福被突然奪走，未來一下子變得不確定和充滿危險，這首詞因而顯得更加淒美動人。

後　記

詞是中國詩歌中最富音樂性的一種藝術形式。它利用漢字所固有的四聲和音韵組成抑揚頓挫的語言，同音樂的節拍和旋律結合起來，以適應和表達作者起伏不定的波濤式的情感流程。雖然詞的樂譜久已失傳，但我們在吟誦時仍然可以感受到作者喜怒哀樂的情緒，以及由此而形成的氛圍和意境。因此，清代詞論家謝章鋌説：「顧余謂言情之作，詩不如詞。參差其句讀，抑揚其音調，詩所不能達者，宛轉而寄之於詞。讀者如幽香密味，沁入心脾焉。」〔一〕不信，試讀李清照詞，便有如此感受。

自明代張綖把詞分爲婉約、豪放二體之後，人們論詞多主此説。如清代王士禛説：「張南湖論詞派有二：一曰婉約，一曰豪放。僕謂婉約以易安爲宗，豪放惟幼安稱首，皆吾濟南人，難乎爲繼矣！」〔二〕此説殊爲允當，然就詞史實際而言，婉約詞不但在數量上而且在藝術質量上，都遠勝豪放詞。婉約詞的宗匠，客觀地説，一是秦觀，一是李清照，他們各具特色。

鄙人治詞有年，對婉約之作，情有獨鍾，不但選注過婉約詞三百首和婉約詞萃，而且平日填詞，也以婉約爲主。對詞人的研究，也注重婉約派的代表作家：一是秦觀，一是李清照。秦觀的研究，又當別論。李清照研究，主要是受了業師龍榆生教授的影響。龍先生寫有漱玉詞叙論一文，發表在詞學季刊第三卷第一號上。一九六一年我在上海戲劇學院研究班從先生學詞，讀了這篇論文，對李清照幽婉纏綿、濃摯悲酸又復筆勢開宕的詞作産生由衷的喜愛。後在上海越劇院任編劇，常常把婉約詞化進唱詞，自覺有些詩情畫意。又曾想把李清照搬上舞臺，花了很長時間在上海圖書館等處廣蒐資料，抄滿了三大本筆記。由於種種原因，劇作未能如願完成。正當我悵悵不已之時，恰好市裏調我到上海社會科學院文學研究所從事古典文學研究。不久上海古籍出版社約撰李清照一書，終於慶幸昔日的功夫不致白費。此稿寫成，被納入中國古典文學基本知識叢書，胡士明先生爲責任編輯，鼎力玉成，衷心感謝。想不到這本小册子一經問世，便受到廣大讀者的歡迎，一九八一年初版六萬四千册，未幾銷售一空。一九八三年重印，增加到七萬九千册。文匯報還發了書評，臺灣國文天地出版社又於一九九〇年將此書奉獻給寶島的讀者。小小一本書，竟也成爲聯繫兩岸中國人民感情的一條紐帶。也在這一年，著名越劇表演藝術家傅全香看了此書，決心把它搬上熒屏。她熱情地邀請我參加劇本討論，前後不下四次。一九九三年，由傅老師主演的以李清照詞句「人比黃花瘦」爲劇名的電視連續劇終於開拍，在熒屏播放時受到廣大觀衆和專家學者的好評。

現在看來，李清照這本小册子似乎微不足道，但自它問世以來，我對這一課題研究的興趣與日俱增。平素凡是有關李清照的著作、論文以及各種信息，我都時時關注，手抄筆録，從未間斷。在我所接觸的有關李清照的著作中，當以王仲聞（學初）的李清照集校注最爲傑出，無論在補遺輯佚，還是在校勘注釋方面，都花了很深的功夫。因此上海古籍出版社約我再寫一本同類著作，不免感到難度很大。但我認爲不應囿於前人，應當竭力有所突破。經過深思熟慮之後，我决定從以下幾方面入手：

一是版本。王仲聞已搜集了很多版本，然仍有滄海遺珠。比如汲古閣未刻詞本漱玉詞和勞權手校汪玢輯並箋漱玉詞彙鈔，國内久已不見，故王氏不曾引用。我有幸認識日本東北大學著名詞學家村上哲見教授，一九八九年五月在山東萊州參加李清照學術研討會時，承蒙他以上述兩種版本的複印件見贈，於是我以汲古閣未刻詞本爲底本，並以汪本及他本相校。此外，我又在上海圖書館發現了清代沈瑾（公周）鈔本漱玉詞，其勝處可補他本之不足。在此我要特别感謝村上先生和上海圖書館陳先行先生，没有他們的幫助，我是找不到這些突破口的。

二是編年。清照作品存世者無多，且生平史料極少，大多不詳年份，尤其是詞。因此，儘管研究者甚衆，有關注本層出不窮，可是迄今爲止還没有人爲之編年。我想突破前人，就必須從考證每一首作品的時代背景着手。這既要尋求旁證，也要探索内證，然後將二者結合，加以分析判斷，再確定作年。在基本上考訂大部分作年之後，便可進行編年。在這裏我應當感謝山東博物館研究員于中航先生，他在考察省内古蹟的過程中，發現了許多趙明誠的題名石刻，以及李格非所撰廉先生序碑文，然後寫成趙明誠題名和鄉居青州考、廉先生序石刻考釋（兼談李格非李清照里居問題）等論文，對李清照的生平、行蹤提供了許多佐證與綫索。一九九五年十一月，臺灣商務印書館又出版了于先生新編的李清照年譜，較之黄盛璋、王仲聞所編年譜，增益了不少新的資料。這些都有助於李清照作品的編年。

三是儘量補遺輯佚。王仲聞本已輯補了一些前人没有發現的作品，世稱完善。此後若要再有所發現，確如大海撈針。然而孔凡禮先生却從明鈔本詩淵第二十五册中輯得李清照新荷葉詞一首，爲全宋詞、王本所未載。臺灣彰化師範大學黄文吉教授於明鈔本天機餘錦卷二中得李清照木蘭花令一首，於去年九月寄贈。此外我還從報刊文章中發現李清照琴銘一篇，作者龔一，係上海民族樂團高級琴師，我從友人處得知他的爲人，所言或當可信，録以備考。儘管以上所得甚微，但由於李清照的全集早已失傳，新發現的作品應該是極其珍貴的。較之前人注本，不能不是一個小小的突破。在此我對以上諸位先生，再次表示衷心的感謝。

我要特別指出的是，中國社會科學院文學研究所陳祖美研究員，她是國内研究李清照的著名學者，當她得知我在撰寫李清照集箋注時，特意寄給我兩張趙明誠手迹的照片。手迹原件現藏臺北故宫博物院，照片由啓功先生提供。在此，我謹向啓功先生和陳祖美研究員表示誠摯的謝意。

最後，我得感謝上海古籍出版社的負責同志和責任編輯朱懷春同志。我深知中國古典文學叢書是該社規格最高的古籍整理研究叢書。此前拙著淮海集箋注得以忝列其中，如今李清照集箋注又有此榮幸，我從内心深感欣慰。當然，這並不説明拙著已達到這套叢書所要求的水平，爲人應力求避免闇於自知，書中當仍存在不少闕失，希望讀者和專家們不吝賜教，以求改進。

新世紀首歲初秋於海上歲寒居，徐培均

注：

〔一〕眠琴小築詞序，見近代中國史料叢刊續輯本賭棋山莊全集。

〔二〕花草蒙拾，詞話叢編本，中華書局一九八六年版，第六八五頁。

再版後記

李清照集箋注出版以來，備受青睞，未及一年，即已售罄。在古典文學著作出版不太景氣的今天，不能不算是一件令人驚喜的好事。現在重印此書，增附補遺一卷，對此，我想談一些想法。

此書既如此受歡迎，又得到有關專家的好評，爲何還要補遺？簡而言之，就是「藝無止境」。我國古典文學博大精深，憑個人精力，不是三年五載甚至一輩子所能研究完的。即以李清照而言，她的作品本來很多，但歷盡滄桑，不幸散失。經過幾代人的不斷發掘、整理，好不容易才輯得詞五十三闋、詩十六首、文十篇（此以本書初版爲準）。是否到此爲止呢？曰否。我們應當像愚公移山那樣，子子孫孫，挖山不止，不斷搜集她的作品，考證她的行實，力求還這位女詞人以本來面貌。本着這樣的精神，我在此書初版以後，仍埋頭於故紙堆中，尋求易安詞的「滄海遺珠」。

經過一番求索，我終於輯得易安詞六闋。其中五闋，今人輯本或未收入，或作附録，或作存疑、存目，持肯定態度者甚少。如極具權威的全宋詞，均作無名氏詞，將它列入存目。允稱善本的王仲聞李清照集校注廣徵博引，考證翔實，但除浣溪沙（淡蕩春光寒食天）一闋注明「此首别見宋仲并浮山集卷三，從永樂大典輯出」外（這是一個特例，在大典中爲僅見），並未提及大典中還有其他易安詞。中華書局上海編輯所（上海古籍出版社前身）二十世紀六十年代所出的李清照集以大典所載五闋易安詞作爲附録，而不列入正編，可見未敢確定爲李清照所作。一九八一年黄墨谷重輯李清照集，增補了一些前人以爲可疑的作品，如品令（急雨驚秋曉）、青玉案（征鞍不見邯鄲路），然而大典所載五闋易安詞，則付之闕如。陳祖美研究員專力研究李清照，在許多問題上提出了大膽的看法，然其中國詩苑英華李清照卷中也未收這五闋詞。在這種背景下，我將它們列入補遺，似應作必要的説明。

首先要説明的是所據版本的可靠性與權威性。補遺中春光好以下五闋，是從永樂大典録出的。衆所周知，這是皇家所修的大型類書。永樂元年（一四〇三），明成祖朱棣命翰林學士解縉等纂修此書，在御製序文中要求：「纂集四庫之書，及購天下遺籍，上自古初，迄於當世，旁搜博采，彙聚群分，著爲奥典。」解縉等飽學之士謹遵聖諭，以極嚴謹的態度，製定凡例二十一條，規定所輯書籍「一字不易，悉照原著」。因此郭沫若指出：「宋元以前的佚文秘典，多得藉以保存流傳……尤其是照録原著，不加改易，這比清代四庫全書在纂修時，任意將古籍纂改删削，更有上下床之别了。」(見中華書局影印永樂大典序)由此可見,永樂大典極具可靠性與權威性,它所保存的「宋元以前的佚文秘典」基本上是可信的。據元至正五年(一三四五)修成的宋史藝文志卷七著録,當時有「易安居士文集七卷宋李格非女撰,又易安詞六卷」。此距開始修永樂大典的一四〇三年,不過五十八年。其間雖經動亂,但爲時甚短,易安作品未必喪失殆盡。纂修大典時,也應悉照原書,一字不易。所據「原書」,很可能是易安居士文集或易安詞。可惜今存大典,僅爲全帙中的極小一部分;若未經帝國主義焚掠,得窺全豹,則依原書所録易安作品,絶不止此數。

在研究李清照的隊伍中,對大典中李清照的某些作品,也有堅信不疑的。如偶成一詩,源於大典卷八百九十九「詩」字韵第十八頁,中華書局上海編輯所李清照集、黄墨谷重輯李清照集以及王仲聞李清照集校注皆予以收録,王氏還特别注明:「此首乃黄盛璋先生首先發現者,見李清照事跡考(辨)。」(此詩末句大典作「往時」,而王氏誤作「昔時」)然而不知何故,他們對大典所著録的易安詞却不予採納。這是難以理解的。我們不禁要問,既然出於大典中的易安詩是真的,爲什麼同樣大典所著録的易安詞却不足取呢?這不是自相矛盾嗎?依理而言,應當一視同仁,同樣可信可録。

經仔細揣摩,他們持懷疑態度的主要根據是宋人黄大輿的梅苑。無論是欽定詞譜,還是全宋詞,它們都據梅苑把大典所著録的五闋易安詞劃歸無名氏。今查文淵閣四庫全書本梅苑卷八，其中玉樓春（紅酥肯放瓊苞碎）調下署李易安，下一闋同調詞（臘前先報東君信），則不著撰人。又卷九，清平樂（年年雪裏）調下署李易安，以下第三闋爲春光好（看看臘盡春回），第四闋殢人嬌（後亭梅花開有感），第六闋爲河傳（香苞素質），第七闋爲七娘子（清香浮動到黄昏），第八闋爲憶少年（疏疏整整），皆未著撰人，然却是易安所作。我所經見的古人刻本和鈔本，大多第一首題下（調下）署作者姓名，以下多不署；也有調名省作「前調」或「又」的；有的同調詞，索性另起刻寫，連「前調」等也不刻寫。當然不是絶對的，也有少數例外。梅苑中就存在這種情況。此乃一種省略方法，可以減少刻寫之煩。對於這種現象，我們應當細加辨析，察其真訛，不能簡單地因其省略作者姓名而逕作無名氏。

那麼永樂大典是否也有這種省略呢？答曰：有。大典中凡一人多首者也省略作者姓名。大典卷二千八百十第十五頁載李易安詞三闋，皆連排，除第一闋外，餘皆不署撰人。茲將原件複印如左：

李易安詞梅影河傳香苞素質。天賦與傾城標格。應是曉來暗傳東君消息。把孤芳回暖律。壽陽粉面增粧飾。說與高樓休更吹羌笛。花下醉賞。留取時倚闌干。鬬清香添酒力。七娘子清香浮動到黄昏。向水邊疏影梅開盡。溪伴輕蘂。有如淺杏。一枝兒喜得東君信。風吹只怕霜侵損。更欲折來插在多情鬢。壽陽粧面雪肌玉瑩。嶺頭別後微添粉。憶少年疏疏整整。斜斜淡淡。盈盈脉脉。徒憐暗香句笑梨花顏色。羈馬蕭蕭行又急。空回首水寒沙白。天涯倦牢落。忍一聲羌笛。

此三闋中第一闋題作「李易安詞梅影」，墨色橘紅，這是總標題。案：大典中凡作者姓名及首出之標題皆用橘紅色，以下各首作墨色，以示一人所作。以下接書小字「河傳」調名，此詞歇拍「添酒力」後空一格，以小字書「七娘子」調名而不著撰人，其歇拍「嶺頭別後微添粉」後空一格，仍以小字書「憶少年」調名，亦不著撰人。此三闋環環相扣，顯係李易安一人所作。我們再提供兩則旁證。李易安之前第十一頁爲「李端叔姑溪集臨江仙」與「早梅芳」，人名書名均爲橘紅色。早梅芳亦不著撰人，僅以小字書於臨江仙歇拍之後。它雖不著撰人，然確爲李端叔（之儀）所作，見之於姑溪集，亦被全宋詞收録。爲什麽全宋詞對端叔詞與易安詞採取兩種態度呢？因爲前者原著尚存，而後者原著已佚。但我們仍可於兩相對照中證明大典所載易安詞是可信的。另一旁證是大典卷二千八百八第七頁所載「黄庭堅豫章集次韵中玉早梅二首」，其結句之後空一格，以小字書「謝送早梅二首」，不著撰人。由此，我們對後者絶不能視作無名氏詩，因爲它既確確實實載於豫章集，又明明白白載於任淵山谷詩集注。從以上兩則旁證看，永樂大典在一人名下的幾首作品，除第一首外，餘皆不具名。這種省略，乃是古代刻本與鈔本的通例，我們決不能因個别現象而否定被省略者的著作權。

通過以上辨證，可以確認永樂大典所載的五闋易安詞，是真實可信的，絶非無名氏作。前人加給它的迷霧，應該可以掃清了。是爲記。癸未仲春，徐培均於海上徐匯苑。